講談社文庫

ホサナ

町田 康

JN043501

ホサナ　目次

一回目のバーベキュー　9
現報　65
二回目のバーベキュー　195
三平の死　259
栄光への転回点　301
謀議　390
犬芝居　436

地下駐車場にて　489
奉納の踊り　517
狂った白目の男　588
奇天烈な天地　611
意外なお客と意外な反応　662
噴出する光　705
男の真意　757
男の本地・渚の女　774
愛する人を殺害する　803
普遍的価値と快感との直列　827

死の方へ　856
再会　871
私たちを救ってください　893
堕天使が通る　上田岳弘　916

ホサナ

一回目のバーベキュー

私はドッグランに行こうとして自動車を運転していた。

星が山というところだった。

山と名がついているのにもかかわらず平たい土地で、ずっと向うまでが見渡せたが心が浮き立つようなものはなにもなく、畑、鉄塔、整備道路、水路、横腹に看板を貼った小屋といった見苦しいものが、バラバラしているばかりだった。見るのが厭だった。

厭だったが勝手に目に入ってきた。

途中に神社があったので参拝しようかと思ったが、車を停める場所がなかったのでやめた。コンビニエンスストアーがいくつもあって、コンビニエンスストアーには駐車場もあるし、お腹が空いていたのでサンドイッチを買って食べようか、とも思ったが、後のことがあるので食べなかった。一軒のコンビニエンスストアーの駐車場の植え込みに躑躅の花が咲いていた。

神社にも参らずサンドイッチも食べずにたどり着いたドッグランはヨメコビドッグパークという名前だった。

正面に低い木の垣が巡らせてあり、入り口の扉に複雑な掛けがねが嵌めてあった。入り口扉を入ったところは混凝土の通路だった。

正面に木製のドアーがあって、楽しそうな感じに丸まった文字で、ヨメコビドッグパークと描いた木札がぶらさげてあった。その先に受付があるような感じがしたが、受付には行かないで通路を左に進んだ。

そういうことは舵木禱子がまとめてやってくれることになっていた。

短い通路を進んだその先がドッグランだった。

ドッグランの入り口にも先ほどのと同じ複雑な仕掛けの掛けがねが嵌めてあって、なかなか扉を開けられなかった。

芝生の、三百坪か、もしかしたらもっと広い土地に私は私の犬を放った。犬は喜んでドッグランの中央あたりに走っていった。

まだ誰も来ていなかった。時間を調べると午後二時五十分で、まだ十分前だった。犬が首を下げて頻りに匂いを嗅いでいた。

入って左手に一段高くなった十帖ほどのテラスがあった。テラスにはバーベキュー用のグリルが置いてあった。右側にはパアゴラがあり、ベンチが二台置いてあった。ドッグランの中央近くに水飲み場があってその近くにもベンチがあった。奥の方に、犬が飛び越えたり、くぐったりして遊ぶ遊具が置いてあった。

周囲は畑だった。遠くに鉄路が走っていて、ときおり列車が通った。周囲はどこまでも畑であったが、ドッグランのすぐ隣は廃材置き場で、ときおり意味の分からない機械音が響いた。


初めてのドッグランだった。

舵木禱子が私をこのドッグランに招いた。

舵木禱子は、お互いの犬を一緒に遊ばせませんか、と言った。

舵木禱子の素性を私はよく知らなかった。別のドッグランで二度ほど偶然に会ったことがある程度で名前も知らなかった。その程度の人と連絡を取って会うことにしたのは舵木禱子の犬と私の犬が一緒に遊べたからだった。

私は私の犬のことで困っていた。

私の犬は他の犬と遊ぶのが大好きだった。しかし身体が大きいためか、或いは、それ以外の理由があるのか、多くの犬は嫌がり、怯え、怒った。稀に一緒に遊べる犬がいても、こんだ飼い主が頭から土をかぶったように怒り、「こんな犬を私の犬に近づけるな。ここから立ち去れ」と言った。

そんなことが嫌で悲しくてドッグランに行かないでいると、力が内向して苛立った犬が家のなかで暴れて家が壊れた。

ところが舵木禱子の犬はどういう訳か私の犬と気が合い、楽しく遊べた。舵木禱子の犬は私の犬の数少ない友人だったのだ。

さらには舵木禱子は、私の他にも何人かに声を掛けていて、私の犬はそれらの犬ともきっと遊べるに違いないと言った。

そしてもうひとつ招きに応じる理由があった。そのドッグランにはドッグカフェが併設されており、そのカフェに注文してみなでバーベキューをするというのだ。

私はこれを楽しみにしていた。

私はこれまでバーベキューというものに参加したことがなく、できれば一度、参加したいと思っていた。しかし、社交が苦手な私にはその機会がなかった。

しかし此度犬にかこつけてバーベキューに参加できることになった。私はそれが楽しみでならなかった。

犬の用便の始末をするなどしているうちに犬二頭を引いた舵木禱子とその娘が到着し、ほぼ同時に何人かが到着した。

女児二人を連れたあっさりした感じの女が犬一頭を引いていた。女とその友人らしい女が犬二頭を引いていた。夫婦とその子が居た。犬一頭を引いていた。髪を長く伸ばした男が居た。犬一頭を引いていた。

すなわちこの時点で、人が十二人、犬が八頭いたことになる。

閑散としていたドッグランが忽ち賑やかになった。

犬はいずれも大喜びで互いの匂いを嗅ぎ合い、戯れあい、走り回った。私の犬は喜び過ぎて、後ろ足で立ち上がり、人が盆に茶を載せ運んでいるような姿で走り回った。


人々は互いに知り合いのようでもあったし、そうでもなさそうでもあった。ドッグランの方々に散って塊になり、ときおり話したり、黙って横に立つなどしていた。そして、どの犬がどの人の犬かわからなくなった。

全員の素性を知っているのは舵木禱子だけだったが、その舵木禱子も特に誰かと親しく話している様子はなく、同じようによそよそしくしていた。

私はというとただひとり顔と名前の一致する舵木禱子のことも実はよく知らなかった。話し振りなどは私より歳上に思えたが、外見は若々しく、そんな年でもないように見えた。舵木禱子は溢れていた。

改めて見る舵木禱子の人を見て射るような目は大きく、肌の色が浅黒かった。木綿の服をきて威厳があった。神秘的な腕輪を巻き、モカシンの靴を履いていた。

あっさりした感じの女は三十から四十の間くらいで背が高く髪が長かった。女の犬と私の犬が戯れていた。あっさりした感じの女の幼子がその周囲をぐるぐる回り、犬に触れたり犬を見つめたりしていた。その動作は緩やかで犬にとっても心持ちのよいもののように思われた。遠くの鉄路の上の高いところに雲が塊ってあり、その隙間から幾条かの光が射していた。

私はもう少ししたら犬に水を飲ませた方がよいのかもしれないがそのためには水飲み場の仕組みを予めわかっていた方がよい、と思い中央近くの水飲み場に近づいていった。

そのとき水飲み場の近くに、女とその友人が立ち、舵木禱子の娘と話していた。女は三十代半ばくらいで顔が美しかった。裕福な暮らしをしているらしく、ローブのようなものを羽織って、ジーンズを穿いているのだけれども、それらはいずれも高そうな輸入銘柄品であった。

その友人らしい女も同じような服装だった。

舵木禱子の娘は、虎の顔が描いてある灰色のティーシャーツを着てデニムのショートパンツを穿いていた。ティーシャーツのうえに赤いアワードジャケットを着て、茶色のブーツを履いていた。

以前、別のドッグランで会った際、私はその名前が草子であることを聞いていた。草子は明るい声で話し、明るく振る舞っていた。しかし、その明るさはどこか不自然な、誇張されたような明るさで、明るく話し明るく振る舞えば振る舞うほど竦んでいるようにみえた。母親が主催する、よそよそしい集まりをなんとかして盛り上げようとしているようにもみえて痛々しい印象だった。

私が水飲み場に近づいていくのに最初に気がついたのは草子だった。草子は私を認めると怯えたような顔をした。しかし、すぐに明るく笑って、といってずっと笑っているのではなく、その笑いを次第に弱めていって無表情になった。そして、また明るく笑って、隣にいる女たちと話し始めた。

次に私に気がついたのは顔の美しい女で、女は私を見ると露骨に顔を背けた。

私は、女が私を穢れとみて一定の距離をおいて遠ざけているのを知った。女はそのことを私が知ったと知らず、私が話しかけてくるかも知れないと考え恐怖しているのだった。女は直ちにこの場を離れたいようでそわそわして落ち着きがなかった。

けれども直ちにこの場を離れると、穢れである私が腹を立て、追いすがってくるかもしれない、と怖れて、すぐにはこの場を離れられないのだった。

女は首を不自然にねじ曲げ、ぎこちない会話を続けた。その間、私は水飲み場にかがみ込んで蛇口の具合を調べた。蛇口は西洋の古い蛇口を擬した日本製の蛇口であったが、構造そのものは通常の蛇口と変わらず、左に回すと水が出て、右に回すと停まった。

二度水を出して停め、三度目に左に回したとき、他人を穢れとみる女が、「だめよー」と、場所にそぐわない嫋嫋とした声で言い、ドッグランの中央あたりへ小股で駆け出した。水を停め、立ちあがってみると、そのあたりで、女の犬と私の犬が互いの股間の匂いを嗅ぎあい、腹をみせるなどして遊んでいた。

女は自分の犬の首をつかみ、中腰でテラスのあるあたりに引き摺っていった。穢れたものの犬もまた穢れており、その穢れた犬と遊ぶと自分の犬が穢れると心得ているらしかった。

或いは私という穢れから遠ざかる口実であったのか。

女の友人は女の方へ歩いていき、草子は自分の犬の方へ歩いていった。

私は私の犬を呼び、置いてあった金属製の桶に水を汲んでこれを飲ませた。喉が渇いていたらしい犬は、これを急いで飲んだ。同じく喉が渇いていたらしい他の犬が何頭か走って来たので私はさらに水を汲んで飲ませた。女の犬が来たらまずい、と思ったが女の犬はテラスのところで首輪をつかまれていた。

他人を穢れとみる女とその犬とその友人は複雑な掛けがねを備えた入り口扉の左すなわちテラス側に居たが、その反対側すなわちパアゴラの側には、夫婦とその犬が居た。夫は五十五歳くらいで中背で痩せていた。鷲鼻で眼鏡をかけてキャップをかぶり、ポロシャツを着てショートパンツを穿いて合成樹脂のサンダルを履いていた。サンダルにはcrocsと書いてあった。妻は四十五歳くらいで、帽子を目深にかぶり首にタオルを巻き、トレッキングシューズを履いて背嚢を負い、うち寛いだなりの夫と対照的に登山をする人のようだった。

夫婦の子は中学生くらいで顔も髪もボサボサしていた。ネルのシャーツにジーンズ姿で、左奥の、隣地の雑草が覆い被さるフェンスの下に踞り、ゲーム機を両手に抱えて一心にこれを操作していた。

ときおり犬が近寄っていった。少し匂いを嗅ぐとそれ以上構わず、すぐに立ち去った。子が犬に触れることはなかった。

それはそれとして夫婦の様子が妙で、こうしてドッグランに来ているのに来てから一度も自分の犬を放たなかった。

犬を思う存分走らせる、これがドッグランの味である。ところがこの夫婦は犬を走らせずに頑に引き綱を持ってパアゴラのところに蟠っているのである。

そしてドッグランの様子をうち眺め、ときおり夫婦で顔を合わせて口を曲げて笑っていた。

口を曲げて笑い乍ら自分の犬の背を撫でたり、背嚢からマイボトルを取り出してなにかを飲むなどしていた。

そのとき私の犬が、いつしか他人を穢れとみる女から離れて遊んでいた女の犬の背中に乗って腰をスクスクし始めた。

他人を穢れとみて距離をおく女の顔色が変わっていた。

私は慌てて私の犬のところへ走っていき、やめろ。と云って首輪を後ろからつかんだ。私の犬は反射的に座りをした。他人を穢れとみる女が駆け寄って来て、少し離れたところに立ち止まって自分の犬を呼んだ。犬がのそのそ歩いていった。

私は私の犬の前に回り、「おまえはああいうことは二度とやってはならない」と云った。

そう云ったのにもかかわらず私の犬は少しの間は座っていたが、すぐに立ち、再び女の犬のところへ行こうとした。

女はもはや私と私の犬への敵意を隠さず、真正面から私を呪っていた。

私は、ダメッ、Ｎｏ！ と叫んで私の犬のところに走っていった。私はさっきよりもよほど真剣であった。なぜなら私の犬は私の命令に服従する義務があるからである。

彼が私の命令に服従しなかったらいったいどうなるだろうか。彼が独自の判断で行動したらどうなるだろうか。

それは一時的には楽しいかもしれない。しかし、それはあくまでも一時的なものであり、ほどなくして彼は斃れ滅び火に焼かれる。骨が広場に撒き散らかされる。

彼は自分が強いと誤解して自分より遥かに強い犬に嚙みかかっていってあべこべに嚙み殺される。おもしろい匂いのする方角に一散に駆けていき四車線道路に飛び出て大型貨物車輛に轢き殺される。年寄に巫山戯て嚙みかかって重傷を負わせ捕えられて薬殺される。

私は私の犬をそんな目に遭わせたくない。そのためには彼を私に服従させなければならぬ。

私は私の犬を呼んだ。

私の犬は私が呼ぶその声を確かに聴いたはずである。彼は確かにこちらを見た。そして彼は媚びるような嘲るような笑みを浮かべてすぐに目を逸らし、自分の行きたい方角、自分の生きたい方へ走っていった。

私は怒りに燃え、引き綱をつかんで走った。

そして私の犬は私に捕えられた。そして私に軛をかけられた。そのときも彼は尻を落としこれに抵抗した。

私は私の犬を入り口の方へ引いていったが入り口の左側に夫婦がいるのを見て、右のテラスのある側の隅に犬を引いていった。

ああいうことをすると君は滅びる。

私が滅ぼす、と言い切るところにまで私はいたっておらず、その私のいたらなさが、この事態を惹起しているのか。と、そんなことをくよくよと思い、決然とした態度をとらないことがこいつの不幸、という強い意志を持って引き綱を持ち、一段高くなったテラスの階段の下でじっとしていると、意識の高い夫婦がいまごろになってようやっとその犬を放った。

犬は大喜びで走っていた。ドタドタした走り方だった。股関節に遺伝的な問題があるのかも知れなかった。

中央近くには多くの犬が蟠って尻の匂いを嗅いだり毬を追ったりしていた。意識の高い夫婦の犬はそのなかに入っていった。

へりくだった態度だった。尾を下げ耳を寝かせ姿勢を低くして仕舞いには背を地面にこすりつけて腹を出し、周囲の犬に媚びへつらった。

こんな犬なら大丈夫だ。私は心を壺にしまって私の犬を放った。

私の犬は夫婦の犬のところに矢のように飛んでいってこれに構いかかった。夫婦の犬はそれを喜び、後肢で立ちあがり、私の犬に向かって前脚をげむげむした。

私の犬もこれを喜んで後肢で立ち上がり、その犬に向かって前脚をげむげむしたため、二匹の犬が相撲をとっているような恰好になった。他の犬がその周囲をきやんきやん吠え、行司のように周囲を駆け回った。

人たちはこれを笑って見ていた。後でblogにupしようと思っているのであろうか、その様を撮影する者もあった。

犬の遊びは激しくなっていったが、二頭の犬はこれを喧嘩に発展させないよう互いに注意しながら上手に遊んでいた。人々は手をうち、腹を抱えて笑っていた。

夫婦も笑っていた。しかしその口が曲がっていた。人々と同じような気持ちで笑っているのではないらしかった。困惑はしているが、自分たちは精神的に高いところにいるので、マジで困惑している訳ではなく困ったものだなあと思っているのだが、相手があまりに低いところにいるので対処のしようがないなあ、滑稽な奴らだなあ、笑うなあ。みたいな笑いであった。

やれやれ。と言っているようであった。

そして夫の方が自分の犬の方へゆっくりと歩いていき、半分くらい行って立ち止まり、可愛ぶったような声で犬の名を呼んだ。

ローンフィニッシュ。それが意識の高い夫婦の犬の名前であるらしかった。

ところが興奮している犬には夫の声が聞こえないようだった。或いは、聞こえない振りをしていたのかもしれない。何度呼んでも来ないので意識の高い夫は口を曲げて笑いながら犬に近づいていった。

意識の高い夫は自分の犬の首輪をつかんで口を曲げて笑った。

首輪をつかまれた犬は、お手、をするような仕草をした。なにかが咲いていた。そしてそれは花ではなかった。

それから暫くして私は自分たちは意識が高いと思っていてすべてを見下している夫婦が、先に犬を放さなかったその理由がわかった。彼らは私が私の犬を放つと口を曲げてニヤニヤ笑い自分の犬を繋ぎ、私が私の犬を繋ぐと口を曲げてニヤニヤ笑い自分の犬を放った。

つまり彼らは私の犬が放されている状態で自分の犬を放したくないらしいのである。

なんでそんな見え見えな厭味をするのであろうか。

そう思ったとき舵木禱子が、「なんで犬を放してあげないんですか」と問いながら意識の高い夫婦のところに近づいていった。

私が知りたかったことを舵木禱子が訊いたのだ。

そのとき私は水飲み場とパアゴラの中間あたりに居た。私は話を聞こうとして、不自然な動きにならないように注意してパアゴラの方に移動した。

「いやあ、未去勢の牡は……」「優劣を決めようとして……」「……ねばならないのに……」「非常識ですよ」「品川に居た頃は……」「真菰の宿に」と云った言葉が断片的に聞こえてきた。

私はおおよそのことを知った。

意識の高い夫婦の犬は牡犬であるが、夫婦はこれを去勢している。そして夫婦は自分の犬を未去勢の牡犬、例えば私の犬、にけっして近づけてはならないと考えていたのだ。

それは夫婦が、犬というのは群れをなして生きる動物であるが、群れには必ず序列というものがあり、犬はそれを強く意識している。ことに牡犬はこれを強く意識し、近くに牡犬が居ればこれと血みどろの争闘を展開する。自分の犬を未去勢のあの犬に近づけることはできない、と考えているからであった。

あちこちで得た断片的知識を独自に繋ぎ合わせた張り混ぜの律法である。

そして、意識の高い夫婦は以下のようにも考える。

そのような事態を避けるため、およそ人間社会のなかで暮らす犬、ことにドッグランのようなところに出入りする牡犬はすべからく去勢をすべきであって、そんなことも知らないでドッグランにノコノコやってきて、未去勢の牡犬の縛めを解いて放って、口をあいてこれを見ているなどという意識の低い人間が、いまのこの進んだ世の中にいること自体が信じられないが、まあ、自分たち都会人と違って、地方に住んでいる人の意識レベルというのはまだまだこんなものなのだろう、困ったことだ。まあ、本当はこういう人間の蒙を啓いていかなければならないのだけれども、あまりにも無知無学過ぎてどこから手を付けていったらいいかわからない。もしかしたら知恵が遅れているのかも知れないし。というか顔を見ていると間違いなくそうだ。

気がつくと意識の高い夫婦が私の顔を見ていた。見て口を曲げて笑っていた。私は私の犬を呼んだ。私の犬は草子とボール投げをして遊んでいて、呼んでも来なかった。

意識の高い夫婦はここを先途と唇を曲げ、顔を見合わせてニヤニヤ笑った。呼んでも来ないような犬をドッグランに連れてくるなんて！　ニヤニヤニヤニヤ。

私は引き綱を持って自分の犬の方に歩いていった。

怒ったような声が出た。

右隣の廃材置き場を人が横切った。

カフェのスタッフがテラスで炭火を熾し始めた。

そのとき私はテラスの側にいた。私の犬が私の前で舵木禱子の犬と遊んでいた。その向うに髪の長い男が近くに立っていた。男は私の犬が遊んでいるのを眩しそうに目を細めて口を半開きにしてみていた。

男の傍らに男の犬がいて、腹這いになり木材のようなものを齧っていた。遊びに来ている犬は殆ど大型犬だったが、男の犬はフレンチブルドッグで、ならず者がだらけているような恰好だった。

そのうち、大皿を捧げ持ったカフェのスタッフがテラスに入っていった。

それを見ていた男の犬が起き上がり、スタッフに続いてテラスに入っていった。スタッフは大皿を卓に置くとまた出ていったが男の犬はその場に居残り、短い後肢で立ち上がり、短い前肢を卓に伸ばし首を亀のように伸ばして伸び上がった。

大皿に山盛りに盛ってある海老をつけ狙っているようだった。

短軀でどうしたって届く訳はないのだが、食いたい一心で全力で首を伸ばすうち、どうした具合かもう少しのところで鼻先が海老に届きそうになった。

犬は生の海老を大量に食べると病気になる可能性がある。私は男に、「あの、お宅の犬が海老を食べてますよ」と声を掛けたが男は相変わらず目を細め口を半開きにしてなにかに憧れる人のように虚空を見つめて気がつかない。

私はもう一度、「すみません。犬が海老食べてますよ」と言ったがまだ気がつかない。

仕方がないので男の側まで歩いていき、あの、と声を掛けた。男は、あ、こんちは、と云った。

「あの、あそこでお宅の犬が海老を狙ってますよ」

「ああ。そうですか」

「毒じゃないですかね。海老なんて」

「そうなんですか」

「やめさせた方がいいと思いますよ」

そう云って漸く男は、そうなんですかねぇ、と云い、のんびり歩いてテラスに入っていくと、こらっ、と叱って、海老を盗み食いしている犬を抱き上げた。そのうえで男は犬に極度に顔を近づけ、顔の筋肉を中心によせて歯を剝き出し鼻に皺をよせ、目の上下の肉を盛り上げた。弱い魔人のような顔だった。

その弱い魔人の顔を間歇的にしてみせつつ、テラスから出てきて顔を通常に戻した男は犬を地面に下ろし、あっち行ってみんなと遊んでこい、ほれ。と云って犬を放した。

　ところが男の犬は、短い手足を垂直に伸ばし、棒のようになってテラスの扉に体当たりを繰り返して男の云うことをまったく聞かなかった。

　男は、こいつはほんとになんでも食うんですよ。と云った。

「こないだなんかね、枕、食っちゃったんですよ」

「枕っていうと、あの寝る枕ですか」

「そうなんです。あれ、中味出して全部、食っちゃったんです」

「だ、大丈夫なんですか」

「ええ、まあ、安物でしたから。うちは安物しか扱わないと決めているんです」

「いえ、そうではなく、そんなものを食べて犬は大丈夫なんですか」

　そう云って私は男の犬を見た。犬はなお棒のような恰好でテラスの扉に体当たりをし続けていた。肉がパンパンに詰まって体重はありそうだったが大きさは私の犬の半分もなく私の目には小型犬にしか見えなかった。

「身体だけは丈夫なんですよ、こいつ」

　だからさっき海老を食っていてもたいして気に留めなかったのだ、と思った。

　私の犬は遊びに飽きたのか、群れから離れて、柵の周囲の匂いを嗅ぎ回っていた。

　他の犬は三つくらいの塊になってそれぞれ気に入った相手と遊んでいた。

その塊の中に草子や子供がいた。

そのときさっきみたときより光の筋が近くにみえた。

テラスで炭火が熾り始めていた。

ところで。と、男が云った。

「ところでなにをしてる人ですか」

問われ咄嗟に答えられなかった。

そう問われてみて改めて考えると自分がなにをしているのかわからなかった。

「まあ、いろんなことやってますけど、まあ、キホン、ぶらぶらしてますよ」

仕方なくそう答えると、男は、「あ、そうなんですか」と、深く理解したみたいな様子だった。

なにを理解したのかまったく理解できなかった。

そして男は、僕は……、と云い、自分について語り始めた。

男は二十分で自分の全人生を語った。男の名前は日本平三平で歳は三十五歳ということだった。三十五年間のことを二十分で語れるはずはないのだが日本平三平は語った。

というと日本平三平が整然と、そして猛然と語ったように聞こえるが、そんなことはなく日本平はむしろ途切れがちに訥々と話した。にもかかわらず三十五年間の出来事を二十分で語ることができたのは、ひとつには日本平がきわめて端的に話したのと、もうひとつは日本平の人生がきわめて平凡だったからであった。

ただひとつだけ非凡な点があった。日本平はリサイクルショップ、カフェ、レストランなどを経営し、それがいずれも繁盛して儲かっているそうで、この点で日本平は非凡だった。

貧乏人は多く、金持ちは少ない。ということは、私は平凡で日本平は非凡ということになる。

その非凡な日本平に訊きたいことがひとつだけあった。

最初のうちはそんなことを訊いたら失礼なのではないかと思っていたが、余りにも端的な日本平の話を聞くうちに、別に訊いてもよいのではないかと思えてきたので訊いた。

私は日本平に、さっきのあの顔はなんだったのですか、と訊いたのだった。しかし日本平はぽかんとしていた。私は重ねて問うた。

「さっき、犬にしてた顔、あれなんなんですか」

「犬にしてた顔ってなんですか」

「さっき、ほら、そこのテラス出るときに犬になんか……」

奇妙な、弱い魔人のような顔してたじゃないですか、と云う前に日本平は、ああ。と太い声で云った。

「ああ。あれですか。あれは犬になめられないためにやってるんですよ」

「よくわからないのですが」

「つまり怖い顔をすることによって犬に、この人は怖い人だ、と思わせる訳です。そうすると犬は飼い主をなめなくなります」

「え、あれって怖い顔だったんですか。僕はてっきり……」

おもしろい顔だと思っていました、と云う前に日本平が、あっ、こらっ。と声を挙げた。

どうやって入ったのか日本平の犬がテラスのなかにいて、低いテーブルの上に置いてあった皿の牛肉を貪り食っていた。

「ノー」

叱りながら日本平はテラスに駆け込み、犬を抱き上げ、自らの顔を犬の顔に極端に近づけ、弱い魔人のような顔をした。

うまいものを貪食しているのをとめられた日本平の犬は激怒して唸り声をあげて日本平に嚙みかかっていた。

日本平は顔の筋肉を極限まで中心によせて肉を盛り上げてこれに対抗したが、犬の唸りと嚙みはとまらない。

バーベキューがなかなか始まらなかった。にもかかわらず皆は、犬と遊び、犬を遊ばせ、そんなことには興味がない、みたいな顔をしていた。しかし内心ではバーベキューのことばかり気にしているはずだった。その証拠に人々は犬と遊びながら屢々テラスの方を窃み視るようにみていた。

それは私もそうだった。

テラスには大皿に山盛りの肉、海老、貝、野菜などが運び込まれていた。炭火が真っ赤に熾っていた。バーベキューへの期待感がぐんぐん高まっていった。

炙った獣肉を思うさま貪りたい。

みながそう思っていた。そう思ってテラスを窃み視ていた。

しかしテラスのなかにスタッフの姿はなかった。スタッフは材料と炭火の用意をするだけで、そこから先は自分たちでやらなければならないようだった。

ということは誰かが主導的な立場に立たなければならないのだが、私はその立場に立ちたくなかったし、他の人もそう思っているようだった。

そんなとき、突如として舵木禱子が人々を領導し始めた。

舵木禱子は嗄れた声で叫んだ。

「みなさーん。そろそろバーベキューを始めますよ」

声を聴いてあっさりした感じの女と、草子、他人を穢れとみて遠ざけている女の連れの女がテラスに入った。

自分は意識が高いとして他人を見下している夫婦とその子、他人を穢れとみて遠ざける女、あっさりした感じの女の二人の女児、舵木禱子、日本平三平がフィールドに残った。

テラスに入った三人が、グリルに向かい、獣肉を焼き始めた。あたりに肉が焼ける匂いが漂った。

テラスのなかには、ベンチのようなものがあり、テーブルのようなものがあり、バットや皿が並べてあった。テラスのフィールド側の柵にくっつけて、柵とほぼ同じ高さだが、柵よりもほんの少しだけ高い、長細いテーブルが置いてあり、紙皿、紙コップ、割り箸、焼肉のタレ、唐辛子、茶やビールなどが並べてあった。ベンチやテーブルのうえに、海老、栄螺、手羽先肉、ソーセージ、牛ロース肉、ヤキトリ、カボチャ、シイタケ、タマネギなどの大皿が置いてあった。

三人は野菜も焼いていた。

私はこのバーベキューはこれからどうなるのだろうか、と思っていた。

バーベキューなのだから全員がテラスのなかに入り炉を囲むのが普通のやり方であるが、最初に入った三人以外の者はたれもテラスに入っていかなかった。私もテラスに入らなかった。入りたくないのではなかった。というか逆に入りたかった。入って肉や野菜を焼き、これを食べたかった。にもかかわらず入っていかなかったのは、テラスが、なにか入っていきにくい、関係者以外立ち入り禁止、といった雰囲気だったからである。

テラスはみなで囲む食卓ではなく、さながら料理人の仕事場のようだった。

テラスに入った三人は、タレの小皿を用意したり、飲み物を紙コップに注いだり、炭火の調節をしたり、肉や野菜をひっくり返したり、あちこちに置かれた荷物を片づけたり、ゴミをまとめて捨てたりして、忙しく立ち働いていた。

そんななかで自分だけ椅子に腰掛けて食べられるものではなかったし、また、そうして人が忙しく立ち働いていて、また、いろんな道具や材料が置いてある十帖のテラスに全員が入って食事ができるはずがなかった。

そんななか、テラスに自由に出入りする者もいた。

それは一人は十三歳くらい一人は七歳くらいの、あっさりした感じの女の二人の女児であった。まだ幼いので屈託なくなかに入っていかれるようだった。

また、日本平も気安く出入りしていた。日本平がそうしてみなが入り難く感じている場所に気安く出入りできるその理由は私にはわからなかった。金持ちだから万事に鷹揚なのか。あの端的な話し振りからして細かいことに気がつかない雑駁な性格だからか。もしかしたら女児並みに幼い頭脳の持ち主だからなのか。あるいはもっと他の理由があるのか。

じりじりして成り行きを注視していると、主催者という立場上、テラスに入れるはずなのにフィールドに留まり、移動していろんな人に話しかけていた舵木禱子が私のところに近づいてきて言った。

「さっき、三平と話してましたね」

「ああ、はい」

曖昧に返事をしたら舵木禱子が秘密を打ち明けるように声を潜めて言った。

「三平は私の弟なんですよ」

「あ、そうなんですか」

なんと返事をしてよいかわからず、そう云うと舵木禱子は、嘘ですよー、と云って婀娜っぽく笑った。

そのとき日本平三平はテラスに居た。テラスに居て、グリルをのぞいたり、草子と話したり、材料を箸でつまみ上げたりするなどして、テラスのなかをぶらついていた。

ぶらぶらしながら私と舵木禱子が並んで立って居るのを認めた日本平は、舵木禱子に、もうだいぶ焼けてますよ。早く食べないとダメですよ、と云った。

舵木禱子が、あらま、と云ってテラスに入っていった。

焼き尽くされたいろいろなものが紙の大皿にてんこ盛りになっていた。

草子とあっさりした感じの女と他人を穢れとする女の友人の女が意思を欠いたロボットのような、ぎこちない手つきで肉や野菜を焼き続けていた。

そしてやはり舵木禱子が人々を導いた。

舵木禱子は、細長いテーブルが置いてある柵の前に立ちフィールドに向かい、「みなさーん。焼けましたよー。召し上がってくださーい」と泥水のように叫んだ。

その時点で私はまだ、しかし、これがバーベキューである以上、この舵木禱子の叫びをきっかけに、みながテラスのなかに入り炉を囲んで肉や野菜を屯ろして食うものだと考えていた。

しかし違った。人々はテラスのなかに入れなかった。ではどうしたか。

人々は舵木禱子が叫んだ柵のところに歩いていった。柵の向こう側のテーブルにバットがあった。

バットのなかに焼け爛れた牛肉や手羽先、ネギマなどが入っていた。

バットの脇に紙皿や割り箸、調味液のボトルなどが置いてあった。

人々はその紙皿と割り箸を手にとり、焼き尽くされた牛肉や手羽先を割り箸で挟んで銘々紙皿にとったのだった。

柵そしてテーブルは人々の胸くらいな高さだった。

一種のバフェスタイルであったが、配膳口ともいうべき柵のところに同時に立てるのはせいぜい二人で、後に並んでいる人が居るので、脇に置いてある調味液をかけたり、レモンを搾ったり、また、飲み物をとったりするのも、後ろを気にしながらできるだけ速やかにして、終わったら皿と箸を持ってその場を離れなければならず、実感としては炊き出しの列に並んでいるような感じだった。

私の前で女児が苦労していた。女児には高すぎる位置に燃えたけだものの肉があった。

なかで肉を焼き尽くしつつ母親は、後ろで待っている私が子供が苦労していて自分の順番が回ってこないことに苛立っているのではないか、と気を揉んで、子供に、早くしなさい、と云った。

確かに私は少し苛立っていた。そして私もまた背後に苛立つ気配を感じていた。

女児が退いて番が来たので前に進んで台の前に立った。

紙の大皿のうえに焼け爛れた牛の肉がのっていた。半ばは先の人がとっており、バットの虚しくなったところに茶色い汁が垂れ流れていた。早くも冷めて、固くなり始めているのが見ただけでわかった。

その隣に焼け爛れた骨付肉が並べてあった。

焼け爛れた骨付肉二片を取り、調味液を振りかけ、割り箸と紙皿を持ってパアゴラの方へ移動した。他人を穢れとみて可能な限り遠ざける女が紙皿と割り箸を持って立っていて、私を見ると吐きそうな顔をし、割り箸と紙皿を捧げ持って水飲み場の方へ移動した。

私は、口を窄め、それから背を丸め、それから手をピグモンのようにちぢこめて焼け爛れたけだものの肉を食べた。甘い垂れの味が口中に広がった。肉がもろもろだった。

鼻が広がって、鼻毛が露出した。急いでもう一切れを食べた。早くこの肉をなんとかしなければならないからである。

二切れの肉を食べてしまうとすることがなくなった。そこで周囲を見ると、みな立ったまま、背を丸め、ピグモンのように手をちぢこめ、上目遣いに周囲の様子を窺いながら、こそこそと、まるで盗み食いでもしているかのような感じで肉を食べ、その後、手持ち無沙汰にしていた。

釈然としなかった。いま自分が食べたものがなになのかよくわからなかった。なので、また柵のところに肉をとりにいった。そして、少し離れたところへ移動して肉を食べた。

これを三回繰り返したら、相変わらず釈然とはしないのだけれどもお腹が苦しくなって、舵木禱子が、「海老が焼けましたー」「栄螺が焼けましたー」と叫んでも柵のところにとりにいく気にならなくなってきた。

他の人もやはりお腹が苦しいようで柵のところへはあまりいかなくなった。

大皿の上で肉が虚しく冷めていった。

その脇に食べ残しや、海老の殼、家禽の骨などが載った紙皿があった。飲み残しの茶やジュースの入った紙皿もあった。

まだ、食べ始めて十五分程度しか経っていなかったが終わりきった感じがあった。

フィールドに降りて来た日本平が入り口扉の前で、左手に紙皿、右手に割り箸を持ち、左肩を落とし右肩を上げ、右足の踵を上げて膝を曲げ、また、右肘を上に上げて、全体的に左に傾きながら、一心に燃えた肉を食べていた。

酒を飲めば、少しは活気づいたかも知れなかった。しかしクルマで来ているので飲めなかった。

草子たちは焼き続けた。

野菜を焼き、ソーセージを焼いた。柵のところに焼き尽くされたものが堆く積みあがった。

草子らは焼きそばも焼いた。焼きそばが焼けると、舵木禱子は、「焼きそばが焼けましたー」と絶叫した。泥水のように。

そのときは何人かが柵のところに行った。

私も腹がいっぱいであるのにもかかわらず柵のところにとりにいった。

焼きそば、にはこれまでのものとまったく違った新鮮な魅力があった。

私はパアゴラのところへ行って焼きそばを食べた。食べている間中、ただ苦しみだけがあった。どんなつまらぬものにもある、食べる楽しみがなかった。或いは、苦しみを食べている、感じだった。

疑念と倦怠がドッグランに広がっていった。倦怠は一部の犬にも広がって、私の犬は義務のようにマーキングをして歩いていた。寝そべって動かなくなった犬もいた。なにも特別なことがなかった日曜日の夕方みたいな、そんな寂しさがドッグランに充満していた。

それでも舵木禱子は泥水のように叫び続けていた。もはや絶叫であった。

テラスのなかの人がまだなにか焼いていた。悪霊を燃やしているような匂いがフィールドに漂った。隣地の廃材置き場にもはや人はおらなかった。

私は焼け爛れた肉やゴミをみた。雑草をみた。そして悲しい犬と人を見た。そして畑を見て、そして鉄塔を見た。風がびゅうびゅう鳴っていた。雲の間から差し込む光が地面に届いているように見えた。何本かの光の柱が低い雲を支えているようにみえた。

私はポケットからコンパクトカメラを取り出して光の柱を撮影した。ところが何度撮影しても露出がオーバーし、真っ白にしか写らないので、そのうち諦めた。

諦めて足元を見ると日本平の犬が後肢も前肢も投げだし、腹をべたと地面に密着させて転がっていたのでその様子を撮影した。

何枚か撮っていると日本平がやってきて脇に立ち、そのカメラはどうですか、と言った。

「ああ、なかなかいいですよ」

「いいんですか。そうですか。実は僕はカメラを買いたいと思っているんです」

「ああ、そうなんですか。よかったら試してみますか」

「あ、そういうのはもう持ってるんです。僕はああいうのなんていうんですかね、あのごついレンズの……」

「一眼レフですか」

「そうです。僕はね、キヤノンにしようか、ニコンにしようか、どっちがよいか、迷っているんですよ。僕はニコンがいいかな、と思ってるんだけどね。それと最初からレンズがセットでついてるのにしようと思うんだけど、こないだ見にいったらニコンの方が安かったんだよね。でも、やっぱりキヤノンの方がいいんですかね。それとも最初からレンズがセットになっていないやつの方がいいのかな。そうすると、どっちが安いんでしょうかね。やっぱり、後でレンズを買うと高いんですかね。どっちがいいんでしょうかね」

「それは、やっぱりなにを撮りたいかによるんじゃないですか」

「まあ、そうなんだろうけどね。でもニコンの方が安いんですよね」

「あ、それだったら旧モデルにすれば安いんじゃないですか」

「あー、でも、やっぱりどうせ買うんだったら最新式にしたいなあ。でもキヤノンの最新式は高いんですかね、僕はニコンが安くていいと思うんだけど、どうですかね」

「うーん。どうなんでしょうね」

私はそう言ってそして心のなかで、あなたは会社をいくつも経営していてカネがあるのだから気に入ったものを買えばいいじゃありませんか、と言った。言って遠くをみた。

光の柱がゆっくりとこちらに近づいてきていた。

「バーベキューはどうですか」

日本平は唐突に訊ねて来た。

私は、バーベキューは呪いと恥辱そのものです、と言わなかった。舵木禱子の、弟ではないが親密な関係にあるらしい日本平にそう云えば、当然、それは舵木禱子に伝わる。自分の犬をなるべく他人の犬と交わらせたいと希う私にとってそれは得策ではなかった。

しかし私は、バーベキューは最高ですよ！　とは言わなかった。私は嘘を言いたくなかった。

そこで私は、「バーベキューは大好きですよ！」と言った。そのとき私は草子の口調をまねた。私は嘘は言っておらなかった。私はバーベキューは好きだった。このバーベキューが厭なだけだった。

「ほんとですか。バーベキューとかやるんですか」

「ああ、やりますね。っていうか、やりたいと思ってますね。でも、僕一人暮らしなんで、ひとりバーベキューになっちゃうんですよ。ぜんぜん盛り上がらんです」

「マジですか。じゃ、今度、一緒にやりませんか。一緒にバーベキューしませんか。ウチはよくバーベキューやるんですよ」

本気で誘っているようだった。もうこうなったら誘いに乗ってみようか。そんな棄鉢な気持ちにもなった。そのときは舵木禱子も来るのだろうか、と思った。

そのとき光の柱はさっきより近くにあった。

暫く間を空けてまた日本平が訊いた。

「このドッグランにはよく来るんですか」

「いえ、初めてです。よく来るんですか」

「僕はね、エチベリによく行くんですよ」

「エチベリってなんですか」

「エチベリ公園ですよ」

「あ、公園なんですか。あ、もしかしてそこにドッグランがある?」

「ええ、そうなんです。今度、一緒に行きませんか」

「ああ、いいですねぇ、いいんですか、そこ」

「ええ、いいですよ、エチベリ。広いし空いてるしね、それに公園のなかにあるドッグランなんでタダなんですよ、タダ。タダなんです、タダ、タダ」

日本平は強い調子で、タダ、タダ、と繰り返して云った。

舵木禱子が泥水のように叫んでいた。なにを云っているのかわからなかった。すべてを焼き尽くしてしまったテラスのなかの人たちが死霊のような動作で焼け爛れた残飯や食い殻をゴミ袋に棄てていた。厭なものが喉元にこみ上げてきた。雑草と鉄塔を焼き払いたくなった。生きるよろこびはなにひとつなく、ただ、苦しみだけがあった。

しかしそれももう少しの辛抱だ。もう焼くものは残っていない。

そう考えて苦しみに耐えていると、すべての犬が一斉に虚空に向かって吠え始めた。

私は犬が吠えている方角を見た。

光の柱がフィールドの柵のすぐ側まで迫っていた。

光の柱は直径が三メートルくらいあった。大きな柱だった。何本あるかわからなかった。

私は直感的に、これは栄光だ、と思った。

いつかこんな日が来る。漠然と思っていたこと、すなわち、真面目に生きておればいつの日か栄光が私たちを迎えに来て、私たちは無条件無担保で栄光に包まれる、ということが実現したのだった。

私はよろこびにふるえ、と、同時に畏れた。

それは、なぜ私なのだろう、という畏れだった。私はいつの日か栄光に包まれることを夢想していた。けれどもそれはあくまでも夢想であって、実現するとは思っていなかった。私が栄光に包まれるだけの値打ちのある人間でないことを私は熟知していた。思い当たる節があり過ぎた。

そしてそうして思い当たる節に思い当たると同時に疑念が湧いた。

なぜこのメンバーなのだろうか、という疑念だった。このまま栄光がやってくるとすればここにいる全員が栄光に包まれるはずだが、はっきり云って馬鹿ぞろいだった。こんな奴らが栄光に包まれる理由は客観的にみてどこにもなかった。

ということはあれは栄光ではないのではないか。栄光ではなく、なんの価値もない、単なる現象・事象に過ぎないのではないか。私は黄銅鉱を黄金だと思いこんでいる痴れ者なのではないか。

そう思った瞬間、しまった、と思った。

栄光はそんな疑念を抱くような人間を包まないはずだった。そんなことを考えてはならなかったのだ。栄光と信じて疑わない。そうすれば栄光に包まれたのに考えたから包まれない。

私は激しく後悔した。そして、もう二度と栄光を疑わない、と誓いながら、再び、私は栄光に包まれると信じた。信じて疑わなかった。なにかを思いそうになったときは無理矢理になにも思わないように努力した。

日本平は、すげー、と云いながらスマートフォンをかざして光の柱に近づいていった。

あっさりした感じの女はテラスの端に立って口を開いて栄光を見ていた。

自分たちは意識が高いと思って他人を見下している夫婦の夫は、光の柱を指差し、口を曲げて妻になにか言っていた。妻は腕組みをして光の柱を見あげていた。

他人を穢れとみて遠ざけている女は、背を丸め、猿のように両手を前に垂らして立ち尽くしていた。その友人の女は大量の涎を垂らしていた。

その他の者も猿のように手を垂らしていた。

そのとき舵木禱子はテラスにいた。舵木禱子は栄光に向かって拳を振り上げて喚き散らしていた。「来たか。ついに来たか」と喚きまた、「クソ野郎がっ」と喚いた。

そして舵木禱子は、両手をひっきりなしに上下させ、一歩ずつ足を踏みばってテラスから出てきた。狂った聯隊のようだった。

舵木禱子は西洋の死神が持っているような柄の長い鎌を持っていた。

そして舵木禱子は一足歩むたびに巨きくなっていき、奥のフェンスにいたったとき、高さはそのときで三メートルになっていた。しかもまだ巨きくなりつつあって、この先どれだけ巨きくなるのか計り知れなかった。

光の柱はフェンスのすぐ側まできていた。舵木禱子の顔面が光に照らされて青魚のようにぬらぬら光っていた。

舵木禱子の脇で日本平が電話をかざして写真を撮っていた。舵木禱子がそんなあさましいことになっているのに気がつかないようだった。ときおり撮るのをやめて電話を操作していた。

舵木禱子はその日本平をつまみ上げ、死神の鎌で日本平の首を切断した。どさっ。首がドッグランのフィールドに落ちて砂にまみれた。

その首に群がって犬が吠え立てた。日本平の犬がもっとも激しく吠えていた。日本平の胴体から血が噴出していた。舵木禱子はその切り口を光の柱に向けて捧げ持ち、光の柱に噴出する血液を注いだ。そして、これでもくらえっ、と泥水のように叫んだ。

何人かは耳が潰れてなにも聞こえなくなったようだった。

血を注ぎ終えた舵木禱子は日本平の胴を地面に棄てた。

注がれた血は柱の表面で直ちに蒸発して消えた。

そして光の柱が、ずいっ、とまた数メートル近づいてきた。光の柱が通った後、フエンスが跡形もなかった。

舵木禱子は後ろに飛び退った。そのとき舵木禱子は死神の鎌を光の柱に投げつけた。死神の鎌は光の柱の表面で直ちに蒸発して消えた。そのとき、犬が吠えた。光の柱に向かって吠える犬と舵木禱子に向かって吠える犬がいた。

舵木禱子は血液の渦潮のような形相で喚き散らしていた。なにを言っているかわからなかった。何語かもわからなかった。

意識の高い夫が舵木禱子を指差し、口を曲げて笑っていた。「そもそも鬼とか魔とか言うものは……」ときれぎれに聞こえた。

舵木禱子は手を伸ばしてこれをつまみあげた。

脇に立っていた妻は、がくん、と崩れ落ち、立とうとしたが立てず、そのまま四つん這いでぐるぐる這っていった。涙と小便を垂れ流していた。

そのとき、脇の叢から、泣き叫びながら走ってくるものがあった。意識の高い夫婦の子であった。父親を救助しようと飛び出してきたらしかった。夫婦の子は舵木禱子の足首のあたりを殴り、また蹴るなどした。大木を殴っているようだった。

舵木禱子は意識の高い夫の首をねじ切った。

ぴいいいいいいいっ、という悲鳴がドッグランに響いた。

舵木禱子は意識の高い夫の首をフィールドに棄てた。

意識の高い夫の首から血液が噴出していた。舵木禱子はこれを光の柱に向かって捧げ持ち、光の柱に噴出する血液を注いだ。

しかし、血液が光の柱の表面で蒸発するばかりで光の柱に変化はなかった。どうやら舵木禱子は栄光を穢い人間の血で汚そうとしているらしかったが、思うように汚せないでいた。

そして光の柱が、ずいっ、と、また近づいた。

舵木禱子は後ろに飛び退った。

舵木禱子は私たちのすぐ前にいた。私たちはフィールドのフェンスに背をぴったりとつけ、舵木禱子の背中を見上げていた。テラスにいる人々も同様であった。

舵木禱子は飛び退った拍子に昏倒した落ちていた子を拾い、これを光の柱に投げつけた。

光の柱の、見上げるくらいのところにぶつかった子は直ちに蒸発して消えた。柱の表面は元のとおりにすべらかで、血の痕もなにもなかった。

舵木禱子は衣服を裂いて叫んで振り返った。

また、誰かの血を注ごうとしているらしかった。

私は恐ろしくなった。

私は私の犬の首輪をつかんで出入り口に向かった。出入り口には掛けがねがあった。私は掛けがねを開けようとしたが複雑な掛けがねはなかなか開かなかった。私は掛けがねを開けるのを諦めて、百二十センチメートル程度の柵を乗り越えた。乗りこえて犬を呼んだ。私の犬は運動能力に優れた犬で、この程度の柵は容易に飛び越えられるはずだった。

ところが私の犬は躊躇し、また困惑し、気弱な笑みを浮かべ、尻を落とした。私の犬は飛び越えられないと思っていた。

私がそう思いこむように仕向けていた。

私の犬は柵を飛び越えたその先になにがあるか知らなかった。

飛び越えた先が美しい花園か汚らしい泥沼かを私の犬は知らなかった。

飛び越えてみて初めてそこがどんな場所であるのかを知るのだった。

そうした者は飛び越えてはならない。

しかしひとたび自分が飛び越えられると知った以上、飛び越えた先になにがあるかわからぬので飛び越えるのをよす、ということはできない。

多くの者が飛び越えられぬものを飛び越えること、それ自体が栄光であり、ならば飛び越えた先にはもっと素晴らしい栄光がある、と信じてしまうのである。

だから私は私の犬に、飛び越えられない、と思いこませた。

そのことによって私の犬は安全だった。しかしいまはそれが仇となった。犬を呼んでいると、光の柱がまた、ずい、と進んだ。舵木禱子はいまや光の柱の真下にいた。少し後ろにいる私たちから見ても光の柱はすぐ目の前にあって見上げるようであった。

一本がそれぞれ丸ビルよりずっと大きく、その天辺が見えなかった。巨大な舵木禱子が卑小にみえるほどだった。それをみあげるとき私はこの場から逃げようとしたことを愧じた。みな、光の柱の素晴らしい、感じ、を浴びて気分よさそうにしていた。私は出入り口の外側から掛けがねに手を伸ばした。掛けがねは簡単に開いた。ドッグランのなかに再び入って私はここから逃げようとしたことを愧じた。

他の犬と人がわかっていたこと、すなわち光の柱が栄光であることを私はわかっていなかった。私には栄光を信じる気持ちが少なかったのだ。飛び越えてはならぬのは私の犬ではなく私だったのだ。

憤怒して、自分の胸を引き裂き、胸に蹄を入れ、汚らしい涙を流して栄光にあらがう舵木禱子は醜悪であったが、私も同じように栄光にあらがったのだ。同じように醜悪だったのだ。

私は猿のように手を垂らして舵木禱子に諾々と従う、あの人たちを軽んじていた。しかしそれは間違いだったのだ。彼らは飛び越えないことを知っている賢い人たちだったのだ。真っ白な縮砂の花のような心を持った人たちだった。彼らにももちろん恐怖心はあるだろう。日本平や意識の高い夫やその子のようにむごたらしく殺されるのはやはり恐ろしい。

けれどもそれが栄光によってなされるとき自分たちは栄光に捧げられる。自分を捧げないでどうやって栄光に入れるだろうか。入れる訳がない。それを私は自分だけはむごたらしくならないで自分を温存したままで栄光に入ろうとしていたのだ。入れないのなら入れないでいい。結果のことは考えないでただ自分を捧げよう。少なくとも舵木禱子と同じ場所にいるのだけはやめよう。

そう思ってみると舵木禱子はちっとも恐ろしくなくむしろ滑稽だった。あんな風に巨大化しているが、それは真に偉大なのではなく、自分を実際以上に巨きくみせたいという愚かな心の現れに過ぎないのだ。その証拠に、舵木禱子の皺のよった顔面には偉大なものに似つかわしくない、汗、涙、鼻水といったものが垂れ流れ、巨きくなった分、それは普通人のそれ以上に目立って醜悪であった。髪や唇の端に附着する肉の滓や煤、乾いた肉汁なども巨きいのでよく目立って汚らしかった。

全身から、おかしげな匂いが立ちのぼっていた。

そんな穢らしい舵木禱子はいくら穢そうとしても穢れぬ光の柱に苛立ち、焦り、苦しみ悶えていた。

舵木禱子は野球の主審のように両足を踏ん張って天を仰いで泥水のように叫び、ついに直接的に光の柱に殴り掛かった。

ほぼ同時に、雷のような音が響いた。舵木禱子の叫び声だった。何人かは目が見えなくなったようだった。

舵木禱子は叫びながら仰向けに倒れた。

仰向けに倒れた舵木禱子のちょうど首のあたりにテラスの柵があった。

テラスのそのあたりが舵木禱子の後頭部がぶつかって壊れた。草子が自分の母親の後頭部の下敷きになって悲鳴をあげていた。

舵木禱子は手足を上に向けてヒラヒラ痙攣していたが、よくみると右腕の肘から先がなくなっていた。それは光の柱に触れたため一瞬で燃え尽きたものとみえた。

してみると巨大化することには一定の意味があるのかも知れなかった。

小さければ一瞬で燃え尽きてしまうが、巨きければ、一部が燃えても全体が燃え尽きるということがこのようにないからである。

しかし燃え尽きないことは栄光への抵抗である。

それが意味のない抵抗であり、抵抗が苦しみそのものであることは、いまの舵木禱子の苦しみぶりをみれば明らかだった。

右腕の肘から先がなくなることも苦しいだろうが、あの痙攣ぶりからすると、それよりも光の柱に触れてなお蒸発せずに生きていることも相当に苦しいのだろう。

私は犬に咬まれた経験があるが、咬まれた瞬間、一気に総身から力が抜け、同時に身体が極度に重たく感じられ、暫くの間、動けなかった。

あれを百倍にしてぴりぴりする電気ショックのようなものを加えたような衝撃なのだろうか。

いずれにしても恐ろしいことである。

なので私は舵木禱子はそのまま死ぬと思っていた。殺虫剤を噴霧された虫のようにやがて動かなくなるものと思っていたのだ。

ところが違った。

ときおりびくびく痙攣しながらも身体を反転させうつ伏せになった舵木禱子は膝を立て、左手一本を野について四つん這いになり、膝立ちになり、そして立ちあがると、再び、光の柱に向き直った。

ダラッ、と垂れた右腕の先がチロチロ燃えていた。古タイヤを燃やしているような悪臭が漂い、何人かが踞って嘔吐した。

下半身を押しつぶされた草子が腕の力だけでゆっくりとテラスを這っていた。

舵木禱子は泥水のように叫び、喚き狂いながら角力のように姿勢を低くして光の柱に吶喊した。

「腰じゃわえっ」

舵木禱子は首と肩を光の柱に押しつけ、左手で光の柱を抱くようにして、これをぐいぐい押していた。どうも力で光の柱を押し倒そうとしているらしかった。

なんという無謀なことをするのだろうか。

驚き呆れ、また恐れの気持ちも抱きながら私はその様をみていた。みるより他に術がなかったからである。

ぎゃあああああああああああああっ。という絶叫が野に響いた。また、舵木禱子の肉が燃えていた。髪が燃え上がり、頬、肩から左腕にかけて燃えているのだろう、腐敗した獣肉に大便を混ぜて燃やしたような厭な匂いが野に漂った。

全員が嘔吐した。その吐瀉物を日本平の犬が貪り食らっていた。

そんなあさましいことになりながらも舵木禱子はなお光の柱にしがみついて、頭から肩、胴まで燃えてオレンジ色の焔に包まれていた。

真ん中の方に黒い、炭の塊のようなものがあって、それが舵木禱子の本体であるらしかった。

舵木禱子のバーベキューであった。

黒い塊は頻りに左右にもがいていたが、やがて堪えきれなくなったのか、いったん柱から離れ、その場に胡座をかくような恰好で座り込んだ。

そのときになると舵木禱子の全身が焔に包まれていた。

まるでガソリンをかけて火を放ったようだった。

暫くの間、舵木禱子はそうして燃えていた。

私は舵木禱子はこのまま燃え尽きてしまうのだろう、焼き尽くされるのだろうと高をくっていた。ところが違った。

もはや意思もないような、目も鼻も定かでない、真っ黒なものとなった舵木禱子は、胡座をかいた姿勢のまま、合掌をするような仕草をし、上体を前後に揺らしていたが、やがて立ちあがると頭を下げ、そのままの姿勢で光の柱に向かって燃えながら頭から突進していったのである。

次の瞬間、舵木禱子の身体が弾けて宙を飛んだ。その宙を飛んだ舵木禱子は首がなく胴体ばかりであった。舵木禱子は今度はテラスを越えて、事務所棟に仰向けに倒れ込んだ。

ぼん。と音がして事務所棟が炎上し、前には光の柱、後ろは火焔。私たちは進むことも退くこともできなくなった。

私は目の前の光の柱を見上げた。

すべすべして光り輝く柱の、ちょうど舵木禱子の頭がぶつかったあたりに、ごく薄くだが黒焦げのような痕があった。

私は舵木禱子はもしかしたらその意志を貫いたのかも知れない、と思った。

初め舵木禱子は日本平や意識の高い夫の新血で栄光を汚そうとした。しかし栄光はそんなものでは穢れなかった。

ならばというので今度は、力ずくで光の柱を鯖折りに折ろうとした。しかし自分が燃えるばかりで栄光はビクともしなかった。

そこで舵木禱子は醜悪な顔貌に縁取られ、邪悪な考えに満ちた自らの頭部を、ずぶ、と光の柱の内部に突きこむことによって光の柱を不純なものにしてやろうと考えたのではないか。

もちろんそんな邪な考えが実現する訳がない。舵木禱子は光の柱に入ることはできずに燃やされた。

しかし、日本平や意識の高い夫が、光の柱にふれるやいなや直ちに蒸発して消えたのに比して、その肉のなかに邪悪なものがたくさん入っている舵木禱子は燃えにくかったのだろう、光の柱の表面で幾分ブスブスして、そのすべらかな表面にかすかではあるが厭な黒焦げを残したのである。

それはバーベキューの網に残った厭な黒焦げに似ていた。

そして私は、栄光の源はなになのだろうか、ということを考えた。奇妙な考えであった。私は栄光はなにかの現れとしてそこにあるのか、それとも栄光はそれそのものにその起縁があるのか、と考えたのである。

そして私はすぐに私が間違った考えを三度、抱いたことに気がついた。

ばかな。栄光があんなもので穢れる訳がないじゃないか。あの黒焦げこそが単なるというか、安いトントロとかを焼いた安い金網と光の柱が一緒になる訳がない。栄光は栄光である。私たちは栄光についてそれ以上のことを考えてはならない。

それを、自分の頭でものを考えられない栄光の奴隷と頭がよい人は言うだろう。

勝手に言えばよい。

私は奴隷であることを誇りに思う。私は柵を飛び越えない。柵のなかには栄光があり、柵の外では穢いものが燃えている。だったらなぜわざわざ柵の外に行く必要があるだろうか。

私は柵が七メートルもあればよい、と思っていた。

しかし柵は五尺に満たず、そして舵木禱子の死骸とともに棟舎はいよよ燃え盛り、背中が熱かった。そして気がついて見ると、フィールドのぐるりの、工場や畑や鉄塔や荒れ地がみな燃えていた。

焰の高さは二十メートルに達し、向うの山や鉄路がみえなかった。

時折、火焰が降り注いできて一分くらい呼吸ができなくなった。

いまにも髪の毛やら衣服やらに火がつきそうだった。

そして、その火焰のなかをおごめく高さ十メートルほどの黒いものがあった。

舵木禱子であるらしかった。

舵木禱子は、燃えて黒焦げになって、もう自分が栄光を穢すことも倒すこともできないのは明白なのにもかかわらず、あんなことをして自分が火元となり、周囲に火をつけて回って私たちを焼き殺そうとしているのだ。

舵木禱子。どこまで根性が腐っているのだろう。

そう思ったとき、ふと草子のことが気になった。自分の母親があんなことをして草子はどう思っているのだろうか。そう思ってテラスを見ると草子はテラスの入り口で白目を剝いて事切れていた。首から血が流れていて、脇に包丁が落ちていた。どうやら自分で喉を切って死んだらしかった。

この火焰をどうやってかいくぐったのだろうか、草子の死骸に無数の蠅がたかっていた。

もはや耐え難い熱さだった。私たちは火にくべられていた。

そして目の前に栄光の柱があった。

もう犬も他の人もみえなかった。

私は前に進んだ。

私は栄光に入った。

そのとき轟音が響いた。轟音が響いて私は一瞬で消滅した。

そんな騒ぎがあって、ようやっと、さあそろそろ散会しましょう、という雰囲気になり、私はたれよりも早く犬に引き綱をかけ、駐車場に向かいクルマを出した。舵木禱子と草子がやってきて、今度は九月にやりましょう、とか、さようなら、とか、言った。私は運転席側の窓を全開にしてこれに対応し、クルマを発進させた。ただ苦しみだけしかないバーベキュー会場を出ることができて私はやっと自由になったと思った。

私は白ワインを飲みながら蒸しずしを食べたい気持ちになった。なにかさっぱりしたものでも食べて嫌でたまらなかったバーベキューのことを忘れたいと思ったのだ。

そう思いながらクルマを走らせていると右前方の交差点の先に高級スーパーマーケ

ットが見えた。あのスーパーマーケットには洒落たテイクアウト寿司店があるはずだ、と確信的に思った。

そこで私はウインカーレバーを押し下げて方向指示器を点灯させ、右折レーンに進入した。

駐車場に車を停め犬に、すぐ戻る、と云ってクルマから外に出た。

そのとき、もの凄い、鉄槌で殴られたような衝撃を頭に感じて私はその場に踞った。全身から力が抜けて動けなかった。不思議なことに痛みは感じなかった。ただ衝撃だけがあった。そして衝撃は頭のなかでいつまでもがんがん反響してやまなかった。その反響音の彼方から語りかける声があった。

蒸しずしなど食うな。

なんだこの声は。幻聴か。

声が言った。

幻聴ではない。

周囲に人影はなかった。高級スーパーマーケットの出入り口にみすぼらしい母とその娘が歩いているのが見えるばかりだった。

誰なんだこれは。なんなんだ、これは。

私は、日本くるぶし、という者だ。

日本くるぶし？ なにを言っておるのだ。俺は気が狂ったのか。

蒸しずしなど食っている場合ではない。おまえにはやることがある。

こいつはなにを言ってるんだろう。なんでこんな声が聞こえるのだ。なんで思っただけでこいつは答えるのか。

おまえは人たちに正しいバーベキューを食べさせなければならない。

はあ？ 正しいバーベキュー？ ふざけるな。バーベキューなんか誰がするか、ばか。俺は蒸しずしを食う。白ワインを飲む。

そう思って、身体にはまだ力が入らなかったが、なんとか立ちあがった、その瞬間、べきっ、という音がして左足が折れた。私はその場に崩れ落ち、甚だしい痛みに呻いた。しかし、蒸しずしが食べたい。

「蒸し、蒸しずし……」

そう云いながら私は高級スーパーマーケットの出入り口の方へ這った。

蒸しずしは諦めろ。おまえにはやることがある。

声が響き、べきっ、という音がして今度は右足が折れた。

痛みは耐え難かった。

蒸しずしはあきらめるかっ。

そんな声が頭に響いた。私は、私は気が狂ったのだ、と思った。あんな目に遭って狂わない方がどうかしている。

ならば病院に行かなければならないが日曜日だった。ならば救急車を呼ばなければならない。しかし、発狂ということで救急車を呼んでよいものなのだろうか。

しかし、足の骨は現に折れている訳で、それなら救急車を呼んでもよいだろう。だが、この足の痛みも足の折れも訳の分からぬ日本くるぶしもすべて私の狂気によるものだったら?

構うものか。錯乱して救急車で運ばれるなどというのはニュースでよくみるところだ。しかし、自分で、私はいま錯乱している、と自覚する錯乱があるのか。

そんなものはどうでもよい。とにかくいまは病院だ。

そう心得て電話を取り出し、釦を押そうとした瞬間、アンテナのマークが消え、圏外、という表示に変わった。

幹線道路沿いのスーパーマーケットの駐車場が通信圏外であるはずがない。

不審に思いつつ、いろいろな角度に電話をふりかざしているとメールの着信音がした。圏外とちゃうんかい、と毒づきながら開封すると、

196/5/3 20:32 From nihonkurubushi.com To おまえ Sub 病院に行くな。度々で失礼します。家に帰れ。バーベキューの準備をしろ。蒸しずしを食うな。

とあった。

私は、了解です。と返信した。

そのとき、私の両足の痛みが去った。


どこをどう走ったのか気がつくと深夜だった。

私は、斜面を切り開いて建設した片側一車線の道路を走っていた。

右は切り立った崖で左は海だった。

右も左も暗く、行き交うクルマは皆無だった。

道路照明灯もほとんどなく十メートル先のことがわからなかった。私は曲がりくねった道を自分のクルマの前照灯だけを頼りに走った。

なぜ海に飛び出さないでカーブがちゃんと曲がれているのか、その理由がわからなかった。

隣で犬が、恰も自分が運転しているかのごとき、真剣な顔で前方を注視していた。

私はなぜそこが右カーブであるかわからないまま、大きく右にハンドルを切った。

私は海に落ちるか崖にぶつかるかも知れないと思った。私は真っ黒な闇のなかの細い一筋の道を私の犬とともに走っていた。

現報

光が溢れる天国のような午後、多額の費用を費やして築造した自宅のリビングダイニングルームで蒸しずしを食べ、白ワインを飲んでいた。

まったく素晴らしかった。

六百坪の庭に面する大きな窓から光が射し込み、なにもかもが黄金色だった。

私はゆったりとしたひとり掛けのソファーに腰をかけていた。

遠くには海、近くには書棚があり、別にある書庫より選ばれた書物が棚に並んでいた。

家具調度品はすべて私の嗜好に適うよう長い時間をかけて集めたもので、それらはあるべくしてそこにあるようにあった。

キャンドル、アロマポット、絵画、彫像などがいい感じに配置してあった。

そのようなことが可能なのは家が豪邸だからであった。家には生活をする居間、来客のための客間、眠るための寝室、膨大な数に上る衣服をしまっておくための部屋、思索のための部屋、祈りのための部屋、当面は不要なものをしまっておく納戸、膨大な蔵書を収蔵する書庫などが夫々存在した。

音楽は慎重に排除されていた。ただ、窓に面したテラスに設置されたる独逸製の全長壱米六拾糎の風鈴の音が鳴るばかりだった。

その風鈴の音に、樹木が風にそよぐ音、ときおり啼く鳥の声、などが重なって、天才によって作曲されたどのような交響曲よりも快楽的な音が響いた。

私は完全に、完璧にうち寛ぎ、私は、蒸しずし、を食べながら白ワインを飲んでいるのだろうか或いはそうでなく白ワインを飲みながら、蒸しずし、を食べているのだろうか、そんなことを片仮名で考えていた。

考えつつ頭のなかの別の層で、こういうことを、幸福、というのかも知れないと思っていた。

世の中には首切りの対象となった挙げ句に窮困、その日の宿り、その日の食物にすら窮する人が多いと聞いていた。にもかかわらず私は、うれしく、そして、たのしく、その日を暮らしているのだった。

そんな生活ができるのは親が財産を残してくれたからだった。

けれども私はそのことを公にしなかった。なぜなら、それを人に知られたら、自分の力で飯を食っていない、生きていない、駄目な奴、と思われるかもしれないと思われるから。

そこで私は対外的には自分で働いて稼いだお金で生活をしているふりをしていた。

まるっきりの嘘ではなかった。一応の仕事はしていた。ただ、その仕事から得られる収入は、ときに意外な金高になることはあるものの、そんなことは稀で平均すると遺産から得られる収入の十分の一に満たなかった。

若いときはそんなことではいかぬ、と心の駒に鞭を入れ、いっそ相続税というものがもっと高ければよかったのに、と思うこともあったが、だからといって現金や証券をゴミ集積所に投棄する訳にもいかず、そのまま暮らすうちに五十の坂を越え、いまでは相続税なんてとんでもない、と思うようになっていた。

蒸しずしのなかにはいろんなもの、具体的に言えば、蓮根、干瓢、椎茸、穴子、絹莢、紅生姜、人参、木芽などが入っており、私はそれらが悉皆調和していることを喜びつつ、そのことで心に安らぎを覚えていた。

それは、そのなかのひとつを欠いたときの心配・不安の裏返しであるのかも知れなかった。

例えば、このなかに、絹莢、を欠いたらどうだろう、と私は思った。

絹莢などというものは、さしたる味もないし、そんなものはなくてもよさそうなものだが、これを欠いたときの喪失感を想像すると言いようのない不安を感じる。

もちろん穴子なんてものがないのは困るが、しかし、その困りは絹莢を欠く困惑と同等の困惑で、画竜点睛を欠く、などというものではないということだった。どんなつまらぬものでもそれがないと均衡しない。それが悉皆調和ということで、それは経済的な均衡とはまったく関係のないことである。なので欠落はすべて恐ろしい。その恐ろしさを知って初めて平安を知ることができるのだ。

私はそんなことを考えながら庭に目をやった。

先月、庭師が整備したばかりの庭も悉皆調和していた。

北側に庭師が拵えた滝や石や灯籠があり、滝から流れる水が大池に注いでいる。大池には鯉が泳いで、州浜があり、亀島があり、八つ橋を渉った対岸に庭を巡る石段があって、辿ると露地とそれに続く茶室に通ずるようになわばりしてあった。大池の向こう岸には枝垂の梅と松が植えてあり、その他にも紅葉、椿、躑躅、黒竹、馬酔木、山桃、万両、南天、紫陽花、芙蓉、などが植えてある。

一年を通じてなんらかの花が咲いているようにしてあるのだ。

そしていまは金木犀が咲いていた。

私は、きっとあの木の根際に参ればよい匂いがするのだろう、でもいまは参らない。贅沢なことだ、と思いながら白ワインを飲み、また庭を眺めて驚倒した。

池の向こう側の枝垂の梅と松の間に醜い雑草が生えていたのだ。

背ぃの高い、まるで木のような雑草で、その雑草があることによって庭の調和が玉無しになっていた。

私はこの状態は正しくない状態だと思った。

まるで蒸しずしのなかに鯉こくが入っているような押妨状態だと思った。

私は着ていた襦袢を引き裂いて急激に立ちあがった。

あの正しくない雑草を抜き、打ち捨てることによって正しくない状態を正しくしようと考えたからだった。

思えばそれがよくなかった。

私が急激に立ちあがったことによって私の犬が曲解した。

そのとき私の犬は私の足元に寝そべっていた。

また私は私の犬が熟睡していると思っていたのだが実はそうではなく、私の犬は寝ているような振りをして私の動向に全神経を集中し、私が少しでも散歩に行くような徴候を見せたならば、私の気の変わらぬうちに直ちに起きあがって散歩に行こうとしていたのだ。

私の犬は狂喜して部屋中を駆け回った。上を向いて大口を開き、首を左右に振り回した。玩具をくわえピコピコ嚙み鳴らしながら、首を振って歩いた。農奴が麦踏をするような恰好で後肢をじたじたした。かと思えばなんの意味もなく垂直に二メートルも跳ぶなどした。

狼狽えるのでない。私は庭の雑草を抜きに行くのみだ。

私はそういって私の犬を叱咤した。

にもかかわらず私の犬は私が声を出したことによってますます興奮して、もっと暴れた。

そのことによって部屋の一部がわずかに毀たれた。

それまでの午後が破れた。

私は引き綱掛けのところに歩いていった。

蒸しずしが少し残って、その残った蒸しずしに天窓から差し込む日が当たっていた。

このままにしておいたらそのうちに腐るのだろう。

蒸しずしを見てそう思った。

海岸に行こうとして坂道を下っていた。私の犬が私の行動を曲解して暴れ出し、散歩に連れ出さなければどうにもならない状態に成り果てたからだった。

私は弱い飼い主だった。

それは或いは犬の示威行動だったかも知れないのだ。しかし、私は出てきてしまった。無力次第。自分のことをそんな風に思いながら海に続く坂を下っていった。

坂の両側は最初、左右とも山の斜面で、木々の間から射し込む光が美しかった。しかし、坂を下っていくにつれて周囲は次第に開けて、十分も下ると左手に大規模な新築のマンションがあり、その先で崖につきあたって左に曲がった先には駅舎があった。といっても田舎の駅舎で、木造平屋建ての駅舎の周囲には、ケーキ屋が一軒、蕎麦屋が一軒、トンカツ屋が一軒、カフェが一軒あるばかりだった。改札口の正面には中華料理屋があったが、もう長いこと閉めているようで入り口のガラス戸に、売り家、と書いた札が貼ってあって、その札すら半ば腐っていた。

人気のないロータリーにはタクシーが三台並んでいて客を待っていたが、客は殆どないらしく、運転手がクルマから降りて談笑していた。

崖の先に海が光ってみえた。

駅を通り過ぎて暫く行くと、いよいよ開けた商店街で、大きなスーパーマーケットもあるし、銀行やコンビニエンスストアーなどもある。

そんな繁華なところを歩き、犬連れで入ることができるカフェの脇を通りかかった私は、赤ワインかなにかを飲んで寛いでやろう、と思い、そしてそう思った瞬間、あっ。と声を挙げて立ち止まり、自分の尻をさすった。

いつも出掛けるときには財布が差してあって出っ張っているはずの尻が平らかだっ

た。

私は絶望的な気持ちで元来た道を戻り始めた。

二度下る坂は一度目とまったく変わらなかった。その変わらなさは、あるところまで再生したテープを停め、巻き戻して再び再生しているようだった。

木々の間から変わらず光が洩れ、さびしい駅舎の前にわびしい店が並び、運転手がロータリーで談笑していた。

そのとき私は、さっき私がこの道をたどり、この景気を見たことが私のなかで、なかったこと、になっているのを感じた。或いは、この二度目が、なかったこと、になっているのかも知れないが、いま身体が二度目のこの瞬間にある以上、なかったのは一度目、と思うより他なかった。

そのうえで、なかった、のは一度目で、ない、のは、二度目であるのかも知れなかった。

その、なかったこと、と、ないこと、の間で心が痺れて動かなかった。

しかし、なかったこと、にしているのが私であることは間違いがなかった。それでも私は一度目と二度目の少しの違いに目を凝らし、両方を私のなかで時間に繋げなければならなかったのだ。

しかし、それをするためには自分が間抜けであることを全面的に認めなければならない。それが恐ろしいので私は、一度目の道のりを、なかったこと、にして、アホみたいに尻を出っ張らせて、坂道をドシドシくだっていた。

犬はそうした私をときおり見あげ、楽しいね、と言って笑った。何度かは小便もした。

商店街を抜けるともはや海岸エリアであった。ホテルやレストランが並び、観光客の多いエリアだった。ヨットハーバーの脇を通り過ぎ、砂浜に向かいながら、私はそういえばあのことも、なかったことにしている、と思った。

あんなことがありながら私たちは、といって、あれ以来、あの人たちと会っていないので、いまどうしているか知らないが、少なくとも私は、あのことをなかったこと、と考え、これまで通り、普通に生活を送っている。なぜかというと、あのことを突き詰めて、自分が栄光のなかにいるのかいないのか、或いは一時的にはいたのか、などと考えていたら到底、普通に生活ができない。下手をすると狂人扱いされて狭いところに押し込められ、毒をのまされて廃人になってしまう。なので、なかったこと、にした。

人間として当たり前の機能が作動したまでだ。なので私は悪くない。私はそう思い、まるで保母のような口吻で、「ねー」と私の犬に呼びかけた。私の犬は首を下げて一心に地面の匂いを嗅ぎ、こちらを向いて笑わなかった。

私は私の犬と砂浜に続く短い階段を下りていった。

夏を過ぎても砂浜には多くの観光客がいた。防波堤、半島、沖の小島、岬などが海の側にあった。

砂浜は足元がぐらぐらして歩きにくかった。それでも私は足を踏ん張って砂浜を歩いた。

歩きながら、日本くるぶし、のことを考えた。

日本くるぶし、も私はなかったことにしていた。しかし、それによって不都合が起きることはなかった。夏くらいまでは、やはりバーベキューをやらなくてはならないのか、と気に病んで、とりあえず焜炉だけ買うなどしてもみたが、秋になって、まあ、いいか。と思う気持ちが次第に強まってついにやらなかった。しかし何事も起こらなかった。

厳禁された蒸しずしと白ワインもまったく問題なく、あれから何度も食べていた。最初はおそるおそるで、蒸しずし、だけにしてワインを我慢するなどしていたが、別になにもないので、同時に楽しむようになった。

あれは幻覚だった。そんな風な薄い理窟で私は日本くるぶしを、なかったこと、にしていたのだった。

私は目を凝らさないで、時間を切り離して、ごみ箱に捨てていた。そうしないと生活できなかった。おそらくはあのときいた他の人もそうだろうと思っていた。


砂浜を端まで行って戻り、芝生の広場に行ってみた。芝生の広場の一角を金属柵で囲った公営のドッグランが三月前にできて、そこに行けば大抵、知り合いの犬がおり、一緒に遊ばせることができた。人間の方も毎日のように会ううち、心が安くなり、勿論それは空疎な話であったがよく知らない人と対話するときに生じるこわばりなしに話ができるようになっていた。

そんな人が近くにいるということは素晴らしいことだ。

そう思いながら、ただ跳ね上げるだけの簡単な掛けがねを外してドッグランに入っていた。

したところドッグランにはメリズンがいた。

メリズンはフラットコーテッドレトリバーだった。色は黒く、生来が黒犬好きの私の犬はメリズンをたいへんに好いていた。

そこで引き綱を外してやると、私の犬はメリズンのところへ矢のように飛んでいき、正面に立って前脚と首を下げ、尻を上げて暫くじっとしていたかと思ったら、バネ人形のように横跳びに跳ぶ、ということを何度かしたうえで、追いかけ合いをして遊び始めた。

引き綱を金属柵に掛け、メリズンの飼い主に、こんにちは。と言った。したところメリズンの飼い主も、こんにちは。と言った。

メリズンの飼い主は三十代の男で何をしている人かはわからなかった。聞けば教えてくれるのだろうが、まだ聞いていない。平日のこの時間に海浜のドッグランにいられるということは、或いは、宵から始まる仕事、例えば、居酒屋とかレストランとか、を経営しているのかも知れなかった。

といって私のことをよく知らないはずで、私のことを同じように思っているのかも知れず、それを考えれば私の推測もまったく見当違いということになる。

というと、私とメリズンの飼い主は顔を合わせてもあまり話をしないようだが、そんなことはなかった。私とメリズンの飼い主はよく話をした。

ただ、個人的なことはほとんど話さず、もっぱら互いの犬についての話をしたのだ。

なので、ここでは犬のこと以外のことは、ないこと、になっていた。

それはメリズンの飼い主だけではなく、ここに集まる他の犬の飼い主についても同じことだった。

以前、私が海岸近くを歩いていると、男が前から歩いてきた。事務服のような上張りを着て、銀縁の近眼鏡を掛け、手に書類ホルダを持っていた。

男は私の顔を見るなり、慌てふためいて、明らかに不自然な動作で傍らの路地に駆け込んでいった。

どこかで見たような顔の男だった。しかし、誰なのか一向に思い出せず、千度考えてようやっと、トイプードルを連れて海岸のドッグランに現れる男だということに気がついた。

毎日のように会っている男を認識できなかったのは私が迂闊だからではなかった。男の態度物腰表情なにもかもがドッグランで会うときとはまるで違っていたからだった。

そのとき私は犬を連れていた。

男はいないはずの自分を見られて狼狽したのだろう。或いは、いないはずの私をみて驚愕したのかもしれない。

私たちはそこでそんな風に人として互いに薄かった。ときに誰かが濃くなろうとするとその人の犬が他の犬にマウントしたり排泄をした。それによって濃くなろうとしていた人は忽ち薄くなって、自分の犬のところに走っていくのだった。

私たちの心の安さというのはそうした前提をともなった安さだった。

そうした心の安さで私とメリズンの飼い主が話していると若い夫婦と男児とダックスフントが掛けがねを開けてドッグランに入ってきた。

夫と妻は三十歳くらい、男児は七歳くらいであった。夫はニット帽をかぶって、ゆるやかなズボンに運動靴履き、大きなティーシャーツを着て、不分明なだぶだぶの上着を羽織っていた。妻の髪の毛は栗色で、デニム地のミニスカート、膝下まであるブーツに、ぴったりしたティーシャーツの上に褐色の外套を羽織っていた。夫の背丈は百八十センチメートルくらいだった。妻の背丈は百五十五センチメートルくらいだった。

私は妻である女に、こんにちは。と言った。女は一瞬、痔疾に苦しむ人のような顔をして、こんにちは。と低い声で言った。

一分もしないうちに私は喚き散らしたいような気持ちになった。

一家のダックスフントが一秒も黙らずに、甲高い声で吠えたてて極度に喧しかったからだった。

しかし、夫も妻もこれをなかったことにして素知らぬ顔をしていた。

そして暫くしてメリズンの飼い主が女に、隣接する小型犬用のブースに移動するように勧めた。それはしかし、一家のダックスフントがうるさいからではなかった。フエンス一枚を隔てたとなりのブースに移動したからといって喧しくないはずがなかった。

ではなぜそう言ったかというと、一家のダックスフントがメリズンや私の犬に吠えかかり、嚙みかかったからだった。

もとよりメリズンも私の犬も大型犬で、小型犬に致命傷を負わされるということはないと思われるが、まともに牙が入ればそれなりの傷を負うし、それよりなにより心配なのは、ダックスフントの振舞に気を悪くしたメリズンや私の犬がダックスフントを嚙み殺してしまうことだった。

もちろん、そうならないように留意はしているが、言葉を解さぬ犬同士の、しかも咄嗟におきることは予測ができなかった。

なのでメリズンの飼い主はそんなことを言ったのだ。しかし女は、

「小型犬ブースがあるのは承知しています。けれどもマンション住まいで小型犬しか飼うことのできない私は私の子供に大型犬と触れ合う体験、言うなれば、ふれあい、をさせたいのです。かつまた私たちのロココチョーノなら大丈夫です。心配しないでください」

と言って、小型犬ブースに移動しようとしなかった。また、立っている位置から考えて、そのやりとりが聞こえていないはずのない夫は素知らぬ顔で海や花を眺めていた。

どこからかソースヤキソバの香りが漂ってきていた。

女に言われてメリズンの飼い主が黙った。私も黙っていた。メリズンと私の犬はダックスフントに吠えかかられ困惑していた。

そこへ、ボービン、と、チャイラ、がやってきて私は、いよいよまずい、と思った。テリア犬のボービン、と、チャイラ、はいずれも凶暴・凶悪な犬で、これまで何度も他の犬を噛んだことがあるのだ。

子供に、ふれあい、をさせたいかなんか知らんが、このままでは冗談事で済まなくなるかも知らんぞ。

私はそう思いつつ、周囲の状況に気を配っていた。

したところ言わぬことではない、そのロココチョーノというらしいダックスフントがボービンのところに走っていき、これに甲高い声で吠えかかった。

しかしボービンはこれに耐えた。殺したいのを我慢して、目を逸らし、ロココチョーノを見ないようにしていた。また、ボービンがそういうことになっていると必ず介入し、事態をより困難にする傾向にあるチャイラも、今回はそうしたい気持ちをなんとか統御して、噛まないようにしていた。

それができているのはボービンとチャイラの飼い主が、ボービンとチャイラを支配し、抑制しているからであるらしかった。メリズンの飼い主がボービンとチャイラの飼い主に言った。

「どうしたのですか。ボービンとチャイラはいつになく従順ですね」

ボービンとチャイラの飼い主が答えた。

「はい。以前はそうでもなかったのですが、最近はトレーニングを受けているので私が小声で、否、というだけで大抵のことは我慢するのです」

と答えた。

鋭さが空気のなかに洩れ出ていた。出で湯の熱でチャーハンを作る。そんな気配すら薄味に漂っていた。薄気味悪さは三年後になって初めて現れるのかも知れなかった。

私は素直に感嘆していた。その飼い主に正しく支配され、正しく抑制されることによって、ボービンとチャイラが罪から免れていると思ったからだった。

と同時にボービンとチャイラはどこまでこれに耐えればよいのだろうか、ということも思った。

というのは、その支配や抑制が正しいものであっても、ロココチョーノの暴力は不正。

となれば、いつかは飼い主がロココチョーノの不正を糾してくれるはずであるが、それが飼い主の都合で無期限に延期されるとき、ボービンとチャイラは無期限に嘲弄され続けなければならないのか、という疑問だった。

そう思ってボービンとチャイラの飼い主。四十くらいの、こんなところにくるのに高級ブランドのデニムとかを着ている女の顔を見た。女は海風に吹かれてひょっとこのように口をすぼめ、自分勝手に意味を排除していた。自分のなかから意味を追い出し、出てきた意味に反吐を吐きかけていた。

はははは。味な真似をするな。でも、それによって本当にボービンとチャイラが救われるのか。それは疑問だ。

そう思っていると、新たなる難儀がボービンとチャイラ、それのみならず、メリズンと私の犬にも生じた。

七歳ほどの男児が、きいいいいっ、と奇声を発しつつ、ボービンやメリズンに殴り掛かり、飛び蹴りをし、耳を引っ張る、尻尾を引っ張る、といったことをし始めたのだ。

かと思えば、どこからか草を抜いてきて、これをチャイラの口に押し込む、といったようなこともし始めた。

ロコチョーノはそれを見て興奮の極に達し、ますます吠えたり噛みかかったりした。

男児の父である男はそれをなかったことにし、自然と触れ合い、持続可能なエコロジカルな社会の建設を誰かがしてくれるとよいと思っているような顔をして、微笑んで自然や社会を眺めていた。

　男児の母である女は、先ほどから一眼レフのカメラで、自分の犬や自分の子供や私たちの犬の写真を撮影していた。

　その様は、腰が入って、まるで、プロ、のようだった。私の犬やメリズン、ボービン、チャイラの写真を様々な構図で執拗に撮影していた。

　母親がそのように腰を据えて写真を撮り、父親は微笑んで自然や社会を眺めているため、ついに男児はどこかから拾ってきた棒を振り上げて犬を追いかけ始めた。

　さすがにこうなると犬も黙って殴られてはいない。追いつめられて相手を嚙んでしまう。そうなると、棒を持って殴り掛かった者が悪い、ということにはならず、より大きな被害を与えた犬の方が悪い、ということになってしまう。

　知り合いに、歩行中の犬をただ見ただけで驚愕した極老の婆が転倒、がために七百万円の損害賠償をしたという話を聞いたことがある。下手をするとそればかりか犬が殺処分になってしまうこともある。

　それを予め防止するため私は女に言った。

「あなたの小型犬が大型犬に吠えかかり嚙みかかりしている。また、あなたの子供が犬に草を食わせたり、耳をひっぱったり、棒を持って追いかけるなどしているのは非常に危険だ。あなたはあなたの犬を連れ向うの小型犬専用ブースに移動したらどうか」

女は不服そうに言った。

「いやです。なぜなら私たちはマンション住まいで大型犬が飼えません。そこで私たちはここで私たちの子供に大型犬との、ふれあい、を体験させてあげたいと思っているからです」

「ならば少なくとも犬を棒で追うのはやめさせたほうがよい。事故になる。また、小型犬は小型犬ブースに移した方がよい」

そういうと女は、野壺にはまった人を見るような顔で私を見たうえで、私にはなにも答えず、夫に向かって、

「だめなんだって。ロココチョーノ向うに連れてってくれる」

と、咽にボンスターを押し込めたような声で言った。

そう言われた夫がロココチョーノを小型犬ブースに連れていった。その間、夫は一度もこちらを見ないでいた。ロココチョーノは小型犬ブースに移っても甲高い声で吠え続けていた。

そのうえで女は棒を振り回している子供に、ちょっとお、やめてよ。まじ、うざいんだけど。と言った。

しかし、子供は棒を振り回すのをやめなかった。女は脳の線を切って、

「ちょっと、まじ、やめてほしいんだけど。なんで棒なんかあるの」

と喚いた。棒があるからこんなことになるのであり、ここに棒を置いたものが悪い、と主張しているらしかった。けれどもその主張は瞬間的な思いつきであったらしく、女は矛の先を変え、小型犬ブースに移動して転がっていたボールで蹴球のようなことをしていた夫に、

「この子、ぜんぜん言うこと聞かないんだけど。もう、なんとかしてよー」

と言った。微笑みながらこれを聞いた夫は、わかった、と言い、それから境界の柵のところまで来ると、おどけたような、同時に、媚を含んだような声で男児に向かって、

「あああああああっ。そんなことしてるんだあ。そんなことしてるんだったら、ターくんのアップルジュース、パパが飲んじゃうぞお」

と言った。

したところ男児が狂乱した。

「だめえええええええええっ」

と絶叫しつつ、大型犬ブースを飛び出して小型犬ブースに入っていき、父親につかみかかり、泣き叫んでこれを打った。

それを見た父親は、犬を棒で追うのをやめさせることができた、というよりは自分の言葉がそのように子供の情動を刺激しているのが嬉しくなったようで、ますます調子づき、歌うような、嘲弄するような調子で、「タークンのアップルジュース、飲んじゃうぞ。ホントに飲んじゃうぞ。ホントに飲んじゃおっと」と言い募った。

したところ男児はいよいよ狂乱し、地面に倒れ、四肢を痙攣させて、地面の上を転がり、泥と草にまみれて怪鳥のような声で泣き叫んだ。

そのまわりをロココチョーノが短い四肢をばたつかせてクルクル回りながら、より一層、吠え始めた。

私はなんというアップルジュースに執着する子供であろうか、と思ったが、おかしなことがひとつあった。

夫は犬を抱いて小型犬用ブースに入ったが、その際、他の荷物はなにも持っておらなかった。なので、飲む飲む、と言っているアップルジュースは小型犬ブースにはなかったのだ。

では、大型犬ブースに置いてあるかというと、大型犬ブースのベンチの上に置いてある一家の荷物にもそれらしきはなく、父親が、飲む飲む、と言って脅し、男児が、飲むな、と言って狂乱しているアップルジュースなるものはここにはないということだった。

つまり、あの男児は、ないもの、にあのように執着して狂乱しているのだった。あの父親は、ないもの、を、飲んじゃうぞ、と歌うような調子で言っているのだった。アホと違うか、という思いが心中に去来した。

演劇のようだとも思った。

しかし、これで犬が追いつめられて子供を嚙むことはなくなったのでよかったことだった。

そのとき母親は父子のやり取りにいっさい興味を示さず、相変わらず、中腰になったり、うんと伸び上がったり、しまいには腹這いになって写真を撮りまくっていた。

私は隣に立っていたメリズンの飼い主に言った。

「猛烈に撮ってますね」

「ええ。猛烈に撮ってます」

「なんのためにあんなに撮るのでしょうか。後で見て回顧するためでしょうか」

「違うと思います」

「もしかしてブログにアップするための写真を撮っているというのですか」

「そうだと思います」

「それにしてもあんなに撮る必要はないのではないでしょうか」

「私は必要あると思います」

「なぜですか」

「それは女のやっているブログが、あなたもやっている犬ブログだからですよ」

言われる通り、私はブログを運営していた。私の犬があまりにも早く大きくなるので、忘備録として写真と簡単な記事を載せていたのだ。しかし私は女のように写真を撮らなかった。なので、犬ブログだから、大量の写真を撮影しなければならない、というその理由がわからなかった。そこで私はメリズンの飼い主に問うた。

「なぜ、犬ブログだったら大量の写真を撮らなければならないのですか。猫ブログだったら撮らなくていいのですか。そのあたりがちょっとわからないのですが」

「それは、犬ブログの多くがフィクションだからですよ」

「私はそうは思いませんが」

「あなたのブログはフィクションではありませんね。事実を簡潔に記してある。しかし、多くの犬ブログは多分にフィクションですよ。そうは思いませんか」

言われてみるとなるほどその通りだった。犬ブログの多くは、自分と自分の犬の愉快で素敵な生活を描くのを目的とし、そのために極度にメルヘンチックで、多くが自分の犬を人になぞらえて描いていた。

ふわふわの夢の国の住人、みたいな雰囲気のページが多かった。

なので一部の現実は厳密に排除されていた。例えば、ドッグランなどで、さきほどのような経緯があった後、誰かの犬が誰かの犬を噛み怪我を負わせたとする。

その日あった現実に基づいて記事を書くのであれば、当然、そのことを書くはずだが、多くの犬ブロガーはそのことを書かず、そのことはなかったことにして別のことを書いた。

或いは、毎日、記事を載せる人はほとんどいないので、その日は更新をしない、という人も多かった。ごく稀に記事にする人もあったが、その場合も、「ナントカちゃんもイタズラがすぎちゃったかナー」といった表現に留めた。

そのように現実を再構成するというのは確かにフィクションだった。

しかし、そうした人たちがみんなあんな大仰なカメラで写真を撮る訳ではない。その部分がわからなかったので私はメリズンの飼い主に次のように言った。

「犬ブログはフィクションだというのはわかりました。でもなぜあんな大仰なカメラで大仰に撮っているのでしょうか」

「それはあの人が完全なフィクションを作ろうとしているからですよ」

「完全なフィクションというのは筋や設定などにまったく破綻のないフィクションということですか」

「違います。完全に土台からのフィクションを作ろうとしている、ということです」

「どういうことでしょうか」

「説明いたしましょう。一言で言うと、あの方は、今日はドッグランに行って大きいワンちゃんと楽しく遊びました、という内容の記事を作ろうとしているのです」

「え、でも、写真撮ってるだけでぜんぜん遊んでないではないですか。犬はぎゃん吠えしているし、子供は狂乱して泣き叫んでいる、あっ、なるほどそれが完全なフィクションということですね。一膳飯屋に行ったのに、今日はフレンチレストランに行きました、と言っているみたいな」

「その通りです。そのためには、僅かな現実の切れ端から巧みに物語を組み立てる能力とそれを可能にする文章力が必要ですが、それは一般的に難しい。ところが、デジタル技術の進歩によって、適当なカメラを用い、教室などに通って少しの技術を習得すれば、たとえ素人であっても、プロと同等、とは言いませんが、まるでプロのような写真を撮ることができます。この、まるでプロのような、そして素敵な写真が、文章力に代わって完全なフィクションを支える力になる、ということになるわけです」

「なるほど凄いことですね。しかし、しつこいようですが、そういう人、というのはつまり、ブログにおいて、現実に根拠のまったくない完全なフィクションを作ろうとする人は多くはないが少なくもないと思います。なのになぜ彼女だけがあんな大仰なカメラを使い、わざわざカメラ教室にまで通って、夫や子供をほうっておいて写真を撮るのでしょうか。その執念はなんなのでしょうか」

「それは彼女に明確な目的があるからですよ」

「どんな目的ですか」

「人気ブロガー、有名ブロガーになって大手出版社から本を出し、そのうちにテレビ番組のコメンテーターなどになりたい、とこう考えているからですよ」

明快なメリズンの飼い主の分析に私はもう聞くことがなくなったので、それ以上は質問せず、口のなかで、なるほどなー、玄妙なものだなあ、と呟いて写真を撮る女を眺めていた。また、日本平三平が本格的なカメラを欲しがっていたことを思い出すなどしていた。

女はいまだに、うんと伸び上がったり、カメラを構えたまま腰を落として上半身をクニクニ動かすなどしていたが、そのうち普通の姿勢になった。それからカメラを胸の辺りに持ったままで入り口の方へ歩いていったが、歩きながら私に向かってカメラを構え、歩きながらシャッターを押した。

慌てて横を向いて河豚のような顔をして防御したが、間に合ったかどうかわからなかった。

「あなたはいまなぜ河豚のような顔をしたのですか」

メリズンの飼い主に問われた。

「いやあ、いやあ」

私はそんなことを言って胡麻化した。国道の向うのラーメン店の前を柴犬を連れて人が歩いていた。

白衣を着ているがラーメン店の人ではなく魚屋の人だろう、と私は思っていた。同じ白衣でも着る人によって随分と雰囲気の違ってくるものなのだ。

ブログといえば……、と、メリズンの飼い主が言った。

「日本平三平があなたのことを探しているようですよ」

「どういうことでしょうか」

「あなたは自分のブログ、今日は某所で午飯を食った。某で犬と遊んだ、といった記事を載せておりましょう」

「載せております」

「載った翌日、必ず日本平はその場所を訪れています。そしてそれを自分のブログに書いています」

「偶然でしょう」

「偶然ではありません。必ず翌日に行っているのですから。嘘だと思ったら日本平のブログを見てみればよいでしょう。昨日は、朝府のぞげや、一昨日は独楽場の葉室光親記念センター、その前は與與希のアチャラカドッグヤード、その前は蒼山のサロン・鶩・テング」

と、メリズンの飼い主が言うのを聞いて私は厭な気持ちになった。手帳を繰ってみるまでもなかった。日本平は、私が行った場所をその翌日に訪れていた。

気味が悪かった。その気味の悪さを自分のなかに溜めておけず、私は言った。

「気味が悪いです。いったいなんの目的があってそんなことをするのでしょうか」

その私の問いにメリズンの飼い主は、

「さあ。あなたのことが好きなんじゃないですか。あ、もうこんな時間です。私はそろそろお暇します。ご機嫌よう。また、明日」

と、戯談のように答え、メリズンの方へ歩いていき、引き綱を掛けて出ていってしまった。

私は戯談のように答えてもらうことを望んでいた。そのことによって気味の悪さが軽減されると思っていたからだった。

ところが気味の悪さはちっとも軽減されず、また、急にひとりになったことによって頭のなかがそのことでいっぱいになってしまった。そのこと以外のことは考えられなくなった。

私は実際にはひとりではなかった。その間、何組かの犬と飼い主が入ってきて、大型犬ブースは賑やかだった。小型犬ブースも賑やかだった。

けれどもそのなかに知った顔はなく、逆に奇妙な、色の変わったような目でこちらをぐんぐんに見てくるような人ばかりだったので、私は私の犬を呼び、ドッグランを出た。

私はドッグランを出て、犬を連れて入ることのできるカフェにいりごんで、赤ワインと鴨肉を食べた。

赤ワインと鴨肉を食べている間は特別なことはなにも起こらなかった。

けれども私はずっと考えていて、その考えは家に戻っても持続した。

その考えとは、日本平はいったいなにの企みを持って、私の後を追い回しているのか。という考えだった。

私は家に帰ると直ちに日本平のブログ「Candy's Room」を探し、そして読んだ。したところ当該の日に、

今日はお日柄もよろしかったので／うまいと評判の、ぞげや、に行ってみた／そしたらうんめーのなんの／ほっぺたが落っこちた／さすがは朝府だな／

朝から不機嫌なキャンディ／昨日は一日、雨だったもんな／さっさとしろよ、ポー

リン／とキャン子に命令されてたのが葉室光親記念センター／住宅街のなかにあってすんげぇわかりにくかった／けどひんろい芝生の広場で大喜びのキャンディ／そして疲れるポーリン／おまえのためなら我慢するよ／

あああ、ちくしょう／アチャラカドッグヤードの駐車場で縁石にタイヤこすっちまって／慌てて降りてみたらワイヤーみえてんじゃねぇか／五万円！／あああ、ブルーだ／

サロン・鶩・テングでキャン子のシャンプー／やる気なかったんだけど店の前で割引クーポンもらったんで／で、やったらこうなった／変わった？　変わんない？／4800円なり／ソフトクリーム売ってたんで食ったら、んめー／くれくれ、つうキャンディ／やんねぇよ／

という写真入りの記述があった。よくわからない文章で、ポーリンというのが日本平のブログ内での名乗り、キャンディ、または、キャン子というのが、日本平の犬の名前だというのはわかったが、日本平がなんの意図を持って私の後を付け回しているのかを、読み取ることができなかった。

そしてそれ以前に日本平が、誰に向けて、どういう意図を持ってこのブログを運営しているのかがまったくわからなかった。

よく、自分の思い違いや失敗をことさら滑稽に描いて人を笑わせる、というのがあるが、そういうのでもないらしかった。

ただ、その他の記事を読んでわかったこともあった。それは日本平の人生にとってテレビが極めて重要、ということだった。ことにテレビ番組やテレビ局によせる日本平の信頼は絶大なもので、日本平は、テレビでなされるキャスターや識者の意見・発言に心の底から共感し、テレビドラマの衝撃と感動のラストシーンに心の底から感動し衝撃を受け、夜を徹してチャリティー番組を視聴して人々の善意、絆を信じたようだった。

もちろんそうしたことばかりではなく、日本平は芸能も愛好した。ただ、最近のものではなく、自分が二十代であった頃に流行した歌謡曲全般をいまだに愛好しており、そうしたタレントが出演する番組を好んでいた。

日本平にとって現実はテレビとイーコールだった。もちろん現実の世界にはテレビに反映しない思想や感情、テレビに映らない風景や人物がたくさんある。しかし、それは日本平にとって、ないこと、だった。しかし日本平は現実のなかに暮らしている。ない、なかにある、ということは、ない、ということで、自分が、ない、のは不都合だ。そこで、日本平はテレビに映って、ある、存在である必要があった。という訳で、日本平は早朝にマラソンが通過する沿道に出掛けていくなどしていた。ペット番組の収録があると知り、大芭のショッピングモールに四時間も立って待つなどしていた。

私は凄い奴だと思った。

そして日本平がこのブログを運営している訳が朧げにわかった。それはこのブログサービスに多くの芸能人、すなわちテレビに出演する人が寄稿、自身の私生活のようなことを公開している故と思われた。その同じサービスに自分が自分の日常を掲載することによって日本平は自ら芸能人になったような気になっていたのだった。

それはわかったがしかし私の後を付け回す理由はやはりわからなかった。

私がテレビにしょっちゅう出演しているような人間であれば、つけまわすかも知れない。しかし、私はテレビに出演したことはなかった。

どういうことなのか。私は三つの考えに思いいたった。

ひとつは、日本平が私のブログをガイドとして使用している、という考えだった。犬を連れて入ることのできる店は少ない。そこで誰かのブログをガイドとして利用する。これは私もやっていることだった。この考えが正しければ私の気にし過ぎ、自意識の過剰、ということになる。しかし、これが私にとってもっとも心休まる考えだった。

ふたつは、日本平が偶然を装って私に会おうとしていて私の立回先を経巡っている、という考えでそれは私にとって嫌な考えだった。

みっつは、日本平が、私についてなんらかの調査をしている、という考えで、これも嫌な考えだったが、実際的にはこれはないように思われた。

このいずれが正しい考えか。それを検証するため私は出しっ放しの蒸しずしを冷蔵庫にしまい、ノート型のコンピュータを開いた。

10/18午前、仕事。書見。午、公家沼の「盆中」に参りメニューには載ってない裏メニュー、ゲシコ豚の目張りのソテー丼、を註文。夜は本源寺で菊人形をミル貝。提携の舞子多数来場。

更新を終えて、私の犬に水と食物を与え、二階へあがって眠った。

午前二時頃まで眠り、それから一階に下りて水菜を食べ、ダイニングテーブルに向かって払暁まで仕事をした。

夕方まで眠って起きてCandy's Roomを見た。

今日の午前中はハード目だったので／ランチは公家沼の「盆中」へゴー／メニューに載ってない裏メニューがあるって聞いてたんで／「裏メニューのゲシコ豚の目張りソテー丼」って頼んだのに／「いまはやってません」ってすげない返事／それが食べたくてわざわざきたのにね／ちぇっ／今日ははずれだな／夜は気を取り直して本源寺に菊人形でも見にいってみっか／

と、更新があった。

日本平はやはり私をつけまわしていた。そして普通に考えれば、それが架空の存在であることが容易に知れるはずの、ゲシコ豚、本源寺の菊人形、を夫々註文観覧しようとしていた。

日本平の企図が奈辺にあるとしても有雑《うざ》いことだと思った。

もうブログをよしてしまおうか、とも思ったが、あんなペラペラのテレビ人間のために自分がやっていることをやめるのも癪にさわるので、今日よりはどこでなにをしているのかまったくわからない感じのブログにしてやろうと思った。それは例えば、
10/22　午前、仕事。書見。濠目憫一郎「グジの霊魂」。午、飯の笠。近代鯖。孫の茶漬。某所にて。午後、某所にて某と謀議。夜、ある店に行き姉と法事の相談。帰宅

後、仕事。深夜、近所でもないが遠くもない行きつけのバーの駐車場にクルマを停める。その名前はTimes。といった具合だ。これなら日本平は私の後を付け回すことができないはずだった。

そして三日の間、私は一読しただけではどこでなにをしているのかまったくわからないブログを書き、一日の終わりに日本平のブログをチェックした。

思惑通りに日本平は私の後追いができなくなり、都心や近郊を意味なく旋回していた。

日本平は巣を破砕された兵隊蜂のようだった。

私はそれを読んでいい気味だと思った。そして、そう思って初めて、私が日本平を悪んでいたことを知った。

午前八時にドアーホンが鳴った。胸騒ぎがした。慌てて出ると画面モニターに、まるで性格破綻しているような男が映って、意味の分からないことをまくしたてていた。

押し問答の末、ようやっと、前面道路の電柱が古くなったので新しいものと取り替える工事をする、ということが言いたいのだ、とわかった。

勝手にしたらいいと思った。法の範囲内でなされる工事であればいちいち私のところに言いにくる必要はないと思った。

その日の内から工事が始まって、私の犬が吠え立てた。聞き慣れぬ工事の騒音が甚だしく、また、見慣れぬ工事関係者が前面道路あたりを徘徊していたからだった。私の犬はそれを脅威に感じ、心配・不安に苛まれて吠え立てているのであった。

そこで私は私の犬の心配・不安を鎮める必要があった。なぜなら彼はする必要のない心配をし、感じる必要のない不安を感じていたからである。

脅威でないものを脅威と感じ、ことさらなことをするのは無駄なこと。

それを知っている私はそれを知らない私の犬にそれを教えなければならなかった。

ところが私はおかしな時間に起きたため朦朧としており、音や人が危険なものではないことを犬に教え、その不安を取り除くことができなかった。低い雲が空を覆っていた。

それどころか、イソフラボンを飲んだらいいかも知れない、と考えて冷蔵庫から取り出した調製豆乳をカップに注ぐ際、誤ってその大半をカップの外に零してしまった。

ああ、イソフラボンが……、と声を挙げてはみたものの、それを布巾で拭くことすらしなかった。

雨が降ってきたようだった。

午前中を犬の吠え声と騒音と関係者の気配に包まれて朦朧として過ごした。それでも午になるといくらか頭がはっきりしてきて、また、空腹を覚えるようにもなっていた。

そこで私は立って部屋を出た。犬がついてこようとしたが、「すぐに戻る」と言ってこれを押しとどめた。私は自動車を運転してコンビニエンスストアーまで行き食料品を買おうと考えたのだった。

私は前庭から屋根付駐車場に続く小さな門をくぐった。

小径を通って屋根付駐車場にいたった私は驚いた。屋根付駐車場の空きスペースに男が二人寝そべっていたからである。二人は工事現場に派遣された交通誘導員であるらしく、紺色の金釦やモールのついたいかめしい制服を着ていた。

しかし、そうしていかめしい制服を着ているのにもかかわらず、上着の釦を外して前をはだけ、その周囲に鉄兜や警棒、飲み物、弁当殻、紙巻煙草、ライター、新聞紙、花紙、といったいろんなものを散らばせ、黒い合皮の鞄を枕にしてだらだら寝そべっている姿は浮浪者とあまり変わらなかった。

二人の男は、見るからに憎さげで、粗野で、言葉よりも暴力を重んじ、女などは殴って言うことを聞かせてきたようだった。

私は一瞬驚いたが、次の瞬間には激しい憎しみを感じていた。

私は、その弛んで怠惰な精神を悪んだ。

他を冒す。人間はこれを避けることができない。生きている以上、なんらかの形で他を冒す。しかし、他には他の生がある。黙って冒されてはいない。それがたとえ虫けらや草のようなものであっても全力でこれに抵抗する。

なので、他を冒す場合は自らも全力でこれに立ち向かわなければならない。

それが冒すものに対する礼儀といえる。

私は、しかるにこの者どもはなんだ、と思った。この者たちには、他人の邸内に侵入する、すなわち私権を冒しているという緊張感がまるでなかった。

だらしなく荷物を広げ、まるで自分の部屋にいるように寛いでいた。

なんでそんな態度でいるかというと、それは彼らが私を軽侮しているからに他ならなかった。

どうせあいつはバカだから少々、私権を冒してもどうということはない。泣き笑いのような顔で見守ることしかあいつにはできない。その通りだ。帰りにはここにうんこでもしていったらどうだろうか。そうしよう。

といった会話がなされたことは想像に難くなかった。

私らの商売はなめられたら終わり。そんな文言が頭に浮かび、それと同時に憎しみが怒りに変わった。

私は次の瞬間、土をかぶったようになって、なめとったら殺しますよ。他人の私権を冒すとき、あなたは弛緩してはならない。しかるにあなたがたは豚のように弛緩してこれをおこのうた。それはもっともいけないことです。あなたがたはただちにここを立ち去りなさい。私があなたがたを殺してしまう前に。神聖な私の邸宅が豚の血で穢れる前に。

と、わめき散らしていた。

そのとき私は彼らがただちに立ち去るとは思っておらなかった。いま現在、確保している安楽を妨げられたことに憤り、悪し様に罵ってくるか、場合によっては、憤激のあまり殴り掛かってくるだろうと思っていた。

そしてそのときは、柱際の瓶に立てかけてある花柄の杖で打ちのめしてやろうと考えていたのだった。

ところがそのとき意外なことが起きた。憤ってなにをしてくるかわからない、と思われた二人の男は私の威に打たれたのか、私に言われると無言で立ち上がり、荷物を片づけて、立ち去ろうとしたのだった。

その様子に憎さげなところはまるでなく、その態度はまるで迫害されるものの態度のようで、私はそのことにまた苛立った。

被害者的な顔をするな。迫害されてんのんはこっちじゃ。

私はまた喚いた。

そうすると彼らはますます悲しい、なにかもう人間ではない、追い立てられる、言葉を持たない動物のような、見ているのがつらいようなものになってしまった。

こんなつらい気持ちにされること自体にまた腹が立ち、いい加減にしろ、と言って壺から花柄の杖を取って威嚇するように何度か振り上げ振り下げ、そしてクルマに乗り込んだ。

坂を下っていくうち雨が激しくなった。私はワイパーを作動させ、追い立てられる動物のようだった二人の男は今頃びっしょり雨に濡れているのだろう、と思い、そして激しく後悔した。

いったいあの者たちが私の屋根付駐車場に寝そべったからといっていったい私になんの不都合があるだろうか。なんらの不都合もない。なのに私は彼らを追い払ってしまった。

私は彼らが私を冒していると考えていた。そのことが私の自尊心を傷つけた。そこで彼らを追い払ったのだが、しかし、いま考えてみれば彼らがどうやって私を冒すことができただろうか。

彼らは彼らの仲間内でももっとも弱い立場に立たされていた。

いっとき雨をしのぐ場所すらなかったことからそのことが知れる。現場には彼ら以外に何人かの労働者がいた。その者たちはおそらくは道端に停めてあったクレーン車、トラック、ワゴン車のなかで雨をしのいでいたのだろう。しかし、歩いて現場まで来たふたりは自動車を持っておらなかった。だから雨が降ってきても逃げ込む場所がなかった。

そして、他の労働者たちから、一段下の存在、と看做されていたふたりは彼らの自動車に入れてもらうこともできず、困った彼らは私の屋根付駐車場に駆け込んだのだ。

そんな弱い存在に自らが冒されたと錯覚して激怒して土をかぶったようになってわめき散らしている私はなんという卑小な存在だったのだろうか。

私は私の行為を恥じた。

あんなことをするべきではなかった。逆に私は彼らを邸内に招じ入れ、椅子をすすめ、身体を拭くための布や飲み物を配るべきだった。なのに私は彼らをまるでけだものを追い立てるように花柄の杖を振り上げ振り下ろして追い立ててしまったのだ。

あんなことをしなければよかった。あんなことをいわなければよかった。

激しくそう思ったが、もう遅かった。

言ってしまったこと、やってしまったことを、なかったこと、にはできなかった。となれば後は、忘れ、に期待するより他ないが、まだあまり時間が経っておらないため、記憶は生々しく蘇り、その都度、精神が苦しかった。

コンビニエンスストアーについた。私はコンビニエンスストアーの駐車場にクルマを停めた。

暫くはクルマから降りずに思案した。

私はこのコンビニエンスストアーの機能を利用して先ほど私がやったことを贖えないだろうかと考えた。

温かいカフェオレのような飲みものと、甘い、マンナやたけのこの里といったような甘味菓子のようなものを買い、彼らに与えるとどうだろうか。

私は駄目だと思った。

ついさっき自分に向かって杖を振り立ててわめき散らしていた人間に、十分後に、にこにこ笑って飲み物や菓子を渡されても人は嬉しいと思わず、人格に一貫性のない奴と思って恐れるに決まっているからだった。

やはりそんなことで自分のやったことをなかったことにはできない、と私は思った。

私は自分のものだけを買うことに決めてクルマを降り、花柄の杖を引き、コンビニエンスストアーに入っていった。

入って右奥の、総菜や弁当を売っている一角に赴くと、激しく咳き込んでいる男がいた。顔をみると赤い顔をしてはあはあ言い、涙と洟を垂れ流していた。インフルエンザに感染しているらしかった。いったんそこを離れて帳面やボールペンや電池の売ってある一角に移動すると、地味な身なりの女が不自然な感じで立っていて棚の品物をバッグに入れていた。そこも離れて、奥の冷蔵棚の方に行くと、尻が半分見えるくらい、極度に短いスカートを穿いた髪の長い女がおり、不自然に尻を突き出して棚を覗き込んでいた。一種の変態性慾なのだろう、少し離れたところでこれを写真に撮っている男がいた。女は下穿きを穿いておらず、そのうちシャーツをまくり上げて胸を丸見世にし始めたのでそこを離れて弁当や総菜を売っている一角に戻った。しかし、弁当・総菜は病毒に汚染されている虞があるので、カップ入りの即席麵など売っている棚に移動し、適当なものをとって帳場に向かった。

帳場はふたつあったが、ひとつには札が立っていてひとつしか開いていなかった。いずれにしても店員がひとりよりおらなかった。だから万引をしても撮影をしても咎められないのか。列には三人並んでいた。一番前が中年の男で、その次が若い女で、その次が初老の男で、私はその次だった。

中年の男は菓子パンと新聞を買っただけなのだが、紙巻煙草のことで複雑なことを言って、若い男の店員はそのことに動揺して手間取り、そのうえ支払いの際、長いことかかって財布をまさぐって小銭をつまみ出したため、異常に時間が掛かり、次の若い女は苛立って、身体を左右に揺すぶったり、伸び上がって覗き込んだり、ちゃっ、と舌打ちをするなどしたが、中年の男が気にする様子はなかった。しかし、極度に動揺しやすい性格らしい若い男の店員は動揺してますます手元が覚束なくなった。初老の男は浮き足立ってそわそわしていた。菓子とカフェオレを買った女は素早く代金を支払って、初老の男の番になった。

数点の品物を台に投げ出すように置いた男はいよいよ浮き足立って、店員がレジスターの操作をするのを混濁したような目で見ていた。目の回りに汗が噴出していた。たかだかコンビニエンスストアーで五目ヤキソバとニンニク漬と缶コーヒーを買うくらいでなにをそんなに浮き足立っているのか。それとも内心に別のもっと重大な問題を抱えているのか。そう思ったとき聞き慣れない、禍々しい破裂音が響いた。銃声だった。

初老の男が銃を掲げて立っていた。男は天井に向けて撃ったのだった。一発撃っただけなのに憔悴しきった様子だった。男は腕をおろし店員の胸に狙いを付け、掠れた声で、「カネを出せ」と言った。ふりしぼってようやっと出した、みたいな声だった。

店員はひとりで中年の男が手間取っている間、感染者も万引も露出病も出ていったらしく、他に客はなかった。

ただでさえ動揺しやすい男は銃を突きつけられてわけがわからないくらいに動揺し、恐ろしいので言う通りに金を出して渡そうとするのだけれども、身体手足がべらべらになって力が入らず、何度、つかもうとしても札を掴めず、なかなか男にカネを渡せなかった。

初老の男は苛立つのだけれども、こちらも心身ともに限界にあって、言葉を発するのにも自分のなかの残り少なになった燃え滓のような力をかき集めてようやっと一言を発するような有り様なので、促す言葉がなかなか出てこない。

ならばいっそと、引金を引いてしまう可能性はないだろうか。他者に向けて行動を促す言葉を発するより引金を引く方が僅かの力で済む。それですべてを終わらせる、この疲れから解放されて幕を引くことができる。そうする方がよほど楽だ。銃を持って人に向けてみて初めてそのことに気がつくのだ。

ということはしかしこの動揺しやすい男が死に、私もまた死ぬかも知れないということだった。そしてそうなった場合、この初老の男も自殺する可能性が高かった。

そして私は花柄の杖を持っていた。

私は先ほど行き場をなくして困っているふたりの男を杖を振り上げて雨の野に追っ

た。ならばいま同じ杖をもって三人の命を救えば私のその行為は相殺されるのではないか。もっというと、なかったことに、にできるのではないか、と思っていた。

男は疲れきっている。そして素手なら難しいかもしれないが私はいま、偶然に、花柄の杖を持っている。考えている時間はなかった。

脳天に振り下ろしたのがよかった。小手を狙って拳銃を叩き落とそうかとも思ったが、咄嗟の判断で脳天に振り下ろした。小手だと外していただろう。前のめりになった男の頭に更に一撃を食らわせ、膝をついたところを今度はもう無茶苦茶に殴り回し、最終的には馬乗りになって押さえつけた。ほとんど無抵抗だった。拳銃は最初の一撃で取り落としたようで、帳場の台の下に落ちていた。

早く。通報して。と、動揺してべらべらの男の店員に言ったその声が動揺して震えていた。手も少しばかりべらべらだった。

男は抵抗する様子もなく脱力していて死んだのかと思うほどだったが、それはそれで不気味で突然発狂して摑み掛かってくるかも知れなかった。

そこで強盗がよくするようにガムテープで男を縛ってしまおうと考えた。強盗がよくするようなことを強盗にする。おかしなことだが花柄の杖のことを思えばそれもまた理にかなっているのかも知れなかった。こちらも変わらずべらべらしていたが店員はますますべらべらしてガムテープを持ってこいと言ったが動けない様子だった。

そこで仕方がない抵抗力を削ぐために、ぐわん、肘を顔面に落とした。びくん。男の身体が硬直してそれから力が抜けた。立ち上がって男の足を持ち、入り口の方へ引き摺っていき、帳場の台の中程まで来たとき入り口の自動ドアーが開いて振り返ると男女が立っていた。

異様の光景に立ち尽くす男女に、こいつは強盗です。いま警察が来ます。と言った。まるで弁解の口調だった。そして男女も訝しげに私を見ていた。店員はべらべらするばかりだった。男の鼻から血が垂れていた。

警察が来るまで縛っておきたいんでちょっと見ててもらえますか。

男に声を掛けた。三十歳くらいの男だった。男は威嚇するような怒ったような顔をして、そして踵を返して出ていこうとした。ちょっと、いいの。女がその背に言った。女は二十歳くらいだった。男は構わず出ていき、女は振り返りながらその後を追った。

男女はコンビニエンスストアーで初老の男が襲われている、と通報するのだろうか。襲われたのはこちらなのだが。と考えでよいことを考えた。

こういう場合、足から縛るのがよいのだろうか手から縛るのがよいのだろうか。逃走を防止するという意味では足だろうし、殴り掛かってくるのを防止しようとするのなら手。いや、ならば目と口を塞いでしまうのもよいだろう。人間の機能のどこを最初に潰せばよいのか。という問いに、いや順番が問題じゃないだろう、と自答した。順番なんかどうだってよい。要は確実に縛るかどうかだ。

心に決まりをつけ、まず足をグルグル巻きにした。その間、力をためていた男が殴り掛かってこないかと恐れを抱いて緊張したが男は虚脱したままだった。念の為、腹に膝を落とし、力を削いでおいてから裏返し、腕を後ろ手に縛った。

これで逃走はできないはずだが、男に対する恐怖心は猶おおきかった。そこで男の後頭部を摑んで頭を持ち上げ目と口にガムテープを巻こうと思ったが、片手で頭を持って片手でする仕事ではうまくいかず、こういう場合、普通、手伝わないだろうか、と思って店員を見ると、店員は台に手を突き、ただ青ざめてこちらを見ていた。まるで私をも加害者とみるような眼差しで、胸の内に勃然と怒りの感情が湧いた。直接的に銃を向けられたのは確かに店員だが、その場には私もいて私もまた殺される危険にさらされていた。もちろん店員が殺される可能性はもっと高かった。そこで咄嗟の機転で犯人を叩きのめした。そして、警察が来るまで、犯人が逆襲してきたり逃走したりしないようにガムテープで縛っている。それを私がなにかひどいことをしているような、まるで私が犯人の同類であるかのような目で見るというのはいったいどういうことか。

ちょっとは手伝ったらどうなんだ。怒気を孕んだ声で言うと、店員は渋々、台の向うから出てきた。なにをぼうっと立ってる。早く手伝え。と、いう気も起きないほど自分から動こうとする気配がない。胸の名札に、霧山、と書いてあり、そのうえに小さな字で、研修中、と書いてあった。

君は霧山というのか。はい。じゃあなあ、霧山くん、いまからこの男の目と口にガムテープを巻くからな。ちょっと手伝ってくれ。僕がですか。ああ、君がだ。わかりました。と霧山は言った。私は男を再び仰向けにし、それから上半身を起こし、霧山に後ろから支えているように言った。そのうえで男の前に膝立ちに立って目にガムテープを巻こうとしたのだが、首が前に垂れて巻きにくく霧山に、おいっ、首。と言ったのだが、霧山は、ああ、はい。と言ったきりなにもしない。首をあげろよ。巻きにくいじゃないか。とつい怒声があがった。それでも霧山はなにもせず、強情に押し黙って俯いているものだからついに我慢ができなくなって立ちあがった。

霧山が男の背を支えたまま驚いたように見上げた。

私は奥の帳場の前まで歩いていき落ちていた拳銃を拾い、戻って再び霧山と男の正面に立った。

おまえ、なめとったら撃ち殺すぞ、こら。

ぴいいいいいいいいいいいっ、という悲鳴が店に響いた。家畜の悲鳴のようだった。勿論、本当に撃つ気はなかった。霧山の態度があまりにもひどいので少し脅かしてやろうと思っただけだった。それでもあんな声を上げるのは霧山が、私は撃つ、と思っているからに他ならなかった。

冗談だよ。さっさと首を持ち上げろ。拳銃を降ろして言ったが、動揺してしまったのだろうか、霧山は、うわっうわっうわっ、と浅ましい声をあげ、腕で顔をかばうような姿勢をとって横を向いた。だから冗談だっつってるだろう。と怒鳴った直後に轟音が響いて、私は後ろから足をすくわれたような恰好で宙に浮き、頭に強い衝撃を感じ、そして意識がなくなった。


入院中は海の見える病室で海を見ないで天井を眺めていた。海など絶対にみてやるものか。そんな風に拗じ曲がっちまったという訳ではなく、首を固定されて曲げることができないので、やむを得ず天井を見ていたのだが、いまの状態で海を見るのはやはりどこかおかしいと思っていた。根本の不快はしかし病室にではなく当初、犯人のように扱われたことにあった。

後でわかったことだが入り口に背を向けて立っていた私は突っ込んできた乗用車にいったん撥ね上げられ弾んで落ちたのだが、その間に自動車は壁に突っ込んでいたため、天井に近い壁に額をぶつけ頸椎の捻挫とくるぶしの骨折で済んだ。ところが入り口に向かって座っていた男と後ろで男を支えていた霧山は自動車に轢かれ、病院に運ばれたがいずれも死んでしまった。自動車が突っ込んできた直後に警察官がやってきた。自動車を運転していた中年の男は腹に包丁を突き立てていたという。事情を聞いたが錯乱状態でなにを言っているかわからなかったらしい。残りの者は死んでいるか意識を失っているかしており、なんの事件かまったくわからず、意識が戻るとすぐに事情を聞かれた。

ところが何度説明しても、その説明をまるで聞かなかったかのように何度も同じことを聞いてくる。その真面目くさったような顔を見て、この男は頭が悪いのだ、と思った。しかし、四度も五度も同じことを繰り返し話すうちに、自分を犯人扱いしているのだ、とわかった。都合の悪い事実を隠しているので何度も話すうちに生じるであろう矛盾点を追及しようとしていたのだった。

隠すことはなにもなかったので事実をそのまま話した。しかしあまりにも同じことを何度も聞かれるものだから、そこに自ずと省略が生じ、その都度、あれ、そのときはこうじゃなかったの、などと言われ、その説明に時間を取られて閉口した。相手の気に入るように事実を修正すれば或いは短時間で話は済んだのかも知れないし、何度もそうしてしまいたい誘惑にかられた。事実がなんだというのだ。おまえさんこそ事実を都合よくねじ曲げあったことをなかったことにしなかったことをあったことにして日を暮らしているのではないのか。自分がねじ曲げるのはよくて他人がねじ曲げるのはだめなんてｈａｈａｈａ、だめではないか。という聲がオーボエの音とともに頭のなかに谺した。

　なにを言ってるんだ。俺は事実の奴隷だよ。事実に使われて事実を曲げているに過ぎない。事実の主人こそが事実を製造できる。なので俺はいまは事実を陳べるしかない。そう思って事実だけを陳べて迎合しなかった。

　露出狂や万引の話をしたのも失敗だった。私は単なる事実としてそれを陳べたのだが相手はそのことに異常な興味を示し事件の核心とは無関係なそのことを精しく聴きたがった。其の癖、重要な目撃者であるカップルについては関心を示さなかった。

　癇をたてて拳銃を店員に向けたことについてはその後もいろいろ聞かれ、そのことでは危うかったが、防犯ビデオの解析の結果、私の言っていることが事実であることが証明され、カップルも名乗り出て、最終的に犯人でないことが明らかになったのはよかったことだった。

　と胸を撫で下ろしたものの不愉快には違いなかった。それが根本の不快だとすれば別に表面上の不快もあった。それはマスコミの扱いで、最初のうちはなんらの根拠もない妄想に近い揣摩憶測を書き散らした。それについて私をよく知るＡ氏という人物がまったくの嘘を喋り散らしていた。警察が事件の経緯を発表して以降はそうした記事はでなくなった。それはよかったことだったがしかしそれでも不満が残ったのは、全体に私がまるでアホのような論調になっていることだった。もちろんヒーロー扱いされたくてなしたことではない。そのときはそんなことを考えている余裕はなく、自分の内部に瞬間に響く聲に従ったに過ぎない。しかし私が花柄の杖を振りかざして強盗に立ち向かったのもまた事実だった。にもかかわらず私は滑稽な立場に立たされていた。ナースが、テレビでやってましたよ、と半笑いで言っていた。

それが原因なのかどうなのか、さらに得心のいかないのは誰も見舞いにこないことだった。私には年来の取引先がありいずれも関係は良好だった。なれば私がかかる状態になり、しかもそれが報道されれば当然、見舞いにくるはずだった。にもかかわらずそうしたものがまったくなかった。

とどのつまり私などいてもいなくても同じことなのだ。hahaha。おもしろきことだ。ゆかしきことだ。それで生計を立てていた訳ではない。なのでそんなことは当然だ。あはははは。おほほほほ。と無理笑いを笑い、傷に響いて顔を顰めた。自分を貶めることによって自分が傷つくのを防ぐには自身が落ち過ぎていた。

ならばせめて見舞いのeメールくらいは来るのではないか、と考えた。私はコンピュータに送られてくるeメールを携帯電話に転送しており、病室で禁じられている携帯電話の電源を入れて何度も確認をしたが、着信するのは広告のメールばかりだった。

やがて退院となった。そもそも入院するほどのことはなかったのだが、身柄を確保しておく必要があったのだろう。この後も何度か話を聞くことになると思う、と警察官が言った。こんな海がみえる部屋だったら私も入院したい。そんなことも言った。

家に戻っても依然としてたれからのメールもなく電話もかかってこなかった。またこちらからも連絡しなかった。ただ尾山には連絡をした。尾山は所謂便利屋だった。三年前、軒先にスズメバチが巣を作った際、電話帳を開いてあてずっぽうに呼んだ男だった。若い、御宅族のような風体の男で、それから何度か呼んで家具を処分させたり、庭の掃除をさせたり、本の整理を手伝わせたりした。海を見ないで天井を見ながら、さて犬をどうしたものか、と考えたときもまず尾山の顔が浮かんだ。

尾山には家に滞在して犬の面倒を見るように言った。尾山は、他に仕事がある、と言って断った。ならばと、かかりつけの動物病院に預けてくれと言うと尾山は渋々これを引き受けた。

しかし犬を連れてきた尾山はいつも通りだった。やはりあのときは犯人扱いされていたからかかわるのを嫌がったのか。そんな思いが顔からエクトプラズムのように垂れ流れてギプスをつけた首筋から肩に垂れ流れるようで気持ちが落ち着かなかった。

鍵をこわしましたが、どうしますか。

尾山に問われて、鍵を壊したのならもう鍵は開かないじゃないか、と咄嗟に思った。そして直後に、尾山がこわしたのは錠の方だ、と気がついた。つまり鍵が開かないのではなく、鍵がかけられないのだった。帰ってきたとき鍵は上着のポケットのなかに入っていた。あのとき鍵を開けなかったのだろうか。そして鍵の壊されていることに気がつかなかったのだろうか。まったく覚えがなかった。意識が戻ったときのぼんやりした感覚がまだ続いているのだろうか。そういえば、一応は意識が戻ったことになっているが、意識の一部がまだ、戻ってこずに薄明るいような薄暗いようなところにあるような気もしていた。

しかし口がひとりでに動いていた。鍵がかけられないのは困るね。じゃあ直してきましょう。いつが都合いいですか。いつでもいいよ。なにしろこんな身体なんでね。家にいるより他ない。だいぶん悪いんですか。首の方はどうということはないが足がね。悪いんですか。くるぶしをやっちまったんでね。そりゃあ厄介ですね。くるぶしは厄介です。今日はもう散歩を済ましましたのでまた明日の朝きます。そうですか。くるぶしですか。くるぶしはどうも。

尾山が繰り返すくるぶしという言葉が妙に気にかかり、なぜだろうと暫く考えてやっと日本くるぶしのことを思い出した。日本くるぶしはなにかにつけ足に来るようだな。というか今回はくるぶしに来てしまっている訳だから、くるぶしがくるぶしに来たって訳か。というかこのくるぶしはくるぶしだから自分が自分にあたっているのか。ははは。おもしろきことだ。と自嘲気味に笑っていた。

犬が足のギプスを不審がり匂いを嗅ぎにきていた。立ちあがったとき犬に飛びつかれたらまた入院だな。これはよほど注意をしなければならないな。そう思ったときテーブルのうえに置いてあった携帯電話が鳴った。液晶画面に覚えのない番号が表示されていた。一瞬、また日本くるぶしか、と有り得ないことを思って、すぐにバカな。日本くるぶしが電話をかけてくる訳がないと思い直した。なぜかけてくる訳がないのか、ということは考えなかった。どうせ益体もないセールスかなにかだろう、とやる気のない声で出ると歳をとった女の声でならば町内会の連絡網かと合点したがそうではなかった。今回は災難でしたね。その後怪我の具合はいかがですか。と言ったのは舵木禱子だった。

そして押し問答になった。テレビのニュースで知ってびっくりしました。お食事にもお困りでしょうし、あの子の世話も大変でしょう。娘をお手伝いに遣りましょう。と舵木禱子はそんなことを言った。確かに以前ならばありがたく受けたかも知れない。しかしあんなことがあった以上、受けるわけにもいかない。お申し出は誠に忝く涙が零れる思いだが人を雇ってもいるし、いらして頂くには及ばない。幸いにして怪我の程度は大したことがないし、しばらくすればまたご一緒できると思うのでいまのところは大丈夫です。ありがとう。とまずは穏当にお断りをした。そういえばすぐに引き下がるものだと思いこんでいた。ところが舵木禱子は、ご遠慮なさらないでください。娘もたいへん心配して、是非お手伝いにあがりたい、と申しておりますから。などと容易に引き下がらず、どうしても来るという。そして長い問答になったのだった。

草子さんもお仕事がおありでしょう。娘は先週、仕事を辞めたばかりなんですよ。それを聞いて、娘が職を辞し困窮している。そこで渡りに舟とばかり私のところに入り込んで一稼ぎしようと企んでいるのに違いない、と腑に落ちた。ならば断るのは簡単だ、と、電話を握り直した瞬間、だからといってそっちで雇ってください、なんて厚かましいことは言ってませんよ、と、突然、狎れて冗談めかした声で言い、そのうえ、げはははははは、と笑われて機先を制せられた。娘の新しい就職先も決まっているとも言った。

それからどちらがより世間的な構えをとることができるか、という掛け合いが続いたが、首が曲がらず、絶えずギプスに足を圧迫されて気迫に乏しい私が、そうした道理を競う形の問答において不利なのは当然の話だった。

圧倒され打つ手は次第に少なくなる。遊戯ならば、参りました、と頭を垂れればそれで済むが、この場合はそうはいかぬ、ということもわかっているので悪手と知りつつも打つより他ない。

急に来られても困るんですよ。っていうかはっきり言って迷惑なんです。うぜぇんだよ。で、詰んだも同然だった。でもあんなことがあった訳ですし。と言う舵木禱子の口調はそれまでと変わらなかった。私の声も多分変わらなかったと思う。しかし、攻守は明らかだった。私はとぼけるしかなかった。

あんなことってなんですか。それを私に言わせるのですか。ちょっとなに言ってるかわかんない。とにかく私たちは共通の恥のなかにいるわけですから。恥ですって。なにが恥ですか。少なくとも僕は恥じるところはありませんよ。でもやることはやった訳ですから義務は果たさなきゃならないじゃないですか。あのときのことをなかったことにできると思ってるんですか。

黙るしかなかった。私たちが光に拒まれた。舵木禱子はそのことを予め知っていて光に闘いを挑んで醜悪な姿を晒した。私はそれと無関係な振りをしていろんなメリットだけを得ようとしていた。しかし、得たものは首とくるぶしの損傷だけだった。私の心を見透かして舵木禱子が、とにかくうかがいますからね。今回のことはこんなこと言って悪いけどゲンポーだと私は思ってますよ。お大事になさってください。三平も連れてうかがいますよ。ご相談したいこともあるので。と、一方的に言って舵木禱子はいきなり電話を切った。

舵木禱子はゲンポーと言った。よくわからないので辞書を引いた。言ったのは現報だろうと思われた。現世の報いを現世で受けるという意味だった。また、舵木禱子は義務を果たせとも言った。バーベキューのことを言っているのか。しかしあの女がなぜそれを知っているのか。しかし、あんなこと、のことを思えば、と思って自分のくるぶしのあたりをみた。くるぶしはギプスで固定されていた。そして鍵はこわれてかけることができない。入ってくるものはそれが誰であれなんであれ家に入れなければならない。部屋には変わらず光が溢れていた。そして庭に雑草が茂っていた。犬が掃き出し窓のところに行って前脚で窓をこすった。庭に出せと言っているのだった。私は壁に立てかけた松葉杖に手を伸ばし、弾みをつけて立ちあがったが、雑草の茂る庭に犬を出してよいものかと戸惑った。

犬は茂みに入ると汚れる。ことに私の犬はそうだ。

そう考えて長いこと動けなかった。

足を引きもって歩いていた。足を引きもって歩くのであれば、家に居ればよい。だのに。なぜ。外を歩くのか。そんな問いがスパークする。

そのスパークに耐えうる者のみが。と口に出して言って、そのスパークに耐えてどんなよいことがあるのか、わからなくなって絶句した。

いやさ、肉だ。肉。肉。肉。俺には肉が必要なんだ。それ以外のことは考える必要がない。必要性がない。と言ってまたそこで立ち止まった。

必要と言い、必要性と言って、いったいどっちが正しいのだろうか。バーベキューをする必要があるのだろうか。必要性があるのだろうか。

舵木禱子と日本平三平が来週、家に来ることになった。それは私にとってはきわめて嫌なことだった。しかしそれを拒んだところでなにになろう、あんな浅ましいことになってまで我を通した舵木禱子のこと、一度、断ったからといって諦める訳はなく、二度三度と執拗に言ってくるだろうし、そうなれば、いまでさえ、私が事故にあったことを現報といい、あのヨメコビドッグパークでのことを共通の恥辱として押し付けてくるのだから、もっと酷い、口では言い表わせないようなことを口で言い表わしてくるかもしれない。

ならばいまのうちに、まだ増しなうちに来訪を甘んじて受け入れ、より酷いことになるのを防止する。それが現実の対応というものだ。というところで考えが留まればよかった。ところが私はそのとき同時に奇妙な考えに取り憑かれてしまった。

そのとき私は、舵木禱子と日本平三平が私方にやってきたそのとき、ついでにバーベキューも振る舞ったらどうだろうか、と思ってしまったのだ。

それは間違った考えかも知れない。そんなことはすぐに思った。ついでに、なにかすることの愚を私は庶民として熟知していた。下駄とスニーカーを片足ずつに履いて行列店に駆けていくのと同じようなことだと知っていた。

しかしバーベキューをついでに済ましてしまうということは、こんなことになってしまった自分にとってきわめて魅力的な思いつきだった。

だってそうだろう、こんなことになってしまった以上、なにをするのにも時間がかかる。ひとつのことをするのに通常人が三つのことをするくらいの時間がかかるのである。そしてそれは精神的にもそうなのだ。ならば、人をまねぐ、ということ、バーベキューを振る舞う、ということ、ふたつのことをするのを一度に済ましてしまう、くらいの企ては持っていないとこの先、まともに生きていけないのではないか。そのように私は考えたのだった。雲雀が目の前を横断していった。

しかし、私の心に重くのしかかるひとつの事実があった。それは、バーベキュー、を、ただすればよいというものでもない、ということで、私は指示をされて、正しいバーベキュー、を、しなければならなかった。

そこに必要と必要性の距離が実はあった。その距離を私は往来と為して足を引きもって歩いていた。

そしてすぐに歩けなくなって立ち止まったのだった。

足が痛いから立ち止まったのだろうか。そうではなかった。一度にふたつのことを済ましてしまうというのは魅力的な思いつきではあったが、学べば学ぶほど、正しいバーベキューの正しさ、というものがわからなくなってしまったのだ。

それにつけてもそうして立ち止まってみると、歩いているときには立ち止まっている人などそんなにはいないと思っていたのだが、往来には立ち止まっている人がけっこういた。袋物を持った貧乏な婆、無職の若者。ジャアジイ地の衣服を着たやくざ。泥酔したもう六十の息子。成績が悪過ぎて阿呆扱いされている営業マン。そんなものがあちこちに立ち止まっていて、歩いている人の方が少ないくらいだった。

学べば学ぶほど目的地と目的地までの距離がわかる人は颯爽と歩いている。そういう人は洒落た店が建ち並び、著名人や意味不明な金持ちが多く居住する都心部に多いのだろう。

そう思って改めて往来を見渡すと、穢らしい店ばかりが建ち並んでいた。ひとつびとつの間口は極度に狭いし、建物も古びたまま長いこと放置してあった。たまにツルツルした感じの店があると思ったら携帯電話屋だった。それも近くに寄ってみると安っぽくてケバケバしいばかりだった。

歩道の上にアーケードが張り出していたが、各戸が庇を延長しただけのバラバラな感じのアーケードで、造ってから何十年も経っているので極度に見苦しかった。

そんな往来のあちこちで多くの人が必要と必要性の距離を見失って立ち止まっていた。立ち止まったまま腐ってしまっている人も何人かはいた。

草が生えてしまった腐った浜辺に腐った魚が打ち上げられているようだった。あんな風にならないために私は無理にも歩かなければならない、と思って、自分が正しさに向かっていますように。と祈りながら足を引きもって無理から歩きはじめた。

魚屋があって碁会所があって金券屋があってその先が肉屋だった。家を出た際の一応の目的地だった。私は舵木禱子と日本平三平を招いてのバーベキューを諸事滞りなくおこのうため、予行演習をおこのうておこうと考え、そのための肉を買いたかったのだ。それもなるべくよい肉を。そして、正しさに迷うたのだった。

私は無理から歩きながら考えた。肉には正肉というものがある。そして枝肉というものがある。普通に考えれば正肉というのは神に許された正しい肉であり、枝肉というのはそれ以外の、道に外れた肉ということになる。ならば枝肉を排し、正肉のみを買い、これを訪人に振る舞えば正しいバーベキューをなしたことにならないだろうか。

ところが実際の現場ではそういうことにはなっておらず、枝肉とは脊髄でふたつに断ち割った肉を指し、正肉とは枝肉から骨をとり除いた肉を指すらしい。屠られた動物の骨を罪業と考えれば或いは右のように解釈できるかも知れないが、骨が罪である、とは考えにくく、正肉を買うてそれを振る舞ったからといって正しいバーベキューをなしたとは言えない。

さらにいうと、よい肉、とはなになのだろうか。食ろうてうまい肉がよい肉なのだろうか。いやそうとも限らない。肉というものはそもそも屠られた畜生の犠牲のうえに成り立っているのであり、うまいからよいという訳ではなく、それが犠牲となる筋道、道理、必要と必要性といったものが整備されておらなければ正しい肉とは言えないのだ。

ということを考えれば肉において正しいということ、真の意味での正肉、ということ、はこんなところで咄嗟に考えられるものではなく、深い思索、と、それに基づく天啓、によってようやっと得られる、真の天才のみが知ることのできる奥義であるということらしかった。

ウランちゃんが歩む際、キュッキュッキュッ、と足が鳴るなら、歩む度に、愚凡愚凡愚凡と足の鳴る自分がそうした真理に到達できるとはとても思えず、私は、目的地の肉屋の前に至ったにもかかわらず、その前を通り過ぎてしまった。

思考がなくなったような状態で歩いて、気がつくと道が二股に分かれたところに立ち止まっていた。以前に一回か二回、クルマで通ったことのあるところだったが普段、用のない方角で、歩いて通るのは初めてだったので、もの珍しく、きょろきょろした。

先ほどの肉屋があったあたりはいろんなものが密集して空にも電柱や電線や広告看板がおおいかぶさって空がなにも見えなかったが、このあたりは空がグンと広がって、先には土手のような草地もあるようだった。

左の道は太く、多くのクルマが左の道へ入っていった。左の道の左側には髪切り屋があり、台湾料理屋があり、水道設備工事屋があった。左の道の右側には輸入自動車の整備や販売をする店があり、法面に、地面から二メートルくらいのところで断ち伐られたうえ、燃やされて焼けこげ、棒杭のようになっている木がニュウと立つ古い木造の平屋建ちがあった。その棒杭のような木に白いプラスチックのパンジイ鉢がぶらさげてあった。その隣に道のような入り口のような細いものがあり、その先は広い墓地で、墓地の端っこに馬酔木の大木が生えておって、また手前側に、墓地に食い込むように、まだ新しい洋風外観の家が建っていた。

道の両側に歩道があるのだけれども歩道を歩く人は絶無だった。

その道の先には食品スーパー、衣料量販店、ドラッグ店、ファストフード店、ファミレス店などがあって、そのさらに先で道が大社にいたる道に接続して繁栄していることを私は予め知っていた。

右の道は狭く、右の道に入っていくクルマは少なかったし歩道もところどころにしかなく、ところどころにあるその歩道は極度に狭かった。二股に分かれてすぐのところの右側に手打ちそばうどんがあり、左側には土地に極度の高低差があるのであろう、左側は高い石垣だった。

その先にもまだ酒店や炭火焼肉があるのだけれども、そのさらに先は、畑なのかなんなのか、意味のとれない草地になっておって、寂しい風が吹き渡っていた。

私は足を引きもって右の道に入っていった。

寂しい風に雲雀が巻き込まれる、電線がビュウビュウ鳴る、といったようなことを極度に不本意に思いながら歩いた。道に入ってみて初めてわかったことだが、左の石垣には斜めに直登する、踊り場のない石階段が新設してあった。つまり石垣に内懐のようなものがあったということだ。そのとき私は右の道の右側を歩いていたので道路を渡って左側に行った。そうすると、石階段の始まりのところに、電光神社参道、と書いた高さ四尺の看板があることがわかった。

私は即座に、左の道の左側にあった、道のような入り口のようなものが、電光神社のあちら側の入り口であることを知った。あちらから入る電光神社とこちらから入る電光神社。左右なきことだ。そんな感慨を抱いて私は通り過ぎた。電光神社には参拝をしなかったのだ。その結果、私の人生が辛いものとなったとしても私はそれをシャーリー・バッシーのように受け入れよう。そんなことを微塵も思わず通り過ぎた。

七寸を七分かけて通り過ぎてみせる。そんな気合いで歩いて行くと、そのお蔭をもってのことか、橋があってその橋をわたった川向うの右の側に黄色い、横幅が四間もある看板を掲示せるタクシイ会社があった。黄色地に黒で、完南タクシー、と描いてあった。黄色に黒は通常は警戒を促す色合いであるが、十九歳の頃より私にとっては福色であるので、喜ばしいような気分になって、私はまた道を渡った。

タクシイ会社の脇から土手道が続いていた。最近では当たり前になった混凝土で固めて垂直に切り立った土手ではなく、傾斜の緩い草土手だった。こんな土手は私にとっては福土手に違いない、そんな確信を抱いたので、私は土手道に入っていった。足を引きもって。

橋は来光橋という名前で川は仰光川という川だということが看板にて知れた。

私は川の流れや草を眺めながらまるで痴れ者のように歩いた。立ち止まることはなかった。川の水嵩は一尺くらいだろう、と思っていた。草土手のところどころに混凝土の階段があって水面のところまで降りていかれるようになっていた。そのことを逆手にとって畳などを廃棄している人があった。

草はだいたいは穏やかだったが、ところどころ猛々しく、おどろに茂っているところもあって、そういうところには羽虫がいみじう乱舞して気味が悪かった。

行くにつれてそんな場所が増え、そして廃棄物も次第に増えて、私はいつのまにかこの土手を嫌いになっていた。それでも最初は愛したのだから急に愛さなくなるのは相手に悪いし、自分の人間としての筋裬も狂ってくると思うので我慢して歩いたけれども、それも限界に達したので水門のような設備のあるところの右側に土手から降りる道があったので降りていった。

降りたところは畑で、暫く行くと、右側は変わらず畑であったが左側には人家が建ち並ぶ、宅地のようなことになった。やあ、こんなところにも人が住んでいるのだなあ。こんな寂しいところに住むのはどんな気持ちなのだろうか。私はこんなところに住んでいなくてよかった。そんな感慨を抱きながら私は歩んでいった。

畑のずっと向こう側の茫漠としたところに巨大な建物の骨組みがあって、数台のクレーンがその周囲で蠢いていた。あんな大きな建物って、病院だろうか。学校だろうか。いずれにしても豪儀なことだ。そんな感慨をも抱きながら歩んでいくと、道は畑が途切れるところで横道と交差して、その先で道の幅が極度に狭くなっていた。私はその狭い様子を見て、なんという狭い道だろう。ここまで狭いと道というよりは路地だな、と思った。

こんな路地のようなところに入っていくのは嫌なことだ。そう思って立ち止まり、こんなだったらこの横道に入っていこうか、などと考えて横道を見るうちに意外なことに気がついた。私が極度に狭いと思った道と横道の幅はよく見ると殆ど変わらないのだ。ではどうして私はあの道を極度に狭いと思ったのだろうか。

理由は直ちにわかった。横道で右の畑が途切れ、幅が狭く見える道の両側は人家なのだけれども、その人家が道路に向かって背《せ》ぃの高いブロック塀を揃って立てており、その圧迫感によって道が狭く感じられるのだった。

しかも、それらの家の敷地は極度に狭く、ブロック塀からすぐのところに玄関があって、なかには玄関ドアの開閉も覚束ないのではないか、と思われるくらい、ぎりぎりのところにドアがある家もあった。

そこまでして高いブロック塀を立てる理由はなになのか。まず考えられるのはこの一角の治安が極度に悪く、高いブロック塀を立てておかないと外敵に侵入される、ということだが、それは事実と異なるだろうと思うのは後ろの畠に面したところの家はどの家もそんな塀を立てておらないからで、横道から向うで急に治安が悪くなるとは考えられないからだ。

また、横道から向うの家がいかにも財宝を蓄えていそうで、盗人に狙われやすいのかというと、そんなこともまったくなく、いまもいうように敷地ギリギリにチマチマと建つ古い家はいかにも貧乏な感じで、逆に横道のこっちの家の方が築浅でゆったりとして余裕がありそうにみえる。

となると、この一角の人たちは揃いも揃って極度に猜疑心の強い人たちだ、ということしか考えられない。すべての他人を強盗、殺人狂、強姦魔、中毒患者、ペテン師、變態性慾者、泥酔者、通り魔、覗き魔、印鑑売り、壺売り、強請たかり、押し売り、押し買い、地上げ屋、当たり屋、シャブ売り、シンナー売り、ペインター、と固く信じ、その魔手から自分を守るために鞏固な外壁を建て、そのなかに閉じ籠り、両眼をギラギラと光らせて道行く者を監視しているのだ。

なんという！　そんな感慨を抱きながら横道の向うの道を眺めると、狭い道は一町ほど続いて、その向うの空間はまた白くひろごりてあった。

こんな道に私のようなヨソモノが入っていったら場合によっては殺されるかも知れない。

なので私は横道の右か左かどちらかに入っていけばよかったのだ。ところが私は右にも左にもいかず、そのまま真っ直ぐ、狭く暗い道に足を引きもって入っていった。ばか。殺されたいのか。内なる声というものがあるならばそんなことを申し上げてきやがったのかも知れなかった。

殺されたい訳ではなかった。ただ、その猜疑に自分がどこまで耐えられるのか、それを試してみたくなったのだ。まあある種の度胸試し、肝試し、のようなものだった。運試しのような気持ちもいくらかはあったのかも知れない。

しかしすぐに大失敗だったと気がついた。道に入った途端、両足のくるぶしから重くなって水のなかを歩いているようだった。両肩になにかがのしかかってくるのを感じた。頭の中心から嫌な熱と振動が湧いて、頭が二日酔いのときのようになって、なにも考えられなくなった。

とんでもない悪霊地帯だったのだ。並の人間がこんなところに彷徨いごんで生きて出られる訳がない。自分もまた悪霊になるか、または、なにを訊いても白目を剝き、涎を垂らしてアウアウアウと口走るだけのバカになってしまうに決まっている。

それはここに四方八方から悪霊が集まっているからで、一角の住人が猜疑心に凝り固まっているのは、そうした悪霊が精神に影響を及ぼしているからだろう。或いは、悪霊の屋内への侵入を少しでも防ごうとしているのかも知れない。

悪霊または阿呆にならないうちになんとか、通り抜けようと思うのだけれども、なにしろ足が重く、背中も重く、頭もクラクラして、たった半町かそこらの道のりがなかなか捗らない。

そうこうするうちにいよいよいけなくなってきて、前に進むどころか立っているのもやっとみたいな状態になって私はその場にしゃがみこんでしまった。

通常の穏健な住宅地であれば、行人が家の前で具合悪そうにしていれば、声を掛けて手当をするか、最低でも救急車を呼ぶくらいのことはするが、もちろんここではそんなことをしてくれる家はなく、みな窓の隙間から見ているばかりだ。死骸の処理をどうやって隣に押し付けるか思案しているか、或いは、私が悪霊や怨霊になって家内に入ってきやしないか、と心配し、護符などを準備しているのかも知れなかった。こんなところで暮らすうちに人間らしい心を失い、けだもの同然の精神状態で生きているのだ。

といったようなこともしかしそのうち思えなくなった。それほどに頭がグラグラだった。それでしゃがんでいることもできなくなって、膝をついたまま前のめりに倒れてしまった。

私は気持ちが悪くて呻いた。そして私以外にも呻く者があった。その呻き声は次第に高くなり、また、それ以外にも、呪いのような声や、悲鳴のような金切り声、キチガイのような高笑いも聴こえてきた。

頭を上げて横を見ると、頭が割れて変な感じに膨らみ、顔の右半分が柘榴のようになって目が垂れ流れてしまっている男か女かわからない人が、私の顔に自分の顔をひっつけるようにして覗き込んでいた。ものすごくいやな臭いがした。鼻から頭に焼けた鉄の棒を突きこまれたようだった。

うわあ。声をあげ、手をついてそのまま這って逃げ、それから中腰で暫く逃げてまた倒れた。

動けなくなってしまったのでこわごわ様子を窺うと、さっきの柘榴と同じような奴があちこちに蟠って淀んでいた。どす黒く変色してしまっているような奴や、胃腸がはみ出てしまっているような奴、背中が腐って病巣が丸出しになっている奴、全身が腐って膨らみゲル状になっている奴、体中の穴という穴から羽虫が出入りしている奴もいた。けれども、そこまでにはなってない奴もけっこうおり、黒ズボンを穿き白いブラウスを着て踞っている水商売風の男、青っぽい着物を着て、そそくさ向うに歩いていったかと思うと急に立ち止まり、暫くすると来た方に向かってそそくさ歩き出し、また急に立ち止まると今度はぜんぜん関係ない方向に歩いていく、といったことをずっとしている女、一点に立ち止まって彫像のように動かぬ男、左右にユラユラ揺曳してやまぬ男などがあちこちにいた。

しかしそういう奴らもひと目でこの世のものではないとわかった。彼らは一様にとてつもない恨み、とてつもない怒りを身の内に抱え、それを全身から噴出させていた。

となると、彼らが理不尽に取り扱われた挙げ句に惨たらしい目に遭わされ、非業の死を遂げた、ように思えるが、そうでもないらしかった。

なぜそれがわかるかというと、彼らがまるで放送局のように自分の身の上について念波を私にめがけて放射、私はそれらを一瞬のうちにすべて受信して、三千くらいいる彼らひとりびとりの身の上をまざまざと知ってしまったからだった。

例えばある若い女は喉に箸が突き刺さって死んだらしかった。というと、何者かに焼け火箸かなにかで喉を刺され、万斛の恨みをのんで死んでいった、みたいに聞こえるが、そんなことはまったくなく、当時、女子大生だった女は、意地汚い女だったのだろう、午前二時頃、二階の自室でくだらないことをしておったところ、急にものを食べたいような気持ちになり、一階の台所に降りていって湯を沸かし始めた。母親が買うて蓄えておいたペヤングソースやきそばを食べようと思ってのことだった。

　女は、沸騰した湯を容器に注ぎ、三分間待った後に湯を捨て、液体ソース、ふりかけをかけ、容器と箸を持って二階の自室でこれを意地汚く貪り食べようと廊下に出た。

　ところがなんという意地汚い女であろうか、自室に戻ってからゆっくり食べればよいものを、それを待ちきれずに廊下を歩きながらこれを食べ始めた。

　変な上目遣いの三白眼のような目をしてペヤングソースやきそばを食べ食べ女は廊下から階段にいたった。それでも意地汚い女は食べるのをやめなかった。

　そして中程まで階段を昇ったとき、あまりにもやきそばに夢中だったため足元がお留守になって階段を踏み外したのか、或いは極度に滑りやすいナイロン靴下でも履いていてツルンと滑ったのか、女は階段下に転落、その際、喉に箸が突き刺さってしまったのだった。

　気を失った女は朝になって家族に発見されたが、そのときはもはやこの世の人ではなかった。女はやきそばのゲロと糞尿にまみれて白目を剝いて死んでいたのだ。

　つまり完全に自業自得なのだ。自室まで我慢をして座って食べればこんなことにはならなかったのだ。ところが意地汚いので我慢ができず、女だてら歩きもって食べるなどという行儀の悪いことをするからこんなことになったのだ。

ところが、女は全身全霊で世の中を呪っていた。やきそばのゲロで汚れた顔で、白目を剝き、のんどに箸を突き刺して、汚らしく血液を垂れ流し、糞尿にまみれ、自分がこんなことになってしまったのはおまえ（私のこと）のせいだ、と腹の底から信じて、憎み呪い恨んで狂乱していた。

なぜそんな理不尽なことをいうのか。彼女にだって大学に通うだけの知力があるのだから丸っきりのばかではなかろう。ならばちょっと考えれば、まったく無関係な者を恨み呪ってもなんらの意味もない、ということに気がつくはずだ。にもかかわらずまるで小児のように無関係な他人を呪うのは、まず自分が死んだ、という事実に驚き惑い、それがなにかの間違いである理由を探すのだけれども、それは完全な事実でどうしようもない。

ならばその事実を認識し、その事実を受け入れたうえで今後の方針をたてなければならないのだけれども、そもそもが歩きもってペヤングソースやきそばを食べるような下品な奴なのでその事実を受け入れることができず、それ自体が道理に外れた間違ったことだと思ってしまう。

と同時に女は、間違いは超越的な力によっていずれ正されるはず、と固く信じている。つまり、自分は生き返る、と信じているのだ。ところがいつまで経っても生き返らない。そこでなぜ生き返らないかを考え、それは誰かが生き返るのを妨害しているのだ、と思うにいたる。

そしてその、自分が生き返るのを妨害している何者かは、自分を理不尽にも殺したもの、と同じ勢力であると考える。

その時点で女の怒りは極点に達する。

妾を理不尽にも殺しておきながら、それだけでは飽き足らず、妾が生き返る正当な権利をも侵害するのかっ。妨害するのかっ。

そういって怒る。そして怒りによって怒り以外のことはなにも考えられなくなり、したがって右のような経緯もすべて忘れるというよりは、なくなって、理由もなにもない純粋な怒りと恨みだけが残る。すなわち怨霊の誕生である。

といったことでただの女子大生が怨霊になったのだけれども、これは別に特殊なケースではない。多くの普通の人間が死して怨霊になっていた。

全員が理由も原因も目的もない怒りと恨みを爆発させていた。

ある者は、椎茸のほだ木を振り回して狂乱していた。なんでそんなことをしているのか。頭のラジオで受信したところによると、男は館波というところに別荘を所有していた。というと裕福だったように聞こえるがそんなことはなくて、男は年収四百万円クラスのサラリーマンだった。別荘の価格が暴落していたからそんな男でも別荘を買えたのだ。

男は買った別荘でアウトドアでカントリーなライフ、野菜を作ったり、バーベキューを楽しんだり、ガーデニングとやらをしたり、作務衣を着て頭にバンダナを巻き、手打ち蕎麦を打つようなこともしたいと思っていた。

それは素晴らしきことだ、と思う人がある一方で、愚劣なことだ、と思う人もある。なぜなら人には人夫々の思考というものがあるからだ。

男には妻があったが、男の妻はこれを愚劣なことだと思っていた。男の妻は都会でディナーを摂取したり、美術を見たり、着飾って出歩くことをより好んでおったのだ。

なので男がそんなことをする度に冷笑的な態度でこれに接して共に楽しむということはなかった。男はそのことを極度に残念に思い、頻りに妻を別荘に伴い、アウトドアなライフの、たのしさ、おもしろさ、というものを妻に教えようとした。けれども男にアウトドアライフのスキルが皆無だったので、それはいつも無惨な失敗に終わった。

あのときもやはりそうで、男は妻に、「自宅で栽培した椎茸を思う様、貪り喰らうことのできる生活って素晴らしきことだと思わないか」と言って、ホームセンターでほだ木や菌を購入してきて栽培を始めた。しかしこれも途中から変な白いものが生えてきて菌が絶滅して失敗に終わった。男は「でへへ。失敗しちゃった」と嘯くなどして表面上は明るく振る舞っていたが、内心では深く傷ついていた。もしかしたら自分としては大金を出して始めたカントリーなライフそのものが失敗だったのではないか、と思うようになってしまったのだ。

鬱屈した男は宵から酒を飲み始めた。苦しみを酒の酔いで紛らわせようとしたのだ。しかし、嫌なことがあって飲む酒はよい酒にならない。男は悪酔いした。そのとき男の妻は傍らでモーツァルトの音楽を聴いていた。男は極度に嫌な気持ちになった。自分がこんなに苦しんでいるのに、この女は自分とは関係のないことのように悠然とモーツァルトの音楽を聴いていやがる。夫婦なら苦しみを分かち合うべきなのにそれがまったくわかっていない。

わからないのならわからせてやる、と思った男はギターを持ってきて、昭和枯れすすき、という何十年も前の流行歌を歌い始めた。触角だけを頼りに物陰で生きる虫のようにばかで貧乏な夫婦が社会の最底辺を這うような苦しみ、悲しみを歌った演歌調の楽曲だった。

そうやって気取ってクラシック音楽かなんかを聴いて、セレブの真似事のようなことをやっておるが、おまえなんぞ所詮は下級サラリーマンの妻で、もし私が解職されたり、会社が潰れたりしたら、ただちにこの曲の男女と同じことになるのだ。それをおまえはわかるべきだ。

そんなことを思って男はなお酒を飲みながら歌った。その曲はデュエットソングだったが男はひとりで歌い、女の声部は女らしく声を造り、しなを作って歌った。

妻は日頃の夫の言動から、夫が心から楽しんで歌っているのではなく、自分に対しての嫌がらせとしてそんなことをやっているのをわかっていたので無視して相手にしなかった。ところが夫は執拗で、三番まで歌い終わったのにもかかわらず、また一番から歌い始めるということを続け、モーツァルトが終わっても男の唄は続いた。

これにいたって妻はついに逆上、口をきわめて夫を罵った。

普通の知能の持ち主であればけっして買わぬであろう、こんなくそ田舎のなんの価値もないゴミクズ同様の半ば朽ちた別荘を不動産屋の口車に乗って買ったおまえはやはりバカなのでしょうね。前から知ってたけど。おまえは安い買い物だった、とか言ってたけど買った時点で相場より一割くらい高かったし、いまはもっと下がっている。世の中というのはバカは必ず損をするようにできているのだ。よかったね。バカちゃん。こんにちは、バカちゃん。私はママじゃねぇよ。私はおまえの母親じゃねぇんだよ、いい加減にしろ。もういい年なんだから都心にマンションくらい買え、バカ。自分の無脳ぶりから目を背けて、できもしねぇ野菜作りなんかに逃げてんじゃねぇよ。そんなに野菜が作りたいのであれば、いっそ、サラリーマンやめて百姓の家に養子にいって、三ちゃん農業のアシスタントでもやったらどうだ。まあ、それすら満足にできないのが、おまえという人間の愉快なところだがな。なにが夢を持とうと話した、だ。どうしたんだ、歌やめて。歌えよ、ほれ。早く歌えよ。歌えって言ってやっているのに歌わないというのは差し詰め飽きたのでしょうね。そりゃあそうだ、いくらバカでもあれだけ歌えば飽きるわな。百回以上歌ってたものな。じゃあ、別の歌をうたったらどうかしら。そうねぇ例えば、「ほだ木節」なんていうのはどうかしら。バカっぽい民謡調の楽曲で、椎茸の栽培をしようとしたバカな男が間違えて毒キノコを食べてもっとバカになっちゃったんだけれども、バカなのでそれでも前向きに生きてしまっている、っていう内容の明るくて絶望的な歌よ。「ほだ木節」。あなたにぴったりの曲じゃない？

男は途中まで妻の罵倒に耐えていた。しかし、記憶に新しい椎茸の失敗のことを言われて男は耐えられなくなり、持っていたグラスを床に叩き付けると黙ってテラスを通り庭に出ていった。その間も妻の罵倒は続いていた。

どこに行くのか知らないが、外は真っ暗だよ。誤って崖から転落したら、朝まで気がつかなかったことにするから、夜露詩句。

踏まれても、耐えた。そう、傷つきながら。

そんな文言が、男の頭のなかに響いた。

流れ星、見つめ。二人は枯れすすき。

そんな文言も、響いた。男は空を見上げた。曇天だった。星ひとつ見えなかった。

奴らは不幸なのかも知れない。途轍もない苦しみに耐えているのかも知れない。しかし、少なくともふたりだ。ふたりは枯れすすき、なのだ。ところが私はどうだ。ひとりじゃないか。ひとりで枯れすすき、じゃないか。そんなんだったら私は本当にひとりになってやろう。いや、それより、ゼロ人になってやろう。

男は庭の隅に歩いていき転がっていた椎茸のほだ木を手に取った。妻を撲殺して自らも縊れて死のう、と考えてのことだった。

ほだ木を持った男はテラスに立ち、カーテンの陰から室内の様子を窺った。妻はテラスに面した窓に背を向けて、外国のテレビドラマを見ていた。無闇に男女が見つめ合ったり抱き合ったりする、色恋沙汰の話であるようだった。

教養人ぶってはいるが、結局はああした低俗なものが好きなのだ。馬鹿女め。俺を見下しやがって。殺してやる。

内心でそのように決意した男はほだ木を手に持ち、足音をたてないように留意しながら、そろそろ妻に近づいた。ところで男が購入したこの中古別荘は非常に凝った作りだった。凝るということはカネがかかるということで男はそのようにカネがかかった建物を安く買ったことを喜んでいた訳だが、凝るといっても建築についての一貫した考えや配慮があってのことではなく、個人の夢や憧れを思いつきで盛り込んだものに過ぎず、たいていは極度に珍妙なものになっていた。

男が足音をたてないように進んだ居間の作りもそうで、妻の寛ぐ中央部の床が一尺ほど低くなっており、中央部とテラスに面した窓などのある周縁部には段差があった。

そろそろ歩いて段差にいたった男は、ほだ木を両手でもって頭上に構えた。勢いをつけて、段差を駆け下り、妻の頭蓋を砕こうと考えてのことだった。

「思い知れっ」

大音声を発し、大上段にほだ木を構えて男は一気に段差を駆け下りた、そのとき、泥酔していたためか、或いは、極度に滑りやすいテトロンの靴下を履いていたせいか、足がツルンと滑って、階段の角で後頭部を強打して男は不帰の人となった。

つまり、この男が死んだのは一〇〇パーセント自分の責任なのだ。別荘を買ったのも自分なら、泥酔して妻を殺そうと企てたのも自分で他人にはなんの関係もない。にもかかわらず男は全世界を恨み呪っていた。

私がこんなことになったのは世の中が悪いからだ。

男はもはやそんな風には思っていなかった。男には、こんなことになった自分、というものが既になく、呪いと恨みそのものと化していたからだ。男は理由も目的も方向性もない純粋な恨みと怒りを強力に放射しつつほだ木を握りしめて狂乱していた。男すなわち呪い、男すなわち恨みであり、男のなかに余のことはなかった。年収四百万円クラスのサラリーマンが完全な怨霊と化したのである。

というように普通の人でも容易に怨霊化、悪霊化するため、実は世の中には悪霊、怨霊、と言われるものがかなりある。これは実は由々しき事態で、怨霊悪霊は目に見えぬところで社会に深刻な影響を及ぼす。だから戦前はそれを防止するためのさまざまの儀礼・儀式が実行されたのだが、戦後になって非科学的だということで、そういうことは殆ど行われなくなった。

そのため怨霊や悪霊が跳梁、災いをなしたため、私たちの社会は極度に閉塞した、極度にいやな社会となってしまったのだ。

しかし、それらは平将門、菅原道真、崇徳上皇、後醍醐天皇といった歴史的な怨霊のような決定的な災厄を齎すことはなかった。なぜかというと、ひとつには、怨霊と言っても所詮は女学生であったり安サラリーマンであるなど、名もなき庶民であるからで、その怒りや恨みのパワーはすぐに燃え尽きてなくなってしまう。元々よい暮らしをしていた貴族階級の人が冷遇されて死ぬときの怒りのパワーには比すべくもないのだ。また、元々の人間としてのスペックというか、生まれつき抱えている情念や業の桁が、二桁も三桁も違う。

だから国家としてこれを鎮護する必要はない。ただ、そうして安心していられるのはこれらが分散しているからだ。分散して個別に恨みの炎を燃やしているだけであれば、誤ってこれに近づいた数人の人生が破滅する程度の被害しか生じない。

ただこれらが集団化すると危険だ。

社会環境において、悪霊や怨霊が吹きだまり易いところがあり、例えば廃ビル、廃坑、廃トンネルなどに顕著だが、廃棄されず現役で使用されているビルやトンネル、駅、病院、学校といった施設にも悪霊や怨霊が集積している箇所がある。

したがって、夜、伊豆山中のトンネルを通ったら半透明の女がいてクルマと同じ速度で走ったが、あれはこのトンネルで死んだ女だ、などという怪談話がまことしやかに語られるが、そういう例はまずなく、むしろその半透明の女は元々、内幸町で総務部のＯＬとして働いていた女が怨霊化して伊豆山中のトンネルに集積した、といったケースが殆どだ。

それはまあともかくとして、元はしがないサラリーマンの悪霊でも大規模に集積すると崇徳上皇クラスと同等の災厄を社会に齎す。

ただ、それはあくまでも理論上のことであって、庶民怨霊がそこまでの大規模な集積をすることは実際には有り得ない、とされてきた。

ところがここではその大規模集積が起きており、まさに崇徳上皇級の怒りと恨みがこの一角から社会めがけて放射されていた。一刻も早く鎮まっていただかないと、或いは分散していただかないと、今後、想像もつかないような災厄が我々の社会を襲うに違いない。

ところで私はなんでこんなことを知っているのだろうか。どこでこんな知識を得たのだろうか。これもラジオになった頭で受念したものなのか。

などということを思う間もなかった。もともと頭のラジオで個人的な事情を嫌というほど聴かされ、脳が痺れ半分以上が毀れていたところへ、一角にいた悪霊全員に、いっせいに、おまえのせいだ、と恨まれた。

これは激怒している崇徳上皇とふたりでカップル喫茶に入ったようなもので、並の人間がそんな恐ろしいことに耐えられる訳はなく、私はドロドロに溶けた溶岩風呂に入りながら、ドロドロに溶けた鉄を無理矢理に飲まされているような熱を伴う痛苦に見舞われた。勿論、脳なんぞ一瞬で蒸発して、骨や内臓も塩辛状になった。私は有り得ないような苦しみと悲しみを経て、怨霊か悪霊になって、恨みと怒りと呪いを放射し続ける。

はずであった。ところがそうはならず、私は、大丈夫ですか、という声を聴いた。私は明るいところにいた。あの一角を通り抜けた角だった。私は台車に乗せられていた。正面になになのかわからない、巨大な混凝土の構築物があった。あたりは白く乾いていて、黄色と黒のバリケードが道に沿って置いてあった。あちこちに葱色のuniformを着た警備員が立っていた。警備員は赤色灯を持っていた。

私に声を掛けたものは警備員とは別の、飴色と白色がゼブラになったuniformを着た男だった。男は小柄だったけれども、二の腕や胸の辺りの筋肉がuniformを盛り上げていた。そのuniformを見れば男が運輸会社の配達員であることは誰にでもわかったが、私は彼の名を知っていた。彼は弓月さんだった。

弓月さんは毎日のように荷を担げて私方を訪れていたのだ。

弓月さんは重ねて、大丈夫ですか、と問うた。問われて身体と精神の状態を確認した。私は立ちあがって台車から降りてみた。驚くべきことに大丈夫だった。私は首を傾げ少し考えてから言った。

「大丈夫です」

「あ、よかった。驚きましたよ。そこで倒れてたもんで。ちょうど荷物運び終わって台車、空だったもんで、とりあえずクルマのところまで運んできたもんで。あそこ道狭いんでクルマ入れないもんで。ここに停めてたもんで」

「あなたが私を助けてくれたのですか」

「たまたま台車、空だったもんで」

「ありがとうございます。たまたま台車が空だったから助けた、というのがあなたの善行に対する照れであることを私はよく知っています。あなたは善いことをしたのを恥ずかしがっているのですね」

「ちょうど荷物、運び終わってたもんで」

「荷物を運び終わっていなかったとしてもあなたは私を救ったでしょう。ところで」

「なんですか。なんなんですか。あそこは」

と、問うた瞬間、弓月さんは、なにを言われているのかわからない、という顔をして、え、なんですか、と問い返した。私はあの一角を指差して言った。

「あそこですよ。あの一角ですよ。なんなんですか、あそこは。邪悪な悪霊の吹き溜りじゃありませんか。どうなってるんですか、一体」

勢いごんで言うと弓月さんは激しく瞬きをして、

「俺、そういうことあんましくわしくないもんで」

と言って、いかにも困惑しているという表情を浮かめた。そこで私は別のことを問うた。それは私がさっきから極度に気になっていたことで、また、弓月さんにそんなことを問うた理由でもあった。

「じゃあさあ、っていうか、けど、弓月さんは大丈夫なんですか」

「なにがですか」

「あんなところに出入りして大丈夫なんですか。普通、死ぬっしょ」

問うと弓月さんは莞爾と笑って言った。

「俺ら、荷物があったらどこでも入っていくもんで。馴れっこになってるもんで」

「あ、そうなんだ」

「じゃあ、俺、配達あるもんで」

そう言って弓月さんはトラックの方へ歩いていった。私はその後ろ影を、まるでばかのように見送っていたが、あることを思い出して、その後を追い、声を掛けた。

「弓月さん、今日はもううちの方には来ないの」

「今日はもう一回行ったもんで」

「じゃあ、明日、来てくれる。出す荷物あるんだよ」

「わかりました。午頃になっちゃいますけど大丈夫すか」

「大丈夫です」

「じゃ、行きます」

「お願いします」

「あ、いま……」

「なんですか」

「いまあの、足、引き摺ってましたけど、大丈夫ですか。さっき怪我したんじゃないですか」

「ああ、これは別のことです。大丈夫です」

「じゃあ、よかった。ちょっと心配になったもんで。じゃあ、明日うかがいます」

そう言って弓月さんはクルマに乗り込んだ。

いやあ、地獄に仏とはこのことだ。そう思いながら歩いた。道路が白く乾いていた。さきほどは気がつかなかったが、道路と巨大で不分明な構築物の中間に小川が流れていた。或いは先ほどの仰光川の流れの末なのか。けれども先ほどとは違って土手から川床まですべて真白き混凝土で固めてあった。

ゆるやかに曲がる川に沿って不分明な構築物が、断続的に聳えていた。この果てになにがあるのか。まったくわからない。でも行ってみよう。行けるところまで行ってみよう。足を引きもっていってみよう。その先になにがあるかはわからない。けれども正しさに迷うて歩き出した私が、これは正しい道、これは間違った道、と判断できる訳がない。ただ、いまある道を歩くだけだ。思えばさきほどの幅の狭い道もそうだ。目の前に道があった。歩きかけた。呪われた。救われた。そうした一連の手順があったに過ぎない。そうだ。兎に角、私は救われたのだ。これはとりもなおさず、私にもまだ福が残っているということではないのか。そうだとしたら、迷っていることはまあ一時的に棚あげして、歩いていれば自分でも気がつかないうちに正しさにたどりつくのではないか。気がついたら恋におちていた、みたいな感じで。

そう思ったとき、背後で大きな、そして異様な物音がした。驚き惑いて振り返った。弓月さんのトラックが川と構築物の間で極度に大きなクレーンのようなものに押しつぶされてグシャグシャになっていた。作業員がそのまわりで慌てふためいていた。警備員が奇妙にゆっくりした足取りで歩いていた。

私は歩きもって考えていた。弓月さんは私を怨霊から救い出した。それは正しいことだっただろうか。その直後に弓月さんは死んだのだ。その原因は明らかだ。怨霊が怒ったのだ。怨霊に怒られたのだ。せっかく自分が殺そうと思ったのに救いやがって。そんならおまえに祟ってやる。と言って弓月さんを殺したのだ。そうでもなければ通行中に極度に大きなクレーンが落ちてくるといった想定外の事故に見舞われるなどと言うことは有り得ない。

私を助けて弓月さんは死んだ。怨霊、悪霊というものは実におそろしきものだ。誰も気がついていないが、あの、じくじくと呪いと恨みと怒りを放射し続ける一角がある限り、今後、どのような災いがこの国を襲うかわからない。だから一刻も早くなんとかしなければならない。ところが誰も気がついていない。気がついたときには死んで自分も恨んで恨んで怨霊の一部になっているからだ。怨霊は質量を増し続けているのだ。そして長い時間、齢を保ち、悪因縁のまきこみ行為をおこのう。一部の政治家や官人は気がついているのかも知れない。気がついているが、そのことを正面から取り上げると自分の立場がまずいことになるので、気がついていない振りをして、まあ、大丈夫だろう、と高をくくっているのか。嫌なことだ。そんなことを考えもって私は乾いた白い川沿いの道を正しさに迷って歩いていた。私はもはや正しさから逃れているようでもあった。

川沿いに歩いた。川の側で生まれたせいか、私は川が好きだ。しかし、真白き混凝土によって覆われた川は川特有の風情を失していた。また、川近くには構築途上の巨大な建築物があって、バリケードやクレーンや警備員が配置され、騒音も甚だしく、更に川の風情を減じていた。

これが川だというなら、世の中から川などなくなってしまえばよい。そう思いながら川沿いを歩いていくと、右側に葡萄茶のタイルの貼ってある低層ではあるが巨大な建築物が見えてきた。

私は、あれはなになのだろう、と興味を抱いた。それは好奇心をかき立てられた、ということでもあった。その建物には人を惹きつけるなにかがあった。私はその建物に寄っていった。

すぐ近くまで寄って、なぜ私がその建物に引き寄せられたかがすぐにわかった。その建物は公会堂であったのだ。

公会堂とは読んで字のごとく、公衆がその場に会して群議したり、芸能をみたりするところだ。だから、その外観もどことなく公衆を惹きつけるように巧んである。そのところが居住用のマンションなどと大きく異なるところで、居住用のマンションなどは、無闇に公衆が入ってこないように、どことなく巧んである。

とどのつまりは、オープンハートの建築かクローズハートの建築か、ということだ。

正しさに苦しみ、弓月さんの死にうちひしがれ、また、怨霊に恐怖し、さらには正しいバーベキューのことでくさくさしていた私は、ここのなかに入っていったら、一時的にせよ、そういうことから逃れられるかも知れない、と思って、公会堂の敷地内に入っていった。

ゲートを入った正面は六千坪ほどの駐車場で、六十台ほどの自動車が疎らに停まっていた。そのほとんどが軽自動車だった。白色、空色、黒色の自動車が多かった。ところどころ舗装がひび割れて、そのひび割れたところから雑草が生えていた。

公会堂の入り口は自動のガラス扉であった。その手前、葡萄茶タイルの外壁のところに立て札があった。私は立て札を読んでみたいような気持ちになって立て札を読んだ。

本日の催し物
講演「ひょっとこの作り方」
講師　大村面一（チリヌムスリムフード研究所所長・大村大学教授・ルナ女子短期大学非常勤講師）

立て札にはそんなことが書いてあった。即座に、よくもこんな馬鹿な講演をするものだ。と思った。ひょっとこの作り方。あほというも愚かなり、と思った。ひょっとこを作っていったいなんのメリットがあるのか。店舗の看板にでもするのだろうか。だとしても用途は限定される。フレンチレストラン、「シェ・ひょっとこ」なんて据わりが悪く、そこはやはり、「ひょっとこ寿司」「ひょっとこうどん」といった和食系に限られてくる。それも安手の。

また、どこの誰だか知らないが、講師の大村面一の肩書きも疑わしかった。チリヌムスリムフード研究所所長とあるうち、フードとはFOODのことであろう。それはわかるけれども、チリヌムスリムフードというのがわからない。そんなFOODがあることを私は絶えて聞かない。そしてまた所長とか言っているが、その組織がどれほどの組織なのか、その組織の存在自体が疑わしい。自宅アパートの大村という表札の脇に、チリヌムスリムフード研究所、という手書きの札を掲示しているにすぎないのではないか。研究所員も大村一名のみではないのか。

同じことが大村大学教授という肩書きにも言える。ウェブ検索をしてみないと確定的なことは言えぬが、大村大学などというものは実はなく、自らの苗字、大村、を冠した、大村大学、なんてウェブサイトを開設し、そのなかで教授を名乗っているに過ぎぬのではないか。或いは、私塾のようなものを開いているのかも知れない。

となるとルナ女子短期大学非常勤講師だけが本当の肩書きということになる。どうせ、食品衛生学かなにかを教えているのだろうけれども、そんなものは大した肩書きとは言えない。

なので講演など聴く気はなかったのだけれども私は公会堂に入っていった。ただ、入ったばかりではなく、講演も聴いた。

なぜそんなことをしたのかというと、入り口に数人の小母はんがいて私の行く手を阻んだからだ。

意図的にやったのかどうなのかは知らない。知らないけれども、毛糸で編んだ水色のちゃんちゃんこを着ていたり、てろてろして光沢のあるえび茶色の裾がすぼまったズボンをはいていたりする、その小母はんどもが、入り口の前で立ち話をしていて、どうにもなかに入れぬのだ。

その時点ではなかに入る気はなかったので特段、困りはしなかったが、苦々しい思いをしたのは確かだった。

だってそうだろう、私のように講演を聴く気がない者はよいが、講演を聴きたくてやってくる者も多くあるはずだ。それをそうやって入り口を塞ぐようにしていたのでは、聴きたい者がなかに入れない。にもかかわらず小母はんだちは入り口を塞ぐようにしている。

それでも最初は単に他人の身の上に思いがいたらない、想像力を欠いた人で、注意喚起さえしてやれば、自分が社会に公衆に煩いを齎していることに気がつくだろうと考えて、講演を聴く気はない、聴く気はないのだけれども、なかに入るような感じで入り口に近づいていった。

ところが驚いたことに明らかになかに入ろうとする私に気がつきながら小母はんは退かない。退かないどころか、一部の小母はんが、足を開き、肘を張るようにして、あえて入れないような体勢をとった。

そんな意地悪をしていったいなにがおもしろいのか。小学生か。よく見ると顔の鰓までが先ほどより張っている。

私は生来が負けず嫌いで、そういうことをされると意地ずくでも入ってやる、と思う性格だ。

だったら入ってやるよ。祖先の霊毛で編んだようなちゃんちゃんこを着ている田舎の小母はんが舐めるな。俺はかつて仲間うちのファッションリーダー的なポジションにあったこともあったのだ。

私は、小母はんの集団に、ぐいっ、と肩を入れた。通常であればこの時点で退くはずだが、小母はんは、退いたら自分が損をする、みたいな胴欲な顔で頑張って退かない。

自ら退かぬとなるとこちらで退けるより他ない。私は、引き戸を開けるがごとくに、或いは、暖簾を分けるがごとくに手を伸ばして小母はんを退けた。

小母はんだちは河豚か針千本のように頬を膨らませ、あら、とか、まあ、とか言い私を睨みつけたが、そんなことをしたって無駄だ。なんのために私の行く手を阻んだのか知らないが、私はなかに入ってしまった。

私は口惜しさに歯噛みする小母はんどもの顔を思い浮かべて心地よい気持ちになった。いい気味だ、と思っていたのだ。

ただひとつだけ気になることがあった。というのは小母はんを押しのける際、ひとりの小母はんの、血膿色と胆汁色が穢らしく混ざったブラウスの乳のあたりを押してしまったことだ。もちろん自分は小母はんの乳を揉みたいなどとは思っておらなかった。偶然そうなっただけだ。ところが小母はんは、恰も、私が意図的に乳を揉んだ、無頼者に突然、乳を揉まれた、みたいな極度に被害者的な顔で私を見たのだ。

しかしそれは誤りだ。私は意図的に乳を揉んでいない。というか、触れただけだ。偶然のバッティングだ。俯仰天地に愧じず。神は知っている。

私は気にしないことにした。けれども、いま戻ったらまだ出入り口に蟠っている小母はんだちが、乳を揉まれた、と言い、ぎゃあぎゃあ騒ぐだろう。少し間をおいた方がよい。じゃあ、別に興味はないけれども講演でも聴いていくか、と思った次第だ。

それに考えてみれば、大村はＦＯＯＤが御専門らしい。大村は馬鹿かも知れないが、ことＦＯＯＤに関しては私の知らないことを知っているはずで、さなれば、バーベキューの食材についての、目から鱗が落ちるような新たなる知見を得ることができるかも知れない。

そんなことも考えて私はますます入ってみよう聴いてみようと思ったのだ。

中ホールと言いながら六百人くらい入りそうな擂鉢状の会堂に聴衆は疎らで百人かそれくらいしかおらなかった。縦横に配置され通路とかで六ブロックに分かれた座席の、後ろ真ん中舞台に向かって左寄り、入ってすぐの席に座った私はそのことに寂しさを感じたが自分のことではないため、深刻な寂しさではなく、寂しく思いながらも、こういう場合、赤字とかになるのではないか。そうした場合、大村は極度に困惑するのではないか。そうしたことを考えると奇妙に心地よい気持ちになってくる。一言で言うと、人の不幸は蜜の味、ということかもしれなかった。

おもしろきことだ。

私は上機嫌で周囲を見渡した。鈍臭さそうな田舎の兄ちゃんネェちゃん、男に生まれたというだけで根拠なく威張り散らして生きてきたらしい、いかにも狷介そうな爺、みるからに太々しい婆、奇妙な衣服を装束きた小母はん、などが聴衆として会堂に参集していた。

おもしろきことだ。

と、私はさらに愉悦を覚えた。あちこちでしわぶき・くさめが響いていた。

大村は前触れもなく現れた。三十五か三十六か、それくらいの男で、白い麻のスーツを馬鹿っぽく着用していた。背ぃは百七十六糎程度で、狐面。目が妖しい光を放っていたが、見た感じは、コンビニで菓子を買い、スイーツといって喜んでいる凡百の大村、という感じの男だった。

大村はすぐに話を始めた。

「ご来場いただきありがとうございます。なんて気の配りめいたことは僕はいわない。あああああっ、そんなこと云ったら愛するみんなに嫌われてしまうじゃないかああああ、とボヤンが云っていた。ボヤンとは誰でしょうか。誰のことでしょうか。それもおいおい出てきますでしょう。さっ。改めまして、今日はね、ひょっとこ。この作り方をね、みなさんにできるだけわかってもらえるように、話そうと思ってます。後ほどね、質問の時間もね、設けますのでね、わかんないこと、その他なんでもいいんでね、手を上げて訊いてください。さて」

「じゃあ、ひょっとこの作り方、なんて言ってるけど、なんでひょっとこなんて作るの？　そんなもの作ったたって店舗の看板くらいにしかできんのじゃないの。それにしたって和食系にしか使えないんじゃないの？　という疑問を抱く人がワサワサワサワサ現出してくるだろうから、まずそこのところから押さえていきます。こんなことやってなにになるの？　という奴隷的な疑問を抱いていてはよいものは作れませんからね。実はそこが資本主義の矛盾点なのですが、まあ、そんな野暮な話は今日はよしにしておきましょう。さて」

「じゃあ、私たちはなぜひょっとこを作るのか。ということから話したいと思います。それはひょっとこが我々が直面している諸問題の解決の糸口になる可能性があるからです。資源エネルギー問題などもそうです。もちろん、ひょっとこは直接的な資源にはなりません。もちろんそんな馬鹿なことは推奨しませんが、ひょっとこを燃やして得ることができるエネルギーなんてごく僅かです。じゃあ、なぜひょっとこが資源エネルギー問題の解決の糸口になるのか、それは」

「ひょっとこの歴史的起源にもかかわってくることです。のでまずそのあたりのことから話を始めましょう。ひょっとことというのはやはり、どじょうすくい、という舞踊の際にかむる面として夙に名を馳せておりまするゆえ、あれが起源と思いこんでいる人が多いようですが、まったく違います。ただあれはあれで、なぜひょっとこの面をかむるのかということやひょっとこが仮面化されたことなど非常に重要な問いを我々に投げかけていますので時間があればそれについても言及したいと思います。と言って」

「話しているうちに忘れてしまうといけませんので、いま申上げることにいたしますと、まず、どじょうすくい、に関してですが、一般にあれは泥鰌を掬う、すなわち泥鰌を捕獲する所作を舞踊化したものと認識されていますが、違います。あれは須佐之男命が高天原を追放されて出雲国に下り、その末子、大国主命が、まあ、国作りを行った訳ですが、その際、実際の計画を立てて実務面を取り仕切ったのは少名彦名です。この人は科学技術について優れた生智を持っておった人で酒や食物、薬などを随意に作り出すことのできる人で、国が富み栄えるためになくてはならぬ人物であったようです。しかし国作りは大変なところから始まりました。なにしろ、太陽神である天照大神を怒らせてしまっている訳だから、出雲国には太陽が照らず暗闇でなにひとつ生育しない。そこで少名彦名は呪法を用い、いくつもの虚構の小太陽を作って、これによって出雲国を照らした。ところが、これが技術の根本に邪な部分があったため、しばしば故障、ときに爆発して、出雲国全体に穢れた粉塵が飛び散り、多くの人が命を失いました。そこで現れたのが実は」

「ひょっとこなんです。現れたといっても自主的に現れたのではなく勿論、少名彦名が計画立案、呪法を用いて大量に作成され、清め部隊として投入されたのです。その遠い記憶を舞踊として再現したのが、どじょうすくい、で、あの腰をスクスクする所作や狂ったような笑顔、身体に対する様々の拘泥は、穢れた土壌を清掃する際の、恐れ、使命感、躊躇、心身の実際的な不快、などを表現しているのです。片方の目を見開いているのは恐怖のためだし、片方の目を閉じているのは過酷な労働によって目が潰れたところを現しています。口を横に曲げて吹くようにしているのは、穢れた粉塵を吹き飛ばそうとしているのです。なのであれは」

「本当は、泥鰌掬い、ではなく、土壌救い、なのです。大阪に道修町というところがあって薬問屋の多いところですが、あれは本当は土壌町、だったのです。そこには少彦名神社があって僕自身、何度も参ったことがあります。じゃあ、なぜ、土壌町が道修町になったのでしょうか。土壌救い、が、泥鰌掬い、になったのでしょうか。それはその後、出雲国の」

「歴史と深く関係しています。大国主命は一定程度の国を作った後、高天原と和解し、天孫、瓊瓊杵尊に、国を無償譲渡します。実際上の手続きは息子がやったようですが。その際、土壌が穢れたことは隠されました。なぜなら、多くのひょっとこが投入されはしたものの穢れはなかなか清めきれず、まだ穢れているところがたくさんありました。それを天孫サイドが知ったらなんと言ってくるでしょうか。完全に清めてから引き渡せ、と言ってくるに決まっています。しかし、太陽もなく、虚構の小太陽もちゃんと稼働しないで疲弊した出雲国にその余力はありません。大国主が個人資産を差し出せば或いはなんとかなったかも知れませんが、老後の生活に直結することでもあり、死後の祀りにも費用がかかるのでそれも無理な相談でした。そこで出雲国は」

「穢れをなかったことにして、瓊瓊杵尊には、虚構の小太陽は故障が多いので潰して捨てました。太陽をありがとう。と言って胡麻化したのです。ひょっとこは」

「全部、殺しました。というのはでも既定の方針でした。穢れの現場で清めを行ったひょっとこは当然ですが穢れます。その医療にかかるコストと全部、殺してしまうコストを試算して比較した場合、殺してしまった方が圧倒的に安い、ということがわかったからです。人民大衆には、ひょっとこは土壌救いをやっておったのではない、泥鮪を掬っておったのだ、と教え込みました。少名彦名も」

「粛清しました。かくして、土壌救い、が泥鮪掬い、になったのです。そしてあれを、砂鉄を採取しているところを表現したものだ、と唱えるのも巧妙な隠蔽工作で、もし仮に、本当は違うんじゃないの？　別のことをやってるんじゃないの？　と疑う人が出てきたとしても、うんそうそう、違う違う。あれは本当は砂鉄を採取している動作なんだよね、と言って胡麻化すのです。そうしたひょっとこの抹殺はそして」

「仮面のことで完成します。ひょっとこを仮面化することで、ひょっとこは飽くまでも仮面として存在するのであり仮面こそが、ひょっとこの実体なのであって、ひょっとこの実在など有り得ない、と人々に信じさせようとしたのです。そしてそれは完全に達成されました。というのは、みなさんが、ひょっとこと聞いてまず思い浮かべるのはなにですか。あの、ひょっとこの仮面でしょう。ひょっとこ本人のことなど全然、思い浮かばないでしょう。かくして、ひょっとこは仮面化されてその生々しい実体を失ったのです。そしておもしろいことに」

「ひょっとこの仮面化を実行したのは出雲国ではなく天孫サイドです。と言うと、え？　騙されたはずの天孫サイドがなぜ、抹殺するの？　と多くの人が思うことでしょう。しかしそれには事情がありました。天孫サイドは実は最初から出雲国がある程度、穢れているかも知れないという情報を得ていました。しかし、そのことを高天原に報告しませんでした。なぜかというと面倒くさかったからです。出雲国との交渉はただでさえ難航をきわめていました。無償譲渡とはいうものの、出雲国は様々の細かい条件をつけ、名目上は天孫サイドに譲るけれども、実質上の業務は手放すまい、としました。もちろんそれではうまみがないので、ここはこっちが譲歩するから、ここは諦めろ。いっやー、それはどうかなー。とりあえず持ち帰って協議させてもらってもいいですか。ええ？　またですかー。みたいな面倒くさい交渉が延々と続いていて、高天原からは、いつまでかかっているのか。早くしろ。あまりにも時間がかかるようであれば瓊瓊杵を罷免するぞ、と言われておりましたし、いままた新たに、土地の穢れ問題が課題として浮上すれば、さらに時間がかかることになり、天孫サイドは天孫サイドでこれを、なかったこと、として譲渡の手続きを進めたのです。しかし、これがもし高天原に知れたら大変なことになります。そこで譲渡が終わって瓊瓊杵政権が発足した後も、ひょっとこについての出雲国の方針を堅持し、また、新たにひょっとこ仮面化政策を推進したのです。なんていう歴史的経緯がひょっとこにはあるのですが、私たちはなぜいま、ひょっとこを作るのか、という話に戻れば、例えばそうして抹殺されたひょっとこについての正しい理解を広く世の中に」

「知らしめる必要がある、などということではまったくありません。そんなことではなくてひょっとこが有用だからです。ひょっとこが様々の分野に活用可能だからです。例えば、あのひょっとこの口ですが、あれは元々、身を守るために穢れた粉塵を吹き飛ばすもので、もの凄い風力を持っていて、ご家庭でも様々の用途があります。例えば、テレビの台やテレビの画面などに、気がつくとうっすらと埃が溜まっていることがありませんか。あれなんぞ、ひょっとこの強力なブロウでいっぺんに気にならなくなります。カメラのレンズなんかにもいいですね。或いは、少し時間と手間がかかりますが、音楽好きの方はひょっとこにアルトサックスなどを習得させれば、いながらにしてJAZZ演奏が楽しめるようになります。締切に追われる漫画家の方にもお勧めです。ひょっとこの一吹きでインクやホワイトがソッコーで乾きます。猫舌の方。どんな熱いものでもひょっとこが吹けばただちに冷めます。多くのご家庭で風力発電が可能になります。ひょっとこ一人当たり〇・二五キロワットの発電が可能です。ひょっとこは脳をいじってありますので、粗末な飯を与えるだけで文句も言わず、一日中、風を送りますから、自然の風力と違ってその電力は安定的です。もちろん飯を食べているときは発電が停まりますが、ひょっとこがふたりいれば、交代できますし、補助電力として使うならひとりでも十分です。そしてひょっとこはきわめて安価な」

「労働力です。全般にひょっとこは矮軀で力はさほどではなく、巨岩を運ぶなどということはできませんが、洗車などにはきわめて重宝です。車体についた粉塵を吹き飛ばすことができるので、洗車による傷を防ぐことができますし、くまなく吹いて乾燥させますから拭き傷も生じません。その他、清掃全般は得意中の得意でありますし、犬の散歩、ちょっとした買物、洗濯など大抵のことができます。そしてなによりもその際に必要なエネルギーはひょっとこ自身が生み出しているのであり、一切の電気エネルギーを必要としないのです。勿論、ご家庭以外にも工場での軽作業や農地での耕作にも使用可能です。なによりもよいのはひょっとこには面倒な人権がいっさいありませんので、一度、作れば給与等を与える必要がないのが」

「便利です。というと人権活動家などに文句を言われるのではないか、と心配する方があるかも知れませんが、ひょっとこは私たちが作ったもので法的には、雑貨扱い、です。人権に対する配慮はまったく必要ありません。っていうか、ひょっとこは顔を見ればわかりますが人ではないのです。あくまでもひょっとこなのです。というとなにか陰惨なイメージを抱く方があるやも知れませんが、そんなことはなくて、ひょっとこは娯楽性にも富んでおり、教えれば、どじょうすくい、など簡単に覚えてしまいます。衣装を着せて宴会の際などに踊らせれば、ほぼオリジナルの、土壌救い、が楽しめます。これは素面で見ても愉快なものです。私など、週に三度は見ております。ただ、一点だけ、ひょっとこには困ったことが」

「ございましてございます。それは純然たるプロダクト品と異なり、数年でガタが来て使えなくなってしまう、ということです。まあ、そうなればまた作ればよいのですが、いらなくなったひょっとこはどうすればよいのか、という質問をよく受けます。基本的には各自治体の定めたルールに則ってゴミとして処分しても一向に差し支えないのですが、まだ生きている場合、勝手に彷徨してしまってゴミとして出すのは難しく、そのためにはまず自分で動けないようにしてしまう必要があるのですが、それはちょっと……という方も多く、かといって捨ててひょっとこをするのは逆に違法です。保健所でもひょっとこの引取はやっていないようです。そこでいずれ法整備がなされるように行政に働きかけているところなのですが、現在のところは暫定的に私の研究所で不要になったひょっとこの回収処分を行っております。という訳でここまでのところでご質問はございませんか。はいじゃあ、そこの緑の水分の多い方。はい、はい、はい、はい」

「わかりました。お答えいたします。ひょっとこにはなにを食べさせればよいのか、というご質問ですね。なんでもいいんですよ。ドッグフードに水を掛けたものでもよいし、残り物でもなんでも。ただ若干、胃腸が弱い部分がありますので、傷んだものや生の内臓などは与えないでください。はい、次」

「ああ、凶暴性とかはいっさいございません。ひょっとこは脳をいじってありますので、そもそも感情がありません。抽象的な思考もありません。去勢もします。ですからそういった点ではご安心ください。はい、他に質問は？」

「ございませんね。では、次に、いよいよ、ひょっとこの作り方の話に移って参りたいと思いますが、ひょっとこの作り方はきわめて簡単です。針金とパイプと特殊な点眼薬があればよいのですし、後はオーナーさんのやる気次第で、脳をいじるのもコツを覚えれば割合に簡単です。ただ、最初に申上げておきますが、やはり、ひょっとこを作ることの基本的な理解がなければひょっとこを作ることはできません。じゃあ、それはどういうことか。一言で言うとひょっとこは」

「自然に生まれるものではなく、あくまでも人間が作るもの、ということです。人間が作らない限りひょっとこはこの世に存在しない、ということです。ここは重要なポイントです。作る、という強い意志をどうか持ってください。よく私に、ひょっとこができないいんです。といってくる人がいます。あたりまえです。ひょっとこはできません。あなたが作らないとひょっとこは存在しないのです。できないのは作らないからです。作って初めてひょっとこは存在するのです。では、具体的にどうやって作るのか、ということについて説明いたしましょう。といっても無から有を」

「生じさせるのは不可能で、どうしたって原材料が必要になってきます。さて、この原材料の説明をする前に私はいつもビーフステーキの話をします。みなさんはビーフステーキはお好きですか。好きな人は手を挙げてみてください。ああ、随分、手が挙がりましたね、私もビーフステーキは大好物です。いい感じに差しの入った牛肉をみると、実においしそうだ、と思ってしまいます。みなさんもそうですよね。じゃあ、みなさんは、生きてもうもう鳴いている牛を見て、おいしそうだ、と思いますか。或いは、牛の死骸を見て、おいしそうだ、と思いますか。思いませんよね。私も思いません。これは実に不思議な」

「事柄ですよね。ある意味では牛肉と牛の死骸は同じものです。牛肉は牛の死骸の一部を切り取ったものですからね。でも私たちは牛の死骸と牛肉は別のものと感じている。でもそれは当然の話で、牛は牛でも、この牛、と、牛というもの、は私たちの頭のなかで全然、別物です。ここを是非わかってください、っていうか、もう既に私たちは日常の中でそれを毎日のように行っています。地球環境を守るためには人類は即刻滅亡するべきですが、人類の滅亡ということと地球環境の保全はまったく別のものなのです。人と人との繋がり・絆、というものは大変に重要だと考えながら同時に、近所迷惑な隣人のことを、早く死なねぇかな。丑の刻参りしようかな。と呪うことができます。私たちは日常的にそういうことを既にやっているのです。だからひょっとこの材料を目の当たりにして」

「ぎょっとする必要なんてありません。このことを一応、ご自身のなかで確認しておいてください。というと、原材料はなになのか、という話になってきますが、今日はそのことには触れないでおきます。あ、それから言っておきますが、今日は作り方の細かい説明はしないことにします。なぜなら間違った作り方をしないで欲しいからです。みなさんには正しい作り方を覚えてもらいたいのです。それにはやはり教材を使った実習が必須になって参りますのでね。え、なんですか」

「あ、それは大丈夫です。後で申し込み用紙を配りますので、センター実習に参加していただけばよいのです。だからね、今日のところはざっとした、口縛法、パイプ注入角について。点眼薬の成分と効果。脳のいじり方。法律違反を犯さないために。破眼に際しての注意点。呪術を行う際の注意点と健康への影響。といったような基本的な、流れ、について話したい、と思っています。あ、もちろん、それらを今日の段階ですべて理解する必要は勿論ありません。今日のところは、大体の、流れ、と、それよりなにより、意外に単簡にひょっとこが作れる、ということ、と、そしてひょっとこを作ることが実に有意義であるということをみなさんにわかっていただければそれでよい訳です。さあ、では、百聞は一見に如かず、この辺りでそろそろ、みなさんに実際のひょっとこを見ていただくことにいたしましょうか。その前に、ここまでのところでなにか質問はありますか。はい、そこの枝が垂れ下がったような方。はい。ええ。はい。うん。うん。わかりました」

「その、ひょっとこはさっき話にあった少名彦名の作ったひょっとこと同じものなのか、っていうご質問ですね。まあ、出雲国のひょっとこを見た人は誰もいないので断言はできませんが、かなりの確率で違うと言えます。それはひとつには当時、使っていたような原材料がいまない訳ではありませんが、いろんな問題があって使えないというのがひとつと、もうひとつは呪法の問題で、当時の呪法には科学的な発想も多く含まれていると同時に神秘的な発想も多く含まれていて、その科学の部分はともかくとして神秘の部分を再現するのが非常に難しいんですね。もちろん研究の結果、それに限りなく近いことはできるのだけれども、なにか根本のところがまったく違っているため、できあがりが随分と違っちゃう訳です。具体的に言いますと、例えば雨を降らせる、という同じことをするにしても三段階くらいある過程のそれぞれがまったく違っちゃってるんですよね。ひとつ違うだけならまだわかるんですが、全部違っちゃってる。じゃあ当時のやり方をそのままやったらどうなるかというと、雨がまったく降らなかったりする。けど結局は雨が

「降るんだからいいじゃん、といったようなものなんだけど、いまも言ったように細かく見ていくと雨の降り方とか性質がまるで違っちゃってる。一方が小雨なのに一方は豪雨とかね。なんでそうなるかというのは呪法が社会や個人の意識で波のように天体に伝わっていくとき、その社会や個人の意識が当時と今とではまるで違っちゃってますからね。これればかりはどうしようもないんです。はい、次の質問は？　ありませ

んね。じゃあ、ひょっとこを」

「ご覧いただきましょう。はい、出して」

大村が合図をすると、舞台下手側から、ひょっとこが出てきた。

ひょっとこはかなりひょっとこだった。口を窄めて右に曲げ、右の目を見開いていた。左の目は潰れていて、眉がハの字型に垂れ下がっていた。水玉の手拭で頰かむりをし、丈の短い青っぽい着物を着ていた。

出てくるときも、いかにもひょっとこらしく、腕を前に組み、腰を曲げ、膝も曲げて、尻を前後に大きく振りながら出てきて、演台の脇まで来ると弧を描いてから、極端ながに股で正面を向いて立ち、思い出し笑いのような笑いを笑ってみせた。

そのあたりは実にひょっとこらしかったがひょっとこらしくない点もいくつかあった。まず、顔こそ色白であったが手足は浅黒く剛毛に覆われていた。また、どじょうすくい、の場合は、箕を持ち、腰に魚籠を付けているが、このひょっとこはそうしたものを持たず、バリトンサックスを持っていた。

バリトンサックスを持ち、がに股で立って落ち着かぬ様子で下を向いているひょっとこに大村が、「喇叭を吹け」と言った。

ひょっとこは首をクニャクニャ曲げて、いやいやをするような恰好をしてバリトンサックスを吹かない。大村は苛立ったような口調で、「早く、吹け」と言うと、二十センチくらいの黒い四角い棒をみせた。

棒を見たひょっとこはのけぞるように顔を背けて、これを避けたが、なお、くにゃくにゃして、バリトンサックスを吹かない。大村は、ますます苛立ち、「吹かんとこれだぞ」と言って黒い棒をひょっとこの顔のすぐそばに近づけた。

ひょっとこはますます顔をのけぞらせたが、「早く、早くしろ」と大村に言われて、ついにバリトンサックスを構え、吹奏し始めた。ところが、まったくやる気がなく、リズムもメロディーもないままに、ぼー、ぼー、という間抜けな音を途切れ途切れに鳴らすばかりだった。

大村はついに切れ、「なにやってんだ、ばかー」と怒鳴り、黒い棒をひょっとこの肩に押し当てた。ひょっとこの表情は先ほどから変わらないが、電撃のようなものを与えられているのだろうか、ひょっとこは固くなって痙攣していた。

大村は十秒ほど黒い棒を押し当てた後、これを離して言った。

「さあ、やれ」

ひょっとこは、また首をぐにゃぐにゃしていたが、突然、ストラップを引きちぎって、バリトンサックスを頭の上に振りかざし、そしてこれを舞台に叩き付けた。

「なにをする。やめろ。スタァップ」

大村が叫んだが、ひょっとこは聞かず、何度も何度もバリトンサックスを舞台に叩き付け、高価であろうバリトンサックスが無惨に壊れた。

「なにやってんだ、この野郎」

激怒した大村が黒い棒を振りかざしてひょっとこに向かっていったが、ひょっとこは表情を変えぬまま、大村の首を摑んでこれをグイグイ絞め上げ、たまらず仰向けに倒れた大村にのしかかって、大村の顔に自分の顔を近づけた。

嚙みついているように見えたが、あの口でどうやって嚙みつくのだろう。私はそんなことを思っていた。聴衆はげらげら笑っていた。

舞台両袖から黒い揃いのティーシャーツにデニム姿の若い男女が数人走り出てきて、背後からひょっとこを大村から引き離そうと、腕や肩を引っ張ったが、びくとも動かなかった。

大村は、ひょっとこは矮軀で力仕事には向かないと言っていたが、このひょっとこは大変な膂力の持ち主らしかった。

このままでは大村は死ぬのではないか。そんなことを思っていると、若い男女のうちのひとりが、大村が持っていたのと同じ、黒い棒をひょっとこの肩に押し当てた。ひょっとこが硬直した。そこへ、また、別のひとりが落ちていたバリトンサックスでひょっとこの頭部を横殴りに殴った。

これにいたって漸くひょっとこは横ざまに倒れた。

げぼげぼ言いながら膝をつき、演台にすがって立ちあがった大村の顔の真ん中に赤黒い穴が開いていた。おそるべきひょっとこの吸引力で鼻を吸われ、天狗の鼻のようになったところを、嚙み切られたようだった。

揃いのティーシャーツの男女のうちの何人かが大村のところに駆け寄り、これに肩を貸し、また、何人かが携帯電話を耳に当てて、袖の方へ行こうとしていた。聴衆はまだげらげら笑っていた。そのとき、舞台の後ろの黒い幕の裏から、後で群舞でもするはずだったのか、三十人以上のひょっとこが躍り出てきて、よろよろしている大村やティーシャーツの男女に襲いかかった。

何人かは黒い棒を持っていて、これで対抗したが、ひょっとこの人数が多く、みなひょっとこに殴られたり、蹴られたり、吸われたりした。舞台裏でも同じことが起っているのか、人が殺されるときにあげるような声が遠く聞こえてきた。

悲鳴は客席でもあがっていた。何人かのひょっとこは舞台を駆け下り聴衆に襲いかかっていた。その内、なんの加減か、すべての照明が消えて客席が真っ暗になった。

真っ暗ななか、悲鳴とうめき声が響いていた。

一番後ろに座っていた私のすぐ後ろに出入り口を示す緑の明かりが灯っていた。私は立ちあがって会場を出た。

会堂のロビーを駆け抜け、エントランスにいたって後ろを振り返った。会堂の外まで追う智恵はないらしく、ひょっとこが追ってくる様子はなかった。逃げてくるものもなかった。ひょっとこというものがこの世に実在したのは驚きだが、それはそうとして人を殺すだけ殺したひょっとこはその後、どうする心算なのだろうか。といって、ひょっとこに心算などない。心算があれば自分たちに寝床と食物を与えてくれる養い主・雇用主をものの弾みで殺したりしない。そんなことをして困るのはひょっとこ自身。ひょっとこは今晩から食物と寝床を失う。その場合、ひょっとこはどうするのだろうか。餓えたひょっとこは社会に出てきて人を襲うだろう。

というか、それよりなにより、いま現在、人が襲われている最中なのだ。私はとにかく通報をしなければならない。ひとりでも多くの人が助かるように努力するのがたったひとり脱出に成功したものの義務だ。

そう思いつつ、けれどもいまにもひょっとこが追ってきそうな気がして恐ろしかったので、足早に出入り口に向かいつつ、携帯電話を取り出すと、好都合なことに出入り口に制服の警官が立っており、あの、すみません、と呼ばいながら近づいて、早く連絡してください。いま、会堂でひょっとこに人が……、と言いかけたのを、あなたは……、と遮られた。

「あなたはどこに行くの」

いきなりどこに行くのかと聞かれ、改めて警官を見ると警官の背後、公会堂の建物と駐車場の間の、銭苔の生えた地面が露出した薄暗いところに数人の小母はんと若いもうひとりの警官が立っていた。小母はんは先ほど出入り口を塞いでいた小母はんたちだった。

脇に警官たちが乗ってきたらしい白い自転車が停めてあった。

小母はんたちは、若い警官と話しながら、私を睨み、指差し、なにを言っているかわからないが醜く罵っているようだった。

「ちょっと話を聞かせてもらっていいですか」

「ええ、いいです。いいですけど、いま会堂が大変なことになってるんですよ。人が襲われてるんです。救急車を呼んでください。あと、早く助けにいかないとみんな殺されてしまう」

「人が？　襲われてる？　どういうことです」

「講演中に教材で出てきた、ひょっとこが突然、講師を襲ったんです。それから何十人ものひょっとこが出てきて客を襲ってるんです。僕は一番、後ろに居たんで逃げてこられましたが、照明が落ちて真っ暗だから逃げられた人はほとんどいないと思います。早く、早く助けに行ってください。救急車も早く」

「ひょっとこ、ってなんですか」

「だから、そこ見てくださいよ、ひょっとこの作り方って書いてあるでしょ。その講演会でひょっとこが暴れ出したんですよ」

「どじょうすくいの講習会かなんかやってたんですか」

「違います」

「じゃあなんなの」

「そんなことはどうでもいいですよ。早く、救急車を。早くしないとみんな死んでしまう。っていうか、その無線みたいなので応援を呼んでくださいよ。あなたひとりじゃどうしようもない」

中年の警官は若い警官を呼んだうえで言った。

「おたくの名前はなんて言うの」

「松尾ですよ。松尾鉄」

どういう訳か嘘を言った。

「どこに住んでるの」

「千陽が原です」

今度は本当を言った。

「歩いてきたの」

「そうですけど、とにかく早くしてください。人が襲われてるんです」

「足はどうしたの、怪我したの」

「えぇまあ、そうです」

「いつ」

「ちょっと前ですよ」

「講習会を聞きにきたの」

「ええ。っていうか、たまたま入ったんですよ。そしたら人が襲われたんですよ。早くしてください」

「知りませんよ」

「あの、あそこにいる女の人、知ってる？」

「あなたに胸を揉まれたと言ってるんだけど」

「揉む訳ないじゃないですか。入り口に屯して言っても退かないから押しのけただけですよ」

「やっぱり、知ってるのね」

「いや、そういう意味では知ってるけど、どこの誰だかは知らない、と言ってるんです」

「ちょっとさあ、クルマのなかで話、聞かせてくれない」

「いいですよ。ただ、ひょっとこがなかで……」

「いいから、いいから」

そんな感じで私はいつの間にか到着していた警察の車に乗せられ、いろいろ訊かれたうえで警察署に連れていかれた。

味つけられた牛肉と味つけられていない牛肉。いずれも小片に切り分けられ、細長いプラスチックのトレーに並べられ、ラッピングフィルムで密封してある。私はふたつのトレーを調理台の上に並べた。味つけられた肉と味つけられていない肉が蛍光灯の光に照らされていた。二種類の肉を眺めながら私は、すべてのことには意味がある、と思おうと思っていた。

なんのために連れていかれたのか。雑然としたフロアーをロッカーで仕切った更衣室のような一畳半の狭いスペースの灰色のスチールデスクの前の傾いて固い椅子に座らされて長いこと待たされた挙げ句、ほとんどなにも訊かれない儘。夜も更けた頃になってやっと、帰ってよし、と言われた。その後、私は改めて会堂でのことを話したが、警察官は急に耳が聴こえなくなったようだった。

このとき私は、もしかしたら一見、偶然のように思われているすべてのおかしさには意味があるのではないか、という疑いを抱いたのだ。世の中には事件というものがあり、犯罪というものがある。そうしたことを事前に防ぐのは市民社会全体の役割だろう。そして不幸にも事件・事故が起きてしまった場合、これを捜査するのは警察の役割である。その警察が、多くの人が会堂で襲われている、という通報を受けた途端、耳が聴こえなくなるというのは明らかにおかしい。また、ああしたひょっとこといった古代の出雲国の無理を現代に蘇らせる大村のようなものもおかしい。その大村がひょっとこに殺される。小母はんの立ちふさがり、永遠の恨みがジクジク燃えて周辺を穢していることも、それを国や行政が放置していることもおかしい。

人はおかしいことに直面するとこれを正したいと思う。

しかし、そのおかしいことにも、または、おかしいことにこそ意味があるのではないか、と思ったのだ。もちろんおかしさのなかには皆が全体の調和を考えずに出鱈目な言動をとった結果、齎されたおかしさもある。しかしどう考えても、おかしいこと、が起こることによって実現する正しさもあるのではないだろうか。それは、どう考えても……、という考えの範囲の外にある考え、その考え、の限界を超えた考えによって齎された、おかしさ、ではないのだろうか。つまり、おかしいこと、と、正しいこと、は矛盾しないのだ。

そのとき、どう考えてもおかしい、と考えて、その、おかしさ、を正したらどうなるのだろう。高いレベルで実現していた正しさは消え去り、さらに訳の分からないおかしさが齎され、さらにそれを正そうとしてもっとおかしくなる、おかしさスパイラル下降、のような悲惨なことになる。そしてその結果、必要になってくる代銀は生きているものの血と肉で支払われる。

だから私たちはおかしさには意味があると考えこれを受け入れ無闇に正そうとしない方がよいのではないか。

おかしな配置のロッカーに囲まれた一畳半のスペースでそこまで考えたとき、私は私の犬のことを思った。

私の犬の前に柴犬がいる。私の犬と柴犬の間に肉がある。肉は私の犬がいつも使っている食器に載っていた。そこで私の犬は、その肉は自分のものだと思っている。しかし、柴犬もまた、その肉を自分のものだと信じ、耳を寝かせて胸を反らすようにして立ち、低い唸り声をあげている。

私の犬からすれば柴犬が唸るのはどのように考えてもおかしい。そのおかしさを正すため、私の犬は柴犬を嚙み殺そうと考える。しかし、それは理不尽にも阻止され、彼は柴犬に肉を奪われる。彼は、おかしい、と思う。そのおかしさを齎したのは私だ。私が彼を理不尽にも阻止した。しかし、それは彼が、他の犬を嚙み殺した凶暴な犬として社会から迫害され差別され、抹殺されるのを防ぐためだった。つまりそのおかしさは正しいおかしさなのだ。

そして私は柴犬にも鉄槌を下す。その柴犬に飼い主がいる場合は飼い主に鉄槌を下す。私の犬が私のものだ、と思いこんでいた肉は彼のものではなく私のものだったのだ。したがって、彼が感じていた、おかしさ、は実は、間違ったおかしさ、だったのだ。

おかしな色合いの資料ファイルが机の上に置いてあるおかしなスペースで私はそこまで考え、そして、会堂で起こったことについて考えた。人が襲われて殺される場面に居合わせて、私がまず感じたのは恐怖で、次に考えたのは自分の身の安全だった。人を助ける余裕はなかった。そこで私は会場から脱出を試み、運良くこれに成功した。これは私にとっておかしいことではなかった。しかし殺された人間からすればなぜあいつが助かって自分が死ぬのか。おかしいではないか。と思うかも知れない。それはまあよいとして、自分の安全が確保されたうえで、ひょっとこに人間が襲われるのはおかしい、ということで、このおかしい状態を正そうとして、何度も警察官にこれを訴えた。

さてしかし私はなぜひょっとこに人間が殺されることを、おかしい、と感じたのだろうか。

理由はふたつ。ひとつは、人の生命は尊重されるべき、と思いこんでいるから、ひとつは人間はひょっとこに無条件に優先する、と思いこんでいるからだった。けれども、それはふたつとも、この肉は私の肉である、という思い込みに過ぎない。人と人の間であれば、その思い込みも、もしかしたら成立するだろうが、以上にせよ以下にせよ、人以外のものがかかわれば人の命はゴミクズと同じものだ。弓月さんはそのようにして死んだ。
だったら私はなにも向きになって警察官に会堂での出来事を訴える必要はないのではないか。警察官の耳が急に聴こえなくなったのは、正しいおかしさ、なのではないか。ならば私はもうこれ以上、なにも言わない方がよいのではないか。そんな風に私は一畳半のスペースで思ったのだった。

その帰り道。私は立ち寄った終夜営業のスーパーマーケットの精肉売場で肉を眺めていた。自宅から歩いていけるスーパーマーケットだったが、この売り場でじっくり肉を眺めるのは初めてだった。というのは地方地方によってその地方特有の気質というのがあるのはよく知られているところだけれども、私の住む地方の人々というのは、鮮魚や生鮮野菜には比較的恬淡な態度で接するのだけれども、精肉については驚くほどの熱意と執着を示し、精肉を購入するにあたっては、肉の種類や部位を決定するにあたって呆れるほど慎重な検討を重ね、やっと決定したと思ったら、山積みにしてあるパックのなかのどれを選ぶかにあたって、その肉質の細かな差異を読み取ろうと、すべてのパックをいちいち手にとり、顔を三センチくらいにまで近づけて、考えられぬほど熱心に比較検討を行うのだ。

昼間、精肉売場にはそうした人々が常に殺到していて、そこまでの熱意と執着を持たぬものは容易に売場に近づけず、どうしても精肉が必要なときは、大体の見当をつけて、隙間から手を伸ばして手探りでとって籠に入れるより他なかった。

しかし、そのときはそうした人たちが夕食や団欒を終えて眠りこけている時間だったので肉をじっくり眺めることができた。じっくり眺めるうち、私はどの肉にも、高い肉と安い肉、国産牛と輸入牛、ブロック肉とカット肉、味付肉と生肉、の二種類の肉があることに気がついた。

そして勿論、肉を眺めていたのは正しい肉を見極める練習のためだったが、私は果たしてなにを基準に正しい肉を見極めればよいのだろうか、と考えた。

私はまず、高い肉が正しい、と考えてみた。しかし高いことが正しさの証しでないことはすぐにわかった。というのは例えば、牛の場合だと国産和牛が高く輸入の豪州産牛が安かったし、豚の場合も国産豚は高く輸入のアメリカ産豚は安かった。それだけならば、高い肉は正しく、安い肉は間違っている、そしてまた、高い正しい肉は国産である、ということもできる。ただ、豚肉においてスペイン産のイベリコ豚というのがあって、これは輸入肉なのだけれども国産豚よりはるかに高かった。

これは乃ち、高いか安いか、というのが正しさの基準にならない、ということ。同時に、国産輸入というのも基準にならないということ。だった。なぜなら、正しさはそのように揺らぐものではないからだ。

そこで次に、ブロック肉かカット肉かということが正しさの基準になるか／ならないか、ということを検討したがこれは話にならなかった。なぜならブロック肉といって、それはもはや既に更に大きな塊から切り分けられたもの、つまりカット肉であり、ブロック肉かカット肉か、と言うが、カット肉かカット肉か、と問うているのと同じことだからだった。

そこで次に、味付肉か生肉か、ということを考えたところ、意外なことに、これが大岩のように揺らぐことがなかった。高かろうと安かろうと、輸入肉であろうと国産肉であろうと、ブロック肉（実はカット肉）であろうとカット肉であろうと、味付肉は味付肉であり、生肉は生肉だった。

正しい肉と不正な肉、という二種類の肉。味付肉と生肉という二種類の肉。これらのイメージが終夜営業のスーパーマーケットで重なって二重になった。

しかしどちらとどちらが重なるのかはまだわからない。

私は二種類の肉を買い、袋をふたつ貰って、これらを分けて入れて自宅に持ち帰ったのだった。

さて、どちらが正しい肉なのだろうか。私は調理台の上の二種類の肉を眺めて考えた。

けれども私は大変に疲れていたので、その判断は、明日、時間をかけてゆっくりすればよいではないか、と考え、肉のパックを取り上げ冷蔵庫に仕舞おうとした。

そのとき、居間のテラスに面した掃き出し窓のところで横になっていた私の犬が、むくりと起き上がり、のそのそ歩いてきて、私の足元で、座り、の姿勢を取り、私の顔を見上げて、アハア、と笑った。冷蔵庫の扉が開く音を聞き付け、餌を貰えると思ってやってきて笑ったのだ。

私は疲れ過ぎていたため彼の餌のことを忘却していたのだ。

すまないことをした。彼に謝りながら、私は仕舞いかけた肉を再び調理台に運び、ストックしてあるスウプの鍋も取り出して、彼の餌を作り始めた。

鉢にドライフードを盛り、キャベツ、人参などを細かく刻んだスウプを張った。そのうえにトッピングとして焼いた肉を乗せる。

私は生肉に塩も胡椒もふらないで焼いた。なぜなら味付肉は犬の身体に毒だからで、そんなことを意識の端に昇らせることもなく私は生の肉のパックに手を伸ばしたが、そのとき私は勃然と理解した。

私の犬にとって生肉が正しい肉なのだ。

私は正しいバーベキューを開催しようとし、そのために正しい肉を手に入れようとした。その際、おかしいこと、と、正しいこと、が矛盾しないことを知った。

それを踏まえたうえで私は、正しい肉を与えなさい、ということを言われていたに過ぎないのだ。私はその、正しさ、を肉のレベル、肉そのものの範囲内で考え、やれ、イベリコ豚だ、やれ、阿波尾鶏だ、と騒いでいたが、そんなことは実はどうでもよく、その肉をその者がとったとき、その者自身が正しくなるか、ならないか、というレベルで考えればよかったのだった。

私は、喜ばしい感じ、を身体の全体で現しながら、餌を食べている私の犬を幸福な気持ちで見つめ、「なんだ。簡単なことじゃないか」と、思った。

なんだ。簡単なことじゃないか。正しいバーベキュー、と言われ、こちらも少々、構えてしまったが、そのものにとって善きこと、が正しいこと、というのであれば、つまりは健康に善いもの、毒や呪いの入っていないもの、をみんなで食べればよい、というだけの話じゃないか。もちろん、日本平や舵木禱子が家に来る、というのは、あの恥辱のことを思い出して嫌なことだが、けれどもそんなことで厄祓いができるんだったら安いものだ。

私はそう思って極度に気楽になって、折角だからただ肉を焼くのではなく、ちょっとしたマリネやコフタ、エスニックな感じのスパイシーチキンでも作ってやろうか。などと考えていた。

正しいバーベキューをする。そして、おかしさと正しさは矛盾しない、ということ。それが、もしその肉がおかしい肉であっても正しければこれを食べなさい、という意味であることを、私はその時点ではまだ知らなかった。

二回目のバーベキュー

居間に面した土壇に居て、若いポンペン、ティーシャーツ。最後の笑顔で。若いポンペン、使者。最期の笑顔で。って、なんかそんな気分にて、また、そんなことを実際に呟きて、七輪に向かって立って、薄切肉を焼く、焼く、焼く。といって、人は肉を焼きすぎてはならない、ということを知っているから、肉の表面を凝視し、汁のようなものが出てきたら、すかさず、これを、turn over、裏返す。そうしたらもうその後は瞬間のことだ、皿に移す。

しかもそれは紙皿ではない。ちゃんとした陶器の皿だ。人によっては、サラスポンダサラスポンダレッセッセ。そうした歌が不図、口をついて出るような陶製皿。しかもその皿は炭火の脇横で温められてあるため、焼けた肉が冷めにくい。そんな工夫がなしてある。

そして、その皿をテーブルまで運ぶ。泥水のような声で叫ぶ、なんて不面目なことはしない。そして、そのテーブルには格子縞の布が掛けてあり、カトラリーやグラスが既に用意してある。少し離れたところに、別に丸テーブルが用意してあり、そこには飲み物や氷があって、各人が好みの飲み物を作って飲むことができるようになっている。

氷の入ったバケツには三鞭酒も入っている。麦酒は半ばを氷で満たした保冷ボックスに入れてある。

私は午前五時からそれらの用意を始めた。

もちろん正しくあろうとしてのことだった。珍妙なこと、おかしいこと、と、正しいことは矛盾しない、と悟ったうえで、人にとっての正しさとはなにか、と考えてそうしたのだった。

しかし、ひとつびとつのことを細かく考えたわけではなく、私の考えたことはただ一つだった。私は人々が愉快な気持ちでうち寛いで食べられる、ただ、そのことだけを考えて用意をした。

椅子や卓子、グラスや三鞭酒はそこから導き出された結果に過ぎなかった。その結果、ひとつびとつのものが正しくなったのだ。私たちは、ひとつびとつのものについて、これは正しい、これは正しくない、と判断しがちだが、そうではなかった。根本の動機、根本の発想、根本の根本を正しくしなければならないのだ。

そこを間違ってする、ひとつびとつのものに対しての子細な検討は無意味なのだ。

導入の論理。排除の論理。論理論理論理論理論理痛忌む。そうした論理だけの思考を悼みつつ忌む。そうした態度で私はバーベキューに臨んでいた。

だから、いまは冷蔵庫で静かに出番を待っている、薄切肉とはまた別の、鶏肉を、カレーパウダー、クミンシードなどを混入したヨーグルトに漬け込んだ印度風のチキン料理や蝦を酢とオイルに焼き浸したマリネ料理なども用意した。それらは、そうした根本動機、すなわち薄切肉に客が飽いたときは別のものを笑顔で食べられるようにする、という動機・目的により導き出された料理群だった。

私がそれらの料理群を前日に作っておいたのもそうだ。

待つ。待たされる。

これは食事においてもっとも辛く悲しいことで、私たちはあのヨメコビドッグパークで、その苦しみをいやと言うほど味わった。そして文字通りの苦杯をなめ、苦汁を飲んだ。そしてそのうえであの恥辱を受けたのだ。

もちろん私の邸であんなことがまた起こるとは思えないが、あの苦しみは根本から考えて完全な間違いだった。だから私は、後は焼くだけ、または、給仕するだけ、という状態にしておいたのだ。

私は正しくあるため、また、正しくするためにそこまでしていた。若いポンペン、とまで呟いて、この笑顔を最期のものとしていた。

だから私のバーベキューは正しいはずだった。

ところが実際の場面で、その正しさがなかなか表面に現れなかった。

私はそのことについてはっきり言おうと思う。具体的に言おうと思う。正直に言おうと思う。なぜならそれも正しさにつながっていくと思うから。

で言うと、そこまでしているのに客が喜ばない感じだったのだ。まったく意気が上がらないのだ。浮かぬ顔をして、肉を箸でつまんで一口囓ったばかりで、苦しげな顔をしてうつむいたり、連れてきた犬の背や頭を悲しげに撫でたりして、黙っているのだ。

なんでそんなことになるのか。

私は苦しみのなかで肉を焼き、炭火を調節しながら考えた。まず、原因を知ることが肝心だ。原因もわからないまま右往左往したってなににもならない。

私はまず一番恐ろしいこと、考えたくないこと、すなわち、自分が悪いのではないか、自分に落ち度・不備があるのではないか、ということを考えた。しかし、何度、考えても、私の側に不備があるとは思えなかった。

肉や野菜は極度によいものを用意した。自宅からもっとも近いスーパーマーケットではなく、隣町の高級品を扱うスーパーマーケットに行って買ってきたのだ。酒もそここそこのものを買って、気味の悪い話、支払額は酒だけで五万円を超えて、そのあたりはむしろ誇ってもよいくらいだった。

調理・調味も、いまのところはただ、炭火で焼いたものを供しただけで、上手も下手もないはずだった。味の付けも根源の正しさに基づき、各人がその好みに応じて味の付けをできるよう、二種の垂れ、三種の塩、レモン、辛子味噌、山葵、などを用意しておいた。山葵にいたっては、その場で下ろして食べられるように鮫皮下ろしまで添えておいた。

そこまでやっているのに、客は、山葵など見もしないで、手近の垂れをジャアジャア振りかけて、きわめてまずそうに半嚙って溜息を吐くのだった。

その他、場所の雰囲気や景色、すべてを考え合わせても私の側に問題はなく、となると、問題は相手の側にあるということになるがどうだろうと考えれば、果たしてそれは間違いなくあった。

というのは客のその人数だった。先ほどから私は客、客と言っているが、いったいその客は何人だっただろうか。という問いを、民という名の女が、「いしまっつぁんは何人でした？」と問うたように問えば、舵木禱子は何人だっただろうか。

当初、舵木は非常に多くの人が集まるような口吻だった。口吻っていうか実際に、自分が声を掛ければ二十名か三十名はどうしても集まる。個人のお宅にそんなに人が来ても応接しきれぬだろうから、人数を絞ろうと思うが厳選しても十二名くらいになってしまう。やはり八名くらいにまで絞った方がよろしいのでしょうか。と言っていた。それに対して私は、十二名くらいまでならなんとかなるだろうが、それ以上になると無理かも。と答えた。ところが実際にやってきたのは、人は舵木と娘の草子、日本平のたった三名だった。犬は舵木の犬二頭と日本平の犬一頭だった。

だから私の家には私と私の犬を含めて四人の人と四頭の犬がいた。

一昨日、私は概ね何名程度の人数が集まるのか知りたくて舵木禱子に問い合わせの手紙を書いた。正しい量の肉や飲物を用意するためだった。

一人あたりの食べられる量が少なく飢餓に苦しむのも不幸に違いないが、大量の残飯を目の当たりにするのも切なく虚しいことだ、と私は考えていた。

しかし、舵木禱子からの返事はなかった。

無邪気にも私は、返事がないのは返事をする必要がないから、すなわち、以前に言ったとおり十二名の客に声を掛けた、ということなのだろう、と信じた。

そこで私は十二人が共食してちょうどよいと感じるか、稍、多いと感じるか、くらいなあたりに見当をつけて肉や飲物を正しく用意した。勿論、皿やナイフやフォーク、グラスもその人数の分を用意したのだ。

そうして十二名分の皿やグラスを用意してある大テーブルに、私は立って肉を焼いているから、舵木禱子、舵木草子、日本平三平の三名がチョコナンと座していた。

また、私が冷蔵庫から出してきた肉も到底この人数で食べきれる量ではなく、そのほかにも野菜や鮑貝などもあって、見ただけで腹が苦しくなるようで、そんなこんなで、出席者は、多くの人の、不在、をありありと意識、随分と寂しい会だ、と思わざるを得ず、意気が上がらないのは当然だろう。

しかし、それは舵木禱子の自業自得だと私は思う。だってそうだろう、私の問い合わせに答えて事前に正確な人数を報告していれば、私は人数分の用意を正しくしたし、もっと言うと、そんなに少ないのなら開催中止という判断もできた。

ところが舵木禱子は正確な報告を怠った。

それどころか禱子は、私方に到着してなお、最終的な人数の報告をしなかった。

だから私はその時点ではまだ八から十二名の人が来るものと信じ、そのつもりで準備を進めたのだ。

禱子がそのことを言ったのは、私が飲み物を作って配ったときだ。いろんな飲み物を用意したのにもかかわらず、水がいい、と言う彼らに、グラスを配りつつ私が軽い調子で、「みなさん、何時くらいにいらっしゃるのでしょうね」と訊いて初めて、禱子は、「今日は私たちだけです」と、やや下を見つめたまま硬直したように顔を動かさないで言ったのだ。

驚いた私が、「え？　そうなんですか」と問うと、禱子は、首を捻っていやな感じで私を見上げ、「ええ、そうなんです。私たちだけなんです」と切り口上で言った。そのとき日本平は青ざめて震えていた。

草子は、私は関係がない、というような態度で犬の背を撫でていた。

という経緯を考えれば、出席者が予定より極度に少ない、寂しい会合になってしまったのは禱子の責任であると考えて間違いがないのだが、しかし、人数が少なければ必ず寂しい会合になるとは限らず、人数が少ないゆえにかえって親密の度が増し、ゆったりとくつろいで、大人数では話せない話をするなどすることができる場合もあり、出席者が少ないことを奇貨として、この会合を正しいものとすることも或いはできたかも知れない。

しかし、そうはならなかった。

というのはなぜか。舵木禱子の側に故意に情報を隠したという後ろめたさがあるからだろう。自分の作為の結果、こんな気まずい感じになってしまった、と思いながら、その場で楽しく過ごすことはできないだろうし、無理に盛り上げようとしても白々しい。故意だけだ。

ではなぜ禱子は出席人数が少ないことをぎりぎりまで言わなかったのか。

それは、自分の権威の低下を私に知られるのを恐れたためだろうし、また、そのことを自分でも認めたくなかったからだろう。

ヨメコビドッグパークで舵木禱子は権威あるもののように振る舞っていた。

集まったものはみな舵木禱子の指導下にあった。

全員の顔と名前を知っているのは舵木禱子だけだったし、私たちは誰かと話そうと思った場合、必ず舵木禱子を介さねばならなかったし、直接、話してもどこかぎこちない感覚に襲われて恥ずかしさに焼け死にそうだった。

それは舵木禱子が綿服にモカシンで青い数珠や勾玉も身につけて、粘っこく濃密な権威の空気をドッグパークに満たしていたからだろう。

そして私たちは舵木禱子が泥水のような声で喚ぶ声を聞いて初めて糧を得た。そしてそのうえ私たちはあんなことを体験してしまったのだ。

それは心と志を持つ人間にとって恥辱であり屈辱だった。

たまたま、正しいバーベキューをなし、それを人々に振る舞え。という声を聞いた私は、そのような舵木禱子の呼ぶ声にいまでも反応・反魂しているが、そんな声を聞かぬ多くの民は舵木禱子の呼び声に答えることはまずないのではないだろうか。

それは舵木禱子の権威の失墜だ。

しかし舵木禱子は自分の権威が失われたことに気がついておらなかった。

少しばかり失敗をしたかも知らんが、まだまだいけるはずだ。舵木禱子はそう思っていたのだろう。ところが、手紙を送っても返事がない。おかしいことだと思い、再度、手紙を送ったり、ときには電話を掛けるなどした。

しかし、返ってくる返事は、その日は知人の葬式だ、とか、その日は会社の決算だ、とか、児が熱を出した、とか、豚が仔を産んだ、とか、肋骨に罅が入った、とか、歯医者の予約があるとか、薪能を見に行く、とか、内覧会がある、とか、母親が上京する、とか、夫が他界した、本人が他界した、など、行けない、行かれない、という返事ばかりだった。

それが、本当か嘘かはわからない。また、全員が示し合わせているのかどうかはわからなかったが、こんなにも、行かれない、という人が多いというのは、偶然にしては奇妙だし、あさましいことだ、と禱子は思った。

まあ、半分は本当なのかも知れない。しかし、以前の自分だったらどうだったろうか。たとえ肋骨に罅が入っていたとしても、舵木さんのまねぎなれば、と、痛み止めを嚥んでやってきたに違いない。

しかしいまはもう来ない。

そのときになって初めて舵木は自らの権威の失墜に気がついた。

そしてそのことを他に知られるのを恐れた。他、例えば私に知られることによって、「あの人ももう駄目らしいよ」という評判が人の口から口へ伝わっていくのを恐れたのだ。

そして少しでも、人数を増やそうと、当日ぎりぎりまで工作を続けたのだろう。

それでも、来る、という者はおらなかった。

それほどにあの日の禱子の振る舞いはあさましかった。そして、自分があさましいだけではなく、民衆の心のなかに恥辱の種子を植え付けた。

恥辱の種は人の心のなかに着実に根付き、日が経つごとに茎を伸ばし葉を伸ばして、人の心を覆い、そのため心は日陰となっていつもジメジメと湿り、気味の悪い昆虫や、意味のわからない幼虫などが這いずり回っている。

心をそんな風にされた民衆は内心で舵木を深く恨むに違いないし、ましてやそのままねぎに応じて再びバーベキューに参加するなどということはどのように考えてもあり得ないことだった。

そしてそういえば舵木は来たときから様子がおかしかった。

そもそも舵木禱子は精力の溢れる女だった。髪は黒々として豊かで、ところどころは渦を巻き、ところどころは逆立っていた。眼光は鋭く、太り肉、浅黒い皮膚はヌラヌラ光るようだった。いかにも自信ありげに胸を張って、人の目を威圧するように見てひときわ大きな、まるで泥水のような声で話した。身なりも特徴的で、モカシンを履いて、ターコイズの腕輪をして、濃くアイライナーを引いて、藍染め、草木染め、泥染め、のスモックのような衣服を着て、まるで政治力のあるシャーマンだった。

その禱子がいまはどうだろう、見る影もなかった。

目は本来の力を失い、なんだかショボショボしてしまっていた。皮膚は脂っ気を失ってカサカサし、ところどころに白いカビのようなものが浮いていた。銀色になってしまった髪からも脂気が失われ、ペッシャリして薄毛のようになって地肌が見えていた。しょんぼりと俯き、腰も曲がってしまって、ときおり窺うような上目遣いでこちらを見て、目が合うと慌てて目を逸らせた。自ら話しかけることはほとんどなく、こちらから話しかけると慌てたように答えたが、その声はか細く自信なさげで、また、論旨も明確でなく、なにを言っているのかほとんどわからなかった。

政治力のあるシャーマンのようだった外見も変わってしまっていて、相変わらずモカシンを履き、腕輪もしていたが、一回り小さくなった顔に化粧っ気はなく、まったく老婆のようだったし、服もファッションセンターしまむらで売っているような既製品だった。

メールの文面も普通だったし、電話での様子も以前と変わりがなかったが、あれは精一杯の虚勢だったのだろう。あのときあんなことになったうえ、地上での権威も失ってしまったことがよほど辛かったのだろうか、もはや舵木は別人と成り果てていた。

舵木がそうなったのと同じように日本平もやはり以前と同じではなかった。

私たちはあのとき舵木禱子を介さず他のメンバーにアクセスできなかったし、あの一段高くなったテラスに登って生肉に触れることを許さず、それが舵木禱子の権力の源泉となっていた訳だが、日本平だけは誰とも自由に話すことができたし、どこにでも出入りできた。

それは、多額の資産を持って生活の苦労のない日本平の本来の性質だったかも知れないが、やはり、舵木禱子とのより深い関係に負うところが多かったのだろう、舵木がそうなったいま日本平も、以前とは打って変わって、自信なさげに私の顔色をうかがい、挨拶一つするのにも、ばつの悪そうな表情でさんざんに逡巡し、不分明なことを何度かモゴモゴ言ってから、ようやっと、「こんにちは」と、小さな声で言うのだった。

そんなことだから、食事の用意のしてあるテラスに座るまでも一通りではなかった。

居間に面して庭の最奥部にあるテラスに行くには前庭を通り、玄関から入って中廊下を通り、居間を横切って掃き出し窓から至るルートと、庭を通って直接にテラスに至るルートがあり、また、庭を通るルートにはさらに、池泉のある主庭を通るルートと、隣家の石積みの間近に迫る、幅一間ほどの側庭を通るルートがあったが、犬連れの客には側庭を通って貰うことにしていた。

そこで、私は、テラスへの案内を開始します。なぜならテラスに用意がしてあるからです。さあ、私に続いてこの方よりテラスに至ってください、と玄関の右を通っていったのだけれども、領主の家に呼び出された小作人のような、怯えた表情を浮かべ、腰をかがめて一歩ずつを恐る恐る踏み出すものだからなかなか前に進まず、また、ときに立ち止まって、目を細め、用心深く四囲を見渡して、その都度、速やかに歩むように促さなければならなかった。

ところが、飼い主たちがそうして小作人のように怯え、青ざめて緊張しているのにもかかわらず、犬たちは自由に振る舞っており、奥に私の犬がいるのがわかるのだろう、早く前に進もうと猛り立ち、ときに低姿勢になって尻をたっかくあげ、地面を掘り掻くように前進したかと思ったら、ときには後肢にて立ち上がり、前肢にて空を掻きて泳ぐようにし、引き綱は常時、伸びきり張り詰め、その様たるや、恰も土佐の一本釣りのようだった。

そんな様子だから前庭の石の打ってある部分はよいが、植栽のある部分は土が無残に抉れ、苔が剝がれ、竜の鬚の根が露わになった。

自分方にも犬がおるので、そんなことをいちいち気にすることはないが、できうることなら被害は最小限にとどめたい、そこで、「さあ、あの玄関の右側の混凝土が打設してある部分に進んでください。突き当たりの左側に鉄扉があります。その向こう側の側庭にはフェンスが張ってありますので犬を放すことができます。さあ、そこまで速やかに移動してください。移動しましょう」と、声を掛けるのだけれども、自分の犬がそうやって植栽を破壊しているのを見た、禱子、日本平は慌てふためき、「だめっ、だめっ、ノー、ノー！」と、絶叫してその場に立ち止まり、犬を前へ行かせまいとするものだから犬はますます猛りたち、首を赤べこのように左右に振り、大口を開いて、舌を長く伸ばして、一寸でも先へ進もうとして、庭が盛大に抉れた。

禱子、日本平は恐慌を来し、犬と力競をするように踏みばって、「ノー、ノオオオオオオオオオオオッ！」と絶叫した。

そして、彼らはいったいなんの荷物なのか、手提鞄や肩掛鞄、背嚢・雑嚢、トートバッグに信玄袋、といった鞄、袋物の類を、いくつもいくつも持っており、また、それ以外にもスーパーマーケットのレジで配るプラスチックの袋や紙袋も持っていて、千成瓢箪のようであったが犬と力競をするものだから、荷物の方がお留守になり、それらの訳のわからない荷物が地面に落下、口をちゃんと閉じていない荷物が結構あったものだから、なかに入っていた、布類や、液体の入ったプラスチックの筒や、煮物のような総菜のようなものの入ったラッピィングフィルム巻や、なンどが、地面にぶちまかった。

「ああ、荷物が……」

弱々しい口調でそんなことを言って禱子と日本平は、かがみ込んでこれをひろおうとする。しかし、その間も犬は、なんとかして前へ進もうとして、引き綱が張り詰めている、そこで、禱子、日本平は横向きになってしゃがみ、引き綱を持った左手を玄関の方にいっぱいに伸ばし、右手を落ちた方の荷物に向かっていっぱいに伸ばす、という阿呆な格好でこれをひろおうとした。

その間、顔は犬の方に向けて、「駄目、ノー！ ノオオオオオオオオオオッ！」と盛んに叱咤・叱責しているのだけれども、目を血走らせて涎をダラダラ垂らし、心拍数も上がりきってハアハアと荒く呼吸している犬の耳にはまったく聞こえず、ついに犬の力に耐えきれなくなった禱子、日本平は、犬の側に横倒しに倒れ、衣服と顔面に、土、泥、枯草、落葉、が附着した。

また、形を整えてあった、マンリョウ、シダ、ヤブランなどが茎のところから折れたり、踏みつぶれたりした。苔もまた剝がれた。

「ああ、犬があ、犬があ……」弱々しい口調でそんなことを言って、禱子、日本平は精神的に駄目になってしまって、なかなか起き上がれなかった。しかし、さすがに引き綱は放さないでいた。

引き綱を放さないので、犬はそんな二人をジリジリ引きずって前に進もうとしていた。

そうした苦境に苦しみ喘ぐふたりを救ったのは禱子の娘、草子だった。禱子の娘、草子は、以前とまったく様子が違っていた。以前は明るく振る舞ってはいたが、そうしないと他人との関係が築けないので無理矢理に明るく振る舞っている、或いは、そうしないと自分自身が内側から崩壊してしまうから明るく振る舞っているようにみえ、それが証拠に時折、怯えたように周囲の様子をうかがっていたが、いまは、逆に以前のように明るく振る舞って歌うような声で挨拶したり人に話しかけたり、ということはなく、むしろ無口になったようだったが、むやみに話さないのは話す必要がないから、と言っているような、静かな自信に満ちているように見えた。

それにつれて容姿も変わっていて、以前は、どちらかというと地味で目立たず、別れた直後に、どんな顔だったか思い出そうとして思い出せないような顔であったが、すれ違いざま、思わず見とれてしまいそうな美しい顔になっていた。

その草子が苦しみ喘ぐ二人を救った。

ふたりがそんなに惨めで浅ましいことになっているのに気がついた草子は、もう大分と進んで玄関の脇横のところまで進んでいたが、引き返してきて、かがみ込むと三頭の犬の引き綱を取り、これを引いて側庭の入り口の方に進んでいった。

私は後を追って側庭の入り口の鉄扉を開いて言った。

「ここよりはノーリードで大丈夫です」

私が苦境に苦しみ喘ぐ、禱子、日本平を手助けするのではなく、スタスタ、歩いて行く草子の後を追い、側庭の鉄扉を開けたのは、とりもなおさず美しくなった草子の歓心を買いたかったからだが、草子はなにも言わずに、また、こちらを見もしないで側庭に入って、犬を放した。

犬は矢のようにテラスに向かって走った。テラスでは私の犬が喜んで垂直に飛んでいた。

私はテラスの戸を開け、私の犬を側庭に出した。

犬たちは喜んで互いの匂いを嗅ぎ、側庭を走り回り、また、そこいら中にマーキングをした。

草子は側庭の半ばに立ってこれを眺めていた。私はテラスの出入り口ちかくでこれを見ていた。

そこへ荷物を持った、禱子と日本平が入ってきた。犬が自由に走っているのを見た禱子は顔色を変えた。日本平も青ざめ、その場に膝から崩れ落ちた。

「ノオオオオオオオオオオッ！」「ノオオオオオオオオオオッ！」「ノオオオオオオオオオオオオオオオオッ！」

まるで獣のような浅ましい声で三度吠えた禱子は、荷物をすべて捨て、姿勢を低くし、口から粘度の高い涎を垂らし、両の手を前に突き出して犬につかみかかっていった。粘度の高い涎が風に靡いて頰にはりついた。

そして三メートルくらい進んだところで躓いて倒れた。倒れる際、禱子は、アッ、という大きな声を出した。

倒れた禱子の脇を犬が駆け抜け、鉄扉のあたりで震えている日本平にドンツキをして、また戻ってきて、今度は禱子を踏んで側庭の奥に走り、テラスに駆け上がった。

そのとき草子は既にテラスにいたっていた。

私は亭主として禱子に、大丈夫か、と問うた。禱子は、「大丈夫です。肘と膝をすりむいた程度です」と、濡れたような声で言った。

禱子は、左の膝を立てて左手をそのうえに置き、右手を地面について、ヨボヨボ立ち上がった。日本平は入り口で白目を剝いて痙攣していた。

禱子は立ち上がったし、日本平も半分はふざけているのだろう。そう考えて私はテラスに向かって歩いた。

テラスで私の犬と禱子の犬と日本平の犬が、互いの股間の匂いを嗅いだり、小走りにいそいそ走ったり、片足をあげてマーキングをするなどしており、草子は立ってその様を眺めていた。

バーベキューの準備はテラスに整えてあったが、私はいったん部屋に入って引き綱やそのほかの荷物を部屋のなかにおいてから食事の席についてもらいたいと願っていた。

そこで私は草子に、「部屋に入って荷物などをおいてください」と言った。草子は無言で部屋に入っていき、犬だちがそれに続いた。

暫くして、恥じ入った様子で禱子と日本平がテラスにあがってきた。ほんの僅かだが人間性を回復したようで、「お邪魔します」と、言いながら恐縮していた。荷物も拾ってすべて持ってきていたし、血もほとんど流れていなかった。

私は禱子と日本平にも部屋に入るように言った。

ところが、「いえいえ」「とんでもない」とか言いながら部屋に入ろうとしなかった。しかし、いい感じにしつらえてあるテラスのあちこちに雑多な荷物を置かれるのが、きわめて厭だったので、「内に入って荷物をおいてください。そのうえでテラスに出てください」と、端的に言った。

それでも禱子と日本平は、「いえ、私たちはここで十分ですから」「ここで、もう荷物やなんかもここで」と言って、傍らのベンチの上に紙袋を置いたり、直接的に床に鞄を置いたり、テラスの柵に替えの引き綱や不分明な布、変なビニール袋などを引っかけ、いい感じにしてあったテラスが段ボールハウスとその周辺のような雰囲気になった。

これが、この雰囲気が寛ぐ、という人がある以上、それは正しいことだ。

そんなことを私は思っていた。

しかし、結果的に禱子と日本平は部屋に入ってきた。それも血相を変えて土足で走りこんできた。

草子に続いて部屋に入った禱子の犬が植木鉢の根際で用便をし始め、また、日本平の犬が奥のキッチンに走り込み、ゴミ箱に顔を突っ込んで肉を包んであった竹の皮やプラスチックのトレイ、ポテトチップスの袋などをムシャムシャ食べ始めたからである。

「ノオオオオオオオオオオッ」

絶叫して走り込んできた禱子は用便している犬の首輪をつかみ、テラスに引き摺っていってこれをつなぐと、「申し訳ございません。申し訳ございません」と言い、涙をポタポタこぼしながら壁に掛けてあった私のスカーフで用便を拭き始めた。

「ノオオオオオオオオオオッ」

日本平も絶叫して走り込んできて、犬の首輪をつかんで持ち上げ、魔神のような顔でこれを睨みつけた。しかし犬は怯まなかった。それどころかおいしくゴミを食べているところを邪魔されて怒って低い呻り声を上げた。

日本平はこれに怒ってますます魔神のような顔をした。犬はこれに怒ってますます唸った。

その間も禱子は私のスカーフで用便を拭き続けていた。私方のリビングにはひとつびとつが三十センチ角のカーペットが敷き詰めてあった。ひとつびとつが三十センチ角なので、汚れた部分だけを取り外して洗うことができた。そして、そのカーペットは安物で、ひどく汚れた場合は捨てても惜しくなかった。

そしてスカーフは高価なものだった。

禱子はそのことに気がつかずに泣きながら用便を拭き続けていた。私は禱子に、「もう、用便を拭くのはやめてください。後は私が適切に処理します」と言った。しかし、禱子は、「いえ、いえ。いえ、いえ」と言いながら俯いて用便を拭き続けた。しかし、スカーフ自体が吸水性のある材質ではないうえ、力をこめてゴシゴシと拭くものだから、反対に擦り付けているようなものだった。

そしてその間にも禱子の犬は別の場所で用便をしていた。

その間も、キッチンの隅で日本平はますます魔神のような顔をし、日本平の犬はますます唸っていた。

暫くして禱子がやっと立ち上がった。用便にまみれたスカーフは壁際に丸めて捨ててあった。私はこれを指先でつまみ上げ、側庭のゴミ箱に捨てに行った。

手を洗って戻ってくると、草子はリビングの椅子に座り、犬に座りをさせて犬に何事かを語りかけていた。禱子と日本平がリビングの床に蹲っていた。

「加減が悪いのですか」

そう尋ねると禱子が、「犬の目線で」と答えた。

賞賛されると確信しているような口ぶりだった。

洋室の床に客が蹲っているのは厭なことだ、と思った私が賞賛しないで居ると禱子は脇横に置いた口のところと取り手のところが垢じみたような布袋のなかから、不透明なビニール袋を取り出し、「これを……」と言って私に手渡した。

なかには四角いタッパーウェアのようなものが入っているようだった。「これはなんですか」私がそう尋ねると、禱子は、「自家製の漬け物」と答えた。

称揚されると確信しているような口ぶりだった。

自家製の漬け物はみるからにまずそうで、まずそうな自家製の漬け物を貰うのは厭なことだ、と思った私が称揚しないでいると、禱子は別の、よれよれになって取っ手が外れかけている紙袋のなかから、小さな布袋を取り出し、「これを……」と言って私に手渡した。

それは巾着だった。それも手作りの巾着だった。黄色い布を袋の形に縫い、口のところを折り返して縫って黒い紐が通してあった。真ん中に青い、犬の形に切った布が縫い付けてあり、その下に赤文字が縫い付けてあった。文字は五つ、文言は、HAPPY、だった。

「これはなんですか」と尋ねると禱子は、「ポーチ」と答えた。

賛嘆されると確信しているような口調だったが、もともと手作り品が嫌いなうえ、デザインがいかにも素人くさく、こうしたものを貰うのは厭なことだ、と思った私が、賛嘆しないでいると、禱子は向こうを向いてなにも言わなくなった。

賛嘆されたいのであれば、賛嘆されるようなことをしたり、賛嘆されるようなものを持ってくればよいのに、それをしないで賛嘆だけされようとする。それで賛嘆されないといって怒って向こうを向いてしまう。卑しいことだ。いったいどんな顔をして向こうを向いているのだろうか。

そう思って顔をのぞき込むと白目を剝いていた。

ときおり小刻みに痙攣もしているようだった。

そのとき日本平は自分の犬に八つのようなものを与えていて、犬はこれを貪り食っていた。自分の犬が腹を空かせてゴミ箱をあさったりする。それを防止するために常に犬の食べ物を持ち歩いているのか。面倒なことだな。

そう思って見るうちに奇妙な符合に気がついた。

日本平が犬に与えている菓子が自分が買って置いてあった菓子と同じ菓子だったのだ。あはあ、あの男もあんな菓子を与えているのか。カンガルージャアキイといって割合と高値な菓子なのに感心なことだ。

私はそう思ったが、そう思った瞬間、自分も自分の犬に菓子を与えておこうかな。という考えが頭に浮かんだ。

もちろん私の犬はそんなことはしない、そんなことはしないが、もし万にひとつというようなことが起こって、私の犬がテーブルのものをつけ狙うなどということが起こったとしたら、こんな不面目なことはない。とそう思ったからだった。

そこで私はキッチンの、さきほど日本平が魔神のような顔をしていたところのすぐ右の、犬用の食餌や菓子、サプリメントなどがしまってある棚のところに行き、カンガルージャアキイを探した。

確かこのあたりにあったはず、と心当たりを探す。ところが、あるはずのカンガルージャアキイがあらない。三袋もあったはずだが。或いは思い違いであったのか、と、棚の奥を探ってみたり、棚の脇にぶら下げてある笊籠をまさぐったりするのだけれどもやはりない。

ということは、私がカンガルージャアキイをこのあたりに置いたということは記憶違いなのか。或いは、私がカンガルージャアキイを買ったということそれそのものが記憶違いなのか。断じて言う。絶対にそんなことはない。私はありありと記憶している。

あのとき私は雨に濡れていた。雨に濡れてまるで浮浪者のように震えていた。傘というものに厭な記憶を感じていた。いや、違う。杖だ。杖に思い出せない、しかし、厭な記憶があって、それで家を出る際、雨が降りそうだが。と思いつつ、杖に似た形状の傘を持たずに出て、それで濡れて帰った。

あのとき私は、私用の生肉が入った袋と犬用の乾肉が入った袋をぶら提げていた。私は生肉は濡れてもよいが、乾肉が濡れるのはよくないのではないか、と思い、生肉は濡れるに任せ、という訳ではないがあまり気にせず、乾肉を濡らさないことを第一に考え、生肉は無造作にぶら提げ、乾肉を庇うように抱えて側庭を通って裏口から内らへ入った。

そのときの生肉に対する、なにか申し訳ないような感情、そしてなによりも先に乾肉を白い棚にしまったこと。そのときに見た棚の白さ、そして、乾肉を袋から出して置いたその奥に、買ったことを忘れていたチューブ入りのおろしショウガがあって、ハッ、としたこと。隣家の石積の擁壁に生えた草木がキッチンの窓を緑に染めて美しかったこと。どこかの家のラジオからクラシック音楽が聞こえてきていたこと、など、ありありと記憶している。

それから犬に八つを与えたことはなく、したがって絶対にこの棚にあのカンガルージャアキイはあるはずだが、それがない。

ということはどういうことなのか。

疑いたくはないが日本平が自分の犬にやっているカンガルージャアキイは私のカンガルージャアキイではないのだろうか。いや、真逆、人の家の棚から勝手にカンガルージャアキイをとって自分の犬に与えるなどということはしないだろう。ましてや、あんな風に領主の家に来た小作人のように怯えていた日本平が、そんな大胆な行為に及ぶわけがない。でも実際にジャアキイはなくなっている。

そして日本平はそれとまったく同じジャアキイを自分の犬に与えている。

私は直截に訊いてみた。私は日本平に、「そのジャアキイは家から持ってきたのか」と問うたのだ。したところ日本平は、

「いや、そこの白い棚にあったのを貰ったんだよ。三袋もあるんで」

と言って笑った。三袋もあるから一袋を持っていってよいという理窟はない。私は日本平に言った。

「三袋もあるのでどうだというのです」

「三袋もあるのでうれしかったよ」

そう言って日本平はまた犬にジャアキイを与えようとした。ところが袋は既に虚し

くなっていた。そこで日本平は二袋目を乱暴に開け、ジャアキイを取り出して犬に与えた。自分の分と思っていたジャアキイを他の犬が食べるのをそれまで恨めしそうに見ていた私の犬が日本平の手元に鼻先を近づけた。

私は一本くらいやるのだろうと思ってこれを見ていた。ところが日本平は私の犬を邪慳に押しのけ、「ノー」と言って、それからまた自分の犬にジャアキイをやった。

これを見て私は怒りに震えた。もはや客に対する遠慮も会釈もなかった。私は日本平に言った。

「おい、君、それはないだろう」

「なにが」

私の、怒りのあまり切迫して震えてかすれた声と正反対の間延びした声で日本平は問い返した。悪をなしてそれを自覚しないその態度に私はさらに気色を悪くして言った。

「なにがじゃないよ。普通、人の家のものを断りもなくとって、自分の犬にやるか？やらんだろう。普通、ちょっとこれもらってもいいですか、くらいのことは言うはずだ。それを言わないで勝手にやるって言うのは、俺はいくらなんでもひどすぎると思う。まあ、でももしかしたら勘違いということもあるかも知れない。僕はそんなことは言ってないよ、言ってないけど、もしかしたら僕が、そこにあるものはなんでも持ってっていいよ、と言ったと、君が勘違いした、なんていうことはさっきからの君の言動を見ていて、十分あり得ると僕は思う。っていうか、思いたい。ただね、もしそうだとしてもね、僕の犬に対する君のいまの態度はなんなんだよ。ありえなくね？　だってそうでしょう。君も犬を飼う人間だったら自分の犬があんな扱いされたらどう思うよ。むかつくだろうがよ。ちょっとは考えたらどうなんだよ」

強い調子で言ったのにもかかわらず、日本平は表情を変えず、自分の犬にジャアキイをやり続けていた。私はついに、

「てめぇ、なめてんのか、こらあ」

と怒鳴り、日本平の胸ぐらをつかんだ。日本平の手からジャアキイの袋が落ち、日本平の犬がすかさず、これに食らいつき、袋ごと貪った。

私は殴らなくとも十分な威嚇をすれば日本平は態度を改めると思っていた。だから、そのとき私は日本平を殴らなかった。

ところが殴っていないのにもかかわらず、日本平は急にボロ布のようになってその場に崩れ落ちた。その崩れ落ち方がまるで勘平のようだった。私は腹を立てて怒鳴った。

「ふざけんなよ、タコ」

しかし、日本平はウンともスンとも言わず、見ると転がったまま白目を剥いて痙攣

していた。その向こうでは舵木禱子が白目を剝いて痙攣していた。

私はなんだか馬鹿らしいような気持ちになって、こんな人たちにバーベキューを食べさせるのが厭になった。もうこんな人たちは放っておいて、草子にだけバーベキューを食べさせようか、と思うようになっていたのだ。

実際、この状況のなかでは草子の美しさだけが救いだった。

草子は向こう側の椅子にゆったりと腰掛け、自分の犬を座らせて、犬に優しく語りかけていた。私はまるで自分が威厳がある年上の男のような口調で草子に語りかけた。

「草子さん。そろそろテラスに出ませんか。バーベキューを差し上げましょう。炭火もよい具合に熾っております。肉も美しくカットされておりますほどに」

草子は相変わらず一言も発せず、しかし、そのことで私を拒絶しているのではないらしく、立ち上がると優雅な足取りでテラスに出て行った。草子の二頭の犬がその後を追った。私がその後を追った。私の犬は既にテラスに寝そべっていた。

テラスには禱子の置いた荷物がゴミのように汚らしく散乱していた。私は草子にそんな様を見られるのは恥ずかしいと思った。

しかし、それは草子の母親のしたことで、草子はそれをわかっているのではないか。私はそう思ってエレガントな感じでテラスに出て、バーベキューの準備を始めたのだった。

私と草子は麦酒で乾杯した。

草子は相変わらず一言も発しないが、表情は笑みを含んで明るかった。犬に持参の菓子を与えるなどしていた。犬だちは従順で、おとなしく順番に菓子を貰っていた。日本平の犬でさえそのようにしていた。

風が吹いて樹木を揺らし、葉っぱがざあざあ鳴る音と小鳥の囀りが音楽のようだった。

「草子さん。そろそろ料理を始めてよろしいでしょうか」

問うたところで返事をするものか。草子は黙りこくっている。しかし、拒否的な感じはまったくなかった。草子は俯いてくすくす笑っていた。羞じらっているか、ふざけているか、或いは、その両方かだ。私は肉を焼き始めた。

肉の焼ける匂いに私の犬は興味を示さなかった。草子の犬は興味を示したが草子に制止されて耐えた。日本平の犬は興味を示し、制止する者のないままに焼き台に近づき、短い後ろ肢で立ち上がって焼き台に手を掛けた。

私は犬を押しのけて肉を焼いた。

私は焼けた肉を白い皿に乗せて草子のところに持って行った。皿を置くとき、冗談を言った方がよいように思ったので言った。

「心を込めて焼きましたよ。あなたがveganでないことを祈りつつ」

私がそういったとき、ついに草子はこらえきれずに吹き出した。実によい感じだった。私は、このままよい感じが深まっていけば、最後の方にはもっと親密な関係になれるのではないか、と思った。

私はさらにおもしろい感じで言った。

「さあ、笑っていないで召し上がってください。お肉は熱いうちがうまいのですぜ。鉄は熱いうちに打て。肉は熱いうちに食え。とね。鉄則ですよ」

私がそういったとき、「じゃあ、ゴチになりますかな」という汚らしい声が響いた。驚愕して振り返ると、白目を剝いて痙攣しているはずの禱子と日本平がテラスに出てきていた。

禱子は腹をボリボリ搔きながら、日本平は頭を搔きむしりながら歩んで、まるで草子と私の間に割り込むようにして席に着いた。さっきのことは完全に忘れてしまっているようだった。忘れている完全な振りをしているのかも知れなかった。

そのとき草子が表情を失った。草子は横を向いて黙った。そして、それまで従順にしていた犬が暴れ出した。犬は極度に興奮し、目を血走らせてテラスを駆け回った。生肉に突進していく犬もあった。私の犬も同様だった。私は犬を呼んで座っているように言った。犬はいったんは従うものの、じきにそわそわ立ち上がり、カーニバルに加わった。

いったん白目を剝いて痙攣したからか、禱子と日本平は犬を呼ぶことすらせず、擅にさせて素知らぬ顔をしていた。

禱子と日本平は草子の皿を見て、「うまそうな肉だ」とか、「楽しみだ」とか、「涎がダラダラ垂れてくる」とか言い私の顔をチラチラ見た。自分らにも肉を焼け、と督促しているのだった。

私は立ち上がって肉を焼きに行った。

そのとき私は、「そこに飲み物が用意してあるので好きなものをとって飲んでください。また、そこに皿や箸がありますのでとってください」と言った。そして肉を先ほどよりも多く焼き、皿に取って戻ってきたとき、禱子と日本平は、なにが気に入らないのか、飲み物も取っておらないし、皿も取っておらず、挫けたような顔でじいっとしていた。

草子の皿の肉がなくなっていた。しかし草子が箸を使った様子はなかった。日本平の犬が草子の足下をうろついていた。日本平の口の周りが汚れていた。禱子の髪の毛に骨が絡まっていた。

自分で取らないのであればすすめるより他なかった。私は禱子と日本平に言った。

「飲み物はなにがよいですか。なにが飲みたいですか」

そう言うと禱子は、「水でいいです」と言った。そう言うことによって自分が称揚されるかもしれないという期待がこもったような口調だった。確信はないようだった。私は、このベトツキだ、と思った。

このベトツキこそが権威を失った禱子の新しい戦術なのだ。自ら下手に出て、下手に出るこの女のこうした謙虚な姿勢はなかなかよいものだ、と相手に漠然と思わせ、その漠然と思っている心の弱みにジワジワ浸透していって相手の人格のなかに入り込む。これこそが禱子のベトツキ戦術だ。これに引きかかってはならない。私はマシーンの口調で言った。

「水にはガス入りの水とガスなしの水がありますが、どちらがよろしいですか」

「水道の水でいいです」

「水道の水ですね。かしこまりました」

私はそう言って盆にふたつのグラスを乗せて流し台のところに参り、これに水道水を満たして、ふたりの前に置いた。その間、ふたりが自らの皿を取ることはなかった。私はやむを得ず、手頃の皿と箸を取ってふたりの前に置き、肉をこれに取り分け、そして言った。

「本来、皿や飲み物も自分で取って欲しかったのですが、あなたがたがこれを取ろうとしないので私は代わってこれを取りました。しかし、あなた方に言います。垂れ。

これだけは自分で取ってください。なぜなら自ら望んでしたことが最上の決定だからだ。だからです。そこに何種類もの垂れや薬味が用意してあります。スイートチリやポン酢もあります。山葵も塩もあります。岩塩もあります。それらを自分で混ぜ合わせてもよいのだ。よいのです。それらがあなた方ひとりびとりにとっての最上の垂れとなるのだ。なるのです。私の言葉をあなたの心の木霊として聞きなさい。さあ、絶対にそれだけは、それだけは自分でするのです。自分でしてください。さあ、是非！是非！」

そこまで言われればさすがの痙攣グループも心に感じるものがあったのだろう、立って垂れを取りに行った。

しかし、彼らが選んだのはもっとも一般的で安価な、エバラ焼肉のたれ、というやつだった。日本平と禱子は、「いろいろと面倒だよね。これが一番、簡単だよね」「肉の味はこれが一番ひきたつよね」「センチメントだよね」「セメントチントだよね」「フィトンチッドだよね」「フィトチーネチンだよね」と、棒読みのように言い合った。

そして席に戻ると、肉に垂れをジャアジャアかけて、面倒くさそうに箸でつまみ上げ、一口囓って皿に戻した。あんなに垂れを掛けるからだ、と私は思ったが、ふたりはその戻した肉にまたさらに垂れをジャアジャア掛け、皿は垂れの海のようになった。

二人はがっくり疲れたような様子で、急に無口になり、もともと草子も喋らないから、なにかとても気まずいことをやっているような感じになった。

犬は追いかけ合いを始めていた。遊んでいるようにも見えたが時折呻り声を上げ、鼻に皺を寄せて凶悪な顔をしていた。日本平の犬は相変わらず肉をつけ狙っていた。

私はこの気まずい感じをなんとか払拭しようとしてうららかな声で言った。

「さあ、みなさん。ドシドシ召し上がってくださいや。なにしろ肉は十二人分もありますからね」

たれも返事をしなかった。なんらの反応もなかった。禱子と日本平は薄目を開いて肉を箸でつつき回していた。草子は部屋に入っていった犬を追って部屋に入っていってしまっていた。

それからはもうまったく駄目だった。草子は部屋に入ったきり出てこず、禱子と日本平はなにを話しかけても返事をせず、ときおり二人で短い会話を交わし、すっかりうちひしがれたような様子で項垂れていた。

しかし肉を食べて貰わないと困るので焼いて持っていって、

「さあ、ご遠慮なく召し上がってください」

と、言うのだけれども、いかにも、気乗り薄、という調子の声で、「いやあ……」とか、「も、さんざんに……」とか言うばかりでちっとも食べない。

この人たちは肉が嫌いなのか。肉食を敵視しているのか。いや、そんなことはない。この人たちはヨメコビドッグパークで安価で粗悪な肉をグシグシ貪り食っていた。私が用意した上質の肉が食べられない訳がない。

それでも食べないのは既にみたとおりにこんな寂しい会になってしまったことが後ろめたいのと、さらにいうと、そうなってしまった原因ともいえる自らの権威の低下が悲しく、食欲がわかないからだろう。

だったらせめて酒でも飲んで気を大きくして、大口をたたいたり、愚劣な冗談や下ネタを言って馬鹿笑いをしたり、お得意のナンバーを熱唱するなどしてくれればよいのだが、酒にはまったく手を出さず、というか用意した飲み物にまったく手をつけず、水道水を飲んでは衣服のうえから胃腸を押さえて顔を顰めたり、フグのように口を膨らませたかと思ったら、ウプッ、という音を立てて口の端から水を垂らしたりしている。

そこで私は別の手立てを考えた。

十七年前。私は孤独な男が庭の片隅でひとりでバーベキューをしている、という状況を想像して一編の詩を書いた。

想像は発展して、孤独な男が楽しいバーベキューパーティーの最中、みなから離れて土間の片隅に隠れ、飢えを凌ぐために浜納豆を食っている局面が現れた。

そのバーベキューは男が主催したもので、男が拵えた、鯖の彫塑、を披露するためのパーティーだった。

詩は無慙なことだったが、一部を除いてその想像は十七年後に、ほぼすべてそのまま現実の場面として現れた。

その詩を書く際、私は、バーベキュー、の意味を辞書で調べた。辞書には、「野外でする焼き肉料理」とあった。私は十七年間これを信じて生きてきて、人にも、バーベキューとは野外でする焼き肉料理である、と言ってきたが、今年になってそれが誤りであることがわかった。

というのは、炭火などで肉を焼き、垂れ、をつけて食べるのはバーベキューではなく、端的に言って朝鮮料理なのだ。いや、そんなことはない、と言うのであれば町の焼き肉店に入ってみるとよい。ロース、カルビ、骨付きカルビ、上ミノ、ハラミ、ツラミ、タン塩、といった肉料理以外にサイドメニューとして、クッパ、ビビンバ、コムタンスープ、ナムル、カクテキといった料理が用意されている。

ところが物事がそう単純ではないのは、本格の朝鮮料理店に入ると、そうした焼き肉料理も用意されてはいるが、それとは別に、プルコギ、という鍋入りの料理もあってむしろそちらの方が本式とされていたり、或いは、刺身料理の方を奨められるなどする場合もある。

さほどに焼き肉という考え方は混乱しているが、Google検索などを用い、いろいろ調べたところ、バーベキュー、というのは実はそうしたものではなく、単に野外で料理をして屯して食することを言うらしい。

つまりだから所謂、焼き肉料理をしてもそれをバーベキューと呼ぶことは可能だが、バーベキューのメニューが焼き肉という概念に拘束されることはなく、秋刀魚を焼いて食してもそれはバーベキューであるし、極論を言えば、ただ単に飯を炊きて食しても野外にてするなればバーベキューなのである。

そのことは、今日、一般的なバーベキューにおいてもヤキソバという形をとって現れる。焼き肉店にも本格の朝鮮料理店にもヤキソバはない。ただ残念なのは、それがヤキソバで終わっていることで発展形といってもせいぜいヤキオニギリ程度に留まっている点。これでは入り口まで行って引き返しているのと同じことだ。

私は母の嘆きを聞いた。母の嘆きは地に満ちていた。それはバーベキューにはもう飽いた。という嘆きだった。

バーベキューというものは大体が父によって導かれた。そしてそれは一週間ごとに行われた。一週目は母も子もこれを喜び讃美した。そこで父は二週目もこれをおこのうた。母も子もまた喜び讃美した。そこで父は三週目もこれをおこのうた。母はあまり喜ばなかったが、子はこれを喜び父の名を称えた。そこで父は四週目もこれをおこのうた。母も子も喜ばなかった。しかし、父は五週目もこれをおこのうた。母も子も父を呪うようになっていた。なぜならそのバーベキューが単なる焼き肉料理であり、それ以外に用意されているのはヤキソバのみであったからで、母も子も毎週うち続く焼き肉料理に辟易していたのだ。

けれども父は六週目も七週目もバーベキューをおこのうた。なぜなら自身がバーベキューに中毒し、かつまた名を称えられ栄誉に包まれた体験が忘れられず、バーベキューを続けていればいつかまた名を称えられる、というとんでもない錯覚のなかにいたからだった。

私はそんな愚かな父ではなかった。母も子も喜ぶこと。友、朋輩にも喜ばれること。そういったことをするのが正しいバーベキューということを知っていた。

だから別の手立てと言って、そのときになって初めて考えた弥縫策のようなものではなく、予め用意してあったことだった。

そう。それは、私が昨日の夜より用意しておいた、鶏肉を、カレーパウダー、クミンシードなどを混入したヨーグルトに漬け込んだ印度風のチキン料理や蝦を酢とオイルに焼き浸したマリネ料理などだった。

これらを供することによって、ただひたすらの、焼き肉、から免れ、彼らを内側から蝕む、飽き、より救われる。

私はバットに入れておいたマリネ料理を冷蔵庫から出し、皿に盛って運んだ。途中、草子がいたので、「なにか飲み物をもってきましょうか」と問うたが、草子は人形のような、固定的な顔で一点を凝視して返事をしなかった。

「エビのマリネをどうぞ。背わたものぞいてありますからおいしいですよ」

私は皿をテーブルに置き、そう言って、また冷蔵庫のところにとって返し、印度風のチキンを取り出し、今度はバットのまま、焜炉のところに運んでいった。

これを網焼きにして供せば、味が随分と違うので皆の喜びとなるだろうと思うからだった。

火の加減もよかったので私は直ちにこれを焼き始めた。そうしたところ暫くして厭なことが起こった。肉の表面にカレーパウダーやヨーグルトが附着しているためか、或いは火勢が強すぎるためか、肉が焦げ始めたのだ。

私は慌ててこれを網から一時、引き剝がそうとトングで持ち上げた。網は無残に黒焦げていて、引き剝がす際、肉の一部が網に残った。それらはもはや炭化して真っ黒だった。肉の脂が燃えた炭に滴り落ちて、ブスブスという音とともに厭な黒煙があがっていた。

殺された者の恨み。生き残った者の苦悩。いずれにしても厭なことだった。

そのとき私は肉を、そして火そのものを、様々に移動して炎を調節しながら、私が致命的に誤っていたことを急に知った。

私は肉を細かく切断することなく、塊のまま焼き始めた。その方が味がよく、みなの喜びにつながっていくと考えたからだ。けれどもそうしたかった場合、このように強い火で直接的に焼くのではなく、肉のうえに半球型の蓋をし、内部に熱対流を生じさせ、その熱対流によって時間を掛けて焼くべきではないだろうか。内部まで火を通す、ということをするためにはその方式をとるべきなのではないだろうか。

ところが私はそうしないで、強い火で直接的に肉を焼いた。そうした場合なにが起こるか。表面は強い熱によって焦げて炭化して食用に不適なものとなり、にもかかわらず内奥にはなかなか熱が伝わらず、生のままの肉を食し中毒死する危険や恐怖にさらされる。

だからこうして網焼きにする場合は、所謂、ヤキトリ式に小さく切って串に刺し、頻繁に裏返しながら焼かなければならなかった。でもそれはできなかった。

だったらどうすればよいのか。いまから肉を切って串に刺すのか。

そんなことをしている時間はない。そんなことをしていたら、この気まずさ、やりきれない雰囲気は時間とともに加速度的に増大していき、取り返しのつかないことになるだろう。日本平と禱子はますます醜悪で得体の知れぬ生き物となっていき、草子はますます美しくなっていき、ついには完全な人形になってしまうのだ。

だったらもういっそのこと肉を捨てるか。いや、それはできない。生きている限り肉を捨てることはできない。ならば。

そう。やるしかない。やってみるしかない。生きている限りやっていくしかない。

私はそのように考えて、さらに困難な作業を続けた。

それは恐怖との戦いだった。表面はじりじりと燃えていく。どんどん駄目な感じになっていく。しかし、その恐怖に怯えていては内部はいつまで経っても生だ。だから表面の恐怖に怯えることなく、内部を確実なものにしていかなければならない。

ということは頭ではわかっている。ただ、その駄目な表面は目に見える。そして内部は見えない。見えるものを見えないものの犠牲にする。見えるものを見えないものに捧げる。

それは耐えがたい恐怖だ。しかし、その恐怖に耐えて初めて内部が確実なものとなる。人々が喜び、バーベキューが正しくなる。それは私たちが正しくなることでもある。

私はそのように考えて恐怖に耐えていた。もはやそれは念仏のような考えだった。

しかし、私はただただ恐怖に耐えていたわけではなく、自ら努力もしていた。私は頻繁に火勢を変化させたり、肉をトングでつまみ上げて裏返して別の位置に置いたり、つまみ上げたまま保持して細い側面を焼いたり、焜炉と網の間に扁平な石を置いて網の位置を高くして遠い火にするなど、いろんなことをして、外部のダメージを最小限に止めつつ、内部が確実なものになるようにした。

そういうことは自力といって他力本願を喜ぶ人によって否定されることかも知れないが、私はじっとしていられなかった。ただ祈っていられるのは熱対流式のオーブンを所有する金持だからぢゃないのか、と罵りたい気持ちも正直に言うとあった。

肉を動かすたびに附着する表皮が黒焦げて網が二度と使用できぬほどに損傷していった。グリッドが汚らしく膨れあがって、網はもはや黒きボアボアだった。

そんなとき私はひとつの浅知恵を思い出した。こうしたときに内部の状況を知ろうとする際は肉に竹串を刺す。竹串を刺して抜き、その痕から赤い汁が垂れ流れてくれば内部は未だ確実でないが、透明な汁が垂れ流れてくればそのとき内部は確実になっている、という浅知恵だった。

いまの私に最も必要な浅知恵だ。

そう思った私は竹串を持ってきて肉に突き刺し、その痕を凝視した。なんらの汁も垂れ流れてこなかった。山から弱い風が吹いてきた。

あれこれ努力・工夫をしてやっと。辛うじて、チキンを焼き上げた。外部の表皮は食物としての外観をぎりぎり保っていた。

そして私はクッキングナイフを用いてついに肉を切断した。

薄桃色の部分がところどころにあって血が滲んでいる。

そんなことになっていたらどうしようか。と、その瞬間、心の豚が暴れたが、黒焦げた表皮の層に包まれた内部は均一に白く、材木の表面のようだった。

ほっと安堵の溜息をつく暇も無く、次なる心配・不安が私の胸の内側に黒雲として湧いた。

まずかったらどうしよう。

私はそう思って不安だったのだ。

内部まで火を通す。勿論、それは重要なことだった。しかし、それは必要最低限のことで、例えば、出版社に小説原稿を依頼された小説家が、俺は期日までに規定の枚数の小説を書いた、と言って胸を張ってもなんの自慢にもならない。

なぜなら、約束した日にできあがったものを渡したからといって、受け取った側が、よかったあ。期日までに受け取れてよかったあ。本当によかったあ。と言って感泣するということはなく、むしろ、「確かに期日通りに書いてはきたが、私はその期日までに仕上げるのは無理ではないか、と思っていた。にもかかわらずこいつは仕上げた。ということはどういうことか。つまりは手抜き。本来的に必要な材料や工程を省き、表面だけをそれらしく取り繕って、はい、できあがりました。と偽っているのではないか。そういえば、通常、小説家というものは一篇の小説を書き上げたる直後は、その達成に昂揚して、性急に感想を求めてくるものだが、こいつにそういう様子は認められず、ただニヤニヤ笑っているばかりだ。駄目なことだ。本当に駄目なことだ」と思うと思うから。

うどん屋がうどんを湯がく。TOYOTAがクルマを造る。ポン引きが娼婦を仲介する。

すべて当たり前のこと、やって当然のことで、そのとき問われるのは、そのうどんがどんなうどんか。ということ。その仲介した女がどんな女かということなのだ。

中華料理屋に入って朱色のカウンターに座り、「うーい。チャーハン、頂戴っ」と言う。

「あいよっ」という律動感のある返答が向こうの彼方より返る。そしてチャーハンを作る。素晴らしきことだ。しかし、最終的に問題になってくるのはチャーハンそのものなのだ。

味見新左衛門。そんなことを呟きながら私は切断した肉から小片を切り取って手指で摘み賞翫してみた。

猛烈にうまいわけではなかった。尋常の家庭の尋常の専業主婦が尋常の技法を用いて尋常に作った料理、という感じだった。愛情がこもっている、ということもなかった。しかし、まずいわけではなかった。肉はしっとりとしていたし、調味も均衡を保っていた。華やかさはないが堅実・篤実な人。そんな人が鶏肉になったような味だった。

私は肉をいくつかの小片に切り分け、白皿に盛ってテーブルに運んだ。

「印度風のチキンでございます」

そう言って皿をテーブルに置いて直ちに絶望した。禱子と日本平はさきほど運んだエビのマリネをまったく食べていなかったのだ。

それどころか、どこまで人を馬鹿にしたら気が済むのだろうか、またぞろ白目を剝いて痙攣したり、かと思ったら、まるでフグのように頰を膨らませて首を前後にガクガクしたりしている。

もちろん、肉の皿には見向きもしない。

これにいたって私は初めて彼らの言動の真の意味に気がついた。

これまで私は彼ら、特に舵木禱子が自らの権威の失墜とそのことを隠蔽しようとしたために招来してしまったまずい事態、を愧じ、そのために快活に振る舞うことができず、極度に卑屈に振る舞ったり、しかし元来は自尊心が極度に強いため卑屈に振る舞うことに耐えられず、人格が混乱したり、意識が混濁したりしているのだと思っていた。

しかし、彼らの人格は一貫しており、意識はクリアーだったのだ。なのになぜこんなバカな振る舞いに及ぶのか。

それは政治的な目的を達成するため。

具体的に言うと、私をさんざんな目に遭わせ、その意志を挫き、二度と立ち上がれないようにするということ。

勿論、そんなことをされる覚えはまったくない。私は舵木禱子と政治的に対立していない。というか舵木禱子がどんな政治活動をしているのか存知しない。

にもかかわらずこんなことをするのは、おそらくは、思い込み、によるものだろう。舵木禱子は多くのメンバーと連絡を取り、そしてそのすべてに拒絶された。それは舵木禱子のあのヨメコビドッグパークでの恥ずべき振る舞いが原因なのだけれども、舵木禱子はそうは思わず、舵木禱子が連絡を取る前に私がその人たちと密かに連絡を取り、あの惨事のことも含めて舵木禱子のことをあしざまに言いふらし、舵木禱子の権威が失墜するようにしむけた、と思っているのだ。

ならば。と禱子は考えた。

ならば逆にあいつを潰してやろう。多くの人が来ると思い込ませ、大量の材料を用意させておいて、当日はだれも来ない、なんていうのはきわめて優れたアイデアだ。つまり、思い知らせてやるのだ。小細工をして悦に入っているかも知れないが、おまえはこれほどに不人気なのだ、と。そして当日は私たちだけで行って、犬を好き放題に暴れさせ、そこいら中にマーキングをさせて家をボロボロにしてやろう。荷物を散らかし、涎や鼻水を垂らし、そして心を尽くして用意した料理は全部、無駄にしてやろう。そうすればあいつの心は傷つき、もう二度と私のグループに政治的介入をしてこなくなる。

そのように考えて禱子たちはこんなことをやっているのだ。

となると、当初、多くのメンバーと連絡を取り拒絶された、というのは違っているのかも知れない。なぜなら、私がそれらのメンバーと連絡を取っていれば、当然、全員が欠席すると言うことを事前に知ることができ、無駄な料理を用意するはずがないからだ。

だからそうではなく、逆に舵木禱子がバーベキューは中止になった、と連絡したのだ。

なぜか。それは多くの者が熱心にバーベキューに参加をしたがったからではないだろうか。

あの後、多くの者の言動から既に権威の失墜を実感していた舵木禱子は私の事故にかこつけて私の家に来ようとした。それは私が弱っているときをつけ狙って私の人生に介入し、私から私の持つものを奪うことによって自らの魔力を再び高めようとした。

禱子はそのことを現報と言った。あんなことがあった以上、奪われても仕方がない、という理窟なのだろう。

私の持つものとはおそらく私の人格や私の犬などだろうが、私はそれに、正しいこと=日本くるぶしに言われた正しいバーベキューを行うことによって対抗しようとした。半ば偶然、半ばは無意識から来た思いつきだった。

そして実際にそれが奏功した。なぜならそれを聞いた舵木禱子は虚を突かれたに違いなかったからだ。

そもそもあんなことになったのはヨメコビドッグパークでのバーベキューがきっかけだった。だから人々は内心で、もうバーベキューだけはごめんだ、と思っていたに違いない。特に舵木禱子のまねぎに応じてバーベキューに参加するのだけは絶対に嫌だ、と思っていたに違いない。

そんな人々に、バーベキューに来ないか、と誘わなければならないのは、ただでさえ権威が失墜して困っている禱子にとって相当の難事だし、嫌なことだっただろう。

しかし禱子は誘わなければならなかった。なぜなら、私から奪うためにはそれなり

の勢威というものが必要で、そのためには人数を引き連れ、まるで王が入城するよう
な勢いで私の家に行かなければならなかったからだ。
そこで禱子は多くの者に連絡した。多くの者が難色を示すと思いつつ。
ところがそこで意外なことが起こったのだ。多くの者はあんなことがあったのにも
かかわらず、バーベキューに参加したがった。
初め、禱子は自らの権威を回復したのかと思った。ところがそうではなかった。多
くの人々は、禱子のバーベキュー、ではなく、私のバーベキュー、に来たがったの
だ。

多くの人々と暫く話した禱子は衝撃を受けたに違いない。
だってそうだろう。禱子は人数を引き連れ、その勢威を見せつけることによって私
から奪おうと思っていたのだ。そして、その奪ったものを用いて今度は引き連れた人
に権威あるものとして振る舞おうとしていた。
ところが、その引き連れた人が禱子ではなく、私の勢威に魅きつけられていたとな
れば禱子はどうなるだろうか。私から奪うどころか逆に私から奪われる。日本平が私
の従者として禱子の首に枷を掛け、草子は私の妻となる。
そのことを恐れた禱子は人々には、バーベキューは中止になりましたと偽りを告
げ、自分たちだけでやってきて肉を無駄にすることによって私の意志を挫き、二度と

バーベキューをさせないようにしようとしたのだろう。

と、そう考えればすべての辻褄が合う。

ならばなにをやっても無駄と言うことだ。私はそう悟った瞬間、なにかサバサバしたような気持ちになった。

思えば、これまでの苦労も嫌な思いも、すべては禱子らを客と思えばの苦労であり、嫌な思いだった。逆から言えば、禱子の政治的な行動は私が彼らを客と思っているからこそ成立する行動だった。

ところが私は禱子の意図を知ってしまった。そして禱子は私が禱子の意図を知ったことを知らない。ということはこれまでは懸命に肉を振る舞おうとする私に対して禱子は有利な立場だったが、今度は懸命に嫌がらせをしようとする禱子に対して私が有利な立場に立つ、ということになる。

極端なことを言えば私は禱子たちを毒殺することだってできるのだ。

もちろん、正しいバーベキューを人々に振る舞うという私の当初の目的は頓挫した。しかしそれは、そうして人々が私のバーベキューを熱望しているとわかった以上、また、後日にバーベキューを振る舞うことだってできる。そのときは舵木禱子を介さず私が自ら連絡を取ればよい。

ということは、いまは。そうだ。

瞬時に判断した私は、まだ沢山ある、焼き肉的な薄切り肉を網焼きし始めた。

網は黒焦げていて、ひき付きがちだったが、もう気にすることはなかった。また、さきほどは焼きすぎぬように気をつけたし、焼いてから時間が経たぬように少しずつ焼いたがそんなことも気にせず、網いっぱいに肉を並べ、適当にひっ繰りかえして皿に山盛りに盛った。

皿に山盛りになった肉が冷めて固くなっていく。

私はそれを愉快な気持ちで眺めつつ、さらに肉を焼いた。さらに焼いて二枚目の皿が山盛りになった。

私は冷めた一枚目の皿の山盛り肉を、小さな四枚の皿に分けた。

既に日本平の犬が焜炉の台に手を掛けようとしてピョンピョンしていた。

部屋のなかで草子と一緒に居た禱子の二頭の犬も掃き出し窓のあたりでこちらを見ていた。

私の犬はその背後にいて禱子の犬の尻の匂いを嗅いでいた。

私は焜炉の背後のベンチの前に皿を素早く並べた。

一枚目の皿を置くと同時に日本平の犬が突進してきて、呻り声を上げながらこれを食べた。三枚目の皿を置く頃、禱子の犬が小走りに走ってきて皿に鼻先を突っ込んでガツガツ食べ始めた。

私は四枚目の皿を置こうとしたが、日本平の犬は一枚目の皿をもう空にしていて、後ろ足で立って皿をつけ狙った。

そこで私はそこから少し離れて、まだ窓のあたりに居る私の犬を呼んだ。私の犬がゆっくり歩いてきたので、その鼻先に皿を置いた。私の犬が私と皿を交互にみて怪訝な顔をした。私は私の犬に、「その皿の肉を食べなさい。よしっ」と言うと、私の犬は俯いてこれを食べ始めた。私の犬の尾が左右に緩く揺れていた。私の犬は初めはゆっくりと食べていたが途中から速く食べ始めた。それにつれて尾の揺れも速くなった。

そこへ日本平の犬が走ってきた。

日本平の犬は私の犬の皿に強引に鼻、というか顔全体を突っ込み、顔で私の犬の鼻を押しのけるようにして肉を食べ始めた。

他人の顔で鼻を押されることの気味の悪さに私の犬は顔を背けた。「おいっ。まだ、こっちに沢山ある。こっちへこい」私はそう言って私の犬に肉の皿を見せびらかした。

そのとき私は焜炉のところに戻っていたのだ。

しかし、私の犬は困惑したような笑みを浮かべてその場に立ち尽くした。

そして、一瞬で吸い込むように肉を食べた日本平の犬が走ってきた。その間に、肉を食べ終わった禱子の犬も近づいてきた。

私は肉を三等分し、三頭の犬に肉を与えた。犬はこれを貪り食べた。

「たんとお食べ。今焼いたァるぜ」

私は犬にそう言ってまた肉を焼き網に隙間なく並べた。そのときボオッと脂が垂れ白煙が上がった。俯いて水洟が垂れた。

犬がうまそうに肉を食べていた。人間はうまそうにこれを食べなかった。ならば、正しいバーベキューとはこのことではないのか、と私は思った。

犬のバーベキュー、と言った場合、代表的な意味とそれに付随するひとつの意味がある。

まずひとつは、犬のおやつ、などというように、犬用のバーベキュー、という意味。そしてもうひとつは、犬の肉を使ったバーベキューという意味。付随的な意味として、犬を伴ってするバーベキューという意味がある。

最後の意味がもっともわかりにくいが実際にはもっとも多用されているはず。そして、ふたつ目の意味はまず使われないが、ひとつ目もほとんど行われない。

しかし、飼い主はみっつ目の意味を追い求め快々として楽しまない。ならば。私がいま行っている犬のバーベキューこそがひとつ目の正しいバーベキューなのではないだろうか。

ならば私はもう二度とバーベキューをしなくてよいのではないか。

犬は肉を食い尽くす勢いだ。私の犬は食べないが。

しかし、客は食べている。この肉が虚しくなるとき、私たちの汚辱は清められ、私たちは以前の私たちに戻ることができる。

そう思うと頭のなかにブスブスしていた黒煙、たちこめていた獣臭、べとついていた血脂が次第になくなって、その代わり快活で愉快な気配が満ちてきた（ような気がした）。そう思ううちにも肉が焼けてくる。私はこれをひっくり返し、激しく焼いて皿に盛り、さらに与えようとかがみ込んでもはや空になった皿をとった。

そのとき、舵木禱子が言った。

「やめてください」

私は舵木禱子が今日はっきりとものを言うのをはじめて聞いたと思ったがその言っている意味がまったくわからなかった。そこで聞き返した。

「え？」

「やめてください」

「なにをですか」

「私の犬に肉を与えないでください」

「どういうことだろうか」

「いや、ご厚意はありがたいんです。ありがたいんですけど、私、自分の犬には健康であってほしいんで」

「肉が毒だって言うんですか」

「ええ。先生がおっしゃってました。犬にはドッグフード以外のものを与えてはいけない、って。だから私はフード以外のものを与えてないんです」

「なるほど。それは申し訳ないことをしました。おいっ、すまんが君にはもう肉をやれん。飼い主が駄目だって言ってるからな。その皿を貰いますよ」

私はそんなことを、後半は棒読みのような調子で言い禱子の犬の前の皿を取った。

しかし内心では、おかしなことを言うな、と思っていた。

確かに人間の食べるもので犬にとってよくないものはある。例えば、タマネギ、チョコレート、レーズンなどは犬に与えてはならない。けれども焼いた肉が犬の体によくない、と言うことはないし、むしろ、粗悪なドッグフードは原材料に危険なものを使用している可能性が高く、また、防腐剤や発色剤なども入っているかも知れず、焼いた肉なんかより、そちらの方が体に悪いとも言える。

或いは、太りすぎていて体重のコントロールをしているのなら話は別だが、禱子の犬はガリガリに痩せている。肉などむしろ食べさせた方がよいくらいだ。

けれども私は反論をしなかった。なぜなら、その犬の一生を決定するのは、飼い主、である、と思うからだ。私は禱子の犬の飼い方に口出しできない。そして、禱子は私の犬に手出しできない。というか、させない。なぜか。それは……。

それぞれの犬にとってそれぞれの飼い主が、絶対に正しい、からだ。

なぜか。

そう問うたとき、私は自分の五体にもの凄い力がかかるのを感じた。私は、あ、断裂するな、と思った。五体が間違いなく裂ける、ということがわかったのだ。

どうやら私は考えてはいけないことを考えたようだった。

また、あいつがきたのだ。

私はなにをどう続けてよいのか、なにをどうやめてよいのかわからなくなり、とりあえず、手に取った皿を日本平の犬の前に置き、「おまえならよいだろう、食え。け」と、けしかけた。自分の皿を空にしていた日本平の犬は、私の手指に嚙みつきそうな勢いでこれを食べ始めた。

そのとき日本平は、まるで発狂した人のように目を見開き、額に汗粒を浮かべてこちらを見ていたが、その日本平が、ことさらの重々しい口調で言った。

「やめてください」

「え。なにをですか」

「私の犬に肉をやらないでください」

こいつまでがこんなことを言い出した。さっき私の犬の八つをさんざんに与えていたのはどこのどいつだ。枕の中身を全部食った、と言い、犬の心配をしないで枕の値段の心配をしていたのはどこのどいつだ。言う口が違うだろう。

にもかかわらずそんなことを言うのは、犬がおいしく食べてしまえば、肉はあまり残らず、私の苦しみが減る、と思っているからに違いない。

なんという奴らだろうか。自分は無茶苦茶をしているくせに都合のよいときだけ犬を盾にとって利いた風なことを言い、自分の都合のよいように持っていったり、人を苦しめて愉悦を感じたりする。

そんな奴らにはいつか鉄槌が下る。

と信じたい。と思うのは私に為す術がないからで、私は、「ああ、そうですか。わかりました」と、目的と方向性を欠いた太い声で言い、皿を取って、柵越しに肉をぶちまけた。柵の向こうは崖で、その向こうは渓川。肉は虚しく腐敗して、蠅がこれを食す。或いは、野生の動物がこれを食すのか。

「なにもぶちまけなくてもいいじゃありませんか」

笑みを含んだ、しかし、勝ち誇ったような声で禱子が言った。

それからはなんの話もない。私はもうものを言うのが嫌になって黙っていた。肉を何枚か焼いて食べたり、麦酒を飲んだり、崖に生える紅葉を眺めたり、と勝手にしていた。もう少し紅葉を眺めたら部屋に入って草子に話しかけてみようかな、とか思っていた。

そしてそれをよいことにして、日本平も禱子も一切の社交の努力を放棄して好き放題に黙っていた。いや、厳密に言うと黙ってはいなかった。

ときどき、自分たちだけでボソボソ言っていた。それ以外の間は、俯いて首を揉んだり、目を閉じて、右手の親指、人差し指、薬指をテーブルに打ち付けてリズム演奏のようなことをして首を振ったりしていた。

そしてそれを突然やめて、ぎょろ目で空をみたりもする。

また、禱子はときどき煙草を喫んでいた。私は灰皿を出さなかったが、どこからか見つけてきた空き缶を器用に灰皿となして。

そして私はまったく彼らの理解ができなかった。こんなにまでしてなぜここにいるのか。嫌がらせならもう十分だ。私は十分に嫌な気持ちになっている。そして、いまや気まずさは尋常ではなく、その彼らが生み出した嫌な気持ちは彼らをも傷つけているのではないだろうか。

早く帰ったらいいのに。私は心の底からそう思った。彼らが帰るということは草子も帰ってしまうということで、それは残念ではあるが、このままでは私は彼らに縛られて自由に生きることができない。

私は、ゆったりとした気持ちで寝そべって本を読んだり、コーヒーを淹れて飲んだりしたかった。もう少ししたら犬を散歩に連れて行ってもやりたかった。

ところが彼らが居座っているためにそれができない。

なにもしていないように見えて、小刻みに変なことを繰り出してくる禱子だちも気になるし、美しい草子の動向も気になって本が読めない。

コーヒーを淹れたら淹れたで屹度、イヤな気持ちになるに違いない。

というのは、こんなことだからどうせすすめても飲まないだろう、と思って自分の分だけ淹れたら、「ひとつゴチになりますか」などと介入してくるのだろうし、かといって、すすめたら、まるで、こちらがおかしなことを言った、みたいな変な顔をして「いやあ……」と言って黙ってしまうのだ。

犬の散歩も、途中でわざと足を挫いた振りをしたり、こんなことをしていてもなにもおもしろくないが、どうしても、と言われたのでついてきた、みたいな顔をしようと企むに決まっている。これまでの経緯から言って。

或いは、やつらにとってはこんなことは気まずいことでもなんでもないのだろうか。

こんなことを毎日やっていて慣れっこになっているのだろうか。

だとしたら。

と、思った瞬間、私は口に出して言っていた。もう十分ですよ。と。そして私は堰を切ったように自分の気持ちをあらいざらいぶちまけていた。

「もう。十分ですよ。もう十分にわかりましたよ。あなたたちは、僕を嫌な気持ちにするために、そして僕をあなたたちのグループから排除するためにきたんでしょう。だったらもう十分ですよ。僕は二度とあなたたちに接触しない。約束します。僕がバーベキューをしたいと思ったのはあなた方が考えているような政治的な理由からではありません。みんなにおいしいバーベキューを食べてほしいと思ったからで他意はいっさいありません。けれどもそれももうやめます。もう十分、嫌な気持ちになりましたから。肉はすべて捨てます。残った料理も飲み物も全部、無駄にします。それが望みなんでしょう? だったらもういいじゃありませんか。やめましょうよ、こんな不毛なこと。僕ひとりが犠牲になればいいんでしょ。なりますよ。なんですか。なにがおかしいんですか。ニヤニヤ笑って。わかってますよ。はっきり言えばいいんでしょ。ええ、じゃあ言いましょう。あのときのあのことは全部、僕が今後、すべてひとりで負えばいいってことでしょ。負いますよ。っていうか、僕はもう既に二度も粉砕骨折してるんですよ。実質、負ってるってことじゃないですか。ええ。二度です。あれが二度目だったんです。僕は実質的な小さな神でありながら人間以下の卑小な存在に加工されたものを見ました。彼らは非常に滑稽な存在でしたけど、僕もああなればよい、というか、あなた方は僕をああいうものにしたいんでしょうね。いいですよ。別に努力して仕向けないでください。自分でなりますよ。それでいいんでしょ。その代わりに草子さんを置いていってくれますか、っていうのは、嘘、嘘、冗談だけど、とにかくだから、そうしますから、ひとりであのことを負いますから、だからひとつだけ、ひとつだけ、俺の頼みを聞いてくれませんか。いいですか。言いますよ。俺の頼みはひとつだけです。帰ってくれ。いますぐ、ゴミやなんかそのままでいいから、帰ってくれ。頼むから帰ってくれ。頼むから」

気がつくと私は懇願していた。

なにを見つけたのだろうか、犬が一斉に丘に向かって遠吠えを始めた。

日本平の口がわくわくしていた。なにを言うのだろうか。また、訳のわからない言動で私を苦しめるのか。もうその手は食わんぞ。

そう思って身構えていると日本平は意外なことを言った。

「先生。私は犬の真の幸せを願っています。そして願うばかりではなく実現したいと考えています。先生、それについて相談に乗っていただけませんか」

日本平はそう言ったのだ。

私はちょっと驚いた。

三平の死

驚いたら人間は驚く。でも、おどろ、ってなんだろうか。後鳥羽上皇？　山のなかを変態がひとりで歩いて行くのをみたような感じなのだろうか。いや、違うだろう。そんなことを思いながら私は驚いていた。新緑が目の裏で腐っていた。

木偶同然だった日本平三平が以下のように語った。

いま、の世の中はいったいどうなっているのでしょうか。人の心のなか、はいったいどうなっているのでしょうか。非常に荒んだことになっていると僕は思う。そんななか、うわあ、と思うのは年間に十七万もの僧侶が殺処分されているという事実です。嘘です。そんなことはありません。僕が本当に言いたかったことはそんなことではなく、年間十万頭の犬が殺処分の憂き目に遭っているという事実です。なんでそんなことが起きるのか、それはブルガリア人があまりにもチャーハンを作りすぎるためです。嘘です。そんなことはありません。それは悪質な業者、ブリーダーによる飼育放棄、うわあ、ワンちゃん、カワイー。飼いたーい。なンど申して安楽な気持ちで犬を買い、いざ、飼ってみて初めて面倒に気がついて棄つる人などのせいです。それが、いま、の、人の心、です。それはそれで仕方がないのかも知れませんが、そのことによって殺されるワンコが極度に可哀想だ、と思うのです。その思う主体は私。つまりそんな犬は愛情を注がれることもなく、殺されていくのです。愛情。それは極度に重要なもので、それがない犬は表情にそのこと、すなわち愛されておらない、ということが現れています。どんな表情かと申しますと、怯えて、人間に対してまるで不信感を募らせているかの如き表情をしているのです。僕はその表情を見るのがとても辛い……。こうした実情から犬を救いたい。少しでも多くのワンコを救いたい、そんなことを思うのです。では、現実にはなにができるでしょうか。僕は、ドッグシェルター、の開設を目標とします。さあ、そこで現実的に問題となってくるのは、お金、です。それをどうするか。それは私の考えまするに、組織というものを作って人々に寄附をして貰います。その寄附を元にドッグシェルターを運営しようというものです。そのためには寄附金というものが非常に重要になってきます。そのためのピアール活動などに力を入れていきたいなあ、と思っています。そのためにグッズを作ったりイベントを開催したりとかそういったことを行っていきたいなあ、と思っています。けれどもそのためにもやはり寄附というものが必要となってくる。私たちにとって寄附はこのように途轍もなく重要なものなのです。

日本平はこのように語って目をこすった。私も目をこすりたいような気分だった。寒くなってきた。とにかくなかに入りましょう。そう言ってみんなでなかにはいった。舵木禱子がまた床にべったり座った。私はべったら漬けを想起した。日本平も床にべったり座った。私は木の椅子に座った。犬がそこいら中をぞろぞろ歩き回っていた。草子は台所の棚のところにいて、犬と話すようなことをしていた。私は日本平に言った。

「まったく藪から棒な話ですねぇ。目をこすってもいいですか。あ、そうですか。じゃあ、こすりますけど、それでどうなる訳ではない。ただ目をこすっただけです」

「そりゃあ、そうでしょう。それどころか目をこすったがために事態が悪化するということもあるようです」

「ほほう。そりゃあどういうことですか」

「俺の知り合いの話ですけども、目をこすって暫くしてから目がキリキリと痛んで仕方ない。そこで眼科医に行ったところ、眼球に傷がついていると言われたんですよ」

「なんでそんなことになったのだろう」

「不用意に、しかも勢いよくこすったためでしょうかね。或いは、その際に爪などで傷をつけたのかも知れない。あなたも気をつけてください」

「なるほど。今後は気をつけよう。ええっと、それで目をこすったことはまあいいんだけれど、僕はまったくわかりませんよ」

「なにがわからないんです。あんなに懇切丁寧に話をしたでしょう」

「なにを苛々してるんですか。っていうか、僕が苛々しますよ。あのさあ、なんて言うか、すごい、唐突な感じするんだけど、ええっと、要するにこれから犬の保護をやっていこう、とそういうことを言っているわけですか」

「わかってんじゃん。そうだよ」

「っていうか、いままでそんなこと一回も言ってなかったですよねぇ」

「いや、一回は言ったと思うな。ん？　二回だったかな。いや、一回、どっちだろう。舵木さん、俺は一回言ったのだろうか、それとも二回言ったのだろうか」

日本平がそう問うたとき、舵木は窓の近くに座っていた。舵木は、おどけているつもりなのだろうか、目を剝き、文楽の人形が台詞を言うときのように首を左右に振りながら言った。

「二回じゃぞえ」

「そうか、二回か。二回だそうです。俺はあなたにもう二回も話しているんですよ。唐突な話じゃありません」

「あ、そうですか。じゃあ、僕は忘れちゃったのかな」

「忘れちゃったんだよ」

「なんか、ときどき腹立つんだけど気のせいかな」

「気のせいじゃないな」

「また、腹が立ちました。なんなんですか。首を揺らさないとものが言えないんですか」

「そんなことどうでもいいじゃないですか、そんなことより、俺の話はわかってもらえたんですか」

「わかりましたよ。犬の保護活動団体を立ち上げる、っていうんでしょ」

「なんだわかってんじゃん。で、どうなんです」

「で、どうなんですとはどういうことですか」

「いや、どう思うんですか、あなた自身は」

「どうもこうもありませんよ、別にやればいいと思いますよ。犬、殺されたら可哀想だし」

そう言った瞬間、日本平と禱子が、ふたり揃って、ぴたと正座したかと思ったら、

「ありがとうございます」

「ありがとうございます」

と芝居がかった声で、振り絞るように言い、床に額をこすりつけた。

驚き惑い、草子の方を見ると、台所の棚のところで同じように座り、やはり床に額

をこすりつけていた。

「な、なんなんですか。どうしたんですか」

訳もわからずそう問うたが、日本平も禱子も、頭を上げては、「ありがとうございます」と言っては額をこすりつけるばかりで、まともなことを言わない。

そのまるで馬鹿のような様子をみているうちにこちらも馬鹿らしくなってきて、いつまでこんなことを続けるつもりだろうか、と、しらけたような気持ちでこれを見ていると、日本平は唐突に頭を下げるのをやめ、

「しかしまあ、わかってもらえてよかった。で？」

と、今度は打って変わった太い声でまた問うてきて、訳がわからない。訳がわからなかった。

「で？　って、なにが、で？　ですか。わけがわからないんですけど」

「わけがわからないのはこっちです。説明してわかったというから聞いたらわからないという。理解する気が果たしてあるんでしょうか」

「っていうか、なにを理解したらよいのかが理解できない」

「だからあ……、ん。もう。そこまでこっちから言わないとわからないのかなあ。舵木さん、そこまで言わないと駄目ですかねぇ。っていうか、言ってもいいですかねぇ」

「言わしゃんせ、言わしゃんせ」

「まーた、やってる」

「そうですか、じゃあ言いましょうか。はっきり言いましょう。あなたはいったい四百万円をいつ振り込むんですか」

「ああ？」

「だから、四百万円はいつ振り込むんですか、と聞いてるんですよ」

「なぜ俺が四百万円なんて振り込むんですか」

「ははっ。なんか笑けてきた。俺、言いませんでしたっけ。組織を作って寄附を募る、って言いませんでしたっけ」

「あ、なんかそんなこと言ってましたね」

「言ってましたね、じゃねぇよ。さっきわかったたって言ったじゃないですか。だからいつ振り込むのか、って聞いてるんですよ」

「あの、ちょっと冷静になってほしいんですけどね」

「なれる訳ないでしょう」

「いや、そうじゃなくて、っていうか、あ、いや、そうなんですけどね。あのお、わかった、っていうのはね、あなたが保護団体を立ち上げる、立ち上げようとしている、と、そのことが、わかったんですよ」

「ですよね、だったら四百万が……」

「いやいやいやいや、ちょっと待ってください。なんでそれがわかったからといって四百万出すことになるんですか。株式投資というシステムがこの世にあるということがわかったらその瞬間、株式投資をするって訳じゃないでしょ」

「いや、株式投資をしろといってるんじゃない。これは動物保護団体だ」

「そんなことはわかってますよ」

「わかってるんだったら早くカネ出せよ、タコ」

「なんだと、おまえ、なんだ、その口の利き方は」

「ああああああっ、あああああっ、申し訳ございませんでしたああああああっ。出資者さまああああああっ、申し訳ございませんでしたあああああっ」

日本平はそう言ってまた土下座した。

それからどれだけ議論しただろうか。あたりはすっかり暗くなり、私も日本平も疲れ果て、もう一言も口をききたくなくなっていたが、それでも話がつかなかった。

「言ってることはだいたいわかった。ただ、ひとつだけわからないことがあるんだよ。なんで僕が四百万も出さなきゃなんねぇんだよ。それだけがどうしてもわかんねぇんだよ」

「だからさっきからわかんないんだったら出さなくていいって言ってんじゃん」

「だからさっきからわからないって言ってんじゃん」

「だからさっきからわかんないんだったら説明するってってんじゃん」

「だから説明しろってってんじゃん」

「だからさっきから説明してんじゃん」

「それはもうわかったってってんじゃん」

「わかったんだったらいつ振り込むか言えってってんじゃん」

「だからなんで振り込むんだよ」

「なんで振り込まねぇんだよ」

「なんで振り込まなきゃなんないかわかんないからだよ」

「わかんねぇんだったらわかんねぇつえよ、説明するから。つかしてんじゃん」

「いや、そうではなくぅ」

そんなやり取りが延々と続いた。

勿論、私は自分に正義があると思っていた。そりゃあそうだ、いきなりやってきて団体を作るから四百万円出せ、などという話が通るわけがない。

ところが、住んでる宇宙が違うのか、拝む神様が違うのか、使っている火が違うのか、まったく話が通じず、相手からするとこちらが無茶苦茶を言っているように聞こえるらしかった。

そして話が通じないのにはもうひとつ理由があった。

私は途中から酒を飲んでいた。

話し合いの途中で酒を飲むというのは勿論よろしいことではない。自分にとっては不利だし、相手にとっては失礼だ。

にもかかわらず酒を飲んでしまったのは、晩酌をする時間になったというのに彼らが帰らなかったからだった。

学校を出てからこっち私は一度も就職しなかったので、勤めに縛られることなく、自分の時間を自由に使うことができる。好きなときに食べ、好きなときに眠る。いったん眠ったらいつまで寝ていても文句を言われない。

他からすれば羨ましい、と思うかも知れないが、しかし、人間は制約があるから形を保っていられるのであり、そうしてあまりにも自由だとグズグズになってしまう。事実、私には同じような境涯の友人が何人かいたが、みな早いうちに死ぬか狂うかした。無気力な人間になってしまったものもいる。赤化してしまったものもいた。

ところが私はそうはならなかった。

なぜかというと、私は諸事にきっちりしているというか、人間が几帳面というか、なにごとも、きちっ、きちっ、としていないと気が済まない質だからで、毎日の生活やなんかも、別に意志によってそうしているわけではないのだが、何時起床、何時朝食、何時就寝、というのがまるで軍隊のように決まりきっており、予定外の出来事によって、これが狂うと気持ちが悪くて仕方がなく、そうなると苛々として気持ちが落ち着かず、甚だしい場合は激しく怒気を発するくらいで、その様は他人の目には些か病的に映るだろうな、と自分でも思うくらいだった。

そんなことで、進まぬ議論、通じぬ話に苛立つのとは、また、別に、日々の決まりきった習慣が破られたことにも苛ついていた。

そこで早く議論に決着をつけたいという気持ちになる。ところが争い事というのはなんでもそうだが早くに決着をつけたい、早期に解決をしたい、と思う方が負け、別に決着しなくともよい、と思っている方が勝つ。

この場合も早く決着をつけて、帰ってもらいたい、と思う私が次第に不利な形勢に追い込まれた。

そのことに気がついた私は次善の策として酒を飲むことにした。もちろんそれがベストな選択でないことはわかっていた。しかし、早く帰ってほしい。早く帰って貰って、心置きなく酒を飲みたい、という強い願望を宥和するにはそれしかなかった。

それで酒を飲んだのだけれども、それは既に楽しみや道楽ではなかった。

自分自身の日常をこのわけのわからぬ人たちに冒されてはたまらない、という意志から派生した防衛・防御、自衛としての飲酒だった。

もちろんそんな酒がうまかろう訳がない。私は苦い薬を飲むような心持ちで酒を飲んだ。

なので、気持ちよく酔う、ということはなく、議論には支障が生じなかった、はずであった。というか、実際にそうだった。酔うほどに頭が冴え、私は舌鋒鋭く日本平を追い詰めた。

はずであった。ところが、結果的に私は日本平の思想の誤りを正すことができなかった。

なぜかというと、酔ったせいで議論が細部に入りごみ過ぎたからだった。

それがどんな感じだったかというと、そもそもは一国の経済をどうやって立て直すか、という話をしていて、たとえ話として、甲さんがうどん屋さんを開店しました、という話をしていたはずが、いつの間にか、そもそも、うどんの出汁の取り方は、とか、割り箸にすべきか塗り箸にすべきか、といったことについて火を噴くような議論をしている、みたいな感じだった。

例えば、私たちは資産とはなにか。という議論をした。

というのは、私がもっとも納得がいかなかった部分で、もっとも議論が紛糾したところでもあるのだが、日本平は以前に自分で言っていたがショップなどを経営する他、都心部に複数の不動産を所有しており、そこから得られる収益で暮らしていた。

つまり資産家ということ。

その、資産家の日本平が事業を興すのだから、なにも私のような者の寄附を仰がなくても、自ら資金を捻出できるのではないか。と私は素朴に思ったのだ。

そして私はそれ一発、その一点で日本平を論難することができると思っていた。ところが驚いたことに、いざ論難してみようとすると、いったいどういうことなのだろうか、まったく論難できないのだ。

私は最初、資産があるのであれば、その資産を担保として借金をすればよいではないか。と、言った。ところが日本平は、自分に銀行は金は貸さぬに決まっている、といって頭から議論を受け付けない。自分のようなものは借金などしないほうがよいのだ。などと理窟にならぬことを言う。

私は、ならば、と言った。ならば資産を売却して得た資金で事業を興せばよい、と言ったのだ。そのことがきっかけで資産とはなにか、という議論になってしまったのだ。

私は私の持つすべての知識を動員したが、自分の家は親の代から一度、手にした資産は絶対に手放さないことにしている。という日本平の意味のわからない理論を打ち破ることはできなかった。日本平は資産というものは自由自在に処分できるものではないし、自由自在に処分できるものはそれは資産とは言わず、したがって資産家ほど不自由な生活を強いられている者はないのだ、と言った。

そしてだからこそ自分はずっと、下手に出ていたではないか。と言った。そうした負い目があるからこそ、自由な所得を持っているおまえに対して我々は下手に出ていた、と言ったのだ。けれども私は嫌な目に遭わされこそすれ、下手に出られた覚えはなかったので、そのようにいった。

それから話は、下手に出るとはどういうことか、という話になった。その話が延々と続いた後、人間は下手に出られれば四百万円を寄附しなければならないのか。それだったら、誰だって下手に出る。私がいまあなた様にこうやって下手に出させていただいて、ほらこうやって、土下座とかをさせていただいたら、あなた様は無条件で四百万円をお出しになるのですか。と言って実際に土下座をした。土下座をしながら私は、ははは、詰んだ。と思っていた。

心で笑って見上げた日本平の顔が赤く膨らみ、爆発寸前になっていた。

ところが日本平はギリギリのところで押し返してきた。日本平は言った。

「じゃったら、あなたはともかくさっき俺たちが下手に出ていたことは認めるんだな」

そう言われた私はここで戦略を誤った。

私はここで、日本平たちが下手に出ていたことを認め、しかし、私もいま下手に出たのだから、下手＝四百万円理論に基づいて、寄附は相殺、という戦略をとるべきであった。

ところが酒を飲んで思考が腐敗していた私は、日本平が下手に出ておらなかった、という私自身の印象に拘泥して、「いや、あれは下手ではなかった」と言ってしまい、また議論が漂流し始めた。

それから、様々の議論が展開し、気がつくと、「慈悲の心とはどんな心か」という議論になっていた。

私は、慈悲の心とは他に強制すべきものではなく、まず自らがこれを示すべきではないか、という主張で日本平を圧倒した。ドッグシェルターかなんか知らぬが、そんなことをしたいのなら、人の懐を当てにするのではなく、まず自分で、自分のできることからやるべきである、と主張したのだ。

それに対して日本平は、同じ慈悲なら、みんなでやった方が力になるし楽しいぢゃないか。いまは個人がひたすら苦しい思いをして慈悲をするのではなく、みんなで楽しく力を合わせて慈悲をする時代だ。ひとりが苦しい思いをして大きな慈悲をするのではなく、ひとりひとりの慈悲は小さくても、それが集まれば大きな慈悲となる。といったまるで子供のような議論で対抗した。

「つまりね、俺はひとりひとりが無理のない範囲で自分にできることをやる、ってことが大事だと思うんだよ」

「だから、君は金を出さないのか。人に四百万出せ、というのならせめて四十万くらいは出したらどうなのだ」

「じゃあ、俺が四十万出したらあんたは四百万出すんだな。わかった。四十万出そう。だから四百万出せよ」

「違う。僕はそういうことを言ってるんじゃないんだよ。つまりね、貧者の一灯ってことがあるでしょう。その前提にあるのが慈悲の心ということが一般化した後の慈悲の心というものは貧者が真に貧者である必要があるわけだけれども、あなた、あなたさあ、貧者じゃないじゃん。はっきり言って。マンションとか持ってて家賃とってんじゃん。そのとられてる方が貧者じゃねぇの。そらあ、僕は四百万ないか、っつったらあるよ。それくらいは。でもさあ、俺はさあ、はっきり言おうか、言うよ。家賃は払ってない。けれども僕はね、少なくとも人から家賃は取ってないんだよ。その僕が四百万円で君が四十万円、というね、この理不尽なことをね、埋める手段として慈悲という概念をあなたが都合よく使っているようにしか思えないんだよ。それはもはや慈悲ではないんじゃないですか」

「慈悲ってのはそんなものじゃない。そんなものじゃない。人の懐具合を詮索しておまえこそ慈悲をやれっていうそんな卑しいもんじゃない」

「卑しい？　卑しいってどういうことだ」

「ははは、怒ったね。だってそうでしょう。自分がカネを出したくないあまり、人の懐のことをとやこう言うなんて卑しいに決まってる」

「僕は卑しくない」

「じゃあ、カネ出せよ」

「嫌だよ」

「じゃあ、どうすんだよ」

「どうもしねぇよ」

「じゃあ、てめぇは罪なく殺されていくものを見捨てるのかよ。鬼だな、まったく。慈悲などまったくないばかりか、人間らしい心というものがない。鬼畜だな。死ねばいいのに」

「なんとでも言え。僕はカネは出さないよ。いや、そりゃあ、常識的な千円とか、せいぜい一万円とか、それくらいの寄附だったらさせてもらうよ。でも四百万とか、そんな法外なカネは出せんよ。慈悲ってのはそんなものだよ」

「ドケチだな。ドケチザウルスだな。出せないものを出して身を滅ぼしてこその慈悲じゃないか。血を流せよ」

「さっき、みんなで無理のない範囲で、って言ってたじゃないか」

「趣旨とか意味とかがぜんぜん違うふたつのことをごっちゃに論じて、議論を混乱させて責任を免れようとしている。保身を図っている。スパイ特有の陰湿なやり口だな。そこまでして自分の財産を守りたいのかね、売国奴ちゃん」

「守りたいよ。後、自分の犬も守りたい。そうだ。俺には自分の犬がいるんだよ。よくいるでしょう、俺は世界を、この乱れきった世界をなんとかしたいんだ、とか言いながら、自分は火宅の人みたいになってる人が。まずはね、自分の犬の幸福、家族の幸福を実現するべきなんだよ」

「エゴイストめっ。自分と自分の犬さえよければ、他の犬はどんなに苦しんでいても気にしないってことか。家庭の幸福は諸悪の本、ってことか。穢らわしいような男だな。早く死んでよ。いつ死ぬんだよ。つか、いま死ねよ。四百万出していま死ねよ」

「なんとでも言え。僕は僕の犬を大事にする。あ、水の桶がからっぽになっている。みんなで飲んだからだな。いつから空っぽになっているのだろう。犬は喉が渇いて苦しんでいるのではないか。ああ、可哀想に。さっそく水を入れてやろう、とな、僕はこれほどに自分の犬を大事にしているんだよ。これも慈悲の一種だ。その分、君は犬なんかほったらかしじゃないか。自分の犬がヘンなものを食べても笑っている。健康の心配をしない。自分の飯を犬が食わないように隠す。自分の資産は温存して人の所得を掠め取る。そんな慈悲があるわけがないだろう。もっと自分の犬を大事にしたら

「どうでしょうねぇ」

そう言って立ち上がったところ足がもつれてまっすぐ歩けなかった。

座って議論しているときは気がつかなかったが、随分と酔ってしまっていた。

流し台の近くに置いてある重い陶器の犬の水入れを屈んで持ち上げるのが難しく感じられた。水入れは鋳鉄製の枠にぱめこんであり、これを外すには水入れを少しかたむける必要があり、その際、どんなに気をつけていても少量の水をこぼすのが常だった。

　いまは水が入っていないから大丈夫。にもかかわらずこんなに外しにくいのはなんでだろう。やはり酔っているからか。

　そんなことを考えながら流し台のところまで行き、水を入れて振り返ると後ろに日本平が立っていた。

「なんで僕の後ろに立っているんだ」

「おまえは犬に水をやるのだろう。俺は犬に餌をやるんだよ。俺は俺の犬を可愛がってるんだよ。あんた以上にな」

「なにが言いたいのかわかりませんねぇ。君が君の犬を可愛がるのはあたりまえだろう。それに犬に餌をやるのになんで僕の後ろに立つんだよ」

「邪魔なんだよ、くそが。まっすぐ歩けないくらいに酔いやがって、バカが。思い上がるな。おまえがおまえの犬を可愛がっている以上に俺は俺の犬を可愛がってるんだということを俺は言ってるんだよ。俺の方が慈悲があるといってるんだよ。わかったか。わかったら早く退けよ」

「だからなんで退かなければならないんだ、って聞いてるんだよ」

「慈悲の心もない奴が利いた風なことを言うな。おまえがいつまでもそこに立っていたらおまえの、その横の棚に入っているドッグフードが出せないから退けと言ってるんだよ。わかったか。わかったらさっさと退け」

「あのさあ、そのドッグフードってさあ、僕の家のドッグフードですよねぇ。それをなんであたりまえのようにして君が君の犬にやるのだろうか。そこのところがどうしてもわからないんだけど」

「とんでもないドケチザウルスだな。これだけ言ってもまだ慈悲の心というものを学ぼうと思わないのか。理解しようという気持ちがあるんでしょうか。俺の家もおまえの家もあるか。そういう自他の区別を捨てていけといってるんだよ。いつになったらわかるんだ、この頓馬ルミ子は。このファシストのはなくそは」

「なんとでも言え。君にだけはやりたくない」

「俺のことはどうでもいいんだよ。俺の犬が可哀想だと思わないのか。おまえは餓えた犬を見捨てるのか」

「ああ。君の犬が腹を減らしているのは可哀想だ、と思うよ。でもそれは飼い主の君がなんとかすべきであって、僕がなんとかする問題じゃないんだよ」

「また、エゴエゴパワー炸裂だな。いまは子供だって社会全体で育てる時代なんだぜ。おまえは子供は社会全体の宝だということがわからないミジンコ以下の知性の持ち主なんだな。俺の犬が飢え死にしても自分の犬じゃないという理由で笑ってるんだな、おまえは。そうなるともう人間の尺度では推し量ることのできない地獄のケダモノだな」

「地獄のケダモノでもなんでもいい。君の犬は君がなんとかしろ。僕は知らない」

「勝手なことをほざくなっ。インチキ野郎がっ。あのなあ、俺は犬のフードを持ってきてないんだよ。だったらおまえのフードを貰うしかないだろう。なんでこんな簡単な理窟がわからないんだ。もしかしてバカなのか？　そうなんだったら俺に謝れ。いますぐ謝れ。バカですみませんでした、と言って謝れ。そうじゃないのならひざまずいてフードを差し出せ」

「あのさあ、フードを持ってきてないのはわかったよ。だったらさあ、普通のことをしろよ」

「普通のことってなんだ。まさか切腹とか言い出すんじゃないだろうな」

「切腹のどこが普通のことなんだ。君の思考回路はどうなってるんだ。君こそ地獄のケダモノじゃないか」

「いや、おまえが地獄のケダモノだ。間違いない。断言できる。ある御方がそうおっしゃっておられた。俺はその声をはっきりと聴いた」

「なんだそら。だから僕の言ってる普通のことっていうのは、頼めよ、ってことだよ。親しき仲にも礼儀あり、っていうだろう。ましてや君と僕は大して親しくもない。だったら、フードを持ってくるのを忘れたので申し訳ないが少しわけてもらえないか、というのがあたりまえだろう。或いはもっと丁寧な人だったら、申し訳ないから実費を払わせてください、って言うよ」

「結局はカネか。カネを払え、か。まったく金の亡者だな。カネ以外の価値観がないんだな。だったら犬なんか飼うな。人とも付き合うな。貯金通帳を握りしめて孤独死しろ」

「するよ。するから、頼めよ。頼むから頼んでくれ。そうして貰わないと気が収まらないんだよ。納得がいかないっつか。で、どうしても頼むのが嫌だったら、売ってやるよ。それでいいだろう」

と、酔っているせいか妙ちくりんにねじ曲がってしまった。しかし、日本平はもっと曲がっていた。

「なるほど。どこまでも無慈悲を貫くわけだな。ぢゃあいいよ。がははは。縷々縷々。貧乏人は麦を食え。と言ったのは池田さんだが、僕の父は池田さんとは随分と懇意にしていただいたはずと僕は思い込んでいるけど、そんなことはどうでもいい、僕は麦を食うよ。一粒の麦もし死なずば。という言葉の意味、けっこういまは噛みしめるね。はは。それは犬も然りだ。僕は僕の犬に残飯を食べさせる。ははは。テラスには残飯がいくらでもあるからね」

「勝手にしたらいいだろう」

「ああ、そうさせて貰うよ」

日本平はそう言ってテラスに出て行った。

舵木禱子が青ざめて震えていた。草子が正体不明の多目的な媚態を示していた。犬がその周囲を取り囲んでいた。私は私の犬を呼び、水を与えた。犬は喜んでこれを飲んだ。舵木禱子が虚ろな瞳でこちらを眺めていた。その禱子に草子がなにか言った。したところ舵木禱子は身体の周りに並べた意味のわからない袋から自家製のジャアキイのようなものを取り出して自分の犬に与えていた。犬は首を亀のように伸ばしていた。

そのとき私の酔って連続しない思考の流れが緩やかに停止した。

それは日本平がなにを犬に与えているか、ということだった。普通であればテラスに残った肉を与える。しかし、日本平は自分の犬がおかしなものを食べても気にしない。ならば、テラスの残肴のうち犬に与えてはいけないもの、すなわち、タマネギ、ネギ、レーズン、チョコレートなどを与えるのではないか。そんなことが気になったのだ。

それで直ちに死ぬわけではないが、身体に蓄積されれば毒になる。それはそれで可哀想じゃないか。日本平はあんな男だが、日本平の犬に罪はない。私の目の届くところで犬を苦しめてはならない。私はそれを許さない。それこそが私の慈悲のあらわれだ。だから私は安全なフードを日本平の犬に与える。しかしこれは日本平に遣るのではない。日本平に遣って日本平が日本平の犬に遣るのではないのだ。私が直接、日本平の犬に与えるのだ。なぜならここは私が支配する土地だから。私の治める土地で非道は許されない。繰り返し言う。慈悲とは、真の慈悲とは非道を許さぬことなのだ。

私は安全なフードを犬用の鉢に盛った。それは高価なフードであった。しかし私はこれを山盛りに盛った。思わず笑みが溢れた。こんな高価なフードを山盛りに盛る。ふっ。この一事を以てしても私が日本平にフードを与えなかった理由が吝嗇でなかったことが知れる。私は道理を欲していたに過ぎない。ふっ。みたいな笑みだった。

私はフードを両の手で保持してそろそろ歩き始めた。

酔っているという自覚があったのでことさら慎重に歩いたのだった。行く手には籌子と草子が居た。酔ってよろけてフードをぶちまけるという醜態をさらしたくなかった。

　酔った挙げ句、両の手で鉢を捧げ持ってそろそろ歩いている年嵩の男というのも同じくらい滑稽、ということに思いいたらなかった。酔っていたので。

　そのとき私の犬は既に食事を終えていた。私の犬は愉快で仕方がないという様子で、そろそろ歩く私のすぐ近くを踊るような足取りで歩いた。尻尾がピンと立っていた。天を仰いで大口を開いて爆笑していた。

「どちらへ行きゃる」

　その脇を通り過ぎようとしたとき、禱子がそう尋ねた。

「日本平の犬に飯を与えに行くんだよ。タマネギとかを犬に遣ってたらまずいからね」

「あなたは慈悲のある人なのですね。そして、勇気も」

　そう言って草子が私を見た。私はすぐに目を逸らしたが一瞬見たその瞳が謎のようだった。私は草子に言った。

「いやあ、慈悲と言うほどのことはないですよ」

「その様子を見に行ってもよいですか」

「もちろんです」

「ありがとう」

草子がそう言って立ち上がると、飯を食べ終わって奈良公園の鹿のように寝そべっていた草子たちの犬が、特になにも言われないのに立ち上がり、そろそろ歩く私と踊るように歩く私の犬に続く草子に続いて歩いた。

開け放ったサッシの向こうの薄くらいテラスに白い者がおごめいていた。渓を隔てて裏山が真っ黒だった。空が細長く青かった。貼り付けたような月が茫と光っていた。

私は鉢を片手で持って壁面のスイッチを押した。

大皿を手に持った日本平が橙色の光に照らされて浮かびあがった。その足下で日本平の犬が後ろ足で立ち上がって日本平にしがみついていた。

日本平は皿を持って、ぬっ、と立っていた。私たちは表に出た。いつの間にか禱子もついてきていた。

言わんこっちゃない、近づいて皿を改めると日本平は、勿論、肉も盛っていたが、犬の身体に害を及ぼす、タマネギ、ネギ、レーズン、チョコレート、イセエビ、タラバガニ、アワビ、サザエなどを盛っていた。

日本平は突然に現れた私どもに驚くようだったが、それを気取られまいと虚勢を張ってのことだろう居丈高な口調で言った。

「いまになって残飯が惜しくなったのか。どこまで吝嗇な男なんだよ、蛸がっ。あ、そうだ。蛸もあったはずだ。ははは、あった、あった。これも俺のものだ。文句は言わせない。なぜなら、俺とおまえの間には残飯の贈与契約が成立しているからだ。おまえは俺に、残飯については勝手にしろ、と言った。だから俺は勝手にしてるんだ。おいまさら返せ、と言っても無駄だ。返せない。法的に。ここにある残飯は全部、俺のものだ。贈与契約によって所有権が移ったんだ。だから、逆に言うと、おまえはここにある残飯に指一本触れてはならない。欲しければ売ってやるけどね。あと、おまえは俺に、勝手にしろ、と言ったんだ。つまり、この家の残飯は未来永劫、俺のものということになるんだよ。わかったか。わかったら立ち去れ。痴れ者がっ」

「違うんだよ」

「どこが違うんだっ。慈悲の心もない強欲乞食が上から偉そうに言うなっ。文句あったら腕尽くでこいっ」

「いや、そうじゃなくてね。お宅は知らんかも知らんけど、ここには、タマネギとかエビとか、犬の身体に毒なものがあってね。それを食ったらまずいと思ってね」

「そんなことを言って取り戻そうと思っても無駄だ。これは俺のものだ。全部、俺のものだ」

「いや、取り戻すつもりはない。ただ、犬に遣らないでくれ、と言ってるのだ。僕は僕の家で犬の身体に悪いものを食べさせたくない。それだけだ」

「ほんとうか」

日本平はそう言って疑わしげな眼で私を見た。その日本平の背後のベンチに白いビニール袋が置いてあった。テーブルの上を見ると大皿がいくつかなくなっていた。使ったグラスもなくなっていた。

「ほんとうだ。君の犬にフードを持ってきたんだよ」

「そんな嘘を言っても無駄だ」

日本平はそう言って、テラスの床に皿を置き、犬は気が違ったようにこれを食べ始めた。

「やめろ。嘘ではない。見ろ。こうしてボウルにフードを持ってきた。きわめて身体によいフードだ。これと交換しろ」

「それを呉れるというなら貰っておく。ただし、残飯は残飯で貰う。残飯を食った後でそれを遣ろう。俺の犬はいくらでも飯を食う、無限に食うからな。膨張し続ける宇宙胃袋だ」

「そんな馬鹿なことがあるか。本当に身体に悪いからやめろ」

私はそう言って犬の前に進み、膝を曲げて右手で鉢を持って高く差し上げ左手で残飯の皿を取り上げようとした。

そのとき、私の犬は私の背後に居た。禱子と草子と彼女らの犬はさらにその後ろに居た。

日本平は、「その皿に触るな。それは俺のものだ」と叫びながらつかみかかってきた。その瞬間、左手に激しい痛みを感じた。

「あ、痛っ」

叫んでのけぞった。左手に日本平の犬がぶらさがっていた。フードの鉢がテラスの床に落ちて散乱した。痛みは鋭く激しいのだが、それとは裏腹に全身はどんよりとして、気力が失われていくようだった。私は仰向きにひっくり返った。

日本平が慌てたように駆け寄ってきた。私は日本平が私を嚙んでいる自分の犬を私から引き離すために駆け寄ってきたのだ、と思った。けれども違った。日本平は、犬に嚙まれている私の側に立った。日本平は手にタンドリーチキンを持っていた。日本平は、

「結局、無慈悲で強欲だからそんな目に遭うんだよ。四百万出す気になった？」

「早く、早く犬を離せ」

そういうのがやっとだった。日本平はチキンを投げ捨てて私のすぐ側に立った。日本平の犬はいよよ猛り立ち、私の手の甲に牙を立てて首を振っていた。

「死ねや、外道」

日本平はそう言って私の顔を蹴り、そして踏んだ。足をぐりぐりしながら日本平は

言った。頬骨が砕けそうだった。

「この苦しみから逃れるのは簡単ですよ。神に誓えばいいんですよ。四百万円を出資しますので、神よ、お救いください。ってそう言えばいいんですよ。簡単なことです。言うだけで苦しみがなくなるんですから。もちろん、言った以上、それは契約ですよ。でも、いまは契約すればいいじゃないですか。っていうか、おい、ドケチザウルス、おまえにそれ以外の選択肢はないんだよ」

日本平はそう言い、そして私の犬に向かって、「おい。慈悲の心のまったくない人間の道理も道徳も弁えないふざけた野郎に飼われている駄犬。ちょっと来い。俺の高貴な指がタンドリーチキンで汚れてしまった。おまえの毛皮で拭かせろ」と言った。

そのとき雷鳴が轟いた。と思ったが雷鳴ではなかった。私の犬の聴いたこともない唸り声だった。私の犬は唸りながら日本平に飛びかかっていった。

「やめろっ」と言う私の声と日本平の絶叫が同時に響いた。日本平の、苦悶する大魔神のような顔が一瞬見えた。

私の犬は倒れ込んだ日本平の首のあたりに噛みかかっていった。私は日本平の犬の腹を蹴った。牙を離した。そしてまごまごしているのを、ばこん、草子がどこから持ってきたのだろう、大分と以前に菜園をしようとして挫折、そこいらに放置しておいたミニ鍬で殴った。くわん。日本平の犬は、ひと声、哭いて尾を巻いて逃げた。

草子の犬がその背後で気が違ったように吠えていた。

私の手から血が流れた。痛みは甚だしかった。しかし、日本平の首のあたりから噴出する血はそれ以上だった。一撃だったのだろうか、首のあたりを嚙まれて日本平は白目を剝いてビクビク痙攣していた。

私は痛みに耐えて立ち上がり、私の犬の首輪を摑んでこれを日本平から引き離した。

あたりが血と食べ物でメチャクチャになっていた。

日本平の犬が落ちた食べ物をまたガツガツ食べ始めた。

私の犬は私に首輪を摑まれ、前足で宙を搔くようにしていた。

部屋に入って草子が持ってきたボロ布を傷に当てたが、ボロ布は忽ち朱に染まって、ボロ布を何度も取り替えた。テラスで禱子が動けない日本平の介抱をしていた。最悪のバーベキューだった。ぢごくのようなバーベキューだった。

禱子が部屋に入ってきた。私は禱子に言った。

「救急車を呼んだ方がよくないか」

禱子は黙って首を振った。

「え、じゃあ、もう……」そういう草子に禱子は言った。

「まだ、生きてます。でも救急車は呼ばない方がいい。今日は私が連れて帰り、明日、私の家の近くの病院に連れて行きましょう」

「なんで」

「いま連れて行くとまずいです。三平は重傷を負っていますが、いま連れて行けば、あなたの犬が嚙んだと説明しなければなりません。そうすると、あなたの犬は人を嚙んで大怪我をさせた犬ということになって、そうするとあなたの犬は場合によっては殺処分になりますよ」

「それは困る。っていうか、いまのは不幸な事故だった。僕だって日本平の犬に嚙まれてる訳だし」

「それは私たちの証言次第ですよ」

「え、僕に不利なように証言するってことですか」

「その逆ですよ。私たちはあなたの味方。あなたの都合のいいようにすべて事を運ぼうと思っています」

「え、じゃあ、お母さん、日本平さんは……」

「クサちゃん。三平はもう駄目ですよ。脊髄を嚙まれていますからね。死にはしないでしょうが、身体がベラベラになって使いものになりません」

「でも、日本平さんは私の……」

「そりゃあ、クサちゃん、三平はあなたの婚約者でしたよ」

「え、そうだったんですか」

「そうなんですよ。でももうああなっちゃ駄目です。見込みがありません。先のある人間が先のない人間の犠牲になることはないでしょう。だから私がうまいことやりますよ。三平は私の家で自分の犬に嚙まれたことにします」

「お母さん」

「なんですか、クサちゃん」

「お母さんはいつから日本平さんを見限っていたの？　ああなってから？　そうじゃないでしょう。その前からお母さんは日本平さんを見限ってこの人に乗り換えようとしていたんじゃないの」

娘にそう言われた禱子は一瞬たじろぐようだったがすぐに余裕を取り戻し、私と草子とを交互に見て言った。

「そうですよ。クサちゃんもさっきの議論を聞いていたでしょ。完全に圧倒されてたじゃありませんか。私はここに来る少し前から見限ってましたわ。あの方はもう終わりです。腿を切り取って焼いて食べましょう。レバも刺し身にして食べましょう。脳もポン酢でいただきましょう。わけぎありますか」

「ありません」

「けっこうですわ。兎に角、クサちゃん、私たちはこれからはこちらと仲良くさせていただくのよ。だから、さあ、早く三平を私の車に運びましょう。手伝ってくださる？　でも駄目ね。酔ってらっしゃるのね。それにそのお怪我ですものね。じゃあ、クサちゃん、お願いね」

そう言って禱子と草子はグニャグニャする日本平を連れて行った。

私は酔いと激痛でなにも考えられなかったが、出血が少し収まってきたので、もっと飲んだら痛みもわからなくなるのではないか、という考えから、清酒を肉厚のコップにドクドク注いで飲んだ。どうだ、私。うまいか？　もっと飲め。そんなことも口走った。馬鹿になっていた。

暫くして草子が戻ってきたが、草子は犬を連れてまた去った。私はまた飲んだ。自動車の走り去る音が聞こえて世界がグサグサになった。また飲んだ。草子がまた戻ってきた。

「忘れもの？」

「母にあなたに付き添って介抱をするように言われました」

「そうですか。じゃあ、お願いします」

私は草子の肩を借りて二階へあがった。私はその間も肉厚のコップを離さなかった。清酒が階段、そして廊下に溢れた。私は草子に言った。

「後で清酒の四合瓶を持って上がって貰えますか」

「わかりました」

草子はそう言いながら私を寝台に寝かせ、なぜそんなものが家にあるのだろうか、或いは、禱子の車から持ってきたのだろうか、消毒薬やガーゼや包帯を使って傷の手当てをした。私は草子のなすがままだった。

翌日。身のうちの熾のような気色悪さに、とりあえず犬を連れて近隣を一回りしたものの余のことはなにもできず、インターネットで新喜劇を見るなどしているうちに、ものすごく嫌な気持ちになってきた。

犬を連れて一回りした午前中は気色悪さを酔いが凌駕していて、昨日のこと、すなわち日本平のことも、草子とのこともさして深刻に考えず、また、目が覚めたら草子が居らなくなっていたことも、血や残飯で汚れたテラス、いろんなことでボロクソになった居室などが綺麗に清められ、恰も何事もなかったかのようであったのも、自分に都合のよいこととして受け止めていたが、午後になって酔いがなくなり気色悪さだけが残ったとき、ことによると自分は取り返しのつかないことをしてしまったのではないか、という考えに取り憑かれて苦しかった。

私はやはり救急車を呼ぶべきだったのだ。ところが酔っていたため、それをせず、そのときは自分にとって都合がよいと思われた禱子の提案を受け入れてしまった。しかし、正気づいた日本平が私の犬に嚙まれた、と訴え出たら私はどうなるのだろうか。

舵木禱子は、自分の犬に嚙まれたことにする、と言っていたが、咄嗟のことだったとはいえ、どの犬が嚙んだか、ということくらい日本平は覚えているだろう。その場合、日本平が私を訴えるということはあるだろう。そうしたら私はどれくらいの賠償をしなければならないのだろうか。四百万円だろうか。壮年の男が生涯働けない身体になったとしたらそんなものでは済まないだろう。私はこの安楽で快適な生活を手放さなければならなくなる。犬も殺される。そんな恐ろしいことが他にあるだろうか。

しかし、ベラベラといってそれは、身体がベラベラになって脳は元気だった場合で、逆に脳がベラベラで身体が元気だった場合は、そうはならない。私は訴えられないし、いまの安楽で充実した生活を続けられるし、犬も殺されない。

どうか日本平三平の脳がベラベラで身体が壮健でありますように。と神に祈って、直後に、いやいや違う。それは祈ではなく呪詛だ、と思い直した。神に祈るのであれば、日本平三平の脳も身体も壮健であるように祈らなければならなかったのだ。それを私は呪詛してしまった。

もう私は駄目なのだろうか。いったん呪詛をした人間は二度と祈ることができないのだろうか。

その問いは私にとって恐ろしい問いだった。

舵木禱子に連絡を取ってその後どうなったかを問い合わせれば或いは楽になれるかとも思ったが、舵木禱子、という名前を思い浮かべただけで苦しい、厭な気持ちになった。草子のことを考えると一瞬、楽になったがやがていろんなことと連結して苦しくなった。

家に居ると傷も痛く苦しいばかりなので夕方になって犬を連れて家を出ていつもの海浜のドッグランに出掛けた。

毎日、顔を合わす、でも名前も知らない人たちと、限定的で当たり障りのない会話をすれば気が紛れるかも知れないと思って。

ドッグランに知った人はひとりもおらなかった。

知らない女がひとりで犬を遊ばせていた。

女は四十代半ばくらいだったが身体にぴったりした橙色のティーシャーツを着ていた。ジーンズを穿いていた。金色のサンダルを履いていた。腕に腕輪をようさん嵌めて、ジャラジャラ鳴らしていた。痩せて小さかった。髪を後ろで束ねてサングラスを掛けていた。

女の犬はドーベルマンだった。断耳をしておらない、耳が垂れ下がったドーベルマンだった。

女がディスクを投擲すると、女の犬が走っていって飛び上がってこれを咥え、女の元に走り戻ってきた。女は犬の口よりディスクを取り、これをまた投擲した。犬がまた走っていって飛んでこれを咥えた。

女と犬はそれを何度も繰り返していた。

私は私の犬の引き綱を外した。私の犬は女の犬のところへ走って行き、その尻の匂いを嗅いだ。女の犬は地面に腹をつけてされるがままにしていた。

女が、「こんにちはー」と歌うように言った。私は、「遊んでたのにすみません」と言った。「あら、いいんですよ」そう言って女はサングラスを外した。相変わらず歌うような声だったが、よく聴くと本当は愛想がないのに無理に元気よくしている、ということがわかる声だった。顔は……オカチメンコだった。先に見たひょっとこにも少し似ていた。

女の犬は私の犬と追いかけ合いをするなどして遊び始めた。

そのとき、ドッグランにまた犬と女が入ってきた。やはり知らない人であったが、その若い女とオカチメンコの女は知り合いらしかった。若い女の犬はフレンチブルドッグだった。私の犬とオカチメンコの犬が若い女の犬のところへ寄っていって匂いを嗅ぎ、三頭は縺れるようにして遊び始めた。

若い女は私を横目で見て通り過ぎ、奥にいたオカチメンコのところへ行った。

若い女とオカチメンコが雑談を始め暫く経ったとき、甲高い犬の悲鳴が聞こえた。

慌てて走って行くと、オカチメンコの犬が若い女の犬の耳を噛んで首を振っていた。

私の犬はその脇でアタフタしていた。

私はオカチメンコの犬の首輪を後ろからつかんで引き離した。若い女の犬の耳から鮮血が噴出していた。

若い女が走ってきた。その後ろからオカチメンコがまるで嫌々みたいな感じで歩いてきていた。オカチメンコは歌うような調子で、でも、大声で、「たいしたことない、たいしたことない」と言いながらゆっくり歩いてきた。ふざけたような、わざとヘラヘラしているような声でもあった。

若い女の犬はショック症状に陥っていた。若い女が泣き叫びながらも犬の耳を持っていたタオルでくるみ、「病院へ行ってきます」と、オカチメンコに言い、犬を抱いて駐車場の方へ小走りに走って行った。その背中に向かってオカチメンコが、「治療費、払いますから」と大きな声で言った。

私とオカチメンコがまたふたりになった。オカチメンコは私に言った。

「私、見てましたけどあの子が先にうちの子をやったんですよ。うちの子が嫌がっているのに。それで我慢できなくなって噛んだんですよ。まあ、でもたいしたことなくてよかった、よかった」

私は、なにを言ってるんだ、このオカチメンコは。と思った。人の犬を噛んで、たいしたことない、などとなぜ言えるのだ、と思った。あんなに血が出ていたじゃないか。と思った。私は、「でも、けっこう血が出てましたよ」と言った。女は、「でも、耳だから」と言って犬の方へ用事ありげに歩いて行った。

そのとき電話が鳴った。ディスプレーに舵木禱子と表示されていた。呪いのような文字だった。

繋がるなり禱子は言った。

「三平が死にました」

日本平三平は病院で死んだらしい。噛んだのは三平の犬ということにした、と禱子は言った。「私と草子さえ黙っていれば誰にもわかりませんよ」とも言った。

日本平には親兄弟がなく、遠方に住んでいる親戚、という女性にようやっと連絡が取れ、その女性が後のことはするらしい。「その人にも自分の犬に噛まれて死んだ、と言っておきましたから」と禱子は言った。

「三平は可哀想な男でした。愛していた草子とも結婚できないまま死んでしまったのですからね。私は三平とやろうとしていたことを続けようと思います。協力していただけますわよね」

　突然、そんなことを言われた私は咄嗟に、「ああ、はい」と、答えてしまっていた。電話を切って帰る準備をしていると、こちらからはなにも言わないのに女が、「治療費をとりにくるかもしれないから、もう少し居ます」と言った。私は、「ああ、そうですか」と答えて行こうとしたら背後から女が、「ありがとうございました」と言ったので、振り返って、「ありがとうございます」と言った。

　駐車場までの間に知った人に会うことを期待して周囲を見ながら歩いたが誰とも会わなかった。

　リアハッチを開けた途端、私の犬が荷室に飛び乗り、こちらを向いて座りをした。私は犬に、「えらいことになってしまったな」と言った。私の犬は、「あはあ」と笑った。私は禱子が、腿を切り取って焼いて食べましょう。レバも刺し身にして食べましょう。脳もポン酢でいただきましょう、と言ったのを唐突に思い出した。

　人間をバーベキューにして食べるなんて恐ろしい着想だが、あれはだれの肉のことを言っていたのだろうか。

　そんなことを考えていると、道路の向こうの居酒屋からヤキトリ臭い匂いが漂ってきた。

　私はリアハッチを閉めた。

犬が黒い目で私を見ていた。

栄光への転回点

久しぶり、というとどれくらいであろうか。もう三箇月とかそれくらいぶりだっただろうか、に都心に来て、頭上に灰色の高速道路の交差する交差点の角にある銀行を目指して幅の広い歩道を歩いて私は敗北感について考えていた。

敗北感というのはどんな感覚なのだろうか。

そう思いながらガソリンスタンドのところまで来たとき、歩行者用信号が赤になって私は立ち止まった。これは敗北だろうか。別に敗北ではない。ただ信号が赤になったから自分の身体の安全のために暫時、停止しているだけだ。私はなにも負けていない。したがって敗北感を感じない。傍らのビルの一階に見るからに高級そうなレストランがあった。名前に見覚え聞き覚えがあり、ということは名のある名店なのだろう。まだ、開店前でひっそりしていたが、夜ともなれば多額の銭を持って日頃からうまいものを食いつけている人が多く集まってくるのだろう。日頃からくら寿司とかCOCO'Sとかに行く自分はそうした人たちや或いはこの名店に負けているのだろうか。まあ、社会的には負けているかも知れない。負けているのだろう。しかし、敗北感はまったく感じない。なぜなら自分のなかにそうした店に参ってうまいものを食したいという気持ちがあまりないからだ。つまり、個人的には負けていない。だから敗北感はまったく感じない。そらそうだ。個人の感情なきところに敗北感の生じようはずがない。ぬぬぬぬぬ。

そう思うとき、信号が青になって私は歩き始めた。

信号を渡りきったところにある都心ゆえだろう狭いガソリンスタンドには給油中のクルマや洗車中のクルマや洗車が終わって引き取りを待つクルマがぎっしりと、八台がとこ停まっていたが、新車で買えば安いのでも八百万円とか、高いのとなると何千万円もするようなクルマだった。

それを見て私は敗北感を感じた。それらの大凡の価格を知っているという時点で私は既に敗北しているのだ。さっきのレストランで飯を食べて酒を飲んだ際の代価を私は知らない。そしてその敗北感はたいした敗北感ではない、と私は感じていたが、その時点で私にその理由はわからなかった。

ガソリンスタンドを通り過ぎて暫く行くと、スーパーマーケットがあった。突如として激烈な渇きを覚えた私は入りごんで炭酸入りの鉱泉水を棚から取り、列に並んで名状しがたい敗北感を覚えた。なにをそんなに敗北したのかというと、三つある列のうち、もっとも速く進むだろうと判断して並んだ列が、角度的に見えなかったが籠二つ分の大量の買い物をしているおばはんがいたり、手が覚束ず目も霞んでいるのにもかかわらず一円単位まできっちり支払おうとして永遠に小さな小銭入れを掻き回すおばんがいたり、電話で話しながら支払うため支払いにむっさ時間がかかる娘がいたり、通貨の単位をよく理解していないガイジンがいたり、というか、そもそも、係の人がけっこう駄目で通常の速度の二分の一の速度でしか仕事をこなせず驚き呆れ、改めてよく見ると胸に、研修中、という札をつけているなどして、遅々として進まず、遥か後で列についた隣の列の人たちが既にして支払いを済ませ台にて買ったものを袋に詰めていたのだ。

それを見て私は自らを呪ったが、そのとき私は敗北感とは無力感であると知った。私がそのスーパーマーケットの従業員であれば飛んでいって新人を手伝って流れを速くすることができる。私がこの地域の領導者であれば、自分の都合で他人に迷惑を掛けてはいかぬ、と人々を叱咤することができる。しかし私は従業員でもなく領導者でもなく、どうすることもできないまま、ただ手を拱いて果てしのない列に並んでいるより他ない。この無力感が敗北感に繋がっていく。

列がなかなか進まなかった。そこで私はさらに考えた。では敗北感は無力感と等しいものなのかと。それは考えるというよりは自分の心のなかを探ることだった。

それで探ってみると敗北感のなかにまた別の感情があることがわかった。それは被害感だった。それは、なにも悪いことをしていないただ列に並んでいただけの善良な自分が、無道な悪者によって具体的に損害・不利益を蒙ったという感情だった。そういえば、先ほどの高級レストランに参る人は私の飯を奪って食べている訳ではないし、高級車に乗っている人も私のクルマを奪っているわけではなく、私はなんの損害も蒙っていない。しかし、この場合、私は私の人生の時間を奪われるという被害に遭っていた。

なるほど。その違いか。その違いだったのか！

そう思うとき順番が回ってきたので素早く銭を払い、袋を断ってペットボトルをぶら下げて表に出て直ちに封を破ってこれを飲んだ。

渇きが癒えた。と同時にレジで感じていた敗北感が急速に薄れ、私はそのことに驚き、戸惑いを感じた。

なぜだ。あれほど敗北感は甚だしかったのに、なぜこんなに急に薄れてしまったのだ？　それは私にとって悦ぶべきことだが、それにしても！

そう思いながらもう一口、ペットボトルから水を飲むとき、私は勃然とわかった。

被害感の本然は怒りと悲しみである、ということが。

然り。私の心のなかにあった被害感はふたつのものより成り立っていた。ひとつは怒りであり、ひとつは悲しみだった。

それらが心のなかで攪拌され混ぜ合わされ被害感として現れるのだった。

ということを元に敗北感について考えるとき、以下のようなことで敗北感は発生するのではないか、と考えた。

まず具体的な被害がある。具体的な被害があって、それに対する怒りが生まれる。ところが自分がそのことについて無力であることを知る。悲しみが生まれる。

ただし、着目すべきはこれらが順に生じるのではなくして同時に生じ、そこに時間がないということだ。

そう思うとき私は銀行の正面の入り口についた。

左にカウンターがずうっと続いていて、その向こうに幾つかの島が拵えてあり、銀行員が仕事をしていた。カウンターの外のフロアーにはベンチが並べてあり、観葉植物がおいてあり、案内係二名が立っており、順番を待つ客があった。なかには銭のことで悪鬼のような精神状態になっている人もいるかもしれないのだが見た感じだとそんなことはまったくわからない。

私はフロアーを通り抜け、奥の現金自動預払機のところへ向かって歩いた。

現金自動預払機の前には九十九折りのように縄が張ってあって、多くの雑多な人々が列に並んでいた。私は列に並び、さらに敗北感について考えた。

そう。そこには時間がなかった。被害と怒りと無力と悲しみが同時に存在していた。被害に遭ったから悲しいのではなかった。悲しいからそれが被害なのだった。というと、そんなはずはないだろう、被害がなければ悲しみは生じないじゃないか、と反論する。向きになって反論する。醜い顔で。目を剝いて。唾を飛ばして。自分を正義と信じて。

けれどもそれは申し訳ない、誤りだ。

なぜなら悲しみがなければそれを被害と呼べないからだ。例えば人を鞭打ったとする。鞭打たれた人が苦しみを感じればそれは被害である。しかし、それがＳＭプレイで、「ああ、ああ、女王様。嬉しいです。心地よいです。次は小便を飲ませてください」などと口走り悦楽を感じていたとしたらどうだろうか。当然、それは被害ではなく幸福な出来事だ。

ええっと私はなにを思っているのだろう、そう。つまり、敗北感は、被害感、怒り、無力感、悲しみから成り立っているが、それは順に発生するのではなく、同時に存在している。もっというと、敗北感がそれらの四要素を含んでいるのではなく、それらは互いに含み含まれている、したがって、順どころか、時間が逆に進むことだって当然ありうるということなのだ！

ということを私は実感としてもの凄くよくわかる。

とそう思うとき、私は突如として前に立っていた見知らぬ女の人に言った。

「あの、あそこ空いてますよ」

と。

なぜそんなことを言ったのか。

それは、塞がっていた現金自動預払機が空いても気がつかぬ人が多く、その人もまたご多分に洩れず、一番向こう、すなわち私が入ってきた正面玄関の方、から二番目の現金自動預払機が空いたことに気がつかなかったからだ。そこで教えてあげた。

なぜ多くの人が気がつかない現金自動預払機の空きに私は気がつくのか。私は人より鋭敏なのか。まあそんなことはない。なのになぜ気がつくかというと、それはもう八日になるから。

そう思うとき、思ったとき、突然に、本当に突然、もの凄い敗北感が、ドーン、と胸に押し寄せてきた。

そう。私は昨日までの七日間に七度、この銀行に来ており、今日が八日目だった。来る度に私は五十万円ずつ振り込んでいた。

もちろん順番札をとって向こうの窓口に並べば一回で済む振り込みだった。だけれども私は一回に振り込める金額の上限が定められた現金自動預払機を用いて支払いたかった。

それはどのように考えても愚かなことだった。まず、振込手数料が余計にかかる。そして、他に用事がないのにもかかわらず、都心で過ごす八日のときが無駄になる。永年にわたって放置し、いまや物置と化しているが自分の持ち物である老朽マンションに泊まったからホテル代などはかからなかったが、それでも都心に滞在すればなにかと入費もかかった。

にもかかわらず現金自動預払機で支払うことにこだわったのは、グズグズと支払いを遅延したかったからだ。グズグズと支払いを遅延することで、自分の不満や納得いかない気持ちをまるで演劇のように表現したかったからだ。

そしてそのことで生じる右に挙げたような不利益を音声にした。声に出して言った。

「ああ、振込手数料が四千円以上かかってしまった」とか、「ああ、知らないラーメン屋に入ったらラーメンが千五百円もした」とか、「なんでこんなことになってしまったのだろう。私はばかだからなにもわからない」とか、「それともばかだからこんなことになってしまったのか。だとしたら私はばかはいやだ。けれどもばかは治らない、どんな努力をしたって治らない。だから損をする。ああ、悲しいことだ。いやなことだ。振込手数料がかかる。ああ、かかる」といったようなことを歩きながら言った。

恨みがましい、聞いているだけで気が滅入るような調子で言った。

でも、それを誰が聞いただろうか。だれも聞かなかった。都心の着飾った、よい地位を得て、バリバリ仕事をして、銭を稼いで、この世の善きところを存分に受け取っている、みたいな眉目秀麗な男女は、その声を聞かなかった。

田舎の、変な服着た、汚らしいおっさんが、おかしげな目つきで意味のわからないことをブツブツ言っているとしか思わなかったに違いない。いや、そんなことすら思わないというか、彼らに私の姿は見えていなかった。私は梢に群がってチュンチュラ囀るスズメほどの意味もなかった。

では、私は誰に向かって不満や納得いかない気持ちをまるで演劇のように表現したかったのか。なぜ愚かなことと知りながら支払いを八日も引き延ばしたのか。

それは私の敗北感をコントロールしたかったからだ。もっというと敗北感を感じるのが苦しくてそれから逃れたかったからだ。

敗北感は考えたとおりに、というか、考えが実際の状態に屈服したとおり、被害感と怒りと無力感と悲しみとともにあった。または、最初に悲しみがあって、それから被害感や敗北感や無力感や怒りにいたった。

それらは私の意志の介入を許さなかった。私はそれらの感情が私に所属するにもかかわらずそれらをコントロールできなかった。実は私は八日間、この道を通ってずっと同じことを考えていた。けれどもコントロールできなかった。

ならばその悲しみの音をことさらに軋ませることによって、ことさら、ということをする私をその感情の発生の場に無理矢理に割り込ませることによって、その場に私の意志を立ち会わせることができるのではないか、と考えたのだった。

で、結果は？　ご覧の通りの有り様だよ。

日々、敗北感は増大し、いまはもう、ドーン、ときたね。ドーン、と。立っていられないくらいにね。だから私は手に持っているペットボトルの蓋を開けて、これを股間にドバドバと注ぎ込み、大声で、

「あ。お小便をちびってしまったわ。お小便、お小便。あ。あ。股間がお小便でズクズクだわ。いやーん、いやーん、いやーん。気色が悪いわ。お小便」

と、喚き散らしフロアーを転げ回りたいような気持ちになった。そうすれば、そこまでやれば結果的に敗北感とか悲しみとかがもっと凄いことになって、耐えきれないほどになって、さすれば敗北感は免責になるのではないか、なんて夢想したから。

けれども私の意識がこのように澄明である限り、より大きな敗北感がのしかかってくるだけで、つまり私はこの抜けどころのない、鉛のような悲哀、心に重くのしかかってきつつ同時にキリキリとさすように痛む被害感、血をすべて抜き取られたような無力感、にもかかわらず燃えさかって自らを焼く怒り、に耐えなければ、耐え続けな

ければならないのだった。

そう思うとき、そう思ったとき、背後でなにか言っている人がいる。

人がこんなに苦しんでいるのに暢気な声調だった。都心にもこんな間抜けがいるのか。そう思いながら振り返ると、眼鏡を掛けて茶色の背広を着た、その男は言った。

「向こうが空きましたよ」

「あ、すんませんすんませんすんません」

謝りながら気がつかずに時間をとらせてすみませんでした、という気持ちを表すため、背をかがめて、必要以上の小股で空いた現金自動預払機のところまでちょらちょら走った。惚れた女も逃げて行くであろう、と思われるくらい情けない、まったく能力のない丁稚のような惨めな走り。

また、少し悲しみと敗北感が増した。

現金自動預払機にいたって私は肩から提げた布袋から通帳とPRADAの長財布を取り出し、さらにPRADAの長財布からキャッシュカードを取り出した。

そのとき、ある考えが不図、頭に浮かんだ。

それは、もしかして八回目、最後の五十万円を振り込んだら、意外にサバサバした気持ちになるっていうか、なにか吹っ切れたみたいな、もうそのことは考えない考えない、済んだことは忘れて、次のstepに向かって飛躍していこう、みたいなそんな気持ちになれるのではないか、という考えだった。

そう言えば私は割とそういう性格だった。その敗北の最中にあっては泣いたり怒ったり取り乱したりするが、いざ事が終わってみたら、そんなことがあったことすら忘れている、みたいな。女と揉めて愁嘆場を演じ、泣きながら表に飛び出して十分後、行きつけの立ち飲み屋で店の兄ちゃんと談笑しながらおいしく升酒を飲んだというようなこともあった。いま思い出した。

だからいまも、いまこの瞬間は敗北感がドーンときているし、振り込んだ直後はもの凄い敗北感で、心も頭もグラグラになるかも知れないけれども、まあ振り込みが終わって銀行の外に一歩出れば、四百万円なんていうお金を一時に遣うことはまあないわけで、その必要がない以上、そんなものはただの数字というか記号というか、そんなものに過ぎず、日常においてはそんなことは忘れて、楽しくこれまで通りの生活ができるのではないか。

そう思いながら私は、画面に触れ、通帳、カードを入れ、また画面に触れるなどして現金自動預払機を操作した。

こんなことはなんでもないのだ。という調子で、顔もちょっと、ぬぼっ、とした、もさっ、とした、ボンヤリさん、みたいな顔真似をするような意識で造り顔にして操作した。

最後の確認釦を押して、ちゅるっ、と戻ってきたキャッシュカードとへなへなの紙と通帳をとって、カードとへなへなの紙をPRADAの長財布にしまい、長財布と通帳を布袋にしまった。

神は七日でこの世界を作った、と聞く。私は八日で四百万円を支払った。

そう思うとき、私はサバサバしたような気持ちになっただろうか。

まったくならなかった。というか真逆だった。これで四百万円というお金を全額、払ったのだ。そう思ったとき、心の痛みはこれまでで最大になり、私はその場に蹲りそうになった。実際に蹲ったかも知れない。どうやって銀行の外に出たか覚えていない。

ただ、どうやってか、とにかく外に出ていた。

そして出た瞬間、その場にやはり蹲った。

そのとき私はサバサバしていただろうか。まったくサバサバしていなかった。なにしろ蹲るくらいなので。そいで、どす黒い敗北の粘汁が血管を駆け巡って細胞の一粒一粒、髪の毛の一本一本まで敗北が染みわたった。頭の内側のあたりには疼くような沸騰するような狂乱の感じがあった。

歯が何本か抜け、口のなかに蟠って不快なので吐き出すと、バラバラと歯が落ちていった。スローモーションで落ちていった。その後、空いた穴から、えぐえぐい味のする気持ちの悪い汁が湧き出てとまらなかった。全身がヌルヌルだった。神経も全体的におかしくなって、手足がスウスウしてベラベラして感覚がなくなった。視神経もおかしいのか、あたりが黒ずんで見えた。

次のstep。ははは。そんなものはどこにもなかった。次のstepは破壊された神殿のように粉々に砕けてあたりに散乱、その下の道も神の怒りに触れたのだろうか、粉々に砕けており、stepを上昇するどころか、立って真っ直ぐ歩くのもままならない感じだった。ましてこの身体じゃ。

とにかくこんなままでは、なにひとつ満足にできない。STARBUCKSかなんかに行って喫茶、胃腸が受けつけるようであれば軽めに喫飯のようなこともして、少しでも人間らしい感覚を取り戻さなくては。

そう思って鉱泉水を頭より浴び、吩。精神を下腹に凝集して、ようやっと立ち上がった。

さあ、行こう。歩きだそう。その足取りはこのように不確かだ。足元の舗道は砕けている。けれども私は歩いて行こう。ともかくも歩きだそう。でも、それにしても四百万は……。

そう思うとき地面が、ズン、と一尺ばかり落ちた。ズボンの股ぐらのあたりから聞き慣れぬ異様な音が聞こえた。もしかしたら死ぬのか。これがこの世の見納めなのか、と恐怖に目を見開いて交差点を見上げれば、信号機が緑黄色赤、三つが三つとも光り、灰色の交差点が極彩色に彩られ、その極彩色の高架とビルディングの間の空に、天人の舞うのを俺ははっきりと、見た。

それから老朽マンションに戻って、暫くしてから私が銀行を出た、ちょうどその時刻に千葉県沖を震源とする地震があったことを知った。しかしそれは軽微な地震で、あのようなことになるはずがない。ということは。原因は僕か。僕の居るところに誰かが鉄槌を下したのか。

はははは。誰か。なにが、誰か、だ。こんなことを、あの忌々しい日本くるぶし以外の誰がするだろうか。これだけやっておいておまえはまだ不足なのか。失敗だったかも知れないが、俺は、おまえの言うとおりバーベキューもやった。失敗だったかも知れないが、やった。そして四百万円ものカネも失った。結果的に日本平はあんなことになった。全部、おまえがやれと言ったことだ。その結果がこれか。その結果がこれか。ふざけるな。なぜ私が鉄槌を下されなければならないのか。意味がわからない。下すのであれば舵木禱子に下したらどうだ。なんなのだ。あの天人の舞にはなんの意味があるのだ。ふざけているのか。ふざけるな。舞うな。

そんなことを私は気がついたら部屋のなかで怒鳴り散らしていた。そのとき敗北感の苦しい感じは大分とマシになっていたが、また、歯が何本かバラバラと零れ落ち、嫌な汁が湧いて、思わずこれを飲み込んだら全身にどんよりした倦怠と疲れが広がって怒鳴れなくなった。

取りあえず歯医者に行ってこのみっともない歯をなんとかしなければならない。そう思うとき、歯医者↓ハイシャ↓敗者、という聯想が働いて、また夥しい敗北が胸に押し寄せて私はまた胸を押さえて蹲った。

また何本か歯が零れ落ちた。

いわれがないまま、いや、いわれはないことはないのだけれども、あったとしてもそのいわれ自体が捏造というか、嘘をはらんで、でもその嘘に自分がまったく加担していないかというと、それはしていて、そのこと自体が嫌な熱を帯びた恥の感覚として肌に密着してある、みたいないわれによって四百万円を支払わされたという事実に私はどうしても耐えられない。

負けず嫌いなのかな。と自問するとき、いや、そんなことはないでしょう。という声がどこか遠くでしていた。ような気がした。

負けず嫌いとか、そういう軽い問題ぢゃなくて、もっと根源の認識の問題ぢゃないか。君自身の。

この声はなにを言っているのだろう。そしてどこから聞こえてくるのだろうか。そして誰が言っているのだろうか。自分自身の内奥から聞こえてくる声なのだろうか。

それって、幻聴、っていうんじゃないのだろうか。日本平のことがあってからずっとクリーンなんだが。おい、おまえどう思う。

と、老朽マンションの部屋のど真ン中に、前足に顎を乗せて寝そべっている私の犬に話しかけた。

犬は面倒くさそうに尻尾を小さく振って顔を上げもしない。私は諦めたように言った。

「ははは。おまえに訊いてもしょうがないよね」

したところ犬が首をあげ、私の目を真っ直ぐに射るように、そして同時に哀れむように見て、言った。

「もう、日本くるぶしのことは考えなくていいよ」

私の犬は私の目を見てはっきりとそう言った。

私は文章を書く。老朽マンションで文章を書く。関係者はそれを原稿と呼んでいる。原稿は文章であり、文章は原稿である。そのどちらでもない、呼ばれるもの呼ぶ声の間にあるものを私は書く。書く。書く。栄光のなかで書く。

三日月も沈むであろう美しい伊香召湾からほど近い、かつては美しい棚田が広がっていた地域なのであろうか、けれども最近は工業団地ができており、そこで働く人の小住宅や団地も遠近にひろごりて、海から吹いてくる潮風も何箇月も洗っていない柔道着のような香りを運んでくるようになった走我子町。

その走我子町の中心部から西に一マイルほど外れた、元は底から瘴気の噴き出す、どうしようもない沼地だった一角を造成して建てられた鞠子団地のA号棟に住む頭代さん一家を私は訪ねた。

訪れたのは八月の終わりでもの凄く暑かったため、頭代さんの住まいである三〇二号室にたどり着いたとき私は、エレベータがなく階段であがったということもあってか汗だくで、その姿はまるで頭から汚染水をかぶったようだったのかもしれない。

そんな私を明るく迎えてくれた頭代涼子さん莉奈さん親子&元気潑剌のダックスフントのオリーブ君二歳。よく冷えた麦茶とキャンキャンと甲高い吠え声で私を歓待してくれた。

「お暑い中をようこそいらっしゃいました」

と古風な言葉で私を迎える涼子さんはバリバリのキャリアウーマン。莉奈さんは接客業で頑張っているという。

こんな笑顔でいっぱいの頭代ファミリーだがここまで順風満帆だったわけではない。というのは頭代さんの夫は名前を言えば誰でも知っている大企業で課長代理にまでなった有能なサラリーマンだったのだが十三年前、なにを思ったか突然、会社をやめて出家してしまった。文字通り、家を出てしまったのだ。念願のマイホームを手に入れた矢先の出家だった。けれども頑張り屋で明るい性格の涼子さんは挫けなかった。マイホームこそ手放したものの、夫の両親から貰った多額の現金もあり、困った思いをすることはなかったという。

そんな涼子さんを支えているのが娘の莉奈さんとミニチュアダックスのオリーブ君。特にオリーブ君が二年前に来てからは生活が一変したという。

涼子さんは言う。「正直言って、以前は不健康な生活でした。休みの日は夕方まで寝てましたしね。遊びに行くと言えばゲーセン、カラオケ、パチンコでしたけど、いまでは早起きしてこの子とお散歩するのがなによりも楽しみで。すっかり健康的になりましたね。あと、私、競艇にはまっててけっこうお金とか遣っちゃってたんですけど、それもめっきり行かなくなって本当によかったです」

そう言って涼子さんはペロリと舌を出す。莉奈さんは、「オリーブは私にとっては父代わりなのかも知れません」と意味のわからないことを言う。

その間、オリーブ君はキャンキャン吠えまくって走りまくって自由そのもの。しまいには植木鉢にマーキングをした。

こんな幸せなファミリーを見ていると私まで幸せになってくる。そう思って近くに来た、オリーブ君の頭を撫でようと思ったら、あ、痛っ、私の手を噛んだ。「ごめんなさい」と涼子さんが笑って言う。飛び散った鮮血を気にもしない。おおらかなファミリーだ。莉奈さんが、「こらっ」と言ってオリーブ君を殴る。きゃん。私も半泣きだ。

そうこうするうちにオヤツを無制限に貰ったオリーブ君は眠ってしまう。

私もそろそろ帰ろう。

「また、いらしてください」「ぜひぜひ」「絶対ですよ」

挨拶を交わして階段を降りる。

おいしいご飯をもらって幸せいっぱいのオリーブ君は今晩はどんな夢を見るのだろうか。

ふりかえると鞠子団地が幸せがいっぱい詰まった羊羹に見えてきた。

今日は、家に帰ったらおいしいお茶を淹れて羊羹を食べるとしよう。それが私の無上の喜びなのである。

書き終わり、読み返して矛盾点が出てきたり、意味の通らないところ、そもそもういう立場でなにを主張したいのかがわからない、といった反省点が出てきたら書き直さなければならず、それは嫌だし、そんな時間もないので読み返さずに送信した。

和見リー訪問。という記事は私が月に一度、犬を飼っている家庭を訪問し、その様子をレポートするという企画で、「月刊ポポポンチ」という愛犬雑誌に掲載される。実は私はこの家には行っていない。担当編集の田荘春菜が行って、そのメモを元に恰も行ったような感じで書いているのだが、やはり表現力というのかな、描写力というのかな、そういうものの基礎的な力が優れているし、だからといってやたらと力の入ったわかりにくい文章ではなく、一般の人も気軽に読むことができるライトな表現を取り入れる柔軟さもあって、そこのところがもの凄く受けているようだ。いまも言うように実際には行っていないのにね。田荘春菜が意外に写真がうまく、グラビア写真がとてもいいのが人気の秘訣かも知れない。という風に功績を他に譲ることができる私の人間的魅力がやはり人気の源泉なのだろうか。と、疑問形にして主張をぼやかす技術などもいやはやたいしたものだ。実際の話が田荘春菜のメールにも、「先生の文章はいっけん、なにを言っているのかよくわからないし、もしかしたらこの人はなにも言ってないのではないか、なにも考えてないのではないか、と思うのですがよく読むといっぱい考えて、なにも言わないでおきながらすべてのことを言っているのでは？　と思わせる、なにか、があります。そこが多くの人を引きつけてやまないところなのですね。少なくとも私はそう思いたいです。無理ですけど」とあった。なにを言っているのかよくわからないが、評判がよい、ということだけはわかる。

つまりこれを端的に言うと、受けている、ということなのだった。そうだ。私は受けているのだ。そう思うとなんだか嬉しいような気持ちになって、立ち上がってキッチンスペースまで行き、冷蔵庫からホンチョ飲料のボトルを取り出し、これを五十ccがとこ、湯呑みに注ぎ水道水で薄めて一口のみ、酸っぱさのあまり顔を顰め、後は顰めた顔のまま一気に飲み干した。

心うれしきことこれあるとき人はホンチョ飲料を飲む。悲しいときは酒を飲む。しかし私はホンチョ飲料を飲んでいる。嬉しいからだ。

と言うと、「ははは。たかだか、ペット専門誌で連載して評判がよいというだけでそんなに浮かれるなんて、僕からみれば随分と悲しい男だよ」と冷笑する人があるかも知れないが、それは違う。それは違う。

そら嘘や、そら嘘や、そら嘘や。亜蝶、亜蝶、亜蝶。

湯呑みをそっと置き、二代目中村鴈治郎の声帯模写とブルース・リーの形態模写を交互にしながら仕事部屋兼リビングルーム兼寝室に移動した。痛憤のあまりにそんなことをしたのだった。

というのは事実と違うことを言われたからで、というのはまあ言われた訳ではなく、自分で思っただけだけれども、それにしてもそれは事実ではなく、実際の話が私は、「月刊ポポポンチ」以外の雑誌からも多くの依頼を受けていて、それには老舗の一流総合誌すら含まれていたのだ。その殆どは右の、「和見リー訪問」の如き、ペット犬猫関連の依頼であったが、稀に私の人格識見というのかな、そうしたものに則ったご高見を伺いたい、といったものもあって、それはどういうことかというと、私はペット犬猫専門誌において一部の好事家に受けているだけではなく、全世の中的に受けていて。というか、まあ、こんなことを自ら言うのは気恥ずかしい部分があるのであまり言いたくないが、事実だし、もっともわかりやすいので申し上げると、はっきり言って私は、売れて、いた。亞兆。

そう、私は売れて忙しかった。次々と仕事が舞い込んでテンテコマイを舞っていた。だからホンチョ飲料を飲むのは身体のことを考えてでもあった。

そしていざそういう状態になってみると人間というものは、やはり他の役に立つ、他人に悦ばれて、それで初めて自分もうれしいと思うのであって、以前のように我ひとり尊し、って感じで山奥に住んで人との交わりを絶ち、高潔ぶっていても、そんなものはこの世に存在しないも同然なのだ。

なんてことをこないだは「宵のポンピン大漠然」というラジオ番組に出て喋った。私はラジオにも出演するようになっていたのだ。私は文章では割と笑える感じの軽い表現、ラジオやなんかでは割と重々しい感じで真面目な話をした。なぜかというと、その方がなんかいいかな、と思ったからだ。

こんなことになるなどというのは、というのはこんな風に世の中に必要とされて栄光に包まれるというとちょっと大袈裟か、脚光を浴びるというのかな、そういう風な感じになるということだけれども、そんな風になるなんて、まったく思いも寄らなかった。

それどころか地面が割れ、歯が抜け落ち、頭もすっかり禿げ、そのくせ大量のフケが出る、という途轍もない敗北感、精神も蝕まれ、財産もとられて、恥辱と恐怖で始終、涎を垂れ流して舞い狂っているみたいな苦しい状態が続いていたときは、そしてその後のまるで地獄のような状況のなか、人格が細切れになっていたときは、こんなことになるとは絶対に思わなかった。というかなにかを考えるということすらできなかった。

あのとき私は一年後、自分が生きているとは思っておらなかった。

四百万円を支払ったこと。それは地獄の契約書に署名捺印したのと同じことだった。舵木禱子は日本平との事業を続けるために四百万円を振り込めと言った。振り込まないとどうなるのか。禱子ははっきりしたことは言わなかった。だから私は禱子に脅されていたわけではない。しかし、私は恐ろしかった。きっと報いを受けるに違いない、とあのとき私は思い込んでいた。それで振り込むと振り込んだことが今度は重荷になった。私は四百万円を敗北として屈辱として受け止めていたが、同時にそれは四百万で罪を贖うことだった。それはそうだ。意味もなく四百万円を払うものはない。つまり四百万円は罪を認めることでもあったのだ。私は四百万円で罪を買ったのだ。

そして契約書は絶大な効力を持っていた。

罪があるということは悪いということで、悪いということは裁かれるということだったが私は禱子と契約してそれを免れた。そして契約書には確かに、四百万円を支払うこと、と書いてあったが、それには、禱子と日本平の計画を実行するため、という但し書きがあった。つまり禱子の解釈によれば、契約の主眼は、禱子と日本平の計画を実行に移すため、という点にあり、四百万円の支払いはあくまでもその一部に過ぎず、私は禱子と日本平の計画が実現するまで無期限かつ無制限に資金その他を提供しなければならなかった。

そんな無茶な。と思ったが遅かった。私は既に契約をしてしまっていた。

だからあのときの敗北感は正しかったのだ。正しかったというと変だが、あのときは苦しくて苦しくて私はあの敗北感は私を滅ぼすために現れたものと観じていたが、実際は私を救済するために現れた敗北感なのだった。

それをやったのは誰か。それはもしかしたら私は、あの日本くるぶしではないのか、と思う。私はあのとき咄嗟に日本くるぶしの名前を口に出していた。あろうことか呪いの言葉を口に出していた。

いま思えば日本くるぶしは、なんとかして私を助けようとしていたのかも知れない。私は日本くるぶしによって傷つけ苦しめられ、それが嫌だったら正しいバーベキューを振る舞えなどという訳のわからない要求を突きつけられていた。

私はそのことを恨み、また呪い、しかしこれ以上、傷つき苦しむのが嫌だったので、嫌々、日本くるぶしの言うことに随った。要求を受け入れた。

だからけっして納得していなかった。日本くるぶしはなんと奇怪で実現困難なことを言ってくるのだろう、と思い被害者的な気持ちになっていた。

しかし日本くるぶしはきわめてシンプルなことを言っているに過ぎなかった。つまり、失敗に終わり、最終的にはあのような屈辱的な結果に終わった舵木禱子のバーベキューをもう一度正しくやり直すことによって、人々の呪怨を和らげ、苦しみながら巨大化した舵木禱子の心を慰め、呪いを消して安らかになって頂くことによって、こちらのことも忘れて貰って、きれいさっぱりと縁を切って頂く、と、そういうことを言っていた。

ところが私はそれがわからず、嫌々にバーベキューをやるものだから、うまくいかず失敗をする。本当はささやかなものでもよいから心からのもてなしをするべきだったのだ。でもやらずにカネをかければ満足なのだろう、みたいな態度に出てしまって。それで失敗して。

そしてまた日本平と禱子もあんな態度に出て私を惑わせた。いまから考えればすべては周到に仕組まれた、綿密に計算された謀略だったに違いない。まあ、日本平にしたら自分が死ぬ気はなかっただろうが、禱子がどう考えていたかはわからない。草子とはあの夜以来、会えていなかった。草子にメールを送っても禱子から返事が来た。

そして最後があの振り込みの敗北感とその後の騒動なのだが、私はそれに逆らって振り込みを行い契約をしてしまった。おそらく日本くるぶしに随って振り込みを拒否していれば、それはそれでまた別の争闘があったのかもしれないが、あんなにも惨めなことにはならなかっただろう。

あの時点で日本くるぶしは私を見放したのだ。というのはその後、私を襲った途方もない苦しみに証明される。また、いまから、いまの時点から振り返って考えれば、とても納得できる部分があるのだけれども、あのとき私の犬が、「もう、日本くるぶしのことは考えなくていいよ」と言ったのも、まあそういうことなのだろう。

したがって、その後、私を襲った苦しみは罰ではない。当初は日本平と禱子によって、そして途中からは考えを変えた禱子によってもっぱら仕組まれたものだ。

それはどんな苦しみだっただろうか。

それは端的に言って犬の苦しみだった。

日本平が掲げた目標は犬の苦しみを消し、犬を幸福にする。ということだった。私にはよくわからないのだがその後、禱子が英語混じりの日本語で語ったところによると、だからこそよくわからなかったのだし、なぜそのときだけ禱子が英語を喋ったのかもわからないが、いま多くの犬が苦しんでいるらしく、その犬の苦しみを除去し、幸福にしないとえらいことになるらしかった。

なぜそんなにも多くの犬が不幸なのか。それはどうも人間が犬との幸福な生活を求めているかららしかった。

と言うと多くの人が驚きを禁じ得ないかも知れない。えっ？　そんな馬鹿な。幸福を求めて犬を飼うのだから当然、犬は幸福になるのじゃないのか。えっ？　と。

しかし、それは間違い。なぜかというと、その人が犬の幸福ではなく、自分の幸福を求めているからだ。というのは人間同士の結婚を考えてみればよくわかる。

多くの人はなぜ結婚をするのだろうか。結婚して幸福になりたいからに決まっている。ただしそこで問題になってくるのは、では誰が幸福になりたいのか、という点で、多くの場合、自分が幸福になりたい、と思っており、それが最大の問題なのだ。

もちろん、自分の幸福＝相手の幸福、であればなんの問題もないし、多くの場合、そうだと思うから結婚する。ところが実際にはそうならないのは、それが、一緒に暮らせばきっと幸福であろう、という予測、期待に過ぎず、日々の暮らしにおいて自分の幸福は往々にして相手の不幸である場合が多いからだ。

男の場合はどんな幸福を期待するだろう。まあ、人によって異なるだろうが概ね、仕事を終えて家に帰ると美しく従順な妻が笑顔で迎えてくれ、優しく自分を癒やしてくれる。もちろん夕食の用意などは何時に帰ろうとも完璧にできているし、その他、自分のすることはなんでも微笑んで見守っているし、いつでも一歩下がって自分を立て、しかしリードするところはしっかりとリードしてくれて多少のことは笑って許してくれる。ついでに実家が裕福なので経済的にはけっこう援助してくれて父親が有力者・実力者で自分をまあまあ出世させてくれると非常にありがたい、といったところだろう。

しかしこれはそのまま女の不幸だ。なんとなれば、実家が裕福云々以降のフレーズは別としても、これは幻想であって、幻想を現実のものとするのは不可能で、できないことをやるための努力は不幸に他ならないからだ。だからやらないのだけれども男がそれで済まないのは、男は女がそれをやって自分を幸福にすると信じて結婚したからで、男は、こんな怠惰な豚と結婚した覚えはない、と考えて被害感を抱く。

では一方、女はどんな幸福を求めて結婚するのだろうか。つまり男になにを望むのだろうか。それはまあ人によっていろいろだろうけれども概ねは、実際の話、幸福を手に入れるためにはやはり自分自身が輝いていなければならない。そのために年齢を重ねてもやはり綺麗にしていたいし体型も保っていたい。そして知的好奇心も失いたくなく、読書や舞台鑑賞なども続けたい。住まいについても友人を招いて恥ずかしくない程度の家、都心のマンションであれば百二十平方メートル程度あったら十分だ。郊外であれば、素敵な庭付きの戸建て住宅であればそれでよく、掃除に困るような豪邸とかは要らない。その他にもいくつか考えられるがやはりそうしたものに対してどうしても必要になってくるのが銭というもので、かといって、いまは羽振りがよくても将来的にはわからないというのでは困る。平均よりちょっと上、くらいでよいので継続性のある人がよい。そのうえで一緒に居て私を幸せな気分にしてくれる人であれば容姿などはあまり問わない。そんな程度で私は十分幸せだ、といったところだろうか。

しかし、これはそのまま男の不幸で、なんとなれば、右の希望を実現できるだけの銭を稼ぐのは大抵の男にとって難しく、また、一緒に居るだけで他人を幸福にする、などというのも恋愛の初期ならばともかく、日常においてはどんなに無私の精神を発揮しても不可能で、できないことをやるための努力は不幸に他ならないからだ。だかららやらないのだけれども女がそれで済まないのは、女は男がそれをやって自分を幸福にすると信じて結婚したからで、女は、こんな貧乏で低俗なミジンコと結婚した覚えはない、と考えて被害感を抱く。

男女ともになんでこんなことになるのかというと、言うように、男女とも自分が幸福になろうとして。つまり相手が自分を幸福にすると信じて結婚したが相手にその能力がなかったからだ。

犬の場合も同じで、人間の男女は犬が自分を幸福にしてくれる、と信じて犬を飼う。

人間の男女はどんな幸福を求めて犬を飼うのだろうか。それこそ幻のように曖昧でイメージの断片でしかない。緑の草原のようなところを犬と駆け回る。或いはビーチとかそういったところ。きゃはきゃは笑いながら犬と波打ち際を駆ける。或いは犬を連れてキャンプに行く。自然のなかで犬がのびのびしているのを見て自分ものびのびする。自分が円盤を抛る。犬がこれを追って走る。円盤はたいした速度で飛んでいくが、犬の足は速い。犬はやがて円盤に追いつき、追いつくと同時に空中に跳んでこれを口にしかと咥え、着地するや、方向を転換し、自分のところに一散に駆け戻ってきて円盤を、ぺっ、と吐き出し、座りをして自分を見上げる。自分はまたぞろ円盤を抛る。犬はまたぞろこれを追う。なんてことをして無心に遊ぶ。或いは家庭にあっても、犬はいつでも愉快で陽気で自分を慕ってくれる。癒やしてくれる。そして悪人が家にやってきたり、大水や地震の際は、身を挺して自分を助けてくれる。恋人と友人と子供と親と家来と兄弟のすべてのよいところをつなぎ合わせたような存在。かけがえのない人生の伴侶。といった。

しかし、それも幻に過ぎない。ホームセンターで買ってきた犬はところかまわずぎゃんぎゃん吠え、引き綱などないかのように歩いて何度も転倒させ、挙げ句の果てに他の犬や隣家の人に噛みついて訴訟沙汰となる。気を取り直してキャンプに行けば土砂降りの雨。ずくずくに濡れて寒さに震え、火も起こせないためイカクンとタコクン囓って缶ビールを飲み、闇夜に怯えて一晩中ぎゃん吠えする犬を呪いながら眠れぬ一夜を過ごす。もちろん犬が助けてくれるということはないし、一片の癒やしも与えない。ただ見るだに苛つくばかりだ。

ではそれがホームセンターで買ったような駄犬ではなく、よい犬、名犬であれば飼い主は幸福になるのかというと、そんなことはなく、なぜなら男女の場合も実はそうなのだが、相手による幸福は幻のようにいつも実現しないからだ。

ということはそれはそのまま飼い主の不幸となるか、というとこれはならない。なぜなら、夫を山に棄てたり、妻を保健所に引き取って貰うことはできないが、犬の場合、これが可能、つまり、人間の苦しみや悲しみを犬に肩代わりさせることができるから。

ということで人間が幸福を求める気持ちを持つことによって多くの犬が不幸になっている。

さて、その苦しみを除去して犬の不幸を解消するのが日本平の掲げた目標である。ということは人間が犬を通じて幸福を求める気持ちをなくす必要がある。

そのために具体的になにをなすべきかというと、いまみたように犬の不幸の根本原因は人間が犬を通じて幸福になろうとする点にある。となればその不幸をなくするためには、人間が犬を通じて幸福になろうとすることを禁止すればよいのだが、それは男女が結婚することを禁止するのと同じように難しい。それに仮にそれができたとしても、いま現在不幸になっている犬は救われない。

ということはどうすればよいのか。ということはどうすればよかったのかというと、いま現在、犬が負っている不幸、すなわち人間が彼に幸福を求めたがために生じた不幸を彼の背より取り、ま一度、人間の側に戻せばよい。よかった。

具体的に言えば、買ってきて玩弄の挙げ句、棄てられた犬を拾ってきて、ま一度、飼い主の元に戻せばよい訳だ。

しかしそれは至難の業だった。なぜならば元の飼い主がわからない場合が多かったし、仮にわかって連れて行ったとしても、その人物は幻を見てる人、幻覚・白日夢のなかに生きる人なので、犬の不幸を理解できないし、下手をしたら、「せっかく忘れていた嫌なことを思い出してしまった。なんでこんな無意味なことをするんだ。嫌がらせかっ」と逆上して殴りかかってくることさえある。

と言うと理不尽に聞こえるが、盗人にも三分の理、言っていることがまったくわからないでもない。というのは、その人にすれば棄てた犬は苦しみだった。誰だって苦しいのは嫌なのでその苦しみを犬自身に負わせて自分は苦しみから逃れた。にもかかわらずまたその苦しみを家に持ってこられたのではたまったものではない。さんざんに揉めた挙げ句、長い時間をかけてやっとこさ離婚をした元・妻（夫）を、暫くして見ず知らずの人が連れてきて、「彼女（彼）はいま生活に困窮している。愛情にも餓えている。ぜひとも復縁されたい」と迫られるようなものだ。誰だって嫌な気持ちになるだろう。

ならば。捨てる神あれば拾う神あり、というので、そんな幻のような幸福を追い求める人ではなく、まっとうに生きている市民の方に棄てられた犬を貰って貰う、というのはどうだろう、ということになる。なった。しかしこれはさらに難しい仕事だった。なぜなら、まっとうな市民、といわれる人の多くが幻のなかに生きていたからだ。意外なことだったが本当のことだった。というか、みなが幻のなかに生き、幸福を追求するからこそいまの社会が維持できているのであり、みなが幻を見なくなれば、いまの社会は持続しないように思えた。そのためには貧しい国の人間や犬は不幸になっても仕方なく、しかし、その不幸は幻のなかに解消されていたのだ。

そんな幻のような社会で殆どの人は、犬を飼うなら、美人で貞淑で頭がよく従順な妻、美男で有能で金持ちで家庭的な夫、のような、賢くて可愛くて言うことをなんでも聞いて病気にもかからず用便もなるべくしない生きた玩具のような犬、すなわち幻の犬を欲していた。

しかし棄てられた犬は現実の犬だった。現実に犬だった。多くの人はその現実を峻拒した。離縁された美人で貞淑な若妻、美男で有能な若婿、であれば喜んで家に入れるが、馬鹿で醜くて年老いて病んだ者を妻として婿として家に入れるなんてあり得ない、という訳だ。

それを乗り越えるためには、自分は善いことをしている。善根を積んでいる、という意識が必要だったが、そういう人は既に多くの犬の苦しみを自らに転移していた。だからこそ禱子が参入する余地があったのだ。がしかしということはどういうことになるのか。行き場のなくなった犬の苦しみはどこに行くのか。どこに行ったのか。それは私の家に来た。なぜか。もちろん私が四百万円を支払って契約をしてしまったからだ。

そう。契約によって私の家は犬の引き受け場所となり、犬の苦しみは私に転移した。

禱子が次々と連れてくる犬は随意に振る舞った。最初に連れてきたのは仮の名をオジョというコーギーコリーだった。オジョは入ってくるなり方々に用便をした。私の犬はオジョに対して融和的な態度を取ったが、オジョは極度の恐怖のなかで怒り狂って私の犬に噛みかかってきて、私の犬に組み伏せられ、小便を垂らして泣きわめいた。

次にやってきたのはキリボというダックスフント。その直後にもダックスフント、三日後にもダックスで、私の家は踏みつぶしそうになるくらいダックスだらけになった。わわわわ、わわわわ。わわわわわわ。私は喉も破れよ、とばかりにダークダックスの物真似をしたが、そんなもの聞こえるものか。ダックスたちは二六時中甲高い声で吠えた。通常、犬が吠える場合、他の犬がいるとか、飯を要求するとか、それなりの要因というものがあるが、このダックスたちは、勿論そうしたときもここを先途と吠え立てたが、まったくなんの理由もなくただただ吠え、その自分の吠え声に気を高ぶらせて部屋のなかを走り回り、それでさらに昂奮してまた吠えた。それが終日已まぬものだから脳が腐って仕事ができなくなった。耳もあまり聞こえなくなり、髪の毛も一万本抜け、差し歯が取れた。

ならば歯医者に行けばよいようなものだが、行けなかったのはその後、また犬が来たからで、その犬は仮の名をグリグリという柴犬だったのだが、このグリグリは全員敵視政策をとり、人にも犬にもなつかず、誰彼構わず嚙みかかり、キリボたちを殺しそうだったので、クレートを買ってきてこれに入れたところ、怒り狂って吠え続け、金属の扉に嚙みついて牙を折り、さらには下痢便をまき散らしたため悪臭が立ちこめ、その後の処置に忙しく、予約ができなかった。

それからジャーマンシェパード。トイプードル。またダックス。またダックス。ピットブル、チワワ、ゴールデンレトリバーと、舵木禱子が見境なく犬を連れてきたため、ますます歯医者などに行けない。というか、極度のストレスのため歯が全体的にぐらぐらになっていた。

というか、その頃の私は人前に出られるような姿をしておらなかった。ティーシャーツや上衣は犬の嚙みによって大体において破れていた。まともな靴はすべて嚙られて履けなくなり、常にサンダル履きだった。また、全身が磯臭かった。犬の小便が衣服や毛髪に附着して乾燥すると磯の香りがしたのだ。磯の香りと言うと、いい香りのように聞こえるが、その磯の香りは非常に嫌な、サルガッソ海みたいな感じの磯の香りだった。また、頭からは泉のようにフケが噴出して、肩のあたりに降り積もり、白い服を着ているときはよいが、黒い服を着ているときは見苦しくてならず、鏡に映る自分の姿は全体的にはスーパーマーケットの前のベンチに終日、座って紙パックの清酒を飲んでいる無職の親爺たちにそっくりで、非常に嫌だった。自分が嫌なのだから他人が見たらもっと嫌だっただろう。

そして家が日に日にぼろくなっていった。言うように私は人が拘泥するいろんなこと、すなわち持ち物や服装や髪型や食べ物など、に大抵、拘泥しない質だったが、家にいる時間が長いからだろうか、家にだけは拘泥して、壁紙や敷物、家具調度品はすべて自ら吟味をし、建具などもよいものを入れていた。家屋敷そのものは相続した家だったが、よい材木、銘木をふんだんに使ってあり、いま建てたら大変な費用がかかりそうな家だった。

その家が昂奮して走り回り随意に用便する犬たちによって無茶苦茶になった。

廊下は犬の爪痕で傷だらけになった。壁紙がマーキングによって裾模様のようになった。襖紙が破れて垂れ下がり、雪見障子の下のガラスの部分に夜驚したシェパードが激突して割れた。グリグリが漆喰の壁を掘って穴を開けた。

アンティークのテーブルの脚をゴールデンが齧って最終的には倒壊した。椅子の脚や座面をゴールデンが齧って最終的には破壊した。いろんなものが毎日のように倒れ、割れたり砕けたりした。眼鏡も齧られてバキバキになった。

誰だかわからないのだが、ゴミ箱からゴミを咥えだしてまき散らす癖のある奴がいて、床には常にゴミが散乱、それ以外にも、破壊された眼鏡や椅子の破片、また、床に敷いてある小便を吸着する紙のシートを嚙み破ってまき散らす癖のある奴もいたので、家は常にヤンキーのにいちゃんとねえちゃんが計五十人集まってレイブパーティーをした後のような状態だった。

そのように荒れ果てた家そのものが私にとっては苦しみだった。苦しみの具現化だった。

そしてそのように奔放に振る舞う犬なのだから身体は壮健なのかというとそうではなく、常に必ず誰かが怪我や病気をして、私はその度に彼らを隣町のヴァレリー動物病院に連れて行かなければならなかった。

ある日はチワワが嘔吐と下痢を繰り返した。その翌日はピットブルが柴犬を襲って柴犬の耳が千切れた。その翌日はゴールデンがサンダルを食ってしまった。その翌日はコーギーがツツジの花を食って昏倒した。その翌日はシェパードが自分の前足を自分でガジガジ噛んで怪我をした。慌てて病院に連れていくと犬はストレスからそういうことをすると聞き、犬のストレス解消について考えながら戻ると、喜んで走ってきたダックスが階段を転げ落ちて腰を折った。ヴァレリー動物病院はいつも混んでいたので、往復の時間を含めるとたっぷり三時間はかかって、その都度、私はぐったりしてしまって、脳も腐っているし仕事など夢のまた夢だった。

ぐったりした場合はどうすればよいのだろうか。休息ということをすればよい。しかしそれもまた夢のまた夢だった。なぜなら犬というものは散歩ということをしないと脳が腐って暴れだすからであった。だから散歩に連れて行くのだけれどもこれがまた篦棒だった。そういう具合に無茶苦茶な犬なので、十二頭を同時に連れて行くことは不可能で、何頭かずつ、数回に分けて散歩に連れ出すのだけれどもそれでも制御・統御しきれない場合が多かった。というか、散歩に行く前からムチャクチャだった。特になにを言うわけでもなく、ただ黙って引き綱を持ってくる。それだけで犬たちは一斉に吠え、一斉に走り回った。飲み物が零れ、グラスが割れ、コンピュータが落下して使用不能となった。そんな為体だから引き綱をかけるのも容易ではなく、名前を呼ぶとますます興奮して走り回り、或いは、ぐにゃぐにゃ首を振り、或いは壁際で足を上げて用便を始め手間がかかって仕方がなかった。

散歩に出たら出たでその惨めかつ滑稽な様子はいみじきことだった。

大体、三頭から四頭ずつ、三回に分けて散歩に出るのだが、どの犬も例外なく、前へ前へと突進しようとし、甚だしきは後ろ足で立って前足を宙に泳がせて藻掻いているような有り様で、がために引き綱は上方に向かってピンと張り詰め、まるで一本釣り漁をしているようだった。

そのとき彼らはなにを求めて、なにをそんなに急いで前へ行こうとしていたのだろうか。なにもなかった。まったくなんの目的もなく、ただただ、前へ行こうとしていた。ただただ前へ進むために、目を血走らせ、呼吸を荒らげ、地面を掘るようにしながら全力で前へ行こうとしていた。私はそんな犬たちに時折、「君たちはそのように意味なく前に行くが、それが一体なにになるのだ。いい加減にしないか!」と怒鳴った。

　勿論、それを聴いた犬がおとなしくなるということはなかった。それどころか、私が大声を発したことによって、より気を高ぶらせ、ますます暴れた。

　しかし、目的を持って前に進むことがないわけではなかった。彼らは、自転車、オートバイ、低速で進む自動車などの車輪、宅配業者が押して歩く台車、キャリーバッグなどを見つけると、どういう訳か八焼きになってこれに突進した。電柱の根元や植え込みから興味をそそられる匂いが漂えばこれに向かって突進したし、鳩や猫を見かけるとこれに向かって突進し、犬にも突進していった。つまり、常になにかに向かって突進していた。

　しかし、突進するに任せてる訳には当然いかぬので、つねに腕力でこれを押さえつけたため知らない間に腕力が鍛えられて物凄いこととなり、巨岩や大木をひょいと持ち上げられるようになり、家具の移動などが楽にできるようになった。さほどにそれぞれ好かといって犬を楽に制御できるようになった訳ではなかった。

き勝手な方向に突進しようとする犬の力は強大で奔放だった。

　また、不意を突かれることもあった。人間である以上、ついなにかに気を取られて一瞬、力が抜けてしまうことがある。そんなときに予想外の力がかかると、これに対応できず転倒してしまう。

例えばある日。私は犬を連れて交差点で信号待ちをしていた。連れていたのは、ジャーマンシェパードのイクキとゴールデンレトリバーのマツマンだった。散歩が一通り終わった帰途のことで二頭とも疲れて、比較的おとなしく歩いていてそれが油断の元になったのだろう、私は放心したように前方の信号機を見つめ、帰り着いてもまた別の犬を散歩に連れて行かなければならないのだ。こんなことがいつまで続くのだろうか。悲しいことだ。と、すぐ後のことを考えて絶望し、先々のことを考えてなお絶望していた。

そのとき、イクキとマツマンが左後方に向かって猛然と走り出した。まったく不意を突かれた私は他愛なく転倒し、そのまま三尺がとこ引き摺られた。通行人、数人が驚いてこちらを見ていた。彼方でトイプードル数頭を連れたおっさんが爆笑していた。トイプードルたちはこちらに向かって吠え立てていた。イクキとマツマンはトイプードルのところに行こうとして身をよじり、土を掻いていた。左の手指、並びに手甲に激痛が走って、翌日以降、赤黒く腫れ上がり痛みはなお甚だしかった。どうやらやばい感じに骨折しているらしかった。しかし病院やほねつぎ屋に行く間がないので古タオルと軍手とガムテープで固定した。翌日から発熱した。

発熱してフラフラしているせいか、翌日、また行く手の茂みに猿を見つけた犬が突然走り出して転倒し、今度は頭部を強く打った。病院に行っていないのでよく判らないのだが、なにか脳の中に血の塊があるような感じで、頭の芯が熱をもってジンジン痛み、ふらつくような感じもあるし、視野に黒点が生じて、なんだ、この黒点は。と思って凝視していると、黒点のなかから阿弥陀様がグングン来迎してきたり、かと思えば見たこともない、汚らしい服を着たおっさんが何十人も集まって輪になってパラパラ踊りを踊っているなどした。

そんなことでフラフラしていて、自分では普通にしている心算なのだが、服は犬に嚙まれてところどころ破れているし、身体を洗うような時間もあまりなかったので身体から生ゴミの匂いが漂い、歯も抜けているし、また、睡眠が足りていないので意識が飛んで気がつくと独話独笑しているようなこともあって、通行人や近所の人に随分と気味悪がられ、通るときに舌打ちをされたり、露骨に嫌な顔をされたりするようになっていた。また、役所に苦情を言った人があったのか、犬の飼育について問い合わせの電話があった。そのときいまの家には長く住まないかも知れない、と直感的に思った。

私はそのように私に転移した犬の苦しみを苦しんでいた。

さてそのとき私の犬はどうしていただろうか。私の犬は超然としていた。そして私と普通に会話をするようになっていた。しかし、その言葉は謎めいて支離滅裂だった。犬は私に言った。「君はいずれこの家を売却することになるだろう」

犬がそう言ったとき、急に強い風が吹いて、山の木がザワザワ音を立てた。私はそんなバカなことはあるはずがない、と思い、いくら言葉が話せるといっても所詮は犬の言うことだと思っていた。そう思ったときギボウシがポンと咲いた。

いま思えばあれが栄光への転回点だったのか。

そう思って私は午後の面会客のことを思った。吉田静源。六十がらみのトイプー飼いの爺か。ははは、おもしろきことだ。私は栄光にまみれて笑っていた。

仕事に取りかかる前に下調べなどの準備をしておくのは重要なことだ。というのは茶木蓄太郎の名言だが、その通りだと思う。遥か以前のことになるが、私はなんの準備もしないで仕事に臨み、大失敗をしたことがある。なんの仕事だったか忘れたが、大腿骨が折れた。その後、大腿骨が折れたことによる様々の不具合、不都合に苦しんだし、失敗そのものによって不利な局面に追い込まれた。

といって怠惰ゆえ下調べをしなかった訳ではない。若かったその頃の私は下調べなどすれば心に余裕が生じ、緊張感を欠いてしまうし、先入観を抱いてしまう。そういったものを一切排して、まっさらな気持ちでそして緊張して仕事に臨むべきだ、と思い込んでいたのだ。

しかしそれは間違いだ。下調べをしたから、なーんだ、と相手を侮り、緊張を欠く、そんな態度が駄目なのであって、事前の準備が悪いわけではない。ということがわかるまでに随分と時間がかかったが、いつまで経ってもわからない奴に比べれば随分と増しだし、それがわかったからこそいま栄光のなかに居る。

そして栄光のなかに居続けるためにも仕事の前の下調べは必要だ。いったん栄光のなかに入っても下調べをしなければ直きに落脱してしまう。

そう思って私は午後の面会客、吉田静源の予約メールを探して読んだ。

吉田静源。六十六歳。男性。飼っているのは二歳の牡のトイプードル。名前はスカボン。相談内容は、吠え。嚙みかかり。引っ張り。マーキング癖。マウント癖。ということで、そういうことばかりするのは、いったいどういうことか、ということか、その犬の心を知りたい、ということだった。

よくある話だね。ああ、よくある話だ。しかし、男性が来るのは珍しいね。そうだね、大抵は女だが。不審なことだ。

と、そんなことを語らっているうちやってきた吉田はジーンズ姿の力強い感じの男だった。青の格子柄のネルシャツを着て、カーディガンを羽織り、キャップをかぶっていた。現役時代はよい地位にいて退職後は趣味を楽しみ、ときに国内旅行をするなどして、幸福に暮らしており、自分に極度に自信を持って、自分と同じようにスマートに振る舞えない、自分と同じような生活ができない人間を見下している、みたいな男だった。

いい感じに改装した私のオフィスに入ってきた吉田に私は名刺を渡したが、吉田は、アーン、と言っただけで、なにも言わず無遠慮に私を見た。

しかし吉田は一人ではなく、同年配の妻を伴っていた。

喋ったのは主にその妻だった。つまり、ここにやってきたかったのは、吉田本人ではなく、妻だったのである。しかし、本人は固有のメールアドレスを持っておらないため、吉田静源のアドレスからメールを送ったものと思われる。

吉田の妻は吉田と同じく自分に自信を持っているようだった。そして吉田に負けず劣らず活力に溢れていた。ゴールドの装身具を身につけ、入ってきたときはトンボ眼鏡を掛けていた。そして名前も名乗らないまま好きなタイミングで好きなように話していた。

そして吉田の妻は白いトイプードルを抱いていた。

なるほどね。そういうことだったのね。そういうことだね。旦那は付き添いというか、俺には関係ない。って訳だ。ここに居ないかのように振る舞ってる。そしてこの犬は吉田の犬ではなく、吉田の妻の犬だ。

と、そんなことを語らう間もなく、吉田の妻は好きなタイミングで好きなように話していた。床に下ろされた吉田の妻の犬は、リードにつながれているのにもかかわらず、私の犬に近づこうとして、もがき、後ろ足で立ち上がり、吠えた。

「それでね、この子がね、お散歩に参りますでしょ。そうして向こう側から大きいワンちゃんが来たりいたしますと、もうそれは吠えて吠えて、私が、お友達でしょ、といいましてね。それでもう私の方がおかしくなって参りますものですからね、どうすれば先生、この子は言うことを聞いてくれるんでしょうか。病院の先生が仰いますには、そのうち治るということなのですが」

あはは。治る訳がないだろう。そうだよね。そうだよ。

「で、この子がどう思っているのかを知りたくて、浜田さんの紹介でご連絡させていただいたのですが」

「ああ、浜田さんのご紹介ですね。わかりました」

浜田さんって、誰だったっけ。あの、黒ラブじゃないか。あ、そうか。犬は覚えているが人はからきしだな。そうだな。そうだよ。

「で、なにを知りたいですか」

「この子がなんでそんなに吠えるのかを知りたいんです」

と吉田の妻がそういうときも吉田の犬はもがき、暴れ吠えていた。

「わかりました。ちょっと待ってください」

つまりどういうことかというと。どういうことなんだよ。話す気なんてないってことだよ。話す気ないってよ。僕とも話す気はないのか。おまえはなんなんだよ。なんでもないよ。なんでもないのか。俺もそうだよ。ただ自分のやりたいようにやっているだけだ。こいつらとは関係がない。たまに俺を拘束するから嚙みかかっていくだけだ。僕にも嚙みかかるか。いや、いまはやめておこう。俺は多分、迷妄のなかにいる。白い霧のようなものがずっと頭に立ちこめていてなにもわからない。そして実際的にも長時間、狭いところに閉じ込められたりする。真っ暗で冷たいところに入れられて長いこと身動きできないこともある。恐ろしいやつの前に引き摺り出されて逃げようとしても逃げられないこともある。俺はなにも考えられないし、なにも言えない。ただ、気がつくと吠えているし、吠えれば吠えるほどもっと吠えなければもっと吠えなければという感じになって脳が痺れて心臓も疲れ果てて苦しくて吠えられなくなるまで吠えている。それだけが俺なんだよ。なるほどな。やっぱりだったな。そうだね。そうだったね。

私は、椅子のうえで、自分は獅子のような威厳に満ちている、と信じて、でも実際にはただ傲然としているだけの吉田の妻に言った。

「お宅では犬を車の中で長い時間、留守番させてませんか」

吉田の妻は驚いたような顔をし、そして言った。

「そういうことは確かにあります。私たちがお買い物をしているときや、食事をするときはクルマでお留守番をさせてます」

「その間、彼はおとなしくしてますか」

「ずっと吠えてるみたいです」

「彼はその留守番を耐えがたく思っているようです」

「え、そうだったの？　ごめんね、スカボン」

そう言って吉田の妻は自分の足元に居た犬を抱き上げて膝の上にのせ、頭に自分の顎を擦りつけた。

ああ、嫌だ。嫌でたまらない。くさい。くさくてたまらない。頭に毒が染みこんでくるようだ。動きたい。床に降りたい。ああ、そうだろうとも。

「ごめんね、スカボン。ママを許してちょうだい」

許すかれ、あほんだら。そうだとも！

「あと、彼は家にひとりでいることが多いですか」

「はい。私もせい君も出掛けることが多いものですから」

「そのとき、彼はどうしてますか」

「ゲージにいれてます」

「ケージに入ってるわけですね」

「はいゲージに」

ゲージって目盛りのことじゃ……。だすよね。ははは、だす……。

「それ自体は悪いことではありませんが、なんらかの理由で、この犬はケージに恐怖心を持っているようです」

「そうだったんですか。ごめんね、スカボン」

そう言って吉田の妻は全力で犬を抱きしめ、その顔に自分の顔を擦りつけた。犬は嫌がって暴れた。吉田の妻は、「そうか、そうか。そうだったのか、ごめんね」と言ってもっと力を込めて犬を抱きしめた。

死ぬ。くさくて死ぬ。

「あなたは犬が嫌がっているのに気がつかないで、というか、逆に犬が喜んでいると曲解して、犬が嫌がることを継続的にしていませんか」

「ないと思うんですけど。そんなことないよね、スカボンちゃん」

それが嫌なんじゃあ。ご愁傷様。

「ないのならいいのですが、そういうことすべてが、あなたの犬のストレスになっているようです。というか、それ以前にあなたとあなたの犬がつながっていません。あなたの犬はあなたとコミュニケーションができていないのです」

「じゃあどうすればよいのでしょうか」

この百万円の壺を買えばいいのです。だあってぇ。ううううううっ。ワン。

「もっと犬を見てください」

「スカボンは僕を見て、と言ってるんでしょうか」

「そうとも言えます」

「わかりました。ありがとうございます」

「とにかく犬を大事にして」

「はいわかりました。ごめんね、スカボン」

うわあ、くさいっ、やめてぇ。

「他になにか言ってますか」

「とにかく、嫌なことはしないでほしい、と。だからあなたは犬がなにをしてほしいと思っているか、なにをしてほしくないと思っているか、それをわかってあげてください」

「なにをしてほしい、と思ってるんでしょうか」

なにをしてほしいんだよ。ほっといてくれ。

「いま言ったようなことです。留守番とか、クルマに放置とか、そういうことをしてほしくないと……」

とそう言ったとき、それまで黙っていた吉田が突然、言った。

「君はなにを言ってるんだ」

どうしたの、この人。どうしたんだろうね。

「なんでしょうか」

「君はねぇ、いまいろんなことを言ったけど、その根拠はどこにあるんだよ」

「根拠って、なんですか」

「ちょっと、あなた」

「君、ちょっと黙っててくれる。あのねぇ、君はいまいろんなことを言っていたけどねぇ、いったいどういう根拠に基づいて言ってるんだ、と聞いてるんだよ。答えたらどうなんだ」

突然、怒りだしたね。ああ、怒りだした。根拠と言ってるが、どこから説明すればよいんだろうね。そうだね、まさか日本くるぶしから話し始める訳にもいかないしね。でも、それこそがいまこの犬の言うことがわかることに関係しているわけだからね。そうなんだよね。そうなんだよ。

語らいながら私は私がこのように犬の心内を理解できるようになった、そしてそのことによって現在の栄光を得た経緯を思い返していた。

舵木禱子によって犬の苦しみが私に転移され、家がムチャクチャになって、頭のなかにムラクモが湧き、阿弥陀や浮浪者が現れるようになったとき、私の犬は既に私に話しかけていた。そして、あるときギボウシがポンと咲き、それが転回点となったのだ。

ギボウシがポンと咲いたとき、私は、私の人格のなかで通奏低音として鳴っていた敗北感から、なぜか突然、自由になった。それは私の犬が、「君はいずれこの家を売却することになるだろう」と言ったからかもしれなかった。家を売却する。そう思っただけで私はなにかから自由になった気がした。私は舵木禱子に電話を掛け、一方的に喋った。

「もう、ごめんだ。なぜ、僕がここまでやらなきゃならないんです。保護施設がやりたければあなたがあなたの家でやればいいでしょう。だいたいあなたの家はどこなんですか。俺はそれすら聞いていない。つまりそれくらい僕とあなたは関係が薄いということでしょう。なのになんで俺が犬の面倒見なきゃ、ならないんですか。もう一秒も我慢できない。いますぐ犬を引き取りに来てください。ええ、無理です。なんでって、僕は家を売るんです。だから、もう犬をおいておけない。わかりますね。売却代金はどうなるかなんて、あなたに関係ないでしょう。四百万円はどこへ行ったんですか。日本平のことだって、僕は知りませんよ。僕の家を出たときはまだ生きていた。ああ、警察だってなんだって行けばいいじゃないですか。とにかく早く犬を引き取りに来てください。俺はもう嫌だ」

三日後。禱子が草子を伴ってやってきた。その時点で犬は吠え放題、暴れ放題、嚙み放題、垂れ流し状態になっていた。私は敗北感からは免れていたが、その三日のうちに悪臭を放つ、汚らしい岩のりのようなものになっていた。

禱子と草子は土足で家のなかに入ってきた。私は岩のりのようなものになっているので、それに対してはなにも言えなかった。茶も出せなかった。

私は居間に入ってきた禱子にただ一言だけ、言った。

「早く犬を連れて行ってくれ」

「いったいなにが問題なんです」

「なにが問題？　この家の様子を見てわかりませんか？　僕がこんな、腐った岩のりのようなものになっているのを見てわかりませんか。そしてこの狂気じみた、間断なく響く犬の吠え声、この脳が痺れるような臭気を嗅いで問題だと思わないのですか。そして、ご覧なさい、そこに置いたあなた方の荷物に、早くもオジョ、キリボが鼻を突っ込んでなかのものを咥えていますよ。マツマンが片足をあげて爆笑しながら小便をかけてますよ。これでもあなたは問題がないって言うんですか」

そう言って禱子の方を改めて見て、そして驚いた。

それまで、禱子の陰に隠れるように立っていたため、よくその姿が見えなかった草子の、そのふと見えた顔が光り輝くように美しかったからである。

私は自分が岩のりであることを恥じ、咄嗟に顔を背けた。それは私の心の弱さだが、そんなこと、禱子が見逃す訳がなかった。禱子はすかさず言った。

「クサちゃん。なにが問題だと思いますか。うかがってごらんなさい」

言われた草子が前へ出てきた。ならば仕方がない。私は光り輝く草子に向かい、日本語を喋った。その間、私はこうして草子の顔を見ていられるのは嬉しいことだ、と半分は思っていた。草子の発する光を浴びて私は言った。

「問題はこれらの犬です。これらの犬はあまりにも放恣です。これらの犬と居ることはできません。私はこの家を売り、これらの犬の居場所をなくしてしまいます。そのことによって私は犬の苦しみを引き受けなくてすむ。家があるから犬の苦しみが溜まる。ならば家をなくしてしまえばよい」

家がなくなって苦しくないのか。

私の犬がいつの間にか私の足元に来ていた。

「家がなくなるのはそれは苦しいに決まっている。けれども家と苦しみがひとつのものになってしまった。本来、家は安らぎの場所だった。けれども今は苦しみの場所になってしまった。なのでその苦しみをなくすためには家をなくすしかない、苦しみをなくすことが苦しみにつながる。それが問題なのだ」

結局、苦しみはなくならないのだな。

「一度、転移された苦しみは、もう一度、誰かに転移しない限り、なくならない。しかし、そんなものを誰が背負い込むものか。みんな見て見ぬ振りをして逃げ回るだけだよ。ならばできることは、せいぜい苦しみを悲しみに変換することくらいだが、それも結構、むずかしい」

そう言ったとき、草子の顔の光のなかから声が聞こえた。声は言った。

「では、この犬たちが吠えるのをやめ、嚙むのをやめ、暴れるのをやめればあなたの苦しみはなくなりますか」

そんなことができるのか。

「そんなことができるのか」

「ごらんなさい」

そう言って輝く草子は、たまたまそのとき嚙み合いをしていたキリボとイクキのところに歩いて行くと、呻り声を上げる二頭の前に立ち、人差し指を彼らの前にかざした。

あんなことであいつらがどうなるものか。そうだとも。なはは。なはは。と語らって嗤った。ところが。

驚くべき事が起きた。はっきり言って狂犬としか言いようのないキリボとイクキは争いをやめ、座りの姿勢を保って、草子の光り輝く指先を見つめていた。

これはなんの魔法？　まったくわからない。

それから草子はキリボとイクキにそこに留まるように言い、光がしたたるような腰つきで窓際まで歩いて立ち止まると、キリボとイクキを呼んだ。キリボとイクキは一目散に草子のところまで走って行って座り、草子を見上げた。草子はキリボとイクキの背を撫でた。

キリボとイクキは喜んで座っていた。草子はキリボとイクキに伏せるように言った。キリボとイクキは直ちに伏せた。

草子はかがみ込み、その伏せたキリボとイクキの背を撫で、そして光のなかから言った。

「すべての犬がこのように従順になればあなたの問題はすべて解決しますか」

「はい。解決します」

「それではすべての犬を連れて外に出ましょう。すべてこのようにできるはずです」

「すべての犬を同時に、ですか。無理です。絶対に無理です」

「なにが無理なのです」

草子の心の底から問う光が溢れ出た。私は光に抗えなかった。

草子と禱子と私は十二頭の犬を連れて海浜に行った。私は岩のりのような感じを帽子と丈の長い上衣で覆い隠して外に出た。

海浜で私たちは人々の目を引いた。それは私の犬を入れて十三頭もの犬を連れているからかも知れなかったが、それよりも草子の光り輝く美しさが人目を引いたのだった。

多くの者は、ただ率直にその光り輝く美しさに打たれて目が離せなくなるばかりだったが、なかにはあからさまに呪ってくるものもあった。

それはしかし直接、草子の美しい光には向けられず、十三頭の犬に向けられた。

聞こえよがしの悪口雑言を口にするものもあった。

こんなところに犬を連れてきやがって。

こんなところってただの海浜じゃないか。だよね。でもしかし仕方がないかも知らんね。この為体じゃ。

と語らうのは、十二頭のうち、キリボとイクキを除く十頭があまりにもムチャクチャだったからだった。

犬たちは猛り立ち、興奮して我を忘れていた。嚙み合い、吠え合いが、二重三重に発生し、糞尿を垂れ流しながら移動していた。

私たちは砂浜に移動した。

海に一条の光が差していた。一条の光が差して、そこだけ波の色や形が違って見えた。

　風が砂浜に文様を作っていった。その文様を私たちの足跡が破壊していった。草子は私に六頭の犬の引き綱を、禱子に六頭の犬の引き綱を持って立っているように言った。そこで禱子はキリボ、ミラン、ホエゲッツ、メゲン、ポール、コインの引き綱を持ち、私は、オジョ、グリグリ、イクキ、エゲン、マツマン、ツルエルの引き綱を持った。私は自分の犬の引き綱も持っていたから、計七頭の犬の引き綱を持った。

　しかし、グリグリが居たため、私の組は混乱していた。全員を敵視し、まるで悪霊が取り憑いたみたいになっているグリグリが騒乱を巻き起こしたからだった。引き綱が縺れ、私は蜘蛛の巣に絡め取られた虫のようになり、砂浜に顚倒した。こめかみから下らないチューブが引き出され、それがまるで触手のように伸びて、砂に食い込んで私は起き上がれなくなった。その触手を通じて異物が脳内に混入してくるようだった。それでも引き綱を離さなかったのは、この野獣のような犬たちが私の手を離れ勝手に行動したら、世の中に計り知れない害毒をもたらし、そしてその場合、その被害を弁済するのは、禱子でもなく、草子でもなく、私であり、そのため、家の売却代金は空しくなるに違いない、と思ったからだった。

　その仰向けに倒れてヒクヒク蠢いて、まるで腔腸動物のようなことになっている私のところに草子が来た。私は草子が私に手をさしのべてくれるものだと思って、手を差し出した。ところがそうではなかった。草子は縺れて、一本の太い綱のようになった引き綱をつかんだ。私は赤面して引き綱を離し、自力で立ち上がった。こめかみのチューブが引きちぎれて、穢い血が流れ出た。

瀉血をしたような気分だ。いっそさっぱりしたよ。負け惜しみを言うな。

草子は、縺れた引き綱を元のようにして、そのなかからグリグリの引き綱をとり、残りの引き綱を砂まみれの私に渡して言った。

「この犬が問題の中心にいます。この犬の行動がすべての問題の始まりです。まずこの犬から導いていきましょう」

と、草子が言っている間にも、グリグリは猛り立って、引き綱が斜め上に張り詰めた。そのとき。

ああ、もうだめだ。なにがだめなんだ。ああ、このこと、ここにいることでこの砂や匂いや音がもうすべてが襲いかかってくる。そのなかに光が見える。ああ、おれはもうこの光についていこう。その先になにがあろうと。その先がどんなにおそろしくても、このだめな感じのなかにひとりでうずくまっているよりましだ。おまえはたれだ。おれはなにものでもない、ただ闇雲にあるものだ。闇雲のなかの闇雲だ。うああ、光を見失うな。光についていけ。ああ、よろこびがうまれた。ああ、光が感じられることのよろこびが、ああ、おれがあった。なにを言っているんだ。うるさいっ。

光が見えなくなる。おれはもう金輪際、光しか見ないぞ。光しか聞かないぞ。光についてなにも言わないぞ。おいっ。黙るな。おいっ、黙るな。なにもわからないじゃないか。なにもわからんよ。そうだね。

と語らった。

そして信じられないことが起きていた。グリグリは尾を下げてリラックスし脚側した状態で歩いていた。草子が右に曲がれば草子の顔を見上げつつ、脚側状態で右に曲がり、左に曲がれば同じように左に曲がった。草子が停まればその場で停まり、座りをして草子の顔を見上げた。

どうなっとるんじゃ。あの兇暴なグリグリがあんなに従順になっている。さっきあいつが言った光しか見ない、というのはこのことなのか。

語らっていると、「この犬は導かれました」と草子が言い、グリグリを座らせたまま、こちらに歩いてきた。

「あっ、あっ、駄目です。駄目です。引き綱を離したら勝手にどこかへ行ってしまいます」

「大丈夫です。この犬は既に導かれています。私が座り、そしてそこで待つように言えば、なにがあってもそこで待っています。しかし、元来、引き綱を離すのはよいことではありません。条例違反でもあります。犬を呼びましょう」

草子はそう言うと、ごく小さな声で呟くようにグリグリを呼んだ。グリグリは脇見をまったくしないで真っ直ぐに草子のところに駆けてきて草子の膝の脇にひしと寄り添って座り草子を見上げた。草子は引き綱を拾い、駆けてきた犬のその頭を静かに撫でた。

「さあ次はそのピットブルを導きましょう。引き綱をお貸しなさい」

そう言って草子はエゲンの引き綱を持ち、少し離れたところに歩いて行った。草子が引き綱を持ったとき、エゲンはもう静かになっていた。グリグリのときと同じ声が聞こえた。

草子は次にイクキを導き、次にマツマンを導き、次にオジョを導き、次にツルエルを導いた。つまり、草子は私が引き綱を持っていた六頭の犬の問題をすべて解決してしまったということになる。

そのときどの犬も、それまでひとつのまとまった塊であるとなんの前提もなしに信じていた自分が、あらためて考えてみるとなんの実体もない、「闇雲のなかの闇雲」のようなものであったことを知り、虚無と絶望にうちひしがれているときに光を見て、この光にどこまでもついていこう。光に向かって歩いて行こう、と思うようだった。

ところで。なんだい。なんで僕は彼らの思うことがわかるんだろうか。それは僕が媒介してるからじゃないかな。君が媒介？　ああ、そうだ。なんでそんなことを始めたのだ。わからん。僕が意図してやってることじゃないからね。どういうことだ。だからわからん。勝手にはじまったのだ。ほーん。そんなことってあるのかね。あるじゃないか。いま、現に。

と、語らっているとき、草子が言った。

「その犬は導かなくていいですか」

え、僕ですか。

「僕の犬ですか。ああ、僕の犬は、どうしようかな」

え、どうしようかな。どうする。あのように迷いがなくなるのは素晴らしいことだが、あれって……。いつかみたひょっとこ。真っ赤になって町を暴走するひょっとこと、どこが違うの。意志がないわけですからね。でも、あのひょっとこには意志があって怒りに燃えていた。意志がないでしょう、あれは。じゃあ、なんなのさ。「刺激」に対するただの「反応」さ。それに……。それに？　おそらく導かれたらもはやこのように語らうことはできなくなるだろうね。それは困るね。だね。

「僕の犬はとりあえずいいです。いまのところそれほど問題ないんで」

「本当にいいんですか」

そう言って草子は私の顔を凝とみた。私は光に射貫かれて痺れたようになってなにも考えられない。

「ええ、いいです」

それにしても美しい。そうなのか。そういうことはわからない。

「わかりました。それではそっちの六頭を導きましょう」

そう言って草子は六頭の犬の引き綱を握っている禱子の方へ近づいていった。草子のめざましい活躍に目を奪われていたため気がつかなかったが、そのとき禱子の様子がおかしかった。視線が宙を彷徨い、全身が小刻みに震えていた。皮膚の色がどす黒く変色して、髪が乱れ、フケが噴出していた。また、その周囲にドブのような悪臭が漂っていた。身体に力が入らず、左右によろめいて、ときおり譫言を発していた。

なんだありゃ。どうしたんだ、ありゃ。わからんね。わからんな。

発光体としての草子が近くに来ると、禱子は目のところに手をかざして顔を背けた。草子はその禱子から六頭の犬を一度に受取り、これらを導いた。

このとき導かれたのは、キリボ、ミラン、ホエゲッツ、メゲン、ポール、コインの六頭で、最後に導かれたのは、ダックスフントのコインであった。そのとき他の五頭の犬は、少し離れたところで、座った、また、伏せた、状態で待機していた。なぜなら草子がそのように命じたからである。

草子が犬を導いているとき、砂浜には人々が居り、人々は草子と犬たちに好奇の眼差しを向けたが、砂浜は十分に広く、また、人々は注意散漫でひとつっことに深い興味関心を抱くことがなかったので草子は集中して犬を導くことができたし、私も、私たちが犬を導いていることを咎め立てする者が現れるのではないか、と心配することがなかった。ところが。

草子がメゲンを導いているとき、砂浜の突端の、うえの通路から砂浜にいたる階段を真っ黒いザワザワした、混乱してなかなか進まず一箇所で右往左往している御輿のような集団が降りてきて、砂浜をジリジリ移動し始めた。

犬は異様・異質な者が現れると敏感に反応する。実際の話が、その集団にもっとも早く気がついたのが私の犬だった。

おい、ありゃあ、なんだろうね。ありゃあってなにさ。あそこの階段のところを砂浜に降りてくる御連中さ。なになに、あ、ふんとだ。妙な御連中だね。肩のところに奇怪なお荷物を担げてジリジリ進む奴を中心に、棒や板を持っている奴らがその周りを取り囲んでジリジリ移動している。かと思や、妙にフワッフワ、フワッフワッしている奴も居るし、何人くらい居るのかね。そうさな、六人くらいじゃないのか。見るからに周りの海浜を散策するカップルや家族連れとは様子が違うね。って、お互いに巫山戯てカマトトを言うのはやめようよ、あれはテレビジョン番組を作成するためのロケーション撮影をする人たちってことを先刻承知だろう。ああ、承知している。間違いない、あれはロケ隊だ。だね。間違いないね。

と、語らいながら心配だったのは、そんな異様の集団が現れて、いま草子に導かれつつある犬の、そして、既に導かれた犬の心がかき乱されて、また、もとの獣心に戻って、突然駆け出したり、噛みかかったり、吠えたりしやしないか、或いは、導きに障りが生じるのではないか、ということで、草子に、というか、その時点での気持ち的には草子さんに、「大丈夫ですか」と問うたら、草子さんは、大丈夫です、とは言わなかったが、その光が一際増して、その瞬間、気になったことがあったのか、汀の方へ迷っていたメゲンが打たれたように飛び上がり、草子の方へ走ってきて座り、他の座っていた犬も身じろぎひとつしないで草子に注目していて、私の心配はする必要のない心配だったことを知った。

太陽が中空にあって私たちになにかを注いでいた。波の音のイヤーな規則正しさが轟いていた。轟くな、アホ。という叫びも空しく響いていた。なんでそんなに響くのかというと、山脈があるからだった。実際の山脈。心の山脈。三藐三菩提。そんな文言が滾滾と心の奥から泉のように湧いてくる。なんて嫌な心なんだ。なんて嫌な。

ロケ隊がこちらに向かってジリジリ砂浜を移動してきていた。嫌だな。そう思っていると百メートル離れたところで停止して、三脚を据えてそのうえにカメラを固定、海に向かってカメラを向け、なにかを撮影し始めた。

海に向かってなにを撮っているのだろうね。海を撮ってるのだろう。海と空を。語らっていると、それまで缶や蓋、布やバケツといったような雑物を持って、上の通路と砂浜を行きつ戻りつしていた、一行のなかで最も地位が低い者が、私たちに気がつき、暫くの間、立ち止まってこちらを見ていた。彼が一行のところまで行って耳打ちすると、何人かがこちらを見て、それから暫くして、また何人かがこちらを見てなにか言い合っていた。

そして、草子がポールを導き始めたとき、一行は上の通路に向かって引き上げ始めたが、うちのひとりが列から離脱して私たちの方に向かって歩いてきた。

男は三十歳くらいで鳥打帽をかぶり、眼鏡を掛け、赤と黒の格子縞の上衣を羽織り、ニッカボッカを穿いていた。靴は運動靴、顔は、にやにや笑いが固着してしまったような、変妙な顔であった。自然の変顔であった。

しかし、男はそんな顔を恥じる様子もなく、私のところに来ると、「あの、ちょっとすみません、私、テレビ番組の制作をしておるものなのですが」と言って名刺を差し出した。

オッテモンスタッフ　プロデューサー　綿田丸昌平、と書いてあり、そして住所と電話番号とイーメールアドレスが書いてあった。

「実は番組の撮影に協力して頂けないかと思いまして……」

綿田丸はそんなことを言った。

漫才コンビと犬がいろんな地方を旅行して回り、その地方の犬や人やさまざまな文化に出会い、驚きや感動を笑いとともにお茶の間にお届けする、という人気番組の二番煎じの三番煎じのような、「ペッポペマペマ紀行〜ゲンベーが征く〜」という番組であるらしかった。

彼らが、光り輝く美しい容貌の若い女が、十二頭の犬を導いている様子に、極度の価値を感じたのに違いなかった。

どうしたものだろうか。金は貰えるのだろうか。こういう場合は貰えないのだろうか。そういうことには詳しくないからわからんね。わからんか。どうしたものかな。っていうか、草子さんはどうなのだろうか。そういうの嫌なんじゃないのかな。無口だし。だね。

と、私たちが躊躇っていると、それまで小刻みに震えて人間らしさを完全に失っていた禱子が急に人間らしさを恢復し、赤みがかった顔で私と綿田丸の間に割り込んできた。

「わかりました。協力させて頂きます。なにをすればいいですか。あれは私の娘です。私は処女ですよ」

綿田丸は最後のフレーズは聞こえなかったことにして、禱子と打ち合わせを始めた。私と私の犬はそれを黙って聞いていた。

つまりはあれだな。草子さんが犬を導いているところを撮影したいと、いう訳だな。犬の旅の番組だからね。そういうことだがしかし。しかし、なんだね。草子さんが不美人だったら撮影したいと言わなかっただろうな。ああ、そうだろうな。あの光り輝く美しさはちょっと珍しいからな。評判を呼ぶと思ったんじゃないか。間違いないな。

と、語らっているうちに、禱子と綿田丸の間で話がまとまった。草子はそのまま犬を導いていた。綿田丸が電話を取り出して誰かと話して暫くすると、上の通路から、人がやってきた。それらの人のうちのある者は肩にカメラを担げていた。また別の一人は、長い棹を掲げていた。また別の一人は龕灯を手にしていた。それらの者はみな後ろ向きに、そしてときに横向きに歩いていた。なぜなら、かれらはそれぞれ手にするものを前に向かって進む者に向けていたからである。前に向かって進む者は二人の人と一頭のシェパードであった。

後ろ向きに進む者が総じて地味な服装であるのに比して、前向きに進む二人は軽快な身なりだった。そして後ろ向きに進む者がどんよりして淀んだ佇まいであるのに比して、前向きに進む二人は、上気して高揚して饒舌だった。

前向きに進む二人は一人が背が高く、一人が背が低かった。背が高い方がキャラキャラ声で、背が低い方が胴声であった。その二人が引ききりなしに戯談を言い、小突きあい、ときに飛び上がったり、滑稽な仕草をするなどして歩いていた。しかれども、もっともいみじきは二人のうちの背が高い方が引き綱を持っているシェパードであった。

目が完全に狂っており、ほとんどは二足で歩いていた。砂浜というロケーションに昂奮して我を忘れているように見えた。

あれは昂奮が昂奮を呼んでいる形だな。そうだね。心拍数もかなり上がっているだろう。

語らっていると、あまりにも犬が猛り立ったためか、或いは、人を笑わせようと思って、ワザとしたことなのか、背が高い方が顚倒して砂まみれになった。

「うわっうわっうわっ」

「げらげらげらげら」

と、そんなことを言っているうちはよかったのだが、なんたることだろうか、その拍子に引き綱が背が高い方の手を離れ、シェパードは引き綱を引き摺ったまま、矢のように駆けだした。

初めて走る広い砂浜。いろんな匂い。波の音。そして目の前に居るたくさんの犬たち、遠くに居る人たち。そんなものすべてに昂奮して犬は狂い回った。

初め犬は、草子に座ってそのまま動かないで居るように命じられ、そのようにしている私たちの十二頭の犬に向かって突進してきた。それを見て、何頭かのひょうきん者が腰を浮かし掛けたが、草子が低い声で窘めると、また座って、それぎり木像のように動かない。

走ってきた犬は暫くの間、私たちの犬に向かい、ガウガウ吠えた。そのとき向こうからひとりの女が砂に足をとられつつよろよろ走ってきた。キャップをかぶって、髪を後ろで束ねて、その束ねた髪が背中でポンポン跳ねていた。ナイロン地のパーカを着て、メリヤスのズボンを穿いて、腰から皿のようなものや大小の袋、その他、いろんなものをぶる提げていた。それらもポンポン跳ねていた。女はシェパードのところまで来ると、私たちには目もくれずに犬の鼻先で指を挙げ、「Sit」と言った。したところ犬は吠えるのをやめ、座った。女は、「You are a good boy」と言って手品師のような手つきで犬に聖餅のようなものを与えた。

と、そこまではよかったのだけれども、その聖餅のようなものを貰った犬はそのことに喜び、もっと聖餅のようなものを呉れ、もっと呉れ、と言いながら後ろ足で立って女に飛びつき、飛びついているうちにまた昂奮してきて、しきりに、「No」と言って制止する女を振り切って、またぞおろ、走り出した。しかも今度は、遠くの、人の居る方に向かって走り出した。女はしかし今度は追いかけず、やれやれ仕方がないな、という若干、余裕をかましたような態度で犬が走って行った方に向かって二、三歩歩き、立ち止まって大きな声で、「Come, come」と言って犬を呼んだ。

ところが昂奮しきっている犬の耳にその言葉は入らず、犬は人のすぐ近くまで行ってしまった。そして、間の悪いことに、その、犬が走って行ったところに居た人というのが、五十から六十くらいの間の男だったのだが、どうやら犬ぎらい、というか、犬が怖くて怖くてたまらず、小さな、チワワが近くに来ただけでも、恐怖に痺れたようになってしまうので、日頃からなるべく犬を避けて暮らし、住んでいるマンションの理事会でも、富楼那の弁舌をふるって管理規約を変え、それまで認められていた犬の飼育を禁止した、みたいな人間だったらしく、走ってくる犬を見て恐慌状態に陥ってしまった。

というのはそれはそうだろう、チワワでも怖いのに自分めがけて四十キロ以上ありそうなシェパードが走ってくるのだから、恐ろしいに決まっている。

そして、その場合でも、例えば恐ろしさのあまり腰が抜けて動けなくなる、昏倒するみたいなことであれば、動かなくなった人間を前足で突く、衣服を噛んで引っ張る、顔をベロベロ舐める、くらいのことで済んだのかも知れない。

ところがこの男は、恐ろしさのあまり、砂浜にいくつかある、うえの通路にいたる階段の方へ走って逃げ始めた。

バカなのか。犬というものは走るものを追いかけるものだ。そうだ。犬ならば誰だってあれをみれば追いかけたくなる。追いかけるのか。いや、いまは追いかけん。と、語らっているうちにも、人間が犬の足の速さにかなう訳もなく、忽ちにして、追いつかれ、シェパードは、ズンッ、と上体を沈めて、いまにも男の背に飛びかからんとした。

これはまずいね。うん。まずいな。

と、私らは語らい、女ももはや余裕を失って、いまから駆けていってもどうにもならないのだが、犬と男の方に向かって駆けだした、そのときである。

草子が砂のうえを滑るように、スイッ、と移動し女が先ほどまでいたところに立って、右手を挙げ、中指と人差し指を立てて二百メートルも離れたところにいる犬にかざした。したところ、犬は上体を沈めたまま、固まったように動かなくなり、男はそのまま階段の方へ逃れていった。それを見た女は砂のうえにがっくり膝をついた。

犬は十秒ほどその姿勢を保っていたが、やがて普通に立ち、来た方向を、不思議そうに、何度も、振り返った。

その視線上に、女がおり、そして草子が直列して居た。

不思議そうに何度か振り返っていた犬はやがて体を入れ替え、私たちの、というのはすなわち、女と草子の方を向くと、前足を揃えて尻を砂浜につけて座った。三角の立った耳が、反射波を測定する装置のように前を向いていた。

そのとき私は草子と犬を交互に見ていた。進み出た草子がこれからなにをするのだろうか、ということに興味と関心を抱いていたからである。

草子は右腕を優美な動作でゆっくりと下げた。そのとき女が漸く立ち上がった。女のメリヤスのズボンに、そして、ナイロン地のパーカにまで、びっしりと砂がこびりついていた。女は呼ばった。「ゲンベー。かむ、かむっ」と。

けれども、と同時に草子が、「来なさい」と小さく、呟くように言ったのを私は聞き逃さなかった。私はそれくらい草子を注視していた。

そのとき浜には全部で六十人くらいの人が居た。湾の方から温度の高い風が吹いていた。私たちの目の前には低い山脈が屏風のように聳え、私たちとその向こう側に住む人とを隔てていた。その向こう側には、また別の湾があって、そこで人や犬が、また別の人生を生きていることを忘れさせていた。

そんな砂浜で草子が、来なさい。と言った、その次の瞬間、シェパードが駆けだした。

うれしいうれしいうれしいうれしいうれしい。あの人に呼ばれてうれしい。あの人の声が聴けてうれしい。

という気持ちが聞こえるんだけど。その気持ちがわかるか？　うん。わからんでもないが、そこまで無批判でもないな。あの、名をゲンベーというらしいシェパードは、うれしいかも知らんが、しかしカマトトかも知らん。そういうのを人間は好む。

と、語らううちにシェパードが一散に走った。そのとき女は自分も犬を呼んでいたので犬は自分のところに来るものだと信じていた。ところが犬は女を through して草子のところへ駆けていった。そのことに女は衝撃を受けたようだった。

そんな女の心を知ってか知らでか犬は草子の足元に小さく蹲り、信じ切った目で草子を見上げていた。

そこへ女が歩み寄ってきた。草子まで三メートルというところまで来て女は、「どうもすみません」と、濡れ雑巾のような声で言った。そして、真ァ側まで来た女は、腰からぶる提げた口の開いた袋から聖餅のようなものを取り出して犬に見せ、犬に、「Sit」と言った。犬は蹲ったまま、聖餅と草子をかわるがわるに見た。草子が小さく頷くと、犬が座った。そのとき女は一瞬、実に忌々しそうな顔をした。

けれども女は、そんな顔はしなかったかのように笑って、「ありがとうございました」と草子と私に向けて言いながら犬に聖餅のようなものを与えた。犬は首を伸ばしてこれを食っていた。それから女は犬を連れて少し離れたところへ行き、手をぴらぴらさせたり、膝の曲げ伸ばし、をするなどしていた。犬は聖餅のようなものを欲しがっていた。

そのとき余の、地味な男女の集団と饒舌な二人組がようやっとやってきた。饒舌な二人組はしかし先ほどと違って寡黙だった。目が病んだ獣のようだった。私たちを取り囲んで、地味な男女が準備のようなことを始めた。そして前はあんなに饒舌だったのにいまはすっかり寡黙になってしまった二人組を従え綿田丸が私たちのところに来て、「それではよろしくお願いします。ええっと、それでは簡単に段取りを説明させてください」と言って説明を始めた。

なるほど。草子が犬たちを導いているところへ、偶然、あの二人組が犬を連れて通りかかって、それに興味を示す、という、設定、って訳か。そうだ。偶然を装っているが、それは予め仕組まれているのだ。しかも導いている犬はもはや導かれた犬だ。既に導かれたものをなんでもう一回導くことがあろうか。それが、設定、の恐ろしいところだ。私らが真に恐れなければならないのは、設定、だよ。だね。

と語らっていると、説明が終わっていったん少し離れたところに退いた彼らがまたやってきた。カメラを担げた者とそれに扈従する者は、今度は前向きになったり、後ろ向きになったり、或いは、横向きになったりして歩いていた。

二人組はさっきまであんなにふさぎこんで、まるで片眼のまま捨てられた達磨のようだったのが、また饒舌になって、ひっきりなしに喋りながら砂浜を歩いてきた。

様子がもっとも違ったのはゲンベーで、さっきまでの狂いっぷりが嘘のようにしずしず歩いていた。なぜなら、ゲンベーはすでに導かれていたからである。

こちらでは、草子がイクキを導いている振りをしていた。

草子はイクキの引き綱を持ち、円環を描いて歩いた。イクキは草子の脇にひたと添って歩いて、草子が停まると停まり、歩き出すとこれに追従した。私と禱子は残りの犬の引き綱をわけて持っていた。

そこへ一行が来て、二人組のうち、背の高い方が打ち合わせ通りに、「なにやってるんですか」と問うた。これに禱子が打ち合わせ通り、「犬のトレーニングをやってるんですよ」と答えた。

「ちょっと見せて貰っていいですか」

「どうぞ、どうぞ」

「おまえもトレーニングして貰え」

「なんでやねん」

そんなことを言いながら二人は犬を連れて草子に近づいていった。草子を見て、背が高い方が両の手で顔を押さえ、「目が潰れる、目が潰れる」と、絶叫して砂に膝をついた。背の低い方が慌てて犬の引き綱を拾い、そして言った。

「どないしたんや」

「あのトレーナーさんがあまりにも綺麗でまともに見たら目が潰れる」

「どんなんやねん。そやけど、ほんまに綺麗な人やなあ」

「そやろ。ちょっと、後ろさがっとって。あのお、すみません」

「なに、急に立ち上がっとんねん。目ぇ潰れたんちゃうんか」

「なんでしょうか」

「折り入って話があるのですが」

「えらい改まってなに言うねん」

「僕と結婚してもらえませんか」

「やかましわ、ぼけ」

そう言って背の低い男は、背の高い男を突き飛ばし、たいして力も入っていないのに背の高い男は他愛なくすっ飛んだ。

なんでそんな愚かなことを言ったりやったりするのだろうか。というと、彼らはことさら痴愚とみてとれる言動に及ぶことによって観衆を笑わせようとしているからで、そのこと自体は珍しくなく、また、たいしておかしくもなかった。なのでそんなことを聞いても犬も人も木像のように reaction しなかった。

それでも私の精神の一部が焦げたようになったのは彼が草子の美しさに言及したからだった。沖の小島に波が寄るのが見えないのに見えたような心持ちがした。

さらに、心が狂ったのは、草子の反応だった。あの日から草子はどんどん美しくなって、そうなってから草子は殆ど口をきかなくなった。いまも光を発散するばかりで、私の言葉を受け入れている様子はなかった。ところがどうだ。頓狂な二人連れが、バカなことを言ったりやったりするのを、キャバクラ嬢とは言わんが、そこらの女が心にもない追従笑いを笑うような感じで笑っているのである。光り輝く草子がそんなことをしていいのだろうか。私は草子には草子らしく、なんの反応も示さずにただ光を放っていて貰いたかった。それともあの二人組のどちらか、おそらくは、あの背の高い方に恋着してしまったのか。そんなことはあってはならないことだ。

「お名前はなんとおっしゃるんですか」

背の低い方がそう問うた。草子が答えた。

「日ノミココです」

日ノミココ？　どういうことだ。わからない。禱子も当惑しているね。どういうことだろう。と、犬も私も訝った。が、それは草子が咄嗟に考えたことであるらしかった。

それからトレーニングが始まったのだが、それはきわめて精彩を欠くものだった。なぜなら、犬たちは既に草子によって導かれており、ただ草子に従ってしずしず歩いているだけであったからである。

ただ、綿田丸はそれでも満足しているようだった。というのは、草子があまりにも美しいからで、これだけ美しいのであれば、ことにそれが女であれば、その美しさを根本に据えた身過ぎ世過ぎ、即ち、女優、タレント、モデルなどをするのが当たり前であるのに、その美しい女が犬の訓練士をしているというだけで、テレビマンたる綿田丸にとっては十分に魅力的な話柄であったのだった。

事実、カメラを通して画面で見る草子＝日ノミココは、正視できないくらいに美しく、視る者は一時的に気がおかしくなって、溜息やフケがとまらなくなったり、悶え苦しんだり、ケケケケケ、と笑って首を回転させるなどした。また、普段は美人として画面に映っている女たちが、草子＝日ノミココの隣、また、隣の隣にいると、まったく凡庸な、近所のねぇちゃん、近所のおばはんにしか見えなかった。

なのではっきり言って、ただ砂浜に立っているだけで画面が成り立っていた。そのうえで草子＝日ノミココが大きな犬を操っているのだから綿田丸はそれで満足していた。

そのうえ、なんでもないことを、その大仰な仕草や話柄で何事かであるように印象づける技術に長けた二人組が、草子＝日ノミココ、がなにかする度に、大仰にこれに反応していたからなおさらだった。

そしていよいよ、ゲンベーの導きが始まった。

しかし、ゲンベーも既に導かれていたため、猛り立ち暴れ狂う巨大な犬を、若く美しい女性である草子＝日ノミココが自在自由に操る、という場景は撮影できなかった。そのとき二人組は普段のゲンベーとのあまりの違いに演技ではなく、心から驚愕していた。舵木禱子は少し離れたところで引き綱を持ち、両足を不自然に広げて無言で立っていた。その頭頂に太陽の光が降り注いでいた。そして気がつけば六十人くらいの人が、半円のようになって私たちと撮影隊を取り巻いて見物をしていた。そして草子＝日ノミココが、ターンをしたり、犬を座らせたり、走って行かせて任意の一点で停まらせ、また、走ってこさせるなどする度に、どよめき、喝采した。そのなかには溜息と吐息も混じっていた。殆どのものが電話をかざして草子＝日ノミココの写真を撮影していた。なかには本格の一眼レフで撮影する者もあった。

その場にいたすべての者が草子＝日ノミココを讃仰し賛嘆し、敬虔で恭謙な心をもってその姿を眺めていたという訳だった。ところがただ一人だけ、どす黒いドブの心をもってこれを見る者があった。

それは、あの腰からいろんなものをぶら提げ、聖餅をまき散らすポニーテールの女だった。女の名は見ノ矢桃子。見ノ矢桃子はドッグトレーナーであり、ゲンベー付きのトレーナーとして番組会社に雇われて同行していたのだ。ところが、ゲンベーは見ノ矢桃子のいうことをまったく聞かず勝手なことばかりして、にもかかわらず初対面の日ノミココとやらいう、まったくトレーナーらしくない女の言うことには完全・完壁に従っている。これでは見ノ矢桃子の面子は丸潰れで、また、トレーナーとしての品格力量も疑われ、これまで築いてきた信用は一気になくなる。と、そう考えた見ノ矢が嫉妬の焔を燃やし、怒りと憎しみを増幅させているのは誰の目にも明らかだった。

嫉妬、怒り、憎しみは、見ノ矢を内側から蝕んでいた。見ノ矢は青ざめ、そして硬直してぶるぶる震え、焼け焦げた木材の塊のようになっていた。かと思うと、突如、甲高い、ピーイイイイ、という哭き声をあげて脱力し、まるで煮込みすぎた厚揚げのようになって砂のうえに崩れ落ち、顔と言わず身体と言わず砂まみれになり、うつぶせのまま、腰を上下させて蠕動し、また、動きやんで、砂まみれのポニーテールをいじくる。というようなことを繰り返していた。

そしてどんなときも草子＝日ノミココから視線をはずさなかった。となれば正気でないように見せかけて存外、冷静に憎んでいたのかも知れず、そんなことをしてクルーの同情をその一身に集めようとしていたのかも知れない。

或いは。或いは、なんだ。犬というものはそうした狂った気配に敏感なものだ。やっこさん、それを知っていて、だからこそ殊更そんなことをして犬たちの気を逸らす、集中力を殺ぐことによって日ノミココの導きを阻害しようとしていたのではないか。呪い、って訳さ。ありうるね。

そんな見ノ矢桃子の妨害工作があったのにもかかわらず、草子＝日ノミココのトレーニングは淡々と進み、その様が二週間後に放送された。

草子の出演部分が当初は二分ほどの予定であったのが、八分にまで引き延ばされ、そのせいで、取材を受け、親類縁者、友人知人、近隣町内会に言い触らしまくって、店頭に貼り出すための、「BBSテレビ番組ペマペマ紀行で当店が紹介されました」と麗々しく大書した貼り紙まで作成し、番組が始まる五分前に家族全員でテレビの前に集まって正座して番組を見ていた饅頭店の主人は、ついに最後まで自分の店が紹介されなかったことに絶望、当分の間やすみます、と貼り紙して霧の摩周湖目指して軽トラで旅立った。

そして草子＝日ノミココは栄光に入った。

放送された日より、インターネット上で、あれはいったい、たれ。という話題が爆発して、世の中全体が無茶苦茶なことになった。そして私の家の電話が爆発して、メールも、ファックスも爆発した。その多くが仕事の依頼で、だいたいが取材依頼、出演依頼であった。原稿依頼、講演依頼というのもあった。意外にも犬のトレーニング依頼というのは少なかった。早朝に、いますぐハイヤーを向かわせるので兎に角、局まで来てください、というのは番組コメンテーターの依頼であった。まだ具体的なことは決まっていないのですが、という前置きで来秋公開予定の娯楽映画に主演格で出演して欲しい、という依頼まであった。なかには訳のわからない、なにを言っているのかまったくわからない連絡もあった。ごにょごにょ言う、という表現があるが電話口で、「ワタクシ、猿丸、というものですが、ごにょごにょごにょのごやごやで、日ノミココさんのごにょごにょごにょ」と、明確にごにょごにょ言って、私の精神が爆発した。その他、北陸の富豪、と名乗る女が電話を掛けてきて、「死ぬまで贅沢三昧の生活を保障するので、ぜひとも息子の嫁に」と言っていやまず一時間半も押し問答をした。

そういうことも含めて舵木禱子に紹介したところ、日ノミココ本人が承認した依頼については受ける、ということになり、いくつかの番組出演、談話取材を受け、私と禱子はマネージャー及び付き人として同行することになった。禱子がマネージャーで、私が付き人という役割分担に不満を感じないでもなかったが、草子と一緒にいられるのが嬉しくて私は弟子または使徒のように日ノミココに従った。そのとき私の犬も必ず従った。そのことによって日ノミココのこの世における役割、すなわち、犬を導く人、という役割が見る者に印象づけられた。私の犬が日ノミココの間近の犬として番組に出演することもあり、そのうちに、映画の出演依頼といった突拍子もない依頼はなくなった。

私は自宅を売却し、その資金で瀬田区に禱子が連れてくる犬の収容施設を兼ねた事務所を借りた。そして三箇月経たぬうちに日ノミココは、耐えられないくらい美しいドッグトレーナーとして国中にその名を知られるようになった。

そう。まず私より先に草子が栄光に入ったのである。まず私は職を得た。私には親の残した財産があったが職はなかった。一応、職のようなものはあったが、あんなことにかまけているうちに次第に先が細って、その頃には、新規の注文は殆どなくなっていた。それへさして、私は日ノミココ事務所のスタッフという職を得、外聞がよいということはなかったが、私には職があるのだ、という内心の満足を得ることは十分にできた。そしてそれは実際的なものでもあった。金銭については最初、舵木禱子が管理していたので、日ノミココ事務所がどれほどの利益を得ているのか私の知るところではなかったが、私は毎月給料を支給された。金額は二十七万七百二十円であった。これはすべて私の小遣いとなり、私は高価な一眼レフカメラや、吹けもしないアルトサックスなどを躊躇なく買えるようになった。私は禱子に屈辱的な状況で四百万円を脅し取られ、そして事務所開設の際に一千万円を自ら出したが、それらは無駄にならなかったというわけである。どのような会計処理がなされているのかわからなかったが、私はそんな金額はすぐに取り返せる、と思っていた。そして後日、その通りになった。

また、私が受けていた、すなわち、私に転移していた犬の苦しみが分解・分散し始めた。どういうことかというと、貰い手がなく、溜まる一方であった犬がドシドシ貰われていくようになったのである。それはもちろん、日ノミココの声望の高まりによるものだった。日ノミココ事務所に苦しんだことがある犬がいて、貰い手を探している。そのことをちょっと仄めかしただけで夥しい問い合わせの電話やメールがあった。舵木禱子はときに譲渡会を開催したが、もはや、神の子、神業トレーナー、などと言われるようになった草子が出席する会には多くの人が集まり、あるときなどは三百人以上の人が来て私は滞りなく会を進めるために随分と苦しんだが会は滞った。それでも殆どの犬が貰われていった。

しかし、前のがいなくなっても常に禱子が新しいのを連れてきたので、収容施設兼事務所には相変わらず十頭前後の、大中小の犬がいた。

そうした日ノミココと日ノミココ事務所の活動が知れるにつれ、無給でこれを手伝いたいイーコール犬の苦しみと悲しみを自分の身に転移したい、と志願する人が多く現れ始め、私は多くの犬の苦しみを受けなくなった。また、私に人を統率する才はなかったが、無給スタッフのなかにそうしたことをよくする人物がいて、ヨーコというその人物が彼らを統率した。また、志願者のなかには、ただただ、日ノミココに近侍したいだけで、犬の苦しみを自分に移したいなどとは夢にも思わない、そんなことにはなんの興味もない、という人物が混ざっていたが、その統率者は最初の面会でその浅ましい心を見抜き、不採用とした。彼女は清い器と汚れた器を分けたのである。そんな景色を見て私は心を豊かにしたが、と同時に日本平がいま生きていて、志願をしたらあのデニムを纏ったお嬢さんはどのような判断を下すだろうか、とも思った。

また、禱子はどうだっただろうか。私の旧宅でバーベキューを食べたときのあの、おかしな振る舞いを見れば当然、不採用になっただろう。ところが、日ノミココの実母であるということ。この組織の創始者であること、その二点をもって無給スタッフたちに尊崇されていた。また、禱子は日ノミココのスケジュールと資金を管理し、外部の関係者や業者は彼女を尊重して、阿るような態度を取っていたが半年を過ぎた頃より次第に様子がおかしくなってきた。

まず顔色が尋常ではなくなった。最初のうちはなんとなく顔色が悪いなあ、という程度だったのが、次第に土気色になり、しまいには緑色になった。そしてまるで餓鬼のようにやせ細り、顔なンどは頭蓋骨に皮が一枚へばりついている、みたいな感じになって、目ばかりギロギロ光っていた。髪はすっかり抜け落ちて、腰が痛いのか、膝が痛いのか、ふと見ると、立っていられなくて四つん這いになっていた。

そしてドンドン縮んでいった。元々、百六十五センチかそれくらいあった背丈が百センチそこそこになり、それから、最終的には三十センチくらいになった。それで四つん這いで動くものだから高さとしては十五センチほどしかなく、また、百センチになった頃より、言語が不明瞭になり、最後には殆ど声を発しなくなって、ときおり、ウェー、と掠れた声で言うばかりと成り果てた。

百センチになるまでくらいは、ときおりは立って歩いていたので、スタッフも声を掛けるなどしていたが、それ以降は殆ど四つん這いで口もきかないので、そのうち誰も人間扱いしなくなった。草子が仕事に行っている間、禱子は事務所にいたが、ただ、四つん這いでうろつくだけで仕事めいたことは一切せず、マネージャー業務は私が引き継ぎ、金銭の管理はヨーコの弟、ケシオが引き継いだ。犬を連れてくるのはヨーコの指名でキョーコというスタッフがこれを引き継いだ。

禱子の食事は犬たちの食事を用意するついでにスタッフが用意した。最初のうちはそれでも人間なのだからと、コンビニエンスストアーで買ってきたカツ丼やレンジでOK!野菜たっぷりちゃんぽん、などを付与していたのだが、どうも食べにくい様子で、スタッフがいろいろ試した挙げ句、アメリカ産豚バラ肉を焼いて焼肉用タレをかけたものを与えると喜んで食べるということがわかったので、爾来、もっぱらそればかり与えた。来客の際は、事務所としての見た目の印象があるので別室に押し籠め、部屋が塞がっているときは、客が帰るまでの間、中型犬用のクレートにいれておいた。

それでとくに禱子が不平を言うこともなかった。もとより口をきかないのでそれはそうなのだが八つ刻、事務机の陰の窓より日が射して中空に埃舞うが見ゆるところで姿なき何者かと口はきかねどさも楽しげに何事かを語らっているごとくに見ゆることがこれあり、その姿を見たスタッフはなにとも抑鬱的な気持ちになったものだった。その目に見えぬ何者かとは何者か。日本平三平その人であるというのは些かsentimentに過ぎるであろうか。

なんであのときはあんなことになったのだろうね。さあ、でも君はわかってるんじゃないのか。いや、いっこうにわからんね。君こそわかってるのじゃないかね。さあ、どうだろう。君と同じくらいにはわかっているかもしらんね。

不思議だったのは、来客がそんなことになった禱子を見て一様に驚き惑い、恐れたり涙したり、怒気を発するなどしたが、スタッフは誰ひとりこれを奇異に思わず、ごくあたりまえに、まるで新顔の中型犬でも見る目から慈愛を差し引いた目でこれを見て好くことも嫌うこともなかったことである。

みなこれを当然のことと思っていたのである。しかしそれがなぜ当然なのかはだれにもわからなかった。

禱子がなにだかわからないもののように成り果ててから私が草子のマネージャーを務めるようになったのはよろこばしいことだった。なぜなら草子のそばに近侍できるからで、草子の鞄を持ち、自動車を運転してテレビ局などに出かけるとき、私は草子の残光を浴びて幸福だった。また、草子はなんとも言えぬよい香りを発していて、精神神経が活発になるような心持ちがした。自分の品格が高まっていくような気持ちがした。自動車は真新しいステーションワゴンで、私の犬が助手席に座り、草子がその後ろの席にいつも座った。

そこまではよかったのだが、ひとつだけ嫌だったのは舵木禱子を連れて行く、というか積んで行かなくてはならなくなったという点で、あるときから草子は、テレビ局などに行くときは必ず禱子を連れて行かなければならない、と言うようになった。もちろん、草子の、日ノミココの言うことだから反対はしないけれども、禱子は全身がヌルヌルしていやな匂いもして、毒素を発散しているような感じもあったので、華や

うという場所に連れて行くのは、どうも憚られたし、あんな変なものを持っているということは、日ノミココさんはともかく、周囲のスタッフは品格の低い人間なのか、と思われるかも知れなかったからだった。けれども草子が言うのだから仕方なかった。なぜ草子は禱子を連れて行きたかったのか。それは、草子がヨーコだちを疑っているからかも知れないね。というのはつまり自分の居ない間にヨーコだちが禱子を虐待するかも知れないということか。そういうことだよ。或いは殺害してしまうと思っているのかも知れない。なるほど。禱子があなったのは全身をまんべんなく棒で叩かれたからかも知れないしね。

と、私は私の犬と語り合った。そう思わせるようなところがヨーコにはあったのだ。ヨーコは普段はジーンズにスニーカー、真黒なティーシャーツを着て、パーカを羽織るなど、いかにも関係者のような服飾であったが、ときに純白の、袖と横腹のところが一体化して、びらびらになっており、両手を水平にすると扇のようになる幻想的な衣服を着てくるなどして、また、どんなときでも、強引なアイラインを引き山盛りの付け睫毛を付けて、口唇も妖怪人間みたいに真っ赤で、狐と狸の化かし合いのような人道に反した顔をしていた。

なぜそういう装いをするのか。それは一言で言うと、自己顕示欲である。自分が目立ちたい。俺が俺が、とグングン前に出て行きたい。そんな気持ちを心に持っている、ということである。そんな人間にとって、草子の、日ノミココの親というのは、邪魔な存在に違いなく、それが、あんな風に体重が軽くなって、立って歩くこともできなくなって、言葉を喋ることもできなくなったらどんな風に扱うだろうか。飯や水を最小限しか与えず、或いは嘲り罵り、打擲、まるでひょっとこのように扱うなんていうこともこれはあるのではないだろうか。と言うと、外見だけでそこまで言うのはどうだろうか、という思想も芽生えるが、私のその直観は正しかった。後でそれがわかった。

という訳で、私たちは禱子もクルマに乗せて出掛けたが、もちろん、そんな状態の禱子をそのまま乗せるわけにもいかず、そんな人とも獣ともつかぬものを人前に出すのも憚られたので中型犬用のクレートに入れて荷室に積み込み、私がそれを持ち運んだ。

軽くなったとはいえ、十五キロくらいはある。それを右手に持ち、左手に私の犬の引き綱を持ち、そのうえ草子の荷物まで持つのだから大変だったが、草子に近侍できるのだからそれくらいは我慢ができた。

それよりでも大変だったのは、クレートを置いたまま、ちょっとその場を離れたりすると、なにぶん、不特定多数の人が出入りする場所であるから、ああ、このなかにもワンちゃんが入っているのか、など呟きながら、クレートをのぞき込む人がありゃあしないか、ということで、そのうえでなかに犬だかなんだかわからない、ヌルヌルしたものが入っているのを見て悲鳴でも上げられたら、日ノミココの名前に傷がつくので、それを防止するために、クレート前部のグリルのところに粘着テープを用いて手ぬぐいを貼り付けた。しかし、それでも、強引に覗き込もうとしたり、なにが入っているのかを確かめるためにガタガタ揺すぶったり、無理にこじ開けたりしようとするかも知れぬので、グリル戸のところに番号式の南京錠を取り付けた。その番号は、４９４、だった。私はそれを、死、苦、死と記憶した。それではあんまりなので、詩、久、志、詩的な永遠の志、という意味合いで覚えようと思ったが、抽象的で覚えにくく、どうしても、死、苦、死、という文字が頭に浮かんだ。

　しかし、それでもちょっかいを出す人がいるやも知れぬので、不気味な感じを出そう、ということになって、いまの事務所に移ってきたとき、なぜか前のオーナーが残していき、どうやって処分したらよいかわからないまま、忙しさにかまけてそのままにしておいた大量の護符、呪符のようなものをベタベタ貼りつけた。そうするとクレートは、実に不気味な、まるで犬神が入った笈のような感じになり、こんなものを持ち歩いていたら、それはそれで人に気持ち悪がられるのではないか、とも思ったが、まあ、やってしまったものは仕方がないし、変にいじくられてなかを見られるよりはよいかと思って、さらに上からバスタオルをかけるなどしながら持ち歩いた。

しかし、そうして犬神が入った笈のようなクレートを持ちながらも、草子と私の犬と私で、テレビ局や撮影スタジオの廊下を歩くのは誇らしい気分だった。なぜなら、廊下を通りかかる、ほぼすべての人が、草子の美しさに見とれ、私の犬の堂々として立派な有様に見とれ、感嘆し、讃嘆供養したからである。

ことに草子については人間であり、相手にも精神的な意識のような思考があると思うからだろう、思わず立ち止まって見とれる人はあっても、美しいなあ、とか、可愛いなあ、と口に出して言う人は居らず、ましてや立ち止まって顱頂部やのど首を撫でさする人はなかったが、私の犬の場合は犬だと思うから、多くの人が、美しいなあ、可愛いなあ、立派だなあ、と口に出して言い、また、立ち止まってしゃがみ込み、撫でさする人も多くあった。

廊下には、俳優、タレント、スタッフ、プロデューサー、マネージャー、学者などいろんな立場の人が通り、なかにはどんな立場かわからない人も通ったが、どの人も私の犬の前ではその立場を忘れて私の犬を讃えた。日頃は高慢な小娘なのかも知れないミニスカートをはいたタレントも、私の犬を見るや奇声を発し、その前にしゃがみ込んで愛撫した。そんなとき私は慌てて犬神の笈を自分の後ろに置いてなるべく見えないようにした。そしてきまって困惑した。なぜならそうしてしゃがむと腿が露わになり、どうにかするとその奥の下穿きまで丸見えになったからである。私のなかにはそれを呆れるほど克明に見たい気持ちがあったが、同時に目を背けたいような気持ちもあった。

　時折テレビに出て知的でノーブルな感じで、理論のようなことを呟いて大衆の情動を刺激している学者が、この世の不幸と悲しみを一身に背負っている、みたいな顔をして向こうから歩いてきたが、私の犬を見るや、うれしそうな顔をして笑った。身体にいろんな道具を巻き付け、疲れ切った様子、死んだ魚のような目で廊下を歩くスタッフも私の犬を見た、その瞬間だけ、人間らしい表情を取り戻した。

　そしてそんなとき多くの人が草子に話しかけたが、その頃になると、草子は日常会話ということを殆どしなくなっていたので、代わって私が答えた。それでも人は草子の顔を見て話した。

　話しかけたといって、聞かれることは、何歳なのか、なんという名なのか、体重は何キロなのか、男なのか女なのか、と、概ね決まっていて、私は半ばは automatic にこれに答えることができた。

　ところが、その人の質問は変わっていた。

　その人が私に話しかけたとき、草子はスタジオのなかに入っていて、私と私の犬は与えられた小部屋に戻るのは面倒くさいので、小部屋に禱子のクレートを置き、鍵をかけて、廊下の少し広くなって、長椅子が多く置いてあり、人々がだらしなく休息しているところの一番隅に腰掛けて、スタジオから草子が出てくるのを待っていた。したところ背後から、「なにを話しているのですか」と声がして振り返るとその人が立っていた。足のすらとした、目の大きい、人形のような、二十代の女で、情勢に疎い私でもその人の名が愛恵法菜であることを知っていた。それくらいに人気絶頂のタレントであった。愛恵法菜は草子とはまた違った種類の、眩しい光に包まれて姫神のようだった。私は、へい、と答えて土民のようだった。

「なんでしょう」

「あなたはいまこの犬と話していたでしょう。なにを話していたのですか」

問われて私は不思議でならなかった。

なんでわかったのだろう。なんでだろうね。でもそれにしても綺麗な子だな。うん。ちょっと信じられないね。私は日頃、草子さんを間近にみているからこういう場所に来て、美人と言われている人を見ても、それがうまく粉飾された虚構に過ぎないことをすぐに見抜けるが、この子はそうしたものではないね。一国が富み繁栄すればこうしたものが生まれてくるのだろうか。それとも、こうしたものが現れるからこそ一国が富み繁栄するのだろうか。そのバックグラウンドで多くのひょっとこの労働があるのだが。と、そう考えればこれもひとつの虚飾虚栄の光のきらめきに過ぎないのだろうか。でも俺の鼻で分析すると善きものの粒しかない。悪しき匂いの粒がまるでない。そんなことは普通ない。

「いえ、話してませんよ」

「いえ、あなたは話しておりました。いまも話しておりましたね。私にはわかるのです。ただ、なにを話していたのか教えていただけませんか」

「なぜそんなことを言うのですか」

「話していたことは、見ていればわかります。ただ、なにを話していたのかな、と思って。私は犬の考えを知りたいと思っているのです。私の犬の考えを」

愛恵法菜はそう言うと、唐突に会話を打ち切り、長椅子の尽きるその先の、広い廊下の中央部を仕切り板で仕切った小部屋に入っていった。

私はポカンとしていた。

残念なことをしたな。あんな綺麗な娘ともっと長く話していたかっただろう。なんで、とか言わないで聞かれたことに答えればよかったのに。まったくだ。でもなんで。少しはこちらに足を突っ込んでいる人なのかもな。例えばあの日本くるぶしが……。

と、そう言うとき、腐ったような男が声をかけてきて名刺をくれた。弱斑日草という名前でプロダクションの社員であるらしかった。私に名刺を出すように言ったので紙片に携帯電話の番号を書いて渡した。このことで私は栄光に入った。

男は愛恵法菜の担当者であった。その日は戻ってきた草子と犬神の禱子を連れ、その後、ホテルに参って取材を受けたり、個人トレーニングをやるなどして草子を家まで送って、名刺の男、弱斑のことはそのまま忘れ、何日か経ってから若い女が電話をかけてきた。

請われるまま私は、私が都心に所有する老朽マンションの近くの、愛恵法菜の快適で広々した部屋に行き、依頼されたとおり、愛恵法菜の犬がなにを言っているのかを聞き、それを愛恵法菜に伝えた。

愛恵法菜の犬はキースホンドという茶色い犬だった。口の周りが黒く、名をバップといった。牡であった。先に立つ弱斑に続いて私が犬を連れて入っていくと、喜んで私の犬に近づいてきたが、近くまで来ると立ちすくみ、それからソファーのところにいた愛恵法菜のところへ逃げていった。弱斑がソファーの斜め後ろの木の椅子に座った。そのうえに、赤茶けた岩山の頂上で、全身、百足にたかられて、いやがって暴れる馬の絵が飾ってあった。

あいつはなんだ。だれだ。だれなんだろう。粉？　いや、粉ではない。ううっ。粉、嫌だなあ。粉。粉。粉。なにを言っているのかね。わからんね。禿の大きな。男の。粉。いやいやいや。ボスボスにして。ちょっと待って。なんかこう、大きな男が出入りしている感じがするね。ほんとだね。粉というのはでもないなあ。なんかバッグというかポーチというかそういうものがソファーのうえにある。それでその男がのしかかってくる。青い服を着ているな。こわいこわいこわい。遠くに犬の吠え声、それは自分の声。ああ、響く、胸が苦しい。頭が痛い。それで真っ暗になって、おおっ、ああ、喜んでる喜んでる、愛恵法菜ちゃんがいる。ああ、めっさ、よろこんでる。それでレバークッキーが、あああ、よろこんでいる。なんだかわからんな。しょうがないね。そのまま言ったら。そうするか。

「なにか青い服を着た、頭の禿げた男の人がどうの、って言ってるんですが、そういう人がこの部屋にきますか」

と問うと、愛恵法菜は、自分の周囲に青い服を着た男はいない。心当たりがない、と言い、この部屋には男も女も入ることはない、と言った。

「けれども確かにこの部屋に来ると言っているんですがね。それと、粉がどうの、とか……」

「それ、って、あ、もしかして」

「心当たりありますか」

「掃除会社の人かもしれない」

というのがまさにその通りだった。その後、さらに聞いてわかったが粉というのは、掃除に使う洗剤のことで、キースホンドのバップは、留守中にやってくる掃除の人が恐ろしくてならず、それが心的な障害となって苦しんでいたのだった。そして、愛恵法菜が戻ってきて菓子を与えるとそれはそれで狂ったようになった。結果、愛恵法菜から見れば意味なく狂奔しているように見えたのだ。でも、それには理由があったのだ。

すべてがわかって、愛恵法菜はバップの行動は、いっけん狂気じみているが、実はそれには筋道の通った事由・理由があることがわかり、心に蟠っていた霧が晴れたようだった。けれども、その愛恵法菜自身が霧のようにとりとめがなく、彼女と話すのは、例えば、夏の風や波に反射する光と話すようだった。といえば草子もそんな感じで、草子と話すのは、風に揺らぐ草の、その残像を伴う草の、草本体でも残像でもなく、その、揺らぎ、と話しているようだった。

その愛恵法菜が私の目を見て、「今日はどうもありがとうございました」と言った。私はそれをそろそろ帰れということなのだな、と察し、部屋を出た。これだけの生活をしているのだから莫大な礼金を貰えるのではないか、と少し思ったが愛恵法菜はなにも呉れなかったし、なにも言わなかった。こういう場合、後日、弱斑が善処するのか、と思ったらそういうこともなかった。

つまり僕はただ働きって訳か。まあ、いいではないか。人気絶頂の愛恵法菜ちゃんに会えて自宅にまで行けたんだから。まあな。けどそれだけじゃないか。まあね。と、そんなことを言っているうちに、それまでほとんどかかってくることがなかった私の携帯電話に頻繁に電話がかかってくるようになった。いずれも愛恵法菜と同じく、飼い犬の精神、内面の声を聞きたい、聞き取って欲しい、という依頼であった。最初のうちは愛恵法菜から聞いた、という少数の者であったが、暫くすると、その愛恵法菜から聞いたと言って電話をかけてきた者から聞いた、という者が多くなり、そのうち、どこで聞いてかけてきたのかわからなくなったが、いずれも愛恵法菜と同業者、関連事業に従事する者であった。また、愛恵法菜はそういうことはしておらなかったが人気取りのためにインターネットを活用している者も多く、それを閲覧して知った者もあるようだった。

そして彼らはいずれも礼金を包んだ。こちらから言った覚えがないのに、それは決まって五万円で、どうやら最初に誰かに問われた愛恵法菜が一時間五万円と言ったようだった。その割には自分が払わなかったのはなぜか。極度の吝嗇なのか。ちがうだろう。じゃあ、なんなのだろうか。それはあれじゃないか。このことが予めわかっていたからじゃないか。つまり、自分が周囲の人間に話せば、口から口に話が広まり、銭が儲かることになる。その利益を考えれば、自分は金を払う必要はない。ということだ。

そしてそれは吝嗇ではなく、合理的な考えを持っているということだろう。また、湿った人間関係を嫌う、ということだろう。なるほど、ああいう職業についている人間にしてはそれは珍かなことかもしれないね。まあそういうこっちゃ。

と、私の犬と話しているうちに問題が生じた。

犬の心を見ることについてはなんの問題もなかった。多くの犬が同じような絵を見せてくれた。旅の衣が、蹴落とされた荷物が、海峡を越える蝶の羽が、同じような家庭の風景のなかでよじれて、くたくたになって散乱していた。私はそれらをひとつびとつ拾い上げ、わかりやすく組み立てて、クライアントに手渡した。そうすっと、そこには自ずと家族しか知らぬはずの家庭の秘事が含まれるからクライアントは驚き呆れる一方で私を深く信頼するようになった。

ただ、問題は犬をみる場所で、愛恵法菜のときそうしたように、その犬の家に行けば、それで済んだのだが、家に来て貰っては困るので、そちらにうかがいたい、という人が半分以上いた。感じからして、家がみすぼらしいので来てほしくない、という人はおらず、おそらくは見られると不都合なことがあったり、特にそういうことがなくとも、気分の問題として、そういうことがあるのかもしれない。でも、犬の視覚的イメージによって、テーブルの上に注射器やパイプが置いてあったり、床に淫具が転がっていたり、デリヘル嬢がやってきたりするのはわかるので、そういったことをしてもあまり意味はなかった。

まあ、しかし来るなというものを無理に行くわけには参らぬので、そうした場合は、瀬田区の日ノミココ事務所の一室に来て貰ったのだが、これが問題となったのである。

端的に言うと、ヨーコがこれに文句を言ったのである。といって直接、私になにか言ったわけではない。というのはそりゃあそうだ、はっきり言って私は、事業の性格上、オーナーというのも妙だが、まあ、オーナーのようなもので千万円という大金を出しているし、その前は四百万円を出している。その私に直接、文句は言いにくい。

ではどうやって文句を言ったか、というと、ヨーコはスタッフが情報を共有し、また、日程を調整するための連絡用のアカウントを取得しており、そこで、問題を提起したのだった。

それも名指しではなく、事務所の室を個人的に使用することについて、という趣旨で、短い文章で何度も投稿されたものをひとつの文章にまとめると、日ノミココ事務所は一義的には犬の保護を目的とした団体で、その目的を達成するため、日ノミココ先生が身を粉にして、すべてを犠牲にして働いておられる。また、お母様の禱子様はあのようなお姿になられてまで団体のために頑張っていらっしゃる。最近、そうしてできあがったスペースに私物を置いたり、自分の犬を連れてきてトレーニングをしたり、友達を呼んで茶を飲み駄弁ったりする人があるが、そういうことはよくないのではないか。団体の場所は団体の目的のためにのみ使われるべきと考えるがどうだろうか。と、いったようなことだった。

直接には書いていないが、どう読んでも私が事務所の一室でカウンセリングをしていることについての嫌味にしか読めず、片腹がきわめて痛かったが、初め私はまともに相手にしようとは思わなかった。

なぜかというと、だってそうだろう、いまでこそ、神の子、美神、などともて囃される日ノミココの稼ぎで事務所は回転し、寄附も随分と集まっているようだが、そも、この事務所を設置・設立したのは誰か。間違いなく私である。この団体を創設するときに惜しげもなく資金提供をしたのは誰か。間違いなく私である。日本平三平を殺害したのは誰か。間違いなく私、そして草子と禱子である。日本平の残された資産はおそらく禱子が私したのだろう。だから禱子は罰が当たってあんな姿になった。私は罰が当たってこんな団体を背負うことになったのである。つまりどういうことかというと私は日ノミココ事務所の唯一にして最大の出資者、つまりはオーナーということで、その私に対して、一介の、最初はただの無給スタッフとして応募してきたに過ぎない、しかも歳も大分と下のヨーコ風情に文句や嫌味を言われる筋合いはない、ということなのである。

なので私はこれを直接に反論することはなかったし、事務所のスタッフの間にはオーナーとしての私、また、創設以前から神の子・日ノミココと面識のあった私、を尊敬し、畏怖する気持ちがあったから、こんな私に対する嫌味に賛同する奴も居ないだろう、と思っていた。ところが驚いたことに、これに賛同する意見が多く書き込まれた。基本的な論調としては、それはよくないことなので改めるべき、という論調で、そこから先は、それをどう改善するか、なぜそんなことをするのか、というふたつの意見が書き込まれた。どう改善するかについては、向後、事務所を私的に使用することを禁止する、という意見と許可制にしたらどうかという意見、さらにその場合、有料にするか無料にするか、という意見が述べられ、また、こちらの方により多くの意見が出たのだが、なぜそんなことをするのか、という議論については、端的に言うと、そういうことをする人は人間として徳が低く、まともな教育を受けていないため知識も教養もなく、魂も汚れているからそういうことをするのだろう、という意見がほぼすべてで、しかしだからといって目的を同じくする仲間なのだから、バカで根性が腐っている、といって仲間はずれにしたり、罵ったりするのではなく、仲間としてその人が人間の仲間入りができるように導いていく方法を考えてあげなければならない、という意見も多く出ていた。

つまり、誰もが言外に私のことを言っているということを知りながら、オーナーとしての私に対する尊敬や感謝というものがまったくなく、それどころか、なにか気の毒な人、みたいな感じで語っていたのである。

そこのところが、腹立たしい、というところまでいかない、なにかこう、自信満々の無数の蟷螂が蟷螂の斧を振りかざして立ち向かってきている、みたいな、ばかばかしいし、踏みつぶせばそれで終わりなのだけれども、気味悪くもある、といった感じで、私は閲覧したことを激しく後悔した。

そして私が具体的にどうしたか、というと、もちろん最初から同列に争うつもりもないので、そんな意見はなかったかのように、日ノミココ事務所で客と会い続けた。

同時に私は、私が都心に所有する老朽マンションの改修に着手した。細かく仕切られた壁を取り払い、設備を新しくし、壁や天井を塗り替え、床材を張り替えるだけで老朽マンションは、広々として現代的な部屋に見せかけることができるだろう、と考えてのことで、三百万円くらいかかったが、あんな奴らに、あんな言われようをするくらいなら安いものだと思った。しかし、その間、私に直接的に文句を言ってくるものはなかった。ただ、パスワードが変更になったようで、突然、連絡用アカウントにアクセスできなくなった。ヨーコの仕業であるに違いなかった。

つまり、私が閲覧していると思ったらスタッフは思いきったことが言えないし、もっと言うと私を貶めるための謀議もできない。なのでパスワードを変えて私が閲覧できないようにしたのだろうが、しかし、そんなことは直接に電話かなにかで連絡を取ってファミレスとかで会って密議をこらすことだってできるのであり、では、なぜそんなことをしたのだろうかというと、おまえは仲間はずれなのだ、みんなが共有している情報をおまえだけが知らないのだ。おまえは外み子だ。へへんだ。口惜しいでしょう。悲しいでしょう。みたいなことで、要するに孤独感、疎外感を感じさせてやろう、という、虐め、嫌がらせ、なのだろう。

それがわかったとき私がどう思ったかというと、けっこう悲しかった。なんで仲間に入れてくれないのだ、と心の底より思った。つまり、ヨーコの策略は成功したということだった。と同時にしかし、右のように、蟷螂がなにを言うか、という気持ちもあった。

というのは、その頃から私はテレビ番組やラジオ番組に招請されるようになっていた。最初の頃は草子の出演依頼だと思い、そのつもりで話をしていたら日ノミココという名すら知らず、どうも話がかみ合わないのでよくよく話を聞くと私に対する出演依頼だった、ということが何度かあった。

なぜ、日ノミココのマネージャーに過ぎない私にそうした依頼が来たのかというと、最初の紹介者が愛恵法菜である関係上、私のクライアントの殆どが放送業界関係者であったからで、これにいたって私は草子に若干遅れて栄光に入ったのである。

なので、ヨーコづれが私に対抗しようなどというのは社会的に考えてもあり得ない話で、そんなことによって私を陥れることはもちろん、貶めることだってできぬはずだ、と私は固く信じていた。

そこで私は改修工事が終わるや否や、都心のマンションに私個人の事務所を開設し、犬の心の相談はそちらで受けることにした。

しかしそれはあくまでも私の心に決まりを付ける、つまり、おまえたちとは違うのだ。俺は別に金を節約しようとして日ノミココ事務所を使っていたわけではない。自分の事務所くらいいつでも開けるのだ、ということをヨーコ以下、スタッフたちに見せつけることによって得られる心理的な満足感に過ぎず、それによってヨーコの一派に痛撃を与えることができたかというと、話はまた別であった。

というか、政治的に言うと私は敗北者だった。というのはそれはそうだ、私のやったことは、事務所での私の影響力を可能な限り排除したいヨーコから見れば、私が別に事務所を構えるのはきわめて都合のよいことだった。

なぜならこれまでであれば、重要な決定をする会議には必ず私も出席したし、日ノミココのスケジュールにも当然、私が関与した。だからこそ、ヨーコは連絡用アカウントでこそこそしてプレッシャーをかけてきたのだ。ところが私がそこにいなくなれば、私の居ないところで大事なことを決めることができ、私のかかわらない案件がドンドン増えていき、私の影響力は低下していく。

日ノミココ自身についてもそうで、これまでは私が犬神を背負ってどこにでも同行していたわけだから、殆ど話すことはなくとも（このころ草子は私語ということをまったくしなくなっていた）、気心のようなものが通じて私が最側近という感じになっていて、私が居ないと事が進まない感じだったのが、私なしにドンドン事が進んでいった。

つまりはっきり言って私は失敗したのだ。私は仲間はずれにされて傷ついた私の心をどうにかしようとするのではなく、あくまでもそこに居座って、ここで客と面談するのはオーナーとしての当然の権利だ。また、オーナーである私に無断でパスワードを変えてはならない。新しいパスワードを私に教えろ、と言うべきだったのだ。ところが私はそれをしないで、さっさと事務所を出てしまった。

それに気がついてからは、頻りに事務所に出入りしたし、ヨーコにももっと自分を通して物事を決めるように直接に言った。

しかし、自分の事務所を開いてそんなに時間が経っていないのに私は日ノミココ事務所ではまるでお客さんだった。どこになにが置いてあるのかもわからなかったし、私物は片付けられていた。誰かに尋ねようにも向こうが私のことを知らず、「どなたですか」とか言われた。そんなとき若い女は実に無愛想で攻撃的になるものだと初めて知った。以前はみんな私に好意的な笑みを向けていた。

犬神となった舵木禱子のクレートも前の場所になかった。或いは日ノミコことともに出掛けているのか。その際は、誰が付き人をしているのか。マネージメントはヨーコがやっているようだった。ヨーコを通じないとだれも草子に接触できないような鉄のシステムができあがっていた。

そのヨーコはそしてシャアシャアとしていた。私はヨーコに、「僕に無断で物事をすすめているようですけど、勝手なことをされては困りますよ。重要な決定をするときは僕に相談してくださいよ」と言った。つまり私は端的に文句を言ったのだ。それに対してヨーコはなんと言ったか。「だって、お忙しいでしょ」と言ったのだ。そう言って笑ったのだ。そのときのヨーコの顔が狐と化していた。

コーン。狐狸妖怪。ヨーコはまさにそんなものだったのだ。或いは禱子があんな風になってしまったのはヨーコがなにかをしたからに違いなかった。

このままでは草子もどうされるかわかったものではない。そのとき私は私が点火すべきもの、そしてその火で焼くべきものをはっきりと悟ったのだった。

だから私は笑って言った。

「まあ、忙しいと言えば忙しいですよ。でも、ここは僕の原点ですし、ここの活動があってこそ、いまの僕があるわけですからね。それに実際の話、ケシオ君に聞いて貫えばわかると思うけど、僕はお金もすごい出してますからね」

「あ、それについては、今度、法人化することになったんで、ケシオから連絡行くと思います」

「はあ、法人化？　聞いてないですけど」

「ええ、だから連絡いきますよ」

「っていうか、それを決めたことを知らないって」

「あ、私行かなくちゃ。いまから保護犬のトレーニングがあるんですよ」

「じゃあ、僕も行きますよ」

「あらそうですか。じゃあ、後できてください。じゃあ」

そんなことを言ってヨーコはどこかへ行ってしまった。

ヨーコは私を舐めきっていたのだ。それは狐としての霊力に自信ありまくりの傲慢な態度だった。そこまで虚仮にされたのであれば敢然と事務所を潰すことも私は簡単にできたはずだ。それは私が資金を引きあげれば済む話だった。そして淡路島か小豆島にでも行って磯釣りでもすればよほど爽快な気持ちだっただろう。けれども私はそれをしなかった。

私はこれを燃やすべきだと思っていた。

私にとってそのとき奉仕の心が芽生えまくっていた。奉仕ということ。結局、私はそれをしろと言われてきたのではないだろうか。

私が燃やすべきはスーパーマーケットで買ってきた肉ではなく、自分の股の肉だったのだ。それを焼き、あのとき恥辱を蒙った人たちに振る舞うべきだったのだ。それを私は間違って理解していた。

もちろん、私が股の肉を切って焼いて、血液で股間を真っ赤にしながら、「いやあ、極度の痔疾でしてね」などと笑いながら、肉を出しても、気色悪がって誰も食べないだろう。

つまりそれは譬えである。実際に股の肉を切って焼くわけではない。自己犠牲が必要だ、ということだ。

そして自分が捧げたものの量を量らない、ということが大事だ。私のあのバーベキューが失敗に終わったのは、もちろんそれは、あの日本平三平と舵木禱子の馬鹿げた振る舞いによるが、そして、あの日本平三平の馬鹿げた犬の馬鹿げた行為が発端となってあんなことになったのだが、それ以前に私は肉の値段を測ってはいなかっただろうか。

これくらいの値段の肉がふさわしい、とかそういうことを言っていては、それは奉仕したことにはならぬのだ。肉はもっと闇雲でなければならない。

それと同じことがあのヨーコたちのやりとりにも言える。

自分は無給で働いている。なのに、あいつは金を稼いでいる。不公平ではないか。その金をもっと捧げるべきなのではないか。と、あいつらは言った。けれどもそれは一番言ってはならないことなのだ。なによりも大事なのは、自分が奉仕すること、闇雲に、ただ一筋に奉仕することが大事なのであって、人がどれくらい奉仕しているか、など考えるべきではないし、ましてや、それを、その量を自分と比べて、公平だとか不公平だとかいうのは、天辺から間違った考えなのだ。

そもそも奉仕の心を持って来た者がなぜそんな風に間違った心を持つようになったのか。それは狐に操作・支配されているからに違いない。

それを正すこともまた、私の奉仕。それが私の肉を焼くことだ。或いは狐を焼殺してしまうこと。そのことによって殺生の罪に苦しむ。それもまた奉仕。

私はそんな考えを抱いて、日ノミココ事務所を離れることをしなかった。

けれども本当にそうだっただろうか、と考えると怪しくも思える。

私は奉仕したかった。でもなにに奉仕したかったのか。草子に奉仕したかっただけではなかったのか。そして見返りとして草子の愛を得たいと思っていたに過ぎなかったのではないのか。確かにヨーコは狐であったし、いや、狐が取り憑いていたのか。どちらにしても獣類ではあったが、そのことによって正しいものが損なわれている、ということよりも自分が草子の側から放逐されたことに憤り、草子の近くに居るヨーコに嫉妬していただけではなかったのか。と言うと確かにそうだったと思える。しかし私の入った光が帯びる熱はなんのためにあったのだろう。私はその熱のすべてをヨーコを焼尽するためにつかったってなんにも惜しくなかったし、いまも惜しくない。

といって今日もでかけるのか。ああ、でかける。こんな日はでかけるにしくはない。くさくさするからね。

そう言って私は憤然として帰って行った吉田静源の茶殻のような顔を思い出していた。顔の至るところに黒点、人を威嚇しようとしているのが明らかな演技じみたあの顔も十年後にはなくなっているのだろうか。君もな。うるせぇよ。そして、自立というか、自発というか、個人の尊厳、女性の自立のようなことを標榜しているみたいなファッション、目つき、言動でありながら、最後の局面になればそれがどんなに理不尽な言いぐさであっても夫に従うという婦随ぶりを発揮した、あの吉田の妻の泥沼の水面のような顔も。

怒り続ける、怒鳴り続ける吉田静源はぱっと見、まったくの狂人だった。手のひらをパチンと打ち合わせる、なんていうのは普通のことだが、そういうのって普通、あっそうか、みたいな、合点がいったとき、納得がいったときにする仕草だよね。そのようだな。

それをば吉田静源の場合、納得とかそういうことではなく、自分が激高して、「だから何度言ったらわかるんだ、スカボンがそんなこと言うわけないんだよ」と怒鳴り、怒鳴った直後、腰をやや引き、上体を前に乗り出して私の目の前で掌に拳をパチンと打ち当てて見せるのだった。

威嚇しているつもりなのだろうか。おそらくはそうなんだろう。でもなんか猿が燧石の稽古をしているようでちっとも怖くないんだよね。爺だしな。だって殴り合いになったら絶対に勝つものな。でも、まだそれはまともな方だった。それ以外にも、吉田静源はあれで威嚇のつもりなのだろうか、奇妙な仕草というか、所作というか、そんなことをした。

基本的には腰に両手を当てていて、それはウルトラマンが死んで横たわる怪獣を見下ろすときのポーズに似ていた。或いは、直接的にそれを模しているのかも知れなかった。つまり、おまえなど死んだ怪獣だ、と暗に主張しているのかも知れなかった。

その上で、唇をとがらせ顔を左右に振りながら、腰をやや落とし、助六のような足取りで部屋中を歩き回った。その姿は滑稽でまったく怖くなかった。俺は怯えていないということを、或いは、俺はおまえを頭から呑んでかかって馬鹿にしきっている、ということを表現するためにあえてふざけた真似をするということがあるじゃないか。ああいうことをやってたんじゃないかね。かもな。

確かにその基本ポーズから繰り出されるすべての動作は怖いというよりおもしろかった。けれどもそれは気味悪くもあった。ということはあれか。そういえば吉田静源はそうした奇妙な動作をしつつ、自らの意見を滔滔と述べていたが、それは正しいか間違っているかは別として概ね筋の通ったもので、吉田は、それが客観的に証明されない以上、君の言いたい放題じゃないか。君のさじ加減一つじゃないか。とか、君はさっきいかにも犬が言ったように我が家の間取りやソファの色、材質について言及したが、それは全部、ワイフが問診票に書いたことではないのか。などまくし立てたのだ。つまり、そうだよ。動作は奇妙だが言っていることはまともで。或いは、こんなまともなことを言っているのに動作は奇妙って感じを意図的に醸し出そうとしていたのではないか。でもなんでそんなことをするのかって、それはそう、薄気味悪い男、という印象を与えようとして、なにをするかわからない、いつ切れるかわからない男、というイメージを植え付けようとして、あんなことをしていたんだよ。ってことはあの動作っていうのは……。その通り、自分の精神の限界のギリギリまで我慢しているから、その代償的なものとしてあんな動作を無意識にしてしまうという……、演技？そう演技。と断言できるのは、あいつ、ほら、そういった筋の通った言葉の端々に、「もう限界なんだよっ」とか、「ふざけんじゃないよ」とか、我慢できずについ身の内から噴出してしまったという感じの短い罵声を発していただろう、これまでの説得調とは違った大声で、そして、自分が大きな声を出しているのにもかかわらず、「大きな声、出すんじゃないよ」みたいな変な乗り突っ込みをやっていただろう。あのタイミングがね、あまりにもジャスト過ぎて逆に……。ああそれは僕も思った。逆に演劇的な感じがした。でもそれも含めて、薄気味悪い感じ、を出すのには成功していた。でもそれもなんで……。

吉田静源はスカボンの面接をキャンセルしたかった。最初のうちは妻の懇請に鷹揚に応じる夫、みたいなことで内心にも満足を得ていたのだが、面談が進むにつれ、次第に金を払うのが惜しくなってきた。だから難癖をつけて金を払わないですまそうと思った。けれども、もはや話を聞いてしまっているし、その場でキャンセルというのはさすがに阿漕だと思った。だったら諦めて金を払えばよいのだけれども、いったん払いたくないと思った金を払うのは、なにも思わなかったときの倍ほど嫌な気持ちだった。

そこで、没論理、交渉不可能な、なにを言っても無駄な、有り体に言えばスレスレ、キワキワの、暴発したら、まあ、人を殺すということはないし、傷つけるということもないが、激情に駆られて泣き叫びながら自分の首を鑿で突こうとしたり、切腹の真似事くらいはする人物、みたいな振りをして自分の都合のよいように事を運ぼうとした。そしてそれはまんまと成功した。吉田の狂疾を目の当たりにして犬のカウンセラーはすっかり嫌な気持ちになり、「ご納得、いただけないのであれば費用はいりません」と言ってしまったのだった。それにしても恥ずかしくないのかね、六十も過ぎているというのに。六十を過ぎているから恥ずかしくないのだろう。

実際の話が現役時代も吉田静源はこの手法をフルに活用していたらしい。さすがにここまではやらなかったが、自分の思い通りにならないと乱心みたいな感じになって周囲を困らせた。普通、そういうことをやれば蔑まれ、疎んぜられ、困った奴として遠ざけられると思うが実際は逆で、吉田はそうすることによって、困った奴、と思われはしたものの、逆に直情的で自分の気持ちに嘘をつけぬ奴、ピュアーな奴、みたいな評価をされ、もちろん、一段下の奴、みたいな、ワライモノ感はあったのだけれども、その分、安心というか、同期は敵ではない、ライバルではないと思って油断したし、直属の上司も、他の油断のならぬ部下に権限を与えれば自分の地位を脅かすが、吉田なら大丈夫、と考えて、吉田に権限や地位を与えることが多かった。その間、吉田は上司への追従を怠らなかったし、実務についても、業績はともかく、数字だけは姑息に整えた。それが姑息だと指摘されると、また乱心して暴れ、マアマアマア、と宥められるという状況を演出してごまかした。そのようにして地位を得れば部下の業績を自分の業績として数字だけは整え、文句が出れば暴れ、ついには常務取締役にまで出世をしたのだ！

つまり奴は実績の裏付けがあった。だからちっとも恥ずかしくない、オレはこれでずっとやってきた、と思っていた？

そんな吉田の茶殻の顔が日向の道路を歩くドッグコミュニケーターの脳裏に浮かんでいたのか。いくつもいくつも浮かんでいた？　それにしてもやけに小柄な人間が多いな。もしかしたら雑貨？


田舎道。とんでもない。二十三区内だ。そんな叫び声と車両内に数頭ほどはいる犬の気配を背に電車は進んでいた。けれども車窓を流れる風景はとんでもなく退屈、華やいでいたのはターミナル駅のほんの周辺だけで一駅往かぬうちに屋根と窓と壁ばかりになって。駅の名前も暗みを帯びて不吉だったり、過去の血腥い歴史を想起させたり、極度にグロテスクだったりして、自宅近くの駅の名前がそんなだったら一生呪われるのではないか。そんな積み重ねを通り過ぎての、旧院前、という駅で私と私の犬は歩廊に降り立った。歩廊に降りたって私と私の犬は電車がいってしまってからも暫くの間、歩廊に立ち、その駅で降りた数少ない乗客の、改札口に向かう後ろ影を眺めていた。

剝き出しの混凝土と黄色い点字ブロックと杜撰な施工のレミファルトが伸びてい

た。歩廊の先にクリーム色のペンキを塗った片流れ屋根がかかっていた。その下に座り心地の悪そうな木のベンチがあった。赤茶色い木の柵に半ばは枯れた背の高い雑草や蔓草が絡みついていた。ここに来る度に、二十三区内なのか、と思うよ。ぎりぎりの端っこなのさ。けれども、昔日の感があるね。つい半年程前のことなのに。なにがって、犬だよ。犬が公共交通機関に乗ってよいことになったのは半年程前のこと。けれどもなぜよいことになったのだろうか。半年前のある日から一斉にそうなったのでないことだけは確か。駅前のロータリーにあったコンビニエンスストアーが改装を始めて一月ほど閉めたのとどちらが早かっただろうか。あの頃は私はまだ栄光に入っておらず、草子について歩いて幸福だった。

ならばどちらが栄光なのだろうか。事務所の、日ノミココ事務所の私に対する対応はコンビニエンスストアーのアルバイトよりも冷淡だった。元はなにだったのだろうか、三段の階段を上がって正面入り口は、縦長の大きな木のドアー、両側は円柱のような感じになっていて、石に見えるが混凝土かも知れない。ドアーを開けてなかに入ると広い吹き抜けのホールがあり、カウンターが広いホールの半ばより右奥にかけてを囲っている。その右奥にはドアーがある。左奥に階段がある。吹き抜けのホールには正面の縦長の窓から陽が入って、角度によっていろんな影を落として趣があり、以前の家に住んでいた頃だったら、ほう、と歓声を上げ、それらがより趣を増すように奮励した。でもいまはどうだろう、方々にケージや段ボールが積んであって、カウンターの外側の真ンなか辺にはあちこちで貰ってきた、よって不揃いな事務机が置いてあって、そこに座ってコンピュータ画面をじっと見て、私が入ってきても挨拶もしないような、頰のぼさっとした、まるでガタロみたいな娘っこに疎んぜられてこれが栄光なのだろうか。栄光なんだろうよ。娘っこにはわからないような、栄光だ。娘っこにわかればそれは栄光ではないってことさ。真に燃やすものもそうだってことかな。多分な。じゃあ、僕はここは節を屈して。「草子さんはいますか」

問いかけて、しぶしぶという感じで顔を上げた娘の頰にぱっと赤みが差した。そして娘は好ましい笑顔を浮かべ、「さっきお出かけになりました」と言った。そして娘は私の出演するラジオを聞き、文章も読んでいる、と言い、私が左奥の階段の方へ進むと慌てて立ち上がった。案内をしようと思っているらしかった。空中で緑の火が燃えた。私は苦笑して、そのままそこで仕事を続けるようにと口では言わない、目で言って奥へ通った。

そのときに、ポカン、と音がして、なに、いまの。と言った瞬間、くるぶしのあたりに水のような感触を感じ、あっ、思う間もない、娘の頰がまるで河豚のように膨らんで毬のようになった。やあ、娘の頰が毬になったよ、と最初は気楽に考えていたが、そのうち娘の頬は毬どころではない、直径が一メートルほどもある大玉となり、しかもそれは娘の顔と身体をグングン吸収し始め、なんということだろうか、と思ううち。娘の上半身はほぼ大毬に飲み込まれ、格子縞の膝丈スカートを穿き、腐汁色のサンダルを履いた下半身が宙空に浮いた巨大毬からぶら下がって蠢いているような格好となって、その様は好事家向けに拵えた精巧な淫具のようであった。

実際に淫具として使ってやろうか。いまここで？　ばかなことを。そう思ううちに足も吸い込まれ、娘はただの大玉になって、暫くの間、宙空にあったが、やがて次第に収縮し始めて、梨くらいな大きさになったかと思ったら、突然、力を失ったように、ポソン、と床に落ち、何度か跳ねて転がった。

かがみ込んでひらった。拾った？　いや、違う。ひらった。拾ってみると、なんのことはない、犬用玩具としてどこにでも売っているような毬であった。仔細に調べたが娘らしい感触はどこにもなかった。左手の壁に向かって投げつけてみると、跳ね返って床に転がったが、犬の牙が無闇に食い込まぬ工夫がしてあるためか、ぼんやりと跳ねて、ボソッ、と転がった。

そのとき、左奥の階段の脇から飛び出してきたものがあった。マツマンであった。ボールボールボール。ボールが欲しいのか。ボールボール。ボール。ボールが欲しいのか。相わかった。私はボールを拾ってマツマンに見せびらかし、飛びかかってこようとするマツマンに、座りなさい。と告げた。したところさすがは日ノミココのところの犬である、あれほどボールを切望しているのにもかかわらず、ビシッ、と座ってこちらをじっと見て、指示を待った。口が開いて長い舌がヒラヒラしていた。私は、よろしい。と言って毬を投げた。マツマンは大喜びでこれに飛びつき、伏せた姿勢で抱え込んでこれをガジガジかじり始めた。なんでだろうね。なにが。なんでマツマンだけがいつまで経っても貰われないのだろう。大きいからだろうか。いやさ違うだろう。じゃあなんで。イクキ、オジョ、グリグリ、ホエゲッツ、もっとひどい性格の犬が沢山いたがみんな貰われていった。こいつだけがそんな悪い犬には私には思えぬのだがね。そういう奴は必ずいる。若い頃、同時に五人ほどで売り出した。みんな勢いがあって、それぞれおもしろいことをやっていたから、みんな支持を得た。ところがひとりだけ、どうしても埋没してしまう奴がいた。梅田ドステルっていったかな。そいつが悪かったわけではない。むしろ全般的によかったくらい。でも駄目なんだ。そういう奴っているのだよ。実はそれってオレなんだけどね。たはは。ってでもなんで……。でもなんでマツマンが出てきたのだろうか。左奥の階段脇に短い廊下があって、正面のドアーを開けると事務のための室、右のドアーを開けると、前室のような狭い部屋があって、その部屋の入って正面のドアーを開けると板張りの犬たちの室があって、その、建物正面入り口からみて右奥のドアーを開けると、こんだ、石貼りの犬の室があって、その左奥のドアーを開けると、短い廊下の正面のドアーの先の事務の室になっていて、つまり事務の室にはドアーがふたつあって、階段脇の短い廊下の正面のドアーと部屋に入って左奥のドアーがある。その伝で言うと、石貼りの室にもふたつドアーがあって、すなわち、ホールの右奥、カウンターの内側に通じるドアーと、板張りの室に通じるドアーである。

したがって犬だちの起居する場所は、石貼りの室、板張りの室、である。また、各所のドアーを開放すればその先の室や廊下に犬は出遊することができる。ただし、開放するドアーは石貼りの室と板張りの室を隔てるドアー、石貼りの室からホールカウンターに通じるドアー、に限られ、前室のような狭い部屋に通じるドアー及び、板張りの室左奥から事務室に通じるドアーは人が通行の用のあるときのみ開け閉てされ、けっして開放されなかった。

なぜか。それは犬の脱柵を防止するためである。犬は動くものに鋭く反応し、そうしたものを見つけた場合、後先を考えず飛び出していく。いまの君もそうじゃないのか。ウルヘッヘッヘッヘッ、ホーホホホーホホホ。そしてそれに気がついた人間がとどめようとしたときにはもう遅い、道路へ飛び出て、くわんっ、向こうから来た車にはねられて死んでしまう。それも君と……、ウルヘッヘッヘッ、ホーホホホーホホホ。それを防止するためにドアーを閉めるのだし、もし、鈍くさい人がモタモタしたとしても、そこは前室であり、事務室であって、ホールへと続く短い廊下へ至るためにはもう一枚ドアーを開けなければならないので、犬が外に出るためにはそこを突破しなければならない。

けれども、考えられないくらい鈍くさい人がいて、事務室、前室の短い廊下に続くドアーも突破された場合はどうなるかというと、こんだ、短い廊下の先、階段の脇に、床から八十センチの高さのスイングドアが取り付けてあり、犬がホールに出られないようになっている。

一方、石貼りの室のもう一つのドアー、すなわちホールの右奥、カウンターの内側に通じるドアーは、というと、これは大人の胸の高さくらいあるカウンターがLの形に囲っているので、ホールの、毬になった娘が執務していたエリアに出られないのである。

これらは私たちが巧んでそうしたのではなく、元々の建築がそうなっていたのをそのまま好都合と利用したのであり、唯一、階段脇のスイングドアだけが自分だちで取り付けたもので、重厚かつ優美にうねる階段の木部に無慙で無慈悲なビス留めであった。

すなわち、どのように考えても犬はホールに出てこられないようになっていた。なぜならホールにはいつ何時、不用意で鈍くさく、犬が脱柵したら死ぬ、ということに考えが及ばない、配達人や見学者、集金人などが来るやも知れず、そういった人は必ずドアーを開け放ったまま入り口でモタモタして犬を脱柵させて、死なせてしまうから。だから優美な階段にビスも打つ。暑いのも我慢して戸を閉めるようにしている。にもかかわらずマツマンがこんなところにさまよい出るのはなぜか。毬を与える前に私はそれを考えるべきだった。でもこれは現体制の緩みに違いなく、これを理由にヨーコだちを批判することができる。不注意と存じ候。いったいなにをやっておるのか。犬の安全。健康。そういうことを第一に考えないでどうするのか。少しばかり順調だからといって油断しているのではないか。ここは一番、若い者に任した方がよいのではないかと愚考して一旦は身を引いたがやはり私がいないとこの組織はだめになるのではないか。そんなことを言ってヨーコの勢力を削減し、私の勢力を回復する、その口実にできる? 口実じゃないよ。本当のことだ。実地にみてみよう、へいっ、マツマン。来いっ。行くにゃ。そんなこと言ってないで早く来い。うわーい。いくいく、と言って、マツマンを連れて左奥の階段脇に行って調べてみると、言わぬことではない、ピタとしまっていなければならないスイングドアが開け放ってあった。マツマン、おまえはこれを自分で開けたのか。えへへ。開けた。嘘をつけ。おまえのグニャグニャの手でこのポッチが押せるものか。やはり、たるんでいるのだ。苦言を呈さないといかぬ。というので、「いま、ホールにマツマンが……」と、言いながら事務室に入ったのだけれどもたれもおらぬ。板張りの室か石貼りの室で用でもしているのか。だったらマツマンがいなくなったのに気がつくだろう、そう思いながら板張りの室に入ったら、ドアー、みんな開けてあって。

そして奇異なことに板張りの室にも石貼りの室にも犬が一頭もおらず、ただケージばかりが積んであった。マツマン、どうしたんだよ。犬が一頭もいないじゃないか。でへへへ。いったいどうなってるんだ。ドアーは開け放しだし、犬はいないし、娘は毬になるし。たるんでるよ。たるみきってるよ。憤慨しつつ、どのように難癖を付けるか、要点をメモしておこうと、そう考えて事務室に入らんと、短い廊下に戻った、ちょうどそのとき、ダダダ、と階上から女ふたりが降りてきた。「一階に人がいないじゃないか。だめだろう。おかしい者が入ってきて大事な犬をどうにかしたらどうするんだ。責任とれるのかよ。っていうか、犬がマツマンだけじゃん。どうなってんの。いったいどうしちゃったのよ。僕が一線退いてる間になにがあったのよ。なにカーディガン羽織ってんのよ」そんな言の葉を、その階を降りた者に浴びせかけようと最初は思っていた。けれども。

あっ。と言ってしまったのは降りてきたうちの一人は前から知っている皆葉さんだけど、もう一人が意外な人だったから。意外な人ってたれ。見ノ矢桃子。というのはそう、あの海岸でマツマンだちを草子が導いていたとき、番組付きのトレーナーとしてそこにいた見ノ矢桃子であった。

実は。実際のところ、あの後、見ノ矢桃子の人生は丸潰れだった。と、その後、見ノ矢桃子は語った。トレーナーとしての面目が丸潰れて、様というものが完全になくなり、依頼や注文というものがまったくなくなってしまった。そのことが原因ではないが建築業をしていた夫、見ノ矢謹二が全身を強く打って労働ができなくなり、子供もなかったので謹二は郷里に戻り桃子は都区内に残って離散となった。その直後、実家の父、音次が増水した川を見に行って溺れ死んだ。その後、老母と謹二がどうなったのか。桃子は怖くて連絡できないでいる。プライドも仕事もなくなって、やむなく千葉の熟女ヘルスというところに登録して糊口を凌ぐ、という体たらくだった。

その桃子がなぜ、日ノミココの事務所に存在しているのか。事務を引き受ける奉仕者、皆葉ちゃんとふたりでなぜ重厚で優美な階段を下りてきたのか。それはこういうことだった。ある日、桃子についた客は猿回しだった。なぜ猿回しとわかったかと言うと、本人がそう言ったからだが、しかし桃子は最初から気がついていた。男の身体には猿と長年過ごした年月から揮発した悲しみのようなものが染みつき、それが揮発してホテルの小部屋に漂ったから。余計な話をする時間はなかったはず。それでも男のしたサルバナは桃子の耳朶に熱い感触を残した。そしてそれは身体の渇きと疼きをともなった。長年猿を回してきた男の自信と実績と信頼、他から受ける若干の軽侮と嘲罵までもが、男の輪郭を明確にしていた。それと比べて私はどうだろう。ああ、おまえはいったいなにをしてきたのだ？　と自らが自らに問う声が桃子の身の内に響いたのだ。

それから見ノ矢桃子は千葉の熟女ヘルスから池袋の熟女ヘルスにくらがえをし、そのうえ出勤日を半分に減らして日ノミココオフィスで無給スタッフとして働くようになった。もちろん日ノミココ母子に対する恨みは骨髄に徹していた。あの場に日ノミココ母子さえ現れなければ、桃子は権威あるトレーナーとして業界に君臨できた。それが、日ノミココのために玉無しになってしまった。半殺しにしても気が済まないはずであった。けれども敢えて日ノミココの許に恪勤したのは、その卓抜した技術をどうしても学びたかったからか。それとも、そんな恩讐を越えてしまうほど、見ノ矢桃子は真摯な気持ちになったのだろうか。猿回しに起こされて。とまれ、山ほどあるスタッフ応募者のなかにほとんどいない即戦力の見ノ矢桃子はオフィスにとっても都合のよいことだった？

「確かあなたは」

「そうなんです。先生」

と言ったのは皆葉さんだった。私はその言葉に驚いた。このオフィスで私は姓にさん付けで呼ばれていた。陰でヨーコだちが呼び捨てにしているのも犬を通じて知っていた。ときには、……のバカ、などと言ってもいた。特にヨーコだちに近いわけでもない皆葉さんはそういうことはなく、常にさん付けだったが、先生などと尊敬をこめて言うことはなかった。さっきの毬の娘といい、どういう風の吹き回しか。私は改めて皆葉さんをみた。地味な身なりの、いかにも真面目そうな、生産工場の女事務員みたいな感じの人だった。無給スタッフで確か本業もそんなことをしているのではなかったか。けれども皆葉さんはオフィスにとって重要な人だった。なにしろヨーコだちは目立つことやチャラチャラした、ほとんど半芸能のような世界にいて、或いは予算編成といったようなことは好きだったが、地道な事務作業や連絡作業、単純なデータ入力、チケット取り、といったようなことはてんでやらず、そんな仕事は皆葉さんがほとんど一人で引き受けていたのだ。そして皆葉さんは人を使うことが苦手だったため、仕事を他の人に振ることができず、ひとりでいつも苦労していた。けれどもそういう面倒くさいことを文句も言わずにやってくれる人がいるということはありがたいことで、みな皆葉さんに任せてチャランポランに生きていたのか？

「いつか番組でご一緒した見ノ矢桃子さんです。いまスタッフとして入って貰ってるんですよ」

「先生、その節はお世話になりました」

「いやあ、暫くでしたね。それはいいが、皆葉さん、駄目じゃないですか。マツマンがホールをノソノソ歩いてましたよ。それで驚いて見に行ったらドアー全部全開じゃないですか。まずいですよ。たるんでるんじゃないですか。そこに居た女の子は毬になっちゃうし」

「まあ」「まあ」そう言って皆葉さんと見ノ矢桃子は顔を見合わせ、それから見ノ矢桃子が言った。「私たちが二階に上がったときは階下に人が居て、そのときは確かにどのドアーも閉めてあったんですけどね」じゃあそのひとたちが開け放ったまま、階上にいる二人に声も掛けないで出てったたってこと？　まあそういうことだわな。「じゃあその人たちが階上にいる皆葉さんたちに声を掛けないでドアーを開け放ったまま出て行ったたってこと」「ええ、そうとしか考えられないですね」「誰かが入ってきた可能性は」「ないと思います」なんで断言できるんだよ。じゃあ、あの毬になった娘は？「じゃあ、あの毬になった娘はどうなんだ」「ははは。先生、戯談はよしてください」「戯談じゃないよ」「じゃあ、幻覚じゃないですか」そう言った皆葉さんの口調が恐ろしいほど冷酷で、それまで先生、先生と持ち上げられていた分、急激に精神が落ち込んで私はそれ以上、毬になった娘、仮に毬枝としようか、毬枝の話を続けることができず、「じゃあ、最初、階下に居たのはたれとたれなの？」と訊くことしかできなかった。

「ヨーコさんとキョーコさんとリラエさんです」

「駄目じゃないかあっ。なにやってんだ、ヨーコさんは。たるんでるのかっ」

と殊更、大声で言った。「すみません。申し訳ありません」と、皆葉さんが本当に済まなそうに謝ったね。そうだね。

「いや、あなただけが悪いんじゃない。ちゃんとね、外出するならするで、そうした連絡体制をきちんととってほしい、ということを言っているんだよ」

「本当に申し訳ありません」

「いや、いいんだよ。いいんだけど、そういう連絡体制だけはちゃんとしてほしいんだ。僕だって聞いていないことが一杯あって驚いているくらいなんだよ。例えば、この柵の色ですよ。この階段は焦げ茶色じゃないですか。だったら、少しくらいは調和性を考えてね、ウッディーな色にしたらどうか、くらいなことはね、事前に連絡なり、相談なりしてくれれば僕だって言えました。それを勝手にあんなピンク色にしちゃって」

「本当に申し訳ありません。そのことで私も心苦しいというか、先生にご相談しなくていいんですか、ってヨーコさんに何度も申し上げたんですけど、自分がするからい、って言うんで、私からはご連絡しなかったんですけどご存じですよねえ」

「なんの話ですか」

「だから、非営利法人の名前の話ですよ」

「ぼええええ？　聞いてないけど」

「ぼえええええ？　聞いてないんですか。ヨーコさんから連絡ないですか」

「ないですよ」

あじゃあ、あじゃあ、あじゃあ、と皆葉さんはムチャクチャになり、髪を振り乱して、階段の脇の太い石柱に額をゴンゴンぶつけて血まみれになりそうになったので慌てて止め、そして、「あっちで落ち着いて話しましょう」とみんなで事務室に入った。

私、茶を買ってきます。そう言って見ノ矢桃子は走り出ていった。マツマンがこれに追随しようとした。見ノ矢桃子はこれを権威でとどめた。その姿はまるで一流の導師であった。けれどもその誇りをかなぐり捨てて、熟女としての面目も捨てて。さほどに日ノミココは偉大だった。

茶を買って帰ってきた見ノ矢桃子も交えて私たちは長く親密な午後を過ごした。最初のうち、皆葉から聞くヨーコだちの行動には驚くばかりだった。ヨーコは、あんなことになった舵木禱子をないがしろにするのは当たり前として、ときに日ノミココですら、陰ではその意向に反することをやっていた。例えば日ノミココは急に姿を消して随伴しなくなった私のことを随分と気にしている様子だったという。それについてヨーコはなんと言ったか。それは皆葉さんにもわからぬ様子だったが、とりあえず讒言のようなことは言っていないようだった。そして皆葉さんと見ノ矢桃子は、あれでもお母様には違いないのに、と言って涙を流していた。過去の禱子を知っているので私は流さないが、可哀相と思う気持ちが初めてした。なので皆葉さんたちは最近は持ち出すことすらされず二階の狭い方の部屋に置いたままの禱子にヨーコだちが申請しようとしている非営利法人の名称について相談のため、口実を付けて二階に参った。だから、半ばはわざと開け放ってヨーコだちは出たのではないか。そうすればマツマン脱柵の責任を私たちに押しつけることができるから、とまでは皆葉さんは言わなかった。皆葉さんは、「ヨーコさんも忙しくて」と言ったのみだった。しかし、そうとしか言っていないのにそう言ったように聞こえるような巧みな話し方を皆葉さんはしたのだった。

「だったら」と私は言った。

「だったら名前については、名称については白紙としましょう。それは僕がヨーコさんにはっきり言います。勝手に名前を決めるなんて許されないことだ。それ以前に、その申請書の中身も僕はみていない。ぜんたい僕は当然として理事には誰がなってるんですか。監事は誰ですか。いいですか。僕はそんなことは説明を受けないと納得できないたちなんです」

冷静な見ノ矢桃子と皆葉さんとは打って変わって私はひどく取り乱し、興奮のあまり放屁までしていた。私の犬はマツマンに顔を舐められて嫌そうにしながらも我慢していた。

犬芝居

板張りの室に日が射していた。開け放ったドアーの向こう、石貼りの室の右奥に薄汚れたケージが積み上げてあるのが見えた。

そのケージのなかでケダマが喚き散らしていた。恐ろしい。そして腹が立つ。なにがなにだかわからない。恐ろしい。このままでは殺される。違う。違う。違う。恐ろしい。腹が立つ。違う。恐ろしい。と、ケダマはおよそ意味のないことを喚いていた。

最近、こんな奴が増えた。

そう思いながらケダマの小便を雑巾で拭いていると、石貼りの室から、「この、ペットシート、もう捨ててもいいですよね」という見ノ矢桃子の声がしたので、「いいんじゃないですか」と返事をした。

犬の、或いは、猫のための吸湿シートはけっこう高価。だからなるべく限界ギリギリまで使うように指示されていたのだが、そうすると端の方に小便が垂れて嫌だったので、私たちはヨーコたちが見ていないときはポイポイ捨てていた。

開け放ったもうひとつのドアーからホールのカウンターの内側が見えた。

縞の光のなかをヤーチャンとルボシカがうろうろし、その姿を私の犬が眺めていた。

ああ、こんな日は、こんな掃除以外になにもすることがないような午後は缶麦酒でも飲みたいものだ、とそう思ってしまったので、事務室の冷蔵庫から缶麦酒をとってきて床に座り込んで飲んだ。

飲んでいると、ルボシカが来て、俺にも呉れ、という風に鼻をフンフンしてくるので、「駄目だ。おまえはこれは飲めない」と言って押しのけると、今度は見ノ矢桃子が来て私の前に立った。

私は床に座り込んでいたので見ノ矢桃子の顔がとても高い位置にあるように見えた。見ノ矢桃子のベージュ色のズボンはしわが寄っていてところどころ汚れていた。

「麦酒なんか飲んでていいの。また、叱られるんじゃない」

高い位置から降ってきた声に私は答えた。

「別にいいよ。後で叱られるのは覚悟の前だよ。いまの麦酒の楽しみがあるから後の叱られが我慢できるのさ。叱られないかわりに楽しみもない人生なんてつまらないよ」

と、そう言いながらまた麦酒を飲んだ。

聞きようによっては負け惜しみのようだろうが本気でそう思っていた。

ひとつだけ問題があるとすれば、そうは思いつつ、叱られる、ことをあまりにも当たり前のこととして受け入れてしまっているということで、そう、いつの間にか私はそんなことになっていた。

なんでこうなってしまったのだろうか。なんてことは別に考えなかった。麦酒を飲んで幸せだった。けれども理由はあるはずだろう。なんでこうなったんだ。と、私の犬が問う。私は、わからない。知らない間にこうなってしまったんだよ。と言うより他なかった。

でもそれは当然の疑問だっただろう。

私はこの組織の創設メンバーであり、最大のスポンサーであり、神の如くに崇められている日ノミココの古くからの知り合いで、一応の敬意は払われていたし、私個人の名声と自分で言うのは恥ずかしいがいまだったら言ってもいいだろう、名声もあって、さすがのヨーコもそう無茶苦茶なことはできなかった。

ところが掃除係になってしまった。ってことではないよ。ここでは誰でも掃除する。ヨーコだって掃除するし、草子だって掃除をする。掃除をしないのは舵木禱子だけだけど、それだって禱子が偉いから掃除をしないのじゃなくてできないからしないだけだ。じゃあどうなってしまったのかね。例の事件で政治的な力を失って運営方針の決定に関われなくなってしまった、ということか。いや、それも違うね。確かに以前はヨーコとその一味を燃やして日ノミココ様を常道に戻すことが私の義務だと考えていたよ。そのために見ノ矢さんと皆葉さんともずっと話してきて、いろんなことはやった。でも途中でわかったんだな。なにが。僕たちのやっていたことは端的に言うと意地悪だったし、僕がやられていたのも意地悪だったんだけど、僕は意地悪ではヨーコに勝てない、ということがわかったんだよ。え、それってもしかして自分が善人だって言っているのか。そうじゃない。もし僕が善人なら意地悪なんてしたくないはずだ。でも僕はヨーコに意地悪がしたかった。したくてしたくてたまらなかった。で、やった。ところがその意地悪は詰めが甘くて悉くヨーコに察知され見破られ、対策されて手ひどいしっぺ返しを食らった。つまり僕は善人なのではなく意地悪の才能がないんだよ。そしてヨーコは……。才能があった？

あったどころではなかった。ヨーコは意地悪の天才だった。世界意地悪選手権があればヨーコは間違いなく優勝しただろう。ヨーコの仕掛ける数々の思いも寄らぬ意地悪に私は啞然とするばかりだった。それで君は政治的な力をすっかり失ってしまったというわけか。いやそうじゃなくて……。

と言いかけてやめたのはうまく説明できると思わなかったからで、私がこうなってしまったのは外部的な力を失ってしまったというよりは、私の内部の問題で、私のなかで燃えていた火がすっかり消えてしまったということだった。

そしてそのことは例の事件、私が夜這いをした、ということになっているあの事件とも関係しているように思われた。

あのときも私は確か麦酒を飲んでいた。一階のカウンターの内と外に何人かの人が居たから、多分、譲渡会の後かなんかで片付けをして、その片付けも終わって、雑談をしていたのだと思う。思う、というのはすべてが夢のように不確かだからで、その頃、私はやっと自分のなかの火がドンドン小さくなっていることに気がつき始めていた。以前なら、例えば銀行に振り込みに行ったときなど、途轍もない敗北感に見舞われたというのに、なにかこう、同じような目に遭っても、まあいいかな、みたいな気持ちになっていた。

これではいけない。これではなにも焼けない。そう思う気持ちすらなくなっていき、私はただニヤニヤ笑ってペットシートを片付け、中元の残りの麦酒を飲んでいた。

だからあのときもそんな感じでいた。そしてヨーコがこちらを見ているのに気がついて、なにかもうそれだけで嫌な感じがして、もうやめようかな、と思っているのにまた缶麦酒を取りに行ったりしていた。

そのことで、なにか段ボール箱のようなものを持っていたキョーコが、すれ違い様になにか言ったような気もする。

そんなに飲んでどうのこうの、とかなんとか。そう。あの時点ではまだ、叱られる、ということはなかったように思う。それから私は一旦、麦酒を手すりに置いて、犬の室に入って、ケージのなかの犬を見て、麦酒をとってまたホールに戻った。手すりから麦酒が落ちるかも知れない、と思っていたのでそれは覚えている。そしてそのとき、誰かがいて、落ちそうになってたよ、と言って缶を手渡してくれたような気もする。

それからのことがよくわからない。気がつくと私は二階の、元々、私のオフィスだった宿直室にいて、そして毬枝さんが悲鳴を上げていた。

その声を聞いて下から上がってきたヨーコたちに問い糾され、いろいろ応答したはずなのだけれども、はっきり覚えていない。私は、そのままになっている私物を取りに入っただけだ、とかなんとか言ったらしい。

その夜は都心の家にタクシーで帰った。それから何日か経って行くと、そのときはもういまとあまり変わらない感じになっていた。

「なにやってんだよ」とか、「それじゃあ、駄目じゃん」とか、普通に言われてウスノロ扱いになっていた。

「それで今日はどうするの」

と、見ノ矢桃子が私を見下ろして言った。

「やらないの、今日は練習しないの」

「ああ、まあ、じゃあ、やりますか。一応」

私は麦酒の缶を持ったまま立ち上がってホールに出た。カウンターの内側にいたヤーチャンとルボシカが喜んで飛びついてきた。

「やめろ。安寿と厨子王。ノー。と、リーダーは毅然として言う」

「って口で言っても駄目だよ。あと、変な名前で呼ばないで。ノー。Sit」

と、見ノ矢桃子がいい発音で言うと、ヤーチャンが形よく座ったばかりか、隣にいたルボシカまでが座って、二名揃って見ノ矢桃子を見上げた。

「さすがだね。僕だとそうはいかない」

「なめられてるだけよ。それに、ここじゃこんなの意味ないもの」

と、見ノ矢桃子は言った。

そりゃそうだ、日ノミココ様があのように意のままに犬を操るんだから、Sit、なんてコマンド言ってるようなオールドスクールはここじゃ尊敬されないよね。まあね。彼女が学んだ技術は意味がなくなってしまった。かといって日ノミココの技術は技術ではない彼女固有のものだから万人が習得できるものではないよね。そこがつらいところだよね。でも誰にとって？

「まあ、そう言わないで。僕はその技術があれば芝居もできると思いましたよ。っていうかいまでもなんとかならないかなあ、と思ってるんだけど」

と、言ったのだが桃子は乾いた口調で、「無理」と言った。

そらそうだよね。まあな。犬芝居、という命令そのものがムチャクチャだ。それも、情緒が安定した犬ならいいけど、あんな奴らだものな。そうなんだよ。

という私たちの話し声に通奏低音としてケダマの吠え声が響いていた。


ヨーコから、犬芝居の脚本を書け、という話を最初に聞いたとき私はうれしかった。人を呪わば穴二つ、そんな馬鹿なことを言い出すということは、あまりにも意地悪をしすぎたため、ヨーコは気がおかしくなったのであり、ということは、もうこれ以上、ペットシートの無駄遣いとか、麦酒を飲み過ぎるといった、まともな理屈によって叱責されないで済む、と思ったからだ。

けれどもそれは甘い考えだった。ヨーコは狂ってなどいなかった。

それって俗に言うパワハラってやつ？　あ、まあ、そうだね。僕を滅ぼすために態とどう考えても不可能な課題を与えた。犬芝居だよね。そう。犬芝居。無理だっつの。

そう。ヨーコは私に犬芝居を書き、演出し、上演せよ、と言った。

ヨーコは意地悪がうまかったが、組織の運営にも才能を発揮して、私がヨーコを燃やすのに失敗し続け力も光も失い、目も鼻も口もないような状態になって以降、多くの、ヨーコと仲がよいスタッフとともに、フェアリーの家、と名を変えた団体を運営し、確実に勢力を伸ばした。スタッフの人数も増え、取り扱う犬も増え、この優美な建物もけっして狭くはなかったが、交通アクセスが悪い、ということで移転することにして、都心に本部を構えた。犬を収容し、かつまた、訓練場も兼ね備えた施設であった。

その資金はすべて私が出した。

という訳ではなく、その資金はヨーコが、というか、フェアリーの家、が独自に調達した。どうやって調達したのか。わからない。私は会計のことがどうなっているのか、私が出資したお金が戻ってくるのか、どうなのか、ということもわからない。ただ、フェアリーの家、には寄附が多く集まっているようだった。

なぜそんなに多くの寄附が集まったのか。それはもちろん多くの人が機会があればなるべく喜捨をしたいと思っているという昨今の風潮も関係しているが、日ノミココのテレビ出演を通じて、様々の業界人と関係を構築したヨーコが様々の派手なイベントを開催し、いずれも成功させたことなども大きく関与している。そしてもちろん草子のカリスマも。

私のようなケースもきっといくつかあるのだろう。そう思うとき私は変なことを考えてしまう。そのとき、その男は（なにも男に限った訳ではないが）、草子のために払ったのだろうか、ヨーコのために払ったのだろうか。ということを考えてしまうのである。

私が払ったのはもちろんヨーコのためではなく、草子のためである。けれども、ヨーコの政治的な力が拡大したいまはそうでもないらしく、ヨーコのために払う、しかも純粋な気持ちで、働いて得たお金の十分の一を払うのではなく、今後の情勢を見越して、痛みを感じない範囲で、しかし、純粋な気持ちで払われるものの百倍、千倍を払う者もあるようで、先日、皆葉さんと一緒に本部から来た暗い若い男が、それに対して違和感を感じる、みたいなことを言っていた。

それも含めてでも私が思うのは、それは、私がこんな感じになったこと、と関係があるのではないか、ということだった。

あのとき、そう、あの事件の夜、ヨーコは私を凝と見ていた。というのはしかし違うのではないか、と思う。ヨーコが見ていたのではなく、私が見られていたのだ。

というと気ちがいみたいで誤解を呼ぶと思ってますます萎縮するが、それこそがヨーコの狙いで……、というか、もう、はっきり言うと、それは人間の精神を操る狐の霊力ではないか、と私は思うのだ。そう。私はあの間、意識をヨーコに乗りとられていた。

実際の話、そう思わないと筋褄の合わぬ箇所がいくつもあった。

もっとも大きい疑問が、なぜ、一時はその存在で私を圧倒し、日本平三平殺害、という事件まで引き起こした舵木禱子があんな虫になってしまったのか、という点。それから、私の仕事のこと。あれほどあった仕事の依頼が、あるときを境にがくんとなくなった。心当たりはなにもなかった。ひとつだけあるとすれば例の事件のことで、あの事件が、例えばインターネットなどで世の中に広く知れ渡って、それが理由で依頼が減ったのか、と疑い、調べてみたが団体の誰かが喋ったり書き込んだ、ということもないらしく、世間であの事件のことを知る者は皆無であった。

ということは、やはり、それもヨーコが狐の霊力を用い、或いはなんらかの呪術をおこなって世の中の人の心が私から離れるように仕向けたのではないか。というか、さらに進んで言うと、ますます気ちがいめくが、私が一時あれほど人気があったのも、私はそれを自らの力によるものと自惚れていたが、実はヨーコが呪術的な世論操作を行ったからではないだろうか。

そんなこと言ったらこの世はヨーコの思いの儘、ヨーコの匙加減ひとつでどうとでもなる。ということになっちゃうじゃないか。と、私の犬が言った。私は、もしかしたらそうかも知れない、と言った。

一箇月後に開催されるイベント、「動物の祭典」のことを考えると、そうとしか思えなかった。

この間、大小のイベントを開催し、いずれも成功させてきたヨーコが、「このあたりで一発、ぶちかましたい」と言い、都心の野外アリーナと野外音楽堂を備える広い公園の二会場で、それぞれコンサート、演劇、講演、討論会、セミナーを連続的に行い、会場全体を使って、物販、飲食など五百店舗ほどを出店させ、メインのイベントとして二会場を結ぶ道路で山車を仕立て、綺羅錦繡をまとった犬一千頭のパレードを行う、その構想を語ったとき、誰もが無理だ、と思った。私も無理だと思った。

ところがこの計画を公表した途端、様々の個人、団体、企業が参加を表明し、そのなかには行政組織に食い込んでいるものもあり、行政の支援も取り付け、そうなると人前に出て目立つのが商売の芸能人、そして政治家もこれを支援する発言をし、そうなると、また、参加を表明する個人、団体、企業が増え、というサイクルを繰り返して、夢のようなイベントが現実的な話になっていた。

これも狐の霊力としかいいようがない。いや、というか、それがなくても、その時点での、「フェアリーの家」の興隆も霊力なしには考えられない。

そして、私はそのイベントのために犬芝居を書いて上演せよ。と言われた訳だった。

けれども、犬が芝居などする訳がない。コマーシャルなどで犬が演技をしているのがあるが、あれは映像作品だからできる訳で、舞台で犬に動きをつけるなどできる訳がない。

だからこそそれができれば、観客は涙を流して笑いながらトレーニングの重要性を悟るのよ。と、ヨーコは言い、私はこれを引き受けた。

なんで引き受けたの。断ればよかったのではないか。僕はここに残りたいからね。やめるんだったら断れたが、ヨーコに逆らってここに残るのは無理だ。え、自分が火となって燃やす、とか言ってなかったっけ。そうなんだけどね、その場合、ヨーコが邪悪であるという前提が必要だよね。え、邪悪じゃなかったの。うん。邪悪だと思っていた。異端だとも思っていた。そして僕こそが日本くるぶしの啓示を受けた正統だと思っていた。けれど思い出したんだけれども、僕は日本くるぶしのことはもう考えるな、とも言われていたよねぇ。そういうことを合わせて考えると、もしかしたらヨーコが邪悪なんじゃなくて、それは力の向きが違うだけで、それを正統と異端と考えるのは間違っているのかも知れない、と思うようになったんだよ。ふむ。わからんな。けど、本当にそんなことなの？　他に理由はなかったの？

と、私の犬は聞いた。そのときは、ない、と答えたが、実はあったのかも知れない。それは、もしかしたら、やりようによってはうまくいくかも知れない、ということで、私は、もしかしたらうまくいって、犬一座が評判になり、イベントの後も上演してくれという依頼があり、そのことによってまた以前のような発言力を取り戻し、そのことによって狐の霊力と対峙できるのではないか。日本くるぶしの正統よりなる、真の炎によって栄光のバーベキューができるのではないか、と夢想していたのである。

そしてその夢想の背景には見ノ矢桃子の存在があった。

犬芝居を上演するためには犬を自在自由に動かさなければならない。どうしよう。と考えたとき、あ、見ノ矢桃子いるじゃん。と思い、いけるじゃん。と思ってしまったのである。

日ノミココの圧倒的なトレーニングの前でまったく存在感のない、見ノ矢桃子であったが、その技術は基本に基づく確かなもので、人に伝えられる理論や知識も身につけていた。実際の話が、「フェアリーの家」に引き取られた人と見れば嚙みかかっていくような凶暴な犬や、のンどが破れ心臓が破れるまで吠え続ける、みたいな犬を落ち着かせ、この世の論理に従わせているのは見ノ矢桃子であった。

どうしたってどうしようもない犬はまず見ノ矢桃子の前に連れてこられ、時間を掛けて訓練され、まともになって貰われていった。

それに比して草子は、というと時間はまったくかけずに同じことができた。草子の顔を見るなり犬は、座り、また、腹を地面に着けて伏せ、口を引き結んで草子の顔を見上げて、その指示を待った。けれどもそれは草子にのみ忠実なのであって、草子がいなくなれば犬は以前と同じように荒れた。つまり草子が犬に教えたのはこの世の論理ではなく、草子の国の論理であった。

しかし団体の人、そしてこの世の人が称揚するのは日ノミココの方であった。なぜなら、見ノ矢桃子が持っているのは努力すれば誰でも習得できる技術や知識だが、日ノミココは奇跡を行い、また、その存在そのものが奇跡に思えたからである。

では、ヨーコはどうだっただろうか。狐の霊力で凶暴な犬をコントロールできなかったのだろうかというと、それはできなかった。ヨーコの霊力は犬にはまったく及ばず、それが及ぶ範囲は人間に限られた。

というのはまあよいとして、私は本部付きになった皆葉さんは無理だとしても、見ノ矢桃子の協力があれば、犬芝居ができるだろう、と思ったし、貢献度の割に正当に遇されなかった(本部に連れて行って貰えず、私と一緒にここに残されているということはそういうことだ)見ノ矢桃子はこれを断らないだろう、と考えたのである。ところが。

「無理です」

と、話を聞くなり見ノ矢桃子は断った。そんなことはやったことがないし、第一、犬がどうやって台詞を言うのか。と言った。あなたはふざけているのか。とも言った。

言われて愕然とした。台詞のことを完全に忘れていたからである。しかし、私はそれでも見ノ矢桃子のトレーニング力があればなんとかなるのではないか、と思った。例えば、短くコマンドを言えば犬は座ったり待ったりすることができる。走ってこさせることもできる。警察犬などであれば襲撃させることもできる。或いは、ハンドシグナルを使うこともできる。

こうした技術を使えば犬をある程度、芝居の流れに沿って動かすことができる。また、演技については衣装や扮装でそれらしく見せることができる。

そして台詞の問題は、というとこれは意外に簡単で、人間が見えないところに隠れ、犬の動きを見ながら台詞を言えば、観客からは恰も犬が喋っているように見える。

そこで見ノ矢桃子を居酒屋に連れて行って、麦酒や焼酎を飲ませて、そんな説明をし、また、これが成功すれば、またドッグトレーナーとして一本立ちできるのではないか、そのときはふたりで組んでうまくやっていこう。俺もひとりもの、おめぇもひとりもの、なんだったら夫婦になって稼いでもいいんだぜ、とかなんとか、もう既に芝居な感じでかき口説いて、それはあまり効果がなかったようだが、まあ、じゃあ、やってみましょうか、とは言わせた。

それから一月。よい加減な脚本を書き、合間の時間を見つけては稽古をした。

ところが間の悪いことに、そのときここにいた犬は全部で六頭であったが、いずれも、およそ芝居のできそうな犬ではなく、稽古初日からいきなり行き詰まった。

まず役者犬は、というとなぜか貰われず、また、本部にも連れて行って貰えないなんだかわからないゴールデンレトリバーのマツマン、スタンダードプードルのケダマ、ワイマラナーのヤーチャン、ゴールデンレトリバーのルボシカ、柴ミックスの兵庫、ボーダーコリーのマークボランと大きい犬ばかりだったのは舞台栄えがしてよかったことだったが、いずれも人の世の理屈をいまだ学ばないばかりか、犬同士も、何事もないときもあったが、少しのことでいがみ合い、些細なことで喧嘩をし、反目し合うことも屢屢で、協力して芝居をするなどとんでもないことだった。

稽古は、ホールカウンター内側で行った。最初に練習した景は、兵庫とマツマンが家の中にいるところに、ケダマが入ってくる、という景だったが、そんな簡単なことができなかった。

「じゃあ、そっちがわ、それ演劇でなんつんだっけ」

「上手側」

「じゃあ、上手側が家の中でこっち側が外ってことにして、じゃあ、兵庫とマツマンをそこに座らせて、こっちからケダマが入ってくる、ってとこやってみよう」

　というので見ノ矢桃子がまず、兵庫とマツマンの前に立ち、これを座らせ、待て、と号令を掛けて、それから後ろ向きに後退していく。その間、兵庫とマツマンはじっと待っている。ところが、演劇的には座って会話をしているということにしなければならない。そこでこの間、見えないところに隠れた人間が、マイクで、「今日はよい休日でござりました」「さよさよ、お天気もよろしゅうて、のんびりといたしましたな」「さよさよ。お茶でも入れましょうかの。芋ケンピなンどもあるじゃによって」「そりゃあ、いいね！」と、台詞を言う。そうすることによって、号令を掛けられて座っているに過ぎない兵庫とマツマンは夫婦で家の中に座って会話をしている、と観客には見える、という寸法である。

　ところが、まだよく訓練されていない兵庫、そして、マツマンは、暫くの間は号令を掛けられて座って待つのだけれども、人間が台詞を言っている間に我慢ができなくなって、ノソノソうろつき回ったり、見ノ矢桃子の方に走ってきて、撫でて撫でて、と言ったり、うろつき回った挙げ句、カウンターに向かって小便をするなどして、終いには、なんども返して練習させられるのでイライラしてきて、もともと攻撃性の強い兵庫などは突然、うなり声を上げてマツマンに嚙みかかっていくなどする。しかし、いくら稽古と雖も演劇というものはいったん始まったら固有の時間が生じるので、できうることならこれを止めないでなんとか筋褄を合わせようとどうしてもしてしまい、即興で、

「おや、どこにいくのですか。そんなところを探しても芋ケンピはありませんよ」

「兵庫こそ、どこへ行くんですか。家の外に出て行ってしまって、煙草でも買いに行くのですか。でもあなたは煙草は喫まないはず。あ、なにしているんですか。知らない犬（この世界では犬が人間、人間が犬、ということになっている）に頭撫でて貰って」

「いいじゃないか。別に。自由な身体なんだから。つか、君こそなんだよ。そんな座敷で小便して。恥ずかしいと思わないのか。また、召使いに掃除させなきゃいけないじゃないか」（と言うとき舞台に見ノ矢桃子が現れ雑巾で床を拭く。この世界では人間は犬になったり犬の召使いになったりする）

「それはそうと、うわっ、なんで私を嚙んでくるんですか。うわっうわっうわっ。やめてくださいよ」

「なんでもかんでもありませんよ。なんかムカつくんですよ」

「なんぼムカついても嚙んだら駄目ですよ。ああ、ちょっと、召使い、これ、やめさ

せて」

（そう言うと見ノ矢桃子が進み出てこれをやめさせる）

「ああ、召使いがやめさせてくれた。よかった、よかった」

「本当によかったですねぇ」

「おまえが噛んだんやないけ」

みたいなことになってしまうのである。

台本ではそうして兵庫とマツマンが座っているところに、「ごめんください」と言ってケダマが入ってくることになっている。ケダマは、「自分は旅の者。これより東国へむかうのじゃが、土地不案内にて行き暮れてしまった。どうか一夜の宿を貸して貰いたい」と頼む。しかれども兵庫とマツマンは顔を見合わせてこれを断る。マツマンが言う。「わるいけれども宿はお貸しできませぬ」

「それはまた不審なことでござりまする。私はこれまで長い間、旅をして参りましたが、どこへ行っても快く宿を貸してくださいました。ところがこの里では誰も貸してくれない。実は既にもう何軒か断られたのです。けれどもそれらの家はなんと申しますか、いかにも因業というか強欲というか、もう見るからにヨーコさんみたいな、うっ、嘘嘘嘘、いまのなし、そんな顔をしていたんで、まあしょうがない、吝嗇でそんなことをいうのだと思っていたのですが、一見、誠実そうで醇朴そうでお優しそうなあなたがたまでもが、そんなことを仰るとは、なんということでしょうか。要するに、この里全体が、強欲で吝嗇な銭の亡者の集まりということですね。或いは、不人情、という重い風土病が蔓延しているのでしょう。わかりました。僕は里の外れの土橋の下で夜を明かします。けれども、先日来、体調があまりよくないんですよね。咳が止まらないし、身体の疲れが抜けないんです。冷たい夜露に当たって、明日の朝は冷たい骸になっているかもしれません。そうなったら、真っ先にこの家に化けてでますんで。そこんとこよろしく。或いは、助かりたい一心でここまで這ってきて戸口で死んでいるかも知れません。じゃあ、そういうことで私は行きます。お邪魔しました。さようなら。御免」

と、ケダマがこの通り言うかどうかはその場の雰囲気だけれども大体、そういうことを言って、行きかけると、これを兵庫が止める。

「待ってください」

「なんですか。泊めてくれるんですか」

「いや、泊められません。でもそれは私たちが吝嗇だからではありません。その理由を聞いてほしいのです。私たちを不人情な人間だと思わないでほしいのです。不人情だと思って呪わないでほしいのです。あいつらは不人情と言いふらさないでほしいのです」

「どういう訳があるというのですか。聞きたいです」

ケダマにそう言われて兵庫はケダマを泊められない理由を説明する。

それは、この郷の目代の命令であった。数箇月前、目代は、素人が旅人に宿を貸すことを厳禁した。その理由は、旅人に宿を貸し、夜中に撲殺して金品を奪い、また、若い女などは人買いに売り、死骸は崖から投げ捨てて狼の餌にしていた夫婦が逮捕されたからで、再発防止のため、目代の許可を受けた業者以外は旅人を泊めては相成らぬ、ということになったのである。

また、それ以外にも素人が魚肉や蔬菜類を調味して提供した場合、食中毒の恐れもあるし、さらには、夜通し博奕をしたり、売春行為があるなどして風儀が悪く、そのうえ、宿賃を受け取った場合、その所得の捕捉が難しく、税の公平性という観点からも望ましくない、などの理由を挙げた。

いちいち合理的な理由で、聞くとまあその通りだなあ、と思うのだが、しかし、この郷にただ一軒しかない宿屋の経営に当たっているのは地元の金融業者なのだが、目代はその金融業者のオーナーであり、露骨な利益誘導だ、と地元では囁かれていた。

実際の話、ケダマも宿屋には行ってみた。けれども話にならなかった。上部屋、中部屋、下部屋と三ランクあったのだが、下部屋でも一泊三万円、上部屋は一泊十万円だというのである。とてもじゃないが、ケダマにはそんなカネは払えない。けれども、それだけの価値があれば、たとえ三万円出しても、まあ、これくらいだと三万円くらいはするよなあ、普通、と納得するかも知れないが、垣間見た下部屋はどう考えても七千八百円夕食バイキング付きにもいたらない、簡易宿泊所的な部屋で、これに三万円払うくらいなら寺の縁の下かなんかで寝た方が増し、というような部屋だった。そして、フロント係や駐車場係の人相が極度に悪く、言動の端々に暴力的な気配が感じられた。

それでも泊まる者があるのは他に選択肢がないからで、兵庫の説明を聞いたケダマも、「なるほど。それであんな値段だったのか」と合点がいった。

「という訳でお泊めすることはできないのですよ」

「事情はわかりました。つまり私が泊まったことがわかったら後で面倒なことになるという訳ですね」

「そうです。下手をすると財産を没収される可能性もあるのです」

「わかりました。そういう事情なのであれば仕方ありませんね。マジで里の外れの荒れ寺とかで一夜を明かします。それにしても悪い目代ですねぇ。私の知り合いにヨーコという極悪な女がいるのですが、その女にそっくりです」

「そうなんですか。このあたりには悪い狐が住んでいるので化かされないように気をつけてね」

「了解です。じゃあ、失礼します」

と、ケダマが行きかける、と、そのとき奥の部屋から声がする、「待ってください」。

というところまでがこの景で、しかし言うように、まず、兵庫とマツマンが台詞の間、じっと座っていることができず、なんとかそれができたとしても、今度はケダマがタイミングよく入っていくことができない。

見ノ矢桃子が、「Go」と言うのだけれども、その場にじっと座って、しまいには腹這いになって奈良公園の鹿のように落ち着き払って口をヌチャヌチャするなどする。何度もやり直して、ようやっと家の中にいったかと思ったら、こんだ、なにを思ったのか、いきなり、背後から兵庫にのしかかり、腰をスクスクするなどする。そこでやむを得ず、

「あああ、いきなりなにをなさるのです」

「へへへへへへっ、いいじゃないですか、奥さん」

「やめてください。やめないと噛みますよ。がぶっ」

「うわうわうわうわ、痛いっ、痛いっ、そっちが噛むのであればこっちも噛みますよ。がぶっ」

「うわ、うわっ、痛い、痛い、痛い。っていうか、マツマンさん、自分の妻が突然、入ってきた男に襲われているのに、なにを気楽にノソノソ歩き回っているのですか」

「ああ、悪かったの。おい、召使い、この噛み合いを止めてください」

と、そんな台詞を入れて、見ノ矢桃子が出てきて、Stop、と言って噛み合いをやめさせ、その場に両名を座らせた。しかし、それはあくまで見ノ矢桃子が訓練士としてではなく、召使いとしてやめていただいているわけで、なので実際には、Stop、と言っているのだけれども、芝居のなかでは、「旅の方、どうかおやめください」「奥様もその口をお放しください」「ふたりとも落ち着いてください」と言っていることに観客や私の脳内でなっている。


「じゃあ、もうさあ」

と私は言った。

「僕も政治力を失い、後で叱られることを恐れつつ、いまの楽しみを優先して麦酒を盗み飲むような人間になっちゃった訳だから、とりあえず物事をいい加減な感じで進めるということにして、この第一景はできたこととして次の景に進んでみません？」

見ノ矢桃子は黙って腰からぶら下げた折り畳み式の水飲み桶を弄くっていた。よく見ると、その髪型はポニーテールであり、うなじが丸見えになっていた。吹き抜けから日が射して犬や人間の影が美しいモザイクタイル貼りの床に濃かった。

「じゃあ、そうしてみようか」

と見ノ矢が床を見つめたまま寂しそうに言った。心に染みる寂しい声だった。

次の景は諦めて去ろうとするケダマに奥の間から声が掛かるところだった。去ろうとしたところへ、「ちょっと待って。泊めてあげればいいじゃない」と声が掛かり、やがて奥の間からルボシカが出てくる。

ルボシカはマツマンと兵庫の娘で、心優しいルボシカは野宿をするというケダマを哀れに思い、泊めてやればよいではないか、と言ったのである。しかしそれは条例違犯であり、事が明らかになれば処罰される。そこでマツマンは、「そんなことをして見つかったら処罰され、財産も没収される。滅相もないことだ」とルボシカに言うが、ルボシカは、「それはそうかも知れぬがそれではあまりにも無人情というもの。人情を失ったらもはやそれは人間ではなく犬畜生。可哀想なもの、気の毒なものを見て、知らぬ顔ができる人が私には信じられません。自分さえよければよい。自分さえ安穏に暮らせればそれでよい。これを称して利己主義といいます。ましてや、この場合、命まで差し出せ、と言っているのではないのです。ただ、家の片隅に一晩、横にならせてくれ、と言っているだけじゃありませんか。口では綺麗事、格好のよいことを言いながら、自分の快適、自分の、いい感じ、だけは絶対に譲らない人っていますよね。どうなんでしょうね。そういうのって」と、概ね、そんなような意味のことを言う。

娘にそこまで言われてマツマンも断り切れなくなり、「じゃあ、まあ、お泊まりくだせえ」ということになる。マツマンの側からはこのあたりの情勢論や近隣の噂話、伝説などについて話し、ケダマは旅している間に見聞きしたおもしろおかしい話、ばかげたエロ咄などしてみんなでたのしく笑い、なんていうのだろう、まるで家族みたいな？　そんな感じでぅちとける。そして、そのうち、ケダマが、「いやー、しかし、なんといってもこうやって親子三人で争いごともなく、仲良く暮らしていかれるのがなによりの幸せじゃないですか。こんな親思いの娘さんおって幸せですやん。いや、うちにも娘と息子とひとりずつおりましてね、いーえーな、もうどっちも成人してるんですけどね。寄りつきもしよりませんからね。その段、おたくはよろしいなあ、親孝行のええ娘さんで」と言うと、父母と娘、顔を見合わせ、黙って俯いてしまう。

成人した娘と息子と言った時点で三人のうち誰かが、「あんたそんな歳と違うがなー」と誤りを指摘したうえで笑って貰えるもの、という前提でケダマは言ったのに、誰もそれを言わなかったため、ケダマの戯談が宙に浮いたようになったばかりか、非常に気まずい雰囲気になってケダマは慌てる。そのうえでケダマは言葉を改め居住まいを正して言う。

「たいへん失礼をいたしました。お詫び申し上げます。なにかご事情がおありなのですね。それを知らないで、うかうかと調子のよいことを喋ってしまいました。本当に申し訳ありませんでした」

そう言ってケダマは恐縮し、尻を振ったり腕を噛んだり、はたまた、うーん、と伸びをするなどして落ち着きがない。そんなケダマをマツマンはかえって気の毒だ、という感じで見る。ルボシカは泣きそうな顔で左右を見続けている。兵庫は一点を見つめて動かない。空気が重くねっとりする。どこかで鶴が鳴いている。ぱちっ、と粗朶が弾け、マツマンが、

「いやいや、あなたはちっとも悪くない。実はなあ、私たちにはもう一人……」

と、言いかけたとき、ドンドンドン、と表の戸を叩く音がする。ケダマは、こんな時間に誰だろう。役人かしらん、と考えていやな気持ちになる。三人は、はっ、と息をのんで顔を見合わせる。ドンドンドン、ドンドンドン、表の戸を叩く音がまたする。

以上が次の景で、「じゃあ、いってみよう。桃子さん、位置に座らせてください」

と見ノ矢に頼んだ。

見ノ矢は適宜、コマンドを発し、暫くの間はノソノソしたが、やがて座敷の真ん中に囲炉裏があるということをそこにいる全員が観念として頭の中に思い浮かべた状態で、正面奥にマツマンを座らせ、上手側に兵庫を座らせた。

そのうえで、「Stay」と号令を掛ける。

さあ、ここから問題となってくるのは、その状態を暫時保ち、兵庫を下手側の、そこが戸口にいたる土間であるということを全員が観念として思い浮かべているあたりにケダマを立たせ、「じゃあ、まあ、僕は行きます」と私が吹き替えをして、理想をいえばケダマが二、三歩、戸口の方へ歩みかけたとき、私が声を変えて、というのは女の声で、「ちょっと待って。泊めてあげればいいじゃない」と言い、それを聞いたケダマが歩みをとめたとき、上手側の、その奥は奥の間であると全員が考えているところからルボシカが出てくる、という風にならなければならないが、それが、これまでの経験から考えて、そう簡単ではない、という点で、まず第一に、その間、マツマンと兵庫は真ん中あたりでじっとしていなければならないが、これまでの感じで言うと、一分もしないうちに耐えきれなくなって、ノソノソ歩き出し、例によって私はその動作に演劇的な辻褄がつくような台詞をその場で瞬間的に考えなければならない。

そして第二に、これは見ノ矢桃子の腕に掛かってくるのだけれども、ケダマが行きかける間合いとルボシカが入ってくる間合いがぴったり合致しなければ間延びしたような感じになって、演劇として駄目になってしまう。もちろん、その間、マツマンと兵庫がノソノソしても駄目なのである。

「じゃあ、はい、いいね。じゃあ、僕が、台詞、言ったら、そっちにケダマを歩かせてね。いくよ。じゃあ、あっしはこれで。失礼さんにござんす、って駄目じゃん」

と私が言ったのは、行かなければならない、ケダマがその場に腹這いになったからである。

「ああ、行こう、と思ったけれども土間の腹這いってのはやめられねぇ。先代の叔父貴に教わった芸当だが、腹が冷たくて気持ちいいやな。って、おいっ、笑ってないで、こっちは必死で繋いでんだからね、早く、呼べよ」

「だって。ケダマ、ほら、Come」

見ノ矢桃子がそう言い、やくざものが仁義を切るような恰好でトリーッを握った拳を前に突きだして振ると、ようやっとケダマは立ち上がりノソノソ歩き出した。その間、かろうじてマツマンと兵庫は囲炉裏のところに座っていたので、いましかない、と思って、

「ちょっと待って。泊めてあげたらええやないの」

と、娘らしい声で言うと、見ノ矢桃子がゲラゲラ笑って、それで一気に緊張感がな

くなり、マツマンと兵庫はおろか、ルボシカも出てきて、それだけではなく、奥の間との境のところで腰を落として小便をし、それを見たケダマは自分もしなければならない、と思い込み、走って行ってその上に小便を上書きした。

「あのさあ、真面目にやろうよ」

「ごめんごめん」

と、謝りながらも見ノ矢桃子はまだ笑っていた。

「それとさあ、ルボシカは娘役なんだよ。若い女の子がいきなり出てきて小便したら客、引くでしょ。ノー。だめっ。小便ノー。わかった。じゃあ、えっとどっからやりますかね、ルボシカの台詞のとっから、見ノ矢さん、頼むよ、ほんと。技術、見せてくださいよ。じゃあ、そっからいきましょう」

なんて、何度か繰り返したけれども、こちらがうまくいったかと思えば、あちらがうまくいかず、こちらとあちらの動きがようやっと合致したと思ったら、こんだ、そちらが勝手に動き出し、しまいには全員が勝手に動き出して、吠えたりマウントしたり、見ノ矢桃子が腰からぶら下げている巾着に鼻を突き込んだり、雑巾を咥えて首を左右に振ったり、と、ムチャクチャになって、そうなってしまうと私も台詞によって状況を説明したり、筋書きの中に回収するということができなくなり、その場、その場で、「ああ、雑巾はうまいなあ。こんなおいしい雑巾を食べながら首を振るのが私の唯一の健康法なんですよ！」とか、「確か、この巾着の中に頼朝公より賜った宿屋許可証を入れたと思ったのですが、あれは夢だったのか」とか、「みんな、みんなアナーキーないい奴だ！　アナフィラキシーショックだ」とか、「へっへっへっへっへっ、奥さん、奥さん」と、断片的な台詞を言うのがようやっとだった。

そして、これまでそんなことはなかったのだけれども元々の性格が、げら、なのだろうか、桃子は笑いの発作に襲われ、そしてそれがいつまでもやまなかった。

やがてそれは、げら、とかそういう段階を通り越して、ちょっと心配なくらいになっていった。

くの字なりになり、腹を押さえて笑っていた見ノ矢はやがて笑いすぎて立っておれなくなり、腹を押さえたまま、膝から崩れ落ち、床をのたうち回って笑った。

ポニーテールの元結が切れて崩壊し、さんばら髪、顔は涙と鼻水と涎でグチャグチャであった。

その浅ましい様子を、私は思わず、「そんなおかしいか」と呟いてしまった。ところがそれを聞いた見ノ矢はなにがおかしいのか、「おかおかおかおか」と訳のわからぬことを口走って、顎をアクアクさせてもっと笑った。

そのためか、ティーシャーツがはだけて乳が丸出しになった。

「見ノ矢さん、乳丸出しですよ」

そう注意したのだけれども笑いすぎて羞恥心すら崩壊した桃子は乳という言葉に反応してもっと笑い、巾着からトリーツが白い腹のうえにぶちまかった。犬どもが見ノ矢の腹に群がってトリーツを貪って、その様は野犬が人の内臓を喰っているようだった。

その犬の舌の感触のせいか、或いは犬が自分の腹に群がってものを食べているのを想像しておかしいのか、おほほほほほほほほほ、という甲高い、もはや笑い声なのか悲鳴なのかわからぬ声を上げ、弓なりにのけぞり、がくっ、と脱力して動かなくなった。

慌てて駆け寄ると、白目を剝いており、呼吸が止まっていた。

笑い死に。

そんな馬鹿なことがあるか。

「どけっ、こらあっ、どけ」

そう言って犬をどかし、しっかりしろ、と声を掛け、肩を揺すぶった。けれども呼吸は止まったままで、やむを得ず、口に口を当てて空気を吹き込もうと顔を近づけたところ、「いやあああああっ」という悲鳴とともに突き飛ばされた。

「なにするんですか」

ホールの一番遠く、そこにいる全員がそこから先は無の世界と心得ているあたりまで逃げ、胸を両手で覆って、私を睨み付ける見ノ矢桃子に私はなんと言えばよかったのだろうか。

犬たちがさらにトリーツを貰おうと見ノ矢の腰に鼻を押しつけていた。

というわけで今日も散々だったよ。上階の宿泊室に籠もりくの見ノ矢桃子の内鍵の、ってね。それで自棄ウイスキーを飲んでいるのかい。まあね。と言って私は私の犬を見た。犬の不思議そうな、不思議そのもののような瞳が光っていた。手にしたグラスが豚の脂や辛子で曇っていた。那智黒、ドッコイ、那智黒、イエイイエイ、と言いながら身体の巨きい黒人とお婆さんが踊るのを昔、見たことがあるのだがね。君は見なかったかね。ああ、見なかった。駄目な奴だな。芝居の稽古がうまくいかなくて豚足の辛子味噌炒めや皮蛋豆腐を配達して貰って国産ウイスキーを飲んでいる奴より駄目ですか。手厳しいね。二度目の強姦未遂事件だからな。違う。あれは強姦ではない。見ていただろう、僕は助けようとしたんだ。あのまま放置したら見ノ矢桃子は死ぬか、死ななくても痴呆になっていた。脳に酸素が供給されなくなっていたからね。あ、そうだったのかい。僕はあのときは石貼りの室に腹這いになって黙想していたから見てない。マジですか。見てなかったの。うん。見てなかった。それはひどい。僕は見てくれているものと信じてた。あの、無の世界の暗がりで君が見ていると思いこんでいたよ。っていうか、あ、いま凄い、根本的な疑問が頭に浮かんだんだけど、君はなぜ出演しないんだ。へ？　いや、だから、君が出演してくれたら。いやあ、僕は駄目だ。なんだ、そのカラオケのエントリーを断ってるおっさんみたいな言い方は。でも駄目だ。なんで。僕はとにかくでられない。

私の犬は決然と言い、それぎり口をきかなくなった。そして豚足を黒い瞳で凝と見ていた。けれども辛子味噌で炒めてあって与えることはできなかった。

私は残り少なになって汚らしい感じになってしまった皮蛋豆腐を割り箸でつまもうとしては取り落とし、つまもうとしては取り落とし、ということを何度か繰り返した後、指で皮蛋をつまんで口に放りこんだ。サラスポンダサラスポンダサラスポンダ、レッセッセッ。箸がちゃんと使えないのは酔っているからではなかった。

押し黙って彫像のように動かない犬に私は語り続けた。

いまは世の中では随伴ということが流行りまくっているね。誰も彼もが随伴をしたがる。誰とどこへという訳ではないし、それに第一、どっちが随伴しているのかもわからず、ふたりで道を歩いていて両方が自分こそ随伴している、と思い込んでいる場合が殆どなんだね。そのうえで死ぬほど随伴されたいと思っているよね。随伴に付き物なのは喜捨で、多くの人が収入の二割程度を喜捨しているね。ターミナル駅の喜捨箱はもう一杯でお金が入らず、みんなギュウギュウお金を押しこめているよね。喜捨をするのがあたりまえで、喜捨をしないとどこにいっても肩身が狭いような感じがして、けれども喜捨をしたかどうかは自分しかわからず、人に、もしかしたらこいつは喜捨をしていないのではないか、と思われるのがおそろしくて、あらゆる局面で自分が喜捨したことを人に知らせようとする。けれども、喜捨をしたことを人に話すのは下品なこと、と言われているから、知らせるつもりはなかったが知られてしまったという形をとらねばならず、自然にそうなるために人々は心を砕いてストレスを蓄積してるよね。それによって生産性の低下が既に様々の統計や指標に現れ始めているらしい。それを知らされた人がいろんなことを考えるようになり、その考えが頭に充満して、みんな福助のような頭になっている。その人たちのことを頭人と呼ぶんだってね。頭人になると頭が割れるように痛む。なぜなら頭の中にはいろんな考えが入っているからだよ。もちろん考えが筋道だった考えならそんなことにはならないのだけれども、邪というわけではないが、考えなければならない、という教条によって強迫的に考えさせられた考えで筋道もないし、形もない毒霧のような考えだからそんなことになっているのだが、当人はそのことを結構、誇りに思っていて、膨れた頭を誇らしげに突き立てて町を歩いたり居酒屋で頭をぶつけ合うなどしているってな。君は本当に彫像になったのか。それとも以前から彫像だったのか。でも大丈夫だよ。もしそうだったら俺がおまえに代わって彫像になってやるからよ。えっ。えっ。えっ。えっ。

えっ。そんなことできんのか？ってか。ははは。できるに決まっててんじゃん。それができるからこんなことできるんじゃん。私は一時間かそこら犬に語り続けて少し眠り、寒さで目覚めてより後は二階へあがって本格的に眠った。

翌朝。割れるように頭が痛かった。身体の芯に質の悪いマングローブ炭が燻っていやな熱を発していた。見ノ矢桃子の姿がなかった。六頭の犬の食事を作り、順次、運動に連れ出し、掃除を終えたら午後一時を過ぎていたので飯を炊き、昨夜、食べ残した豚足や青菜をまた出してきて食したら不味だった。私の犬はまだ二階に居るようだった。電話もなく、訪れる者もなかった。見ノ矢桃子もなかなか戻ってこなかった。もう戻ってこないのだろうか。もう誰も来ないのだろうか。私はそんなことを考えながら、私の犬を呼ばいて二階へ上がっていった。

夕方になって、いや、夜になって、石貼りの室の隅の方に黴が生えていたので、黴とり剤とボロ雑巾を使ってこれを拭き取っていると見ノ矢桃子が、ぶらっ、と、本当に、ぶらっ、と入ってきた。見ノ矢は私を見て、「十夷に行ってきた」と言った。十夷というのはヨーコだちのいる「フェアリーの家」の本部があるところで、ここで十夷ということは本部ということで、つまり見ノ矢は私の顔を見るなり、本部に行ってきた、と言ったのであり、つまり、私が二度目の強姦未遂事件を起こした、ということをヨーコに告げた、ということである。ということはどういうことかというと、いよよ、私は追放される、ということである。

と、そう思ったとき私は、だったらいいじゃないか、という気持ちになった。っていうか、よかったじゃないか、逆に。という気持ちになった。私自身のなかで燃えていた火はもはや消えている。私は正しいものから発せられた命令書によって、そのことから生じる熱情において、炭を燃やし、肉を焼き、これを正しく捧げようとしていた。そして何度か、取り返しのつかぬ失敗を重ねた挙げ句、少しの地位と名誉を得て、それすらも正しく燃やし、正しく焼くための火であり熱であると信じていた。いや、それこそが燃えさかる火だと考えていた。

けれどもそれも消え、わずかに残っていずれまた着火するかも知れないと思われる熾、それすらも完全に消えてしまった。

だとすればこれ以上この場所にとどまる必要はない。けれども滑稽な立場でとどまりつづけていたのは、死のうと思っていてもなかなか死にきれぬのと同じ、ならばいっそのこと追放された方がよほど幸せ。そして、ただひとつの願いは一刻も早く、そんな奴がいたのを忘れてもらうことだが、その願いはおそらく叶う。

だからよかった。よかったことなんだ。

なので、どういう光の加減なのだろうか、黒い影が石床の上に輪のようになっているところに立って表情のよく見えない見ノ矢に、じゃあ、僕は……、と言いかけると突然、本当に突然、見ノ矢がストンと下に落ちていった。そして、その瞬間、別にいいのよ。という声がして、それから、音ではない別のものとして、私はなにが起きたかわかっていました。いまもわかっているのですよ。という思念が部屋の中に残っていて。

ああ、そうなんですか。ああ、そうなんですか。僕らはそんな容器のなかにいるのですか。

と、言ったのだろうか、言わなかったのだろうか。わからない。次の瞬間、見ノ矢は、シュン、と下からせり上がってきて、身体から弱い炎を滴らせて言った。

「さあ、今日はどこから始めますか」と。

見ノ矢桃子は昨夜のことを覚えていない。丸い大きな盆のような黒みに落ちて忘れてしまったのだ。ならば。続けなければならないだろう。私は景を進めなければならない。昨夜のことを桃子が忘れれば私は忘れられないのだ。けれども私は一応、問うた。

「十夷はどうだったの」

「うん。順調だった。こっちのこと気にしてたよ。どれくらい進んでるのかって」

「なんで、そんなん向こうにとってはどうでもいいことやん」

「そんなことないって、みんなすごい期待してるみたいよ。イベントの目玉企画にしたいって」

「えええ、でもぜんぜんできてないやん。で、ちゃんと言ってくれたんやろね」

「うん。言っといたよ。すごく順調だって」

「がくっ、って口で言ってもおたやん。えええ、ぜんぜんできてへんのにい」

「でも、うまくいったら私たちも再浮上できるのよ。だから頑張ってやりましょうよ」

「おまえになにがあったのや。穴のなかで頭、打ったのか」

「はあ、穴？　なんの話？　それよりもあなたこそどうしたの？　その変な関西弁」

言われて初めて私は自分が非関西人が無理矢理、関西弁を喋っているように喋っているのに気がついた。なんでこんなことになってしまったのか。

「うるさいわ。おまえと漫才やってる暇ないねん。それやったらしゃあない。さっさと練習始めよう。ええっと、どこからだったたっけ」

「表の戸をドンドンドンと」

「ああ、そうだった。ええっと、じゃあ、犬を連れてきてください」

「了解」

「僕はこの腐りきった雑巾をもう捨てよう。何度も洗っていたのだけれど。洗って使っていきたいのだけれど、でももう始めよう」

私はそう言って床に雑巾を、ぽろっ、と落とした。

見ノ矢はマツマン、兵庫、ルボシカ、ケダマを真ん中の囲炉裏のあたりに座らせてステイさせた。犬たちに日が射していた。

そして舞台下手側に、いつも稽古のときはどこかへ行ってしまって、姿を決して見せなかった私の犬がおり、その背後に、ヤーチャンとマークボランが佇んでいた。私の犬は意味ありげな笑いを浮かべて頭を着拒にしていた。これからなにが起こるのか、僕にはだいたいの想像は付いているんだぜ。みたいな顔をして。

そして観客席を背にして私は、

「とにかく、いま奇跡的に犬がみんな落ち着いてるから、さっさと始めましょう。じゃあ、ドンドンドン、と表の戸を叩く音、ってところからいきましょう。いきますよ。ドンドンドン、ドンドンドン、と、戸を叩く音がしたら、さあ、ここで、はい、マツマンがこっちを振り返って」

と言った。そのときしかし私は内心では、そう言ったところでマツマンが振り返るわけがない、と思っていた。ところがそのとき、なんの偶然なのか、マツマンがたまたま戸口の方を見たので、私はすかさず科白を言った。

「こんな時間に誰だろう」

「本当に誰かしらねえ。もしかしてお役人」

「まさかそんなことはなかろうて」

ドンドンドン、ドンドンドン。

「はいはい、ただいまあけますで。そう、きつう叩きなさんな、ってところで、はい、見ノ矢さん、マツマンを戸口の方へ呼んで」

と、私が指示するのを受け、見ノ矢桃子が、

「了解っす。マツマン、Come」

と、言って腰を落として拳を小刻みに揺らしてマツマンを呼び、私は、ここだ、と思った。いつもここで芝居が崩れ出す。ひとりが呼ばれると呼ばれてもいない者までもが、自分もなにかしなければならない、と焦り、慌てふためき、ノソノソ歩き回ったり、苛立って他を噛んだり、意味なく吠えたりする。

　そうすると吠えることを嫌う者が、吠えるのをやめろ、という意味で吠える。おまえだって吠えているではないか。俺の吠えはおまえの吠えとは意味が違う。あちこちで言い争いが起き、さまざまの不都合、恥ずべきことが起きる。私は言葉を用いて、そのひとつびとつを物語に回収しようとする。というか、物語と矛盾しないように言

葉で起きていることの表面をコーティングする。けれども私の能力の限界を超えたことが起こる・起こり続ける。というか逆にそれが犬芝居なのか。そこをこそみせていけばよいのか。

私は瞬間的に、これから起こることを予測して倦怠していた。ところが。いったいどうしたことだろうか、兵庫もルボシカもケダマも呼ばれて土間に歩いて行くマツマンにつられることなく、おとなしく囲炉裏端に座しているのだ。驚きつつ、私は、「本当にだれなのかしらねぇ。もしかしてマジでお役人なのかしら」「そんなことはないでしょう。役人だったら、自分は役人だって言いますよ」「僕、隠れた方がいいんですかねぇ」「ううん。そうね。わからないわ」など、細かい科白を入れつつ、「はいはい、いま開けますで」と、マツマンの科白を言い、そして、ガラガラガラ、と木戸を開けて、「呀っ」と驚くマツマンの声をあげて。

「はい、ここでヤーチャンとマークボラン、入れて」

「了解。はい、ヤーチャンとマークボラン、入って。Go」

と、見ノ矢が言うと、なんということだろうか、ヤーチャンとマークボランがノソノソと木戸から土間に入っていった。私はこの瞬間を逃したら後はない、と思ったので、

「邪魔するでぇ」

と、ヤーチャンの科白を言った。破落戸風の凄みをきかせた感じの声で言ったので、それを異様な物音と捉えた犬たちが落ち着きを失っていろんなことを始めるのではないか、と私はおそれたがそんなことはなく犬はじっとしていた。私は科白を続けた。

「ああ、誰かと思ったらシマセン一家のお方、こんな夜さりにいったいなんの御用です。お、後ろに誰かおらっしゃる。暗うて、よお見えぬのじゃが、どこのどなたさんですかいの。はい、見ノ矢さん、ここでマークボラン一歩前へ出して」

「了解」

「うん、いいね。はい、そこでストップね。おとっつぁん」

「おとっつぁん、って、あ、おまえはマークボラン。あの、シマセン一家のお方、それは私の倅でございます。夜、暗くて危ないから、というのでわざわざ送ってきてくださったのですね。ありがとうございます。本来であれば、お茶の一杯も、いやいや、酒と肴でもてなした挙げ句、お礼として五千円くらいは包みたいところなのですが、一般家庭で夜、酒肴を出すのはきつい御法度、また、お金はかえって失礼に当たるかと思いますので、不本意ですがお引き取り願うよりございません。返す返すもありがとうございました。じゃ、さいなら」

「はい、どうもさよなら。って、言うわけないやろ。なんかしてけつかんねん、あほんだら。危ないから送ってきたんとちゃうわい、どあほっ。おまえのとこの息子が家で遊んで借金、こさえよったんや。本人がよう返さん言うから、親のおまえに払てもらお思て、こなしてやってきたんじゃ。さあ、おまえの息子のこさえた借金三百万、耳揃えて返してもらおか」

「さ、三百万て、マークボラン、こりゃ、いったいどういうことじゃ」

「おとっつぁん、すまない。賭博場に行ってしまったんだよ。最初のうちは勝ってたんだ。ピーク時は六千万円くらい儲かっていた。ところが、あるときから急に勝てなくなって、と思って続けるうちに気がつくとマイナス三百万になってたんだ」

「アホンダラ。それが奴らの手口、ちゅうことくらいわからぬのか」

「おやっさん、なにが言いたいね。おまはん、わしらの健全な遊び場に因縁つける気かえっ。ええ根性しとんのお。一緒に事務所行ってゆっくり話しょうか」

「いやいや、そういうつもりではないのっしゃ。と、とにかく三百万なんて大金、急に言われても無理なのは、あんたもわかるでしょう。銀行もとっくに閉まっておりますし、とにかく今日のところはお引き取りください」

「餓鬼の使いとちゃうねや。手ぶらでは帰られへん。なんぼかでもはろたらんかい」

「なるほど。わかりました。おいばあさんや、なんぼかでも払わないと帰ってくれないらしいい。いま、家にあるお金を全部さらえてもてきてくれるか。はい、見ノ矢さん、兵庫を土間へ」

「了解。兵庫、Come。ケダマ、なう。Stay」

「すごいな、どうも。へえへえ、おっきありがと。そいじゃ、今日のところはこれでご勘弁を」

「おお。わかってくれたんかいな。まあ、儂かて鬼やないからの。わかってくれたらそんでええねん。ほおほお、紙に包んで、なんぼ入っとんねん……、おおっ、三百円、って、おちょくっとんのか、こらあ」

「あの、すみません。受取をおたの申します」

「誰がだすかあ、あほんだら。なめとったら、いてまうど、こらあ。と、ここで、見ノ矢さん、ヤーチャンを暴れさせてください」

「え、そんなことしていいんですか」

「ええ、ここは暴れさせてください。それでルボシカたちも、きゃあああああ、みたいな感じで走り回る感じに」

「わかりました。みんな、襲え、きゃあきゃあきゃあきゃあきゃあ」

そう言って見ノ矢桃子が自らテンションを上げて飛んだり跳ねたり身体をくねらせて踊るような身振りをしたりして犬を挑発すると、これに刺激を受けた犬が舞台を走り回ったりうろついたり、吠えたり嚙んだりということを始めた。私はそれにかぶせて、「金、払わんかい」「きゃあああ、やめて、やめて」「うわああああっ」「クロスタニン」などの科白を言った。

それによってヤクザ者が家の中で暴れ、家の者がそれに怯えているという景を作り出すことができた。それ自体はよかったことだが、問題はその後だった。ドッグランのようになった舞台の有様を豚のように眺め、興奮状態が頂点に達したのを確認して丸鮫のように狂気している見ノ矢に言った。

「はい、見ノ矢さん、いまです。いま、犬を止めてください」

「えええ、いまですか。わかりました、やってみます」

そう言うと見ノ矢桃子は両手をパンパン打ち大きな声で言った。

「止め」

次の瞬間、驚くべきことが起きた。

極度の興奮状態にあった犬が全員、その場に、ピタッ、と座ったのだ。犬たちはみなそれぞれの方を向いて神妙に黙りこくっていた。

号令を掛けた本人の見ノ矢も驚いたらしく、「え、え、みんなどうしたの。マジ？」などと呟いていた。

いったいなにが起こったのか。そう訝るとき、私は左腰に、二本の強い棒、俗に言う強棒のようなもので突かれるような感触があって、思わず左を見ると、舞台袖、というかホールのカウンターに近いところに私の犬が立っており、強棒はその両眼から突き出ていた。

　私が犬を見ると二本の棒はスルスルと私の犬の両眼に回収された。蓋し二本の強棒は私の犬の強力視線であった。

　犬の目からそんな棒が突き出て人の腰を突くことにも驚いたが、もっと驚いたことがあった。

　私の犬の顔が白く輝いていたのだ。

　そういえば、練習を始める前から、もっと言うと私の演劇に私の犬が不参加を表明してから私は私の犬と話せなくなっていた。そして私は演劇の演出と科白付けに忙殺され、そのことを忘却していた。私は私の犬に必死で呼びかけた。君だったのか。なにが。

　私の頭のなかに懐かしい私の犬の声が響いた。いや、君がやってくれたのか。だからなにを。だからこの犬の動かしを。ああ、まあな。と、光のなかから発せられ私の頭に届く犬の声を聞いて、ああ、まあそれはそうだろう。と奇妙に得心していた。私が犬の声を聞くこと。犬の思考を読むこと。それに私の犬がかかわっているのはちょっと前から明白であった。私の犬がラジオのアンテナのような、そして、変換器のような役割を果たしていて、それで私は初めて犬の声を聞き、犬の考えを知ることができたのだ。

そしてときどき、それまで聞こえていた犬の声がまったく聞こえなくなるときがあった。そんなとき、慌てて私の犬の方を見ると、私の犬は黄金色に輝いて微睡んでいた。或いは、クライアントに、犬を連れてこないでくれ、と言われることも多々あった。当然のことだがなにも聞こえない。

そんなときは経験から類推して犬が言いそうなことを言って誤魔化した。そういうときの方がかえってクライアントの受けがよかった。ときに犬はシビアーなことを言う。この香水臭いおばはんから可能な限り逃れたい、などと。いやはや、素人というのは恐ろしいものだった。そんなとき私の心は夕方の橙色の光を浴みて微睡んでいた。金一封。それだけが目的だった。いや、私は名声も求めていたのか。

そんなものはないよ。え？　そんなものはない。名声がない、ってこと？　違う。君は俗に言う強棒って言ったけれども、強棒なんていう言葉はない。そりゃあ、悪かったね。悪いよ。強弁すれば通る、と思い込むのはおまんの悪いくせだぜ。おまん、って……。だから時代劇なんでしょ。さっさと続けろ。犬は私が充分に操作できるんだ。みんな私に信服しているからね。けれども、じゃあなら、見ノ矢は……、いいってことよ。おまえだって最初のうち自分の頭に犬の考えが流入していると思ってただろ。見ノ矢だって同じことだよ。わかった。じゃあ、引き続き頼むよ。よろしく頼むよ。と、頼んだがけれども私は不安だった。なぜなら、次に私は怒鳴らなければならなかったからで、っていうか、本当は私は既に怒鳴っていなければならなかった。というのは、私は見ノ矢に犬をとめさせる前に、待たんかい、こらあ。というケダマの科白を言わなければならなかった。そのケダマのドスのきいた声で、暴れていたヤーチャンは勿論、きゃあきゃあ言っていたみんなも静かになる、と、こういう流れなのであった。

だから段取りとしては、先ず私、というかケダマが怒鳴る。虚を突かれたヤーチャン他、全員が動きを止め、シーン、となる、という流れなのだ。けれども急に怒鳴っても見ノ矢がわからない、見ノ矢には一応、台本を渡してあるがどうも読んだ節がない。だから先に止めたのだ。私は見ノ矢に言っても仕方ないのをわかっていながら咄嗟に人間に言葉で説明してしまう人間の習慣で見ノ矢に言った。

「じゃあ、見ノ矢さん、台本通りですけど、僕、いまから大きい声で怒鳴りますけどね、犬、そのまま止めといてくださいね」

「了解。なんか気がついたら変な関西弁、なおっとるやん」了解。でも、次の科白、微妙に関西弁だよね。

「待たんかいっ、こらあ。と、ね、ここから、ヤーチャンとケダマの緊迫したやり取りになりますんでね、ヤーチャンだけ、うん、そのままの位置、座敷の上でいいから、止めといて。他の犬もね、動かさないでね」

「了解」了解。「おい、そこの人。借金があるかなにか知らないが人の家に土足で上がるっていうのは無茶苦茶すぎないか」

そう言ってヤーチャンの顔を見ると、ヤーチャンは鼻のうえに皺を寄せ、剝きっ歯をして低く唸っていた。ここまでやってくれるのか。そう思って私の犬を見るとその顔がますます白く輝いていた。

「じゃかあっしゃ、あほんだら。関係ない奴はへっこんどれ。おいっ。払われへんねやったら、おいっ、ルボシカ。こないだうちからうちの親方が話してるとおり、目代様のとこに奉公にあがらんかい。そしたら支度金として三百万、年間の化粧代、衣装代として田地も与える、とこない言うたはんにゃ。ええ話やないかい。さあ、儂と一緒に来い。というところで、はいっ、ヤーチャンがルボシカの方へいく。はい、ルボシカ抵抗する、きゃああ、って、笑わないでくださいね」

「耐えます」

「はい。お願いします。ええっと、行きますよ。おい、兄さん、それくらいにしたらどうだね」

と、私が言うとケダマがじねんとヤーチャンに近づいていった。私の犬の顔はもはや白い光の塊だった。

ケダマとヤーチャンのやり取りから始まって景が渋滞なく流れていき、ところどころで観客にとって意外なこと、または、そうだっ、と思わず声を発したくなるような科白が決まって、そしてその都度、どこからか光が走って、私たち全体が白銀のように輝いた。

「おまはん、どこの者や。マツマン、おまはん、まさか、金取って客を泊めとんにゃなかろうな」

「うぐっ。饅頭は天尭三年にオープンした反省堂が一番だ」

「なんかしてけつかんね。おいっ、どないやねん。おまえ、宿泊客とちゃうんかい」

「違いますっ。この人は私の婚約者ですっ」

「えええええっ」

　と言うとき私たちは白く光ってなにも見えなくなった。或いは。

「僕はどうなっても構わん。僕を殺して気が済むなら僕を殺せ」

「ほんなら望み通り、殺したるわっ」

　と言ってヤーチャンが銃を構えたとき。

　その直後、「待てっ」という声がして宗右衛門町の美神（兵庫の二役）が現れたとき。

「えええええっ？　あの芋を奪われただと？　だったら僕たちの極上の煮芋はどうなるってんだよ。こんな芋、宗右衛門町の美神様の御前に出せるわけないでしょうが」

「おおおおっ、天よ。私たちはあの凶悪なシマセン一家に負けて美神の怒りに焼かれて滅ぼされてしまうのか」とマツマンが天を仰いだとき。

みんなで和解のバーベキューを食べていたとき、マツマンが、「この肉がなんの肉かわかるか。この薪が元々なんだったか君たちにわかるか」と問い、訝る全員にその真相を明かしたとき。

白い光は私たち全員を覆って、舞台全体が真白に輝いた。

地下駐車場にて

会場は極度に広く、その広いところに多くの店が密集して、いろんな色や音が混じり飛んでおり、私は駐車場の位置がまったくわからなかった。事前に調べてくればよかったじゃないか。調べたさ。調べたが実際とは随分と違っている。調べたことに基づいて現実を見ろよ。そう言って私は窓の外を眺めた。

広い大きな公園の正面ゲートの先に広い遊歩道が真っ直ぐに伸びてその両側にびっしりと屋台店が軒を並べていた。

屋台店は、遊歩道から枝分かれした細い道にも列び、そしてまた、それら屋台店の向こう側に松笠形の気色の悪い建物が建っているのが見えた。

私たちの出演する野外劇場でやっているのだろうか。歪んだ音楽が鳴り響いていた。

「ポテトイ say、ポテトイ say、僕らの青春の輝きを、水菜の森に考え Roy」

そんなことを言っているとは思わないのだけども、自分には輝かしい将来が待ち受けていると信じて疑わないという感じを声には出しているけど内心の絶望から来る虚無がどうしてもそこに混ざってしまう、でもそのことが独自の魅力になっている、みたいな若い複数の男の声がそのように聞こえた。

その遊歩道の車が寄せられるギリギリのところに車を寄せて困惑しきっている私の様子を見るに見かねたのか、私の犬が言った。

あの銀色の車の進入を阻んでいる棒は根本から外せる棒と違う？　根本？　え、どういうこと。根元ってこと？　いや、違う。根本ってことだ。抜本できるってことだ。バッホーン、って驚いたね、どうも。じゃ、やってみるか。と私は上機嫌な感じで車から降りて、その銀色に輝く棒を抜こうとした。けれども根本に錠がついていて、また、地中にもなにか細工がしてあるらしく、これがビクとも抜けない。でもなんとかしてこれを根元から抜きたかった。キャストの犬は見ノ矢桃子が別の車で運んだが、それに乗り切らなかった衣装道具類が私の車に積んであって、それを搬入したかったので。

そこで私はこれを蹴ったり呪詛したり、蹲って根元を揺すぶったりしてみた。もちろんそんなことで抜けるとは思わなかったが、できると思わなかった犬芝居ができたのだから、もしかしたらそんなことで抜けるかも知れない、と思ったのだ。したら。

「なにやってんだ」

と言われた。粗暴で無礼で最初から人をイカやタコの同類項として見下しきっている痺れ車みたいな声。なんで自分がそんな声でものを言われなければならないのか、まったく理解できず、驚いて見あげると、男が立っていた。

私は蹲っていたので最初その男が大男に見えた。そして男の背後には豊かに成長したまるで燃えさかる炎のように盛んに葉を茂らせた緑が重なって、私は樹木の精霊に咎められたような気がした。

でも。なんで。私が根本から除去しようとしているのは、銀色の金属の棒。なのになぜ樹木の精霊が私を咎めるの。そう思って立ち上がると、うえい、違った。男は緑色の制服制帽に身を固めた警備員だった。

男は大男ではなく、中肉のみすぼらしい男だった。精霊らしいところなどまるでなく、制服制帽には徽章やモールのような装飾物が一杯ついていて、それは警備員の権威を高めるための装飾なのだけれども、逆にそれが滑稽な感じにみえた。

どつき倒してやろうか。そしていったい自分が誰に対してそんな横柄な口をきいているのかをわからせてやろうか。

と咄嗟に思った。私の前に立ちふさがる彼の背後に鳩が群がって貪欲になにかを模索していた。

彼は赤い樹脂の棒を持っていた。緑の制服によく映えるじゃないか。殴るしかねぇよ。そう思って拳を固めたとき、私の頭に二人の男の姿が浮かんだ。

二人の男は弱り切っていた。沛然たる雨が降っていた。弱り切った二人の男は人家の縁先に這い込み雨を凌いでいた。

そこへひとりの男が現れた。人家の主である。主は弱り切った二人の男を追い立てた。なんの断りもなく、館に侵入して横たわるのは、だらけきっているからだし、無気力だからだ、と考え腹を立てての行動だった。

主に追い立てられた二人の男はのろのろと起き上がり、荷物を片付け縁先から出ていった。雨が降り続いていた。弱り切った二人の男は背を丸めて濡れながら立ち去った。

暫く行ってひとりが振り返り、主を見た。主も男を見た。その眼差しが主に強い印象を残した。主はその後、事故に巻き込まれ重傷を負った。

病院のベッドに固定され動けない主は天井を見つめ、ときおり痛みに呻きながら考えていた。弱り切った無力な男を雨の中に追い立てるのは正しいことですか。むしろ家に招待して布と飲み物を与えたらよかったのですか。天井に六倍に膨らんだ振り返った男の顔と六倍に膨らんだ振り返らなかった男の後頭部が現れ、無い口で問い続けた。主はなにも応えられなかった。私には家族を守る義務がある、と言いたかったが主に家族はなかった。そして。

六倍には膨らんでいなかったが、緑の制服を着た警備員は間違いなく、あのときの振り返った男だった。

それがわかった瞬間、私の内部に間違いなく存在した、どつき倒したい、という気持ちがどこぞへ飛び去っていった。

そして男にあのときの自分の気持ち、いったいどういう理屈によって男ら、衰弱しきった男らを雨中に追い立てたのか、ということを説明したいという感情が唐突に現れた。そして、それには大きな宇宙の意志のようなものも働いている、ということも言ってみたかった。そして、自分があの後、重傷を負い苦しんだことも伝えたかった。

そして男があの後、どういう正しい人生の街道を歩んだのか。そして、もうひとりの男はどうなったのかを聞きたかった。そしてなによりも、男が、あんなに弱り衰弱し、雨に濡れて悄然としていた男がいま、滑稽だけれども緑色の制服に身を固め、赤い棒を持って警備員として働いていることを喜びたかった。

おめでとう！

心から。おめでとう？　疑問形かよ！　とか言い合って、互いの背をバンバン叩いて笑い合いたかった。けれども内気な私はそれが言えないでいた。けれども黙ってはにかんでいれば、向こうから、「もしかしてあの雨の日の旦那じゃござんせんか」と言ってくれるかなー、という期待がないわけではなかった。けれども彼はそれを言ってくれなかった。それどころか私を追い立てるようなことを言った。

追い立てられる者から追い立てる者へ。追い立てる者から追い立てられる者へ。この有為の転変はなにを物語っているのだろうか。鳩の模索はまだまだ続いていた。仕方なく私は兎にも角にもいまの自分の身分と正体を明かすことにした。

「ああ、僕は実は出演者なんです」

そう言うと彼は目を細めて顎をあげた。その顔の後ろにそれにいたる顔の積み重ねがあの雨の日からの年月瞬間分陸続として続いて柵の向こうにまで伸びていた。その顔で彼は言った。

「ああ？」

「え、だから今日のこのイベントに出るんですよ。演劇をね、やるんですよ」

「ああ？」

「いや、だからね、関係者なんです。それでね、会場脇に車をつけたいと思ってね、搬入とか、あるんで。それで、この棒、抜けないかなあ、と思って」

「ああ？」

「いや、だからね……」

と、さらに私が説明しようとしたとき男は言葉を被せて言った。

「おまえはなにを言っているんだ」

言葉と感情が完全に合致したような口調だった。この男は私が誰だかわからないばかりか、私の言っていることも理解できない。だったら。やはりどつき倒すしかないのだろうが、私は、私のなかには輝かしい晴れ晴れとした気持ちがあったので、この男があの男であったとしても、それはそれでよい、と思い捨てることができた。すみません。すぐに車をいのかします。と言う余裕があったのだ。まあ、動かします、とか、退かします、と言わず敢えて、いのかします、と言うほどの引っかかりはあるのだろうなあ。

と、自分の心の内を探っていると男が、あっ、また来てる、と声を挙げた。何匹かのひょっとこが貪婪に鳩を捕らえていたのだ。

男はひょっとこに駆け寄り赤い棒でひょっとこどもを打ちのめした。ひょっとこは抵抗せず打ちのめされるまま。しかしそれでも口から鳩は放さなかった。殴られる苦しみと餓え渇きを癒やすのを秤に掛けて、両者がひょっとこのなかでつりあっていた。

私の輝かしい気持ちはしかし片方の皿になんの錘もなくズドンと落ちていた。というとネガティヴに聞こえる、ズシン、と重量感のある、実体的な喜びの気持ちだった。

もとより私が無惨なことになる、悲惨なことになる。無能をさらけ出し、大衆の前に生き恥をさらすために準備された企画であった芝居。

　それをあの暗がりの中で十夷からやってきたヨーコたちも驚くくらいの完璧な芝居を上演して。「ポテトイ say、ポテトイ say、僕らの青春の輝きを、水菜の森に考えRoy」って感じで。

　和解のバーベキューでマツマンが最後の科白を言い、チョン、と柝が鳴ってまぐれとなった瞬間は駄目だったのかと思った。なぜなら誰も彼も押し黙って拍手もなかったからだ。けれどもそれはそうではなくて、みんなあまりの出来に言葉が出なかったのだ。それが証拠に、暫くして起こった拍手は十分ということはさすがにないが、三分くらい続いた。いや、五分は続いたかも知れない。少なくとも四分は続いていた。もちろん、測っていたわけではないし、私も胸が熱くなっていたので正確ではないかも知れないが、三分半は続いたことだけは保証できるのか。もうそんなこともわからないくらい、わからなくなるくらい、みんながよろこんだ。陰で言う科白を頼んだ劇団の人たちも喜びきっていた。

　それはあの根性というものが芯の芯から腐りまくっていて、阿弥陀如来とかそういう人でさえ、「あの人はちょっと……」と言を左右にして救済を拒否するくらいに人間として終わりきっているヨーコもそうで、ヨーコは私に、「思ったよりよかったですね」と素直な感想を口にした。私はこの女によって痴漢ということにされてしまった。そして全員に侮られ、蔑まれ、尊厳を奪われていた。途方もない大金を出してバカにされまくっていた。そしてそのことはみんなの思考や感情をどす黒く染めていた。言わばヨーコはどす黒い染物屋のようなものだった。美しい図柄の帯、着物。全部、どす黒く染めてしまう。それは鴉の濡れ羽色といったようなものではない。ドブの色だ。じっさいにドブで染めているのかも知れない。ヨーコの身体からは無限のドブの水が湧いていた。くさっ。私はいつもそう感じていた。そして帯や着物だけではない、足袋も襦袢も全部、どす黒く染める。いや、そうした衣類だけではなく瀬戸物や鍋釜までもをどす黒く染める。そして自分だけは純白のジュディ・オングのような衣装を纏い、イエライシャンを自称している。

そんな風なヨーコにそんな風にどす黒く染められたみなの思考や感情が元の色に戻りつつあった。芝居の力によって。

普通に感動したというわけだ。もちろんそれはお涙頂戴の物語ではない。生活に根ざした関係性の意味と意味の間の言葉と身体の移動を描いた和解の物語だ。

それをみなは正確に感じ取り、ひとりびとりがその内部に持つ邪と和解することによって初めて外部と正しく反応し合うことができる、と知ったのではないか。つまりこの演劇自身が和解のバーベキューってわけだ。

そう思うとき私はよろこびに輝いた。そしてすべてがストンと落ちた。それは私がずっと持ち続けていた、人に負けたくないという気持ちが落ちた瞬間であった。衰弱して抜け作になっていくこと。人について行くこと。火の側にいると同時に肉の側にいて人々の栄養となりエナジーとなること。それらを悪しきこと。或いは無様なこと。屈辱的なこと。と、そう考え、保多木節を歌い狂っていた、その気持ちが黒い丸孔にストンと落ち、次に上がってきたとき私にはもうよろこびしかなかったという寸法だ。思えば見ノ矢にも同じことが起きていた。十夷付となった皆葉さんにはそれは起こらない。

そしてなによりも嬉しかったのは草子が私に言葉を掛けてくれたことだった。リハーサルが終わり、十夷に戻る仕度をみながはじめたとき、草子はカウンターにもたれかかってひどくだらしない恰好をしていた。石貼りの室からその姿が見えたので私は用もないのに用がある振りをして草子に近づいていった。といって話ができると思った訳ではなく、ただその近くにいきたいと思っただけだった。ところが、ああっと、あれはあれか。ここじゃなくあっちなのかな。とかなんとか、用もないのにそっちへ行ったことを誤魔化すようなことを呟きながらホール中央を横切りカウンターの方へ歩いて行った私に気がついた草子が振り返って言った。

「今度、ふたりでバーベキューしませんか」

急に言われて私はなんと応えてよいかわからず、「ええ。ええ」と意味の通らないことしか言えなかったのだが草子は続けて言った。

「イベントが終わったら一段落の終わりですね。私たちは次の段落に進みましょうね。そのためには母のことや日本平のこともけりをつけなければなりませんよね。そのためのイベントであるわけですね。そのイベントの中心課題として今日、私が初めて観たあなたの演劇があるのですね。なので私たちが次の段落に進むためにはどうしてもあなたはあなたの演劇を成功させなければなりませんね。和解のバーベキューが人々のなかで本当のことのように、ではなく、本当のこととして感じられなければなりませんよね。それができて私たちはすべての約束を果たし、私たちのための次の段落に進むことができますよね」

草子はそう言って微笑んだ。頭が痺れて顔の筋肉が統御できなくなり、笑ったような泣いたような顔になって、こんな情けない顔を草子に見られたくない、と思う気持ちと、こんなところをみんなに、ことにヨーコに見られたらどんな風に思われるだろうか、という気持ちが湧き上がったが、そんなものは気持ちのごく一部に過ぎず、気持ちの多くはよろこびと輝きで、少しでも会話を長引かせたいと思っていた。私は草子に問うた。

「次の段落とは具体的にはなにを指し示しているのでしょうか。ふたりでバーベキューをすることですか」

このときひどくだらしない恰好でカウンターに寄りかかっていた草子は姿勢を正して言った。

「ふたりでバーベキューをするということは私があなたのものになりあなたが私のものになることです」

そう言って草子はホールを横切り板張りの室に入っていった。私は暫くの間、動けなかった。

そんな喜びと輝きのなかにいて、しかも抜け作になることの意味を充分に知った私なので、警備員に追い立てられたことくらいはなんということもない。さっきどつき倒そうと思ったのも以前とは動機が違っていた。

喜びと輝きはなまなかのことでは傷つかないのだ。それに私はここで悶着を起こして今日の興行事に支障が出てはこまる。なにがあってもどんなことがあっても私は芝居を成功させなければならない。私は卑屈に腰をこごめて車に戻った。

「ああ、そうでもございましょう」

と言いながら束ねられ道端に積み上げられるひょっとこを見て。

そして私は会場内にあるはずの関係者用駐車場に駐車するのを諦め、すぐ近くの公共駐車場に駐車することにしてその場を離れた。離れ際、ふとドアーミラーを見ると彼は無線でどこかと連絡を取るような仕草をしていた。

私は車に戻り、車を後退させ、再び道路に出た。道路の両側のビルの一階にいろいろな、本当にいろいろな店舗が建ち並んで華やかなこと限りなく、多くの着飾った人間が出歩いていた。

それは先ほど見た会場の賑わいと酷似していた。みなが笑みを浮かべ、いま、この場にいることを心から楽しんでいるように見えた。私はゆっくりと車を走らせた。

ずいぶんとあっさり諦めたものだね。まあね。いま僕は抜け作になることをおそれていないからね。けれども、カネがかかるでしょう。カネ、なんのことだ。いやさ、会場に用意された駐車場なら無料だが、公共駐車場に入れれば何千円かかかるだろうってんだよ。そうさな、民営よりはよほど廉いだろうがそうさな、一時間六百円はするはずだ。となるといまからすべてが終わるまで停めておけば、そうさな、六千円くらいかかるのではないか。それをもったいないとは思わないのか。まあね。俺にはもうカネはないしね。そうなのか。そうなんだよ。このところ、仕事もなかったし、劇団の人の日当や弁当代もかかったしね。まあ、あれは必要だね。あれだけの人数の役を一人で演じるのは熟練の俳優でも難しいだろう。笑われたいのなら別だが。まあな。けどまあ、そのお蔭でカネはないし、できれば節約したいがね。けれどもそれよりも私は私があのとき銀行で感じた屈辱感を乗り越えたことをこの輝きの一環として寿ぎたいんだよ。ああ、なんかさっきそんなん言ってたね。そうだ。僕は抜け作であること。衰弱して命令されるまま歩くこと。ひたすらついていくこと。になんらの痛痒を感じなくなった。それが嬉しいんだよ。アルコール依存症を克服したような気持ちだ。でもそれは……。でもそれは意思の力ではない。ではなんの力？

私の犬が問うとき、前方に黒い穴が見えた。

私は車を進めウインカーを押し上げて原色の町にそこだけ切り取ったような黒い穴のなかに降りていった。

スロープを降りていった。前にも後ろにも車はおらなかった。スロープのところどころに橙色の灯りが灯っていて、そこだけ茫と明るかったが、その他は真の闇で自分の車の前照灯だけが頼りだった。スロープはなだらかだった。けれども途轍もなく長かった。どれくらい下っただろうか。わからない。長い長いスロープを降りていくと、やがて前方にゲートが見えてきた。

ゲートのところには黄色い灯りが灯っており、上から見るとゲートは谷底にあるように見えた。

ゲートに人はおらず、釦を押して券を受け取ると棒が上がって通れるようになっていた。ゲートをくぐるとすぐ目の前に灰色の壁が立ちあがって大きな矢印を記した看板が闇に浮かび上がって見えた。

　矢印に随って左に進んだ。そこから先は駐車場構内であるらしく、どこに設置してあるのかわからない照明が全体を白く照らしていた。といって明るい感じはまったくなく、黒みがかったような白さで、私が心霊ならばこんな感じがよいな、と思うような照明だった。

　そして、左に進んだ正面の灰色の壁の途切れる右側には広大な駐車空間がひろごりてあった。太い混凝土の柱間に白い塗料で区画が仕切ってあって、停まっている車は疎らだった。ゲートから近く、これはよい、と私はウインカーを押し下げてそのスペースに進入しようとした。

けどできなかった。なぜなら壁の切れ目の進入路にバリケードが設置され、進入禁止を意味する標識が掲げてあったからである。また、壁にも右折禁止を意味する巨大な標識が掲げてあった。

　私は後続車のないのをよいことに暫くの間、車を停めて様子を窺い、すべてを了知した。

　停まっている車は輸入国産の違いはあれど、色も白もあれば黒もあるが高級車ばかり。照明もいま私がいるところよりズンと明るく見えた。ということはどういうことか。おそらくこの右の駐車空間は特別に許された人、端的に言えば特権階級のための駐車空間なのであろう。正面には真っ黒な穴が開いており、下りスロープになっているらしかった。

一部の者だけがゲートのすぐ近くの非常によい場所に楽に停められる。そしてそこはいつも空いているので、ドアーを開けた際など、隣にぶつける心配も無ければぶつけられる心配も無い。ところが大多数の者は黒い穴をもっともっと降りていった先の非常に不便で混んだ場所に停めなければならない。

こんな不公平が許されてよいのか。いや、許されるものではない。どつき倒すしかない。

と、以前の私なら思ったことだろう。そして唯々諾々と黒穴に入っていくしかないおのれを悪んだ。悪みまくって自分で自分の骨を折っていた。

けれども輝きと喜びを得ている。輝きと喜びのなかにいる。いまの私はそんなことには少しも腹を立てない。許す。私は車を発進させて黒い穴へ入っていった。

ところどころに灯りが灯ってそこだけ茫と明るいのは先ほどと同じ、けれどもさきほどより傾斜を増したスロープはずっと長く、果てしがない。その果てしのなさに精神が耐えられなくなったのか、或いは眠ってしまったのか、途中、遺棄された自動車や壁にぶつかって中破した自動車が前照灯の明かりに照らされて浮かび上がった。

私は妙なことを考える。そんならあの車に乗っていた人たちはどうしたのだろうか。自動車で行ってさえ果てしがないこの暗闇を徒歩で昇っていった、または、降っていったのだろうか。或いは電話で助けを呼んだのだろうか。いずれにしても恐ろしいことだ。

そしてその恐ろしいことは自分の身にも起こる可能性がまったくないわけではない。

そう思うと最初から竹であるような不安が頭の外側が土の下、頭の内側が土の上であるような感じでバスバス生えてきて、その痛みに絶叫した。

そうしたところ、その絶叫がひとつの極論の役割を果たして竹の痛みが一時的に消え、人間らしい他者のことを思いやる気持ちが輝きと喜びとともに石清水のようにちょろちょろ流れ出た。南無八幡大菩薩。私は私の犬に言った。あ、ごろんごろん。そうしたところ私の犬が、ごろんごろん、ってなに？　と問い、私が、あ、間違えた。ごめんごめん、やった、と言い、そうすると私の犬が、間違うわけないやろー、と言うはずだった。演劇を始めて以来、私たちの会話にそんな要素が含まれるようになっていた。

ところが犬がなにも言わない。というか、さきほどから助手席にいない。黒い穴に入るまでは確かに助手席にいたのにいつの間に後部座席に移動したのか。

振り返って様子を窺うと私の犬は後部座席で前足に頤を載せ、腰を捻るようにして眠って、思念が消滅していた。

はっ、と思って電話を取り出して確かめてみると思うとおり、電波が届いておらなかった。また、竹が生えて絶叫した。萩原朔太郎の言いたかったのはこういうことなのか。わからない。わからないが、私はこのまま果てしのない暗闇を降り続け、ついには力尽きて中破した車を降り、暗闇を昇るか降るかするのか。その選択すら恐ろしいわ。

衰弱して抜け作であることを受け入れることができるようになって輝きと喜びを得たというのにそれを充分に味わわないうちに私は暗いスロープを歩くことになってしまったのか。それ自体が抜け作ということなのか。それそのものを受け取れ、ということなのか。答えてくれ。私の犬よ。

「答えてくれ。ぎゃあああああ」「ぎゃああああああ」「ぎゃああああああ。痛いー」

と絶叫したがもちろん私の犬は沈黙して答えなかった。

どれくらい降ったのだろうか。わからない。スロープは次第に急になり、しまいには降りているというより落ちているという感じになった。特権階級だけが生き残り、多くの一般庶民はこうやって墜落して死ぬんだな。いわゆるところの格差社会って奴か。マイルドに味わいたいものだな。

痛みに耐えながら無理にニヒルを気取ったが本当は恐ろしいので意味が混乱して困るとき、前方に、茫、と灯りが見えた。

と同時に傾斜が次第に緩やかになってついに傾斜がゼロになった。壁に沿ってそろそろ進むと、前方に巨大な板が掲げてあった。板には直進と右折を表す矢印が描かれており、直進の側にはB3、右折の側にはB2という文字が書いてあった。

ということは。私はようやっとB2階に到着したらしかった。やれやれ。竹やらにやら大変なことでござったわい。けれどもまあ、これで車を停めることができる。そしたらもうさっさとこの忌まわしい奈落の底から陽光がふんだんに降り注ぐ地上に出ていつもの輝きを取り戻そう。いや、以前にも増して輝こう！

と、思ったが人生というものは思い通りにならないもの、B2という表示の先には電光で、満、と表示してあった。あきゃあ、ミツルだよ。と、私は私の犬に語りかけた。私の犬は眠り続けていた。私はけれども語りかける調子で言った。ミツルとはいうものの少しくらいの空きはあるはずだ。こういうものには必ず余裕スペースというものがある。満車、満室。みな嘘だ。いざというときのために空けてあるのだよ、実際の話が。

言い終わらないうちに私はウインカーを押し下げてハンドルを切った。

言わぬことではない、B1階ほどではないがスロープよりはよほど明るい灯りに照らされたB2階駐車場は混んではいたが柱間四台のスペースのうち、一台か二台は空いている感じで楽勝で駐車できそうだった。どこにしようかな。なるべくなら昇降機に近い方がよいのだが。と思いそれらしきを探しつつ、ゆるっと車を走らせようとした瞬間、柱の陰から、ゆらっ、と人が現れた。一瞬、さきほどの男がまた現れたのかと錯覚したが、もちろん違って、同じ制服を着て、同じ赤棒を持った警備員だった。

　男は赤棒を頭の上に掲げ左右に振りながら近づいて来た。

なるほど。よきところに誘導をしてくれるのだな。さすがは公共駐車場だ、民営ならこんな無駄なコストは真っ先に削減して、安全や利便性は二の次、三の次になる。なぜなら利益を生むことがなによりも重要だからだ。やはりものによっては公共がよいな。そんなことを思いながら車を停止させ、釦を押して窓を開けた。ところが。

まず、変だな、と思ったのは警備員が横を向いているということだった。向こうから呼び止めてきたのだからもちろんこっちをみてなにかを言うと普通は思う。ところが彼は、窓を開けて見上げる私から目を背け、横を向いてしまっているのだ。それも可能な限り、人間の首がここまで回るのか、と思うくらいに顔を背けている。だったらいっそのこと後ろを向けばよいようなものだが、それはしないで、身体は正面を向いて立っている。いったいなんのためにそんなことをするのか、と思うが、私からは耳、首筋、後ろ髪しか見えないので表情からその真意を読み取ることはできなかっ

た。なので、

「なんですか。なんなんですか。っていうか、なんだ、てめえ。なんとか言えよ」

と、こいつは粗暴な人間で切れたらなにをするかわからぬぞ、とあいてがおもうような口調で言ってみた。ところが男はそれには答えず、横を向いたまま赤棒を掲げて左右に振った。そしてなぜか頭に意味が伝わってきた。私は言った。小さい耳と汚らしい後ろ髪に向かって言い続けた。

「ああん？　ここに停めてはいけません。満車です。だと？　空いてんじゃねぇか。どけよ」

「ああん？　空いてません。満車です。だと？　じゃあそこのよ、Eの706というのはなんなんだよ。とにかくダメです。B3駐車場に行ってください。だと？　うるせえ、章魚。退けよ。退かねぇと。ひき殺すぞ」

けれども公共の空間を警備する誇り高き貧しき戦士は赤い棒をユラユラ左右に揺らすばかりで、当方の言い分を聞く気はまるでないようだった。もうこうなったらやることはひとつしかない。私はゆっくりとアクセルを踏み込んだ。前に進めば退くと思ったからだ、ところが奴ときたら、なんてぇベイビーだ、私が車を動かすと窓枠にしがみつき、そのまま引きずられて、一メートルも行かぬうちに他愛なく転倒、その一瞬後、後輪に、ゴスン、と嫌な感覚があって、サイドミラーを見ると、奴さん、血だまりのなかに甦れていた。

「だ、大丈夫か。よけないから、そんなことになるんだよ。ああん？ 大丈夫だ、って、でも血が出てるじゃねぇか。ああん？ こんなことは警備にはよくあることだ、だと？ 本当に大丈夫なのか？ ああん？ 大丈夫だから、とにかくＢ３に行ってくれ、だと？ それが俺の職責なのだ、だと？」

言われて私は猛烈に感動した。そう言われて初めて私は私の心がうち続く暗闇、竹の痛みなどによって荒廃していたことに気がついた。俺は喜びに輝いているから特権階級だけが利権を貪っていることなどなんとも思わない。衰弱した抜け作であること。貧しい一文無しであることの心の平安を持っているからだ、と言いながら、でもまだ心のどこかに、そうした理不尽に対する怒りが燠のように燻っていたのかもしれない。松葉を燻べい。そんなものには。そんなものには燻べい、青松葉燻べい。そういって警備員は血と後頭部で私に教えてくれたのだ。

言われたことをやる。そのことの是非は問わない。それを実行するためには本当は病院に連れて行って貰った方がよいときでも任務を優先する。

というのはそりゃそうだ、私が彼を病院に連れて行くとなればこのＢ２階から出口へ向かうことになる。ということは新規に入ってきた車はＢ２階に入れるなという命令に背くことになる。だったら頭から血が流れていても病院には連れて行って貰わない。でも救急車を呼んでもらうことはできたのではないか。しかしそうしたら彼の持ち場は交代要員が来るまで一時的に無人になり、そうしたらそれをよいことに私がB2階に駐車するかもしれず、私はそこまで卑劣な人間ではないが、その可能性がある以上、そんな無責任なことはできない、という判断もあったのだろう。なんという素晴らしい男。だったら私も彼と同じくらいの抜け作になって、というか既にして強姦魔というレッテルを添付されているのだから充分だ、唯々諾々と黒い穴に入っていける、そのことが喜びであるはず。それを忘れていたが思い出した。よかった。よかった。

私は衰弱した抜け作で、空いているのに空きスペースはない、と言われ追い立てられたうえで、そのことを少しも悲しいと思わず、口惜しいとも思わず、静かな気持ちで黒い穴に入っていける自分を自分で祝福しつつ、その穴に進入した。

B3にいたるスロープはB1からB2にいたるスロープと同じく暗く、どこまで続いているかわからなかった。中破した車が、茫、と闇に浮かび上がるのも同じだった。ただ、違っている点もいくつかあって、そのひとつはゴミだった。

さっきのスロープには中破した車はあったが、それ以外のものはなにもなく、ただただ埃っぽい混凝土の隧道が続いていた。ところが、こんどの隧道には、古タイヤや束ねた紙、抜根した切り株、護謨の管の塊のようなもの、といったゴミのようなものが路肩のところどころに転がっていた。機械や道具のようなもの、農具的なものも。こんなものをいったい誰が運んできたのか。そしてあの厳格で職務に忠実な警備員たちがなぜそれを咎めなかったのか。私にはさんざん理解できなかった。と私が頭で言えば、え、ちょっと待って。それってまったく理解できない、じゃないの。と普段であれば私の犬が言うはずだった。けれども私の犬は実直な男のような顔で眠りこけて口を開かない。

このゴミを齎したのはいったい誰か。その手蔓になるのが、もうひとつの異なった点で、それは、側壁のところどころにぽっかり空いた横穴だった。

横穴は、スロープに果てしがないので距離感がうまく把握できず、いったいどれくらいの間隔かはわからないが、側壁の左右のところどころにぽっかりと空いて内部が、茫、と光っていた。

最初のうちはスロープを曖昧に照明する龕灯だろう、と思っていた。けれども光の具合がよほど違っていて、スロープの龕灯は一般的な道路交通的な照明だったのに比して、洞穴のそれは、なにかこう、透明な丸髷のなかに発光ダイオードを挿入したような、奇妙な生活の爆発力を感じさせる灯りだった。私たちの心の営みを遺跡として発掘し、あ、見えない見えない、暗い暗い暗い、と嘆きながらも知らない間に心象としてとらまえることを可能にするような、まあ、だからそれを具体的に言えば丸髷的な、丸髷が顔から外れて飛んでくるような光だった。

私はその灯りに強く惹かれ、ハンドルを右か左に切って横穴に入っていきたいような気持ちになった。けれども横穴は軽自動車ならぎりぎり通れるかな、けどドアミラー畳まんと無理かな、程度の大きさで、私の車が入るのは不可能だった。

私は行く手に仄かな丸髷の灯りが見える度に期待し、今度こそよく見てやろうと、速度を落とし目をこらして横穴をのぞき込んだ。

長い長いスロープを下り、いくつかの横穴を見てわかったのは、それがかなりの長さを持っているらしいということ。そしてもうひとつわかったのはそこから丸髷的生活感を感知した私の直感・直覚が正しかったということで、その奥に人の生活とまではいかないかもしれないが、なんらかの人生模様があることが確かに感じ取れた。

これはいったいどういうことなのか。犬と対話ができないので私は独力で考えるより他ない。そして考える時間は充分にある。それで考えるに、これはもちろん、散乱するゴミや道具・機械類と大いに関係がある。

つまりどういうことかというと、おそらくは横穴の奥には公共警備や駐車場管理のための設備を格納する倉庫や事務室、会議室、給湯室などがあるのではないだろうか。

また、事故を起こした人々が地上と連絡を取るための緊急電話やなんかも置いてあるのではないだろうか。

横穴の両側にはドアーが並び、そうした室というか局というか房というかそういうものが並んでいるのではないか。集中管理室、災害対策局、ボイラー房、といったような具合のものが。車が入ってこられない幅にしてあるのはそういう訳で、そうしたところに車が入ってきたら危険だからである。

そのような室の並ぶ横穴が百メートル続いて、その先には大ホールがある。大ホールの広さは、どれくらいなのだろうか、まあ、四百畳敷くらい、いや、そんなないか、二百畳敷ってくらいか。うーん、でもどうだろう、二百畳といえばけっこうな広さで、掘削には途方もない費用がかかり、公共事業体にそんな予算はない。せいぜい五十畳か、下手をすれば二十七畳くらいのせせこましい空間なのかもしれない。けれども、軽自動車がやっと通れるか通れないか、くらいなところを通ってきた者にとっては随分と広く感じられることだろう。その大ホールからさらに四方に横穴が伸び、通路の両側には室が並び、その四本の横穴の百メートル先には大ホール、または中ホールがあり、そこからさらに四方に横穴が伸び、その先にはまたぞろ大ホールがあって、という具合で、横穴のなかには随分と広い空間が実はあり、六千人くらいの人員が常時、駐屯しているのである。

けれどもなんでそんな空間が作られているのだろうか。公共駐車場を管理するのに、或いは、いくら公共の空間を警備するとはいえ、また、車を中破させてしまった人を救護しなければならないからといって、それほどの員数が必要だとはとても思えぬ。

というのは当然の疑問だが、おほほ、そうではなくてこれは原子力発電所の事故や第三国からのミサイル攻撃といった予測もつかぬ事変が起きたときのためのシェルターで、それが証拠に施設の電力はすべて地熱発電でまかなわれているし、用水は地下水をくみ上げている。

しかしそんなに多くの警備員や要員が駐屯・駐在しているのであれば、なぜ私の前後に一台の車も通っておらなかったのか。もっと頻繁に車が行き交うはずではないのか。また、こんなに遠く果てしないスロープを通って毎日、出勤するのはほぼ不可能なのではないか。というと、がほほ、私が見ている横穴はあくまでも裏口であって、表口はシティーホールの地下にあるのであり、また、主要駅にもIDカードを提示しないと通れない特殊な入り口があり、それらを通ると驚くほど smooth に坑内各部門・部署に到達できた。

その論拠はというと、私が目撃したゴミで、一般家庭においても、或いは企業体においても、そうした見苦しいものを人目につく、或いは、人が出入りする表口に置いておくことはせず、大抵は裏口に置いておく。

ということは。

そう、このスロープにぽっかり空いた横穴は、その大空間の裏口なのである。そして農具やなんかがあったということ。そのことからこのなかでは食糧の生産も行われているのがわかる。また、生活に必要な物資も生産されている。つまりこのなかで完結して何人かの人間が生きていけるようになっているのである。

というか、内部には四階建てのアパートも建ててあって数百人が実験的に暮らしている。なにかあったとき人が住めるかどうかの実験をしているのだ。

そのために集められた人は自発的な意思で集まったのだろうか。あの中破した車は本当に運転を誤って中破したのだろうか。

そんなことを思うと、なぜか体中から汗が噴出した。汗が噴出して身体がもうズクズクじゃ。ああ、もう嫌だなあ。本当に嫌だ。そんな絶叫こそも暗闇ならではの熱と湿り気を帯びた。通る人はさらにない。いっそのこと自分も中破、いやさ、大破をしたいような気分になる。犬は黙して語らない。私はB３階へのスロープをどこまでも降っていた。衰弱した抜け作として降っていた。

奉納の踊り

やっとたどり着いたB３階の、毀たれたゲートの先は照明は殆どが切れていて、真の闇、自らのヘッドライトだけが頼りだった。そのヘッドライトに時折、波トタンで拵えた仮小屋・掛け小屋がぼうと浮かび上がった。

かと思えばある一角には彫刻のようなものがたくさんおいてあった。

自動車はそこそこ停まっていたが、ところどころにおそろしく古い、私が子供の頃見たような車が停まっていた。

なにかがおかしいことは間違いないが、とにかく早く行かないと間に合わないので、剣呑な気配のなるべく少ないスペースを選んで車を停めた。それでも左に迫り来る灰色の混凝土の柱やその後ろのストップランプに赤く光る壁にただならぬ感じがあっておそろしく、芝居に遅れるからというよりは、恐ろしいような気持ちになってきて、私は眠りこけている犬に、

「おい。早く降りよう。ここは私たちにはまがまがしすぎる」

と声を掛けた。ところが犬は返事もしないし、なんだか馬鹿になったみたいにのそのそしていて返事もしない。

そこで私はまず自分だけ雑嚢を肩に掛けて車の外に出た。真っ暗ななかに人の気配はさらになく、警備員すらいないようで、四方八方からまがまがしい気配が押し寄せてきた。私はボディーに触れながら後ろに回り込んでハッチを開けた。

早く降りようと言ったのにもかかわらず私の犬はまるで奈良公園の鹿のように腹這いになって動かない。おい、なにをしているのだ。早く降りろ、と言っているだろう。そう言って初めて私の方を見た彼の瞳が家畜の瞳のようだった。

何度か引き綱を引っ張ってようやっと立ち上がった彼は一度も私の方を見ずに、また、まったくの無言でノソノソした態度で駐車場の床に飛び降りた。

私はまがまがしさに押しつぶされそうになりながらすっかり愚鈍な犬になってしまった私の犬を曳いて地上への出口を探して歩いた。頼りになるのは、ところどころにある案内板と床に書かれた矢印で、携帯電話の弱い光に、或いは、数少ない切れていない駐車場の照明にときどき浮かび上がるそれを探して私は右に左に歩いた。

けれども駐車場の広さの割には出口が極端に少ないとみえ、ちっとも出口に、いやそれどころかそれにいたる手がかりすら得ることができない。

そして進むにつれまがまがしさばかりが濃くなっていった。まがまがしさが皮膚から身体の中にしみこんで全身を駆け巡っているのがわかった。そして、本当の抜け作はみんなこれを体験しているのだ、ということもわかった。だからあの、見ノ矢桃子が黒い穴に落ちて、それからもう一度、出てきたとき落ちて巡っていたのもここか、或いは、ここでなかったとしても、ここのような地下のどこかだということもわかったのだった。

そして、なぜか日本くるぶしのことが頭に浮かぶなどした。

私はここにいることによって完全な抜け作となって地上に戻る。それができなかったもの、やりきれなかったもの、の捨て所としてスロープの裏口があるのであろう。いつまでも抜け作になりきれずここに残るものもあるのだ。そうしたものはここにずっといるしかない。そういうものたちに僅かに残った意地や誇りが腐り、或いは、曲がって、まがまがしい気配の供給源となっている。しかしそれが反対にある者にとっては、そうした意気地を挫いて栄光なンどを目指さない抜け作となることに寄与しているのだから皮肉なものだ。

そうなると始原の、というか、最初の人を完全な抜け作とするまがまがしさはどうやって生まれたのだろうか。

それは最初にここに来て完全な抜け作になりきれず、そして地上に戻れなかった人間が残していったもので、それが徐々に蓄積されていったのだろう。

だからその頃はまだ、普通に駐車場として利用するものも多かった。或いは、いまでもそういうケースはあるのかも知れない。このまがまがしさをまがまがしさと感じなければ別に普通の公共駐車場なのだから。そういう人はスロープの穴にすら気がつかないのかも知れない。

そしておそらくはこういうことが言えるのだろう、つまり地上に戻るためには完全に抜け作とならねばならない。不完全な抜け作はここに残り、まがまがしさの供給源となり、完全な抜け作作りに貢献するための存在となる。そのサイクルは既に成立している。しかし、完全な抜け作になったからといって必ずここから脱けることができるというわけではない。なぜなら私自身が既に完全な抜け作であるのにもかかわらず、いまのところ脱けられる感じがまったくしないからである。その際、私もまた、この暗闇にずっといてまがまがしさを発するものに次第に変化していくのだろう。

ああ、抜け作になっていろんなことがわかっていくなあ。見ノ矢桃子もあのように穏やかになったのはこの穴ではないだろうが、これに似た穴に入っていったからなのだろう。それを思うとやはりここを脱けて抜け作として地上で咲きたい。まがまがしさの供給源にはなりたくない。そんな気持ちが抜け作ながら湧いてきて私は出口を探してふらつき続けた。もはやまがまがしさは身に馴染んだ毒で恐ろしい気持ちはなかったが、思考が段々になくなっていくのには閉口した。そしてまたひとつのことがわかったのは、このようにして思考が失われていくと、こうして右に行き左に行きしている目的を忘れて、気がつけば意味なくただ右に行き左に行きしているだけの存在となってしまうということで、意識がはっきりしているうちに出口にたどり着かなければ、まがまがしさの供給源としてずっとここにいることになるということだった。

そしてまたわかったのは、努力したから出口が分かるとか、才能があるから出口にたどり着けるというわけではなく、それは偶然にたどり着くに過ぎないということだった。まだ、意識や気持ちのあるうちに偶然に出口の近くを通りかかったものだけが外に戻ることができるのだ。そういう意味ではこれは生まれ変わり、生まれ直しに近いものということもできるようだった。

ああ、ほんとうにいろんなことがいまは分かる。けれどもそれもやがてなくなるのだろうか。それともこのわかりを抱いてもう一度、みんなと生きることができるのだろうか。それだけはどうしてもわからない。

私はそう思いながらなおも暗闇を右に左に揺れ動いていた。そして右手には常に重みを感じていた。私のばかになってしまった犬の重みだった。

私はばかになった犬に、

「映画やなんかでは、こんなとき犬というものはその鋭敏な感覚で飼い主を危難から救うのだけれども、君はまったくそういうことをしないで荷物となっている。本当にばかな犬だな」

と言った。そうしたところ、どういうわけか真っ暗だった駐車場がほんの少しだけ明るくなって、彼方の壁に大きな矢印が浮かび上がって見えた。そして。

「ようやっと、ようやっと。本当にここまできたんだな」

と言う声が下の方から聞こえ、見ると私の犬が私を見上げていた。

「おまえをここまで運んでくるのは本当に厄介だった」

「おまえ。やっとばかが治ったのか」

「ばか。ばかはおまえだよ。おまえのつまらぬ意地や張り、そんなものを俺はずっと治そうと思っていたんだよ」

「どういうことだ。おまえは、こんな暗闇に来て、暗闇の毒にあたって愚鈍な犬になってしまったのではなかったのか。人間の俺ですらこんなにふらふらになっているのだからな」

「ちがわい。ちがわい」

犬がそう言ったとき、また少し駐車場が明るくなって壁と柱がボンヤリと見えるようになった。そして、掛け小屋やゴミも、そしてなにより霧が晴れるようにまがまがしさが少なくなっていた。

「俺はおまえがいまのようになるようにずっと努力していたんだ。おまえのくだらない虚栄心やおまえの不安や絶望をひとつびとつ取り除くのは本当に大変だった。それは誰にも理解されない努力だった。当のおまえさんにもな」

「なにを言っているのかぜんぜんわからない。おまえがばかな犬でないのなら主人の私を出口に導いておくれ。そして芝居がうまくいくように手伝って欲しいのだ」

「だからそういう問題ではなく、私はあのときからおまえをずっと導いていたといっているのだ。私を誰だと思っているのだ」

「おまえは私の犬」

「ちがう。おまえが私の犬と知れ。そして我こそはなにをかくそう……」

そういったとき駐車場がまた明るくなり、まがまがしさが完全になくなって、普通の公共駐車場となった。

「あっ、明るくなったぞ。もう私はすべてを見通し、すべての匂いが嗅げる。私がおまえの犬というのだったら私がおまえを出口へ連れて行ってやろう。こいっ」

とEVという文字と矢印の書いてある看板を太柱にみて、そちらに向かって歩いた。犬はなにも言わず、首を垂れ、尾っぽをさげてトボトボついてきた。

彼方にひときわ明るい一角があった。コンクリート造のがっちりした建物で、練色の外壁に沿って飲料の販売機械が設置してあった。抜け作ながら私は、そういうところだけは研ぎ澄まされていた、犬のように鋭敏な知覚でそこがエレベーター室であることを知った。

「これでもう大丈夫だ」

犬に言っているのか、自分に言っているのか。或いはその中間的ななにかに言っているのか。わからないままに言葉を発し、私はエレベーター室に向かって萌黄色の塗料を塗った歩行者用通路の上を歩いた。

その間、通行する車両はなかったが、犬を連れているので安全を第一に考えたのだ。頭上にはさまざまの太さの管や電線がめぐっている。

開け放したアルミの引き戸をくぐって入った細長いエレベーターホールの右手に練色の扉が二つ並んでいた。正面にもアルミの引き戸があり、左手には精算機械とスチールの机とこれも練色に塗った鉄ドアーがあった。

なにもかもを練色に塗ってしまおうという意志がエレベーターホールにみなぎっていた。

これが奴らのスクールカラーなのだな。けれども私はもうそんなものをとやこう思う気持ちをなくしている。回避する、とか、乗り越える、とかそういった気持ち自体もない。

そんな自分をおかしく思いながら呼び出しボタンに手を伸ばしたとき、心臓が、ぎゅん、まるで小千谷縮のように縮んだ。

背後から突然、「あの、すみません」と声を掛けられたからだ。

驚いて振り返ると後ろに紺色の背広を着た男が立っていた。背広といっても街道沿いの紳士服屋で安投げ売りをしているようなペラペラの背広でネクタイもしておらず、白いシャーツが薄汚れていた。髪は半ばは脱毛していて、私より頭ひとつ分背が高く体格もよいのだけれども、どこかしら貧相な男だった。

目は大きいのだけれども瞳が小さく、鼻は鷲鼻で、大きい口の口角が笑っていないにもかかわらず常にちょっとだけあがっていた。

私は自分が驚いたことにまた驚いてなにも言えないでいると、私の犬が、

「間違えて頭に脱毛クリームを塗ったのですか」

と言った。なんという失礼なことを言うのだ、と狼狽えて顔を見ると。案の定、男は怒ったような顔をして言った。

「頭に脱毛クリーム塗る人なんかいないでしょう」

私は慌てて言った。

「あわわわ。そんなつもりで言ったのではないのです」

「じゃあどんなつもりで言ったんですか。いったいどういうことですか」

そう問う男に私の犬が間髪を入れずに言った。

「あなたの頭が禿げてる、ということですよ」

「こら、失礼なことを言ったら駄目だろう。この人だって好きで禿げてるんじゃないんだよ。悲しい思いをされてるんだよ。苦しい思いをされてるんだよ。死にたいと思っているんだよ。そらそうだろう。こんな見苦しく禿げてたら誰だって死にたくなるだろう。それに耐えて一生懸命、生きていらっしゃるんだよ。その人に対して、禿とか脱毛クリームとか失礼だろう、ねぇ、そうですよねぇ」

私は、そんなことを言って冗談事にしてしまえば私の犬の非礼も笑いのうちになかったことになるかな、と考えて言い、男の腕にそっと掌を当てた。そのとき私は、こんな芸当ができるようになったのも抜け作になったお蔭だ、という考えが頭の片隅に浮かんだ。

けれども男の怒りはやまず、怒っているのに口角が上がったままの男は、

「なんなんだ。君たちは本当に失礼だな。撃ち殺そうかな」

と言うとホルスターというのだろうか、上衣の内側に吊り下げていたらしい革の鞘から銃を取り出して構えた。

「待ってください。撃たないでください」

「撃てるものなら、撃ってみろ」

私と私の犬が同時に叫んだ。

「パン」

と男は口で言って銃をしまった。

「禿と言われて三十年。いちいち撃ち殺していたら切りがないわ」

「ああ、びっくりした。本当に撃つのかと思いましたよ」

「撃つわけないでしょ」

そう言って男は笑った。芯からの善人のような笑顔だった。けれども油断はならない。なぜならこの男がどうやって、どのようにして現れたのかまったくわからなかったからだ。

まず、私と私の犬がこのホールに入ったとき、この男はこのホールにおらなかった。

私が見落としたのか。或いは、どこかに隠れていたのか。

そんなことは断じてなかった。

これまでの経緯から、私は随分と注意深く様子を窺いながらホールに入ってきたし、それに練色の壁を背景に紺色の背広を着た男が居たなら随分と目立ったはずで、見落とすわけはなかった。

また、精算機械の脇には机がぴったりとつけてあって、その向こう側に隠れることは不可能だったたし、もし机の下に居たのだとしたら、その向こうの引き戸に姿が映っていたはずだった。私は入ってきてすぐこの引き戸を確認していたが、なにも映っていなかった。ただいくつか白い光が映っていただけだ。

次にこの男はなぜ銃を携行しているのか。警察官なのか。しかし自分で警察官とも言わない。いったいなんでこの男は私を呼び止めたのか。怪しい。怪しすぎる。

と訝る私の気持ちを知ってか知らずか、私の犬は男と談笑をしている。私は二人の会話に割って入った。

「君はなにを談笑しているんだ。この人は確かにいい人かも知れないが、私たちは急いでいるのだぞ。談笑している場合ではないだろう。早く会場に行かなければならず、この人と談笑している場合じゃないことは百も承知だろう」

私が私の犬にそう言うと男は不思議でならない、といった顔で私の犬に言った。

「この人はいったいなにを言っているのです」

「なにもかにも言ったとおりだよ。僕らは急いでいるんです」

そういう私の言葉に重ねるように私の犬が言った。

「そうなんですね。つい忘れて談笑してしまいましたが、そもそも用があって私たちを呼び止めたのですよねぇ。いったいなんの用なんですか」

「ああ、犬、駄目なんですよ」

「はあ?」

「はあ?」

と私の声と私の犬の声が重なった。

「いやだからこのエレベーター、犬禁止なんです」

「犬が乗っちゃいけないってことですか」

「いけないってことですか」

「ああ。そうなんだよ」

「なんで犬が乗ったらいかんのですか」

「なんで犬が乗ったらいかんのですか」

「それは私にもわからない。そういうことになっているんだよ」

「ああそうですか」

と言ったのは私ではなく私の犬。私は黙っておそらくは人から見れば河童のような顔で揺曳していた。そして、ああ、私はほんとうの抜け作になったのだなあ、とうれしく思った。

というのはこんなとき以前の私なら、河童のような顔で揺曳なんてしやしない、「それではこちらもわからない」と食い下がり、「おまえはなんの権限でそんなことを言うのだ」と食い下がり、場合によっては相手の銃を奪い取って射殺とかもしただろう。けれどもいま、輝きや喜びすらなく、本当にただの抜け作となっている私はまったくそんなことを思わない。とでも思っているのはやはりどこかにそういう問題意識があるからか。いや、違う。それは違う。はず。私の犬が言った。

「ええっと、脱毛さんとかおっしゃいましたねぇ」

「違いますよ」

「じゃあ、なんと仰る」

「私、大輪と言います」

「ああ、大輪禿男」

「違います。大輪菊男です」

「その大輪さんがいったいなんの権利があって私たちにエレベーターに乗るなとか言うんですか」

「あ、申し遅れました。私、こういうものです。ここの管理を担当させていただいています」

そう言って大輪はどこからか手品のような手つきで名刺を取り出し、私の犬の鼻先に差しだした。私の犬はこれの匂いをクンクン嗅いでから咥え、直後、顔を横に向けてぺっと吐き出した。抜け作ながらさすがに失礼だと思った私はかがんでこれを拾い上げた。ホールの床には傷が多かった。

「くりパーク株式会社ミルク支社第三管理営業部チーフマネージャー大輪菊男。なるほど。じゃあね、禿輪さん」

「大輪です」

「ああ、ごめんなさい、大輪さん。そのチーフマネージャーの大輪さんがなんで銃を持っているのですか。いいんですか」

「もちろん、いいことではありません」

「っていうか法律違反です。私たちが通報したらあなたは終わりです」

私の犬が鼻に皺を寄せてそう言うと大輪はカラカラと笑った。

「通報ですって。どうやって通報するんですか」

私の犬が尾をあげて左右に揺すぶった。

「別に電話したっていいし」

「ここには電波が届きません」

「地上に昇ってから電話したっていいし」

「あなたたちが通報して警官かなにかをここに連れて来たとして、そのときまで私がここに凝としていると思いますか」

「さっき貰った名刺の電話番号に電話したっていいし」

「電話してなんて言うんですか。おたくの第三管理営業部のチーフマネージャーの大輪菊男氏に拳銃で脅されました、って言うんですか。頭おかしい、と思われますよ」

「けど、実際に脅されたじゃないですか」

「けど、そんなことは普通あり得ない。あり得ないことを言われても人は信じませんよ」

「じゃあ、どうすればいい」

「知りませんよ。それに私だってね、誰にだって銃口を向ける訳ではありません。あなたたちだから特別に銃を見せたのですよ。あなたたちなら通報もしないし、一応、こうやって話はしているけれども、でももう心は決まってるんでしょ」

「どういうことかな」

「ここをごり押しして私を牙で噛んで銃を奪って無理にエレベーターに乗ろうなんて思ってないでしょ」

そう言って男はまた底抜けの善人のような笑みを浮かべた。

「見抜かれていたのなら仕方ないな。階段はどこですか」

「その鉄ドアーの先が階段になっています。お気をつけて。さあ、これをお持ちなさい」

そう言って男は上衣を脱いで傍らのデスクの上に置くと革の鞘を外し、あらぬほうを見ながら銃が入ったままの革の鞘を差し出したので私も顔を横に向けてこれを受取った。

「ありがとう。これから寒くなります。脱け毛にはくれぐれも注意なさってください」

「うるさいっ」

と男は言って無表情になった。私たちは男の背後の鉄ドアーに向かい、ドアーに手を掛けて振り返ったときには男の姿は既になかった。エレベーターに乗ってどこかへいったのだろうか。その時点ではもう男を怪しいと思う気持ちはまったくなくなっていた。

けれども慌ててはいた。なぜなら自動車で降ってさえ、あれだけ時間がかかった。それをば階段で行くとなると、どれだけ時間がかかるのかしれたものではない。ままよ。男が居なくなったのを勿怪の幸いにエレベーターでいくか。でも、そうすれば再び男が現れて、今度は問答無用でおそらく持っている、もう一丁の拳銃で銃撃してくるだろう。あいつはそういう男だ。そのとき凶弾に倒れた私たちを見下ろす彼の残り少なくなった毛髪は汗で額に張り付いているだろう。そんな莫迦なことにもなりたくないのでやはりここは階段で行くべきだ。

私と私の犬は話し合わず同時にそう思った。

私がホルスターを吊ろうとすると、いや、僕が吊ろう、と言って私の犬がホルスターを吊った。

「君は銃を持っていても引き金を引けないだろ」

そう言って私の犬は笑った。引けないのは犬も同じだろう、と私は言えなかった。

鉄ドアーの向こうはほこりっぽい暗闇だった。微かな風が下から上に巻き上がっていた。そしてときに吹き降りていた。微かな異臭が混じっているようにも感じられた。

「気をつけていきましょう」

「どれくらいかかるんだろうな」

「わからんけどいくしかないでしょう。ゆっくりとだが確実に、ってわけさ」

「なるほどいかにも抜け作らしいな。行こう。地上に行って演劇をやろう。銃は構えた方がいいだろうか」

「いらんだろう。この階段にだれか居るとしたらせいぜい蜘蛛か蝙蝠さ」

「なるほど、それもそうですね」

と言って、どこまでも続く真っ暗な階段をそろそろ上がっていき、最初の踊り場で、あぎゃあ、と声をあげて飛び上がった。

足に、どのように考えても生き物の感触でしかない、むぎゅっ、とした感触を感じたからである。

「なにかいる。なんだろう。害毒や害悪をもたらすものでなければよいが」

「既に怯えちまっているね」

「ああ、なにしろこっちは抜け作だからな。そのうえこの暗さだ。暗闇は人間に根源的恐怖をもたらす」

「それは犬も同じだろう。けれども目をこらしてごらん。見えるかもしれんよ」

「そんな訳は……」

　と、目をこらしてみて驚愕した。全体にざらざらして解像度が粗いながら、足元に蠢く白いものが見えたからである。

「マジですか。私は急に目がよくなったようだ」

「なにが見えるね」

「ちょっと待ってね、人間の子供に見える。もしかして棄て児？」

　と、目をこらして私がそこに見たものは果たして一匹の裸のひょっとこであった。

「ひょっとこだよ」

「はあ？」

「だからひょっとこがいるんだよ」

「こんなところに？　ひょっとこが？　どれどれ」

　そう言って私の犬は、車から降りたとき私が肩に掛けていたはずなのにいまは彼が肩に掛けた雑嚢から懐中電気を取り出して灯した。

「持ってるんだったら人に目をこらせとか言う前に灯したまえ」

「いやいや。なかなか」

「なにがなかなかだ」

「君の抜け作としての能力を自覚して貰いたかったのさ。すぐに電気龕灯をとぼしたら君はいつまで経っても自分の暗視能力に気がつかなかった」

「暗視能力は抜け作としての能力なのかい」

「まあね。それはそうと問題はこのひょっとこだよ。どこから来たのだろう」

「そうだね。おい、ひょっとこ。おまえはどこから来たのだい」

そう話しかけてはみたものの勿論、ひょっとこが答える訳はない。頑なに目を閉じ、時折ビクビク震える。もう何日も餌を貰っていないらしく、肉が削げてあばら骨や腰骨が浮き出て、腰のあたりが汚染していた。

「捨てぴょっとこかね」

「こんなところにひょっとこを捨てるかい？」

「駐車場まで車で来てここに捨てたとか」

「なんでそんな面倒くさいことしたんだろう。ひょっとこなんてそこらに捨てればいいじゃないか」

「そうだね。でもどうしようこれ。上まで持ってくかね？」

「容れ物もないし、着物も着ておらないし、さっきのデスクの上に置いておいたらどうだろうか。あそこなら誰か通りがかった人がエレベーターで上まで持っていくんじゃないか」

「そうだな。でも、大輪菊男がまた来てエレベーターはひょっとこ禁止と言わないかね」

「ひょっとこは大丈夫だろう」

私の犬はひょっとこを咥え、いま昇ってきた階段を降り、鉄ドアーを開けようとしたが開かなかった。

「開かないぜ」

「そんな訳はないだろう。退きたまえ。るくくっ、本当だ。開かない」

「仕方ない。ひょっとこはここに置いていこう。でもなんでだろうな」

「大輪が鍵を掛けたのじゃないか。私たちがエレベーターホールを使うと疑って」

「君が脱毛クリームとか言うからだよ」

「いまそんなことを議論しても仕方ないだろう。いずれにしても莫迦な奴だよ」

私たちは鉄ドアーの前にひょっとこを置いて真っ暗な階段を昇っていった。

いくらもいかぬうちに踊り場があって、その次の踊り場に鉄ドアーがあった。

「え、もう鉄ドアーあるけれどもここが地下2階ってことかね」

「こんなに近いわけはないと思うが」

「開けてみよう」

「よしきた」

私は力を込めた。私の犬も力を込めた。開かなかった。

「えへへ」

「開かないね」

「ということは」

「もしかして」

私たちは顔を見合わせた。

「君はなにを考えているんだ」

「多分、君と同じことを考えている」

「つまり私たちは」

「閉じ込められた」

私たちは黙った。私の犬は口をアクアクさせ、荒い息をした。私は胸を押さえた。

暫くして私の犬が尾をあげて言った。

「でも例えばこういう考え方はどうだろうか。確かにB3階のドアーは開かなかった。なぜなら大輪菊男が施錠したからだ。そしてこのドアーも施錠されていて開かない。なぜ開かないのか。それは俺らがまず考えたように、そもそも内側からは開かない仕組みになっているから、かも知れない。でもちょっと待て。本当にそうなのか。と俺なんか思う。どういうことかというと、開く必要がないから開かないのではないか、ということだよ」

「それってどういうことなのだろう」

「つまり、いま、俺らが思ったようにこの鉄ドアーがB2階にいたるドアーであれば開く必要がある。なぜなら多くの人が通行するわけだからね。でも、もしこのドアーがB2階にいたるドアーではなく、機械室などに通じるドアーだとしたらどうだろう、開く必要があるだろうか」

「ないね。っていうか開いていれば逆に誰でも機械室に入れるということになる。もし主義者などが入り込んで破壊活動などしたら大惨事だ。そういう意味においては開かない必要があると言っても過言ではない」

「そうでしょ。そう思うでしょ。つまり開く必要があるドアーは解錠され、開かない必要があるドアーは施錠されている、ということだよ」

「なるほど！　けれどもそれはここがB2階でないという前提に立っての話だよね」

「ああ、そうだとも。けれどもここがB2階でないということは一点の曇りもなく証明されるんだよ」

「なんでだ？　なんでなんだ？」

「さっきもいったように距離だよ。考えてもみろ。俺たちはいったいどれだけ長い距離を降ってきた？　およそ無限とも言える距離を降ってきたし、その間には地下都市すら建設されていた。ところが僕らはいま何段、階段を上がった？　その通り。二十段かそこらだ。それでここがB2階だと思うか？」

「思わぬ」

「だろう。よってこのドアーはB2階にいたるドアーでないということが証明され、開く必要のないドアーだから開かぬのであり、開くべきドアーは必ず開く、という結論が必然的に導き出されるのだ」

「君の意見を聞いていると心が温かくなる。ほっとするし、癒やされる」

「そう言って貰えると嬉しいよ」

「じゃあ、そう信じて行こう」

「ああ、行こう」

私たちは強い気持ちを持ち、懐中電気と暗視力を頼りに確かな足取りで階段を昇り始めた。そのときひょっとこの口がまるでなにか意味のあることを言っているように動いていたのを思い出した。

「ところであのひょっとこなにか言ってなかったか」

「馬鹿な。ひょっとこが喋るかよ」

「だよね」

次の踊り場を越えてその次の踊り場にまた鉄ドアーがあった。B2階がこんなに近いわけはないので、このドアーもおそらく開かぬだろう。そう思って握りを回したら、ははは、案の定、開かぬ。けれども開かぬのは開く必要がないと心得ているから少しも焦らない。私たちは閉じ込められているわけではまったくない。

といってすぐにズンズン昇っていかれなかったのはそこに、その鉄ドアーの前にまたひょっとこが落ちていたからである。しかも今度は二匹、鉄ドアーの前に腹を上にして転がっていた。着物を着ておらないのは先ほどのひょっとこと同じだったが、今度のは捨てられてから随分と時間が経っているらしく、白目を剝き、涎を垂らしてアウアウ言いながら痙攣し、また、汚染も著しく、いまにも死にそうなくらいに衰弱していた。

「なんでこんなにひょっとこがいるんだろう。どこから入ってくるんだろうね」

「ここまで歩いてきて力尽きたのかな」

話していると、ひょっとこが私の足にしがみついてきた。ぬらっとした感触が気味悪く、思わず蹴飛ばすと、ひょっとこは他愛なくぶっ飛び、がんっ、鉄ドアーに後頭部をぶつけて笑ったような顔をして痙攣した。

どういう訳かひょっとこは痛みや苦しみを感じると笑ったような顔になる。暫くの間、ひょっとこは笑ったような顔で口から泡を吹いてビクビク痙攣していたが、やがて動かなくなった。笑ったような顔はそのままだった。それを見ているのかいないのか、もう一匹のひょっとこがまた私の足の方に這ってきた。私は慌てて私の犬に、「早く行こう」と言った。ひょっとこが死んで決まりが悪かったし、また、足を摑まれるのが厭だったのである。私の犬も同じ気持ちだったらしく、「そうだな。行こう」と言うと懐中電気をかざして先に立って階段を昇り始めた。

それからどれくらい昇っただろうか。わからない。踊り場がいくつかあったけれども鉄ドアーはなく、また、ひょっとこもおらず、埃混じりのコンクリート臭のようなものが漂う暗闇がただただ上に伸びているようだった。

そしてさらに暗闇を進んだとき、埃混じりのコンクリート臭にごくわずかではあるが、違った匂いが混ざっているのに気がついて、私の犬にそのことを告げると私の犬は暗闇でニヤリと笑って言った。

「さすがは犬鼻だな。こんな微かな匂いに気がつくなんて」

「君の方こそ真の犬鼻じゃないか。でも、なんなのだろうか。この匂いは」

「森の地面から小人がドシドシ湧き出てくるような感じだ。マグロ感覚もある。犬は犬舎につながれてカリプソも歌った。これは間違いない。ひょっとこの匂いだ。それも一匹や二匹じゃない、何十万何百万ものひょっとこが暗闇でおごめいている。そんな匂いだ」

「莫迦な。そんな莫迦なことがあるものか。なんでこんなところにそんなたくさんのひょっとこがいるんだよ」

「わからない。僕の鼻の駒が狂ってしまったのかも」

「そうだと思いたい」

「いずれにせよ、僕たちは昇るしかない」

「そうだ。それ以外に道はない。本当にない」

そう言って、言い合って、互いに心を寄せ合って、もはやふたつはひとつのものではないのか、というくらいの状態にまでなって私たちは階段を昇っていった。私たちはそうしないと生きていられないくらいに追い詰められていた。

昇るにつれて匂いが濃くなっていった。

「イヤアイイイ」

と突然に私たちのどちらかが叫んだ。

「どうしたのか。脳症か」

と私たちのどちらかが言った。

「違う。そんなことより、あれを見てみろよ」

と指さす方に誰かが電気をかざし、また、目を凝らした。

最初はごみをいれたビニール袋が踊り場に溢れているのかと思ったがそうではなく、その白い塊は近づいて見るとビクビク痙攣していた。

そう。一見、ゴミ袋に見える白い塊はみなひょっとこであった。

「これどういうこと」

「ひょっとこが、大量に、階段に詰まって、いる、ということだね」

「区切って言わなくてもいいんだけどね。けどどれくらい詰まっているのだろうか」

「見た感じぎっしりだね。土嚢で塞いだみたいになってる」

「落盤事故みたいな感じとも言えるね」

「ほんとだね」

「あははははは」

「あほほほほ」

と笑っている場合ではなかった。けれども笑うしかなかった。ひょっとこがどこまで詰まっているのかわからないが、匂いがいみじかった。革工場のような匂いだった。土嚢のように詰まっているひょっとこは、死んだのもあったが大抵は生きておごめいていて、こちらをまともに見てくるひょっとこもあって気持ちが悪かった。

「とにかくこのひょっとこをどけないと先へ進めぬぜ」

「そうだすなあ。なにかこう、掻き出すための、スコップとはいわぬ、せめて棒のようなものがあればよいのだが」

といって階段に棒なぞなかった。階段には階段と踊り場と開かぬ鉄ドアーとひょっとこ以外のものはなにもない。照明装置すらないのだ。怜悧な小男が、ぬうっ、と立っている。なんてことがあればDramaticなのだが、もちろん、そんなものもなく、私は簑をかむって踊りたいような気分になったがその簑すらなく。

「あのさあ」

「なんぞいや」

「大輪菊男が改心してB3階のドアーを開けてるってことないかね」

「どういうことだろう」

「いや、こんなひょっとこの階段にあの人たちを閉じ込めて可哀想なことをした。今頃はさぞかし苦労していることだろう。やはり鍵は開けておいてあげよう。おおそうじゃ、と言って解錠しているってことはないだろうかね」

「ないだろうね」

「やはりそうか。僕もそう思う」

「ってことは」

「素手でこのひょっとこを掻き出さなければならないということだ」

「いやなんですけど」

「いやでもやらなきゃ先へ進めない」

「そうさな。ではやりましょう。とりあえずでは私が掻き出すので君、懐中電気で照らしていてくれたまえ」

「わかった」

てんで、これは私だったのだろう、だから私の手に触れたひょっとこは豚の唇のような感触できわめて気色悪かった。ことに死んだひょっとこの気色の悪さたるや、えげつというものがなく、大抵が爛熟しており、摑むと熟柿のように、ぶしゅ、と潰れ、手や顔が腐肉と腐汁にまみれた。匂いは何千本もの太い銀針を脳に直接に刺すようだった。といって生きているひょっとこが気味悪くないかというとそんなことはなく、虚ろな瞳でこっちをじっと見たり、栄養と思うのか、抱きついて手指を乳を吸いにくるのがきわめて厭だった。また、生きているのも死んでいるのも汚物にまみれていて、それを餌に異様の昆虫が発生していてそれもまた厭でたまらなかった。

「ああ、もう耐えられない。おい、ちょっと代わってくれや」

「よしきた」

「ああ、もう耐えられない。ちょいと交替してくれぬか」

「いいとも」

そんなことを何度、繰り返しただろうか。掘れど掘れど、ひょっとこは果てしもなく詰まっていた。

最初のうちは踊り場の下に捨てていた。けれども、そっちの方も次第に詰まってきて、

「おい。あの」

「なんぞいや」

「この階段の下にひょっとこほってるじゃんけ」

「おおそうやで」

「もうなんか、詰まってきて、捨て所がなくなってきたのですけれども」

みたいなことになった。下に捨てていたのだけれども、下も一杯になってしまったのだ。ということは。

「僕たちは地下3階のドアーのところにはもう行けないということかな」

そういうことだ。ひょっとこがたまってしまっているから。つまり僕たちはひょっとことひょっとこの間にわずかな空間を作りながらジリジリ進んで、階段室というところに閉じ込められたうえで、さらにぎっしり詰まったひょっとこに閉じ込められていた。

「つまりは」

「そう。僕たちは二重に閉じ込められている」

「ああ、耐えられない」

「僕もだ」

「けれどもこうなってしまった以上は」

「進むしかない」

「そうだよな。結局ここで死ぬにしても」

「言うな」

　と、言いながら私たちはひょっとこを掘りながら進んだのだが、なかなかはかがいかず、十段上がるのに十分くらいかかった。

　そして進むにつれ死んだひょっとこが増えてきて、最初のうちは五つのうち四つは生きていて一つが死んでいるという感じだったが、掘り進むうちに半分は死んでいる、みたいなことになって私たちは腐ったひょっとこの肉と汁にまみれた。生きたひょっとこは涙を流していた。

　なかには内部にガスが充満して膨れあがったひょっとこもあった。パンパンに膨れたひょっとこの顔を一センチくらいの距離で見るのはこの世でもっとも厭なことだ。

「けれども、よ」

「なんぞいや」

「僕は希望的な感じも持っているんだよ」

「この状況で希望を持てるって、どういうことよ」

「いや、あのね。僕らはもう何時間もこんなことをやっている。涙は止まらないし、僕はもう小便も垂れ流しだ」

「マジですか。実は僕もだ」

「仮に運よく地上に出られたとしても、この姿を見られたら通報される」

「射殺されるかもね」

「ああ、そうだとも。けれどもそれにしたって地上に出なきゃなにもはじまらぬ」

「ああ、そうだよ。でもその目途すら立たない。目鼻が整ったなぞ言うが、見なね。このひょっとこどもの顔を。爛熟して目鼻も溶けている」

「その目途さ。目鼻さ。それが立ってきたとしたらどうだい」

「なんだか暑いね」

「ああ、暑い。そして同時に寒い」

「そのなかでどんな目鼻が立ったのさ。立ったというのさ」

「それこそがそのひょっとこの腐りよ。考えてもみろ。初めのうちは殆どのひょっとこが生きていた。死んだのは稀だった。ところが掘り進むうちに死んだのが徐々に増えてきた」

「その通りだ。お蔭で僕らは汚辱にまみれ、発狂寸前のところまで追い込まれている」

「そうだ。そして僕の見立てでは、ひょっとこの死に率は今後、徐々に高まって、最終的には殆どのひょっとこが死んでいるというエリアに突入するのではないか、と思っている」

「最悪じゃないですか」

「けれども。もし、僕らがひょっとこの塊の外側から内側に侵入していっているとしたらどうなる？」

「どういうことだ。なにを言っているのだ。おまえは雲助か」

「違う。僕は雲助じゃない。だから説明するが塊ということはどういうことかというと、ひとつの塊だということだ。いまその塊、つまりひょっとこが腐っている。全体的に腐っている。ところがその腐り様は均一ではない。表面はそれほどでもないが中心部にいけばいくほど腐っているんだよ」

「というこことはどういうことだ」

「つまり、現状に照らし合わせて考えれば俺たちはいま、ひょっとこの塊の中心部を通り過ぎつつある、ということ、言い換えれば、半分は来た、ということなんだよ」

「ということは？」

「ということは、この先、次第に死んだひょっとこの数が減り、生きたひょっとこの数が増えてくる、すなわち、塊の中心を通過してはいったのと反対側の表面に出る、と予測が成り立つ、ということさ」

「なるほど。ということは、いまは最悪だが、この最悪の状態にこそ希望を見出すことができるということだな」

「その通りだ」

「おしっ。なんだか衰微していた精神が復興してきたよ。肉体は相変わらずだが」

「いや、その精神は肉体にも作用するはずだ。頑張っていこう。きっと出られると信じて！」

「うん。行こう」

励まし合って私たちは腐ったひょっとこのなかを進んでいった。そしてすべてのひょっとこが死んでいるエリアにいたった。多くのひょっとこが目を開き口を開いて死んでいた。匂いがいよいよいみじく、私たちはまるで汚辱のなかで溺れているようだった。

「いやなんですけど」

「ああ、でもそれが希望になるのだ」

「頭がおかしくなっていく」

「馬鹿っ。元気を出せ」

「おまえもな」

と、私たちは輝かしい未来を信じて進んだのだけれども、どうしたことなのだろうか、いけどもいけども死んだひょっとこのエリアが続いて生きたひょっとこはさらにいない。

けれどもそれを口に出して言うとなにもかもがこの瞬間に終わってしまうような気がして、まあ、そのうち生きたひょっとこが増えてくるだろうと、なるべく気楽に思いつつ進む。けれども脱けられない、ついに我慢できなくなった私たちのうちのどちらかが言った。

「あのお」

「言うな。わかっている」

「けど」

「それにはそれなりの考えを私は持っている」

「どういうことですか」

「薄皮饅頭の理論だ」

「え、塊じゃなかったんですか」

「饅頭もひとつの塊であることは間違いない」

「で、薄皮饅頭がどうした」

「要するに、この死んだエリアが餡で生きているひょっとこがいるエリアが皮ってことだよ。つまり、この状態はもう暫く続く。続くがやがて薄皮に到達する」

「どれくらいで到達するんでしょうか」

「そうだな。最初の踊り場から次第に死んだのが増えてきたあたりまでを薄皮と考えれば、餡の部分はその三十倍、すなわち踊り場に換算すると、二百踊り場くらい。そして、僕らはこの腐敗状態に突入してから十踊り場ほどを昇ったから、あと百九十踊り場くらい行けば再び薄皮部分に到達すると考えられる」

「戻った方がよくないかなあ」

「どういうこと」

「多分、精神的にも体力的にもそんなには持たない。それだったらB3階まで戻って鉄ドアーを開ける努力をした方がよくないか」

「けど、それで開かなかったらどうする。それよりも僕らはあくまでも前に進むことを考えよう」

「一理あるな。デハ話ソウ」

「花野ではないだろう」

「ええええ？　話すのではないだろう。って言ってくれると思って言ったのだけれども」

「それは私もわかっていた。その、デハ話ソウ、という文言の出典さえわかっていたさ」

「おまえ、何者だよ。おまえは私の犬か。それとも私か。それとも日本くるぶしか？」

「そっくりそのまま返してやるよ。じゃあもう話すのも花野も諦めようよ。俺たちが同じくらい困惑していることに間違いはないのだから」

「同意見だね。だって他にやれることないもの。生き埋めになったらダメ元でもがくでしょう」

「いやなこと言うな」

「ああ。力を合わせていこう。取りあえず三踊り場ごとに感謝のミサを捧げよう」

「向こうが嫌がるよ」

「向こうってどっちだ」

「明日はどっちだ」

「っていう意味で僕たちはいま少なくとも神によって上下を与えられているだけ幸せだよね」

「宗教か、アホンダラ」

「ただの左翼ですよ」

「違う、混ぜっかえすな。左翼だったら神とか言うな。頭がね、ただでさえ僕たち普通じゃないからね、真面目に生きていきましょうよ」

「ですよね。だから、踊り場っていうさ、それを希望に考えていったらいいのと違う」

「そうだな。踊り場、あと百九十。百九十って言ったらすごいと思うかも知れないが数字。統計・グラフなどというものは小説と同じくらいあやふやなものだ、という思想家もいるくらいだ」

「ほんとか。そいつの名前を教えてくれ」

「確か、太平洋、いや、大西洋、もしかしたら日本洋だったか。とにかくなんらかの洋であったことは間違いない。まあ、そんなことはもう考えられない。ただ、やることしかできない。下に行くということはないということだよね」

「ああああ、ははははははは。そうだわ。そうだわ。禅の形だけでもやっとくか？」

「遠慮するわ」

「よかった。じゃあ、行こう」

そう言って僕らは、心を貯めておいたのかなあ。昇って行った。最初のうちは踊り場数を確認していたが、すぐにわからなくなって、踊り場数に希望を感じることはできなくなった。ならば、ひょっとこの生体の率によって希望を抱くしかないが、相変わらず死体ばかりだった。ならば、こんなに頑張ったのだから十踊り場はいったは ず、という風に考えるしかなかったが、その基準がもっとも当てにならないことを私たちは知り過ぎていた。

「つらい。つらすぎる」

「けれども」

「終わらない階段はない」

「そう考えて」

「昇って行こう」

「昇って行こう」

「学芸会かっ」

と私か私の犬が言って、私が、いまのいいな、と思った瞬間、私の犬が言った。

「いまのいいね」

「俺もそう思っていた。なにがいいってつまり心が……」

「一瞬、楽になる」

「そうなんだよ。これをずっと続けていれば、ずっと楽なんじゃないかなあ」

「そしてそのうちに」

「階段も」

「終わる」

「階段も」

「終わる、って学芸会かっ」

「駄目だ。二度目はおもしろくない。つらい。死にそうだ。早く別のパターンを出さないと」

「そうだな。よし、じゃあ私が試みてみよう。ええ、時代というものが進みましていまでは階段を昇る場合でも、エスカレーター、エレベーターてなもンがございまして、ちょっとも足を動かさいでも、上へでも下へでも昇れるようになったあるン。アレ不思議なモンでさすがにエレベーターではみんなじっとしてはりますけれどもエスカレーターでは普通の階段とおンなしように足を動かして上がっていかはる人がいたはらますな。なんでわざわざしんどい思いすンにゃろなと私なンぞは思うわけですが、前方はそんな便利なもンあらしませんからな。やっぱし、右の足と左の足を互い違いに前に出して歩いていかんならん。そんな時代の古い古いお噂でございますが、『いてはりまっか』『なんや誰やとおもたらおまはんかいな。まあ、こっち入り』『へっ、ほた遠慮のお上がらして貰います。こんにちは』『ああ、こんにちは。ほんで今日はなんや』『へえ、ちょっと折り入ってご相談があって参ったんでございますが、うちのね段ばしごおまっしゃろ』『そらあるやろ。おまはんとこは二階建ちやさかいな』『その段ばしごがもう古うなってもて三月ほど前からところどころグラグラなってまんにゃがな』『そらあむないな』『そうでんねん。あむのてしゃあおまへんさかいね。はよ修理せなあかんなあちゅてたんでっけどね、いわんこっちゃない今朝方うちの親父が段ばしご昇ってたらとうとう踏み板が外れよりましてね』『ほん、ほんでどないなったんや』『真ッ逆さまに、ころんで落ちて腰の蝶番がガチャッと外れよりましてね、よう立たんでウンウンうなってまんねやけれども、あんたええ医者知りなはらんか』『それを早よ、言わんかいな』……」

「うん、それで？」

「これで終わりだよ」

「おまえ、恐ろしい奴だな」

「うん、その通り。カイダンだけに大変、怖うございます、デンデン、とな」

「つらい。苦しい。死にたい」

「確かに駄目だな」

と言いながら私か私の犬は電話の録音機能を使って遺言のようなものを残すことを

わしいのだろうか。最後の言葉にはどんな言葉がふさわしいのだろうか。感謝の言葉がふさわしいのだろうか。お世話になった皆様。どうもありがとうございました。とそれだけでは足らない気がする。死んだときの状況も説明をしておくべきだろう。公共駐車場の地下3階で完全な抜け作となった私は階段室に閉じ込められ脱出できなくなり、腐ったひょっとこのなかで疲れ切って死んでいきます。と、それだけでは足らない気がする。閉じ込められた理由も言っておくべきだろう。それは大輪菊男が悪さをしたからだ。でも彼だけが悪いとは言えない。私が私たちが脱毛クリームとか言ったからだ。というか、なぜ私たちが会場の駐車場ではなく、公共駐車場に車を停めなければならなかったか、ということを語らなければならないが、それは警備員が私たちを会場に入れてくれなかったからだ。けれども、警備員だけが悪いのだろうか。いや、そうではない。それはかつて私が彼らを追い払ったからだ。私はおそらくそのことが原因で足を砕いた。けれども私はわからなかった。さっきまで。わからなかったのだ。つまりは、すべては、私が原因だ。私がこの結果を招いた。そのことは言っておかなければならない。そして、私は志半ばで死ぬる。

さあ、そのことを録音しておこう。私か私の犬が雑嚢から電話を取りだし、そしてあることに気がつき、「おい、見てみろよ」と言うのと同時に先に立っていた私か私の犬が、「おい見てみろよ」と言った。

慌ててその方を見るとひょっとこが途切れていた。

「どういうことだ。薄皮饅頭じゃなかったのか」

「こっちには皮がなかったんだ。皮が破れて餡がはみ出していた」

「じゃあ、俺たちは助かったのか」

「わからぬ。饅頭のことも間違っていたし、もしかしたら有用なドアーは開いているという理論も間違っているのかもしれない」

「いや、大丈夫だ。これを見ろ」

そう言って私たちのうちの一人が電話を見せた。

「圏内」

「そうなんだよ。よほど地上も近いのだろう」

「これで助けを呼ぶことができる」

「とにかく掛けてみよう」

「そうしよう」

そう言ってどちらかが電話を掛け、首を傾げていった。

「おかしいなあ、出ない」

「別の奴に掛けてみろ」

「よしきた。ううむ。やはり出ぬゾ」

それから私たちはいろんな人々に電話を掛けたのだが本番中なのだろうかやはり誰も出なかった。そして、階段の先に一匹のひょっとこが腰掛けていた。ひょっとこは生きていた。生きてこちらを凝視していた。空恐ろしいようなひょっとこだった。そしてひょっとこの背後に鉄ドアーが見えた。

「行こう」

「行こう」

私たちはひょっとこをまたぎ越して鉄ドアーに殺到した。鉄ドアーはびくとも開かない。

「外に出てもなにもないよ」

とくぐもった声で誰かが言った。驚いて振り返る。誰もいない。ただ、ひょっとこが向こうを向いて座っているばかりである。

「君なにか言ったか」

「言わぬ」

「僕も言わぬ」

「じゃあ、こいつ？」

「まさか」

訝っているとひょっとこがゆっくりと立ち上がり、振り返って喋り始めた。その言葉は小さくか細くて聞き取りにくく、また意味するところが不分明なうえ、ひょっとこが立って人間と犬の目を直視して喋っているという驚きが理解を妨げ、ほとんどなにを言っているのかわからなかった。それでも暫くするとひょっとこが四つくらいのことを表現を変えて語っているよということがわかってきた。ひょっとこはこんなことを言っていた。

おまえはそれを知ることが大事だった。私はそれを何度もおまえに教えようとしていた。そのときよりよくしようとするものが現れた。それは災厄として現れた。おまえがみたひょっとこだちはその災厄から逃れてきて力尽きたもの。よって外にはなにもない。よりよくしようとするものがすべてをよりよくした。

私が知ったこととはなにか。よりよくしようとするものとは誰か。については見当がつかないが、外で災厄のようなことが起こり、外の世界がたいへんなことになっているらしい、ということはわかった。

ひょっとこの身体が全体的に青かった。すぼまった口はなにかを吸っているようでもあり、同時に吹いているようでもあった。そんなことに私たちが着目していることになんで気がついたのだろうか、ひょっとこは、「ああ、この条は吸ったり吹いたりだ。吹田一郎。そんな名前で呼んでくれる仲間もみんな光の渦に飲み込まれて死んだ。ここに逃げ込んだ者も、みたろう、光の毒に冒されて来る偉人でいた」といったようなことを言った。そしてひょっとこの言葉が次第に平明になってきた。それはしかしもしかしたら私たちがひょっとこの口吻に慣れてきたからかも知れなかった。「その段はそうかね。あきらけき竜口の入道が現れてよくしようとするものに抗った。だから光量が増して無量となった。ならざるをえなかった。野壺が裏返ったような世界が現出した。その方も抗っていた。だから私は地軸を傾けてこの世を砕いたこともあった。それをやっとあなたはそのことを理解してくださった。にもかかわらず世の中がこんなことになってしまったことは果たして悲しいことだろうか。智の日子から見れば世の中の山は谷、谷は山。日御子からみたらどうなのだろうか。昼並の御子の美しさは錯覚に過ぎないのではないだろうか。たいへんなことになってしまった。みんなが平等に滅びればよいが地下の邪都に逃れた者もあった。あなたがわかったことはずっと言っていたこと。むしろいまの形になってよかったのではないだろうか」というひょっとこの平明になった言葉を聞いていると、それは次第に着崩れた衣服のように崩れてきた。「なんでおまえはそれをよく知ることが大事だったんだよね。実際、大変なことだったのよ。でもそれってそっちからみればそうかも知らんけどあっちからみりゃあ、来る偉人でいることだよね。何度も言ったんだけどね。なかなかわかってくんなかったよね。だからこのことを受け止めて欲しい。自分の名から受け止めて欲しい。なんもねーよ。外行ったって。ほんと、なんもねーよ。みんなこんなか逃げてきたけどね。結局、死んだしね。よりよくしようとしてこうなったってことだけは間違いないんだからね。それだけはマジでわかってほしいんだわ」

ひょっとこは口をすぼめてそんなことを言い続けていた。私と私の犬はひょっとこの話をぼんやり聞きながら話し合った。私たちが話している間もひょっとこは同じような話を続けていた。鉄ドアーの輪郭がぐらぐら揺れているように感じた。気温も上がっているようだった。

「どうしよう。外にはなにもないと言っているぜ」

「つったってここにずっといる訳にもいかんでしょう。それにしょせんはひょっとこのたわごとだよ」

「うんまあ、そうだね。外に出ないうちから外にはなにもないなんていうのは退嬰的な議論だ。僕らにとっての希望はいまは外に出ること以外にないのさ。このくそったれ階段室で惨めに閉じ込められてひょっとこのように死んでいってたまるかっつんだ」

と言ったとき低いところから、

「それはひょっとこに対して失礼だろう」

声がした。ひょっとこであった。ひょっとこが言葉を喋るのは恐ろしいことであったが、私たちに向けてなにかを言うということが信じられなかった。それまでひょっとこは確かに喋ってはいたが私たちはそれを小鳥の囀り、狂人独語のようにとらえていて、そこからこちらが意味をくみ取り理解することはあってもひょっとこが私たちの言葉を理解するとは夢にも思わなかったからである。

「こいつは驚いたな」と言ったのは私と私の犬。

「なんで」と言ったのはひょっとこだった。

「ひょっとこと会話する日が来ると思わなかった」「というか、ひょっとこのことなんて考えたこともなかった」

「なんでそこにこだわるんだ。おまえは抜け作になったのだろう。それも完全な抜け作に。それやったらなんでおれが喋れるようになったと思って、自分が聞こえるようになったと思わないんだ。おまえ以外の誰にこの声が聞こえる。おまえの顔が白く光っていたときのことを忘れな」

「なにを言っているのかさっぱりわからない」「わかろうと思ったこともなかった」

「そんなはずはない。おまえはすべてもうわかってしまっている。だからこその抜け作なんだよ」

「とにかく。いまは議論しているときではない。ここから出ないと」「そうだとも。ここから出ないとなにも始まらない」

「ははは。そこは、なにも終わらない、と言った方が正しくねぇか」

「黙れ、ひょっとこ。ぶち殺してやろうか」「おまえなんか首筋をつまみ上げてぽいと投げるだけで死んじゃうんだぜ」

「ひょっとこに素手で触れるのは気味がわるいだろう。銃で撃ったらどうだ。禿にもらった銃を持ってるんだろ」

言われて背筋が寒くなった。なんだ。なんで私たちが大輪菊男から拳銃をもらったことをこのひょっとこは知っているのか。あいつが禿げていたことを知っているのか。私の犬は汗ばむ指で拳銃に触れたのだろうか。もうこんなに気色が悪いのだったら、そう、拳銃があるのを幸いにひょっとこを撃ち殺してしまいたい。でもそうすると縁起が悪いというか、それをきっかけに物事が悪い方、悪い方へと転がっていく、みたいな予感もあって素直に射殺する気持ちになれない。そんな気持ちを私と私の犬は目と心で語り合っていた。そんな私の気持ちをそしてひょっとこは気味の悪い目でとっくに見抜いていたのだろう。しわがれた声で言った。

「ふふふふ。ルルルルル。わっしを撃ったらどうなるのか。やってご覧なさいな」

そういうひょっとこがいったいどうしたことだろうか、迫力と威厳に満ちていた。よく見るといつの間にやら身長も少し伸びているようだった。そんなひょっとこにむかって私の犬が銃を構えた。私は私たちが撃つのが恐ろしくて怒ったような口調で言った。

「いまはそんなことをやっているときじゃないだろう。光のなかで真備チヂミしているなにかの」

「真備チヂミだと？　なにを言ってるんだ」

ると、銃を構えたまま私の犬が言った。その間もひょっとこは威厳を増していってい私はますます焦って言った。

る。気がつかないのだろうか。いまはなにかを言うときでもなければ、誰かを撃つときでもないってことだ」

「なにも言ってないよ。いまはなにかを言うときでもなければ、誰かを撃つときでもないってことだ」

「じゃあ、なにをするときなんだよ」

「ここから脱出するときだよ。だから撃つんだったら、ひょっとこを撃つのではなく、貸せっ……」

そう言って私は銃を奪い取り、鉄ドアーの握りのあたりを狙って引き金を引いた。洗面器が暴れているような音が響いた。靴墨が嫌になって挫けているような匂いがした。こんな音がして匂いがしたらそれは当然、握りが毀たれてドアーが開くでしょうと、愚連隊の顔の傷のようになった握りを回した。

「開くか」「開かぬ」

「そういうとき、あっかれ、という」

したり顔で茶化すようなことを言ったひょっとこの周りに煙が立ちこめている。そしてその煙が鎮まったときひょっとこは伸びに伸びて私のような人間と変わらぬ身長になっていた。

そしてそんなものがさっきはあっただろうか、なかったような気がするのだがひょっとこの足元に海老茶色の箱があって、ひょっとこはその函のなかからゴワゴワした草色の腹掛のようなものを取り出して頭からかぶり、さらに人参色の寛衣のような衣服を取り出し頭からかぶると、やはり箱から出した函から縄を取り出し腰のところで結びやがった。そんなことをするものだからひょっとこはなお威厳に満ちて、私どもはますます彼を銃撃できない。というか頭も心も夢のように痺れてしまって撃つなんてあり得ないことのように思えて。真備チヂミで。そんな私どもにひょっとこはかなり上からな感じで、

「ドアーを開けたいのか」

と言いやがった。

「開けたいに決まっているだろう」

「これを使え」

そう言ってひょっとこは蚊取線香も買えない貧乏人が素手で蚊を摑むみたいなことをし、その拳を私たちに向けて差し出し、そして開いた。

その掌にあったものは蚊の死骸だったただろうか。違った。掌にあったのは鍵であった。

私と私の犬は鍵をとり、へこんで曲がってしまった握りの鍵穴にこれを差し込んだ。確かな感触があり、鍵が回った。背後からひょっとこの聲が響いた。「ほらね、開いたでしょ。ピッキングできない鍵といっても二種類あって、細い針金でなんとかなるようなものもある。でもこれはそれもできないタイプの鍵だ。絶対にピッキングできない。ただし、合い鍵を造ることもできない。だから鍵をなくしたらもう駄目だ。鍵屋に頼んだって開かぬのさ。じゃあどうするの。毀すしかないんだよ。だからこの手の鍵は絶対になくしちゃあいけないのさ。ところが人間ってやつあ、それを忘れてしばしば鍵をうしのうてしまいよるのさ。ただピッキングできないからよいかというと違ってこの鍵は下手をすると三年で壊れる。運がよければ五年くらいは持つが十年持つことはない。その段、旧式の錠前は二十年も三十年も持つのさ。もちろんピッキングはされるがな」

苛っ、とした。鍵を呉れたのはありがたいことだ。感謝もする。けれどもそんなことをいま言う必要があるだろうか。しかもあんな風に威厳に満ちて。なんのための威厳なのか。しかも全体の口調が自分が鍵を出したことに対する自慢タラタラの感じが全開で、聞きようによっては自惚れが極に達しているようにも聞こえる。

いっそのことマジで撃ち殺したろか。いやいやいやいや、ウソウソウソウソ。冗談冗談冗談冗談。そう思って拳銃を口にくわえ、いっそ冗談ついでに自分ののンどに向けて発射したろうかと考えたその刹那、隣に、ぬぼっ、と立っていた私の犬が銃を奪い、ひょっとこ目がけて発射した。

パンパパン、バンバン、パンバン。ワン、ワンワンワンワンワンワン、ぐわあああああああっ。銃声と吠え声と断末魔の叫び声が狭い踊り場に響き、胸を押さえたひょっとこが後ろ向きに倒れ、暗い階段の奥底に後ろ様に落ちていった。実は自分が撃ち殺したかったという気持ちを押し隠して言った。

「なんてことするんだ。撃っちゃ駄目じゃないか」

「ごめんごめん。なんか、苛っ、としてしもうて」

「わかるけど撃ったら駄目でしょう」

「まあ、でも撃ってしまったものをいまさらとやかくいっても仕方がない。先へ進みましょう。また、なにが起こってここに閉じ込められるか知れたものではない」

「その通りだな。とにかく出よう」

ということは威厳に満ちた者を銃撃殺害してしまったことを誤魔化すためではなく、本当に心の底からそう思ったので、私と私の犬はひょっとこの死骸を調べもしないでドアーを押して外へ出た。

出たところは薄暗い混凝土の階段で地上に真っ直ぐに続き、上方に矩形に切り取られた不景気な空が見えていた。不景気でもなんでももう二度と見ることがかなわなかったかも知れない空だ。嬉しくないわけがない。ところがなぜか心が弾まない。心にちっとも響いちゃこない。その理由はひょっとこをぶち殺してしまったためか。それともひょっとこの訳のわからない預言ゆえか。

「そんなことをくよくよ考えたって仕方ないだろう。それよりこの階段が何百万段も続いておらず、すぐそこが路上であることを悦ぼう」

「そうだな。前を向いて生きていこうよ。昇っていこうよ」

「あったりめぇよ」

長い間の地下暮らしのうえ、階段室に閉じ込められひょっとこの死骸詰にあって私らの言葉は心と裏腹に病として弾んで響いた。

階段を上がりきった。上がったところは広い歩道で右側が片側二車線の車道、左側に高い石垣がそびえ海老型の外観が特徴的な美術館の屋根がのしかかるようだった。右側はビカビカしてルーナティックだったり、落ち着いた風合いでシックだったりする高楼が軒を並べて連なっている。正面には灰色の高架橋が横に走っている。あれが横になったままこっちに押し寄せてきたらこのあたりの高楼や巨大な美術館はみんな潰れてしまうのだろうか。それとも高架橋が折れてしまうのだろうか、などと常には絶対に考えない変なことを考えてしまい、胸が苦しかった。

「この胸の苦しみはなんなのだろうか」

「あいつは外にはなにもないと言っていた。けれどもこれは既に知っている、地下駐車場に入り込む前からあった、そしていまもある景だ。つまりなにごともない平穏な景を僕たちは眺めている。君が代は千代に八千代にさざれいしの巌となりて苔のむすまで、といったような。だのになぜそんな変な、高架橋が横車を押してくるなんて奇妙なことを考えてしまうのか。それがちくとも解せない」

「その根底にはなにか嫌な気持ちがあるからだろう。逆にそれこそが平穏な日常に帰還したということの証左なのではないだろうか」

「どういうこと？　ああそういうことか」

おまえの考えていることはすぐに全部わかった。黒い雲が高架橋のすぐ上に平たく蟠っていた。

「地下に居たときは本当にもう生死の際のところだったから日常的なこととか経済的なこととかはまったく気にならなかったのだけれども、いざ命が助かって普段の暮らしに戻ったら急に現実的なことが気になり始める、例えばあの地下3階駐車場に置いてきた車だ」

「そうなんだ。あれだって買うとなれば中古車にしたって八十万円＋諸費用くらいはかかる。廃車にした訳ではないので自動車税もかかる。そんな小さな現実的な問題が重く心にのしかかって高架橋を見ただけでなんとなく嫌な気持ちになるんじゃないか」

「その通りなんだよ。それに拍車を掛けるのがあの黒雲ってわけさ。けれどもわかってしまえばなんということはない。イベントはもうとっくに終わってるだろうな。劇場に行ったって仕方がないが、帰りの車輌がまだあるはずだ。とにかく会場に行ってみるか」

「ああ、そうしよう。方角からすると会場はあっちだな」

そう言って歩道の際、美術館の敷地との境の黒い鉄柵に沿って高架橋と反対側に歩み始めたら。

「イベントはまだ始まったばかりだよ」

と後ろから聞き覚えのある声がして、心臓を貫かれたように驚いて振り返ると、そこに立っていたのは果たしてあのひょっとこであった。

ひょっとこだと？　こんな立派なひょっとこがあってたまるもんかい、服装もさらに立派になって、拍車付の長靴を履いているし、髪の毛も伸びて金色に輝いている。東洋系の顔立ちに金髪が似合っているのだ。髭剃りあとが青々として惚れ惚れするるような偉丈夫で、こいつはもはや立派な人間の男。でもなんで生きてるんだ？　もんどりうって後ろ様に墜落していったじゃないか。

「いや、どこまでいってもひょっとこさ。助かったのはこれのお蔭さ」

と言ってひょっとこは寛衣をめくって草色の腹掛を見せびらかした。

「なんだそれは」「それはなんだ」

「これは防弾衣服。所謂、ボディアーマーさ。これなしに出歩くなんていまや考えられない」

「貴様、何者だ」

「越後の縮緬問屋の隠居じゃよ」

ふざけているのだろうか。こんなときにふざけているのだろうか。撃ちたい。しかしイベントはこれからというのはどういうことだろう。わからない。とにかく会場に行てみよう。

私たちは黒い鉄柵に沿って歩いた。ひょっとこも例の海老茶色の箱を担げてついてきた。そして十メートルも行かぬうちに私たちが感じた不穏な感じのその原因というか正体というかそうしたものが明確になってきた。というのは。人が人間がおらぬのである。本来、このあたりには一坪くらいのところに五人か六人くらいの人がいるのが普通で現に私らが駐車場に降りるときはそれくらいの人がいて、おおきに賑わっていた。ところがいまは左前方、百メートルくらい先の、巨大な教会の前の道が、右前方の、私たちが警備員に入場を止められたイベント会場の入り口ゲートに突き当たるT字路のあたりまで人影が絶えてなかった。そしてやっと気がついたのだけれどもそこここの輸入や国産の自動車も走っておらず、路肩や道路の真ん中に放置されていた。

それらの自動車は金持の女が乗るような最新式の高級車であったり、肉の運搬車であったりと様々であったがみな一様に汚れて埃をかぶっていた。ところどころに錆が浮かんでいるようでもあった。そしてなんだか道全体が緑っぽいなあ、と思っていたのだけれどもそれは草であった。草というと草子のことを思い出す。草子はいまどこでなにをしているのか。自宅に帰ってしまったのだろうか。道路を割って草が生えていた。信号や電柱には葛が高っかく巻き付いていた。ふりさけ見れば高架橋も緑色だった。なかにはギザギザの葉と太い茎を持つユリのようなものもあった。

その車とかの辺に幾つもの黒い塊が浮遊していた。だいたい布団を丸めたくらいの大きさで、帯状に流れたり、丸まってふるえたりして、形を変えながら漂っていた。

「いったいどういうことだ」

「みんなよりよくしようとするもののせいだ。君たちはあの荒野に現れた光の柱を見ただろう」

なぜそんなことを知っているのだろうか。唸り声のような音が聞こえていた。歩道に茶色いシミがあった。とにかくこいつはなにかを知っているはず。とにかく聞いて見よう。だんだん言葉も整備されてとにかくいまはコミュニケーションが成立しているのだから。めずしいな、コミュニケーションなんて言葉。堕落？ うるせぇよ。私や私の犬がひょっとこの偉丈夫に、つい使いそうになる丁寧語を抑えて答えた。

「ああ、見ましたよ。見たよ。それがこのことに関係あるの」

「って、聞かれてもね。俺はなにもすべてを知っている訳ではない。ただ、目撃しただけでね」

と言うひょっとこの偉丈夫はなにを考えているのだろうか。私たちはこいつは確かになにかを知ってると睨んでいた。自分のことを俺といいわっしといい私というこいつ。撃たれても周到にアーマーで防ぐこいつ。ならば私たちだって、こいつといい、あの方といい、或いはもうひとつ別のいいかたをしてもよいのではないだろうか。それこそが私たちのアーマーではないだろうか。

「いや、別に俺は銃弾じゃないから」

って、ほらね。なんで言わないことが伝わるのか。不気味が募っていく。

「あなたが私を撃つ弾だなんて毛根思ってませんよ」

「毛根？　毛頭じゃないのか」

「そんなことどっちでもいいじゃありませんか。ニュアンスが伝わればいいんですよ」ニュアンス？　めずしいな、おまえがそんな言葉使うの。駄目になってるの？自棄になってるの？　うるせぇ。他人事のように言うな。

「まあ、そうですね。そのことでおまえらと五分間、漫才する気は丸禿げない」

「だから教えてくださいよ。なにがあったんですか。私たちが地下駐車場で苦労している間に地上でなにが起こったのですか。イベントはどうなったのでしょうか。電車は動いているのですか。日ノミコさんたちは無事に家に帰ることができたのでしょうか」

「そういった個別具体的なことにはお答えできないんですがね」

「わかります、わかります。あなたの立場ではそうでしょう」いったいなんの立場？うるせぇ。

「じゃあもう、はっきり聞きますよ。あなたは日本くるぶしですか」

と私たちがそう言ったとき。これまで余裕綽々で人が喋っているのにもかかわらず箱を肩に乗せて髭を捻ったり内股をこすり合わしたりしていたひょっとこが急に謙虚な感じになって言った。

「私はそのようなものではない。と言っている私を見ている私が私のなかにいる。それが誰かは私は知らないが、それが君の言う日本くるぶしではないという確証は現時点では見いだせない。私は私の頭のなかに現れる文字列をただ読み上げてるに過ぎず、その声質と意味内容を関連づけられても困るという、その困る主体が私ですらない」

黒い塊が矢印のような形になって唸り声のような音がひときわ高まった。その音にひょっとこは明らかに苛立っているようでもあった。

「じゃあ、それはいいです。じゃあ、知っていることを教えてくださいよ。夢のような口調でなく、具体的になにが起こったかということを時系列で語ってくださいよ。お願いしますよ」「お願いします横」横?

「いいけど。別に語ってもいいけど。でも。恥ずかしいな」

「ぜんぜん恥ずかしくないっしょ。むしろ格好いいよ、ねぇ、格好いいよね」「うんうん、格好いい。絶対、格好いい」

「じゃあ、語っちゃおうかな。でも、じゃあさあ、ひとつお願いがあるんだけど」

こいつ、またキャラクターが変わってきたぞ。油断するなよ。わかった。

「油断はしてください。抜け作は油断が魅力ですから。そしてお願いというのは他でもない、踊りを踊ってみてほしいんだよ」

あまりの突飛の申し出に私と私の犬は驚愕して顔を見合わせた。それでよく伺ってみたのだけれどもよくわからない。なんでも人間のする踊りというものに憧れていて、自分でもやってみたが、ひょっとこにはリズムという概念がないので、どうやってもギクシャクしてしまって踊りという感じにならない。そこで人間と犬であるおまえらに踊りを踊ってもらってそれを参考に自分も踊りを踊ってみたい、ということらしいのだが、なんでいま踊りなのか。踊っている場合なのか。

「どうする」「どうしよう」「演劇の次は踊りかよ」「まあ、やってもいいけど犬はあんまり踊らないよね」「いや、ドッグダンスというのが確かあったはずだ」「ああ、なんかあったね。確か君と一緒に見た」「見た見た。完全に忘れてたよ」

なぜ忘れていたのかというと、見た瞬間、記憶の沼に沈めたからだった。なぜ沈めたかというと、それがあまりにも惨めで陰惨な演し物だったからだった。確か、山の中腹にある広い公園のなかの、集会所のような建物のなかに私たちは居た。二百人くらいは入れそうな重厚な石造りの洋館で、建物自体は惨めではなかった。

しかし私たちは惨めだった。私たちはそのがらんとした建物のなかでフリーマーケットを開催していた。なにかのチャリティーのためのフリーマーケットだったが、なんのチャリティーだっただろうか。沼の底に沈んでしまってわからない。

建物の外には滝のような雨が降っており、雨のしずくは開け放したドアーから風とともに吹き込み、また、出入りする人の髪や衣服や雨具からも水が垂れ、なにもかもが湿っていた。

十か二十か、それくらいの店が出店していた。出店していたのは衣服や雑貨を扱う、ごく普通の店のほかに、占いや似顔絵といったイベント性の強いものもあったし、特殊な建材を用いたリフォーム工事の提案や簡易健康診断と医療相談といった専門性の高いものもあった。

にもかかわらず活気がなく意気が上がらなかったのは、午前はもちろんのこと期待された午後になってもお客が殆ど来ず、その三十坪もある広い部屋にいるのは出店者と主催者ばかりで、みなが自分たちを狭くて湿った檻に閉じ込められた獣のように感じていたからである。

その最大の原因はもちろん激しく降る雨で、そもそも最寄り駅から十キロ以上離れた、自動車以外に交通手段のない山の中腹の、広いだけが取り柄でなにか特別の施設がある訳でもない公園に、この雨のなかをわざわざ来る物好きがいるはずもなかった。

となると、その催し自体を開催するべきではなく中止にするべきだった。というかそもそも催しは建物の前の芝の広場で開く予定だったのだ。けれども雨なのでやむなく建物のなかで開いた。午後になると止むだろう。そうすれば芝生に移動すればよい。遠出を取りやめた家族たちが、「いまから遠くにも行けない。あそこの公園に行ってみよう。広々した芝生でごろごろするのも気持ちのよいものだ」とかなんとかいってやってくるだろう、と主催者は考えたのか。朝のうちは小糠雨だったのが、雨はどんどん激しくなっていって午後には滝のような雨になった。

多くの出店者が自らの判断で出店を見合わせるなかそれでも出店を強行した人たちとはいったいどんな人たちだったのか。この催しのため入念に準備をし、いまさら引き返せなくなった人たちか。それともこの催しでお金を稼がないとやっていけない人たちか。

いずれにしても建物内はどんよりと湿って、そのなかには人々の溜息も多分に混ざっていた。だから主催者は客寄せのために用意していた講座や演し物の殆どを中止にしたはず。

といって具合の悪いことはなにもなかっただろう、だってそのためにわざわざ講師や芸人を呼んでいたわけではなく、例えばリフォーム講座の講師はリフォーム屋だったし、フォークコンサートの出演者はぬいぐるみのようなものを売っている慈善団体のメンバーだった。

ところがその犬の訓練士という人だけは、それが主催者の判断なのか、本人の意志なのか判然としないが予定通り講座を行った。

その講座の内容は、というともちろん明確には覚えちゃいないのだが、その犬の訓練士と自称するおばさんの衣服は鮮明に覚えている。おばさんは黄色いレインコートを着て長靴を履き軍手を嵌めて張り切っていた。自信に満ちて薄ら笑いを浮かべて、犬という生物の習性について話し、犬と快適に暮らすためのコツ、ヒント、ポイントのようなものを自分語りと混ぜ合わせて語ったのだが、論旨も文脈も乱れに乱れ、小鳥の囀りほどの意味も見いだせない、にもかかわらず黄色いレインコートで熱って、一種の前衛漫談のようなことになっていた。

私たちは浴場のように湿度の高い、したがって不快な会場でおばさんを半円状に取り囲むようにして話を聞いて、その間、苦しみだけを感じていたが、我と我が言葉に昂奮したおばさんはいよよ気勢を上げ、ついにドッグダンスまで始めてしまったのだった。おばさんは、傍らで待機していた犬を連れてきて、ハッキーちゃんです、と紹介した。ハッキーちゃんは疲れ切ったような表情で項垂れていた。ハッキーちゃんは老犬だった。ただそこに立っているだけで辛そうだった。それとは対照的に元気いっぱいのおばさんは、かねて用意のプレイヤーの釦を押した。軽快な器楽曲が悪い音で流れた。

はっ。ほっ。そんな掛け声を掛けつつ、おばさんはリズムに合わせて小刻みに身体を揺らすと同時に回転や跳躍をし始めた。脚を高っかくあげたり、極端ながに股になってすり足で前に進んだり、後ろにすさったりというようなこともしていた。それ自体が正視に堪えないシロモノであったが、そのうえでおばさんはさらにいみじきことをし始めた。

そんなことをすると同時におばさんは、手でハッキーちゃんに合図を送り、自分のがに股をくぐったり、自分が腹の肉を揺らしながらせり上がりせり下がりしているその周囲を回ったり、或いは、横様になって屈曲せしめた自分の脚と腕の間を跳躍したりすることを強要し始めたのだ。

もちろんそれとてハッキーちゃんがその指示に応え、跳躍や回転をよくこなせば或いはおばさんも訓練士として面目を施すことができたのかも知れない。ところがそこに立っているのがやっとという老犬のハッキーちゃんがそうした激しい運動に堪えられるわけもなく、けたたましい音楽とおばさんの奇怪な動作に怯え、また、理不尽な指示に困惑し、また、聴衆の侮蔑的な眼差しに恥辱と怒りを覚え、しかし、その気配をまったく察しないおばさんの、「ハッキー、ほれっ、どうしたの、ほれ、ほれ」という指示をまったく無視するわけにもいかず、ただおろおろとおばさんの足元を右往左往するハッキーちゃんの無惨な姿は見るものの心を抉りまくった。

「あんな馬鹿なことをするのなら死んだ方がましだ」

「同意見だ。だが……」

「だが、なんだ」

「この場合は仕方がないのではないか。だって私たちはなにがあったのか知りたい、というか、知るべきだろう。まして私はハッキーのように老犬ではない。跳躍や回転はそれなりに可能だ」

「ああ、そうかも知れないが、ただ、私は踊り自体が嫌だな」

「あ、そうなの？」

「だってそうじゃん。いずれにしても素人の踊りなんてものはあの黄色いレインコートのおばはんと五十歩百歩で、どうしたって烏滸の沙汰だよ。それにあいつ踊りを学びたいとか言ってるけど絶対に嘘だぜ」

「そうかな」

「そうだよ。だって顔、ふざけてるもの」

「まあ、そうかも知れない。けれども私は踊るべきと思うがな」

「なんでだ」

「踊りを自分の発露と考えれば確かにそれは恥ずかしい行為だ。そんなことを臆面もなくやるとすればそいつは馬鹿だと私も思う。けれどもそれを奉納と考えればどうだろうか」

「ひょっとこに捧げるのか。おまえはひょっとこが神だというのか」

「いや、そうは思わないが、日本くるぶしに関係していることだけは確かだろう」

「じゃあ、まあ、やってみるか、馬鹿のようだが、奉納の踊り、と言えば面目も立つ」

私たちはそんなことで踊ることにした。あーっ、と甲高い声を発して。

そのとき黒い帯状の、或いは丸まった塊、ちょっとわなないて。


あーっ、と一声高く発したもののそこは素人の悲しさで後が続かない、そのまま黙して、人参色の寛衣を纏った偉丈夫も、興味深げに見ては居るものの黙して語らない。そんな言語がまったく聞こえない高楼と高楼の間の道、地下公共駐車場の出口近く。脇を締めて稍俯き加減。両の拳を唇ぢかくに持ってきてクリクリ回し、目を閉じ、口は窄め気味。頭を小刻みに左右に、肩の辺りを上下に動かす。と、上半身はそんな感じ。じゃあ下半身は、というと、尻を後ろに突き出し、内股気分で膝頭をこすり合わし、つま先立って足踏みして小便を我慢している感じ。と、踊りの初めはそんな稍内向的な風だった。

もちろんこの期に及んで、照れ、などというものがあるわけではない。しかし、いくら奉納だからと言って、急に踊り出して最初から自分を完全にさらけ出して踊れるものではないが、多くの者はそれを知らず、どうせ自分なんてこんな惨めな踊りしか踊れないのだ、と諦めてしまう。道路、交差点を隔てた斜め向こうに広場のようなところがあって、その手前には緑色の貨物車がまるで諦めた人のように停まっている。だからそうではなく、ここを突き抜けていくことが重要なのだ。

そう心得て踊り続けるとどうなるのか。奉納するもののあかきこころ、まことが、自然に、発動しはじめる。具体的には後ろにつきだした尻が左右にクニクニ揺れ始める。雨が降ってくる。拳が次第に上下し始める。脚が次第に広がってくる。風が吹いてくる。奉ったものが確かに届いた感触。その感触によってますます捧げ奉る。顔が上を向く。口がおおきく開く。開いてくる。拳が開く。開いて上に上がる。脚もいよよ開いて右に左に動き始める。黒雲が勢いを増す。あたりがいっそう暗くなる。

奉納するもののこころ、まことがもっと激しくなっていく。首はもうちぎれそうだ。髪も乱れに乱れ、股間のものも激しく左右に揺れる。すると。

かーん。音がするように周囲が明るくなる。高楼の向こうの、茜色に染まる雲の間から光の柱が降りて来る。幾条も幾条も降りて来る。踊りながらこれを仰ぎ見る。その瞬間、自分とその周辺の環境に間違いなく、善きこと、誉むべきこと、が起こっているのを全身で感じる。感じとる。そのとき、ひょっとこが叫んだ。

「そうだよ。受け取れよ。それを絶対に逃すな。受け取れ。受け取りまくれよ」

ああああっ。溜息が爆発したような歓喜に全身が痺れたようになる。けれども動きはとまらない。それどころかますます激しくなり、こんな狭いところでは踊れない、とばかりに、踊りながら広いところ、すなわち、黒い帯状の、或いは、丸まった塊がたなびいたり、わなないたりしている交差点の中心部へと踊りながら移動していく。あの黒い塊は奉納の踊りのよい背景となるだろう、と期待して。

そしてそのころには踊りにもバリエーションが生まれている。ただ激しいばかりではなく、ときにはたゆたうように手を横に流してみる。腰をこごめて膝をこすり合わせつま先立ちで進んで停止の後、回転する。脚をひらげて跳躍なんてこともする。黒髪に光が当たってカッパのようになっている。

「そうだ。ときには優美にたゆたえ」

ひょっとこの言葉に力を得て交差点の中央に進み出る。もとより説明を求めていやいや始めた踊りではあったが、もう完全に自分の、自分からの踊り、疑いようのない仏天に捧げ奉る踊りとなって、もはや止めるきっかけすら見いだせない。けれども。

突然踊りは中断した。

ぎゃあああああっ、という絶叫とともに。誰の？　私の。私と私の犬の。けれども私も私の犬も絶叫したことを覚えていない。ただ突然、目の前が真っ黒になった。覚えているのはそれだけ。

気がつくと日本座敷に横たわっていた。一瞬、自宅の和室にいるのかと思ったが、すぐにそうでないとわかったのは、佇まいがよほど違っていたからで、どう違っているかを一言で言うと、私の家の和室より随分と狭いその部屋は時代がついてじっくりしていた。畳や障子、欄間などひとつびとつが黒光りするように底から光っている。脚の方の床の間に薄いグリーンの壺、と壺に活けてある花も何色かわからないくらいに上品なものだった。竹のような木のような衣桁に見覚えのある雑嚢がぶら下がっていた。そしてなにより違ったのは右側の障子の向こうから清流のせせらぎのような音が聞こえてきたことで、私の家ならそんな音は聞こえないはず。

どこにいったのだろうか、私の犬はおらず、私はひとりで横たわっていた。懐かしいような匂いが漂っていた。子供の頃のように心細い気持ちになり、いっそ泣こうかな、と思っていると、頭の側で、カタッ、と音がした。首を捻って音のした方を見ると、唐紙がスルスルと開いて、和服を着た女の人が隣の部屋に座っていた。女の人は敷居をまたいで私が横になっている部屋に入ってくると向こうを向いて座って襖を閉め、向き直ると、両の手を伸ばして畳につけ、揃えた膝を前にずらして私のすぐ近くまで来て、私の顔をじっと見た。私も女の人をじっとみた。三十歳くらいの美しい人で、なんだか決まりが悪くなって目を逸らしたのだが女の人は私をじっと見て、それから手を伸ばして私の頭を撫でた。そんなことをされてどうしたらよいのかわからなくなって目を閉じた。そうすると女の人は頭を撫でるのをよした。それはそれで寂しいような気持ちになって、薄目を開けて様子を窺ったが撫でない。それどころか、首を曲げて後ろの向こうの部屋を気にして、もしかしたら立って、出ていきそうな感じもしたので、目を開いて、「あの」と声を掛けたところ、女の人は形のよい唇を小さく開いて、あ。と声を出し、私の顔を見たまま、「気がついたみたいよ」と大きな声で言った。

隣の部屋のさらに向こうの方から、「おお」と太い、男の声がした。この人の夫なのだろうか。そう思っていると、なぜだろう、声がしたのは遠くの方なのに、横たわった私の、すぐ右の障子が開いた。清流のせせらぎが一瞬、高まったかと思うと、男が、ゆらっ、と入ってきて、私の枕元に座った。

立派な体格の美しい男だった。草色のズボンを穿き白シャツを着ており、その白シャツの胸元が筋肉で盛り上がっていた。やはり夫なのだろうか。そう思うとなんだか寝ていたくない気持ちになって起き上がった。

「起きた」

「起きたね」

と二人が言い合って、その言い合う様子がやはり夫婦のようだった。私はここがどこなのか。私がなぜここにいるのか。私の犬はどこにいったのか。あなた方は誰なのか。夫婦なのか。と次次に問うたが、男女は私の問いには答えず、「起きたね」「気がついたね」「よかったね」「馬の膏が効いたんだよ。君の咄嗟の判断が素晴らしかった」とか言い合っている。開け放しの障子から清流のせせらぎがやはり聞こえてくる。無視するのか。それだったらこっちも無視してやる。そう思って、勝手に立って障子向こうの縁側に出た。すぐそこに清流が流れていた。向こう岸は急な斜面になっていた。清流の水面に日が射していた。縁側の右の奥の方に座布団が敷いてあり、その周りに紙と筆、丸めた書き損じやなんかが散らばっていて、先ほどまで誰かがそこで書きものをしていたようだった。

裸足で庭に降り、清流にジャバジャバ入ってみた。川底の丸石が蹠にあたった。掬って飲んでみる。冷たくて甘い。夢中で飲んでいると背後で女の人が、「あっ、川の水、飲んでるうっ」と言った。甘いと思って飲んだ水をそのように言われて屈辱的な気持ちになり、飲むのをよして水に浸っていた。

「そんな川の水なぞ飲まずとも、さあ、こっちに汲んであげるから、おい、ちょいと水を汲んできてやれ」と男が言い、女の人が、「はい」と答えて部屋から出て行った。すっかり敗北したような気持ちになって縁側に上がった。水からあがって脚を拭かないので縁側に足跡が残って、それで座敷に入るのを躊躇っていると、男が「早く来いよ」と言うのでそのままあがった。

無視されてくよくよしていたのだけれども畳についた黒い足跡を見て心に決まりをつけ、もう一度、ここはどこなのか。あなたはたれなのか。私の犬はどこに行ったのか、を問うた。したところ男、「ああっ」と意外そうな、ルルル、忘れてました、みたいな感じで言い、続けてさっきの無視がまるでなかったかのような口調で言った。

「ああ、そうでしたね。あなたに話す義務が私にはあるな。その義務が私に重くのしかかっていること、それは正味、自覚しているな。いろんな出会いに感謝しないといけないのにな。あ、まあ、それはよいとして、とにかく話さなければならないな。そう言ったきり黙ってみるとかな」

そう言って男は本当に黙ってしまった。え、マジで？　と思って黙っていると男は、「なんか言えよ」と怒ったように言い、それからポツリポツリと語り始めた。その語ったところによると、あのとき、そう私と私の犬が道路の中央に躍り出たとき、そこには黒い塊が蟠って丸まったり、帯状に流れたりしていた。私たちはそれを気にも留めなかったが、実はそれに近づくのはきわめて危険だった。なんとなれば黒い塊のその本然が毒虫の大群であったからである。私たちは踊りながらその毒虫の大群のなかに突っ込んでいき、全身八百八十ヵ所以上を毒虫に刺されてその場に昏倒、人事不省に陥っているところを、たまたま通りがかった男に救われた。「犬が居ませんでしたか」「ああ？」「私の隣に犬が倒れていませんでしたか。そして、その近くに背の高い男がいませんでしたか」「いっやー、いなかったなあ。まったくいなかった」男はそう言って首の後ろを揉んだ。そして男は私たちが地下深くにいる間に地上でどんなことが起こったかについても説明をした。

私たちが地下にいたイベント当日、丸ビルほどの太さの光の柱がまずは南東の方角から迫ってきたらしい。初め遥か南東にこれを見た人々はそれを竜巻だと思った。しかし竜巻にしてはやけに黄色い。竜巻というものは灰色だったり黒かったりするのではないか、自宅マンションのベランダや高層ビルのレストランの窓などからこれを見つつ言い合った。どうせ遠くの竜巻でこっちにはこないだろう、と高をくっていたのだ。ところが来た。人々の予想を超えて柱の速度は速かったのだ。おそらくは新幹線などというものではない最新のジェット戦闘機ほどの速さで、逃げる間もなく迫ってきて、イベント会場のあたりで天を支える柱のように光り輝いて屹立した。その間、多くの人が光の柱に吸い込まれてむなしくなった。といって柱が道路や建物や鉄道や港湾を焼いたり破壊することはなく、通過した後、若干の焦げと焦げ臭さが残る程度だった。柱は生き物だけを吸い込んだのである。多くの生き物を吸い込んだときはあたりに肉の焼けるよい匂いが漂った。おそらくは、柱はその内部で生き物の肉を高温で焼いていた。

人々は概ね北西方向に進む柱を恐れ、東に北に、或いは南に逃げた。自動車で或いは徒歩で。駅は混雑して犬神憑きの集団みたいになった。ところが、柱は新たに東北にも現れ、次に南西に現れ、やがて四方八方に無秩序に現れて、人畜を蹂躙しつつ、イベント会場周辺目指して進んできた。その数は凡そ百二十八柱であったという。こんなにたくさんの、しかも一本一本が丸ビルほどもある柱が三十二方から押し寄せてきたのだから逃げどころなんてありゃあしない、殆どの生き物が光柱に吸い込まれて焼尽、市中から人影がなくなった。百二十八柱の光の柱は市内中心部のイベント会場近くに暫く留まって天を支えていたが、突如として消え、残ったのは建物と道路、鉄道、広場、草と一部の毒虫のみであった。

しかし柱から逃れた者もあった。ごく少数の、柱と柱のすきまにたまたまばまりこんだ幸運な者たちだった。彼らは泣きながら食物と水を乞い歩いた。その間、毒虫に襲われ死ぬる者もあった。はじめ彼らは悄然としてひとりきりで歩いたが、やがて行き会うようになり、心細さから協同して生きるようになった。彼らが口にする話題、口にできる話柄はただひとつ、すなわち、なぜこんなことになってしまったのか、ということだった。ひとりびとりが断片的な事実を述べ、それに基づいて様々な仮説が組み立てられた。しかし同じようにして組み立てられた、光の柱がどのようにして現れ、どのように働き、どのように消えたか、ということについては、人々の話が概ね、一致してひとつの方向にまとまっていったのに比して、これについて人々の話はいつまで経ってもまとまらず、様々の説が主張された。

例えば第三国の攻撃説を主唱する者があった。あの光の柱は第三国が開発した、その国土から人畜だけを消滅せしめ、生産設備やインフラをそっくりそのまま自国のものとしようとする新型兵器であり、既に国境にはその国の兵が侵入を開始、鎮台兵がこれに抵抗しているが、軍中枢も政府中枢も、みな光の柱に吸入されているため、個別に撃破されて異国の兵は無人の野を行くごとくに進軍をしているというのである。と言うと、でももしかし……、と反論するものがあった。その者は陸稲を囓りながら言った。「でももしかし生産設備だけあっても仕方がねんじゃねぇか。やはり労働する人口というものがなければ侵略の意味がないのではないか」と言った。これに対して第三国侵攻論を唱える者は、「まあ、その通りだ。人間のいない土地なんて、産業廃棄物の捨て場、核のゴミの捨て場くらいにしか使えない。けれども大丈夫だ。あの光の柱は一発が二千億円くらいするから、全土を壊滅させるほど撃てるわけはない。だから地方では普通に通常兵器で攻撃されてるよ。でもどっちが悲惨なのかね。一瞬で光に吸い込まれて高温で蒸発するのと、ロケット砲かなんかで肉片みたいなことになって腸とかはみ出て死ぬのと。僕だったら苦しみがない方がいいな。ちょっとその蜜柑くれよ」と言って掌で蜜柑を握りつぶして食べた。それに対して、「僕は死ぬ瞬間まで、仮令、苦しくとも、死ぬ、その瞬間まで意識を保っていたい」と抗弁した者があった。「知らぬ間に死ぬなんて僕はごめんだ。死ぬなら死ぬという、その実感を持って死にたい」と言った者があった。その者は光にやられトラホームのように赤く爛れていた。彼は目玉をぎらつかせて言った。「それに俺はあれは他国の攻撃ではないと思ってるんだ」「だったらなんだって言うのだ。それ以外に考えられないだろう」そう言って第三国侵攻論を唱えた者は自分の髪の毛を引きちぎって相手の口の中に突っ込みそうな勢い、いや、実際はいくらかは引きちぎって言った。それに対してトラホームみたいな男は余裕をかましまくり、コンビニエンスストアーの棚から、早々と腐ってしまうものがこればかりは日持ちがして実によいものだ、ぱすってきた果実のグミをグジグジと嚙みながら言った。

「いやさ、そうではありゃしまへんのやで。僕はあれは化学実験の失敗だと聞いているぜ」「どこからそんなことを聞いたんだよ、滓。どうせ、ネット上の与太話だろうが」「いやさ、ネットはもう繋がりませんのやで。そうではなくして僕は大学の同僚から聞いたんだ。実はあれは人工新星の実験だったのや」「なんだそりゃ」「そんなこと僕にわかるかよ。僕の専門は上方のアミューバア文学だからね。人工新星という言葉すら間違っているかも知れぬ。ただ、ぼかあ、聞きましたのやで。とにかく途轍もない、人間とか、人間の考え出した、または、人間が実在すると考えている神などというちゃらいものを遥かに超えた理論がいつの間にか確立されていて、いずれにしろ、そんなことを誰かに先にやられちゃあ大変だ、というので、どの国も躍起になって国家予算をつぎ込んでいるのだけれども、なんだかんだ言ってもっとも進んでいるのは我が国で今回のことはその実証実験だったんだよ。そういうことをすると僕が聞いたのは十六年前。それがやっと実現した、と思ったらこの有様、ははははははははは、哄笑するで。失敗に終わって僕はこんな目になってる。ははははは、目に遭ってる、と目になってるを掛ける。まさにアミューバア文学やで。いやさ、その、ホテイのヤキトリおくなはらんか」それに対して、ヤキトリの缶詰を素手で食べ、指についた煮こごりを甘そうに吸い、それでもなんとなく膏っぽい指、べと付く指を自分の腹や陰毛にこすりつけて気持ちよさそうにしている男が言った。「さあ、それはどうかな」「なにが、どうかな、だ。腐れ外道がっ。ろくな自説もない癖に人の思考に難癖をつけるなよ、ツルニチニチソウ」「罵倒が難解すぎてわからない。とまれ、間違ってることに変わりはない」「どこが間違ってるんだよ」憤激した男は目を掻きむしり、掻きむしりすぎて時折、激痛に、ああああっ、と絶叫するなどしながら詰め寄った。「まあ、穏やかに話しましょうや。確かに僕らは暗闇に押し籠められて少々気が立っている。でも浮浪者には浮浪者の知恵がある。そうでしょう、プロフェッサー・ロングヘアー」「馬鹿にしてるのかっ」「ままままままま」そう言ってヤキトリの男は膏の手の指先を揃え、小さく上下させて宥めるような仕草をした。「とまれ、実験ではない、ってことでしてね、まままままままま、ままままままま、そうじゃなく、あれは産業の事故だと僕は思いますね。途轍もないエネルギーを発する産業の事故が連鎖するとああいう現象になるんですよね。僕、そういう事故に遭ったことあって、そのときは今回ほどひどいことにはなりませんでしたけど、それでもマアマアひどかったっすよ。覚えてないスカ、プロフェッサー」「スカ？　僕がスカだというのか？」「ままままままま、ままままままま。とまれ、事故だってことですよ。発表する政府もなくなるくらいのね。とまれ、事故が事故を呼び、複数の事故が重なってあんなバケモノが生まれちまったってわけさ。いまどきパンとは豪儀だね。とまれ、僕に少し呉れないか」ヤキトリの男はそう言って隣でパンを食っている若い男を見た。男はなにも言わずパンを食い続け、答えなかった。ヤキトリの男はこの冷淡でよそよそしい態度に憤激した。嵐の中、小舟を出し、小舟のなかで気むずかしい顔で立って泣きながら濡れてたあの時代の熱い思いをこの男は共有しておらないのか。そんな狂おしい思いが男の脳髄を支配していた。ヒューマン・ポン卑。そんな訳のわからない言葉が自然と口をついてでた日々をわすれたのかっ。そんなことを喚き散らしたい気持ちを抱いた。けれどもパンの男は反応をしなかった。ううっ。嗚咽が洩れた。これにいたってようやっとパンの男が口を開いた。

「泣きましたね。撒きましたね。さあ、このパンをとりなさい。食べてもよいのですよ」パンの男が声を掛け、ヤキトリの男はやっと言葉を喋ることができた。「ありがとうよ。でも、僕は君を許した訳ではない。いまでも憎んでいる。だってそうだろう、君は僕の問いかけを無視したのだからな。こんな屈辱に僕は耐えられない。僕の複数の事故が重なってあんなことが起きた、という意見に対しておまえがどう思うのか。それを聞くまでは一歩も動かない」そう言ってヤキトリの男はパンの男を睨み付けた。そのまなざしはきちがいのよう。その頬には流れた涙に煤と埃がついて黒い筋がくっきりと現れていた。その視線に怯むことなく、パンの男は言った。

「意見は、ごらんなさい、そこで先ほどから黙りこくってあなた方の弁論を聞いている多くの群衆と同じですよ」

とパンの男が指さす先には多くの群衆が蹲っていた。黒い目をして鼠のように前歯を突き出したり、頰を膨らませてメジロのようになっている者もあった。顎をガクガクさせている者の丸首シャツは薄汚れ、首元がダルダルに伸びきっていた。どの人もやる気を失っていた。関係がない、興味がない、という雰囲気を全身から発散させていた。それは無言の抗議のようでもあった。そうやって理論や理屈を捏ねくり回しているが、そんなことはっきりしてるじゃないか。考えるまでもないあたりまえのことじゃないか。それを訳のわからないことを言ってそうじゃないことにしようとしているおまえたちのあたまのおかしみが俺たちには理解できない、と言っているようだった。パンの男は言った。

「そうなんですよ。群衆はなぜこうなったかを知っている。そしてそれを直視するのが恐ろしいから、都合が悪いからそうじゃなかったことにするためにいろんな理屈を繰り出してくる頭のいい人たちを呆れつつ馬鹿にしているんだな」

「なんだと、このトーテムポール。じゃあ、なんだっていうんだっ、言えよっ」

「それは……」

「うるさいよっ、黙れ」

「言えよと言い、黙れと言う。それこそがあなたがなぜこうなったかを知っているということを証明しちゃってますよ」

と、パンの男が言ったとき、丸首シャツの男のガクガクしていた顎が一瞬、停まって、すぐにまたガクガクし始めた。さてそして、パンの男が言う、当然、知っているのに都合が悪いので気がつかない振りをしている真の理由とはなにか。それは天の下した刑罰であった。人間がすることが気に入らない、或いはその他の理由によって、天、すなわち人間の知恵の及ばない超越的な存在が光の柱となって顕現して、人間を焼き尽くしたというのである。人間はこんなことをされるどんな悪いことをしたというのだろうか。それは人間にはわからない。人間だけではなく動物も一緒に吸い込まれたところを見ると、悪いことをしたから、というよりは単に気に入らなかったからではないか。そんなことを言う者もあったが、賛同する者はほとんどなかった。

「それであなたはどう思うの」と私は、ポツリポツリと語り出し、途中からはけっこう滑らかにときには芸人のように声色なンぞを交えて語るのに半ば呆れながら問うた。彼は全部少しずつあるのだと思う。と答えた。すなわち、そのすべての事由が同時にまたは少しずつずれてでも一部は重なって、それであんなことになってきたのだろう、というのである。「そうでなければ」と彼は言った。「そうでなければこんな奇天烈なことが起こるわけがない」私は、「どんなことなのです。その奇天烈なこととは」と問うたが、そのときは答えなかった。

男は私が一番、聞きたかったことについても話をした。それは私の犬についてであった。私が男にそれを問うたとき、さっきの女の人が水を運んできてくれた。水は丸くて底の浅い銀色の椀に入っていた。私は女の人に静かに目礼した後、わざと下品に音を立ててこれを飲んだ。男はそんな私を悲しそうに見ていた。男は、私はひとりで倒れており、周囲に犬の姿はなかった、と言い、そして私の顔をじっと見つめた。「どこにいったのでしょうか」と問う私に、犬肉にされたのではないか、と言った。新鮮な動物性のタンパク質が不足している昨今、古来より滋養に富み、強壮効果もある犬肉はことのほか悦ばれ、たまたま光の柱に吸い込まれなかった犬を見つけるや間髪を入れずに捕獲して密殺する者が後を絶たず、また、物物の交換を通じて供給が絶えぬことから、どこかに犬牧場があるのではないか、という噂もあった。おそらくそういった痴れ者どもに捕獲されたのではなかろうか。と、男は言い放った。そのとき私の脳に、うそぶき、の面が浮かんでゆっくり回転しながら脳の内側に精霊の息吹を吹き込んだような気がした。

といって私の犬が死んだということを現実として受け止められる訳ではなかった。私は男にどこかで生きている可能性はないのか、としつこく食い下がった。そのしつこさに呆れたのだろうか、男は、現に生きてるじゃないか、と口走った。え？　どこで生きているんですか。と私は勿論問うた。それについて男は、「予め知らされていた者とそうでない者がいたはずだ」と言って長話を始めた。男の言うのには、そのように複合的に起こったあのことを予め知らされていた者と知らされていなかった者がいて、知らされていた者は実はけっこう前から知らされていた。どんな人が知らされていたかというと、普段から様々の情報にアクセスできる立場にあった者だった。その情報は完全なものではなく、断片的なもので、例えば日時などは明確でなかったし、相互に矛盾する情報もあって、情報を得ても馬鹿にして取り合わない者もいたが、様々の徴候から正しい事態の成り行きを察知した多くの、賢く富む者たちは密かにビルの下に避光都市を建設し、自分たちだけが生き延びる手立てを講じた。私はその裏口を目撃していた。そして男は、しかし、これは人間としてはどういう行為だろうか。と言った。自分は多くの人に先駆けて災難が押し寄せてくるのを察知した。このまま教えなかったら多くの人が死ぬ。しかし、いまのうちに避難場所に逃げれば助かる。なので教えてあげようと思うのだけれども、ここにひとつ問題があるというのは、避難場所の収容人数の問題で、すべての人が避難場所に避難することはできない。というか、すべての人が殺到すれば圧死する人もいるだろうし、避難場所が崩壊する可能性だってある。そこで、自分の気に入った人にのみ教えて、多くの人には教えなかった。その結果どうなったか。多くの人が災厄のなかでもがき苦しみ、息絶えていった。その一方で避難場所がどうだったかというと、かなり前から用意をしていたので食料品も充実し、ワインも豊富に取りそろえてあったし、調度品もシンプルではあるが、機能性とデザイン性を兼ね備えた上質なものを揃えてあるので避難生活に付き物のストレスがかなり軽減された。また、途中で退屈しないように、肩のこらない読み物や様々のジャンルの音楽や映画の盤なども用意してあったし、運動マシーンや将棋盤を初めとするゲーム機器やなんかも搬入していたので、人々が無聊をかこつこともなかった。しかし、なによりもよかったのは、そこに集まっている人間の人間性の素晴らしさで、教育レベルも高く、機知に富んで、どんなときでも穏やかなほほえみを絶やさない、気持ちのいい人間ばかりで、なにかと自己主張が激しく、なにかと問題を起こす人や情緒の不安定な人、極端に不細工な人、悪疾・悪弊を持つ人、特定の思想や宗教に凝り固まった人などは慎重に排除されていたので、人間関係に起因するトラブルがほとんど起きなかったという点であった。そんなことで人間としてのレベルが高い彼らは避難場所で極上のワインや炙った肉に舌鼓を打ち、かつまた、洗練された会話を交わしつつ、災厄をやり過ごすことができたのだが、そのとき外の世界ではなにが起きていただろうか。彼にレベルが低いと判定された多くの人間がその身体を砕かれ、焼かれてむなしくなっていった。といった事態は人間としてどうなのだろうか。口をとんがらせて、「だって仕方ないじゃないか」と言えば済む話なのだろうか。と彼は問うた。「実際の話、自分だけ助かりたいというのが人情ですからね。そのために一部が犠牲になるのはやむを得ないんじゃないですかね。僕だっていざとなったら他人を蹴落としてでも自分が、自分だけが助かりたいとおもいますからね。犠牲はどうしたって必要じゃないですかね」と私が答えると彼は真剣な眼差しで私を見て言った。「本当にそう思いますか」そんな真剣に問われると思わなかったのでちょっと焦って、けれども改めて考えるのも面倒だったので、「ええ、思いますね」と敢えて強い調子で言うと彼は、「そうですか」と言って目を伏せた。その睫が長くてカールしていて美しかった。もしかしてマツエク？

「けれども、まあ、君はそう思うのだろうが、問題が残ることは確かでしょう」

「どういうことですか」

「つまりだねぇ、彼らは自分たちは充分、快適にしているわけじゃないか。つまりそこにはまだ充分な余裕が、スペースも含めてあるということですよ。それを確保したいために多くの者を見殺しにする。あまりにも無人情だと思いませんか」

「そりゃまあ、程度問題ですよ。あなたのしたのは話を単純化するためにした譬え話でしょ。イエス様じゃあるまいし、現実にはそんなことはないでしょう。もうちょっと余白がありますよ」

「その余白になにを書くかが問題だと思うんですがね、それはこっちゃっぺらに置いといて、いや、この現実においては意外に現実ですよ」

「僕は僕の犬を探したいだけです。そして、現実に帰還したい」

「わかります。よくわかります。僕らだって同じですよ」

「じゃあ、聞きますけど、その予め知らされていた人たち、っていうのは一体、誰によって知らされていたのでしょうね。僕はさっき、というか、もう、なにがさっきかすらわからないんですけど、よりよくしようとするものが現れ、こんなことになったと教わりましたけれども、それは嘘なんですか」

「嘘じゃない。嘘じゃないのだけれども、方向性が違っているというか、対象が違っているというか、なにをよりよくしようとしているのか、ということこそが問題で、それは見方を変えればより悪くしようとしていることにもなる」

「だったら、よりよくしようとするのではなく、単によくしよう、或いは、現状維持にしよう、でいいということですか」

「そう。だから、よりよくしようとしてより悪くなった、というのが僕らの見解です」

　先ほどから、僕ら、という言葉が気になっていた。僕らというのは誰と誰を指しているのか。この家にはこの男とあの女の人しかいない。ということは僕らの、ら、はあの女の人のことを指しているのか。ということは、この人たちは結婚とかそういうことをしているというのは別にして男女の関係にあるということになる。それともそういうものではなく、目的を同じくする同志的結合ということなのだろうか。私はそっちの方が自分にしっくりくるな、と思っていた。しかし、そんなことを思っていることは噯にも出さずに陳弁を続けた。

「ということはですよ。段々、わからなくなってきたんですけど、その光柱が襲来に現状をよりよくしようとする意志が働いていたとすれば、それは誰の意志なんですか。あなたの言う地下の邪都を建設した連中の意志ってことですか」

「僕は邪都なんて一言も言っていない」

「ああ、ごめんなさい」

「いいんだよ。君がそれを思わず、邪都、と呼んだことを僕は歓迎したいですね。僕はさっきその話をしたかったのです。他人なんてどうでもよい。自分さえ助かればよい。ここまでは仕方ない。君が言うように犠牲が必要というのもそうでしょう。でも、それを会員制高級サロンにするのはやり過ぎじゃないですか。邪都じゃないですか、って僕は言いたいんです。それを直感的に君が言ってくれたのはとても嬉しい。それで質問に答えるなら、よりよくしようとする意志はさきほど言ったのと同様に複合的だと思います。それはひょっとこをクリエイトし、人間も支配して、邪都を建設する連中を滅ぼしたいという意志でもあったでしょうし、逆に邪都を建設して生き延びようとする方々の意志でもあったでしょう。或いは超越者の意志も多分に関係しているでしょう。アグレッシブな馬鹿か無能な抜け作のどちらか、という自らの失敗作を滅ぼしたいっていうね。となれば方向と目的が定まらないのは当たり前のことですよね。そして結果はこんなことになった。人々は毒雨に濡れ、泣きながら食物を乞うて荒野を彷徨っている。それでも一部の者は邪都と繋がって繁栄を謳歌している。ここに僕たちはどんな希望を見出すべきだと思いますか。私たちはなおよりよくすべきですか。それとも現状に甘んじてこのままなんとか災厄をやり過ごすべきですか」

そう問うとき男の目が四白眼になって私はようやっと思いいたった。

完全に気が狂っている。

言っていることは最初からおかしいのだが、こっちは人事不省から目覚めたところでなにも状況がわからないところからの出発だったのでなんだか話を聞いてしまった。馬鹿馬鹿しいことをしてしまった。早くここを出て犬を探しに行かないと大変なことになってしまう。けれども私はどんなに遠くまで運ばれてきたのだろうか。外の景色からして大変な田舎だが、まあでも都心から五十キロも走ればこんな岬に囲まれた渚に近い山上の田舎家なんてものはいくらもあるから、そんなムチャクチャに遠くはないだろうが、交通の便がないところだとこの狂人に頼んで送ってもらうより他ない。女の人が車で送ってくれるとよいのだが。そう思って私は男に言った。

「大体の流れはわかりました。大体そういう流れだね、ってことですよね。つまり、人間はエゴイズムが主流だが、それも程度問題で、会員制サロンのようにしてはならず、やはり一定程度の苦難は分かち合わなければならない。再分配政策が重要ということですよね。そして、よくしようとすることはときに悪くすることにもなるのでラディカルになりすぎると失敗する。理解できない天譴もある。そのうえで大局的に判断するのがもっとも重要だということを今日は学ぶことができました。いやあ、よかった」

喋れば喋るほど男の黒目が小さくなっていった。どうやら不満の表明らしかった。感情が激してなにをするかわからない、みたいな顔だった。私はなんとか男の気持ちを和らげようとして喋った。

「そして大事なのはどんなときにも希望を失ってはならない、ということでしょう。明日に気持ちを繋げていく。それが大事なんですな。それは破壊的な願望であってはならない。人を羨んで、そいつらを滅ぼすとか、そんなネガティヴなことを考えたらいけない、ってことですよね。邪都は邪都、俺は俺。それぞれでやればいいって感じで」

そう言って上目遣いで見た男の目はもはや針の穴のよう。なんとか小豆くらいまでは戻そうと慌てて言葉を継いだ。

「もちろんそれが独善に陥ることがあってはならないわけですが、まあ、流れとしては大体そういうことっていうか、まあ、その真逆の流れもひとつあるわけで僕は個人的に言えばそっちの方が本当かな、って気もしているのですが、とまれ、ははは、とまれ。ってさっきなんか特徴的な語りとして採用されてましたっけ。いや、ま、とまれ、感謝しとります、はい。なんと申しましても、毒虫に刺されたところを救助していただいた訳ですからね。なんとお礼を申してよいのやら。確か、そこに、そこの衣桁にぶる下がっているのは私のビャアッグ、そこにはきっと紙幣なンども入っておりますが、生は失礼に当たります。いずれまた改めてお礼に上がるといたしまして、いつまでもお世話になっているわけにも参りませんから、そろそろお暇をいたします。本当に、本当にありがとうございました。つきましては、こんなことを申し上げるのはまことに心苦しいのですが、不細工な話なことに土地不案内でございまして、できますれば最寄りの駅まで送っていただけますと、こんなありがたいことはないのですが、いかがでございましょうか。いえいえ、なにもお忙しいあなた様がわざわざ送ってくださることはございません。先ほどの女の方、奥様でございますか、お美しい方ですなあ、あの方にでも送っていただければそれで結構でございますので、へえ、ひとつ、お頼申します、へえ」

　と畳の目を見ながら言って頭を下げなんか最後の方のキャラが変わってしまったが、これだけ丁重に言えばいくら狂人でも大丈夫だろう、と顔を上げると男の目が凄いことになっていた。瞳が完全に消失して白目ばかりになっていたのである。こ、これは……、狼狽えて顎をガクガクさせていると、男は白目でこちらを直視してきた。猛烈に気味が悪く、吐きそうになったので顔を背けて堪えた。男はその堪えている私に言った。

「ああ、それはよした方がよい。こんな奇天烈なことになっているのにひとりで外に出るのはまだ無理でしょう。まだ、本当の身体じゃないんだから」

奇天烈なのはおまえの目だろうが。そう言いたいのを堪えてこみ上げてくる唾を飲み込んだ。それから男は二、三、四語、いずれも私を労るような、虫さされは予後が肝心、とか、トータルヘルスケアーを受けるべき、とか、今夜は丸鍋にしよう、といったようなことを言ったが、膝立ちになって肩と顔を左右に、浄瑠璃の人形のようにクネクネ揺らし、妙な節までつけて白眼でまさに白眼視しながら言うので、まあ、言わば脅迫のようなものだった。

嘔吐感はますます激しく、ついに堪えきれなくなった私は縁側に走り出て吐いた。沓脱石の隣のツワブキに黄色い泡がかかった。

「いやあまるでツワブキの花が咲いたようじゃないか」

縁側にやってきて私の隣に立ち、吐瀉物を眺めていった。見えているのか。

「ここをひとり出ていくなんてとんでもないことだ。考え直した方がよい。なに、もう少ししたら外を案内してあげますよ。永遠の真昼にね」

「詩的なことを言いますね」

私はそう言うのがやっとだった。

奇天烈な天地

　さてどっちに行きますかねぇ、という言葉の意味がわからないまま、相変わらずの白眼で、庭下駄を突っかけ庭に降りた男についていった。やはり、最初はこちらに参りますか。気分がよろしいからな。男は独り言のように言ったが、私に聞かせようとして言っているのが丸わかりだった。気分がいいとはどういうことでしょうか、と言わせようとしているのだ。人が勝手がわからず、毒虫にやられて衰弱しているうえ、犬もなくして困惑しているのにつけこんでなにかというと上に立とうとしているその姿勢にムラムラと反発心が湧いて、その手に乗るものか。俺はずっと黙っていてやる。まるで言葉を知らぬ人のように黙りこくってやる。胸も少し反らし気味にして、尻も田舎者のようにプリプリ振って。そして隙を見て逃げてやる。

　そんなことをして力み返った私が従順についてくると信じているのか、男はジャブジャブと下駄ぐち清流に入っていって、その大胆さ加減に呆れた。清流の中程まで行って立ち止まり空を見上げた。私もつられて見上げた。雲ひとつない伝説的な空だった。青と白以外に感じるものがないようだった。

「やあ、凄い空だなあ」

思わず言ってしまって、はっ、とすると男は、見えているのかいないのか、私を白眼でひたと見据え、「その通りです。あなたは折角、会得した抜け作の心を忘れていましたが、思い出したようですね」と言った。

私はまったく虚を衝かれた。顎が外れ、毛根が死滅するような気分だった。そうだ。私は真の抜け作として、そのような気分を地下駐車場の暗闇に捨て去って来たはずだった。それをすっかり忘れていた。いやあ、すこたん、すこたん。けれどもしかし、この男はなぜそれを知っているのだ。見てきたように知っているのだ。こ、こやつは一体何者なのか。なんだかそら恐ろしいような、神と対座しているような気分になって、男の様子をチラと窺った、そのとき、男の目の真ん中に針の穴のような黒点が生じた。気分がよくなってきているのだろうか。だとしたらうれしいことだ。そう思って私はさらに男の気分をよくしたい気持ちになった。そのためにはなにを言えばよいだろうか。空のことを言ってよくなったということは景色を誉めればよい。直覚的にそう観じた私は言った。

「そこの清流は私もさっき足を浸したがとても気持ちがよいものでした」

言うと男の黒目が、ぶんっ、と大きくなって黒豆のようになった。

「私も入ろう。ジャブジャブ、っと。ああ、気持ちがよいことだ。本当に落ち着くことだ。さっきは申し訳ないからお暇するなんて言ったが、こんなによい清流や青空があるところには本当は長く滞在したい気持ちだ」

言うと男の目が、ぶんっ、と大きくなってビー玉くらいになった。

「その清流の向こう岸の土手上にも上がってみたい。きっと気持ちのよい、土手道なんだろうな。毎日、散歩したいねえ。こんなところにいるとやはり調子がいいよ。脳の調子が非常に爽快になってくる」

言うと男の黒目が一気に、ぐんっ、と大きくなり、目が殆ど真っ黒になった。白目が中骨のなかで膨張して頬骨のあたりまで大きくなっているのは明らかで、これ以上、言うと顔の中で目が潰れてしまうようなので、それ以上、男の気分をよくするのはよしにしたが、改めて考えれば、こんな風に目がなるなんてやはり尋常の人間ではない。適度な距離を保つべきだ。

「ああ、なんだか物がもの凄くクリアーにみえるようになった。完璧だ。よかろう。ついてきたまえ」

そう言って男は清流を渉りきった。渉りきって振り返りもせで立ち上がる土手に取り付いて登っていった。ひとりで水のなかにいると急に寂しい。私は盛大に水を跳ね散らかして男の後を追った。せせらぎはいつも美しいが土手だって負けてはいない。

土手には土手の美しさがある。草が小さく生えて、その草と草の間には得体の知れない虫が飛んだりしている。ところどころに固まって黄色い花をつけた背の高い草の群落があって鼻を押しつけたいような気持ちになる。そしてところどころには得体の知れない、深さ十五センチくらいの窪みがあって、もっと掘り広げたいような気持ちにもなる。その土手を一気に駆け上がったところは小径だった。正面に山肌が迫っているところを見ると谷の斜面を削り取って拵えた小径なのだろう。けれどもそれが造られたのはもう何千年も前のことらしく、ところどころ巌が剝き出しになった斜面には苔がついてシダ類なども優美に生えていて、土の荒々しい感じはまったくなかった。

その小径に立って男は頻りに手を洗うような動作をしていた。水もないのに。それがなんらかの宗教儀礼であることはしかし明白であった。なんとなれば、本当に手を洗いたいのであれば、先ほどの清流でいくらでも洗えたからだ。ならば。

これを真似た方がよいのだろうか。しかしそれには危険が伴う。なぜなら男は黒目でこれを簡単にやっているようにみえるが、実は厳密な規定があり、これに外れたことをするのは非礼にあたるのかも知れない。もちろん、なにも知らない人間が自分たちの儀礼に敬意を表して覚束ぬ真似事をしているのを微笑ましいと思う寛容がある場合もある。けれども逆で、それを許せぬ冒瀆としてまさか殺されはせずともかなりのことをされる恐れだってある。どちらにせよ、白目にはなるだろう。あれだけは御免だ。

山肌を切り崩して造った道の幅は一メートル程度。削られた山肌の上の方は疎らな杉林で、ちょうど陽の加減がよく、木と木の間から日が差し込んで私や男やその他の万物をまだらに染めていた。湿った草の匂いとせせらぎの音と三者が混じり合ってハーモニーを奏でている。自然が私の心を癒やしてくれているのだ。道は僅かに傾斜して登っていく方が右に下っていく方が左に、つまり山を巻くようにして続いていた！

この気弱な笑みこそが従順な抜け作の真骨頂、と信じ、中途半端な笑みを浮かべて手を洗う真似をしないで立っていると、所作を終えた男は私に声を掛けることもなしに右の方へ登っていった。私は阿呆のようにその足元を眺め、驚くべきことに気がついた。清流をジャブジャブ渉り、草の生えた土手を登ってきたのにもかかわらずそのズボンの裾も庭下駄も少しも濡れていないし、泥もついていないのだ。同じようにした私の足は、そして手は？　ズクズクに濡れて泥に汚れ、表面がへたへたになって、まるで病気持ちのようだった。とても女が惚れる感じではない。私は慌てて男の後を追った。

左に曲がった道を暫く上っていくと、左手に小さな鳥居があって、男は頭を少し下げて鳥居をくぐった。神を畏れて頭を下げたのか、ただ鳥居に頭が当たりそうだったから頭を下げたのか。私にはもうなにもわからない。ただ、向こうを向いている男にはわからないだろうから、見とがめられることもあるまい、一応、やっておこうと、一礼をして、それから手を前の方につきだして、身体を突っ張るような仕草をしてから鳥居をくぐった。

鳥居の先は直登する幅の狭い石段だった。段のところどころが崩れて露わになった土に苔が生えていた。石段の両側はずっと木立が続いて下草に明るい光が降り注いでいた。湿った土の匂いと小動物の死骸が発酵する匂いと草の弾ける匂いが混じり合っていた。森の木陰でドンジャラホイ、シャンシャン手拍子足拍子、などという文句が自然と頭に浮かび、そして、「おっと、あれは夜の歌だったか」と苦笑するなどした。

真っ直ぐに五十段ほど、昔、この石段を築造した人の労苦を偲びながら登ったところに簡素な木の鳥居があり、その先は平坦な参道、その石畳の参道の先に素朴な神殿がみえていた。男が鳥居のところで拝礼し神殿の方へ向かっていったので、これに倣って入っていったとき、一瞬、不思議な、なにかこう向こうから空気圧に押されたような抵抗の感覚があった。私は入ってはならない、という神の意志なのだろうか。ならばよそうか、と思わないではなかったが、男に付いていくことを優先させた。型どおり参拝を済ませた男は参道の方に戻らず、神殿の奥の方へ回っていく。まるでひとり歩きでもするかのような足取りで。しかもこんな裏手に回っていったいなにがあるというのだ。益体もない竹木の群がりがあるばかりではないのか。あたら神域の裏事情を探ろうとするのはどうなのだろうか。と思ったが、その思いを打ち消して、それでも付いていくと、やはり男の方が私より一枚、上手だった。神殿の裏手には石段ではない、両側が草草してはいるが明らかに人の手になる上りの道があった。これを少し登ると注連縄を巻き付けた巨岩があり、そこから少し登ると木のない平坦なところがあって、その右端のストンと落ちた断崖の下に海が広がっていた。男は断崖の縁に立ち黙って海を眺めていた。慌てて横に立ち、男に倣って海を眺めた。前方に海に突出した岬というか同様の山があり、私らが立っている山と岬に囲まれて湾曲した砂浜があった。断崖に一本、変にねじくれた松が海に突き出て生えていた。

「どうです。奇天烈な光景でしょう。これでも気が狂っていると思いますか」

唐突に男が私を見下ろして言った。え、私は気が狂っているとは言っていない。心のなかで思っただけだ。それがなぜわかる。動揺しつつ、そしてまた、確かに断崖に囲まれた湾の風情はおもしろいが、奇天烈とまではいかないだろう、さらに狼狽えて返事ができないでいると男は、「そうか、これだけでは奇天烈とは言えないか。もうひとつの方を見ないことにはな。しかしまあ、折角だから浜に降りてみましょう」と独り言のようにいって、元、来た道へと戻っていって、私は小走りでこれを追った。そういえば、目、戻ってるな。うれしいな、と思って少しはうれしい気持ちで。

葭簀を張り掛けた粗末な小屋と見えたのは見間違いだったのか、前に立つとちゃんとした建築に見えた。細いが柱もちゃんと立って、庇には銅板が張ってあった。洞窟のなかに家を嵌め込んだような形で、屋根も普通に作ってある。

男に続いてなかに入ると、なかは広い店土間で、平台に雑貨や雑穀、雑誌類などが並べてあった。右側には陳列棚が在り、缶詰やゴムヒモが並んでいる。その手前にテーブルと丸椅子が置いてあった。土間は奥まで続いているようだったが、奥の方は洞穴なのだろう、奥から湿った風が吹いていた。

そして女がいた。さっきの女、と思ったが別の女で、よく見るとぜんぜん違った。どちらも美人の部類だったが、さっきの女に比べるとどことなく儚げな印象、小さくて華奢で、色が抜けるように白く睫がたいへん長かった。柿色のスーツを着ていた。ルルル。胸が張り裂けそうな女だった。女は男を見て、そして私を見ないで言った。

「いらっしゃいませ」

可愛らしい、しかし毅然とした声だった。

「今日はだれもいらっしゃらないので、もう閉めようかと思っておりましたのよ」

「今日は、かい。今日も、だろう」

「はい。今日もですわ」

と、女は明るく言った。

「それがよいことなのかどうなのか。僕はよいことと思っているがね。干物はあるかい」

「はい」

女は単簡に答えると、薄暗い洞穴の奥に入っていき、何種類かの干物を洋皿に載せて戻ってきた。

「こんなものしかないのですけれども」

そう言って女は干物の載った洋皿をテーブルの上に置いた。

「おっほっ、けっこうけっこう。さあ、掛けたまえよ」

そう言って男が奥の丸椅子に腰を掛けたので私は男の正面に座った。

男は女の隣に座った。女の顔をずっと見ていたかったが、それに気がついた女は横を向いて目を意図的に伏し目にして慈悲深いようにも自嘲的にも見える笑みを浮かべてとぼけていた。

するといつの間にかテーブルの上に七輪があった。そして七輪のなかにはルビーのような炭火が熾っていた。私はそれほど、つまり、男が七輪を用意して火を熾すことができるほど長く女の顔に見とれていたのだろうか。そしてその間、男は何度も立ったり座ったりしたはずだが、私はそれにも気がつかなかった。

ということは男が私を捨てて立ち去ってしまったとしても私は気がつかなかったということだ。私はいつからこんな馬鹿な人間になってしまったのだろうか。やはり抜け作になってからだろうか。

男がいい感じに熱せられた網に肉を載せ、ジュウという音とともにしたたり落ちた脂が焼けて白煙が立ち上った。

干物が驚くほどうまかった。干物というとなにか乾燥してバリバリしているような印象があるが、肉厚で滋味に溢れ、噛む度、飲み込む度に身の内に命と力が漲っていくような心持ちがした。

こんなうまいのであれば何度でも来たいものだ。そしてそのときまでには私の犬を見つけ出したい。私は私の犬と一緒にこの店に来たいのだ。私は女をじっと見て言った。

「あの、すみません」

「はい」

女は笑うのをやめ、伏せていた目をぱっちり開いて、私と向き合った。私は問うた。

「ここ、ドッグオッケーですか」

女は、くはっ、と言わなかった。言わなかったけれどもなんだか言ったような感じで、また横を向いて人を愚弄するようであると同時に慈しむようなひとり笑いを長くて美しい睫を見せびらかしながら笑い始めた。耳と頰と顎と垂れた髪が美しかった。私は心を捨てられたような惨めな気持ちになったが干物をかみしめることでそれを忘れようとしてかみしめ、企図したとおり惨めな気持ちを忘れた。そして干物を貪りながら女の美しい横顔を窃み見た。そのとき気がついたのが、そう言えば女が干物を一口も食べておらないということで、人を蔑み笑うと同時にこれを憐れみ慈しむという難しい技を使い続け、こんなうまい干物を食べる余裕がないのだということにも気がついて惨めな気持ちはもっと薄れた。

　夢中で食べていると男が言った。

「どうです。うまいでしょう」

　そういう男もあまり食べていないようだったが、これは食べ飽いているせいかも知れなかった。

「それがなんの肉だかわかりますか」

　男がそう問うたとき、頭上に嫌な気配を感じて見上げると、どこから入ってきたのか、あのとき交差点で私たちを襲撃した嫌な黒い虫が飛び回っていた。

　もちろんたった一匹であるが、あの虫の恐ろしさは身を以て知っている。たった一匹でも油断はならない。それによく知らないのだけれどもアナフィラキシー症状というものがあって、ひとたびああした毒を大量にいれられた者は、それより以降はほんの僅かの毒によって滅亡すると聞く。

一度、無慙なことになった人間は改心したからといって油断してはならない。これくらいのことはよいだろうと思って気を許すと、ほんの僅かな悪徳によって前よりもっと無慙なことになる、ということだろう。

だからといって一度も無慙であったことがない人間なら悪徳に染まってよいか、というとそんなことはない。私はふたりに注意を促す意味で、「例の虫が入ってきてますよ。刺されるとやばいですよ」と言ったのだけれども、男は聞こえないふりをして肉の味を繰り返し問い、女は、まるで私がおかしなことを言っているとでも言いたいような、慈悲の感じを意図的に減らして笑い、ろくに聞きゃあしない。

それで諦め、男の問いに答えることにして皿の上の干物をじろじろ見ていると、虫がブルブル飛び降りてきて干物にたかろうとした。

となれば男だって虫をないことにはできず、「えいっ、こなくそ」と言いながら、手の甲でこれを追い虫はまた上昇して、テーブルの上の板壁にたかって右に左にジリジリ尻を振って様子を窺っていた。

「肉の匂いをかぎつけて入ってきやがったのだ。まったく嫌な肉食虫だ。結構距離があるのに人肉の匂いにはやけに鋭敏なやつらだ」

と、男はついにそう言って泣き笑いのような顔をした。それに釣られて私も笑いそうになったがすぐに我に返って問い返した。

「いま何気なく人肉って言いませんでしたか。これ人肉なんですか」

「え、僕、そんなこと言いましたっけ」

「はっきり言いましたよ」

「あ、聞こえました。って、冗談に決まってるじゃないですか」

男はそう言って屈託なく笑いそして言った。

「ひょっとこの肉ですよ」

男がそう言ったとき、虫が急降下してきて男の皿に半分ほど残った干物に食らいつき、どんな顎の力なのだろうか、自分の身体より遥かに大きい肉をくわえたまま、浜の方に飛び去って見えなくなった。

それもまた冗談という男の瞳がまた怪しく震えだして。

いよよ、まずいのか。またあの嫌な瞳の増減に付き合わされるのか。あれは心底気が滅入る。私は慌てて言う。

「でも、凄い干物ですよね。普通なら麦酒とか白いご飯とかそうしたものが欲しくなるのだけれども、そんなものまったくいらない。水すら必要がない。あ、別にこの店は水も持ってこないのか、みたいな皮肉じゃないですよ。本当に必要がないのですからね。これがなんの肉か、っていうのはだからもう、どうでもいいじゃないですか。それは肉の側の論理か火の側の論理か、そのどちらかにこだわっているからでしょう。焼かれる肉も焼く火も同じ摂理の下にあるとすれば、それがなんの肉であろうと、他者を満たす、という目的に沿ってさえいればどちらでもいいんじゃないですかね。って、僕、なにを言ってるんでしょうね。つまりうまけりゃどうだっていいってことですよ」

言い終わったか言い終わらないうちに目を震わせていた男と目を伏せていた女が顔を見合わせ、「やっと言ったね」「そうですね」と言って頷きあった。

なんのことだかわからない。私がやっと言った、って、どういうことなのか。わからないまま狼狽えていると、男は立ち上がり、「さあ、飯も食べたしそろそろ行こうか」。

「行こう、ってどこへですか」

「忘れたのか。君はここが奇天烈なことになっていることをまだ知らなくて、それでむしろ僕自身が奇天烈なことになっていると疑っていたのでしょ」

「そんなことありません」

「いや、そんなことはない。僕の目を見る目を見ればわかるよ」

「いえ、僕はあなたをよく知らないだけで、別に疑っているわけではない」

「いや、知ってるはずだが。いやいやいや、そこはまあ、いいよ。いま言ってくれたからね。でも、どう奇天烈なのかは見て置いた方がよいでしょう、さあ、行きましょう」

そう言って男はいつものこと、私が付いてくると確信しているような歩き方で得手勝手に店の奥の方へ歩き始めた。そして私もまた慌てて席を立った。けれども女は座ったまま動かない。

「あなたは一緒に行かないのですか」

そう問うと女はゆっくりと立ち上がって私の前に立ちビー玉のような瞳で私を見つめ、「さよなら」と言った。胸がギューンと痛んだ。途轍もない悲しみが全身に満ちた。

呆然と立ち尽くしていると、女は店を出て浜の方へ歩いて行った。後を追いたかったが、男はもはや洞穴の奥の方へ入りごんでいる。私は諦めて男を追った。もう女に会えないかも知れないかと思うと身体がベラベラになって宙を歩くようだった。けれども私は男の後を追った。

進むうち滲むようにして板壁がなくなって洞穴は完全な洞穴となっていった。幅は、そうさな六尺かそれくらいと狭いのだけれども、高さは結構あるようだった。十丈とかそれくらいあるのではないだろうか。そして洞穴の窪みに照明が仕込んであり、バーカウンターがあって、その背後の棚には酒瓶が並んでいるのは洞窟バーの風情だった。

あんな素朴な渚の万屋の奥にかかる現代的な店があるというのは不思議なことだった。いまは誰もおらないが夜ともなれば音楽と男女の話し声が溢れるこのバーをさっきの女が切り盛りするのだろうか。ギャップありすぎだろ。

「ギャップというともっとすごいものをこれから見せてやるよ」

と、男が振り返っていった。

あれ、俺は思っただけでギャップという言葉を口に出していない。なのに男にそれが知れた。なぜだ。そういえば、いつかもこんなことがあったが思い出せない。

そして男は、もっとすごいギャップを見せてやる、と言った。それはこのバーの開店前と開店後のギャップのことだろうか。いまはこんなに森閑としているが夜ともなればもの凄い喧噪に包まれる。ってそんなものギャップでもなんでもない、どんな店だってそうだ。だからそうではなく、場所としてはバーだが集まる人たちが夜遊びをするような人ではなく羊毛フェルト教室に通うような人が集まって歴史民族問題について討議するといったようなことが行われるのだろうか。

私のそんな疑念にはお構いなしに男は洞窟バーの奥へ奥へと進んでいく。仄暗い店のなかで磨き込まれた木のカウンターと真鍮の手すり。夥しいグラスやボトルが鈍く光っている。随分と奥行きのあるバーだ、と思ってどれくらい歩いただろうか、奥に進むにつれ次第に両側の壁が迫ってきて、天井も下がり、それがいよよ窮まったところに合成樹脂を貼った焦げ茶色のドアーがあって、男はその前で立ち止まった。場所柄からすると、どのように考えてもこれはトイレである。男は私が付いてきているのを確認すると、押し下げ式のレバーに手を掛けた。なんのことはない用便をするだけじゃないか。それをギャップだの奇天烈だのオーバーな。要するに洞窟の窮まったところにトイレがあるというのが珍しいと言いたいのだろう。まあ、しかし確かに配管などは大変だろう。床が木の板張りかなにかであればその下に配管を通すこともできる。けれどもここに床は張ってない。ところどころをモルタルで均してはあるが基本的には洞窟のままというか、岩なり、というかそんな感じで、これに配管を通すことは不可能。ならば、必ずどこかに配管が這っているはずだが、ぱっと見には見当たらず、よほど手の込んだ隠蔽工作がなされているようだった。

けれどもそれがどうしたというのだ。こんなところに集う遊び人たちが汚水管の配管の意外性に着目するなどとは到底思わないし、私だってたまたま気がついただけでいつも汚水管のことを考えているわけではない。

といった考えがいかにせせこましく意味のないことかを私はこの直後に知った。

ドアーを開けてなかに入った男は後ろ手でドアーを支え、私を招き入れるような仕草をした。もちろん私は躊躇した。男二人で狭いバーのトイレに籠もるということの意味を考えたからだ。

男にはそういう趣味があったのか。それで倒れていた私を拾ったのか。なんということだ。別にそれはそれで構わぬが、そんなら、なにがなんでもこの男の後に付いていかなければならないという私の衝動と意志の混淆物はいったいなにだったのか。ははは、こういうことをさしてアンチクライマックスというのだろうか。そんなことを考えながら気弱に佇んでいると男が、「なにをしているんだ、早く入れ。早くしろ」と言ったので、尻に若鶏を挟んだボリビア人のような足取りでチョラチョラ歩いて男に続いてドアーの内らへ入った。

そして驚愕した。なぜならそのトイレには便器がなかったからである。男性用小便器もなければ男女兼用の便器もなかった。というか、トイレットペーパーホルダーや手洗い、鏡、換気扇、といったトイレらしい設備がまったくなかった。というか、その半畳ほどの空間にはなにもなかった。ただ、正面にコンクリートの階段があった。あの公共駐車場の階段よりもっと狭くてもっと急な階段が正面にあった。

まったくなんというトイレだ。入ったらいきなり階段か。ふざけるな。

という罵倒が的外れな罵倒であることはもはや明白だった。つまりこれはトイレなぞではなく、このバーの出入り口であり、男は奇天烈な光景をみせようとしてバーの扉から外に出たに過ぎず、にもかかわらず私はトイレとひとり決めして、配管が難しいと訳知りに思案したり、しまいには男が私を鶏姦しようとしているのではないか、と疑ったりしていたのだ。

それが恥ずかしくてたまらず半畳のところで苦しんでいたが男は気にする様子もなく階段を昇っていく。ということはさっき私の考えを読んだようには読まなかったのか。そうであればよいのだが。願いつつ男に続いて階段を昇っていく。昇りつめていく。

そして窮まったところは雑居ビルの入り口のようなところ、三畳大のエントランスホールで集合ポストがあった。中古マンションなど購入する際はこれをチェックするとよい、という話を聞いたことがある。もしかしたら不動産豆知識を集積したサイトを閲覧したのかも知れない。まあ何方でもよいのだけれども、とにかくこれがよく管理されて秩序を保っている建物は全体もよく管理されて軀体も健全で、これが荒廃していればその建物は購入に値しないほど荒廃しているというのである。

さあ、この建物はどうだったか。荒廃していた。金属製の集合ポストは一部、破壊され、扉が取れかかってぶらさがっていたし、塗装も剥落して醜い地肌が剥き出しになったまま放置されていた。そしてところどころに、口にするのもおぞましいような差別的な文言が自分では上手だと思っているのだろうが、見るに堪えない筆蹟で記してあり、また、俺は低脳だあっ、と全力で叫んでいるような図案のステッカーが貼ってあった。エントランスホールにはその他にエレベーターや受付があったがこれらも同様のありさまで、エレベーターはろくな保守管理がなされておらず、日に何度も強姦未遂事件が起きているような感じだったし、受付は無人で、鉢植えのパキラは根が上がっており、カウンターには天かすやブロマイドが散らばっていた。誰かが天かすを貪り食いながら美人女優や歌手等のブロマイドを見てたのしんだのだろうか。床にも口にするのも憚られるようなものが棄てられており、自己で使用するにしても投資目的にしても、こんな物件を購入するのは大事な資金を溝に棄てるも同然の馬鹿げた行為と思われた。

そう思うと、かつて邪悪な人々の口車に乗せられて自宅を急いで売ったことを思い出した。あれだってもっとじっくり時間を掛けて売れば高く売ることができたはず。何事も焦っているとろくな結果は出ない。焦っているとついついこんなゴミ物件にも手を出してしまう。注意が肝要だ。

そして男が外に向かって立っていた。外は明るくなかが暗い。よって男は影のようだった。また、男の広い背に遮られて私の位置からは外の様子が好く見えなかった。男は背を向けたまま言った。

「そんなことか」

「え？」

「おまえがこれにいたって思ったことはそんな投資がどうとかいったことなのか。抜け作もよいが、そこまで感受性をなくしてしまってよいのかな。これが僕の言っていた奇天烈の一だ。よく考えてみろ」

そう言われて思わず、呀っ、と声をあげそうになった。そうだ。こんなおかしなことがあるわけがない、だってそうだろう、私たちはついいましがたまで渚にいたのだ。そして店に入った。その店は広く開いた洞穴に投げ入れるように建築されていた。その洞穴の奥、次第に天井が下がり左右の壁が迫って、ついに窮まったところのドアーの先の階段を私たちは上がってきたのだ。だったら。そうだったら、そこは私たちが先ほど大敗の渚を二分する川の岸側に立ってうち眺めた岬の突端付近であるはず。そこが、先帝の御代に築造されたような雑居ビルになっているなんて絶対おかしい。私は言った。

「本当ですね。本当におかしいですね」

「そうだ。奇天烈だろう。説明というものがまったくつかない」

と男がそう言ったとき私の脳裏にある考えが閃いた。そしてそれが嬉しかった。感受性がないと言われたことが割と気になっていたから。私は言った。

「言葉を返却するようで申し訳ないんですがね、こういう風に考えれば説明が付くんじゃないですか、つまりね、先ほどのあの美しい女性がひとりで切り盛りしていた店は洞窟に投げ込んだような形でしたよね。投入堂的な。それと同じような感じでこの雑居ビルは岬の突端にスポンとねじ込んだ、ねじ込み堂のような形を取っている、とね、こう考えれば合点がいくんじゃないですか」

私がそう言うと男はイライラしたような表情を浮かべ、ずっと男の下風に立っていたが私だってときにはこんな風に男に優越することができる、と私は少々、愉快だった。だからといって男を屈服させたいわけではなく、抜け作ではあるが知能まで混濁している訳ではない、と思ってもらいたかっただけだ。その私の気持ちをわかってくれているからだろう、男は目で威嚇せずにまるで辛抱強い人のような口調で言った。

「僕はそうは思わないな」

「そうですか。なんでですか」

「だって、これが建ったのは先帝の御代、それも長い御代の初めの頃でしょ。その頃に、そんな、岬の突端に埋め込みながら建築するなんていう高度な技術があったのかしら。そこが僕の根底の疑問なんだよね」

そう言われた瞬間、即座に反論が頭に浮かんだ。

「ああ、それはですねぇ、勿論、そんな技術はなかったと思います。だからこれは僕は、移築、なんじゃないか、と思うんですよ」

「どういう意味だ」

「文字の通りの意味ですよ。つまり先帝の御代に建てられた古いビルを一棟丸ごと、スポン、とクレーンかなんかで上に引き抜いて巨大なトレーラーに乗せてここまで持ってきて予め開けてあった大穴に、スポン、と嵌め込んだんじゃないですかねぇ。いえいえいえいえ、なかなか。なかなか。我が邦の土木技術を以てすれば容易なはずです」

そう言って私は掌で髪を撫でつけオールバックスタイルにし、耳に掌を押し当て、耳もなるべく平べったくなるようにした。胸も意図的に反らして鳩胸のような具合に。そんな私を見て男は苦り切ったような口調で言った。

「そんなことをしていったいなんの得があるんだ。いったいなんのために大金かけてそんな面倒くさいことをするんだよ」

「知りませんよっ」

と言って、その強い口調に自分で驚いた。命を救われ、また、いまのところ西も東もわからない自分が男に対してこんな口の利き方をするなんて信じられなかった。つまりはそれくらい自分の思考に自信があったということなのだろう。過去も現在も、いやさ、未来さえも、もはやこき混ぜて自分の口の中に宿っている、宿りきっている、それが清浄な花びらとなって口から世の中に漂い出ている。そんなイメージさえ私は持っていた。私は続けて言った。

「そんなこと僕にわかるわけないじゃないですか。おもしろいとおもってやったんじゃないですか。或いは、その先帝の御代に建てられたビルに文化的歴史的価値があった、とか、そんなことでしょうか。それで基礎工事してたら偶然、洞窟が見つかって、じゃあ、繋いじゃえ、みたいなことになったんでしょう。推測ですけど」

そう言ってエントランスの壁の天井ぢかくを這う、もはや機能しているのかどうか定かでないパイプを興味もないのにしげしげと眺めていると、男はますます苦り切り、「君は馬鹿だな。本当に馬鹿だな」と言い捨てて表へ出て行った。

言い負かされておもしろくない気持ちは十分に理解できた。だからといって子供じゃあるまいしプンプン怒って外に出ていくというのはどうなんだろうか。男らしくもない。そう思いながら私はエントランスにいたが、ずっと一人でエントランスにいるわけにもいかないので、ははは、奇天烈という訳ではないだろうが、岬の突端にでも行って限界灘の限界がある景色を眺め、また、岬の、岬特有の自然に触れ、潮風を浴びて無意識をずぶ濡れにするのもひとつの見識かも知れない、そう思って男の後を追ってビルの外に出た。

そのとき頭に思い浮かべていた岬の景色はというとまずは草いきれ。むせかえるような草の匂い。そして潮風、とそれにそよぐ木々のざわめき。潮騒。そして遍く（柱状にではなく）降り注ぐ圧倒的な光、など。で、実際はどうだったか。結論から言うとそんなものはまったくなかった。草は、確かにところどころ、地の割れ目、壁の割れ目から茂ってはいたが、ムッ、と匂い立つという感じではなく、もっと硬い感じで得手勝手に屹立していた。潮風もなく潮騒もなく、低い音が、ブーン、と響いて獣皮を鞣すような匂いが漂っていた。光はあるにはあったがどうにも弱く、あたりはどんよりとして薄暗かった。

ではなにがあったのか。多くの商業ビルや雑居ビルがあった。道路があり電柱があり、うち棄てられた自動車があった。ということはどういうことなのか。そう、雑居ビルを出たところは岬の突端ではなく、どうしようもない町中の景色であったのである。

これはどのようにかんがえてもおかしなことで、さきほどまで自分自身の理論に自信、圧倒的な自信を持っていた私は錯乱というか、もうなにがなにだかわからない状態になった。頭の中に暴風が吹いて目の前が真っ暗になり、血圧も瞬間的に上昇、心拍数も上がりきって、胸が痛い、頭が痛い、闇雲に怖い。喚き散らしたような気もするし、ただ、立ち尽くしていたような気もする。

男に両肩を揺すぶられてやっと我に返った。男は言った。

「落ち着け。静かにしろ」

私は首をガクガク揺らしながら低く唸ることしかできなかった。けれども男が根気よく励まし続けてくれたお蔭で五分くらいするとなんとか口がきけるようになっていた。私は喚き散らした。

「こんなおかしなことがあってたまるものか。だってそうじゃないか。僕らは岬の洞穴にいたのだぜ。自然、豊かな。その洞穴を上がってきたところがこんな都会の風景っていったいどうなってんだよ。ふざけんなよ」

「別に誰もふざけてない。これが現実なんだよ」

「なにが現実だ。こんなの狂ってる」

「だからそう言ったじゃないか。こんな奇天烈なことじゃどうしようもないがな、ってね。そのとき君はどう思った？　内心でどう思った？　ははは、そんなことを言うが狂ってるのはおまえだよ、と思ってたんじゃないのかね。で、僕はこれをこの景色をみて欲しかったってわけ。で、考えて欲しかったのさ。狂ってるのは僕か世界か、ってことを」

男にそう言われて私は、クウウ、と唸るか、クウウ、と呻くしかなかった（クウウには二つ意味があった）。男はただ涎を垂らして唸り呻いている私に続けて言った。

「そして君はどうするのかな。この現実に適応して、ならば自分も狂おう、って言って狂って生きていくのか、それとも正気を保って生きていくのか」

「クウウ」

「楽だよー、狂っちゃったら。みんなと同じだしね。狂ってる感覚もない。正気を保つ努力ももちろん必要ないしね」

「クウウ」

「その段、正気を保って生きていくのは大変だ。おまえが私を見てそう思ったようにキチガイ扱いされて迫害されて、下手をすると殺される」

「クウウ」

「さあ、どっちにするんだ。狂って楽するのか、正気で苦労するのか」

「クウウ」

「クウウじゃわからん。どっちなんだ」

「クウウ」

「あのさあ、僕、忙しいんだよね。いつまでも君のクウウに付き合ってられないんだよ。早くしてくれないかなあ。十秒以内に言ってくれないかなあ。言わないとこうしようかなあ」

そう言って男は、いつ用意したのだろうか、革の、猛獣をしばき回すような鞭を振り回して道をしばいた。

ビシッ、と汚らしい音がした。私はなによりもその音に驚いて、自分がそう言えばどうなるとか、そんな考えの回路をすっ飛ばして、あっ、と声をあげるのと同じような感じで咄嗟に、「狂って楽する」と答えてしまった。なのでそのことになんの意味もなかった、はず。けれども男はそれを重く受け止めてしまったようで。

「あ、そうですか。わかりました。ということは私がキチガイで世の中が正しいというのか、このように国土軸が完全に曲がってしまった現実を是とする、あの地下都市のエスタブリッシュメントの人たち、貴族層とそれに連なるヨーコたち受領層の側に君は立つのだね。じゃあ、さようなら。ここで別れよう。さあ、ひとりで、どこへなと行ってくれたまえ」

と言い、まるでそれが訣別の合図であるかのように。ま一度、ビシッ、と鞭で道をしばいた。ビシッ、と、ビシッ、この懸隔が私を目覚めさせた。私は、クウウ、をようやっと脱し、言葉にたどり着いて横雲をひとつに繋げることができるようになった。必要以上に鞏固に。

「ちょっと待ってください。別れろ切れろは芸者のときにいう言葉。私には死ねとおっしゃってくださいな、とは言いませんが、ちょっと待ってください」

「なにを待てばいいというのだ。ビシッ、ビシッ」

と男は私を威嚇するように口で鞭の音を真似て言った。けれど私は怯まない。私は芸者ではない。

「僕が欲しているのは、いやさ、あなたに求めているのは説明ですよ。これはこの途轍もない奇天烈ぶりはなんなんですか。説明してくださいよ」

「ああ、説明か。説明は俺は大好きだよ。説明なら一晩中でもできる。しようか説明。つまり、狂ったんだ、つってんだよ。国土軸が歪んぢまったのさ。原因？　バカ言ってンじゃないよ、あの光柱の連打に決まってんだろうが。人の止めるのも聞かないであんなもの呼び寄せちまって。しかも星が山で不細工な失敗をして、だったら中止にすればよいものを失敗したのは規模が小さかったからで規模を大きくすれば必ず成功するのさ、といってそれでやって、それでも自分が滅びる覚悟でやればよいが、自分らだけは完璧なシェルター作っておいて、それでやって失敗して、そこでよせばいいものをそのマイナスをカバーしようとして、逆方向からパワーを浴びせれば力が打ち消し合って雲散霧消するという理論を信じてやったらもっとムチャクチャになったのさ。そら国土軸も歪むよ」

「なにを言っているのかぜんぜんわからない」

「あああ、もう説明、面倒くさいなあ。じゃあ、ついてこいよ」

そう言って男は右の方へ歩き始めた。なだらかな上り坂の車道を隔てた向こう側にもこちら側にもビルが立ち並んで、しかし相変わらず人気がない。

暫く昇ってくと巨大なT字路があり、正面には特徴的な外観の巨大な建物があり、右手の彼方には高架橋が見えた。左奥には公園のエントランスがあって、その奥は森だった。森は真っ黒にしずもっている。

どこかでみたような景色だった。なるほど。これが既視感ってやつか。十歳の時、家の近所の石川の川原で、公害で汚れきった水でびしょびしょになった自分の蹠を自分で揉んでいたとき以来の感覚だな。いや、感服つかまつった。と感服していると男がまた思考に介入してくる。

「なにが、感服だ。違うよ」

「え、なにがですか」

「よくみてみろよ。ひとつびとつの光景を自分の細胞の記憶のなかに取り入れて見ろよ。きっと思い出すはずだよ」

「そんなこと言われても」

と不平不満で体中を満たしながら、けれども言われたものは仕方がない。ま一度、あたりを見渡す。T字路の向こう正面には食べ散らかしたオマール海老のような特徴的で奇怪な建造物。その手前には黒い鉄の柵がある。そして柵を左手にたどっていくと、入り口ゲートがあって入り口路のような、祭り門のような、並木路のようなものがあって、その向こうに森閑とした黒い森、黒森が伏している。そのうえに赤い霞が棚引いている。

そんなことをいって手前側、すなわちT字路のこちら側、私たちの立っている側はどうなっているかというと、道路を隔てた真ァ向こう側には白と赤と透明硝子で飾り立てた商業ビルがあり、その左隣には茶色い矩形がいくつか重なったような形の、ホテルみたいな建物がある。右隣には黒い穴ぼこがあって地下にいたるスロープのようになっており、その奥に極度に古い、灰色の、まるで刑務所か瘋狂院のような建物、これも大きいのが建ってありーの。そして手前側はというと同じような商業ビルや、もっと小規模なラーメン店のような小宅もあって。

そして再びT字路の向こう側に目を転じ、黒い柵の右側はどうなっているかというと、まず目に入るのはさっきも見たように遠くの高架橋。その上空は、こんだ、黒みがかっている。そしてその手前、道路の向こう側には石垣がたっかくそそり立って、でも左に行くにつれ低くなって、一番高い右側では見た感じ二十メートルくらいあったのが三メータークらいになったところから例の黒い柵が始まって、その半ばくらいに片流れ屋根の掘っ立て小屋といってバラックではなく、コンクリート造の小屋のようなものがある。というと公衆トイレのようだが、どうもその感じはなく、どちらかというと地下鉄の出入り口のような感じなのだけれども、それよりはもっと大きい。ウシガエルとアマガエル、同じカエルとたがゆうた、という歌の文句を唐突に思い出した。そしてそのアマガエルの緑色の皮膚というのだろうか、表面の色彩に思いがいたったとき、私はそれと似た色合いが地上に蟠っているのを見つけた。というかそれは逆かも知れず、地上に蟠っているそれを見たからアマガエルのことどもを聯想したのかも知れなかった。私はその緑のものが気になって気になって、近くまで行ってそれがなにかを確かめたい気持ちになった。私は男の許可を得ようとして話しかけた。それはもう自分にとって自然なことだった。抜け作が身にぴったりとはまってきていて。

「あのさあ」

「いいよ。行きたまえ。ただし、あれは緑色ではない。草色だよ」

男が私の考えを読むことには、もう驚かなかった。私だってかつて喋らぬ犬の考えがわかった。だったら男が私の考えを読めたところでなんら不思議ではない。

「僕はここで見守っているから、おまえは道路を渡ってあれがなんだか確かめてくるといい」

「わかった。行ってくるよ」

「ああ、それでかなりのことがわかるだろう。それと、私が戻ってこい、と言ったらすぐに戻ってくるんだぜ」

「もちろんです」

となぜか私は即座に答える。

「なにをしていても、だぞ」

「ええ、ええ」

と、私は会釈して王子が玉子を生むような腰つきで灰色の片側二車線道路を渡っていった。正面には腐った海老のような巨大建物。右には長大な石垣、もっと右には高架橋、それらを縁取るような黒い鉄柵。左には入り口ゲートと黒森があった。

そして私はと言えば、ポロポロと見えない玉子を生みながら混凝土の建物の脇の草色の塵芥を目指して歩いていた。


車道を渡りきって振り返る。男が立ってこちらを見るような見ないような、懐から機器のようなものを出して操作もしている。そしてその左側に花屋のデリバンが擱座していた。切れた電線が垂れ下がり、汚らしい草が生えていた。空は塩もみしたナマコの切り口のような色をしていた。

その景色を見て私は、アッ、と叫んだ。そして、こ、これは。と、どもってしまった。この景色はまさにあのとき、そう私と犬が踊りまくって黒い虫に襲撃されたときに見た景色。ということは、この草色の残骸は……。

と改めて凝視して吐きそうになった。っていうか吐いた。そうそれは初め、傷つき弱々しかったが、やがて偉丈夫となって私たちに、助けが欲しいのなら踊れ、と命じるまでにいたったひょっとこのなれの果てであった。

実に惨めな姿だった。あの立派だった筋骨はもはやどこが顔なのか手足なのかわからないにおい立つ肉の塊に過ぎなかった。ところどころから突き出た骨は小骨のような骨ばかりでよい骨はひとつもなかった。その小骨に毛髪が絡みついてあさましかった。歩道に黒い腐汁が流れて固まっていた。腐汁は苦い小便のような匂いがした。そして立派だった寛衣、縄、金色のストールもいまはみな草色、というかやはり緑色に変色していた。あれ、なぜなのだろう。なぜみんな緑色になっているのだろう。そう思ってよく見て、私は三度、あっ、と声をあげた。残骸の表面を、黴なのか茸なのか、鮮やかな緑の菌類がびっしりと覆っていた。その色は本当に鮮やかで美しいと言えば美しいが醜悪と言えば醜悪で、あの長い長い地下階段に閉じ込められ、苦しみながら死んでいった無数のひょっとこの恨みと悲しみが色彩化したような色で、しかもそれは単に心理的な問題だけれども、こんなものに誤って触れたら絶対、健康を害するよね、というわかりやすく毒々しい色でもあった。

そして悲しかったのは、あっ、と声をあげた、ということは、口を開いたということなのだが、その口を開いたとき、微量だが、その毒に違いない菌を吸い込んでしまった感じがしたということで、毒によって視神経がおかしくなったのか、あたりがガクンと一段暗くなった。

ひょっとこの大量死の時はなんともかんじなかったひょっとこの死。それが偉丈夫となったら悲しみを感じ、そして、自分がおかしくなって再び、ひょっとこはどうでもよくなった。兎にも角にもおそろしいことだ。

私はもう一度、嘔吐した。今度は半ば意図的に。

そして酸味とともに涙と鼻水を垂れ流しながら、私はふと妙なことを思いついた。

これがひょっとこの塊ならば、この脇の混凝土の建造物は私どもが出てきた公共駐車場の出入り口であるはず。だったら、もう一度、階段に入って来た道を逆にたどれば、この奇天烈な世界も過酷な正気も置き去りにして元いた、ヨーコだちの悪意が充満して安楽というわけではないが、まだ国土軸自体は曲がっていなかった、光柱によって曲げられていなかった世界に戻ることができるのではないか、と考えたのだ。

もちろんそれには大変な困難を伴う。まずはあの腐ったひょっとこの詰まった階段をまた通り抜けなければならない。あのときも大変で何度も死にたいと思ったが、腐敗はより一層進んでいるからもっと大変だろう。それからあの地下三階のエレベーターホールにいたる施錠されたドアーをなんとかして開けなければならない。開けたら今度こそドッグNGもへったくれもない、昇降機で一気に地上、ここことは違うもうひとつの、っていうか前の、地上に戻るつもりだが、国土軸のねじれ具合によってはまたぞろここに戻ってくることになるかも知れないし、或いはもっと狂った、もっと奇天烈なところに出てしまうかも知れないし、それ以前に大輪菊男が全力でこれを阻止するのは目に見えている。ならばあのスロープを昇らねばならないのだが、降りでさえあれほどの時間がかかったというのにこんだ昇り、どれだけ時間がかかるのか。剰え、あのときは自動車だったがいまは徒歩。間違いなく途中で何泊かすることになる。もちろんそんなことをあの口やかましい警備員どもが許すわけがない。横たわった私が被った段ボールを引きはがし、よろよろ立ち上がった私の脾腹を蹴り、「このあたりをうろちょろするな。とっとと失せろ」と喚いて私を追い立てる。あのとき私がふたりの男を追い立てたように。警備員はそれを永遠に記憶している。永遠にそのことを記憶している者だけが警備員に採用される。もちろん私は脾腹は蹴らなかった。けれども金銭であろうが記憶であろうがそれが負債である限り利息は必ず付く。行路の人は結構な割合で脾腹を蹴られて死亡している。腫れあがった肝臓は僅かの衝撃で破裂するからである。そこまでいかずとも腰の蝶番がどうにかなって土車に乗るようなことになる可能性は極めて大で、そうなれば地上なんて十万億土と同じことだ。

その間、水も食糧も必要だが、スロープ上にはもちろん商店などなく、ならば男の言う地下邪都の裏口であるところの、ところどころの横穴のゴミを漁るか、或いは地下邪都に侵入して徴発をするしかないが、ゴミを漁るのは屈辱だし、それよりなにより健康を害する恐れがあるし、徴発はあべこべに殺される可能性もある。

しかし私はそういった困難を予測してなお、ひとつびとつのことを解決する目算はなくはなかったし、試してみる価値はあると思っていた。

けれども私がそれに踏み切れないのは偏に犬の問題であった。

そう。それで仮に私が元の世界に戻ったとして、では犬はどうなるのだろうか。私はあの犬とずっと一緒に過ごしてきた。私が困難な状況に陥り周囲に誰もいなくなったときもあの犬だけはいつものように私の側にいた。彼は一言も発しなかったが、私は犬の気持ちをわかりまくっていた。

その犬を私はこんな狂ったところに棄てていけるのか。

いけるわけがない。私はどんなに正気を保つのが難しくても、私の犬をこの狂った国土から救い出さねばならない。そのためにおまえが滅んだらどうする。滅びない。っていうか犬、もうとっくに食肉にされてんじゃね？　されてない。って俺は誰と喋っているのか。

ふと通りの向こうを見る。確実に毒が回っているらしく、視界はいよよ暗い。その暗い視界で男が大きく手を振っていた。なにかを叫んでいるようだが、耳にも吸い込んだ毒がまわったらしく、なにを言っているのかぜんぜんわからない。それでも彼はなにかを伝えようとして、口の周りに両の手を当ててメガホンの効果を狙ったり、指を突き立てて私をまねぐような仕草を繰り返し、また、私の背後を指さすような仕草もした。

はて。背後にいったいなにがあるというのだ。

そう思って振り返ると遠くの黒い森が揺れていた。

と言うと、そりゃ風が吹きゃあ、森は揺れるでしょう、と思うが、そうでない、風はさっきは一瞬吹いた、吹いて私は毒を吸い込んだけれど、いまはそよとも吹いていない。なのに森が、黒い森が揺れていたのである。

だからと言って、あんなに必死になって伝えようとしなくてもよいではないか。国土軸が光柱によって歪んでしまったいま、風がなくても森が揺れるなんてことくらいそりゃあるに決まっている。というか、それを驚くなら森が、本来、緑であるべき森が真っ黒であることに驚くべきだし、もっというと、海に向かって突きだした岬の洞穴の上が雑居ビルでその外が大都会になっているということに驚くべきだ。っていうか、まあ驚いてはいる。だからこそ、森が無風に揺れる、というおかしなことくらいで、あんなに大仰に驚くのはおかしい、と私は思うのだ。

というのは多分に男の少々、エキセントリックな性格が影響しているのだろう。少しくらい気に入らぬことがあるからといって目をあんなことにするなんて、いい大人のすることではないし、また、しようと思ってもできることではない。

それに赤い空を背景に黒い森が右に左に揺れ動くというのは見ようによっては、というか、鑑賞者としての特段の視座・視点抜きにボンヤリ眺めても美しいものだった。俳人がこれをみたら秀句みたいなものをひねり出すことができるのではないか。

だったらあんな風に浅ましく驚き惑うのではなく、ゆったりとした態度でその美を享受すればよい。周期的に訪れる、なにかと言えば指導的な立場に立って上からものを言ってくる男とそれに盲従してしまう自分自身への反発心もあって私はことさらノンビリした態度で首を捻って、わななく黒森をうち眺めていた。

そうすると、その私の視線を感知してそれに反応したのだろうか（そんなことはあるまい）、森の揺れが一段と激しくなった。さきほどまでもいかにも風に揺らいでいるという感じ、言い方を変えれば風によって揺らされているという受動的な感じで揺れていたのが、風など関係ない、俺は自分の意志で揺れる、と言っているような感じで左右に大きく揺れ始めた。

なんということだ。渚で蝶が寿司を殴りつけている。そんな感慨が去来して涙がこぼれそうだった。胸、締めつけられるようで。

さすがにここまで来れば、さすがの朴念仁の心も動いただろう、そう思って振り返ると、だめだ。男はますます慌てふためいて暴れ狂っている。心がないのだろうか。それともバカなのだろうか。瀬に濡るるくるぶしだにも持たぬのはそのせいだったのか。泥にまみれる裾を持って初めて人の心を知るのだし、水に濡れるくるぶしこそが本当の日本のあかきくるぶしなのだ。呆れていると男はなお激しい手振りで森を指さしなにやら喚き散らしている。

ははは。バカな男だ。美しいものを見て慌てていやがる。そう思って振り返ると一瞬のうちに黒森の躍動はよりいっそういみじゅうなっていた。というのは先ほどまで、ない風がそを揺らすがごとくに左右に揺れているばかりであった黒い森、黒森がこんだ、突き上げるように上下に動き始めたのである。それはときにオーディオのインジケーターのようであり、ときに火焔のようで、ない音に突き動かされているようであった。ときにはスターマインのように宙に舞うこともあった。

なんということだ。これも毒による幻覚なのだろうか。いや、そんなことはあるまい、だって毒を吸っていない男があんなに慌てふためいているのだもの。美を知らぬ賤の男というのはいやはや惨めなものだ。

そんな風に男を憐れんでいると、黒森はますます調子づいて、先端が帯状にながーく天に伸びてくりくり回転したり、太くなってらせん状に旋回し始めて、まるで龍神が昇天するような感じにまでなり、もはや美しいとか素敵といった次元を超えて荘厳というか神聖というか、極度に信仰心の薄い、放火殺人強盗強姦が趣味で教会とかみたらバキュームカーで突撃したくなります、っていうか実際に何回か突撃したことがあります、みたいな人間でも随喜の涙を流して跪かずにはいられないような光景だった。

もちろん私も跪いた。跪いて神に祈った。

どうかこの世が正気でありますように。その正気に守護されて私の犬が無事でありますように。

そう祈ったとき、幻覚かも知れないが私の頭の右の前の方から細い、蜘蛛の糸のようなものが一条、ピーン、と、いや、スルスルと、いや、その中間くらいな感じで森の方へ伸びていった。

そうするとそれが所謂、つながった、ということなのだろうか、私の脳にその感触や感覚はいっさい伝わらなかったが、その意図に感応するような動きを黒森＝龍神は美事にやってのけた。

先端が一枚の巨大な反物のようになってのたうちうねりながらも全体としては虹のようなアーチを描きながら私の方角へともの凄い速度で伸びてきたのだ。

私はもはや跪いてはいなかった。立ち上がって喚き散らしていた。視界が次第に明るくなり始めていた。

「こいっ、早くこいっ」

と。実際、それはもの凄い速度であったのだろうが、その到来を待ちわびる私にとっては遅延動作も同然であった。

それほどその黒い巨大反物の架け橋は素晴らしいものだった。私はこの橋の向こう岸がどんな世界であるかを既に知っていた。もちろん元々の正気の世界である。思えば舵木禱子に謀られてこの似非の念仏を唱えまくって呼びもしない日本くるぶしに翻弄され、色欲に惑って全財産を蕩尽し、ヨーコだちに嵌められて私はついに追い込まれた。けれども国土軸までは歪んでいなかった。私たちには美しい故郷の山河があった。架け橋はその美しい山河に繋がる架け橋だったのだ。

だから私はそれを早く渡りたかった。じゃあ、私の犬はどうなるのか。私は私の犬をこの、肉に狂った地下邪都住民の支配する奇天烈国土に棄てていくのか。

否、否、否。断じて否。

私が私の犬を棄てるわけがない。それは私自身を棄てるのと同じことだ。だったら私はこの架け橋の袂で私の犬が来るのを待つべきなのか。いや、別に約束しているわけではないから、ここで待っていても来るものでもないだろう。だから私は先に行こうと思う。そしてそれは犬を棄てることは意味しない。なぜなら、この黒龍の身体からなる架け橋は仮初めのヤワな架け橋ではなく、永久とは言わない、永久とは言わないが、還るべき最後の一人が還るまで揺るがずにここに掛かる強靱な架け橋だからである。すべての人を救う。それが龍神の強烈な意志なのである。

もちろん根拠はない。証拠もない。けれども澄みわたる私の頭脳はそのことを瞬間的に了知していた。自分の身体を架け橋として人を安全な場所に渡す。その間、プライドなどは棄てる。その龍神のためには、とにかく速やかに渡るしかないし、それが礼儀だ、とも私は考えていた。

なので私は男にも渡って欲しかった。だから声を限りに男を呼んだ。けれどもその声は男には届かなかった。男は車道を渡ってくるどころか、こちらに背を向けて坂の下へ駆けだした。救われない者というのはどこまで行っても救われないもの、と私は諦めた。

振り返って仰ぎ見ると架け橋は十メートルかそこいら、手を伸ばせば届きそうなところにまで伸びてきていた。うれしいことだ。ありがたいことだ。随喜して思わず合掌した、ちょうどそのとき異様の音を聞いた。

ブーン、という不快な音であった。初めは幽かな音だった。けれどもすぐに耳が潰れそうな爆音になった。

あれ、聞いたことがある音だな、と思った、その次の瞬間には駆けだしていた。黒い帯は龍神などではなかった。黒い帯は何兆とか何京ではとてもきかない、数という概念を超えるほどの、無量、とも言うべき毒虫の帯であった。

ということはそう、あの黒い森そのものが森でもなんでもなく、無量無数の虫の巨大な塊であった。

だからこそ男は何度も私を呼び、警告を発していたのだ。ところが私はそれに気がつかず、やれ、美しい植物のダンスとか、龍神の本願とか、夢で屁をこいたようなことを言っては頭のなかに花畑をこしらえて、我と我が思いに感動して涙を流していた。

馬鹿だよ、馬鹿。と自分で自分を罵る余裕はそのときはなく、私は駆けに駆けた。というのは当たり前の話、こんなものにたかられたら一秒も経たない、むしろマイナス一秒くらいな勢いで命がなくなるに決まっているからである。

前方に無人の街を駆け行く男の背が小さく見えた。然り。男はかなり先を走っていた。ここで見捨てられてはたまらないから私は声を限りに叫んだ。

「おーい、待ってくれ、おーい、おーい」

だが、男はふりむかぬ。というのはだけど当然で、一に私はさきほど来、せんど男を馬鹿にした。馬鹿にして下に見た。下に見て、「呼んだら絶対来いよ」「ああ、いくよ」という男との約束を破った。そんな私を男が待つわけはない。そして二に迫り来るくろ虫だ。私を待っていてともどもに刺されればとも倒れ、ならば自分だけでも助かろう、自分さえ助かれば後々きゃつを救う可能性はゼロではないのだからいまは自分だけでも助かろう、とこれは先ほど私も考えたことだ。いやさ、一のことがあるから男からしたらそんな筋合いすらないのかも知れず、あんな恩知らずは虫さされにて死ぬがよいと思っている。

ああ、馬鹿な思いに囚われてただひとりの頼りを失うてしもうた。悲しいことだ。と己の身の上がただただ悲しかった。でも駆けぬ訳にはいかぬから、遠くの男の背を目指してひたすらに駆けに駆けた。

したところ驚いたのは自らの足の速さで、振り向いてみればついさっき目と鼻の先にまで迫っていたくろ虫の帯がぐんぐん離れていき、先を見ればもっと速い速度で男の背中が近づいてくる。

私はこんなに足が速かったろうか。或いはさっきの黴毒には五感と同時に中枢神経にも働きかけ、筋肉の瞬発力を高める効果もあるのだろうか、と。

そんな疑問を抱きつつも、いまはその足が頼み、というので駆けに駆け、雑居ビルの前でようやっと男に追いついたのが、さっきの雑居ビルの前、男は既にエントランスに入っている。ああ、これで助かった、と思う間もあらばこそ、なんということだろう、男はエントランスに入るなり両開きのドアーを内らからバタンと閉めた。そして、ガチン、という鍵をかう音が毒によって鋭敏になった私の耳に絶望的な音として響いた。

そしてもうひとつの絶望的な音、ブーン、というくろ虫の羽音が迫ってきていた。ままよ、ドアー上部の硝子をぶち破ろうか。いやさ、そんなことをしたら虫が内らへなんぼうでも入ってくる。ビルの中に逃げ込む意味がない。では隣のビルに逃げ込むか。けれども隣のビルの入り口にこのような硝子戸があるかどうかはわからない。全身を刺されて薄暗いビルのエントランスに転がって死んでいる。それが俺の最期なのか。犬にも会えず。さっきの店の女に、もう一度会いたかった。南無阿弥陀仏。目を閉じて最後に唱えたのは結局、この言葉だったが、それもブーンという羽音にかき消されて。

やがて襲ってくる激痛とその後の虚無を事前に感じて、ギュッ、と目を閉じたとき、強い力で引っ張られて、私は前方にころこんでこけた。直後に、バタン、と音がして、カチッ、という掛けがねの音が聞こえ、なにがあったのだ、と仰ぎみると男が立っていた。

男は酢を飲んだような顔をしていた。私はコンニャクのように震えていた。合わす顔がなかったのだ。というのはそらそうだ、何度も言うようだが、私は男の理性を疑い、馬鹿にしてこれに背いたのだ。にもかかわらず男はギリギリのところで私を、こんな私を救ってくれたのだ。私は男に謝罪しようとしたが言葉が出てこず、でもなんとか気持ちをわかってもらいたくて四つん這いのまま赤べこのように首を振ってみた。そんな私を見て男は初めて怒気を発し、

「ふざけるなっ」

と怒鳴ったので慌てて立ち上がり、エレベーターに向かう男に付いていった。

男は既に呼び出しボタンを押しているようだった。けれども籠はなかなかこない。虫が入り口扉にぶつかる音が響いて、私たちはじりじりしながら階数表示を見上げていた。

「階段で行った方がよくなくないですか」

私は焦ってそう言った。虫の圧力はおそろしいものがある。いまどきの強化硝子ならいざしらず、あんな先帝の御代からずっとあるような、懐古趣味のある人だったら大満足だろうが、強度面ではいたって貧弱な硝子がいつまでも耐えられるわけがない。というかいま現在、破られていないこと自体が偉大なる仏の慈悲としか思えない。ところが男は私の提案を無視して強情に籠がくるのを待っている。偉大なる智慧を持っている男がなぜそんな馬鹿なことをするのか。或いは、聞こえなかったのかもしれない。そこで、

「階段の方が早くないですかねぇ」

と、もう一度、そう言ってみた。けれども反応がない。そして先ほどまでは、バタンバタン、という感じで響いていた音が、少し前から、グワッシャン、グワッシャン、という音に変化していた。どうやら虫たちの集団知能が、個別にぶつかっても詮ない、大勢で塊となって、セーノー、でタイミングを合わせてぶつかった方がよい、と判断したようだった。そんなことをされたらひとたまりもなく、もちろんそんな衝撃にあの薄い硝子が持ちこたえているのは仏の慈悲なのだけれども、それにしたって限界というか、パラダイムが変わることがあるはずで私は三度、

「やっぱし、階段じゃないですかねぇ。もう硝子、割れそうだし」

と言った。これにいたってようやっと男は反応を示したが、しかしそれは私の提言を受け入れるのとは、まったくあべこべの反応だった。男は言った。

「さっきからじゃかましいんだよ。おまえは黙っとけ。おまえの判断で行動してうまくいったことがこれまでに一度でもあったたか」

そう言われると一言もなく、私は、

「しょぼぼん」

と言ってしおたれる他ない。そしてそのとき、ついに、メリメリメリメリ、グワッシャーン、とひときわ大きな、硝子が割れて扉が潰える音がして直後、耳が潰れそうな羽音が響いて、振り返るともはや視界が真っ黒だった。

ああ、もう駄目だ。

そう思った瞬間、チーン、というかそけき音がした。エレベーターが到着したのだ。もうなにを考える暇もない。急ぎこれに乗りごんだ。ドアーがゆっくり閉まった。真っ黒な塊が左右から次第に細くなっていって消えた。男は四階の丸釦を押した。定員六名とは言い条、二人でも窮屈な籠のなかで男はなにも言わない。私もなにも言わない。

四階に到着して扉が開いた。狭く薄くらい緑色の通路を隔てて正面に黒いデコラ張りの扉があった。その左隣には豚の皮膚色の鉄扉があって、いずれの扉の前にも片寄せてはあるが店名を記した行灯看板があって二軒とも酒を出す店と知れた。また、通路の手前側にも店があったがこちらは狭い通路に小さな庇を張り出して、扉も木戸に見えるように細工する、周囲におもちゃのような蹲いや竹木を配置するなどして万事和風に設えてある。

手間なことをしまんねんなあ。そんな言葉が言葉にならぬものによって身体から押し出されるように口から出ることに改めて驚いていると、真っ赤な口を開け、耳を寝かせた男は、もどかしい手つきで小さなカードのようなものを正面の黒デコラの扉にかざしている。どうやらカードキーを使って扉を開けようとしているのだが、慌ててするものだからうまくいかぬようだった。

「僕がやりましょうか」

と言いかけたそのとき、和風の店の向こう側からバッコーン、バッコーン、という音が聞こえてきた。階段を上ってきたくろ虫の塊が階段室とフロアーを隔てる鉄の防火扉にぶつかる音だということがすぐにわかった。

すぐにわかって私は慄然とした。もしあのとき私の意見に従って、「ああ、ぢゃあ、階段でいきましょう」となっていたらどんなことになっていただろうか。或いは、さっきみたいに自分の判断で男と別れて階段に向かっていたら。二階にたどりつかないうちに六十八億箇所を刺され、火ぶくれになって死んでいたに違いない。だから私は黙っていた。バコーン、バコーン、という音は私をたしなめる恐ろしい音だった。私は私の判断でなにかしてはならない。私はすべてを男にゆだねればよい。それが安心の道なのだ。

そう思った私はもう一切のことを考えるのをやめ、恭順の意を表すために四つん這いになり、赤べコのように、首をユラユラ左右に振った。反省するとどうしても赤べコのようになってしまうのだ。

「なにを馬鹿なことをやっているのだ。早く入れ」

言われて見上げるとようやっと鍵を開けるのに成功した男は既に扉の内側にいた。

けれどももっと反省したかったので、なおも赤べコを続けていると男が、
「おまえ、本当は反省してないだろう。閉めるぞ」
と言って本当にドアーを閉めかけたので、そのまま這ってなかに入って入ってから
ようやっと立ち上がった。

意外なお客と意外な反応

それでなかに入っておかしいな、と思ったのは、そこが和風の玄関だったことで、三和土があって沓脱石があって式台があって玄関の間があったということだった。正面の壁には円い小窓もあって。

それのどこがおかしいのかというと、いやだからさっきの手前左手の表の方が和風の設えの店のなかがこんな風に和風になっているのなら、まあ理解できる。けれどもこの店の表構えはどうみても洋風で、こうして靴を脱いであがる式、というよりは、入ると店の奥行きに沿ってカウンターがあって、カウンターの背後には棚があって瓶が並んでいて、ボックス席があって、みたいな感じだと当然、思われる点だった。

そのうえで間取りもまた十分に変だった。というのはエントランスやなんかの感じから考えてもフロアーの面積は高が知れているうえ、階段室やエレベーターやなんかにも面積を取られているから、この三軒の店、一軒あたりの広さは三坪か四坪あるかなし、くらいに思われた。だからさっきカウンターがあって、ボックス席があって、と考えたが、ボックス席なんてものは仮に配置できたとしてもせいぜいひとつで、普通ならそれもなく、ただ奥行きのない廊下のようなところにカウンターがあるのみということになる。

にもかかわらず、玄関と玄関の間にこれだけのスペースを割いているというのはどのように考えても合理的でなく、スペース的には後はトイレだけというようなことになってしまう。それともこの二畳ほどの玄関の間で飲むのが趣向ということか。玄関盃というものが昔あったらしいが、それにしても……。

訝っていると、虫たちが防火扉にぶつかる、バッコーン、バッコーン、という音がここまで響いてきていた。まだ、私どもをつけ狙っているのだ。恐ろしいことだ。いったん目をつけられたら死ぬまで赦して貰えないのか。と、私がそう思うとき、男が、「違うよ」と言った。

「へ？」

「死ぬまで赦して貰えないということはない。これは君が自ら望んだことだ」

また、読まれた。

「どういうことでしょうか」

「原因は虫にはなく君にあるということだよ。いやいや、そんな顔をしても駄目だ。それが証拠に見なさい。ほら、この通り」

と男が指さす土間を見るとみすぼらしい紐が落ちていた。

「この紐はなんなのでしょうか。ずいぶんとみすぼらしい紐ですが。玄関扉の外に続いているようですが」

「こっち側を手繰ってごらん」

男に言われるままに紐を手繰って驚愕した。なんということだろう、そのみすぼらしい紐は私の頭から垂れ下がっていた。

「なんなんすか、これ」

「向こう側を手繰ってごらん」

言われるままに手繰ると、紐は開け放した玄関の框を越え、通路を横切ってエレベーターの扉のなかに伸びていた。

頭から垂れる、みすぼらしい紐を両の手で持って途方に暮れる私に男が言った。

「君、さっきなんか祈っただろう」

言われたがはっきりと思い出せない。けれどもぬかついて祈ったことだけは覚えていたので、

「確かに祈りました」

と言うと男は嘲笑うように、

「そのとき君の頭から伸びていって虫に繋がったのがその紐さ」

「え、じゃあ」

「そう、その通り。その紐が繫がっている限り虫は追ってくる。ははは、言わばそれは君と虫の紐帯さ」

と男は笑って言うが私にとってはおぞましい話だった。ああ、私はなんであんなものに祈ってしまったのだろう。あんなものと繫がってしまったのだろう。激しく後悔して、気がつくと私はまた四つん這いになっていた。

「赤べコするなよ」

「でも、じゃあ、どうすれば」

「簡単さ」

そう言うと男は奥に向かって、「おーい」と呼ばった。したところ。

「はーい」と答える声がして奥から、年の頃なら二十七、八、九、いや、三十一、二、かなあ、やっぱし、くらいの和装の女が出てきて、その顔を見て私は三度驚いた。

まったくありえないことだった。奥から出てきた女はどのように考えても、あのときあの座敷で私を介抱してくれた、あの女だった。予め男と打ち合わせはしてあったのだろうが、それにしてもいつの間に先回りしたのか。と、呆れ果てたが、男は涼しい顔で、「鋏、持てこう」と言う。「え、ここにですか」「口答えしないで言われた通りにしろ」「はい」などあって女はまた座敷に入っていく。

自分からしたらもの凄く不思議なのだけれども人がそれを自明のこととしていると、その訳を尋ねにくい感じになることがあるが、まさにそんな感じで、男はここに女がいるということについて不自然なくらい自然な態度で、どうも尋ねにくい。けれども尋ねたい。いったいどうしたものだろう、と頭から紐を垂らして苦り切っていると、そんな私を見てニヤニヤ笑っていた男が不意に真顔になって言った。

「どうしてそれだけがそんなに気になるんだ」

「え、なんのことですか」

「これまで不可思議なことがいくつもあったのに、どうしてあいつのことだけそんなに気にするんだ」

「いや、別に僕は……」

「惚れたのか」

「馬鹿なことを」

と言いつつ私は内心の動揺を隠せず、舌を出して荒い息をしていた。世田谷で親族が殴り合っているような動悸がして、「これでよろしくって」と女が裁ち鋏を持って戻ってきたときは女の方をまともにみられなかった。

それで四つん這いのまま下を向いていたら急に頭をグイと引かれて、顔を上げると右手に裁ち鋏を持った男が左手で頭の紐を引っ張っていた。女はそのまま玄関座敷にべったり座っておもしろそうにことの成り行きを眺めている。

「さあ、そんなに上を向いたら切りにくい。もそっと下を向かざあ」

言われるままに下を向いたそのとき根源的な恐怖を感じ、「ちょ、ちょっと待ってください」と叫んだ。男は鋏を構えたまま不思議そうに言った。

「なんぞいや」

「ちょっと待ってください。この紐はいったいどういうものなのでしょうか」

「どういうもこういうもない。君の脳から君の願望が紐となって伸びたものだよ」

「っていうとこの紐は僕の脳に繋がっているということですよねぇ」

「うん」

「ということはですよ。それを切るときに痛みはけっこうあるんでしょうかね」

「そりゃあ、あるだろ。だって切るんだもの」

「その場合、普通、麻酔とかしませんかね」

「あればね」

「やっぱ、ないですかね」

「ない」

「じゃあ、我慢するしかない、ってことですかね」

「そうだね」

「じゃあ、我慢します」

「じゃあ、切るよ。下向いて」

「あ、あの」

「まだ、なにか」

「いえ、あのそうした場合、そうした場合っていうのは切った場合ですけど、その脳から管が出てるってことになりますよね」

「なるねぇ」

「その切り口の処理はどうなるんでしょうか」

「処理って、別にそのままだけど」

「その場合、黴菌が入ったりしないんですかねぇ。あと、シャンプーをするときとか、管の先から水が入ったりしないんでしょうか」

「大丈夫じゃないかな。結んでおいてもいいわけだし」

「え、えっ、てことは、ずっと頭から紐垂れてる感じになるんですかねぇ」

「うるさいなあ、うるさいよ、君。文句あるんだったら自分でやれよ」

そう言って男は裁ち鋏を三和土に投げた。カシャン、という音がして、黒焼きのような匂いが立ち上った。三和土に裁ち鋏がグングン沈んでいくような感じがした。それを凝と見つめていた。みすぼらしいスカートを穿いた女が泣きながら頭の土手をさまよっていた。

どれくらいそうしていたのだろう。多分、三秒かそれくらいだっただろう、男の声がかなり上の方から響いてきた。男は言った。

「いつまでも紐を垂らしている訳にもいくまい。その紐は引き伸ばされているとはいえおまえの脳でできている、ならば」

「ならば？」

と私は問い返していた。

「ならば、それは無限ではない。おまえが移動する度に紐は伸び、その結果、おまえの脳は減って最後にはなくなってしまう。おまえはそれでいいのか？　それに」

「それに？」

「その紐が伸びている限りあの虫は去らない。それは私にとっても、あいつにとっても迷惑だ」

と男が指し示した女が、そうだそうだ、と言うように頷いているのが目の端に見えた。

「ならばいろいろ文句を言っていないで断ち切った方がよいに決まってるでしょ」

「ですよねぇ、ですよねぇ」

言いながら頭を垂れた。一瞬の間も置かず男は紐を断ち切った。予測された痛みはまったくなく、いつ切られたかわからないくらいだったし、なんだか不思議と気持ちが明るくなって、このところずっと感じていた腰の鈍い痛みと肩こりも一気になくなり、渚から岬まで全力疾走したいような気分だった。私は素早い動作で立ち上がり明るい声で言った。

「いやあ、さっぱりしました。こんなんだったらさっさと切ればよかった」

「そりゃあ、よかった」

と一本調子で男が言った。

「可愛くなったんじゃない」

と可愛い声で女が言った。

「可愛いってなにが」

と男が咎めるように言うと女が、

「あれよ、あれ。可愛いじゃない。なんか弁髪みたいで」

と私の頭のあたりを指さした。

どうやら垂れ下がった紐というか管をさしているらしかった。私は娘のようにウフフと笑い頬に垂れ下がる紐をかき上げた。そして、そろそろ飛躍のときが来た、と根拠なしに思っていた。

まあ、とりあえずあがって話そうよ。これで君もこの世の中のあらましの造りを見たわけだから狂って楽するとか、僕がおかしいのだ、といったような、それこそ狂った理論から逃れて冷静に話せるでしょう。と言って男は右側の唐紙を開けて座敷に入った。女は左の引き戸の向こう側に行った。私は頭から紐を垂らしたまま男に続いた。そのとき紐の先から血液が少し垂れて磨き抜かれた板の間に滴って、ああ、これほどまでに板の間を磨き抜いたのはあの美しい女の人なのだろうけれども、それに血を滴らせたらきっと不作法な奴だと思って自分を疎ましく思うだろう。そう思って足で血をこすったらより汚らしい感じになって私は絶望した。こんなことならなにもしない方がよかった。私は二重三重にそう思ってくよくよした。

けれども座敷に入ってそんなくよくよする気持ちがいっぺんに吹き飛んだ。なぜならあまりにも驚いたからで、その座敷というのが、置いてある調度品からみても、庭の景色からみても、ちょっと前まで私が横になっていたあの座敷に間違いなかったからである。私は呻くように言った。

「これは一体どういうことだ」

「突っ立ってないでまあ座りましょうや」

言われて座る。けれども驚きすぎて足腰に力が入らず、押し潰れたような不格好な座り方をしてしまった。そこへ拍子の悪い、女が入ってきて無様な姿を見られてしまった。けれどもよかったこともあったのは上がり框を汚したのを気づかれなかったこと。女は笑って言った。

「おほほ。本当に驚いてしまっているようね。目がもう異常なことになっている」

そう言われて反発を覚えた。私の目が異常なことになっているというのであれば、それを言うのだったら自分の男、かどうかは知らないが、少なくとも同志的な関係にある男の目をどうにかしたらどうだろうか。あれを放置しておいて私の目のことを言うのはバランスを欠く。

といってでもすぐに、いやしかし、という思いが頭に渦を巻く。

「そうさ、だから、だからこそ、その渦を巻いて欲しくて忙しいし面倒くさいのに君を外に連れ出したって訳さ」

「そうよ。そうなのよ。で、どうだったの。感想を聞かせてよ」

そう言って女はなんという行儀の悪いことだろうか、両手と膝を畳に突いて四つん這いになり顔をグングン私に近づけてきた。そのとき、左右の足を交互に突き上げるようにしたので、裾がはだけて白い脛がちらちら見えた。私はなにも思えなかった。

この座敷を出て庭を横切り、川を渉って山道を登って下って浜へ出た。岬の下の食堂の奥の洞穴の奥の扉を開け階段を上がるとそこは雑居ビルで、その外は私が毒虫に襲われたところで、そして雑居ビルの上の階が元の出発点である座敷。ということはこの雑居ビル自体がこの雑居ビル自身を含みつつ、岬や渚や海といった自然、そして広大な公園や商業地域を含む都市をも内包しているということになる。そんなことがどうしておこるのか。

「だからあ、僕は最初に奇天烈だ、と言ったでしょう」

「それを信じないで自分が受け入れられる現象だけを見て正しいの間違ってるの言ってるからわからなくなるのよ」

「その通りだ。自分の根源が揺らぐような根本の間違いを直視しないで、というかそれを直視するのが怖いから、あえてどうでもよいようなことに拘泥してみせる。悪い癖だよ」

「でもそれが意識してのことなのか、無意識なのかで随分と様子が異なってきませんこと」

「ああ、それはそうだな。そうだが、無意識と意識を分けて考える、そこにも悪臭が立ちこめているだだよ。ふたつは結句、同じ意識さ。意味と無意味が同じものであるように」

「それをわからないでなににでも意味を求める人」

「そして無意味に拘泥する人」

「困った奴らですわ。ほほほほほ」

「ははははは」

「ラララララ」

「レレレレレ、と笑っていられないのもしかし確かな現実だ。さあ、君、ここが奇天烈であることが十分わかったのだから、そろそろ、冷たいものでも飲みながら真剣に話をしようじゃないか」

「ええ、そうですね」

と、私は答えるしかなかった。男は女に言った。

「という訳で僕たちは協議をする。冷たいものを用意できるかな。ああ、できるな。じゃあ宜しく頼むよ。それと僕の着替えを持ってきてくれたまえ。久しぶりに外に出たら塵や虫でドロドロになってしまった。ああ、ここでいいとも。もちろんさ、遠慮するような関係じゃない」

男はそう言って立ち上がり着物を脱ぎ捨てた。着物が抜け殻のように足元に崩れ落ちた。男は下着姿で立ったまま庭を眺めて喋らない。

女が新しい着物を持ってきて着替えを手伝った。しゃきしゃきした布で作った青白いような着物だった。帯は黄蘗色の帯だった。男は着物を着替えて別の人になったように見えた。私はそれまでと同じ恰好で床に潰れていた。そのことに私は苦しみと嘆きを感じていた。

私は男と出歩いていた。ということは私は男と同じ程度に塵や虫で汚染しているはずである。それならば私にも男と同じように替えの着物とは言わない、着物とは言わぬがせめて室内着程度のものを持ってきてくれてもよいのではないか。しかし女は男しか見ていない。男さえこざっぱりしていれば私なぞ、泥や塵にまみれていてもなんとも思わない、所詮は他人なのだなあ、という感じが、それは理屈で考えれば、当然、その通りで文句を言う筋合いのことではないとわかっていてもなにか悲哀として感じられる感じが私のなかにはいつもある。

それは愛とかそういうことではなくて社会的な蔑視のようなものにイデオロギーとは無関係に、それこそ感情として結びついているのだ。

「そんなことはない。それは考えすぎというものだ。おいっ、こいつにもなにか着替えを持ってきてやれ」

男が苦笑いして言うのと同時に、女が衣装盆を抱えて入ってきて、

「言われなくてもちゃんと用意してますよ」

と言い、私の前に衣装盆を置いた。衣装盆のなかには男のものとは色柄は違うが素材的にはまったく同じ着物と帯が入っていた。

膾、飛竜頭、鮎、鯉こくなどが膳に並んだ。そのうえで冷やした酒やリキュールのようなもの、麦酒やなんかも女は運んできた。しかも女が一人で運んできたのではなくして別の小綺麗な女がこれを運んでくることもあった。料理はどれも、もう何十年も食べていないような美味で、もちろん、さっき大敗の渚の店の干物がうまくなかったわけではない、わけではないが、あれは干し固めた肉をただ火で炙ったもので、それは干物がうまいのであって、料理がうまいわけではない。ところが、この料理はそうではなく飽くまでも料理の旨さなのである。

「これはみなあなたが作ったのですか」

と料理を運んできた女に問うてみた。したところ、女は口に手を当てて、さもおかしそうに、おほほ、と笑った。笑って、次の料理か酒を持ってくるのだろう、隣の部屋に立っていった。この人は真顔でなんと見当違いなことを聞くのだろう、と思っているみたいな笑い方だった。男が受け取って言った。「こんなものはみな板場が拵えるのさ」もの凄くつまらない、どうでもいいことを言うような言い方だった。

私だったらそんなことをどんな感じで言うだろうか。そりゃあもう、もの凄く勢いごんで言うだろう。「こんなものはねぇ、僕は全部、自分で作るんですよ」と、実況中継中に若手の緩慢なプレーを見て突如、義憤にかられたスポーツ解説者みたいな口調で言うだろう。かつて私は何度も人にバーベキューを振る舞おうとして失敗した。

その失敗の理由は様々で私が、とにかく高価な材料を用意すればそれでよいのだろう、と思い込んでいたり、自分のことを一廉の人間、と信じていたり、敷地内で雨宿りをしている所得の低い人を追い立てるなど迫害した、ということもあり、また、その報いによって生じた精神的肉体的損耗による能力の低下、というのもあるだろうし、さらには、参加した人たちの魂のレベルの低さ、或いは、妖狐女・ヨーコのように初手から私のバーベキューを妨害しようとしていた者の存在、というのもある。

けれどもそのすべての根本に横たわっているのは材料の調達から調理から給仕にいたるまで私が自ら行おうとしていたということがあるのではないか。

芸は道によって賢し、という。それぞれの道に専門家がいて技術を磨いている。だから素人は手を出すな、ということである。けれども私は手を出した。手を出してしまった。なぜか。それはひとつには、バーベキューというものの特殊性がある。つまりバーベキューなどというものは、そもそもが素人が馬鹿みたいな川原などに集まってする持ち寄り散財のようなものであって、バーベキューの専門家というものはいない。だから私は素人ながら自らこれを行おうとした。

しかし、となるとひとつの疑問が出てくる。というのは、ならば私はなぜこれを、ひとり、でやろうとしたのか。通常のバーベキューがそうであるように、みんなでワイワイ言いながら、というのはつまり日本式の鍋料理のようにやろうとしなかったのか、という疑問である。

それはいまでも明確に言えるが私がそうしたバーベキューのあり方に、反感を抱いていたわけでもないし、間違っている、と考えていたわけでもないが、少なくとも正しいバーベキューでないと考えていたということで、私が日本くるぶしによって指示されていたのは正しいバーベキュー、それをやるためにはそうした民主主義の欠点を大量の出し汁として含んだ鍋料理のようなバーベキューではないバーベキューを創出すべきと私は考えていたのだ。

そしてそれが貴族層による調理場の独占という舵木禱子のやり方ではないのは、あの惨めなドッグパークの結末、そしてあの舵木禱子の末路を見れば明らかだった。だから私はとりあえずピュアーな、他の要素の混じり得ないやり方として、たったひとりの力で一から十までやる、という道を選択した。

けれどもそれも真の道ではなかったのはいまの私の現状を見れば明らかだが、しかしそのうえで思うのは、いろんな失敗、いろんな錯誤のなかの、小さくない錯誤のひとつは、そうして勢いごんで、全部独力でやりました、というようなところにあるのではないか、それだったらいま、この男が言ったように、さらっと、「それは板場がやりました（私の指示によって）」と言うべきではなかったのか、ということである。

実際の話がいまここにある鮎や蓴菜を私が料理するとなったらどんな感じになるだ

ろうか。それは鮎はただ塩を振って焼くだけだろうし、蓴菜とかはどうしたらよいのか、ただ茹でてキユーピーかなんかのドレッシングを振りかけるのが関の山だろう。盛りつけも器もこんな風に美しくはできず、それは結局のところ、私が散々に批判し、根底から否定してきた舵木禱子の泥田に腰まで浸かって泥水を啜りながら生のレンコンを齧るようなバーベキューとあまり変わらない。

だから私はそれを専門家に依頼するべきだった。ところがしなかった。というかできなかった。というのは、私が自分の独自色を遺憾なく発揮したいと思ったからではなく、専ら経済的な理由によるものだった。そう、私は土地や家屋を所有しており、証券の類も少しはあり預貯金もあるにはあった。しかしそれらが生み出す利息は、毎月の費えになんとか間に合う程度で余分の金はなかった。なのでそうして専門家を雇うためには別途、収入の道が必要だったが私にその能はなかった。或いは名が売れて栄光にいたときならなんとかなっただろうか。いやさならなかった。なぜなら私は自ら光を発する才能を持たなかった。だから高級ブランド鞄を持ったり、高級外車に乗るなどして（乗れなかったけど）、光ってる振りをしなければならなかった。もちろんそんなものは虚飾に過ぎないが、私の名声自体が、もちろん根本が抜け作であるということを考えれば当たり前の話なのだが、そうした偽の光を失えばただちにくすんでしまう、真の光を見いだせない人に支えられた名声だったので、そうしたものは必須事項、その費えのために金銭は右から左だった。だからあのときの儲けを残しておけばここまで落魄することもなかったのに、とか、あのときなら専門家を雇えたはず、というのは実は間違っている。

というと開き直っているように聞こえるが、私はそのことを恥じていると同時に口惜しいというか、正直に言うと、男がそうしたことを、さらっ、とやっていることに対して妬心を抱いたのだ。

私が散々に苦しんだこと、苦しんで苦しんで苦しみ抜いたこと、それをまったくなんの努力もしないでごく自然なこととしてやっている。板場とか、小女とか、また、おっ、と言えば女がただちにござっぱりした麻の着物かなんかを持ってくること。襟垢の付いたものなんていうものなんていうものなんていうものはこいつは生まれてから着たことがない。だからそういうことの意味もわからない。そしてまた、妹なのか、妾なのか知らないけれども、妹と妾では随分違うけれども、渚では美女に店を一軒持たせてやって旦那顔でうまい干物をいつでも食っている。本宅では庭を眺めて鮎料理に舌鼓ときたもんだ。つまりこの人は生まれてからずっと邸宅に住みカネとうまいものと美女にまみれて暮らしてきたのだ。そんな奴に俺の気持ちがわかってたまるか。という、もうはっきりと言おう、階級的反感、を私は抱いてしまったのだった。

命を助けられ、この世の構造を教えられ、服を貰っておいしい料理を食べさせて貰いながら反感を感じるというのは我ながらどうかしていると思う。けれども考えてもみろ。いま人々はどんな苦しみのなかにいるのだろうか。メチャクチャに破壊された町で恐ろしい毒虫から悲鳴を上げて逃げ惑いながら穴ぼこに身を潜めている。着ているものはというと襤褸布や雑巾同様のダウンジャケットや裾丈の合わぬボンクラズボンである。でも実は最初のうちは綾や錦、たれもいなくなった商業ビルの衣料品店より高額な商品を随意に持ち出して身に纏って、そこいらはまるで高級ブランドのショウの有様であったが、ビルのフロアーにごろ寝したり、重いものを担いだり、天井が低く、膝で歩かなければならないなど、生活が酷いのですぐに襤褸布同然となった。そういう虚飾の衣服は意匠は勝れているが縫製が脆弱であったり、ファスナーがちゃかったりしたし。それで、まずいというのでまた取りに行ったら売り場はもぬけの殻、残っているのは焼け焦げたものや水を被ったもの、さもなくば黴だらけだった。すべて地下のエレガントな人たちが、そもそもの所有権に基づいて持ち去った後だった。

食べ物に関しては言わずもがな、コンクリートの割れ目から生えてくる草や得体の知れない虫、ドブに棲む変な海老のようなものすら食べないと生きられず、汚らしいものが湧いた泥水を啜り慢性の腹痛と下痢に苦しみながら顔をしかめてなんとか耐えているような体たらくなのだ。

そんな人たちがいることを重々知りながら自分だけが美人に囲まれてヌクヌクと暮らしているというのは本質において地下の奴らとどこが違うのか。男はそういう人を批判していたのではなかったのか。その分をみんなで分けよう。分かち合おうという、わかちあいの精神、はないのだろうか。そういう人ってどうなのだろうか、心の底ではなんか人を笑っているっていうか、見下しているっていうか、もちろんそんなことはないのだろうけれども、自分とこいつらは違う人間、って思っている感じがすごく湧き出ているような印象をどうしても受けてしまうが、それは貧ゆえのひがみなのだろうか。

「いや、ひがみとは言わない。当然の疑問だと思うよ」

と、男は酒を飲み飲み言った。

「とくにこんなご時世ではな」

そう言って男は立ち上がると、鴨居に手をかけ庭を背にして立ち、「酒を飲むと酔う。酔うと酔うことの意味がわからなくなる。けれども酔わないと酔うとどうなるかはわからない。どうすりゃあ、いいのかね、酔えばよいのか、酔わなきゃいいのか。って悩んで、とりあえずもう一杯、もう二杯、俺には三平って叔父がいて、なんつってる間にすっかり酔っちまうのさ。たつみゃあー、よいーとーこー、ってね」と暫くの間、足をばたつかせ、それからまた座って、切子硝子、というのだろうか、幾何学的な文様を彫り込んだ粋なグラスに吟醸酒を注いでまた飲んだ。

「だが、当たらずと雖も遠からずだな、って、あれ、違うな。あれ、その逆の感じを言おうとしていたんだけれどもな。えっと、つまり、そんな感じがするんだけれども、本質的には違うという、それはそうは言わないよね」

「言わないですね」

「だよね。ええっと、これはじゃあ、なんて言えばいいんだろうか。当たってるけど遠いなあ、っていうのはつまり、いいあたりだけどファールっていうのか、違うか。でもまあそうではないということだよ」

「なにがそうではないんですか」

「つまり君は僕が贅沢に暮らしていると思っているんだろ」

「暮らしてんじゃん。しかもこのご時世に。みんなが洞穴で不便を堪え忍んでいるときに」

といままでの主従関係というか、桃太郎と猿、みたいな感じをそろそろ打ち破ってもいいのかなと思って私は言った。したところ、

「じゃあ、どうすりゃ、いいんだよ」

と男は怒鳴り、「こうすりゃ、いいのかよ」と言うと、座ったまま膳にエルボーバットを炸裂させた。膳が割れ、鉢が割れ、椀が割れて、残肴が畳の上に飛び散った。

縁側の前の小庭に金色の光が横ざまに走った。

「これで満足なのか、抜け作っ」

言われて、はっ、とした。虚を衝かれた思いだった。そうだった。私は抜け作だった。それも抜け作であろうとして半ば意図的になった抜け作であった。そう思うとなにかを考える前から、南無妙法蓮華経という文字が空中を漂い、気がつくと嗚咽していた。

「なーんてね、てなことではないことは君もわかってるわけでしょ」

と男は打って変わって穏やかな口調で言った。

「つまり僕だって毎日、こんなものを食っているわけではない。この家だって全部借り物だ。女の子たちも君が想像しているような人たちではない」

「いや、僕は別に……」

「いいんだよ。このご時世にこんな生活を見せつけられたら誰だってそう思うさ。たとえそれが決意した抜け作であってもな。とまれ、これらはすべてある計画に則って行われていることだ。いンまの料理は、急に奇天烈な世界を見せられて疲れたであろう君の痛苦に対するお見舞いであると同時に試食会でもあったのさ。うまかっただろ」

「ええ、まあ」

「粋だと思っただろう」

「ええ、まあ」

「そりゃあ、よかった」

「どういうことなのでしょうか。試食ってなんですか」

「それはだあ、と、おっと、そろそろいらっしゃる間合いだな、おいっ、そろそろいらっしゃる、おい、ここを片付けてくださいな。日も暮れるだろうし、相手は六名様だから。準備も大変でしょうから、急いでね」


夕日が障子越しに斜めに差し込んで黄色い光が座敷の隅に蟠って揺れている。その蟠って揺れる光の向こうから聞こえてくる、人の話し声を私は聞いている。入ってきたときは驚いた。相変わらないイエライシャンのような純白の衣装。背に届く長さの汚らしい散らし髪、どす青い瞼とどす赤い唇という独特のメイキャップは、どのように見てもあの「フェアリーの家」の主宰者・ヨーコこと妖狐に他ならなかったからである。そんなヨーコと男は、「いやいやいや、どもどもども」と親しげに挨拶を交わして、私はまったく裏切られたような気持ちになった。なんやかんやいって、こんな奴原と交際して恥じない、その姿勢はなんなのか。豚なのか。猿なのか。或いはそれ以外の毛だものなのか。そしてそれに付き従う女たちはみな黒のトレーナーに青いジン・パンを穿いて地味な形だが、ひとりだけピンク色のパーカーを羽織り、腰に物品をぶら下げている女がいたが、この女の顔もまた驚きの連打だった。女はかの見ノ矢桃子だった。

混乱の上に混乱が重なり、そのうえにまた混乱が重なった。死んだかどうかは考えなかったが、犬にも会えないこの奇天烈な状況のなかで二度と会うことはあるまい、と高をくくっていたヨーコとまた会ってしまったこと。そのドブで煮染めた手ぬぐいで顔を拭いて、「ああ、さっぱりしたわ」と言うみたいなヨーコと、心の底から信頼しているわけではないが、一応、命を救ってくれて、その心底には善意があって、一部の貴族層・受領層のみが特権を享受、多くの人々が餓えと伝染病に苦しんでいるみたいな状態を一応なんとかしたいと考えているらしいので、一応、自分やなんかにとっては味方なはず、と一応思っていた男が親しく付き合っているらしく、一行をさきほど自分らが試食した料理の本式バージョンで手厚くもてなしていること。そしてそのうえ、新しい本部に連れて行って貰えず、S区に捨て置かれるという苦しい状況のなかで一緒に演劇を作った見ノ矢桃子が、ヨーコに扈従してこの場に現れた、ということ。そんなことに驚きまくって。もう混乱して混乱してなにがなんだかわからない無性に惨めな気持ちにもなって。

だから私は思わず袖で顔を隠した。隠してから、俺は約束通り会場に向かおうとして災難に遭ったのだから疚しいところはなにもない。疚しいとしたらいろんなことを画策してこんな事態を招来してしまった連中であるはず、だったら顔を隠す必要はない。恥じるとしたらむしろ向こうでしょう、とそう思って、苦しいのを我慢して真顔で連中の顔をド正面からマジマジと見た。

ところがなんという役者揃いなのだろうか。或いは、それくらいでないと生きていけない社会に奴らは属しているのだろうか、奴らは私を完璧に無視した。知らない振りをしたのである。それは所謂、知らんぷり、というものではない。そもそもこんな人は見たことがない、初めて会う人だ、という振りをしたのである。

なんでそんなことができるのか、まったく理解できない。特に見ノ矢桃子。あなたと私のあの日々はなにだったのでしょうか。よく私を無視できるなあ。それどころか様子を見ていると見ノ矢桃子は男の顔がよいからだろうか、むしろそっちに見とれている感じだった。

しかも全員がなんというのか、私を人として認めていないというか、私はそうして人が六人も来て座敷が一杯になったので、驚きつつも気を利かして、いったん縁側に下がったのだけれども、それに対して、「あ。すみません」とか、「ああ、私はここで」とそういった遠慮的なことはいっさい言わないで、そんなことは当然というか、自動ドアが勝手に開いた、みたいな感じに捉えて反応がない。ならば嘘でも男が私を紹介するべき。こちら交差点で倒れていたところを僕が助けてあげた人、みたいな感じで。

そうすれば連中も、いやいやいや実は私たちは以前からの知り合いでして、と言わないにしても私を空気扱いできなくなり、私を無視し続けることはできたとしても、無視している、ということを意識せずにはいられなくなったはず。ところが男はそんな最低限のことすらしないで、というか男もまた私を居ないがごとくに扱ってヨーコだちと妖狐的な用談を続けたのだった。

というかそれは用談という感じではなく、どちらかというと接待のような感じで私に対しては随分と横風な男が打って変わって下手に出て、その様はまるで大家の御寮人様を接客する呉服屋の番頭、或いはノルマに追い詰められたホストのようであった。

男はヨーコだちに料理の味に不満はないか問い、その着物は褒めようがないほど安物であり、またイエライシャンであったので、その生きる姿勢や勇気を褒めちぎり、自分自身の恋愛失敗譚やアルアル話をおもしろおかしく語り、ときには駄洒落も連発した。

それに対してヨーコだちは、なにこれ、うまっ、と言ったり、ちょっと、やめてよー、と言って人の肩を平手で殴ったり、両の掌を腹の前で打ち合わせてことさらに笑い、うけるー、と言いながら前に倒れたり、かと思えば一転して評論家のような口ぶりで男を叱るなど、やりたい放題の、宿場女郎もかくやと思われるような下品な態度に終始した。

だからというか、仮に彼女らが淑女のように振る舞ったとしても、その本然の姿を知り尽くしている私は彼女らが利益や福徳をもたらすに違いない、という男の誤解を男のためにも自分のためにも解きたかった。

そこで以前まで、例えば栄光の絶頂にいた私であれば即座に、「ちょっといいですか。あなた、僕のこと知ってますよねぇ。なのに知らない振りしてますよねぇ。なんかまずいことでもあるんですか。まずそこから話しましょうよ。ごめんなさいね、横から」と、強引に話に割って入って、ヨーコが本当は人間ではなく妖狐であることを暴き、男に、こいつらを信用したら（自分のように）酷い目にあう。ということを教えただろう。

ところがそれができなかったのは、そう、いろんなことを体験するなかで、抜け作であること、いやさ、抜け作であろうと意志して、そして意志したとおりの抜け作になること、それを不断に繰り返すこと、いわば永久革命論的な抜け作への飛躍以外に生きる道はない、それこそがこんな言い方をするのは痴がましいが、菩薩行に近いのではないかと、ひりひりと悟って、何度かの失敗を経て、これを実践中であったからだった。

抜け作が人中で人がましく意見を言う。ましてや人を批判する、なんてことはどのように考えてもあってはならぬことだった。

というとき心に声が谺した。

じゃあ、そのために、というのはつまり自分が抜け作であるために、一人の男が身を滅ぼすのを黙ってみていてよいのか。それは利己主義ではないのか。おまえには慈悲の心がないのか。

という声である。みたこともない肥った男の胴間声であった。そのときの心のなかの風景についてはくだくだしいので略すが、胴間声に私が言ったのは、「じゃあ、あの虫のことはどうなるのか」ということだった。

つまり私はあのとき、というのは私の不注意（というか思い違い。龍神と思っていた）によって前方の黒い森から毒虫の塊を勧請してしまい、このビルまで逃げてきてエレベーターがなかなか来ないとき、私は階段から行こうと主張した。私の主張は容れられなかったが、もし容れられていたらいま私たちは生きてこの世にいない。つまり私は特に意識しないでも割と抜け作というか、普通に抜け作ということで、そんな私の判断に私自身が確信を持てず、ヨーコの正体を明かすのは躊躇せられたのだ。

だから私は敢えて縁側に控えて黙っていた。ヨーコだちともなるべく目を合わせないようにして首を垂れて板の目を見つめ、ときおり上目に見ていたに過ぎない。というってまったくなにもしなかったという訳ではなかった。連中が明らかな嘘、例えば、「自分らは元々はヨガサークルで知り合ったのよ」とか、「昔、園遊会に呼ばれたときは豚と狸が大海原で壮快に生きる様を染め出した着物で出た」などと言った場合は、床を、バン、と叩き、そっぽを向いて、「そーれは違うだろうがよ」と口のなかで言うなどしたし、空虚に盛り上がって大口を開けて笑ったり、昔のテレビの芸能人を真似たような口吻でくだらぬ言説をのぼらせた場合は、「うっせぇんだよ。たこ」と言ったり、低く唸ったり、不注意の振りをして硝子を蹴るなどした。

そしてそれは一定の効果を上げて、私がそうする度に一同は鼻白み、きまずく沈黙する瞬間が訪れた。もっとも一瞬後には倍も喧しくなったが。けれどもやらないよりマシなのでチョクチョクやっていると、ついに男が我慢できなくなって、「こらっ、静かにしないか」と私を叱責した。

静かもなにもあるか。妖狐の嘘に騙されてはいけない、と私はおまえにそれとなく教示しているんじゃないか。なにが静かだ。と言い返したかったが、それを言ってしまうと角が立つので言わず、うううううっ、うううううっ、と低い唸り声を上げたところ男が切れて、なにが、うううううっ、うううううっ、だ。ふざけるな、身の程を知れっ、と叫び、私を打擲した。

まさか手をあげるとは思っていなかったので虚を衝かれ、また手ひどく裏切られたような思いで悲鳴を上げて逃げ惑っていると、胡座をかいて手酌で冷や酒を飲んでいた見ノ矢桃子が立ち上がり私の目の前に立って腰を落としたかと思ったら、右手の四本の指を真っ直ぐに伸ばし、掌をうえに向けて私の喉笛目がけてこれを突きだした。いわゆる、地獄突き、である。

げふっ。急所をひと突きされ私はその場に崩れ落ちた。虚脱して暫くの間、立ち上がれなかった。それは直接的な攻撃、暴力によってそうなったのだけれども、私は精神的にも打ちのめされてしまった。

というのはだってそうだろう、見ノ矢桃子は、いまでこそ、そんな風に私を無視して知らぬ振りをしているが、かつては同志であり仲間であり、そこには確かな連帯があった。だからこんな風に至近距離にいるのにもかかわらず知らぬ振りをするだけで充分な裏切りであり、酷いことで、普通の神経をしていればできることではない。ところが見ノ矢桃子はそのうえで、直接的な暴力まで振るったのであって、かつての仲間に無言でそんなことをされて普通でいられる訳がない。

絶望的な痛みと苦しみのなかで私は、もしかしたら……、と思っていた。もしかしたら見ノ矢桃子は、いやさ、見ノ矢桃子だけではなくヨーコもその他の者も、あの光を浴びたことによって過去の一切の記憶を失ってしまったのではないか。つまり彼女らは知らない振りをしているのではなく、本当に私のことを知らないのではないか、と思っていた。

けれどもそれは私の願望、祈りのような思いでそんなことがあり得ないのは明白だった。奴らは私のことを間違いなく知っていた。しかしそうでも思わないと精神が維持できなかった。それほどに私は苦しかったのだ。

そしてその苦境にある私をさらに追い詰めるような、信じられないことが起こった。というのは、その人を知っていようと知っていまいと、自分が客として訪れた家にいた人にいきなり無言で地獄突きをするという非礼を、どこかしら峻厳なところがある男が許すわけがなく、私は男が見ノ矢桃子に、その度合いはともかくとして、そんなことをしたら駄目じゃないですか的なことを言うと思っていた。ところが男は咎めるどころか、

「あ、すみません」

と言ったのだ。ということはどういうことか。見ノ矢桃子のやったことを全肯定したうえで、お手間を取らせて申し訳ありません、と謝ったという訳で、この時点で私はドブドブに落ちた。

それで縁側を這っていって次の間に倒れ伏した。もうどうでもよい、という気分だ

った。それでも声高な奴らの話は耳に入ってきて、私はこれをぼんやりと聞いていたのだ。

奴らはなんの話をしていたのか。馬鹿な、頭悪そうな話がようやっと一段落付いたのか、それとも私に地獄突きをしたため空気が変わったのか、きゃつらはやっと用談と言えるような、今日はその話で来たのよ的な話を始めた。きゃつらはパーティーの話を始めた。どうやら男はそのパーティーの企画・運営その他を任されているらしく、話の内容は大掛かりなそのパーティーの食材や調理法、参加人数、式次第、余興の手配といった細かい話だった。

そして、そうしてする男の細かい話に対してヨーコだちは言いたい放題だった。例えば料理の提案に対してだと、「いやさ、そのマイダコについては身の締まりを確認したいし、見た目もグロテスクなので全体をマイダコっぽくないようにして」といったような訳のわからぬことを言ったたし、どうやら野外会場で開かれるらしいそのパーティーの足元というか床の具合を気にして、「やはりお客が貴族層だということを明確にするためにも全体的に木製のテラスを拵え、階層に応じてペルシャ絨毯、綿マットを敷き詰めるべきだし、通路には草花や赤絨毯を用意してほしいのよ」など無理難題を言い、余興についても、ありきたりのジャズやムーディーな小曲ではなく、ときには刺激的なＤＪスタイルやパンクスタイルもあったらいいな的な？と言ったのはお里が知れたが、なんの映画を観たのか火吹き男や傀儡、白拍子を呼んで欲しいと言う。また、「幽玄が必要だ」などと聞いた風なことを言って薪能をやれ、などという訳のわからないことを言った。そんなことについても男はへりくだった感じでいちいち丁寧に説明をするから話がちっとも先へ進まず、私は切歯扼腕した。

私は男に、あんな馬鹿な奴らの言うことにいちいち丁寧に対応する必要なんてないじゃないか。できないものはできない、とはっきり言えばよいと言いたかった。私でさえそうなのだから、男と深い関係にあるらしい女は心中でどんな風に思っているのだろうか。

そう思って私と同じように次の間に控えて小女にいろんな指示を出している女の様子を窺ったら、女、自若として、むかついている感じはさらになかった。ぶるルル、ブルトケヨマイ。そんな文言が口を衝いて出た。なぜかというと感動したからである。というのはそらそうだ、恋人か夫か知らないが、自分と深い仲の男があんな訳のわからん不細工なおばはんたちにホストまがいの媚態を示しているのである。女として厭な気持ちにならない訳がない。ところがそんな素振りを露ほどもみせずに、淡々と裏方を務めているのであって、そんなことは普通できるものではない。それで私はその壮烈な自己犠牲と申すべき姿勢に感動したのだけれども、と同時に、とは言うものの……、とも思っていた。

とは言うものの、人間である以上、その内心にある煩悩を完全に消滅させることは難しく、特に女性は外面如菩薩内心如夜叉なんていうように、腹の内に秘めたる思いというものがあるに違いない。だから、ルクク、そうしたものがほんの幽かではあるが身体から発する汗の臭いや眉毛が一粍いのく、頰がほんの少し痙攣するといった部分にきっと表れるだろう。

そう思って私は、ルクク、そうした匂いを嗅ぎ取ろうとしたり表情の変化を読み取ろうと女の顔を、ルクク、凝っ、と見た。したところ、なんということだろう、ブルトケヨマイ、匂いは嗅ぎ取れず、表情は読み取れなかった。

おかしいなあ。私の鼻が莫迦になったのかなあ。目が衰えてきたのかなあ。人間は自分自身をきちっと律して生きていかないとすぐ目や鼻が駄目になる、と言っていた人がそういえばいた。あれは確か紀州の人だったが、紀州にはすぐれた諺表現が多いのだろうか。そんなよそ事に考えが流れていきそうになったとき、突然、ある考えが頭に浮かんで、その考えに私は打たれた。

ビク、ビクビクビクビク、と痙攣してのけぞった。はっきり言おう。私はこの女の人が、この女の人こそが真の抜け作ではないのか、と思ってしまったのだ。そう思うことは、思ってしまうことは私のこれまでの抜け作観を根底から覆すものであった。

というのは女の人が美しく、姿がきりっとしていたからで、それまで私は抜け作というものは顔の表情も緩んでいるし、服装もだらしないというか、ユルユルな感じをイメージしていた。

だから自分も抜け作である以上、衣服なども足元は寸足らず、手元は反対に長すぎて拳が隠れタリラリランの、菜っ葉服がよいし、洟や涎もこれを垂らしていた方がよいと考えていた。髪はながく櫛を通さぬぼさぼさ髪、目は暗く淀んだ、泡の浮かぶ沼のような目がよい。スリッポンを履いてボタボタ歩く、とそんな風であればあるほどよいと考えていたのだ。もちろんその通りにしたわけではない。したわけではないが、それが及ぶべくもない抜け作の姿、と考えていた。

ところが女の人を見てそんなことではない、抜け作とはそんな外見的なことではなく、人並み以上に凜々しく、人並み以上に美しく、そんな人が抜け作であるから抜け作の意味があるのであって、単なるボンクラみたいな人間が抜け作であってもなんらの意味もない。

ということも言えるし、抜け作の側から言えば、抜け作だからだらしないユルユルの恰好をしているのだろう、というのは抜け作を侮っているというか、そう思うこと自体、真の抜け作になりきれていない者の傲りがあるということに他ならない。

ここまで抜け作になっていながらそれに気がつかなかったということがどういうことを指しているのかというと、私がどうしようもない愚物であるということを指しているのは間違いのないことだ。何度も何度も間違いを指摘され、また、失敗をして大怪我で入院をしたり騙されて財産をなくしたりして、その都度、今度こそ、本当の抜け作になろう、いやさ、なった、と思い込み、でもちょっといい感じになるとすぐに有頂天になって、自分は光に召喚されたと天狗になって高級ブランドを着て都心部を歩き回るなどしていた。その反動で、あがった分だけ落ちて落ちて、人望もなくなり、ついには犬とも離れて虫に襲われ、それで今度こそようやっと本当の抜け作の心にいたったかと思ったらいまようやっとこんな基本的なことに気がついて衝撃を受けている。

「でも、希望を持っていいのよ。っていうか、希望しかもう持てないと思うのよ」

と、ついに女の人が私の顔を見て言った。私を読めるのは男だけではなかった。そんなことではないだろうかと思っていたのだが女も読めていたのだ。けれども、まだ抜け作のことで私がくよくよと悔いていることまでは読めていないようで、女は涼しげな、加熱した玉子のような笑みを零して抜け抜けていた。庭先に馬酔木の花が落ちて半分くらいは黒ずんでしまっていたが、半分はまだ白くて雪が落ちているようだった。その白さを是とするのか。黒さを非とするのか。そのどっちかによって私の今後の人生が決まってくるのだろう。

「どっちにしたって白さが是じゃない」

女の人が前を向いたまま小声で言った。抜け作の風。作抜けの花。いずれもが虚しく悲しかった。

「ところで防虫はどんなことになっているのかしら」とヨーコが問うたとき座に緊張が走った。ついにそのことを口にしたのか、という感じ。或いは、これまで姿を現さず、草の陰にその気配のみを感じさせていた九尾の狐がついに現れた感じだった。男の手は手の甲を頻りに掻いていた。黒目が白濁して、ぶるぶる震えている。他の者も息をのんでいる。ヨーコが、ヨーコひとりが、あら、なにもないわよ、と空っぽの寿司桶が言っているような顔をしている。ヨーコが続けて言った。

「だってそうなんでしょう。外だったら、会場が外だったらいつ虫がくるかわからないでしょ」

何気なさを高速で回転させ、静止画に見せかけているような口調で言うヨーコに男はようよう言った。

「ああ、虫がお嫌いな方もいらっしゃいますものねぇ」

「そういうことじゃないでしょう」

「ああ？　じゃあ、どういうことでしょうか」

と、男は気がつかない振りをしている。拙劣なことだ、そんなことが妖狐に通用するわけがない、と思って聞いていると言わぬことではない、妖狐は正面からの議論を展開した。

「あっしが言ってるのはそういった虫じゃねんだわ」

「アルル？　じゃあ、どういったお虫のことを仰っておられるのでしょうか」

「あの、奥森から飛来する毒虫に決まってるじゃない」

あああああっ、と、男はことさら大きな声を出した。

「あの、毒虫って、僕、まだ見たことないんですけど、噂には聞いてるんですけど、やっぱきますかねぇ」

と、逆に聞き返すのはしらこ過ぎる。けれども妖狐はそんなことは織り込み済みで、ここでしらこさを問題にしても仕方がないとわかっているので、そこは論点にしないで、

「きますね」

と単簡に言った。そう言われると男としても問題に向き合わざるを得ない。そこで男は言った。

「じゃあ、って訳ではなく、当然、以前からバッスリに考えていたんですけど、アース、っていうのがありましてね、そもそも地球っていう意味らしいんですけど、そこが、『庭仕事のその前に』というものを発売しているんですよ。主に庭師やなんかが

愛用していて、あと、家庭菜園をやる人たちやなんかもよく使ったそうで、結構定番商品になっていたらしいんですがね、これを噴霧しておけば、そうした害虫はいっさいこないし、効果も十時間以上、持続すると、こういうことになっているらしいので、問題はいっさいありませんな」

男はそう言うとヨーコがなにか言おうとした。それを強靭な口調で遮って男が言った。

「いえいえいえいえ、みなまで言いなさんな。そうなると毒性が心配だと仰るのでしょう。毒性は皆無という訳ではありませんが人体に影響はありません。健康面の被害はまったくないのです。食品に直接、噴霧でもしない限りね。けど誰がそんな馬鹿なことしますう？　あっ、虫がいる。このお料理にも殺虫剤かけときましょ、シュシュシュッ、ってそんな奴、おらんでしょう。だから大丈夫なんですよ。問題ないっていうか」

「いや、あっしの言ってんのはそんな虫じゃなくてね、知ってんのに知らない振りする演劇はもういいからさあ、はっきりしてほしいんだけど、例の防虫剤は使うんですか、って聞いてるんですわ。っていうかさあ、それ使わないとさあ、意味ないじゃん。だって、それを使うための、っていうか、その防虫剤のプレゼンの意味合いが半分以上あるイベントなんだからさあ」

ヨーコはマイダコの唐揚げを手で取って囓り、口を曲げて笑った。私はその笑顔をかつて何度か見たことがあった。ヨーコは気に入った男の前でそうやって笑った。ヨーコはその笑顔を自分で、とびきりの笑顔、と思い込んでいた。ヨーコの唇が脂でギラギラ光っていた。

女は抜け作。私も不完全とはいえ抜け作。だから男は気を遣う必要もなく、後片付けなど女に任せておけばよいのだ、と自分は五目ならべでもしていればよい。けれども、あんな無様なところをみせてしまって女に対しても私に対しても気が咎めるのだろう、ああ、そんなこと、私がいたしますのに、と慌てる小女を変顔で制し、慣れていない不器用な手つきでたすき掛けをしてヨーコだちが食い散らかした膳部を片付け始めた。

一家の主がそうやって甲斐甲斐しくしているとき、客といえば客だが厄介な居候といえば居候である私がお大名のように座っている訳にもいかず、立って手伝おうかとも思ったが、勝手がわからぬものが右往左往しても邪魔になるだけだと思ったので燗冷を持って縁側に行き、汚い樹木を眺め、せせらぎの音に耳を澄ましながら飲んでいると、片付けが終わったのか、或いはとうとう小女に台所追放を命じられたのか、いつの間にかやってきた男が私の横に庭を向いて立ち、たすきを外して隣に座り、それって燗冷？　と言った。

「ああ。これって燗冷だよ。勝手に飲んで悪かったかな」

「いいよ。いいに決まってんじゃん。っていうか、いいものだね、燗冷」

「そうかい、そりゃ、意外だな。冷めちまった酒がうまいかい」

「ああ、そりゃうまいよ。気を遣って飲む上燗よりも……」

「気の置けない燗冷がよい、ってかい？」

「そういうことだ。どれ僕もちょっと貰おうか」

そう言って男は私が縁側に置いた徳利からグビグビ飲み、ああ、うまい、と言った。

「じゃあ、気なんて遣わなきゃいい」

と、私はもはやため口だった。顔も美しく背も高く、この世の中のことをなんでも知っている美神のようだった男がいつのまにか小女にも邪魔にされ、燗冷を徳利からグビグビ飲むような男になっていたのだ。

「そんな君を見たくないよ」

横を向いて目を合わせないで言う私に男が、大方、君は……、と言った。

「大方、君は僕がヨーコだちのカネや権力にただただ媚びへつらっている、と思ってそんな態度をとり、そんな口の利き方をしているのだろうね。ははは、けっこうなことだ。もっと燗冷をとってこようか。ミヨに叱られながら。けっこうだ。ただし、僕にも言い分というものがある。それに君はこの世界の現今の見取り図、というと大袈裟だな、大袈裟というのが大袈裟だな、それ自体は中袈裟程度のこととして、まちっと少し小袈裟に展開図といっておこうか、言葉の間違いを十分に水ぶくみしておきながら。というこういう言い方を僕の言葉の煙幕と警戒するのはよしたまえよ。事態の複雑さがこのような言い方を要求しているのだからね。さて、君はかつての自分の過酷な経験から、そしてその政治的手腕から、ヨーコはこの世界でたいした権幕だと思っているようで、その権幕に怯えて僕があんな態度をとったと考えているようだが、それは大いに間違いだ。そのことを僕はこれから話そうと思う。いや、こんなことになったから話すのではない。これは最初から決まっていたことなんだ。もの凄く最初からね……」

男はそんな風に話し始めた。恐ろしい話だった。

噴出する光

男はヨーコ一味と手を結んでいた。なぜか。相互に得るところがあったからで、まず、ヨーコが男から得るものはさっきほどの密談でも話題になっていた殺虫剤であった。

実際の話が、私自身も危うく殺されかけた虫の繁殖ぶりはえげつなく、完全に防御されてエレガントな生活を送っているはずの地下邪都の住民にも被害が及び始めていた。というのはいくら地下邪都が飲食や色欲の愉しみに満ちているとしても、そこに降り注ぐ光は人工光であり、自然光は一切ない。人間というものは何年もの間、自然光を浴びないとストレスがたまって互いに傷つけ合ったり、愛がなくなったりしてくるものだ。また、温度や湿度が人工的に調節されて快適なエアコンの空気だけではなく、自然の風に吹かれて黙想や膝の曲げ伸ばしをしたいという気持ちも常時あり、それを満たすために週に一度か、また二度くらいは恵まれた地下都市を出て、荒涼とした地上を散策する必要がある。もちろん完全に防護された状態で。

そこへ襲ってくるのが件の奥森に住む虫である。

もちろんそれが恐ろしいから防虫スプレーを全身くまなくベトベトになるくらいに噴霧するし、警備員が常時、アースを噴霧して霧隠れのようなことになっている。ところがそんなものがあの虫に効くものか！　そんなことはやってもやらなくても同じだよと思えるくらいに虫だかりして、逃げ帰ることができたものはまだよいが、顔に集中的にたかられて四谷怪談という古い怪談に出てくる岩という人のように顔が腫れあがり、そのまま治らない美女や逸物を食いちぎられたおっさん、声帯を食害された声楽家のほか、香道家は鼻を食われ、画家は目の奥に侵入されて視神経を切断された。

いずれも死にはしなかったが、一番やられたら嫌なところをやられることが多くてとても嫌で、その後、無気力な人間になったり発狂したりする者もマアマアいた。もっと嫌だったのは、その襲ってくる感じがまちまちというか、一定でなかったことで、例えば普通で考えたら長いこと外に居れば居るほど襲われる確率が高まるはずだが実際にはそうとも限らず、八時間くらい外で黙想していたのに襲われない者があるかと思うと、ものの五分も散策したかと思ったらもう襲われる者があった。それを聞いたある人があることを思いついた、即ち、五分しかおらぬ者が襲撃され八時間も滞在する者が襲撃されぬのは惟うに八時間滞在することによって自然に存在する防虫物質が衣服や毛髪に浸透し、これによって虫の襲撃を免れる、と考えたのである。それでその考えが合っているかどうかを試すために、命知らずな男だ、ほとんどなんの防護もしないまま（アースを噴霧したり防護スーツを着るなどした場合、防虫物質の吸着を妨げると考えたので）、ぶらぶら外に出て、持参の弁当を食べたり、風景を眺めるなどして、（ひとつっことを信じる者は往々にして斯うした幸運に恵まれるものだ）虫に刺されないまま八時間を過ごし、「ふふふ、私の仮説が正しかったことが証明された」とほくそ笑んだ瞬間、いったいどこに潜んでいたのだろうか、何十億何百億という虫が一斉に襲ってきて、虫が去ったときには手の施しようのない状態と成り果てていた。

また、虫に襲われやすい場所と襲われにくい場所があるか、というとそんなこともなく、虫の生息場所である奥森のすぐ近くまでそれと知らぬまま入りごんでしまったが襲われることもなく帰還し、後日、自分がどれほど危険な場所にいたかを聞いて青ざめる者があったかと思えば、遥か遠くのミトヤネグロというところで、ここなら大丈夫でしょう、なんて高をくくって対戦ゲームに打ち興じていたところ、襲われて目鼻がなくなったなんて人もいた。

つまり決まった法則がないということで、襲われる／襲われない、はそのときの虫の気分によった。となると、「いや、虫はそのときの気分によって襲ったり襲わなかったりしているのではない、明確な意志を持って襲う人間と襲わない人間を決めているのだ」という説を唱える人が当然のごとくに出てくる。

虫は虫にとって悪しき者のみを襲い、善き者は襲わない、というのである。実際の話が普段から地上で暮らしている被災民はあまり虫に襲われず、地下の住民が頻繁に襲われた。それは地下の住民の生存が虫にとって都合が悪いからだ、というのである。この考えをもう一歩進めれば信仰が生まれる。しかし地下の住民は理性的であると同時に傲慢であったので、虫の根絶や防護については議論したが、そうした方向の異見を唱える者は皆無であった。心のなかで密かに思う者は一定程度あったかも知れぬが。また、そのことが認識され始めると、ここぞとばかりに自然吸着論者が息を吹き返し、性懲りもなく実験を行ったが、脳を食われて痴呆化したためその論を唱える者はいなくなった。

という訳で地下邪都の住人は地上に出にくくなり、メンタルを病んで奇矯の行為に耽ったり、或いは無闇に攻撃的になって人を傷つけたり、性犯罪を犯す者も増加して、それは知的で高貴で優雅、と自己を規定していた邪都の住民にとって禍々しいことだったが、それよりももっと実際的な問題もあって、それは虫の地下街への侵入であった。

というのはまあ仕方のないことなのかも知れなかった。表通りのビルからの出入り口は幾重もの扉があり、人は勿論、蟻の這い出る隙間もなかったが、奥森に程近い、公共駐車場の地下の裏口はいけいけになっていて、あんなところを生きた人間が通ることはまずないが虫にとっては大通り・メインストリートのようなものだった。

もちろんすぐに対策がなされ、戸が立てられたが、空気が流通している限り、虫が入り込む隙間はいくらでもあって、さすがに真っ黒な、一億匹ほどの虫塊がどっと流入するということはなかったが、白を基調としたインテリアの洒落たカフェでカップルが茶と菓子と会話を愉しんでいると、真っ白な壁に不吉な黒い染みのように虫がたかっていて、ふと気づいて立ち上がり、「なんでいるの！」と泣き叫ぶ、高慢なお嬢さんの白い喉っくびに食いつくなどしたし、或いは、十数匹で編隊を組んで住戸のリビングルームを旋回するなどした。

そしてそれは、というのは虫が侵入しているという事実は地下に住まう人たちの肉体だけではなく魂を激しく損傷した。

なぜかというと地下に住まう人たちは自分たちを特別な、選ばれて優れた人間と考えていた。自分たちは地上で食うにも事欠き、半ば毛物のような状態で暮らしている奴らとは違って生まれながらにして高貴な存在で、だからこそ、こうしてクールビューティーな感じで生きている、と考えていて、それを逆から言うと、知的で美的で上品で優雅な生活をしていることこそが、彼らが聖別された存在である証左であった。

ならば餓えや恐怖はもちろん、労働や汚穢とは遠く離れているべきだったし、当然、地下都市自体が清浄なエリアでなければならなかった。地上は常に光柱の被害に曝されているが自分らのエリアは絶対に安全でなければならない、っていうか、私たち聖別された人間は安全に暮らす義務がある、と実際に言う者もあったくらいである。

だから穢いものには絶対に手を触れなかったし、自分たちが排出した汚穢は私用奴隷の手によって彼らが眠っている時間に運び出された（どこから？　おっほ、例の裏口からに決まってんじゃん）。

だものだから、彼らの清浄なエリアに汚らしい黒虫が侵入するということは彼らの思想（及び感情）の根幹を揺るがす由々しき事態であったのである。ましてや地上の土民がその災禍から免れているとなればなおさらであった。

あり得ないっしょ。彼らは口々に言ったが、有効な手立てを打ち出せないまま、奥森で黒虫は爆発的に繁殖しているのだろうか、侵入する虫は日を追うごとに増えて、彼らの間には無力感と末法思想が広がり始めていた。

ところがそんなある日、ひとりの女が地下に、地下都市に福音をもたらした。派手な、でも薄汚れた白いドレスを着た、極度に濃い化粧で、その細い吊り目をなんとかいい感じにしようとして完全に失敗、まるで醜業婦みたいになってしまった、でも、そんなことは気にせずポジティヴにソバージュヘアーで生き、ときに生きすぎではないのか、という印象を人に与えるその女こそ誰あろう、ヨーコ、その人であった。ヨーコは劇的な効果・効能を持つ殺虫剤を地下に齎したのである。

ヨーコがどういう経緯で地下都市に出入りできるようになったのか、具体的に言うと入場IDを入手したのか、その経緯はもちろん不明であったが、しかし、あのときほんの小さな集団に過ぎなかった私と舵木母子の組織を短期間であれだけの組織に急成長させ、政界財界官界にも食い込んでいったヨーコの驚嘆すべき政治力を考えれば、地下邪都に食い込むことなど訳もなかっただろう。

ただし、そのヨーコにもどうにもならないことがあって、それは身分の問題だった。確かに食い込むのは容易だった。けれども、住民、と認められることはけっしてなく、ヨーコはどこまでいっても、業者、であった。

勿論、思いやり・慈愛、リベラル思想といったものを備えている振りするを好む邪都の人たちが表だってヨーコたちを差別することはなく、それどころか自宅に招いて茶菓を振る舞ったり、個人的な相談を持ちかけたり、とまるで友達のように接し、ときには必要なものを優先的に得るため、これに阿るような態度すらとった。けれども、その言葉の端々、表情、仕草、名刺の出し方、紅茶茶碗の選択、茶葉の選択、菓子の数と種類、応接に出るときの着物の着付け、空調の効かせ方、いろんなものの焼き具合、タクシーの乗り方、謝礼の渡し方など、に当人たちも意識しないくらい些細ではあるが厳格な区別というものがあって、ヨーコは、ヨーコだちはそれを正確に感知していた。ただしそれが地上のことならヨーコも特にそれを問題視することもなかっただろう。ところが、地下邪都という広がりのない限定された空間でこれが起こったのでヨーコは問題視せざるを得なくなった。

ということを詳しく言うと、ヨーコは生きていくに当たって、どんなことがあっても人の上に立ちたい、優位に立ちたい、と願い、それを着実に実行する人間だった。蓋し、ヨーコが妖狐などというあさましいものに成り果てたのは、その妄執ゆえであろう。あまりにも強い執着は人間をバケモノにするのである。

そしてそれが地上であれば、そんな身分制度などというものは歯牙にもかけず、もっと実際的な要素、実利的な要素を貪欲に追求していくことによってのし上がることもできたし、事実、その途上にあった。ところが地下の社会的空間には蓋があってその余地がない。となればヨーコは己が力を内に矯めるか、外に向かって解放するかしかなく、もちろん力を内に矯めるなんてことはヨーコにはできないので、それを外に向かって解放し始めたという訳だった。

そのためにヨーコが具体的にどんなことをしたかというと、基本的にはいままでやってきたこと即ち、地下邪都に必要な生活必需品の供給なのだけれども、ヨーコは可能な限り扱う量を増やし、また、地下住民が渇仰する稀少な畜肉や蔬菜類を随時、供給して存在感を増すことで、地下住民もヨーコの身分を一段か二段あげるに違いないと踏んだのである。

で、それが成功したかどうか、だが、なんとも言えぬ感じだった。ヨーコは自分の存在感を高めようとして品薄感を演出、品物を出し渋るなどし、これが住民の反感を買ったからである。また、身分といっても明確な制度があるわけではなく、あくまでも意識のうえでのことであったので、それと引き替えに嫌々ながら位階をあげる、ということもなかった。

ならばどうすればよいか。品物の出し渋りをやめて、気前よくホイホイと稀少な産品を供出すればよいのか。いやさ、そんなことをしたら気位の高い地下住民のこと、忽ちにして二重の意味で足元を見てくるに決まっているのであり、それはとてもじゃないができない。

そこでヨーコはさらなる稀少な、地下邪都住民が欲しくて欲しくてたまらないような産品を供給するより他なく、それを物色する過程でヨーコは男と出会ったらしかった。もちろんヨーコは独自の仕入れ先を確保していた。しかし、それは専ら地上の住民の誤解の上に成り立つ不公平な取引であった。

どういう誤解か。簡単に言うと地上の住人はヨーコのことを光り輝く貴族、即ち、地下都市の正規の住人、と考えていたのである。だから住人の差し出す稀少な畜肉や太陽光で栽培した蔬菜類は供物であり貢ぎものであったが、それと引きかえに実際的な、言ってしまえば地下街の貴族であるからこそ地上の民に与えることのできる権利、すなわち安全な地下街の一角に住戸を与えられて住まう権利も同時に期待されていた、というかヨーコはそういうことをいつも毎回、取引の度に仄めかし、肉などを得ていたのである。

地下の正規の住人からすれば、服装や髪型、態度、言葉使い、などが根底から違う、差別的な言い方をすれば、火が違う、ヨーコがそんなことを仄めかすことさえ笑止千万であっただろうが、襤褸を着て髪も梳らず、雨水で身体を洗っているような地上の住人からすれば、袖と身頃の間に白いビラビラのついたイエライシャンのような服を着てソバージュヘアーを靡かせ、剰え白粉をはたいて眉を描き、唇に紅を差したヨーコは天女のように見えた。

しかしだからといっていつまで経っても住人の希望をヨーコが叶えられない以上、いつか住人が疑念を抱くようになるに決まっていて取引は永続的なものではないと言えたし、それは正規の取引でなく、調であったので、量や質は一定ではなく、ときには極度に量が少なかったり粗末だったりする場合もあり、そういうときヨーコはカストマーの露骨な不興を買った。

　ところが男は違った。というとそれは私も私自身も、先程来、おかしいと思ったばかりなのだけれども、男はまず身なりからして違っていて、着ているものはなんということはない、チノパンツや頭巾付のスウェットなのだが、汚れや破れがどこにもなく、まるでおろし立てのようにパリッとしていた。髪はいつもサラサラでこのご時世にそんなものどこで手に入れるのか整髪料の匂いがした。髭もこのご時世にどうやって調達しているのか知らないが、いつも青々と剃り上げてあったし、このご時世、地下にもそんな奴は少なくなりつつあったが、白い自前の歯が完全に揃っていた。そしてときには、いまがそうだが、和服を粋に着こなし、床柱を背負って酒を飲み、女に三味線を弾かせて自慢の喉を披露することだってあるのだ。そのときに蓴菜や鮎を食べているのはさっき言ったとおり、湯葉やコノワタ的なものすら実は食べていた。

　そんなだからヨーコは初め、人伝にヨーコのことを聞いて接触してきた男が理解できず、当初は面白尽くで地上暮らしをする酔狂な地下住人かと思ったくらいだった。けれどもそれが間違いであるのを知ったのは男が、「鮮烈な食料品を安定的に提供するので、安全な地下に住戸を確保して欲しい」とヨーコに申し出たからであった。

　そう。それが男がヨーコに接触した目的であった。即ち、地下邪都での身分階層の上昇を希求し、そのために珍奇で鮮烈な食料品をヨーコは欲していた。そして男はそれを持っていた。男はヨーコにそれらを提供する代わりに、地下都市の戸籍を要求した。

言うようにヨーコにその権限はない。なのでヨーコは「いや、実は私にはその権限はないんですのよ。ごめんなさいね。それでよかったら、あの、お取引の方、よろしくお願いします」と正直に言うべきであるが、ヨーコがそう言ったかというと、そんなもの、言うわけがない、「ああ、無理かも知れないし、大丈夫かも知れない。それは取引の内容、質と量によるのかな。そこが充実してくれば戸籍は取れるかも。実際、そうやって取った人、何人かいるし」と言ったとか言わないとか、っていうのが妖狐の語法、思わせぶりと白子ぶりで相手の期待を高めて誤解に導くという算法。男はそれにまんまと引きかかったというわけなのか。

それでは男の用意する産品とはなにだったか。まずは、いまの世の中で、どのようにしても手に入らないはずの若布やトコブシ、伊勢エビ、干物などの海産物であった。

なぜこのご時世に男がそうしたものを入手できたのかというと、言うまでもない、男は大敗の渚でそれを手に入れていた。と自分で言って不思議な気がするのは、海などというものは万人に開かれたもので、行こうと思えばたれでも行けるはず、地上の餓えた住人が海に殺到してもちっともおかしくなく、なぜ男だけが独占的に海産物を得て、他がそれを得ることがなかったのか、という疑問がどうしても胸中に湧くからだが、実際のところそれはなかった。

なぜかというと大敗の渚には雑居ビルの四階の一室の庭を通らない限り、けっしてたどり着けなかったからである。というと実際に体験したことでありながら訳がわからなくなる、つまり整理すると、雑居ビルの四階の一室の庭の向こうの小川を渉り、山肌を切り崩した崖道をたどり、谷におり、川伝いに浜にいたって、浜を二分する川をジャブジャブ渉って、岬の下の崖にあいた自然の洞穴を利用した休み茶屋のような、よろず屋のような店の奥の奥にある、現代風の洞穴バーの最奥部の扉から階段を上がると、その地下に邪都を胚胎する荒廃した町にいたる。

ということは、町から大敗の渚に行こうとするなれば、雑居ビルの四階の男の家に沓を脱いで座敷に通り、広縁から庭下駄を借りて（寺院拝観時のように履いてきた靴を袋に包んで持ってきてもよい）庭に降り、右の道をたどって谷川から浜にいたるか、または、雑居ビルのエントランスから地下の洞穴バー（町から入ると洞穴バーではなく普通のバーにみえるのだが）を通り抜け、茶屋兼よろず屋の店土間から汀にいたる、という二つの行き方がある、ということになるが、このうち、バーを通り抜けて浜に至るのはまず無理だった。

なぜというに、まず、そのバーの入り口の感じというか、店構えが、非常に入りづらいというか、引け目を感じるというか、入り口扉は真っ黒で特に看板もなく、「ここって完全会員制ですか」と聞くことすら憚られるくらいに会員制な感じだった、というか誰かに教えられない限りその奥がバーなのかなになのかわからないような有様で、普通の人間、まして半人半獣のような暮らしの地上人がこんな高級な感じの店に入ろうという気持ちになる訳がなかった。

けれども贅沢に暮らしてどこにいっても特別の待遇を受けることに慣れきっている地下邪都の住人はどうだっただろうか。こんな珍毛な雑居ビルのバーごとき、物怖じすることなく、おもしろそうだ、と思えばズカズカと片仮名で入っていくのではないだろうか。

というとそれはそうに違いないだろうが、けれどもそれは不可能だった。どうしてかというと、かなり前にバーは閉店して営業していなかったからである（というかそもそも光柱以降、地上の economy は死滅して営業している店なんかなかった）。扉は施錠されて、かなり力がある大の男が渾身の力で押しても引いても、或いは体当たりをしても扉は開かなかった。さほどに錠前は岩乗だったのだ。

けれども金属用カッターやハンマーなどを用いたらどうだろうか。そりゃあ、ドアーは開く。しかしなんでそこまでするのか？　そこまでしてどんなメリットがあるのか？　というと、光柱がやってくるそのもっと前、まだこの店が営業していた頃、この店の奥が自然の洞穴になっていて、その奥が渚になっていることから、水着姿の女子大生やＯＬが普通に飲んでいる、といったようなこともあって大評判になった、というようなことがあって、いま現在、邪都に暮らす貴族層のうちにそれを記憶するものがあって、いまこそ渚に遊びたい、と思えば、それくらいのことは当然、するものと思われる。

けれどもそれが根拠のない、痴人の夢、としか言いようがないのは、都市の雑居ビルの奥と渚が連結するなどという馬鹿げたことが起こったのは光柱による国土軸の歪みが起こって以降のことで、それ以前は店の奥は当然のことながら普通の壁であったからで、ちょっと考えたらわかることだが、なかったことを覚えている人がいるわけがない。したがって金属用カッターやなんかまで持ち出し扉を破壊してなかに侵入しようとする人は地上にも地下にもおらないのである。

とこのように言ってもなお、「いや、しかし」と執拗に言い募る人がいないとも限らない。そういう人は例えば、「いや、しかし、人間には、勘ばたらき、というものがあるのではないですか」なんてことを言うのだろう。俗に言う、第六感、というやつで、特に明確な根拠や証拠があるわけではないのだがそうに違いない、という気がしてならない、ということが人間にときどき起こるというのである。

だからこの場合で言うと、「この扉の奥になにがあるとか、かにがあるとかを人に聞いた訳ではない。聞いたわけではないが、この扉の向こう側には絶対になにかがある。そんな気がしてならないのだ」と思い込み、その思いが高じて、カッターやハンマーまで持ち出して扉を破壊する人が出てこないとは限らない。

って、そんな奴、いるだろうか。まあ、いないとは思うが、人が内心でなにを考えているかを完全に知ることはできないので、絶対にそんな奴は出てこないとは言いきれないので、一応、そういうことがあった場合どうなのか、ということを考えておかねばならぬが、ええ、大丈夫である。

なぜ大丈夫かというと、バーの最奥部は天井までの巨大な、まるで防潮扉のような鋲を打った鉄扉によって閉ざされて、しかもその鉄扉の前には重厚なアンティークのキャビネットや寝椅子、巨大な蠟燭立、観葉植物といったものがゴテゴテと置かれ、また、壁の色と馴染んだ扉はまるで壁の一部、というか、室内装飾の手法として鉄扉風に設えてあるようにしか見えず、どれだけ勘の鋭いものでも、この向こう側になにかがある、ましてや大海原が広がっているとは思わないと思われるからである。

というか、雑居ビルの地下のバーの一番奥の壁を指さし、「この向こうには大海原が広がっている。ハンマーでもドリルでもなんでもよいから持ってこい。持ってきて壁を壊せ」と訴える者があったとしたら、それは勘が鋭いを通り越して気ちがいであって、そういう人は現実社会では相手にされない。

もちろんその人は正しいことを言っていて、国土軸の歪みがその気ちがい染みた事態を現実のものとしている、つまり現実の方が気ちがいなのだけれども、そのように狂った世界、すなわち邪都において正しいことを言う人は常に抑圧され、古来より預言者が殺されてきたのと同じく殺されるのである。

という訳で仮になかに侵入したとしても鉄扉があるから大丈夫で、じゃあ、なんで私は通過できたのかというと、もちろん鉄扉が開けてあったからで、ここから先は現時点での推測だが、すべて偶然の成り行きのように見せかけてすべてを計画していた男は（ここ重要）、例の浜の茶屋の女に、「いまから行くから奥の戸、開けといて」と予め命じておいたのだろう。また、女の力でそんな巨大な鉄扉が開くわけがないので、鉄扉は自動開閉になっていてリモコン操作によって開け閉めができるようになっているに違いない。その際、扉は茶屋への通路側に開くので、キャビネット等をいちいち移動する必要はなかったのではないか。まあ、あったとしても問題はないが。

ということから、どのように考えても、地上と地下の住人がバーを通って浜の茶屋から浜に入るのは不可能と言えた。

ならば、もうひとつ、男の家から庭を通って山道を行き、谷に降りて川筋に沿って浜にいたるというルートはどうかというと、これはさらに難しいと言える。なぜなら、雑居ビルの四階が浜に繋がっているという発想はさらに気ちがいじみて、常人が容易に考えつくことではないし、考えたとしてもそこが男個人の持ち物である以上、男の許可なく立ち入ることは難しい。

　というとヨーコはどうなるのだ、ということになる。確かにヨーコは、ヨーコとその一党は男の座敷に上がり込み、飲食し談笑していた。男はこれに媚びへつらい醜態をさらけ出していた。それはそれとしてそのとき、庭に面した障子はどうなっていたか。それ自体はよく覚えていないのだが、座敷からいったん縁側に移動した私は、男の体たらくが恥ずかしくて騒いで見ノ矢桃子に地獄突きを食らい、縁側を這って次の間に移動した。そのとき障子を開け閉てした記憶はないから、障子は開け放ってあったということで、ということは、ヨーコは庭の景色を見ている、ということになる。町中から細長い雑居ビルの四階の一室に入り、そこが純和風の造りであることもさることながら、座敷に面してそこそこの庭があり、小川のせせらぎの音が聞こえたら、人はどういう反応を示すだろうか。驚くに決まっている。

「えええええええっ、really?　なんでなんで?」と鼻から茶を吹いて驚き騒ぎ、その後は庭に降りて確かめたがるに決まっている。そして庭に降りればその先に、あり得ないことなのだが、素晴らしい山野が広がっていることを知る。そうするとどうなるかというと、人間に抑も備わっている飽くなき好奇心・探究心にのっとって、その先はどうなっているのだろう、そのまた先はどうなっているのだろう、とズンズン進んで、やがて大敗の渚・限界灘にいたって、そこから得られる海の幸を男を通さずに収穫しようと考えるに決まっているのであって、遠慮という概念がないヨーコがそのようにして大敗の渚に至らないわけがないのであるが、そのあたりはいったいどうなっているのか。

実は私はそのことを男の語りを遮り直接に問うてみた。「ちょっと待ってください、おかしくありませんか」と問うたのだ。男は一瞬、目を宙に泳がせ、ひどく自信なげな表情を見せたが、すぐに落ち着き払った口調で、「わかった。百聞は一見に如かず。お目にかけましょう」と言うと立ち上がり、裾をじんじん端折りして庭に降りていった。暫くの間、庭でごそごそしていたかと思ったら、こんだ座敷に上がって隣座敷の押し入れから妙チクリンな機械のようなものを取りだしてなにかする。それからまた庭に降りて、右から白い幕のようなものを引き回しておいてまた座敷に上がり、機械のところに行ってなにかすると、なんということであろうか、縁側の向こうが都会の風景に変わった。

「ある種の映写技術さ。ホログラム的な」

と男は嘯き、私は「ほえー」と唸った。せせらぎは都会の騒音に溶けて混じってもはや聞こえないし「ほえー」と唸ること二度、三度、よく見ると確かに不自然な部分もあったが、風景を矩形に切り取る日本座敷特有の造りがその不自然さを打ち消して、ごく一部、手前五十糎ばかりに区切られた庭園は貧しい好事家が無理矢理にベランダに作った前栽程度のシロモノに変じていた。

成る程、これなら都会の一角にしか見えない。もちろん、不自然な部分はある。ありすぎるほどある。けれども光柱によって現出した都会の風景はかつて見慣れた風景とはかけ離れた、異様な風景だったので、これを不自然と感じることはない。そう思って私は感心も得心もしたのだった。

そしていま思い出したのだが、あのときヨーコだちが着くなり男は茶を出し、茶菓子を出し、煙草盆を出した。いまどき訪客にそんなもので応接をする家はすくない。だから私は男がそんなものを出したとき、つまりは和風趣味に耽溺しているのだろう、と思って深く考えなかったし、ヨーコだちが妙に短い、まるで鉈豆煙管のような煙管でスパスパ吸い出したときも、「やあ、煙草を吸っているのだな」としか思わなかった。ただ一点、「なんだかハナクソのような煙草だなあ」と思ったのもまた事実で、いまから考えればあれは大麻樹脂を突き固めたものであったのだろう。

それによってヨーコだちの視覚と聴覚はある方向性に向けてのみ鋭敏なものとなり、その映像や音響を都会の景色や雑音としてとらえたのだ。

そして隣座敷にいた私もいくらかそれを吸引し、私の場合は、男と妖狐の会話や表情に向けてのみ鋭敏になって、男が操作した庭の景色に意識が向かなかったのだ。

ルハハ。そういうことだったのだ。だからヨーコだちは、いやさ、ヨーコだちのみならず、この家を訪れて座敷に通された者は（そんな者があったとして）、この庭が海原に通じているなどとは夢にも思わなかったのである。

　だから男は海産物を独占的に扱うことができたし、ヨーコやなんかは、どこか遠くに巨大な冷凍倉庫があり、男はその場所を夢幻のように知っているのだ、と理解していたのだろう。

　しかし実際はそうでなく、男は良質のタンパク質やミネラル分やなんかをたっぷり含む、新鮮で美味な海の幸を供給してくれる海原に一点において接続して此を独占していたのであった。それをやれ大敗だ、やれ限界だ、と悲しげな顔でネガティヴな名前をつけるのは文学趣味ではなく、人を寄せ付けぬための煙幕なのだろう。

　そしてさらに驚くべきことは男が独占していたのは、そうした海産物だけではなかったということで、男はこのご時世に貴重なさらなるものを海から得ていた。

　それはなにかと尋ねたらベンベン。あー、寄りもの寄りもの、ということで、寄りもの、すなわち、浜辺に打ち寄せる様々のもので、自分で漁る分にはどうしても限界があって……、というのはまア当たり前の話、なぜならあそこは男の言うように限界灘、あるところから向こうにはいけない、それこそホログラム的な海で、その範囲で獲れるものしか獲れない。

というのはでもこちら側からあちら側に自在に行かれやしない、という話であって、向こう側からこちら側にはいろんなものが流されてきた。だから、自分で獲ったり拾ったりできるのはせいぜい小魚や貝、若布くらいのものだったのだが、それ以外にホウボウや鮫、クエといった大形の魚類や海獣、ときには鯨やなんかも漂着して、尾の身を刺身で食べたり、ゴンドウという干物に拵えて炙って酒の肴にすることなどもできたのだった。

そして漂着したのはそうした海の恵みだけではなく、ときには、こんなご時世なのでなかなか手に入りにくい、けれども生きていくに当たって必要な各種のもの、即ち、米、味噌、塩、醤油、酒、味醂といったものや菜種油の類、或いは、絹布や綿布などの布類、銭貨、紙、茶、糸、縫い針、灯明皿といった人の手によってなる生産物も漂着した。

なぜそうした生産物が漂着したかというと、大敗の渚には屢屢、廻船が漂着したからである。といってこれは不可思議千万な出来事である。だってそうだろう、廻船なんてものは、よく知らぬが江戸時代とかに運航していたもので、そんなものが時代を超えて漂着するなどということはどう考えてもあり得ない。そして、そんな廻船には、ひとりくらいは残っていても良さそうな乗組員が、かき消えたように一人もいない。海中に没したのか、時間の狭間に没したのか。いやさ、それにつけても恐るべきは光柱の放つ energy で、あの暴れ狂う途轍もない energy は国土軸のみならず、国土と国土周辺の時間軸をもへし折り、渚の向こうとこちらに時間の断崖のようなものを拵えてしまったのである。

このことが将来的にどんな災厄をもたらすのか。考えるだけで恐ろしく、一時的に頭がおかしくなって、闇の中で泣きながら汁なし饂飩を食べているような気持ちにドシドシなっていく。っていうか、もうなっている。

けれどもそれは一時的には素敵なプレゼントだった。なんとなれば、このようにエネルギー供給の安定しないご時世にあって、そうした自然の energy で動作する昔の道具は実に使い勝手がよかったからで、成る程、そのように考えれば男の形にも合点がいった。男は洒落や贅沢であんな形をしているのではなく、こざっぱりした形にしようと思ったら、あれしか選択肢がなかった、つまり漂着した布類を自分で（実際に縫ったのは女だろうが）縫って着るしかなかったのだ。

なんて生活は化石燃料を殆ど使用しないという意味では LOHAS な奴とかが聞いたら喜ぶだろう。けれども LOHAS とか嘯いていた御連中はいまは地下邪都で大量のエネルギーを費消しながら日を暮らして不安を享楽で誤魔化しているのだから皮肉なものだ。

といってでも最近の船が漂着しなかったかというと、そんなことはなく、現代の船も漂着するにはしたが、腐った魚を満載した小さくて半ばは腐朽した船が殆どで、燃料を抜き取るくらいしかできなかった（もっとも燃料はありがたかったのだが）。また、発動機や発電機もできれば取り外したかったのだが、それは男の手に余ったし、ひょっと人を頼んで、この場所のことが広まるのが嫌だったので、いずれ時節が来れば、と放置しておいたところみるみる錆びて腐って粉になって風と波のまにまに消えていった。それに比して木造船は長く保ったが、これも暫くすると腐って消えた。ただ、漂着はひききりというものがなかったので常に何艘かの船が波にたゆたっていた。男が船はあるのだ、と言っていたのはこのことを指していたのだ。大王を島にハブらば船余り。とまアそういうことだ。と、いうことで男は独占的に必需品を得て、それによって地下邪都と男とヨーコの間には痙攣的な economy が生まれていたのだが。

さらに画期的な商品を男は偶然に得たのだった。それが、それこそが件の殺虫剤であったのだ。

と言うと、はっはーん、なるほど。そういう漂着船の積荷の中に最新式の殺虫剤が含まれていて、それを大量にゲットしたのですね、と早合点する奴が出てくるかも知れないが、そういう奴は本当に殴りたい。さっきからなにを聞いているのだ、漂着する船は近世以前のものが多く、現代の船もあったがそこから得られるものは燃料かせいぜいチノパンくらいのものだ、と言っただろう。記憶喪失かつ、淬っ。死ね。それに、アースみたいなものはそこいらで手に入るというのは此までの話でわかるだろうが。そんなこともわからない奴は、どうしたらよいのだろうか。わからないけれども、取りあえず滅ぶといいな。ということで、なにを言っているかというと、男が偶然に得たのはそうした、いまある製品やその延長線上にある新製品とかではなく、それらとはまったく異なった殺虫剤であった、ということだ。

そのとき男がなにをしていたかというと地上の道を歩行していた。場所は奥森の近くとかではなく、奥森のそのただ中であった。と言うとなんという危ないことを、と普通は思うだろう。それを聞いたときは私もそう思った。けれども男には、こういうのをなんていうのだろう、豪胆というのとも少し違う、なにかこう、自分は絶対に大丈夫だ、という確信を抱いているように見えるときがときにあって……、といって私はいま驚いていた、え、なんで？　と思っていた、私はなんでそんなことを知っているのだろう。まるで私は自分のことのように男のうかがい知れぬはずの内心を語った。よく知らない人をそんな風に決め込むことは一番よくないことだ、と恩師はいつも語っていた。

まあよい。そんなことを言っていたら話が先に進まない、とにかく男は自分は虫に刺されない、という確信を抱いて綿服の裾をからげ脚絆をつけて奥森を歩んでいた。

なんのために？　ただの気晴らし？　散策？　ちげーよ、ばか。このご時世、そんな気楽な奴はひとりしかいねぇよ、そのひとりが実は男なのかも知れなかったが、このときは違って男には実際的な目的があって歩いていて、実は男は桜の木を探して歩いていた。といって花見がしたかったわけではなく、燻製用のチップを作ろうと思って探していたのだった。そして男の腰には二個の瓢箪がぶらさがっていた。

男は漁った魚は大抵は干物にして食べていた。その方が保存が利いたし、それよりなにより男は干物に目がなかったからである。けれども毎日のように食べているとどうしても飽きというものが出てくる。あー、また干物か、と食する前から倦怠感が湧いて、たまには牛丼的なものが食べたいものだ、なんて、多くのものが餓えているこのご時世に罰当たりなことを夢想する。その姿勢に私は批判的だった訳だが、それはまあよいとして、そんな男は、そうだ、燻製というものを作ったらどうでしょうか、と考えたのだった。イギリス人は鮭を燻製にしたものを食すらしい。どうもうまいものらしく、幸いにしてこないだ生の鮭が冷凍だけれども手に入ったし、あれで半燻製の鮭を拵えてもよいし、その際はバーに秘蔵してあるスコッチウイスキーを飲むのも一興かも知らぬ、と考え、燻製用のチップの入手について思いを巡らせ、そして奥森のことを思いついたのだ。あの奥森には誰かが植えたのだろうが、桜が固まって生えているところがあって、光柱以前に何度か花見の集団を見かけたことがある。あの桜を伐って燻製用のチップにしようとそう考えたのだ。

ところが記憶というものは不確かなものだし、光柱の暴威は植物の生え育つ環境をも変えてしまったのだろうか、奥森は記憶にあるよりずっと深く、以前は整備されていた遊歩道は荒廃して下草や倒木に覆われ、いたるところに蔦がおどろに繁茂して茨なども生えて行く手を阻み、かと思えば比較的新しい祠があって香華が手向けられるなどしていて訳がわからず、男は道に迷ってしまっていた。

それでも男はまあなんとかなるだろうと高をくっていたというのだから呆れるより他ないが、歩くうちに明らかな人の生活の痕跡をそこここに発見した。

それは半分ほど中身の入った飲料のボトルであり、潰れたティッシュペーパーの紙箱であり、脱ぎ捨てた衣類であった。或いは、荷造り紐の切れ端、大量のポルノ雑誌、弁当殻、ドロドロの敷物、なにが入っているかわからない白いビニール袋、ショッピングカート、ポリタンクなど。

そしてそれらのなかに飛び散った毛皮や腐敗した獣肉などが混ざって、その奥森の一角には独特の異臭が漂っていた。そして異臭は進むに連れ、強くなっていった。男は、嫌だなあ、臭いなあ。頭が痛いなあ。目が見えないなあ。と思っていた。ならば来た道を戻るか、別の道をいけばよいようなものだが、振り返れば来た道はどう見ても道に見えない、ただの藪だったし、別の道はさらになく、ただ異臭の源に向けて一条の道が続いている（ように見えただけなのかも知れない）。

それでやむなく男は異臭に耐えながら、でも鼻歌（「マルスの歌」という歌だったらしい）くらいは歌いながら、だんだん臭い、臭くなる道を進んでいった。そしてその臭さの窮まったあたり、どういう訳かそこだけ円く草のないところに一人の男が立っていた。男の背後には赤い天幕とブルーのツェルトが張ってあって、どうやらここに居住しているらしい。ということは、なるほど、このあたりにあんな風な生活物資を散乱せしめて、せっかくの自然を見苦しくしたのはこの男か。由々しきことだ。と男は思ったか。いやさ、思わなかった。なぜならばこの男が手に鉈を持って、敵愾心に充ち満ちた眼差しで男を睨んでおり、それが恐ろしくてそのようなことを思う余裕がなかったからである。

いやさ、困ったものだ。どうしたらこちらに害意がないとわかって貰えるだろうか。と思いつつ、とりあえず、「あ、どうもこんにちは」と言いながら男が笑みを浮かべて歩み出した瞬間、その鉈を手にした男が、「動くなっ」と叫んだ。

「いやいやいやいやいや、別に僕はそういうつもりはぜんぜんなくて……」

「動くな、と言ってるだろう」

「あ、まあ、そう仰る気持ちはわかるんですけどね、それは完全な誤解でね」

と、そう言ってもう一歩踏み出そうとした瞬間、男の右腕と首筋に言葉では言い表せないくらい激しい痛みが走り、男は、「いたっ」とまるで阿呆みたいな声を上げ、上げただけではない、痛みのえげつなさに立っていられなくなって、着物が汚れるのも厭わず地面を転げ回った。

鉈を持った男が目にもとまらぬ早業で男に切りつけたのか。いやさ、そうではなかった。鉈を持った男の、動くな、という声は自らに向けて発せられた声でもあったのか、鉈を持った男は初めの位置から一歩も動いておらなかった。鉈を持った男は転げ回る男を見下ろして、さきほどの緊迫した声とは打って変わった静かな声で言った。

「虫がね、狙ってたんですよ。動かなければ去る感じでね。だから動くなと言ったんですよ。なのに動くから刺されちゃった」

その、鉈を持った男の声がどこまで男の耳に届いていただろうか、狂いそうな痛みに転げ回る男の、腕は腫れて膨らんで俵くらいの太さに、首もそれよりかは細いが元の三倍の太さに成り果てていた。

「ああっ、痛いし、膨らむし、救急車、救急車、呼んでください」

帯も解けて前をはだけ、泥まみれになって叫ぶ男に鉈を持った男は言った。

「馬鹿な。このご時世に救急車なんてくるものですか」

「ですよね、ですよね。徐々に事態が把握できてきました。ええっと、つまり僕は毒虫に刺されたわけですよね。そうすると、どうなるんでしょうか」

「あれは奥森の奥にのみ住まう毒虫中の毒虫です。それに刺された。しかも二ヵ所も。三分ですね」

「と、申しますと」

「三分で死ぬるということですよ」

「それは嫌だ。あなた専門家ですよね。なんとかしてください。してくれない場合は怨霊と化して七代の子孫に祟ります」

「別に僕は専門家じゃない。っていうか、勝手に来て、勝手に刺されて、それで僕に祟るのは理不尽です」

「怨霊というのは理不尽なものなんですよ。そんなことを言っている間に一分くらい経ってる。早くしてください」

「わかりました。死なれたらそれはそれで面倒くさい、死骸の処理とか、ということで自分を納得させて救ってあげましょう」

そう言うと鉈を持った男は、鉈を傍らに置き、ポケットから白い小さな壜を取り出し、茶色い蓋を取って、なかの軟膏様のものを取り出して男の腕と首筋に塗りたくった。男は、なんというクスリだろうか、と思い、首を捻ってその壜の黄色いラベルを見た。オロナインH軟膏、と読めた。男は言った。

「あの」

「なんでしょうか」

「おちょくっておられるのでしょうか」

「なんでそんなこと言うんですか。助けてるのに」

「いや、そんなことないんですけど、でもそれって、オロナイン軟膏ですよね」

「あなた、オロナイン軟膏を馬鹿にするんですか」

「馬鹿にしてるわけじゃないが、さすがに三分で絶命するという猛毒には効かないでしょう、とこう言っているわけです。そもそもオロナイン軟膏なんてものは……」と言いかけて男は一瞬黙り、そして、「こ、これは一体どういうことだ」と呟いた。

まるで俵のようだった男の腕や首の腫れがみているうちに引き、元の太さに戻ったうえ、いみじかった痛みも拭い去ったように消失したからである。

「オロナイン、すげえ」

思わず言った男に鉈を持っていた男が言った。

「ルクク。オロナインじゃありませんよ」

「あ、そうなんですか」

「もちろんですよ。アースやオロナインてなものがあの虫に効くわけないでしょう。馬鹿ですねぇ。容れ物はオロナインですが中身は別の薬です」

「ですよねぇ。おかしいと思ったんです。あなたは冗談が好きな人なんですね。しかしまあ、お陰様で命拾いをいたしました。お礼と言ってはなんですが、ここに」と男はそう言って腰に括り付けた瓢箪を指さし、「少々ですが、お酒を持参しております。一献差し上げたいと思うのですが、ささはお召し上がりですか」と尋ねた。

よほどの酒好きなのか、言われて鉈を持っていた男の表情が急に柔らかくなった。鉈を持っていた男は言った。

「酒ですか。よろしいですなあ。暫くたべませんのでねぇ、いやあ、なんか逆に悪いみたいな」

「いえいえいえ。一緒に飲みましょうよ」

と言った男はしかしその時点で冷徹な計算をしていた。即ち、この虫さされに劇的な効果を現す薬の入手経路をうまいこと言って男から聞き出し、これを安定的に供給できればヨーコとの取引をより有利なものにできるはず、と直覚的に思ったのである。

「いやあ、本当に久しぶりです。では、蕈はお好きですか、私、蕈料理、作りますんで、いえいえ、簡単なものですよ。ホイル焼きとかね、そういったものです。それで一杯やりましょう」

そう言われて男は嫌な気持ちになった。というのは、その蕈の素性が知れなかったからで、その蕈は、ここ奥森で狩猟採集生活をしている、その鉈を持っていた男が採った蕈に先ず間違いなく、それが毒でない保証はどこにもないからだった。男は言った。

「いや、実は私、蕈アレルギーでして」

「嘘言わんでもよろしい」

「いえ、本当なんです」

「いやいや、そうじゃない。あなたはこの蕈が毒蕈かも知れないと思っているのでしょう。やっぱりね、如実に表情に表れている。けれども心配は要らない。これは採集した野生の蕈ではなく、私が栽培した蕈だ。嘘だと思うのなら、証拠を見せよう」

そう言って先に立って歩く鉈を持っていた男について薄暗い森に入っていくと、森の一角、日が射さずジメジメした広いところに、馬鹿みたいにたくさんのほだ木が立てかけてあった。その頃には不思議と男は悪臭を感じなくなっていた。消えたのか。慣れたのか。どちらにしても無慙なことである。

そんなことで男二人は、森に棲む男が次次と器用に拵える、バターソテーやバルサミコ酢炒め、炊き込みご飯、蕈汁、天ぷら、ポン酢和え、和風マリネといった料理を肴に酒を酌み交わした。

「ううん。うまいっ。こんな季節感溢れるお料理を頂くのは久しぶりだ」

「本当ですか。そう言っていただけると作った甲斐がありますよ」

「ホント、ホント」

「うれしいなー。僕も酒なんて久しぶりだから。なんか酔ってきちゃったみたい。大丈夫ですか、僕？　顔、赤くなってません？」

「いいじゃありませんか。今宵は痛飲しましょう、まままままま」

「おっとっとっとっとっとっ」

など言いながら、二人は酒を飲み、そして酔っ払った。その酔いに任せて森に棲む男は、おそらく生涯、構えて余人に話すことはないだろうと思っていた、というか、森に入った理由の半分はそれを他言しないためであった、自分の此までの人生について男に話してしまった。それは平凡と言えば平凡だが、数奇と言えば数奇な人生のぼかし染めであった。

森に棲む男は五十歳、名を法野紋一といった。埼玉県で生まれた紋一の父・紋造は福岡県出身のサラリーマンで男もまた大学を卒業後、サラリーマンになった。学生時代のバイト先の同僚で、何年かの後、インターネットを通じてやり取りをするようになった新町春佳と交際の後、結婚、幸福な暮らしを送っていたが好事魔多し、サラリーマンとして先が見え始めた四十八歳くらいから田舎に暮らしたいという思いが募り、ついに田舎に格安の別荘をみつけ、これを購入しようとした。ところがこれに反対を唱えた者があった。妻の春佳である。しかし長年の宮仕えとなにかとストレスの多い都会暮らしに倦み疲れた紋一は、「紋一春佳の二人連れ、自然の中を散歩するのもいいものですわよ」などと言いくるめ、強引に買ってしまった。

紋一が手に入れた家は紋一にとって理想的な住まいであった。背後に山を背負い、敷地内には沢が流れていた。立地もさることながら建物がまた素晴らしかった。その古びて宏壮な洋館は一見したところでは随分と傷んで廃屋同然、周旋屋は、「いずれ建て替えを検討すればよいのでは……」と暗に取り壊しを勧めたが懐事情もあったので調査したところ、金に糸目を付けず、贅沢な材料をふんだんに使って建てられた堅固な建物であることがわかり、要所要所の修理修繕によって見違えるような素晴らしい家に再生した。工事を担当した建築士はいまこの材料を使ってこれだけのものを建てればいくらかかるかわからない、と溜息をついた。その話を保険のことで訪ねてきた周旋屋に話すと狂乱した。その素晴らしい建物には紋一が都会暮らしをしていた頃より激しく憧れていた設備がすべて揃っていた。すなわち木漏れ日が差し込み、鳥の囀りを聞きながら読書を楽しみ、また、友人を招いてバーベキューパーティーを楽しむことのできるウッドテラス。そして室内の暖炉。これに薪をくべ、燃え加減を調節しつつ、スコッチウイスキーを飲む。照明を薄暗くして音楽を聴く。煮込み料理などをするのも楽しみだった。それ以外にもバスコートを備えた浴室で月を見ながら花びらを浮かべた風呂に入浴したり、以前は部屋が狭くて叶わなかったワインセラーの導入ももはや夢ではなかった。本物の木をふんだんに使った部屋には以前から憧れていた重厚なキャビネットや絨毯などが絶対に合うはずだった。「もう、最高やんけじゃん」と紋一は鍵を貰ってその邸宅が自分のものになったとき叫んだ。しかし。

その傍らには焼き鳥になった雀のような目で立ち尽くしている人がいた。妻の春佳であった。春を愛する人は心清き人。そんな願いを籠めて春佳と名付けられた春佳は特に春を愛することもなく成長し、成長して後は、夏も秋も冬も格別に愛することのない、季節感に無頓着な人となった。

というと春佳が特に無情な人のように聞こえるが、都会に育った人間はだいたいがそんなものだった。それでなにを愛したかというと若い頃より映画、演劇、美術を鑑賞したりすることを愛し、それは結婚後もずっと変わらなかった。また、生活においても都会風の生活を好み、シャンプーやタオルや食器、或いはコーヒーやチョコレートといった嗜好品、食料品なども津々浦々に行き渡るプロダクト品ではなく、高価で気の利いたものしか受け付けなかった。

こんな人が自然の中で生活ができるわけがなく、死んだ雀の目は直きにうちに不満を湛えた猛禽の目となり、猛禽は情け容赦なく紋一を攻撃した。それを一言で言うなら、「こんなところに居たくない」ということだった。

紋一はこれに抗弁しようとしなかった。なぜなら一度は反対をした春佳を説得した際に紋一が言ったことがすべて虚偽だったということが明らかになったからである。紋一は春佳が言う、田舎に行ったらこれができない、という否定的な意見に対して、いやそんなことはない、例えばこれこれこういう町立の美術館があって、そこの展示品は素晴らしく、わざわざ都会からやってくる人が年間に五万人もいるそうだ、といったようなことを言ったが、もちろんそれは引っ越したいがための嘘で、確かに町立美術館はあったが、実際には傾いた豚小屋にガラクタがならべてある、みたいなシロモノだった。

ではなぜそんなすぐに露見するような嘘を言ったのかというと、実際に訪れれば春佳も自然の中の暮らしに魅了されるに違いない、そうなれば自分からカヤックに乗ってみたいなんぞ言い出すにきまっている、という根拠のない思い込みがあったからである。

しかしそんなことは当然なく、春佳はちっとも別荘を気に入らず、紋一はそんな春佳になんとか田舎の暮らしを好きになって貰いたいと、週末には半ば強引に別荘に行き、トレッキングに連れ出したりしたが、紋一が、「ちょっとその道端に生えている草を見てごらんなね。あれはウマツメ草と言ってね」と言ったとき、それを見ようと身体を捻った春佳が粘土質の土に足を滑らせて転倒、足首を捻挫して、それから何ヵ月もの間、杖を曳く等の不幸に見舞われ春佳の田舎への厭悪は一層募った。

そしてさらに非道いことが判明したのは春佳の捻挫がようやっと治った頃だった。

なぜそれがわかったかについては様々な経緯があったのだが、それを詳述するのはくだくだしいので略し、一言で言うと、紋一が購入した土地は呪われており、それとは別に家そのものも呪われているということだった。

それを知った紋一は口をきくのも面倒なくらいに気落ちしたが、しかし春佳の手前、契約無効はさすがにないにしても、いくらかをせしめないとならぬだろう、と無理に闘志をかき立てて周旋屋に乗り込んでいったが、腑抜けのようになって帰って、「どうだったの」と問う春佳に、「土地の件は伝承伝説の類だから瑕疵にはあたらないのだそうだ。それから家の件はなにかあったことはあったらしいが所有者が何回も替わっていてわからないんだって。そして所有者が替わっているということはそのことを告げる義務は法的にはないらしい」と言って、水道水をゴクゴク飲み、「だから安かったんだ……」と呟く春佳に、「むしろそれを寿だと思おうよ。天下大吉だと思おうよ。なぜ日本が戦争に負けたか知っているか。それは科学的でなかったからだ、というのを僕は小説で読んだことがある。つまり、そんなね、呪いとか霊魂とか言っていると駄目なんだよ。グローバルで戦えないんだよ。ビバ、科学。ビバ、アセットマネジメント」と言って、まるで馬鹿のように踊ったが、充満する重苦しく気まずい気配を一掃することもできなかった。

「それでどうしたんですか。諦めて売却したんですか」

と問う男に紋一は、

「売れればね。でも売れるものですか。仮に売れても二束三文、あっしらはもうどうしようもないところまで追い詰められたって訳でさあ」

とまるで農奴のような口調で言った。

それで法野紋一はどうしたか。紋一は諦めなかった。というか諦めることができなかった。というのは未練があったということではなく、諦めることを許されなかったということで、次に紋一は蕈狩りを立案企画した。紋一は若き日のことを思い出していた。当時、紋一は仲間にすすめられて仏陀スティックというものを試して意識を変容させて楽しんだものだった。そんなときふと試したマジックマッシュルームがけっこう愉快だったことを思い出したのだ。もちろんいまも当時もそれは違法で、そんなものを試したのは若気の至りだが、それに類するもの、或いは類しなくても食用になる蕈を採って蕈汁にしたりホイル焼きにしてスダチかなにかで食べれば十分に愉快な気分になるのではないか。そんなことを考えて蕈狩りを企画したのだ。

とはいうものの結果は無慚だった。自然のなかでトレッキングをして大怪我をした春佳はこのうえ、自然の中に出ていきたくはなかったし、それにこんな悪霊と邪霊の吹きだまりのような土地から生えた蕈なんて食べたらどうなるものか知れたものではない。全身にできものができて血反吐を吐いて死ぬのが落ちだ、といって嫌い、紋一が図鑑を片手に採ってきた蕈を一口も食べなかった。

「僕が毒味をするよ」

そう言って紋一は自分が食べ毒でないことをアッピールしたが春佳は、「あなたは気ちがいだから死なないのだ」と言って食べなかった。

そんなことで週末は夫婦が別々に過ごすことになったのだが、紋一はそれでも諦めなかった。紋一は、どんこ、と称する干し椎茸が脇から届いたときの春佳の喜びようをふと思い出し、採集した蕈が駄目なのであれば栽培した蕈はどうだろうか、と考えたのである。

それで紋一はホームセンターに行き、椎茸栽培セットを購入してきてこれを栽培し始めた。その労苦や乗り越えた数々の困難についてはくだくだしければこれを略す。その結果、椎茸がいい感じに生えてきた。試しに焼いて食べてみると肉厚でジューシーで頭がおかしくなるくらいにおいしかった。なので紋一は嫌がる春佳を無理に別荘に連れてきた。ところが。

いったいなにがいけなかったのだろうか。わからない。あんなに順調だった椎茸が変な白いネバネバに成り果てていたのである。

「で、奥さんにはなんと言ったんです」

「なんとも言いようがありません。失敗した、と言いました」

「それで、奥さんはなんと言ったのですか」

春佳は口をきわめて罵った。紋一は耐えられなくなってウイスキーを飲んだ。飲んだらますます苦しくなって、それでギターを弾いてうたを歌ったら少し楽になったので歌い続けた。ところが春佳はそれをも嘲笑し、信じられないような下品なことを口にして一時的に頭がおかしくなった紋一はギターを床にたたきつけ、裸足で庭に駆け出すとほだ木を持って戻ってきてこれを振り上げ、妻の頭めがけて、

「振り下ろしたんですか」

「いえ、できませんでした」

紋一は持っていたほだ木を床に落とすと、その場に蹲り声を殺して泣いた。そんな紋一を春佳はなおも罵り続けた。

ひとしきり啜り泣いた紋一は再びウイスキーを飲み始め、別荘を売却する、と春佳に告げた。春佳はこれに同意したが、多額の売却損が出ることについて紋一を罵り続けた挙げ句、先に眠ってしまった。

紋一は暫くの間、ダラダラ飲んでいたが、やがてゆっくりと立ち上がると、傍らのほだ木を拾い上げ、白いネバネバをこそげ取っては、暖炉のダッチオーブンの中に入

れた。ダッチオーブンの中には紋一の得意料理、特製・豆のスープが入っていた。

そして翌朝、紋一が顔を揉みながら起きてくると暖炉の前で春佳が血を吐いて倒れており、傍らに皿とスプーンが落ちていた。

「あれほど私の蕈を気持ち悪がっていた春佳がまさか食べるとは思っていなかった。だから私がスープの鍋に白いネバネバを入れたのはイタズラですらない、自分のなかのモヤモヤを晴らしたい、程度の気持ちだった。それにせいぜい腐った程度で、あんな猛毒に変質しているとは思わなかったんです」

「それで？　それでどうしたんです」

「死のうと思いました。けれども死にきれず、それからです。私の頭がこんな風にねじ曲がってしまったのは」

紋一はそこいらに生えている蕈を片端から食べてみた。もちろん、残った豆のスープも飲んだ。そしていみじき腹痛や下痢に見舞われた。極彩色の幻覚も見た。ところが、そしていろんな蕈がたまたま複合的に効いたのだろうか、死ぬということはなかった。ただ、頭がますますおかしくなっていった。もちろんそんな状態だから会社に行くこともできず、紋一はなし崩しに退職することになった。

その狂乱の最中、紋一は敷地内の駐車スペースに深い穴を掘り、春佳の死骸を隠し、その後、表面をモルタルで固めた。

それから妻の霊魂が屋敷とその周辺に現れるようになった。妻の霊魂はいつも変な服を着て口を曲げて痺れたように笑っていた。紋一は何度もその姿を見かけたが、たまたま通りがかった宅配業者などもこれを目撃して、幽霊見た、と言い触らしたが驚くものは少なかった。なぜなら紋一の家とその周辺は以前から、呪われていた、からである。人々は言った。「そりゃあ、出るでしょう」

ただ不思議だったのは、そんな宅配業者やなんかがみな口を揃えて、「おっさんの幽霊を見た」と言ったという点だった。彼らは、「幽霊は長さ一メートルくらいの丸太ン棒を持っていた」とも言った。そしていつしか、幽霊の正体は、脱サラして椎茸の栽培を始めて失敗して自殺した、あの屋敷の主の幽霊だ、という噂が広まっていった。

いったい春佳の亡霊なのか。それとも乱心した紋一が家の周りを彷徨っていたのか、どっちなんだというと、春佳の亡霊が彷徨していたのかどうかを確かめる術はないが、狂乱した紋一が家の周囲を彷徨していたのは事実であった。

春佳の死に衝撃を受け、あらゆる蕈を貪り食い、ある意味、自殺を図った紋一であったが、日が経つにつれて段々とおもしろくなってきて、春佳の死の衝撃は当人のなかで薄れていった。

それでなにがおもしろくなったかというと、蕈の薬効で紋一は日がな一日蕈の研究に没頭した。といってそれは科学的な分析ではなく、もっぱら自らこれを食すという捨て身の体験によるものだった。もちろんそれで毒が回って死ぬ可能性は高かったが、おもしろがりつつも紋一は感情のベースのところで自暴自棄になっており、死ぬのなら別に死んでもよいと思っていた。そしてその間も春佳の声はずっと響いていた。「芝居が見たい。アートが見たい。うまい菓子ンを食したい云々」

ところが不思議と死ななかった。なぜ死ななかったかというのはしかし神秘や奇蹟ではないように思われた。なぜならそうしていろんな組み合わせを試し、経験を積むうちに、たとえそれが初めて見る蕈であっても直感のようなものが働いて、事前にその結果が予測できるようになっていたからで、あるときなど紋一は激越な流感の症状を複数の蕈を切り刻んで練り、例の白いネバネバで固めたものを飲んで一瞬で治してしまった。もちろん精神への影響も自在自由で夢幻に遊び宇宙に合一して覚者となるのも容易だった。

しかし経験だけでそんなことができよう訳がなく、おそらく何らかのベース、蕈の毒を体内で調節・抑制させるような物質が紋一の体内に常にあるには違いなかった。もしかしたらあの白いネバネバがそうなのだろうか。

そんなことを続けるうちに紋一はますます蕈を自在に用いることができるようになった。おもしろいことだなあ、と紋一の生活ぶりは充実したが、ある日、不安な気持ちになりたくなり、不安な感じになるような感じの蕈ミックスを作って摂り、春佳がときどき聴いていた葬送行進曲を爆音で聴いたところ、思い通り不安な気持ちになり、いろいろ考えるうちに「一度、東京の自宅に戻らないといろいろまずいのではないか」と思い、そのまま日常遣いの蕈だけを持って別荘を出て東京へ向かった。

さてしかしいざ東京に戻ってみると、滞っている支払いを済ませたり、いろんなものを解約したり、いろんなゴミを捨てたり、とやるべきことが山とあって滞在は長引いた。そしてそうこうするうちに一時弱くなっていた春佳の声がまた頻繁に響くようになっていた。これは春佳の霊魂が活発に活動し始めた証左であったし、また、紋一は別荘ではさまざまの蕈カクテルを用いてこの嫌な声を封じてもいたが、東京では原材料が手に入らず、蕈カクテルを拵えられないためでもあった。

そうこうするうちに春佳の声はいみじくなってくるし、蕈を食して幸福になることもできず紋一は日に日に気ちがい染みていき、春佳の不在を糊塗して殺人の嫌疑から逃れて不安を払拭する、というのが東京でのそもそもの目的であったのが、逆におかしな心象を振りまいてる、みたいなことになって、これでは本末顚倒、これをなんとかするためにはどこかでフレッシュな蕈をゲットしてこれを調合する必要があるのだが何処かこのあたりでフレッシュな蕈をゲットできるところはないだろうか。あるよ。あの森だよ。と思いついて紋一はルーペと図鑑と調味料各種を携えて森にやってきたのであった。

したところ田舎ほどではないが、そこそこ蕈はあり、とりあえずリラックスした気分になりたかったのと、ちょっと咽がいがらっぽい感じがして熱っぽい感じもあって、これってもしかしたら風邪？　いま風邪ひきたくないんですけど的な気分だったので、そんな感じのものをちょっと集め、ナイフで刻み、例の白いネバネバを混ぜ合わせたうえ、酢味噌和えにしてその場で生食した。

目論見通り紋一に平安が訪れ、やがて紋一はその場で眠ってしまった。さて紋一はどれくらいの間、眠っていたのだろうか。わからない。わからないが、ひとつだけはっきりしていることは、その間に例の光柱が建ったということである。

そして環境が激変、交通もなくなって紋一は別荘に戻れなくなったのだが、これは紋一にとってはかえって幸せなことであった。というのはひとつにはなによりも春佳を毒殺したことがこれで有耶無耶になるということ。そしてもうひとつは光柱の影響によって森が奥森となり、蕈の種類も爆発的に増え、それは質も量もかっていた田舎を凌駕して、自在自由、思うままの調合ができるようになったということで、紋一はこのまま研鑽を重ねれば不老不死の仙薬も夢ではないのではないか、と夢想するに至った。

そしてさらに幸せだったのは光柱以降に成立した奥森が直ちに毒虫の巣窟となった

ことで、さもなくばこのご時世、食用の蕈があるという話が広まった途端、餓鬼の群が押し寄せて根こそぎ食い尽くしてしまうだろうし、地下邪都に権利を押さえられてしまうかも知れなかった。

「けれども毒虫が居てくれるお蔭でそんなこともなく」

「酔生夢死、夢のような生涯を送れるってことか」

「そういう訳でさあ。やってくるのは犬かハクビシンか、あたあ、逃げたひょっとこが迷い込んでくるくらいでね」

「それと僕みたいな酔狂な男」

「そういうことですね」

「その酔狂な男がひとつ頼みがあるんだが聞いてくれないか、っておっと、それが貴重なのはわかってる、ただとはもちろん言わない。これを進呈しましょう」

そう言ってふくべを差し出す男に紋一は言った。

「あるあっ。酒ですか。これはしかもスカッチですよね。私はここでの生活に満ち足りて、のーんびり、ひとりでやっております」（そう言った紋一の口調は開き直ったようで、特に、のーんびり、と伸ばしたところでは怒りすら感じられた、と男は言った）

「けれども酒だけはどうても手に入りませんでね。それでも昔は町に出て根気よく探せばありました。けれどももう最近は百もでねぇ。いやさ、百本て訳じゃありませんぜ。ちっともないってことを僕らの方ではこういうのですわ。言語もね、こころごころどっさかい。ってね。ようがす、ようがす。さあ、ここに二貝ありますから、さあ、どうぞご遠慮なくお持ちください」

という経緯で男は酒と引き替えに殺虫剤を入手できたというわけだった。それを聞いて私は男に言った。

「じゃあ、よかったじゃありませんか。これであなたも望みを達成できたって訳ですよね」

「けれどもそれがよくないんだよ」

と男は言った。

「よくないというのは、そもそもヨーコがその権限を有しておらず、いくら殺虫剤を渡してもあなたが戸籍を得られないということを、この話を始めた時点ではわかっているが、その時点ではわかっていなかったということですか」

「いや、俺はそのときからわかっていたよ。わかっていて騙される振りをしていたんだよ」

「なんのためにそんな馬鹿なことを。まるで盆の裸踊りじゃありませんか」

「あのさあ、俺は真面目に話してるんだよ。盆の裸踊りなんて存在しない譬えを言ってる場合じゃないんだがね、兎に角、そうしたことではなくて、僕がヨーコと繋がりを持つのは、君の言葉で言えば媚びへつらっているのは別の目的があるからだよ」

「へええええっ、へええええええっ、ぎょえええええっ、ぎょほほ。なんすかねぇ、なんすかねぇ、そりゃあ、なんすかねぇ」

「巫山戯るな。燗冷を飲め」

「ええ、頂戴いたしやす」

「それは光柱が現れたためでもある。そもそもなんで光柱が現れたのか。しかも二度現れたのか。一度目は小さい規模で。二度目はもっと大きく。ならば一度目は予兆ではなかったのか。日本くるぶしを通じて君は警告を受け取った。にもかかわらず君は何度も失敗し、どんどん事態を悪くしていった結果、二度目の光柱を呼んでしまったのではないか。そして、そのために譴責されずによい人を巻き添えにして。そもそも最初に肉に不満を感じていた時点で君は傲慢だった。君のその傲慢さが光柱を呼んだのだとは思わないか。君はいつも自分のことばかり考えていた。自分の家。自分の敷地、自分の栄光。それが人間だと開き直るのかね。君は本当に人間なのかね。人間であろうと犬であろうと、自分から離れていくものはある。あまざかる鄙の荒ら野に自分を置き捨ててしまうものだ。日本くるぶしの声は、その呼び声、となんで思わず、っていうか、思えず自分の頭の中に、自分だけに特別に神が訪れた、と思い上がるのかね。そんな声は誰だって聞いているんだよ。だのに、自分、自分、自分、君はいつだって自分を抱きしめているから、そんなありふれた声に特別の意味を見出して、変なくせ球ばかり投げて人を苦しめているのではなかったのか。素直になれよ。ちょっとその大切な自分を一回捨てたらどうだ。舵木禱子は捨てたよ。おまえはそうやって自分を大事そうに袱紗でくるんで持ち歩いているが、かっこ悪っ、その袱紗、百均の袱紗だよ。きったなくて卑小な自分を安っぽい袱紗でくるんで、こんな貴重なものはふたつとない、と思うだけならまだしも、大声で言い触らして歩いてるんだからね、おたくさんの場合。ミッタァナクテシャアネェヤ。とにかくその得意面だけはやめたほうがいい。といってでも抜け作というところまで行っただけでもマシかも知れないね。それがひとつの放下であることには違いないからね。ただ自分の栄光だけを求めて、それで演劇もあんなことになってしまって、ちょっと待ってください、あれは僕のせいじゃない、ってそうじゃないよ。ヨーコに、というか舵木母子に資金を提供して結局、あの事態を招いてしまったのは政治的な身振りに関心がない振りをしながら心の内中では権力を渇仰していた君の精神があんな形をとって現れただけではないですか。つまり君の心持ちがヨーコを作り出し、結果的に光柱を呼んだんじゃないですか。そこを考えてごらん。そうすれば僕がヨーコと繋がりを持ったその理由なんて自然にわかってくるんじゃないですか」

「あのですね、突っ込みどころが多すぎてなにから突っ込んだらいいのかわからないんですけどね、いいですか。順番にゆっくり聞いていって」

「ああ、いいとも。好きにするがいいさ。スルガ丼でも作らせようか」

「けっこうです」

「辞退か。それもよかろうて。では燗冷を飲めよ。飲んで少しは人間らしくしろよ。さあ、飲みたまえ、燗冷を」

言われて私は苛苛しつつも、なんだか飲まずにはいられないような気分になって燗冷をグビグビ飲んだ。

一瞬、部屋が、ぐらっ、と揺れて男の顔が遠のいたような感覚があった。私は心をちぎり破って山捨てにするような精神をうす禿がやけくそになって残り毛を毟り取るような精神で言った。

「ではとりあえず二つうかがいますがねぇ、まず、あなた、なんで、そんなドッグパークのこととか事細かに最初から知ってるんですか。なんでですか。なんで日本くるぶしのこととか、って、これ、僕自身訳わかんないんですけど、知ってんですか。あと、なんで全部、僕のせいなんですか。そりゃあ、労務者に辛く当たったりはしました。それ以外にも僕はいろんな局面で利己主義的に振る舞ったかもしれませんけどねぇ、そんなん普通じゃないですか。人間だったら誰でもそうじゃないですか。自分から逃れられてる人間なんているんですかねぇ。なんですべて僕のせいなんですか。光柱とかまで」

そう問うたとき、男の顔が急に明滅し始め、また、ぎゅんと縮んではぶわっと広がるなどし始めた。そして顔の回りの景色が線になって後ろにグングン飛び退っていく。一服盛られたな、と思ったがもう遅い。ようやっと、「なにを入れました。燗冷になにを入れましたか」と問うと男は、「なーに、二宮紋造に貰った蕈の精髄を入れたまでさ」と言って笑った。その笑顔が白く輝いていた。というと単に光を反射しているようだが、そんなものじゃない、男の顔から、顔のあたりから無量の光が噴出していた。そんなものをまともに食らったら間違いなく死ぬ。私は身体を斜交いにしてこれを避けた。

光は壁を突き抜けてどこまでいたっているのか見当もつかなかった。そして私は私の意識もまた斜線となって男の後ろに後退して絶えるのだろうな、意識が消え入るのだろうな、と思っていた。しかし、後退する景色と噴出する光の交わる点にいる男の姿をはっきりと見て取ることができた。つまり私は清澄な意識を保っているらしかった。

男は声を発した。その声も私は明瞭に聞くことができた。名前、変わっとるやないか、と思うこともできた。

男の真意

　男は無量の光を顔から噴出させる。周囲の世界は線となって後退していく。そして意識はクリアー。でも私は突飛なことも考えた。というのは、この顔面から噴出する光がもしかして光柱の源なのか、ということ。でもすぐに、真逆、と思った。あれだけの権力がちっぽけなたったひとりの人間の顔面から出るわけがない。怯むことはない。こんな奴はたいした奴じゃない。いずれ一廉の男には違いないだろうが、それをいうなら私だって。いや、私はただのニートだ。そんな風に心の悶えに煩わされている私の心に、男はどこから発せられるのかわからない声で語りかけていた。

「まあ、オア岩なさい。おあがんなさい、と言ってるんです。光はますます意味軸鳴ります。いみじくなります、と言っているのです。どれそれであなたの質問に答えていきましょうかね。ひとつはなんでしたかいね、そう、なんで私がドッグパークのことを知っているか。そしてその後のあなたの言動をすべて知っているか、ってことですかね。あの作業員のこととか。それは僕が最初からすべてをみていたからですよ。

いまは光で見えぬでしょうが、いまの僕の顔を見ればあなたはすべてを了知するはずです。なんでしたら少し光を弱めてみましょうか」

「馬鹿なことをお言いでない。この顔面から発せられる光と景色の後退は二宮紋造氏の蕇の事でしょう。つまり私の脳髄に映じたる現象でしょう。それをお宅が調節できるわけがないでしょうが」

先程からの反発心も相俟って、そんなことを言ってのけた、そのすぐ後、線のようだった風景が蕩けたような暈けたような風景となった。そして光は相変わらず怒濤の様に噴出してはいるものの無量とも申すべきその眩さがやや減じた様に感じられ、こはいかなることにやありつらむ、と目を凝らすに、その中心部に、白い人の顔、目鼻のようなものがボンヤリ見えたような気がした。

「ね。このように調節できるんです。顔がわかりましたか」

言われて凝と見ようと思ったけれども、それでも光量は激しく二秒と見ていられず、「顔はわからない。見られない」と言うより他なかったのでそういうと光が元のように増え、「なんと目の弱い」という呟きが四十回連続して響いた。それは同じ言葉が四十回発せられたというよりは四十回壁に当たって跳ね返っているような感じだった。その壁はなんの壁か。越えられない言葉の壁。または、私と男の間にそびえる壁であるのかも知れなかった。

「壁。はははは。よい着眼点だ。ただ百%筋間違って逆を言ってはいるがな」

「百%筋とはなんです」

「そのような言葉遣いということだ。それは一つの世界に属する言葉ではない。言葉には奥行きがあってね、正面外観だけではなくなかに入れば幅も奥行きもあるし、表口も裏口もある。窓もあれば隠し扉もあって、ひとつ意味では解釈してしきれないってことを言ってるのさ。日本くるぶしといって、日本の踝、って事だけじゃないのはあんたが一番よく知ってるだろ？　その言葉が合わさって文脈というものができているのだから指示範囲はひとつじゃないのは当然の話でね。だから君が僕とヨーコの話を聞いて僕の真の意図がわからないというのはとんでもないと言えばとんでもない話だが、当然と言えば当然の話だ。だから、そこのあたりをいまから説明しよう」

　私は暫くの間、凝視したからだろうか、もう目が痛くて開いていられなくなって目を閉じ、そうしてでもそれはすべてに承服したわけでもないし、気弱になったわけでもないということがわかっていた。ただ、男にそうだと思われるのが嫌で私は言った。

「それは勿論、聞きたいところだ。私が最初に問うた、物事の根本、ってやつがそこにあるわけだからな。ただ、その前にひとつ、君がまだ答えてないことがある。それに答えてもらわないことにはね、って俺は感じているんだ」

「ほほう。なんだね」

と、おもしろそうに言う男の声が聞こえてきた。

「ひとつだけ言っておくがね、私の目は弱くない。まるで弱くない。ただ、光がもの凄いだけだ。そして僕の目が開いていないのを善いことに君は、自分は最初から見ていた、なんてことを言うが、それ、君、自分で言ってることを自分でわかってるのか。それって自分が神だって言ってるのと同じことなんだぜ。ってことは、ははは、日本くるぶしも実は自分だった、ってか。そんなことで俺がびびるとでもおもってんのか。そんなことにびびるのはフランスかぶれの教養乞食かフランスかぶれのドケチくらいのものだよ。ごまかすのはよしな。さっさと答えろよ。なんでさあ、光柱出現なんてでけぇことまで俺のせいになるんだよ。俺の先祖は神功皇后だとでもいいたいのか。そいでてめぇは宗像三神だとでもいうのかよ。ざけんなよ。すぐにanswerくれや」

目を閉じているからか思い切ったことが言えて、これで少しは男に一矢報いることができたのではないか。と私は思い、光のなかにいることをまるで温熱治療のように心地よく感じた。ところが。

男はまるで痛痒を感じた様子もない、変わらないトーンの音声を発し続けていた。

「ははは、なるほど。そういえばそんなことを先程、仰ったな。仰っていたな。それはでも質問としてはとても本質的な質問だ。っていうか、僕が君に言いたいことはそのことに尽きると言ってもよいくらいだ。いずれ僕の話は終いにはそのことに及ぶので、ここはマア黙って僕の話を順番に聞いていけばそうしたことはぜーんぶ明快にわかるのですが、っていうか、順番に話をしていかないとわからないのだけれども、どうです、順番に話を聞いていただけませんか。それともあなたにその度量はありませんか。ちゃんとしたものを読まないでクイックスタートガイドで済ませて後で泣きを見るようなタイプですか」

「度量はありますよ」

「さすがはあなただ。じゃあ、順に話しましょう。まずは、ヨーコに私が殺虫剤の提供を申し出た目的ですが、もちろんそれはあなたの言うとおり、地下邪都の戸籍取得ではありません」

「そりゃそうでしょうな。こんなことができるあなたがそんなケチなものを欲するわけがない。神意が別にあるのでしょう。私は腹からそう思ってますし、願ってますよ」

「ああ、その願いこそが尊い。簡単な言葉じゃないことは聞いていてわかりますよ。まあ、そういう訳で、私がヨーコに殺虫剤を渡すのはもちろん、地下邪都とその住民を虐殺するためです。ところでいま、神意と仰ったのか、それとも真意と仰ったのか」

「それは……」

「おっしゃいますな。おっしゃいますな。それもまた先走ったことだ。驚かないね」

「まあ、驚きません」

と私が答えたとき、急に座敷が暗くなったかと思ったら雨が降ってきて、その途端、光と線が消えて風景が復活し、石が草が黒く濡れた。なんということだ。こんなところで雨が降るなんて。私は心の奥底で願った。雨よ、この世の毒と光を洗い流しておくれ。

「雨とはメズだな」

光を失った男は少し錆が浮かんだような顔になっていた。

「まあよいやな。君は僕が地下邪都転覆を企てていると聞いて驚かない。むしろ雨に驚いているようだね」

私はそんなことを言われても黙っていた。だってそうだ。実は私は途中からそんなことではないのか、と考えていた。だって地下邪都の連中は……。

「その通りだよ。ズボシというやつだ。あいつらは悪徳そのものだ。普段は慈善だなんだと言っておきながら、いざとなると自分たちの快適を全力で確保する。そのために地上の人間がどんな目に遭ったってお構いなしさ。一言で言ってクソ野郎なのさ。

そうは思わないかね」

「それを思うから、私はおまえの真意を見抜くことができたのだと思う」

「おおおおっ、だよね。もっとくれ、もっとくれ」

そう言って男は両手を前に差し出し、掌を上に向けて、ない水を跳ね上げるような仕草をした。雨はいよいよいみじい。私は自分の気持ちを述べた。

「それだったら最初から慈善なんかしなければよいんだよ。俺は自分のことしか考えていないって言えばよい。ね、私は強欲です、っていう看板をキチンと掲げればよい。けれども奴らはそれをしない。自分たちは知的で上品で優雅だといいながらそれをやっている」

「こっちにも尊厳ってものがあるよね」

「そうだよ。尊厳、その通りだよ。お情けの慈善なんていらない。それだったら正当な分け前を寄越せ、ってんだよ。そしてその方があいつらのお情けよりも分量的には多いと俺は踏んでるんだ」

「本当だよね。本当のことだよね」

「そうだとも。だから俺は黙っていたけど、ずっと黙っていたけど、ヨーコが現れたときは本当に驚いたんだよ。心の底から驚いたんだ。だってそうじゃんかい、あいつはものすごく汚い奴で、あの純白の衣装は心の黒さと真反対なのだけれども、真逆《まさか》あの大災厄を生き延びたうえで地下邪都に食い込むほど政治力を持っているとは思わなかったし、おまえがあいつと繋がっているというのも遥かに予測を超えていたからね」

「それに僕を気ちがいと思って嫌っていたしね」

「この構造を知る前はね。それはしょうがないよ。あんな目をするのだもの。それとも俺はあの時点で既に決まっていたのだろうか」

「いつから決まっているのかは知れたものではないが……」

と言って男はまるで不用意なことを口走った人間のような顔をした。私はそれでも言った。

「とにもかくにも、仮に決まっていても、俺はおまえがヨーコの敵だと知って安心したし、あの悪い奴らに従属的な態度をとる人間じゃない、それどころかあいつらを滅ぼそうとしていると知ってよかったことだ、と思ってるよ」

「それはよかった。とにかくじゃあ、整理しておくと、あいつらは悪だから滅ぼす、そしてその後、善だけで世の中を作って、ここを弥勒の世にする、と、そういうことでいいか」

「ああ、いいよ」

「おめでとう。燗冷を飲めよ」

「ああ、飲むよ、はは、うまい」

「うまいか」

「うまいよ」

「いい気持ちか」

「いい気持ちだよ」

「そりゃあ、よかった。さあ、それで、だ。その滅ぼすにあたって君の協力が不可欠なんだが協力はしてもらえるのか」

言われて私は急に不安な気持ちになった。そうすると、急に座敷が明るくなった。また男の顔が輝きだしたのか。そうではなかった。急激に日が射してきたのだ！　その光に力を得ることができるかも知れない、と考えた私は光に向かって顔を突き出し、下唇を剝き出しにして両の手を後ろで組んで、鴨か鸛にでもなったような気持ちで光を浴びた。そうすれば、ああ、協力なんてするに決まっているじゃないか。俺は協力組合だよ。と断言することができる鴨。と思ったからだ。ところがあに図らんや、そんな意欲は微塵も生まれてこず、ただ心配・不安が増大していくばかりで、やむを得ない、言った。

「それは内容を聞いてみないとわからないな」

そう言った途端、それまで上機嫌で喋っていた男が顔色を変えた。そして男はまるで無能な刑事が車の中から知り合いを見送るような顔で言った。

「そうです、よ、ね。わかりました。それでは内容を申し上げましょう」

「いや、別に疑ってるわけじゃないんですよ。俺にできることかどうか、それを聞きたいだけでね」

「じゃあ、計画を申し上げますとね、まず展示会を開きたいんですね」

「ああ、それがヨーコと話してた企画みたいなことの主意ですか」

「そうなんだよ」

といつの間にか男はまた余裕ある口吻に戻っていた。

「そのときには地下邪都にはもう珍しくなってきた鯨料理やコノワタも或いはジビエ的なものも、そして蕈料理も盛大に振る舞いたいのだ。もちろん飛び道具もふんだんに盛って」

「それはどうなのかな」

「なんだよ、異議があるのか」

「まあ、飛び道具もいいでしょう。みんなで無量の光を浴びて量子的な観音感・涅槃感を疑似体験するのは地下邪都と地上の一体感を演出するためにはとてもいいし、もちろん料理は喜ばれるに違いありませんが、鯨っていうのはあの連中の価値観念に反するのではないですか」

「いやいや、そのとき彼らは二重の快楽を貪るのさ」

「俺にはわからないな」

「もうすぐわかるよ。それが君のさっきからの疑問に答えることでもあるのさ。さて、そのとき鯨なんてものはだねぇ、これは少しでいい。冷凍してあるもので間に合う。コノワタやなんかもね。ちゃんと当てがある。そして蕈は、というとこれはいくらでもある」

「二宮紋造」

「仰る通りだ。あいつに言えばいくらでも貰える。もちろんスカッチかなにかを渡さなければならないがな。ただ、まあ、スカッチは僕はたくさん持っているし、なに、いざとなったらサントリーレッドかなにかを詰め替えておけばよいのだ」

「そんなことをしてばれませんか」

「ばれはしない。露見するだけだ」

「一緒じゃないですか」

「違うんだよ。とにかく蕈は手に入る。問題はジビエ的なやつで僕はこれは大鍋料理にしようと思っているのだが、この材料がなかなか手に入らないんだ。そこで君にそれを集めて欲しいのだな。それは実は君にしかできない仕事なのだ」

「なるほど。森にはもう鳥とかいませんものね」

「うん。鳥はもう皆目いなくなった。虫が食ってしまったのだ」

「虫が鳥を食う。恐ろしい世の中になったものですね」

「仰る通りだ。こないだなんざ、おっどろいたね、虫の塊が飛んでいく、と思ったら鳥なのさ。飛んでいる鳥に虫がたかって、鳥は必死で逃れようとするんだけれど、食いついて離れない」

「で、どうなりました」

「どうもこうもない、そのまま飛んでいってビル陰に見えなくなったが、おそらく力尽きて死んだだろう。あれがこの世の鳥の最後の一羽だったんじゃねぇのかな」

「あの虫は食えませんか」

「駄目だ。あるとき、ひとりの男が佃煮にして食べたら……」

「どうでした、まずかったのですか」

「まずいどころではない、高熱で身体は三倍にも膨れあがり、三日三晩、苦しみ抜いた挙げ句、死におった」

「おそろしいですね」

「ああ、そしてなによりおそろしかったのは、仲間で男の通夜をしているとき、そうやって死んだ男の膨れあがった腹を食い破って毒虫が飛んで出たことじゃった」

「え、マジですか」

「マジだ」

「知らないうちに飛んできて腹中に入ったのでしょうかねぇ」

「そんなことはなかったそうだ」

「じゃあ、どうしたんでしょう」

「佃煮が腹の中の胃液で洗われて生き還ったのだ。さほどに生命力の強いバケモノなんだ、あの毒虫は」

「なるほどねぇ。じゃあ、食えませんわねぇ。そうするとしかしなんだか口惜しいですね。なんとかして食ってやりたいと思う。あと、それくらいに強い毒なんだったら、逆にすごい薬になるんじゃないですか、とも思いますがね」

「ああ、やっぱり、そう考えて実行に移したやつがいたよ。乾燥させた毒虫をすり潰して粉にしてはったい粉と混ぜあわせて飲んだり、或いは乾燥させた毒虫をルイボスティーに入れて抽出して飲んだり」

「どうなりました」

「みんな死におった」

　ということは毒虫料理もできないということだが、これはでもできたとしてもジビエ的なものとは言えない。けれども野鳥とかはもはやこのあたりにはいない。ということは。

嫌な予感がした。男は私が嫌な予感に苦しめられていることを十分知っている。それどころかこの話を始めたときからわかっていた、みたいな顔で私を見ている。黙って見ている。沈黙が続いて私は堪えきれずに言った。

「あなたはなにを考えているのです」

男は間髪をいれず言った。

「おまえはなにを考えてるんだ」

その目がかなりもうおかしくて、私は気圧されて自分から言ってしまった。

「あなたはもしかして私にひょっとこの肉を集めろといっているんじゃないでしょうね」

その一言でおかしかった男の目が急に一般的な、そこいらの、髪型がファシストなのに思想は凡庸みたいなおっさんの顔にでも嵌まっているようなどうでもよいような目に変じた。

「はははははははは。あっははっ。餅でも焼いて食わずに捨てたいような気分だな。それはそれで実は必要なんだが、そういうことではない」

「じゃあ、なんですか。ハクビシンかなにかですか」

「そんなものがいればとうにみなが食っている。だからそうではない。わからないか。じゃあ、教えよう。君に捕って欲しいのは、そうだ。犬だ」

「はああああっ？　意味わからないんですけれども」

「もちろん、いわないとわからない。説明しましょう」

そう言って男は説明をし始めた。


こんなことはもちろん私も知らなかったこと、これは二宮紋造に聞いて知ったのだが奥森の一角に犬が群れをなして暮らしている場所があるらしい。なんで二宮がそんなことを知っているかというと、材料が必要だったからで、実は二宮紋造が作る殺虫剤の主原料はもちろん自ら栽培した蕈であったが、その製造過程で犬の臓器から抽出した物質を混入する必要があった。しかし二宮は困らなかった。なぜなら奥森のさらに奥のある岩陰に行くと、割と頻繁に落ちていたからだった。そしてその岩陰の向こう側に犬の集落があったのだ。

じゃあそこに行って犬を捕ってこいというのですか、ってそうだよ。そしてそれには二重の用途があってひとつはいま言ったように、フェスティバル用の食材としてなんだけど、もうひとつはいま言った殺虫剤の原料としてなんだよ。って、もちろん自家用の十缶二十缶だったら、そうやって岩陰で拾ってくる死体で十分に間に合うが、なーに、地下邪都の全需要を賄うとなれば十万二十万のオーダーにこれなってくるわけっしょがな。そうなってくると拾いでは間に合わない。となると、そう、仰る通りだ。犬の群に突入していってこれを能動的に殺戮しなければならない。そうするとお？　そう、犬の肉もゲットできるし、殺虫剤の原料も大量に手に入って八方丸く収まるということだ。

「馬鹿なことをお言いでない」

私は激怒して言った。いくら命を助けられたからといって、この世界に寄る辺が他にないからといって、言ってよいことと悪いことがある。私は大きな声を出した。

「あのお、ふざけないでほしいんですけどね。フェスティバル用の食材、ってそれ犬肉祭りとどこが違うんですか？　あのさあ、僕を誰だと思ってるんですか。僕はねぇ、犬を助ける団体のトップだったんですよ。それに研究機関などが実験動物を使うのにも反対だった。ぜんたいヨーコはこのことを知ってるんですか」

「知らんだろうと思う」

「だろうね。知ってたらいくらヨーコでもそれはちょっと……、って言うだろうよ」

「そんなことはないと思うけどね。地下邪都ではそのあたりの常識はかなり変動しているから」

「ああそうですか。ああそうですか。太い声で言いますけど、ああそうですか。とにかく僕はごめん蒙りますね。っていうか、なんで僕なんですか。僕じゃなくてもいいでしょう」

男はまた説明を始めた。

その質問は二度目ですね。なんで日本くるぶしが僕を選んだのですかってね。そこにこそ神秘があるんですがね。それともうひとつは、そもそも犬が生きるために人間を犠牲にして当たり前と考えるのがおかしい、ちゅんでしょ。ぇ？　逆？　あ、そっか。人間が生きるために犬が犠牲になる、か。どっちでも同じことですけどね。まず、なにから説明しましょうか。なんで僕か、ってことですよねぇ、この論旨、けっこう複雑で多岐にわたりますのでそのつもりでいてくださいね。まず、なぜあなたかという問題ですが、抽象的な議論はさておいてなによりもまず、あなたしかいないということがあります。というのは、その犬というのが、さっき私が変なことといったの気がつきませんでした？　そう、私、本来、群れ、と言うべきところ犬の集落と言いましたよね。なぜかというと、その犬たちが実に統率力のある指導者に率いられ定住生活を営んでいるからで、当然、外敵の侵入は強力にこれを阻んでいます。なぜそれがわかったかというと二宮が一度、試したことがあるからです。

勿論、二宮が自分で入ったわけではない。ああ見えて二宮は用心深い男だからね。じゃあ、どうしたって、人を使ったに決まってる。地上ではみな飯を欲しがっているからね。蕈料理を二皿かそれくらい食わせてうまくいきゃあ、肉も食いたい次第、となりゃあ、行きたいって奴には事欠かない。さっそく何名か集め、防虫剤をふりかけて編隊を組ませ、六尺棒を持たせて突入させてみたものの六名の内、五名は帰ってこず、ようやっと逃げ帰ってきた奴の話によって犬の群はとてつもなく頭のよい真白な犬に率いられて勇猛果敢、戦略戦術も優れていて、最初は調子よく犬を追い詰めていたはずが気がつくと獰猛な犬に囲まれて吠え立てられ、自分ひとりがようやっと逃げ帰ってきた、あんな恐ろしいところには二度と行きたくないと泣きながら嘔吐するやら脱糞するやらで、いやはや非道い有り様で、そして二宮曰く、この男は偶然に助かったのではなくして、賢いうえにも賢い犬たちは知ってて、わざと、この男を逃がした、その狙いは、っていうと、そう、仰る通り、警告でさあね、この領域に入ったら死ぬ、ということを外の世界に知らしめるために、敢えて殺さなかったってわけですわ。

「ちょっと待って。それでなんで僕なんだよ」

ってか。ははは、あなたは犬の専門家じゃありませんか。犬の心がわかるわけじゃありませんか。犬と同類項なのでしょう。そしたら、犬の心に直接、語りかけることもできる訳でしょう。それは余人にはできませんよ。

「馬鹿な。いくら犬とて人間のために殺されてくれって言われて、はいそうですか、とは言わんよ」

「それは言えばわかるんじゃないですか。いやいやいや、人間だってそうじゃありませんか。人のために自分の命を投げ出す、ってことはこれまでもありますでしょう。多くの菩薩行と呼ばれる行為はそうした勇猛心を根本においています。乙な話、あなたがやっていた活動も煎じ詰めりゃあそういうことでしょう。人が人にする。人が犬にする。ならば、犬が人のために自分の命を投げ出したっておかしくありませんやな」

「いや、それはないでしょう。釈迦の捨身飼虎というのはあっても、虎の捨身飼釈迦ってのはない」

「普通ならね。普通の犬ならね。けれどもあの犬の理解度はかなりすごい。そこいらの地上の、餓えと恐怖から脳が駄目な感じになってしまった人間なんかより遥かに理解力があるから、そのへんのことは言えば必ずわかって貰えると僕は信じてます。また、それができるのは名代の動物通訳として一瞬とはいえ栄光をつかんでラジオ出演をしたり雑誌連載を持ったことのあるあなたにしかできないことだと強く思ってるんですよ」

「それはそうかもしれないが、どう考えても犬が人のために命を捨てるとは思えない。それは映画とか童話とかの話でしょう。忠犬ハチ公の美談的な」

「ああまあ、そうかもしれないが、あの犬ばかりは特殊でね。徳性もかなり高いようなんだよ。それに本当のことを言うといま犬と言われているものが本当に犬かという問題があるんだけどね」

「そんなわけのわからないことを言ってね、煙に巻くっていうのは、もういまは通用しないんですよ」

「そんなことはない」

「どっちが、ですか。煙に巻いているのではないといっているの？　それとも時代のことを言ってるの？」

「さあ、どっちだろうね」

「だから、そういう思わせぶりはやめてください、って言ってるんですよ。僕の犬はどこに消えたんですか。ヨーコが連れて行ったんですか」

「なんで急にそんなこと言うんだよ」

「わからない。ただ思ったんだ。とにかく、説得かなにか知らんが、いずれにしても犬は凶暴なんだろ」

「ああ、基本はな。とりあえずは嚙む、それが犬の基本姿勢だから」

「それじゃあ、無理ですよ。僕はそりゃあ確かに犬のことはやってましたけど、それは飽くまでも飼い犬で、それもチワワとかプードルといった愛玩犬がほとんどでした。とりあえず殺しに来る、ってそんな闘犬みたいな奴は僕は無理です」

「大丈夫。そのためにこれがある」

そう言うと男は、隣座敷に立っていき、弓を手に持ちそして矢が入ったケースを背負って戻ってきた。

「なんすか、そりゃあ」

「これは弓とそして矢ですよ」

「それは見ればわかる。それをどうしろというのですか。まさか、それで刃向かう犬を射殺せというのではないでしょうね。申し訳ないが僕にはそんな残酷なことはできない」

「馬鹿なことを言うな。いざとなればおまえは必ず犬を殺す。自分が助かるためにな。でもそれは自分を殺すことでもあるんだぜ。おまえは貧しい労務者を雨の中に追い出した。おまえはあの労務者がおまえ自身であることをいつわかったんだよ。いまか。明日か」

男がそう言ったとき私は驚いた。男がまるで権威あるもののように話したからである。

「立ちなさい。立って私に続きなさい」

そう言って男は立ち上がり庭に降りていった。私はフラフラアと立ち、これに続いた。そして、犬に矢を射かけることだけは絶対にしない、と心に誓っていた。男は庭を横切り清流を渉り、土手に取り付く。もう一度、大敗の渚に参るのか。そうすれば、またあの茶屋の女に会えるのだろうか。

そんなことを思うと足取りも少しは軽く、また踝を濡らし、土埃をつけて対岸に取り付いて土手上の小径に出た。ところが。

男は渚に続く右にではなく、左の方へ進んでいって、これではあの女に会うことができないので私は小声で、

「あ、いや、そっちじゃないような気がする。そっちにいくとなにもないような気がする」

と言ったり、なにもないのに気になるものがあったような演劇をして立ち止まったり、わざとのろのろ歩くなどしたが、そうした私の小さな抵抗をまったく気にもとめないで男はずんずん先へ進んでいった。

途中におもしろい景色も特にない、道の幅は一メートルくらい、右側が斜面で左側は川に沿った土手のようになっている。途中でこの道幅が七メートルくらいに広がって、ガードレールとかもいつの間にかあり、小川の向こう側には畑がずうっと広がっ

ている。そして右側の山も低くなだらかになって山沿いに製材所や中古車販売の看板かなんかがある。暫く行くと日に数便しかバスが来ないバス停留所があって抜け殻のような農婦が座っていたり、倒れたバイクの前で呆然として突っ立っている若い男がいるなどすれば、つまりそんな風な田舎の景色と接続していればそれはそれでおもしろい展開があるかも知れず、例えばそこで収穫される陸稲や大根などがいまの問題を解決するかも知れず、そこで営まれている日常が荒んだ地上と地下の人の心になにか生きるヒントのようなものを与える可能性も少なくなく、実際の話、国土軸がここまで歪んでしまっているのだからそうした可能性は大いにあるはずなのに、そうしたこともなく、ただの道が続くばかりで、私たちは生きるヒントからもあの女のいるかも知れない汀からもどんどん遠ざかっていった。あまざかる鄙の荒ら野に君をおきて思いつつあれば生けるともなし。そんな歌を私は思い出し。歩いて行くと、唐突にその弓場はあった。

広さはどれくらいあるだろうか、というと、そうさな、テニスコートを二面か三面くらい貼り合わせたくらいの広さがあり、奥と両側は切り立った杉木立、その先はどうやらなだらかな斜面になって海に落ちているらしい。

手前側に間口四間の差し掛け小屋、というのは屋根は片流れ、柱は掘立柱、三方に薄い板と苫を張って広場に面した側は開け放ってあるのがあって、男は小屋に入っていく。

　そこで続いてなかに入ると、入るときには気がつかなかった、正面に的が四つ並んでそこは間違いなく弓の練習場だったのだ。

「さあ、やってごらんない」

　と矢のケースを無造作に地面に置いて言った。

　しかしこちとらにはそんなもので犬を射る気はさらさらない。

「いや、無理ですよ」

「じゃあ、ちょっと貸してごらんなさい。僕が手本を見せましょう。よござんすか。簡単なことですよ。こうもって、こう矢をつがえて、引き絞って」

　とそう言って男は矢を引き絞り、時間を凝縮させるようなことをして、そして放った。したところ先ほど、凝縮した時間が一気に解放せられ、矢はもの凄い勢いで飛んでいき、そしてさらに驚いたことには的のド真ンに、スパパーンン、と的中して、小刻みに震えた。

「お見事っ」

　という聲が馬鹿な感じの杉木立に谺した。

　普通で考えればそれを言ったのは脇で見ていた私ということになる。けれども私はもはやそんな追従めいた態度をとるのはよしていた。じゃあ他に誰かいたのか。誰もおらない（とそのときは思っていた）。ということは。

そう。お見事。と叫んだのは他でもない男で、私は自分で射て自分でお見事なんて、馬鹿か、こいつは。ほんならあれか、こいつはゴルフとかに行っても自分で、ナイショッ！　とか言ってんのか。だっさい奴だな。ゴルフとかに行く時点でまあ既にださい訳だが。

「違うよ」

「あ、聞こえましたか」

「うん。残念ながら、君の考えることは全部、聞こえるんだわ」

「それは失礼した。君はゴルフに行かん人間だったのか」

「いや、そうではなくゴルフは行かんがそういうことを言っているのではなくして、僕は君が言うように自分で自分を称賛したのではないってことだよ。僕が、お見事っ、って言ったのは自分にじゃない、君に言ったのさ」

「僕に？」

「そうさ、君にさ。って、そう不思議そうな顔するな。僕は君が矢を射ることとは時間を矯め、それを解放させることである、と喝破したことに対してお見事と言ったのさ。実際の話、一瞬でそれを理解する奴はそうおらん。血の滲むような努力、修行を経てようやっとそれに気がつくのさ。もちろん気がつかぬ者もおほぜいいる。それをば僕がちょっとやるのを横手から見ていただけで喝破するなんてとてもじゃないが普通の洞察力ではない。喝破力すげぇ、つか。だから僕はねぇ、ほげえ、君が一瞬とはいえ栄光を摑んだことはけっして偶然ではない、とこう思ってるんですね。つまり、君には元々、そういうなんていうのかな、物事を喝破していく力、というか、透徹した眼差しみたいなものを生来、生得的にお持ちだというね、そういった要素が備わっていたのではないか。そんな風に僕なんかは考えるわけ。したがって例の日本くるぶしだってね、無作為に君を選んだわけではなく、やはり君のそうした喝破力のようなものを見抜いていたからこそじゃないのかね」

そんなことをこれまで言われたことがなかったし、私が弓矢で犬と闘うように仕向けるために心にもないことを言っているのが明らかだった。なので私は話を半分に聞いて、とりあわないようにしたつもりだった。ところが、いかなることにやありつらん、私はなぜか、ごく自然な態度で男から弓を受け取ってしまっていた。私は極度に、おだて、に弱い体質だった。男はさらに私に矢も手渡した。矢は男が使っていたものより、稍、太い印象だった。そこで私は男に言った。

「あなたが射た矢より太いようですが」

「ええ、ええ、これは初心者用の特殊矢です。非常によくできております。ひとつやってごらんない」

僕は犬を殺したくないんです」

「嫌ですよ。無理ですよ」

「大丈夫、大丈夫ですって」

「いやいや、謙遜とか遠慮とかをしているんじゃなくて、嫌なんですよ。僕は犬を殺したくないんです」

「別に殺せといっているわけじゃありません。矢を射る練習をしたらどうか、と言っているだけです。練習くらいしたっていいでしょう。それにあなたがさっき喝破した、時間を矯め、それを解放することによって生じるenergyというものを体感してみてはいかがですか。折角の喝破なんですから、やってみればいいじゃないか。なにもここで犬を殺せと言っているわけじゃなし、狙うのはただの的なんだし」

「そうですか。じゃあ、まあ、試しにやってみましょうかねぇ」

とつい言ってしまったのは、自分の喝破力に言及されて気分がよかったからで、やる気はあまりなかったのだが、男はその気を逃さず私をブースに誘導し、「さささ、ここで、そう、そうやって弓をつがえて、そう引き絞って、おおおおっ、形がいいなあ。とても初めてとは思えない」なんつうものだから、中途でやめられなくなり、なし崩しに矢を放ってしまった。

したところ、言わぬことではない、もの凄い勢いで真っ直ぐに飛んでいって的のド真ンに的中した男の矢とは大違いで、私の矢はようやっと落ちずにヒョロヒョロ飛んで、中途からはあらぬ方に曲がってどっかいってその末が見えなくなった。つまりたとえて言うならば、男の矢がジェット戦闘機だとすれば私の矢は老爺の小便のようだった。

しかし私はちっとも恥ずかしくなかった。私はむしろ誇るような口調で男に言った。

「ほらね。御覧の通りの素人なんですよ」

男は口を曲げて中途半端な感じの笑いを浮かべ、

「いやいや、それがね、そんなことはないんですよ。それがこの矢の値打ちでさあ」

と意味のとれないことを言い、そして、「矢を拾いに行きましょう」と言った。

「え、一発、撃つたびに拾いに行くんですか」

「ええ、高価な矢ですから」

そう言って男は矢庭を横切って大きく左に曲がっていった。ひとりでこんなところにいても意味がないので男に付いていった。

思った通り、杉の斜面が海に向かって落ちていたが、その傾斜は思ったよりもなだらかで、また杉そのものもよく手入れされて、日がよく入って明るく、弁当を広げて食べる人があってもちっともおかしくないような雰囲気だった。弓場といいこんないい感じの斜面といい、国土軸も捨てたものではなく、もちろんこうしたところをすべての人に開放すれば皆が、私がいま感じたような、幸福とまではいかぬ、幸福とまではいかぬが、ちょっとばかりいい感じ、を感じることをできるようになるのだが、男がそれをしないのは食糧や物資の存在を人に教えないのと同じで、皆が知ると忽ちにして食らい尽くされ、元も子もなくなってしまうからで、それは合理的な判断である。でもそれって、もののわかった者だけがいい目をみるという意味で地下邪都の奴らとどこが違うの？

そう思うとき、男がまた呼ぶ。

「なにつまんないこと考えてんだよ、早く来いよ、早く」

と。そのとき私は男の呼ぶ声をまるで神の助けのように聞いていた。

そのひょっとこはまだ生きていた。生きてヒクヒク動いていた。目は白濁して口から泡のようなものを吐いていた。皮膚の色が青黒く、ところどころが破れて膿が湧いていた。木立は概ね清浄であったが、そのひょっとこの周囲にだけ、襤褸布や腐った食べ物が集積していた。痩せて肋が浮いていたが、腹だけが餓鬼のように膨らんでいた。

その膨らんだ腹に私の放った矢が貫通していた。

「やっちゃいましたね」

男はそう言って肩の辺りを足で踏んで矢を引き抜いた。ひょっとこは、「あっ、あっ」と声を挙げた。白濁した目から涙がこぼれた。

「なんてことだ」

私はそう言うしかなかった。当たり前の話だがひょっとこを射殺そうなどとは私は毛頭考えておらなかった。私はただ無心に的を狙ったのだが矢がそれ、たまたまそこにいたひょっとこに当たってしまっただけだった。なので弁解する必要はまったくないのだけれども、なんだか寝覚めが悪いというか、ひょっとこの様子があまりにも悲惨なので、つい弁解がましい口調で男に言った。

「いや、違うんですよ。これは不幸な事故なんですよ」

男は唇を無残に曲げていった。

「口は調法ですね。口ではなんとでも言える。心よりお詫び申し上げます、と口で言った瞬間、心はなくなる」

「なにが言いたいんですか」

「いや、別になにも言いたくありません。けど僕はあなたが狙って射たのではないということだけはわかります」

「マジですか」

「マジです。なんでってあんな風に矢の軌道をコントロールするのは人間業ではありませんからね」

「そうなんですよ。偶然、あんな風に曲がってしまって」

「あ、いや、でも、偶然、っていうのは違うかな」

「なにが違うんですか」

「実はね、この矢には目標を追尾する機能が付いていて、動く目標に合わせて曲がりくねって飛んでいくんですよ」

「マジですか」

「マジです。だから僕が、とにかく射てごらんない、と申し上げたのはそこでね、この矢を使えば初心者でも絶対に的を外さないんですよ。それで自信をつけて貰おうと思ったんですけど、いっやー、こんなところにひょっとこがいるなんて、思いもよらなかったわ」

「マジですか。でも、ひょっとこでよかった」

「え、いまなんと仰いました?」

「ひょっとこでよかった、って言ったんですよ」

「ちょっと僕、いま、ぜんぜん理解できないんですけど、それってもしかして、不幸中の幸い的な意味で言ってるんですか」

「ええ、そうですよ。これが子供とかだったら偉いことじゃないですか」

「うわっ、すっげぇ、すっげぇ。そんなこと言っちゃうんだー」

「なんの話ですか」

「だって、ひょっとこでよかったなんてひどくないですか」

「いや、そうだけど、別にひょっとこじゃん」

「えええええ？　なに言ってんすか、ひょっとこだって人間じゃないすか」

「そうだけど、ひょっとこだから」

「どういうことですか、どういうことですか」

「どういうこと、って、つまり別に、まあ別にかまわないっていうか、あ、そうだ、ほら、ひょっとこ、ってのはつまり人間が生産したものじゃないですか。つまり人間がね、人工的に作ったものであって神様が作りたもうたものではないわけです。ということはですね、机とかね、女子の笛とか、女子の体操着とかと同じものってことなんですよ」

「なんでそんなフェチなものばかり並べるんすか。そういう趣味なんすか」

「違います。たまたまそういう風になっただけで人間が作ったものといいたかっただけです。自動車とかそういったものと同じだってことですよ」

「つまりそういうものだから、いちいちその死を悲しむ必要はないってことですか」

「まあ、そういうことです。要らなくなったら毀す、捨てる、或いは、再利用するたびに、自身の良心を問う必要はないってことですよ。罪悪感感じなくっていい、っていうか」

「なるほど。わかりました。じゃあ、犬も同じってことでいいですね」

「はあ?」

「ひょっとこを殺してもいいってことは犬も殺していいってことになるじゃないすか」

「はあ? なに言ってんの? 馬鹿じゃねぇの。ひょっとこは人間が作ったものだけど犬は昔から犬じゃん」

「はあ? なに言ってんすか。いまいる多くの犬はほとんどが人間が作ったものですよ。だいたいにおいて神がダックスフントなんて不細工な犬を作ると思いますか」

「あ、あれは、まあ、しょうがないよ。そういう目的のためにブリードした犬だから。アナグマ猟に適した犬を作ろうと思って掛け合わせているうちにあんな風になったんだよ」

「つまり使役犬ってことですか」

「そう。よく言ってくれた。つまり僕の言ってるのはそういうことなんだよ。使役のための動物は同情する必要はないってことなんですよね。っていうか同情なんかしたら逆に彼らに失礼っていうか。要するになにが言いたいかというと、ひょっとこ、っていうのは犬で言えば使役犬のようなもので、愛玩犬・家庭犬ではない、ってことなんですよ。或いは、乳牛とかね、肉牛とかそうしたものと同じカテゴリーっていうか」

「でも、それこそ人間が生産したものですよね」

と男が言ったとき、私は男が私がヘロヘロ矢を射て落ち込んだとき、「それがこの矢の値打ちでさー」と言っていたことを思い出し、漸くだまされていたことに気がついた。そう、男はこの矢が追尾してひょっとこを射殺すことを予め知っていたのだ。そのうえで私に矢を射させ死んだひょっとこを見せて、ほら。君はこのように残酷なことをしてしまった。このうえ犬は射ない、といっても無駄だ。君の手はもう汚れてしまったのだ。洗っても血は落ちぬ。ならば義のために手を汚す覚悟を決めたらいいでしょう。っていうか、これまでの経緯から考えてそれ以外に道はない、と言って説得する腹づもりなのだ。ならば。

そう。どうあったって、ひょっとこと犬たちが違うということで押し切らなければならない。私は男に言った。

「それは確かにそうです。愛玩犬も人間が作ったものですよ。それは間違いありません。しかしですね、ここで、ぜひご理解いただきたいのは、感情の問題でね、つまり、僕は昔、牧場に行ったことがあって、ここで牛を見たんですよ。まあ、はっきり言って僕は犬と会話ができますからね、そこに行くまでは、もちろん深い話はできないにしても最近は草の味がうまくてね！　くらいな話ならできると思っていた。ところが行ってみて驚いた。もうね、ただ変な顔してこっちみて口をマグマグしてるだけでなに考えてるかぜんぜんわからんのですわ。それでそんなあほな話はない、いくら牛と雖もなにかは考えているはずだ、と思って必死で話しかけたんですけど駄目で、なんでそうなるかというとあいつらには結局、感情がないんですね、僕は植物語はからきしなんですけど、まだきゃつらの方が感情があるかも知れない。つまり、なにが言いたいかというと、愛玩犬とかだとほら、出掛けて帰ってきたらどう考えてもうれしそうに尻尾振って喜んで飛びついてくるじゃないですかあ。つまり感情、あるじゃないですかあ。でも牛とかね、そういったものは飛びつかないでしょ。っていうか飛びつかれたら死ぬし」

「でも、あれですよね。爬虫類とか飼ってる人に聞くと、なんか感情あるらしいじゃないですか。亀とか」

「それは僕は知りませんけどね。まあ、そしたら殺さないというだけの話ですよ」

「つまりあれですか。ガイジンが鯨は頭いいから食っちゃ駄目、とか言ってるのと同じってことですか」

「ちゅやあ、そうですけどね、ただ、ごらんない、地下邪都の体たらくを。あすこで暮らしてる連中なんてのは、どっちかっていうとそういうことをガイジンと一緒になって言ってた御連中ですよ。ところが、どうですか。いまは。レアだ、つって喜んで鯨の缶詰とかホイホイ食ってる。まあ、そんなものちゅやあ、そんなものでね、僕に言わせると。つまり、感情がある、とか言っても擬人化っていうのかな、相手が言葉を喋らないのを勿怪の幸いに人間が自分の感情を動物におっかぶせてるってケースが実に多いんですけどね。僕なんかはその心の乖離を毎日見てたし」

「つまりなにがいいたいんですか」

「つまり、ひょっとこを殺したんだから犬も殺すべき、っていうのは間違ってるってことですよ。豚肉を喰ったんだったら人肉も食え、どっちも肉には違いないだろう、っていうのが間違っているように」

「なぜなら豚やひょっとこには人間らしい感情がないから、ってこと？」

「仰る通りです」

と、言うと同時、背後で異様の呻き声がした。驚いて振り返ると、ひょっとこが斃れていた。そのひょっとこの背に矢が突き刺さっていた。どうやら心臓を射貫かれたらしく、乳のあたりから矢の先端が突き出ていた。いったい誰がこんなことをしたのだろう。驚き呆れて、矢が飛んできたと思しき方角を見ると、杉木立のなかに弓を持った女が立っていた。柿色のスーツの裾が破れていた。

渚の女だった。なんであの人がここにいるんだろう。まずそう思い、それから次に、なぜ渚の女はひょっとこを射殺したのだろうか、と思ったら、男が言った。

「萱子は僕が呼んでおいたんだよ」

「萱子？　あの人は萱子というのか」

「ああ、そうだよ」

「ふーん」

と、答えてそれ以上は聞かなかったのは、男がいかにも狎れた感じで萱子と呼び捨てにしているのが気に入らなかったからだった。男はそんな私の心中も察したか、今度は女、すなわち萱子に向かって言った。

「萱子、無闇にひょっとこを射たらあかんじゃないか。なんでひょっとこを射殺するんだ。この方の心は傷つきやすいんだからね。おまえのような可愛い女が射殺とか意味なくしたらこの方の心が傷ついちゃうじゃないか。駄目だぞ」

と、男が萱子に言って、私はその、こいつはナイーブなアホである、みたいな言い方に憤りを感じた。なのでこれに対して女が感情的な反応を示したり、それよりなにより男と同じように狎れた口調で話していたら、私はもう切れてしまってなにを言ったかわからない。

　ところが幸いなことに萱子は狎れた口調どころか、逆に男と距離を置いているような、冷静かつ事務的な口調で喋ってくれたので救われたような気持ちだった。萱子はこう言った。

「大輪さん。あなたがなんでそんなことを仰るのか私にはわかりません。なんでってそうでしょう。この方は後ろを向いていたから見えなかったけれども、あなたからは一部始終が見えていたはずです」

「いや、一向にみえなかったね。なにが起こっていたのだろうね。全体、僕は近眼なのか？　目が変なのは確かだが」

「存じません。どうしても状況を説明しろと仰るのであればご説明します」

「どうしても説明しろ」

「では説明します。大輪さん、あなたに呼ばれた私はお宅にうかがいました。スーツの裾が破れているのはそのとき、いばら、に引っ掛けてしまったからです」

「町から来ないで山から来たのか」

「はい」

「どうしてだ」

「意味はありません。私は町中より自然のなかの方をより好む性質なのかも知れません」

「そういうところがおまえの駄目なところなんだよ。そういう紋切り型のところがな。なんであれを自然だと思う？　あんなものはただの歪みだよ。まあ、いいやな。そいで、そいでどうしたんだい」

「お宅に伺ったらあの方が弓場にいらっしゃると仰るのでうかがったら弓が置いてあって、的には矢が刺さったままで、いらっしゃらない。それでおかしいとおもったし、危険だと思ったので弓を拾って……」

「ちょっと待て。なんで危険だと思ったんだ。そういう危険な雰囲気があったのか」

「そういう訳ではありませんが、もし誰かが弓と矢を拾って無防備なお二人を狙ったら危険だと思いました。それで私は弓と矢を拾ってお二人を探して矢庭を横切ってこちらの方へ歩いてきたのです。そうしたら言わぬことではない、こんなひょっとこがこの方の背後に姿勢を低くして忍び寄っておりました。私はなにかを考える前に反射的に矢をつがえて引き絞り、放ちました。そしていま駆け寄ってみれば言わぬことではない、ここなひょっとこは手に先端を尖らした鉄の棒を持っていて、この方を背後から刺そうとしていたのです」

　どうやら大輪というらしい男はフグのように頰を膨らませたかと思ったら、こんだ、うんと窄め、唇を尖らせ、ひょっとこのようにするということを繰り返して、まるでふざけているようだった。その大輪に萱子が言った。

「大輪さん、本当に気がつかなかったのですか」

「ええそう、本当に気がつかなかった。おそらくこのひょっとこは死角に入る術を心得ていたのだろう」

「まあ」

「なにが、まあ、だ、馬鹿野郎。上品ぶりやがって。練馬女郎がっ。まあ、いいや。しかし、それにしても驚くじゃないか」

と大輪は私の方を見て言った。

「なにが驚くのだ」

「ひょっとこの情愛だよ」

「なんだそらあ」

「だから、このひょっとこが君を襲おうとした動機だよ」

「どういうことだ」

「わからないか。このひょっとこは多分、こっちの君に射殺されたひょっとこの子だよ。自分の親が君に殺されたのに憤って、仇をとろうと君をつけ狙ったんだ」

「マジか」

「マジだ」

言われて私は萱子に射殺されたひょっとこを見た。まだ若いそのひょっとこは白目を剥いて歯をむき出して死んでいた。早くも死骸に蝿がたかっていた。顔の皮に黒い苔のようなものが生えていた。胸元と股間に黒い染みが広がっていた。

「ということはどういうことになるのだ」

「おまえは人間と同等の感情を持つひょっとこを射殺したということにどうしてもなってしまう」

「あれは不幸な事故だった。僕は殺す気がなかった。っていうか、あんな危険な矢を説明もなしに黙って渡す君が悪いのであって、僕はまったく悪くない」

「ああ、君はぜんぜん悪くない。俺は君が悪いなんて一言も言っていない。ただ、君がその手でなんの罪もない善良なひょっとこを殺してしまった、という単なる事実を述べているんだよ」

「おまえ、おまえ大輪っていうのか」

「そうだよ。俺は大輪ってんだ。よろしくな」

「そしたらよお、大輪さんよ、ひとつ言っていいかな」

「どうぞ、どうぞ」

「大輪さん、あなたには感謝している。俺を虫から救ってくれたわけだからな。けどそれとこれとは話は別だ、俺は犬を殺しにはいかんぜ。なんで、ってあたりまえじゃないか。あなたの理論で言えば、一度、穢れてしまったら二度と綺麗な身体には戻れない、っていうことになるが、そんなことはけっしてない。もしそうだとしたら俺は雨の中に労務者を追い立てた時点でもう終わっているはずだ」

「え？　それを自覚したから抜け作になって自己判断をしないことにしたんじゃなかったの」

「それを言われると困るが、しかし抜け作になるといっても止めどなく落ちていくということではない。よい師を見つけて、その方にすべてをゆだねよう。この身を預けよう、とそう思っただけだ。俺は犬は殺さない」

「あのさあ、ちょっと冷静になってほしいんだけどさあ、犬を殺さない、といって頑張っているけれどもね、僕は犬を殺せ、なんて一言も言ってないんだよ。犬を説得して欲しい、と言っているだけなんだよ」

「ええっと、そうだったっけ。でもその弓矢は」

「これはあくまでも護身用ですよ。私はあなたのスキルを生かして犬に協力をお願いしてくれと、とこうお願いしているわけです」

「お願いって、でも結局、人間のために死んでくれ、つう訳でしょ。で、言うこと聞かなかったら射殺、ってことなんでしょ」

「いや、それはないですね。射殺したら運搬とかやはり大変だし、犬には納得ずくで自分で会場まで歩いて行ってもらいたい。それに射殺したら群れが維持できないでしよう。僕は、邑・むら、という言葉は、群れ・むれ、と同じことだと思っています。そういう観点から考えても持続性というのはやはり重要でね、射殺しちまったら群れは散り散りになって資源を供給できない」

「なにを言うか。痙攣的なeconomyのなかなのに」

「痙攣だってなんだって、やるときはやる。やらないときはやらない。そのオン・オフもまた持続のために必要なんだよ」

「なにを仰っているのかまったくわからない」

「無闇に犬を射殺するわけではない。弓箭はあくまでも護身用であって攻撃用ではない。それに君の腕前じゃ、犬は撃てない」

「そのために誘導装置が付いてるんじゃないんですか」

「別にオフっときゃいいじゃん。それに万が一、弓箭の事態になったときは萱子が対応する」

「えっ」

と私は思わず萱子の顔を見た。萱子は真っ直ぐ前を見て、寂しげな笑みを浮かべている。理由はわからないがたまらなく恥ずかしい気持ちになった私はすぐに目を逸らし、大輪に言った。

「萱子さんが同行するんですか」

「そうだ。そのために呼んだんだ。君も見ただろう。萱子の弓射の腕前を」

「あ、そうなんですか。でも、じゃあ僕は弓を持っていかなくてもいいわけですね」

「ああ、そうだ。ただ持っていてほしいのは象徴的な意味があるから持っていてほしいんだけれどもね。あいつはそうした権威に弱いから」

「あいつって誰」

「群れを領導している犬だよ。領導犬とでも言うのかな」

「なんか盲導犬みたいだね」

「ああ、まあそんなものだ」

という会話をしているとき私は、最初はなにがあっても、どんなことがあっても絶対に森には行かない、と決めておったのにもかかわらず、どんなことがあっても絶対に森には行く、と決めてしまっていた。

なぜか。渚で別れたきり二度と会えないと思っていた萱子さんに思いがけず再会したばかりか、一緒に森に行かれる。こんな機会を逃す手はない！　と思ったからだった。私は大輪に言った。

「そういうことならわかった。ただし僕は犬に、人間の犠牲になって肉や殺虫剤になってくれ、と言って犬が、わかった。なるよ。と言うとは思わない。つまり、説得する自信はないが、それでもいいか」

「大丈夫だよ。君ならやれるさ。なあ、萱子」

その狎れた言い方が腹立つんだよ。私はそう思って萱子さんを見た。萱子さんは黙っていた。

そのとき私は萱子さんの本地はなんなのだろう、と思い、そしてすぐに、俺はなにを訳のわからないことを思っている。そんなことは思ってはならない、と思って思うことを思わない間にやめた。そして別のことを思った。

あいつ、大輪っていう名前だったのか！

愛する人を殺害する

　森と一口に言うが果たしてその実体はいろいろだ。普通、特に都会に暮らす人は森というと、森林浴とかきのこ狩り、といった言葉を聯想、ポジティヴなイメージを持っており、森に生息する危険な動物も森の熊さん、プーさん、リラックマといったメルヘンな感じに変換するのが常であるが、実際には、昼なお暗く腐木倒木ツタイバラ、得たいの知れない毒虫毒蛇、雨のように降る蛭、瘴気を噴出する沼などが人間の侵入を阻み、無理に侵入した人間は途轍もない苦労をする、という森が多いので注意が肝要である。森の実体を知らないでうかうかと森に入りごみ、酷い目にあった人間を私は何百人も見てきた。

　といった話を、弓場を横切り、山道をたどって崖を降りて清流を渉り、大輪宅の庭から座敷に上がり、萱子さんはすっかり用意をしてきたようなので、「ちょっとまってね」と断って仕度を調え、現金、土産の肉や紙、玩具、役に立たぬとは思えど大輪の添え状、議論となった弓箭も結局携えて大輪方を出立、狭いホールからエレベーターで一階に降り、なんだかもの凄く久しぶりな感じがして、確かに見覚えがあるのだけれども、いろんなところが微妙に変わっていて変な感じのする町並みを抜け、公園を通り抜けて奥森に入る道すがら草子、じゃない萱子さんにした。

萱子さんはそういうことを知っている、そういうことについて知っている人はやはり凄い、といったようなことは言わず「そうなんですねー」と表面的な感じで言うのみだったが、私はそれに満足を覚えていた。

そういうことから萱子さんのなかに私への尊敬心が生じ、いつしかそれが愛に発展する。そんなことも私は夢想していた。

ところが実際の奥森は毒虫のお蔭で長らく人が入らず荒れてはいるものの、そこまでおどろな森ではなく、私の警告が的外れなものであったということがすぐにわかって、萱子さんはなにも言わないけれども内心では自分を馬鹿にしている、という考えが身体のなかをくるくる回って、「あはは、大したことなかったね」などと口走って追従のような自嘲のような笑いを浮かべつつ冷や汗を流しているという始末、情けないかぎりであった。自分がさっき言った森とは実際の森ではなく、あくまで比喩的な意味での森であって例えば十七世紀のサケアヌス地方の文学は……、などいって失地を回復しようかとも思ったが土壷に嵌まりそうなのでよした。

けれどもそれをさし引いても気持ちのよい森であった。日の差し込み具合。雑草の生え具合。木の枝が風に揺れて鳴る音。それに絶妙の間合いで入ってくるチュンチュラという鳥の声。なにもかもがよくて、奥にどんどん伸びて、どんどん領域が広がって元は七万町歩くらいだったのがいまは何百万町歩になっているのか知る由もないが、あくまでそのベースは人間が設計した人工の森であるこの森の方が、あの自然と言えば自然の歪みから生まれた、大輪の、って別に大輪の庭から続いているだけであって、あれが大輪のものという訳ではないが、専ら大輪がひとりで使っているので、どうしても大輪のものという感じがしてしまう、あの自然の自然よりもずっと気持ちがよかった。蓋し人間は自然には合致せぬものだろうか。

いや違うだろう。人間の生み出した文明というものが自然と合致せぬに過ぎぬ。人間の精神は人間文明の獨り児なのである。

などという散らばった見解をさらに日常的な散語に注意深く散らばしながら私は萱子さんに話しかけていた。理屈を捏ねながら実は私には、なぜこの森を好ましく感じるかがわかっていた。それは萱子さんと一緒に歩いているからだった。

それやったら森、関係あらへんやんけ。という声が聞こえて、私は、ああその通りだ、と開き直っていた。

暫く行くと池があった。以前、この奥森がまだ整備された公園だった頃、確か池はなかったはずだから、最近になって地下から水が噴出してできた池に違いなかったが、その割にはいい感じの植物の群落があったり、鴨みたいな鳥も集まって無表情だったが満足そうにしていた。

私は思わず、「こりゃあ、いい」と言い、言ってから、そんな率直でアホみたいなことを言ったら萱子さんに軽蔑されるのではないか、と思い、慌てて萱子さんの表情を窺ったが、萱子さんは気を悪くした様子もなく、というか、これまではなにを言っても鴨のように無表情で、仕事で来てます、という態度を崩さなかったのが、この池の出現にはさすがに新鮮な感動を覚えたようで、「あそこに生えている植物はあれは萱でしょうか。ならば私の名前と同じです」などと珍しく積極的に発言していた。

私は植物の呼び名についてはまったくの無知で、なので黙っていたが、やがて自分が教養のある人間であると主張したくなって、やはり刈萱とかも関係しているのですか、などと聞いてしまった。いったい抜け作はどこに行ってしまったのか。惚れた女の前ではすぐこんな風になってしまう。やくざはやっぱり死ぬまでやくざ。磨いても磨いても地金が光る。しょせん抜け作にはなりきれず中途半端な知識を振りかざして失敗する。ならば開き直って説経節の一節でも唸ってやろうか、つて、馬鹿にもなりきれず、もちろん悧巧にもなれないで自棄のヤンパチ、丸焼けになろうとしていたが、うまいぐあいに萱子さんは聞こえなかったのか、興味がないので返事をしなかったのか、その話題を黙過してくれて、「これって弁天池ですよね」と言った。

「あ、そうなんですか。でも、弁天池っていう以上はどうなんだろう、なんか祠みたいなのがあるはずだし、それに第一、これ、僕、さっき言いましたけど、人工の池ではなくて自然の池ですからそんなほこらみたいなのはないんじゃないですかね」

と私は萱子さんが初手から私の話をまったく聞いてなかったことに衝撃を受けつつ、でもなんとか自分を維持してやんわり反論すると萱子さんは、「でも、ほら、あそこ」と言って萱かなんか知らないが、人間の背丈ほどの茂みの向こう側を指さした。「だう」そう言って萱子さんに半歩近づき、肩越しに見ると、池のど真ん中あたりに中之島があり、そして、その中之島に向かって橋というようなものはない、ないけれども飛び石のようなものが設置してあって中之島に渡れるような工夫がしてあって、

「やあ、明らかにあれは人間が設置したもの。ということはやはり、この池は以前からあったということですね。島に渡ってみましょうか。しかし、あそこに弁天様を祀った祠があるとは限りませんが、もしあった場合、なんでしょうか、男女のカップルで訪れるのはよくないというような伝承を昔、聞いたことがありますが大丈夫でしょうかねぇ、はははは」

と私としては軽口を言ったつもりだったが萱子さんはこれにも反応を示さず飛び石の方に向かって歩いて行った。私はヨチヨチその後を追った。私は、どんなにうまく

いかなくとも、萱子さんと二人で森で過ごす、この午後の時間が長く続くことを祈っていた。

しかし祈りは叶わなかった。岸辺に立った萱子さんは次の瞬間、弓をつがえていた。その瞳、人生の切ない時間を矯められるだけ矯めて、もはや虚無的にすら見える瞳に一人の男が映っていた。

その男は飛び石の上に立っていた。見るからにして怪しい男。マ元帥みたいなサン・グラスをかけているうえ、きたない手ぬぐいで頬被りをしていて、その表情はよく見えないのだけれども、顔のあたりから生来の暗さというのだろうか、人間として駄目な感じが、かなり離れているのにもかかわらずヒシヒシと伝わってくる。元の柄がわからないくらいに汚れた格子縞のシャーツを羽織り、その下にはされこうべを染め出したティーシャーツを着ている。皺の寄った革のスリッポンを履いた足で飛び石を踏みしめ、草色のカーゴパンツ。そのカーゴパンツも血液のような染みで汚れまくっていた。

手には太い割り木・薪雑把のようなものを持ち、いまにも身を縮めたかと思ったら、ブン、と六尺も飛んで殴りかかってくる可能性がある。

もちろんその用心にこっちは弓箭を持っているのであり、萱子さんにいたっては既に矢をつがえているわけだが、しかしいくら弓箭の上手といってもやはり女、実際の切った・張った、命のやり取りということになれば男に敵うわけもなく、やはりここは一番、私が前に出て、あの怪しい奴を射殺するのであれば、私がした方がよいに決まっているし、また、そうした方が萱子さんの尊敬↓愛を得ることもできるのではないか、という計算は当然のことながら私のなかに働いており、正直言って、この時点で私は、抜け作などクソ食らえ、という心境にいたっていた。

腕前には自信がなかったが、目標追尾装置の性能を確認済みだったので、その点の心配や不安はまったくといってよいほどなかった。

「萱子さん。危ないから下がっていなさい」

萱子さんはそう言うと素直に後ろに下がった。私を信頼しきっているのだろうか。私は箭を番え、満月の如くに引きしぼらず、むしろ弓をだらしない感じで持って言った。矢のケースも少し斜めにした。そういう感じで余裕をかましていた方が、威圧感があるかなあ、と思ったから。そのうえで私は凶悪なヤンキースタイルでいくよりは少し理知的でなま垂れていた方が怖いだろうと考えて言った。

「あのさあ、おたく、たれ？」

そこまで考えて私が威圧したのにもかかわらず、いったいどうしたことだろうか、もしかしたら鈍感な男なのだろうか、相手はちくともびびらず、それどころか人を小馬鹿にしたようにニヤニヤ笑いを浮かべて飛び石の上に立っている。私は本当に苛苛してしまって、余裕を次第に失っていった。私は、「切れそうやわ」と言った。それは半ばは本心だった。

「最初のうちはいくら怪しい奴だといってもいきなり射殺するのはどうなのか、とか、一応、思ってた。だから、名前とか聞いたわけだし。でも、なんかもう、なんていうのかなあ、その態度見てたらさあ、なんかもうマジで苛苛してきたっていうか、なんで笑ってられるのか、っていうのがね、もうぜんぜん理解できないっていうか、つか、まだそうやってヘラヘラしてるっていうことはもう殺されたいのかよっていうか、殺したい、っていう気持ちになるわけ。だからもう殺しちゃってもいいかなあ。っていうか殺そうかなあ。つか殺すか」

そう言って私は箭をつがえ、これを満月の如くに引き絞った。男と私の距離はというと約拾メートルほど。ということはかなり近い距離ということでさすがに、この距離で弓を構えられたら、この巫山戯た男も怯えるだろう。そうすれば萱子さんにも少しを面目を施すことができる。私はそう考えていた。ところが。

ちっとも怯えやがらない。こうなったらもう仕方がない。射殺すことにして、「じゃあ、射殺ってことで」と言って少し躊躇したのは追尾装置のスイッチがオンになっているかどうかを確認していなかったからで、まあこの距離なのでオフでも外すことはないとは思うが万が一、外してしまったらかなり格好悪い。

というこことで少し間が抜けた感じになってしまうが仕方がない、こんだ十分に声に凄みを利かせて、「いま射殺したるから、ちょっと待っとけ、ぼけっ」と言い、それからいったん箭を外して付け根のところを見ると言わんこっちゃない、スイッチがオフになっていた。よかった。確認して本当によかった。そう思いつつスイッチをオンにしようとした。ところが、いったいどうなっているのだろうか、スイッチがビクともオンにならない。そんな阿呆なことがあるかいな。こっちがオフやったらこっちがオンに決まっとるやろがい。にもかかわらずオンにならないということはなにか安全装置のようなものがあるか、あるいは、この釦を押しながら押す的なにかがあるのか。

そう思って、よくよく見たのだけれども、表面はすべらかでそうしたものはいっさいない。

「あれ、おっかしいなあ、どうなっているのだろう」

「これ、こっちの裏はどうなってる?」

「こっちもなにもないんだよ。でも大輪はこの辺、触ってたんだよね」

「ってことはこの辺に、あ、ほら、ここにパワーボタンあんじゃん」

「あ、ほんとだ。でも、これなに?　わかんないよね。白に白じゃん。わざとわからないようにしてあるみたいな。なんでこんなわかりにくくしてあるわけえ？」

「それはデザインにこだわってるからじゃね？」

「うざいなあ、ここらへんがしょせんヒッピーあがりなんだよ。逆にださいんだよ」

「まあ、そういうな。そうすっと？　それを押すとどうなる？」

「あれ、オンなんじゃん」

「じゃあ、それでオートオンだよ」

「すみませんねぇ、ほんと。どこのどなたさんかは存じ上げませんがマジありがとうございました」

と、礼を言って驚愕したのは自動追尾装置のスイッチの入れ方を教えてくれたその男が飛び石の上に立っていた男だったからである。

「てめぇ、この野郎。なんで近くに来るんだよ」

「いや、困ってる様子だったから」

「困ってようがなにしようが、これから自分を射殺しようとする奴のすぐ近くに来てこれを助ける人があるか、ばか」

「こりゃ、どうもすみませんでした」

「まあ、謝られても困るんですけどね。とにかく、そこに立っていたら射殺できない。さっきのように飛び石の上に戻ってください」

「了解です」

　そういうと男は飛び石の上に戻っていった。

「これでいいですか」

「さっきはもうちょっと後ろだったような」

「でも前の方が撃ちやすいんじゃね？」

「あ、そうか。でも誘導装置があるから、ってうるさいわ。自分がこれから撃たれるのにおまえひょっとしてなめてんのか」

「はいっ」

「おまえ、ほんまになめてるな。よし、じゃあ、マジで殺すからそのつもりでいろ。じゃあいきますけどいいですか」

「なにが」

「念仏とかお祈りとかそういうものはいいですか、と聞いているんだよ」

「あー、そういうのないんで無宗教でお願いしたいんですけど、大丈夫ですかね」

「あのさあ、私は葬祭場じゃないんだよ」

「知ってます。知っていて言っています」

「ああ、なんか凄い腹立つ。殺したくなってきた」

「っていうか、殺すんですよね」

「もちろんだ。忘れていただけだ」

「あ、じゃあ、あのお祈りとかはないんですけど、ひとつだけいいですかね。実は私、昔から歌が好きなんで歌を歌ってもいいですかね」

「どこまでふざけた男なんだ。でもいいよ。歌が一番盛り上がったところで射殺してやるよ」

「じゃあ、歌います」

そう言って男は歌い始めた。

おーい中村君　ちょいと待ちたまえ
いかに新婚　ほやほやだとて
伝書鳩でも　あるまいものを
昔なじみの　二人じゃないか
たまにゃつきあえ
いいじゃないか　中村君

感情を込めて池の飛び石のうえで身振りを交えて歌う男の姿はあまりにもふざけすぎていて、思わず矢を射つのを忘れたくらいだった。自分がこれから殺されるというのにこんな歌を歌う訳がなく、なんでこんな歌を歌うかというと、そう私をなめきっているからだ。私が本気で射つことができない、すなわち、人を殺すだけの胆力が私には備わっていない、と思っているのだ。もちろんそんなものは私にはない。けれどもそれは萱子さんがいない状態での話で、萱子さんの前でいいところを見せたい、萱子さんの前でいい恰好をしたい、という思いでいっぱいの私は善悪とかモラルとかをもう完全に超えていた。

私は満月のように弓を引き、そして、ルクク、放った。

シュラシュラシュラシュラシュラ。

矢は驚くほどのろい速度で男の方へ飛んでいった。それにいたってなお、男はおどけた仕草で、

どうせなれてる　貧乏くじにゃ
みんなこっちが　悪者ですと

などと歌い踊っている。生命が危険にさらされているというのに。いったいぜんたい命の尊厳をなんだと思っているのだろうか。それもかけがえのない自分の命だというのに！

呆れ果ててみるうちにも矢は、シュラシュラシュラ、と男をめがけて飛んでいく。これでいよよ男の玉はきわまる訳だが不思議なことになんの感情も湧かなかった。ふーん、という感じ。あ、そうなんだ、っていうか。ひとりの人間の死、それも自分の行為が原因で死ぬ人間に対して、こんな風に心が動かないのは、どういうことなのだろうか。あまりにもいろんなことがありすぎたため私の心が壊れてしまったのだろうか。訝るうちにも矢は飛んでいき、いままさに男に当たらんとしたとき、考えもしなかったことがおきた。男に当たる直前で大きく向きを変え、元来た方向、即ち、私の居る岸の側に飛び始めた。

そしてその速度が若干、速くなっていった。先程まではシュラシュラシュラシュラだったのが、シュルシュルシュルシュル、みたいになって倍くらい速くなった。

え、これどういうこと？

と、思うまでもなかった。男が細工をしたのだ。つまり、軌道が自分にではなく、私に向くように仕組んでいた。だから、あんなバカな、まるで開き直ったような歌を余裕で歌っていたのだ。しかしいつの間にそんなことをしたのだろうか。そんな間はなかったはずだが。

なんて思っているうちにもまるで自ら意志を持っているかのように矢が迫ってくる。いったいどこに刺さるつもりなのだろうか。首だろうか。額だろうか。いずれにしても非常に嫌なんですけど。と思ったからといって矢の方で、「わっかりました」と方向を変えてくれるわけではなく、私は思うと同時に両の手で顔と頭を覆い、身を小さくした。すなわちディフェンスの体勢を取ったわけだが、そんなことをしても自動追尾なので意味はない、まったく影響を受けず、シュルシュルシュル、と飛んでくる。

つまり走って逃げようが木の上に登ろうが関係がないということだ。しかし、この速度ならばどうだろう、逃げ回っているうちに電池か燃料か知らないが、そうしたものが尽きて地に落ちるのではないだろうか。つまり時間を稼いでやり過ごす。それが一番なのかも知れない。と、そう横に早足で歩きかけたら、まるでその思念を読み取ったかのように、矢の速度がまた少し速くなった。

ということはこの矢には自動追尾装置だけではなく、思念スキャナーのごときが搭載されているのか。否。断じて否。だってそうだろう、そんなものを搭載した日にゃあ、重量が重くなってしゃあない、っていうか、そんな思念を読み取る機械なんてものがこの世にあるはずがない。ということはつまりそうではなく、対象との距離が近づくにつれて速度を上げると同時に対象の移動速度を読み取って自身の速度を調節するソフトが組み込まれているということだろう。小癪なことだ。

だからこの場合はどうすべきかというと、そう、迎撃というほど大袈裟なことではないが、こいつ自身を木の棒かなにかで叩き落とす。そして地面に落ちたところをすかさず足で踏み、もう片方の足で頭を踏みつぶす。或いは拾い上げて二つにへし折ればよいのだ。

ということは木の棒のようなものが必要になってくるわけだが、そうしたものが落ちていないだろうか。そう思って周囲の地面を素早く見ると、なんということだ、お誂え向きにとでもいうのだろうか、少し離れたところに長さ八十糎ばかしの金色の棒のようなものが落ちている。やれありがたや、と拾い上げるとズシリと持ち重りがするのを、上に構えて待っていると、そこが畜生の浅ましさ、まったく警戒することなく、相変わらずのんびりした感じで飛んでくる。

とは言うものの少し速度が速くなってはいる。失敗すれば矢が刺さり、刺さったらあのひょっとこのように死んでしまうので絶対に外してはならず、私は精神を集中して矢が来るのを待って、ここぞというタイミングで、

「エイッ」

という気合いとともに金色の棒を振り下ろした。

カーン、という金属音が響いた。私は反射的に地面を見た。落ちているはずの矢を探したのである。ところが矢がどこにもない。どうしたことだろう、ことによると、カーン、という金属音は私の幻聴で、本当は私はやりそこなってしまったのかな。や

りそこなって矢が刺さって死に、幽冥界に漂っているのか。そう思ってあたりを見渡すと、そこには先ほどと少しも違わない景色が広がっていた。

といってしかしひとつだけ異なる点があった。

私の正面、飛び石のうえにはあのふざけた男が立っており、そして私の右手には萱子さんが立っている。はずだった。ところが。いまみると萱子さんは草の上に横たわっている。いったいどうしたことか。疲れたのか。気分でも悪いのか。そうではなかった。

萱子さんの白い細い咽首に黒い鷲の羽で矧いだ矢が深々と突き刺さっていた。私が放った矢に間違いなかった。

「萱子さん」

と絶叫して駆け寄った。

僅かに向こう側に傾いた顔に髪がかかってその表情が見えなかった。

どれだけ強い力で刺さったのだろうか、矢は萱子さんの咽首を貫通して地面に半ばまで刺さっていた。

向こう側に回った。白い頬に土が付いていた。唇が花びらのようだった。

「萱子さん」

呼びかけると萱子さんは目を開き、私をひたと見た。寒気がして胸がぎゅんと痛くなった。萱子さんは顔を私の方に向けようとして、その途端、苦痛の声を漏らした。

私は慌てて顔を近づけて言った。

「動いてはいけない。私はここにいます」

声を掛けると萱子さんは幾分か表情を和らげて、そして真っ直ぐに私を見た。気が狂いそうな美しさだった。萱子さんが言った。

「言おうとして言えなかったことが一つだけあります」

不思議なことに声は明瞭だった。血を吐くような様子もなかった。美しさは死穢すら打ち消すのか。感動と苦しみと悲しみを等分に感じながら私は言った。

「なんですか。それはなんですか、萱子さん」

「私はあなたのことが……」

「僕ですか、僕がどうしたんですか」

「最初から……」

「最初からなんですか」

「最初から……」

「最初から？」

「……」

「萱子さん？　萱子さん？　萱子さん」

「大嫌いでした」

そう言って萱子さんは目を閉じた。目を閉じて事切れた。そしてなお美しかった。

起きた事の意味や起こった事そのものを正確にとらえられなかった。周囲の景色の輪郭が滲んで渦巻きのようになり、自分もその渦巻きとは別なのだけれども渦巻きと同様のモヤモヤした輪郭のないものとなり、そのモヤモヤの真ん中に萱子さんだけが固い痺れのようなものとしてあって、そこからはなれようとしても離れられない意識が苦痛と快美を伴ってあった。

そこへ太い、無遠慮な、田舎の小金持ちが都心のホテルで自分の乳を揉んでいるような変な動作の旋風が巻き起こった。なんだこれは。

訝る間もなく、萱子さんの首から矢が抜き取られ、振り返ると例のふざけた男が矢を持って立っていた。男は両の手で矢を持ち、くるくる回したり、宙にかざすなどしてこれを点検し、「まだ、使えそうだな」と言って、そのとき私のなかでなにかが爆発、気がつくと男が地面に転がっていた。

「まだ、使えそうだ。だと？　ふざけるな。人がひとり死んでるんだぞ」

そう言って私は男の顔を蹴った。

蹴りながらこれは逆ギレだなと思っていた。萱子さんは私の放った矢のために死んだ。私はそれを認めたくなくて手近の男に当たり散らしていた。確かこういうことをさして転嫁行動というのだ、と見ノ矢桃子が言っていた。

それはわかったけれどもそうすると自分のせいで萱子さんが死んだという事実を誤魔化すことができるのもわかったので、それをドンドン推し進めていこうと思った。

仮にこれが逆ギレであろうが、転嫁行動であろうが、男の態度が不謹慎であることは間違いがない。ということは。そうか。あのときに男がスキッチを操作してそれで初めて矢が動作したわけだが、あの際、男は目標を自分ではなく萱子さんに設定したのではないか。

そのように考えると一見、不可解な男の行動の説明がすべてつく。人が死んでいるのにまったく驚かず、矢の再利用を考えているのもそうだし、それよりなにより、これから自分が射たれるかも知れないというのに、くだらない、「おーい中村君」やなんかを歌っていられる、というのも矢がけっして自分の方に飛んでこないということを予め知っていたからに他ならない。

「やはり、おまえだったのか。まったくもってなんということをしてくれたのだ」

号泣しつつ、喚き散らして男の頭を蹴った。ぐわっ。私の感じで言うと、男が呻くと同時に歯が何本か折れ飛び、鼻骨も折れ曲がるはずだった。けれども、男はぐわっとも言わず黙って少し首を横に傾けただけだった。

それでますます線が切れて、「ふざけるなっ。人がここまで真剣に蹴っているのになにを考えているのだ。思い知れっ」と絶叫、蹴球の選手がpenalty kickする動作で蹴ったところ、男は、「うわあー」と殊更のように叫んだかと思うと、両手両足をぴんと伸ばして掌と爪先をくっつけ、そのままの形でゴロゴロと池の縁を転がって森の中に消えていった。

もちろん蹴ったからといって、それこそ蹴球の球じゃあるまいし、人間があんな転がり方をする訳がなく、自分の力で態々転がっているわけで、どこまでふざけたら気が済むのだ。捕まえて気が済むまで殴り、沼に沈めよう、と追おうとしたら、豈図らんや、男は消えていった方とは反対の方角から、また転がってきた。おそらくは転がりながら森陰に入った時点で立ち上がり、森を全力で走って反対側の森の切れ目から池の畔に出て、そしてまた横になって手足を伸ばして転がってきたのだろう。

それがいったいなになのか、というと、あまりにも激しく蹴られたため、地球を一周した、というコントで、私はここまでふざけた男をみたことがなかったし、ここまで人に馬鹿にしられたこともなく、瞋恚の炎は変わらず心のうちに燃えさかっていたが、一部には舌を巻くというか、もしかしたら真の抜け作というのはこういうことを指すのかも知れぬというような気持ちが芽生えていた。

そのせいか、思うような罵倒や暴力の行使ができないで立ち尽くした。その一瞬の隙を見逃さず男は立ち上がり、足や腰に附着した草や泥を払いながら言った。

「もう気が済んだのか。殴りたいのならもっと殴っていいぞ」

「どういうことだ」

私はそう返すのがやっとだった。

「殴っても蹴ってもいいよ、って言ってるんだよ。僕なら大丈夫だから」

と、そう言われてみると男の顔にはあれだけ殴られ、蹴られたのにもかかわらず傷ひとつなかった。

いったいどういうことだ、と思ったがそれを聞くのはなんだか負けのような気がしたので黙っていると男が言った。

「気が済んだのであれば、さあ、行こう」

気が済む? そんな訳はないだろう。そう思うとすべてを男のせいにし、男を激しく憎悪することによってまぎれていた悲しみと困惑が蘇ってきた。

私はこの手で愛する萱子さんを射殺してしまった。萱子さんは二度と戻らない。そしてその萱子さんは死ぬ直前、私を大嫌いだと言った。

どうしてよいかわからずただ泣き崩れていると、誰かが後ろから私の肩に触れた。驚いて振り返るとふざけた男が立っていた。

ふざけた男は、

「一杯飲め。一杯飲んで人間らしくしろ」

と言うと隠しからスキットルを取り出し、その蓋に液体を注いで私に差し出した。

もちろん毒が入っているに決まっている。けれども私はそれを受け取って、グイ、と飲み干した。別に死んだってかまわないし、躊躇しないで飲み干すことによって男を驚かせたい気持ちもあった。

そうしたら狙い通り男が慌てふためいて叫んだ。

「バカヤロー。一気に飲む奴があるかっ」

私はただ、ニヤリ、と笑ってそれに答えた。そろそろ毒が回って死ぬのだろう。世の中にこんな死に方をする男だっている、それを知らなかった男が慌てているのが痛快だった。そしてさあそろそろ毒が回ってきたのだろう、身体がカアーッと熱くなってきた頃になって急に、こんなバカな男を驚かすためだけに自分はひとつしかない命を捨てたのか？　という思いが募ってきて、激しく後悔、私は四つん這いになり、咽に指を突っ込んで液体を吐き出そうとした。

ところが涙と鼻水が出るばかりで肝心の液体がちっとも出てこなかった。そんな私に男が言った。

「なにをしている」

「毒を吐こうとしている」

「毒なものか。それをあんな風に一気に飲んで、そのうえ吐こうってのか。そうじゃない、こういうものはもっと味わって飲むものだ、こうやって」

と言うと男は盞に液体を注いでこれを口に含み、暫くの間、様子たらしい、頭の悪いリスザルのような顔をしていたかと思ったらようやっと嚥下し、「あー、うまい」と言い、そして、「あたりまえか。平常時ですらなかなか飲めない極上のスカッチだからな」と言った。

普遍的価値と快感との直列

　地面に座り込んで勧められるままに数杯飲んだらスキットルは空になり、私はフワフワとした気持ちになったがしかし腹の中の悲しみの塊がなくなったわけではなく、酔いもあって、やはりこの男が悪いことにしたいというか、本当に悪い、という思いが募ってならなかった。そこで私は男に言った。

「説明してくれ。どういうことなんだ」

「なにを」

「矢のことだよ。あんたは矢に触れた。そのとき目標の設定をいじっただろう」

「いじってないよ。俺は自動追尾矢のことはぜんぜんわからない」

「けど、電源をいれたじゃないか」

「電源くらいは普通わかるでしょう」

「じゃあ、なぜ、余裕をかましてたんだ。射たれそうなのに」

「あんなヘロヘロ矢、余裕で躱せると思ってたんだよ。そんなことより早く行こうぜ」

「さっきからなんなんだ、早く行く、ってどこへ行こうって言うんだ」

「犬を説得しに行くんだよ」

「なんでそれを知ってる？　おまえは誰だ」

「萱子の死骸は虫が食う。今日中に跡形もなくなるから埋葬などの心配はしなくてもいい」

「はあ？　なんで萱子さんを知ってる」

「あーん。わからないのか、そんなこともわからないのか。もう一発、殴ってみたらどうだ。俺の頬が餅のようにビヨヨンと伸びるほどに。できやしないだろう。俺がさっき洒落や冗談で『おーい中村君』を歌ったと思っているとしたらそれは正解です。洒落や冗談で歌ったんだよ、俺は。ただまったく意味がないわけではなくて、一見、無意味な言葉や会話や情景が連なっているように見えてそのなかには実は重要な意味が隠されている。それを発見するのが生きるということだ。それができないであてがい扶持で満足するならそれは奴隷の人生だ。この場合で言うとそれは、伝書鳩、伝書鳩、というWordさ。僕は確かに大輪君から防虫剤をたっぷり塗り込んだ伝書鳩にて連絡を貰っている。草子、じゃなかった、萱子がひとりの男を伴って犬を指導するため奥森にやってくる。殺虫剤や食糧、また安全の確保を要請する、と言われてる。ああ、中し遅れました、僕は二宮紋造、と大輪君は言うけど本当は延喜っていうんです。延喜紋造。そういう訳で僕は君が来ることも知っていたし、その目的も聞かされている。伝書鳩によってね。それがおかしくてさ、つい、歌ってしまったのさ。それに君が真面目に憤激している様子もさらにおかしくてね。勝手に興奮して。そこに一抹の演技性も見え隠れしていて」

「あんたねぇ、なに言ってンだよ。じゃあ、とめろよ。俺が矢ア、放つ前にとめろよ。なにが安全の確保だよ。人が死んでるんだぞ」

「はは。人命を重んじるのか。おまえは女にいいところを見せたい、ただそれだけの理由で私を殺そうとしたのではなかったか。しかしまあいいやな。人は犬。じゃなかった、人は死ぬ。必ず死ぬ。特に珍しいことではない。私の妻もあっけなく死んだ。君だってもうすぐ死ぬかも知れない。もっと飲めよ。そうすれば萱子のことなんてすぐに忘れるさ。現におまえはいま草子のことは忘れてるだろ」

男がさくっと、草子の名前を出したので私は二重に、ひとつは男が草子を知っていたこと、そして私が本当に草子、あれほど愛した草子のことを忘れていたことに、虚を衝かれた。

「ははは、図星のようだな。まあ、飲め。飲めば飲むほど人間らしくなるさ」

そういって男はまた別のスキットルを差し出した。受け取って蓋に注いで飲もうとするとと男は笑って言った。

「聞いていた通りの律儀な男だな。いいさ。直に飲め」

「別に律儀って訳じゃないけど」

と言い訳のように言って私はウイスキーを飲んだ。頭で星が爆発した。

「じゃあ、いいな。そろそろ行こうか」

「よくねぇよ。俺はまだ納得してませんよ。なんでそこまで知ってて止めなかった。止めてくれなかった」

「わからん人だなあ。だから私は矢のことなんて知りませんよ。萱子が死んだのは偶然の事故ですよ。萱子が死ぬように仕向けていったい僕になんの得があるっていうんですか。いままでいろんな人が死んだでしょう。ひょっとこも死んだし、日本平とやらも実質、君が殺したって僕は聞いてますよ」

「それも伝書鳩かっ」

「それは違いますけどね」

「いっとくが事故にしたって君は安全を確保する義務があったわけだろう。それを怠ったために萱子さんは死んだんだよ。その責任をどう取るかってことを俺は聞いてるんだよ。っていうか、まずは責任を認めて謝罪すべきだろう」

「ひとつ言っていいかなあ。勝手に逆上して、勝手に殺すとか言って矢を撃ったの君だよね。そいでその矢が当たって萱子が死んだんだよね。ってことは謝罪するのは僕じゃなくて君だよね。違う？」

「うるさいっ、うるさいっ、うるさいっ。君がだいたい君が最初からちゃんと名乗っていればこんなことにならなかったんだ。ああああっ、もう、嫌になった。ああああっ、もう、俺は嫌になった。俺は犬の説得なんか絶対に行かない。帰る。さようなら」

そう言って歩き出した私に男が声を掛けた。

「ちょっと待て」

私は振り返らないで言った。

「うるさいっ、いまさら謝っても遅い」

「そうじゃなくて萱子の死骸をこのままにしておいていいのか。埋葬とかしなくていいのか。俺は別に構わんが、ちょっと気になってな」

私は立ち止まった。立ち止まって振り返ると森の木立がわさわさ揺れていた。虫がもう集まってきていた。

自分は埋葬の必要を感じないと言う男に手伝って貰ってシャベル、それも男に無理を言って借りたもの、を使って深めの穴を掘り、自分が射殺した愛する女の死骸を、ともすれば乱暴に扱いがちな男を宥めつつ、丁重に埋葬するのは精神的にも肉体的にも疲れる仕事で、すべてが終わったときには精も根も尽き果てて涙も流れず、ただ疲弊して黙って座り込んでいた。

けれどもいつまでそうしている訳にもいかず立ち上がって言った。

「すみません。いろいろお世話になりました。近いうちにまた墓参に参りますのでその節はよろしくお願いします」

「帰るのか。犬の説得はどうするんだよ」

「行きません。私がここに来た本当の理由は、もういまとなっては恥もなにもありませんので申し上げますとただただ萱子さんと一緒に居たかったからで、その萱子さんがみまかったいま、これ以上、こんな馬鹿みたいなところに居る理由はひとつもありません。犬の説得。クソ食らえでございます。では、さようなら」

「ああ、帰る。帰るのはけっこうですけれどもねぇ、どこへ帰るんですか」

言われて初めて気がついた。

私は大輪に庇護されている立場の人間だった。帰ると言えば大輪の家より他に帰る場所はない。そしてその大輪は犬を説得してこいと言った。それをしないで帰ったらなんというだろうか。怒るのだろうか。目を外して怒るだろうか。

いやさ、萱子さんが死んだから報告のために戻ってきたと言えば。

いやさ、それはこの延喜紋造とかいう奴が得意の伝書鳩で知らせて、そんなこと知ってるよ、とか言われるに違いない。

「いくら考えたって行き場所はないっしょ」

と延喜は私の考えを見透かしたように言う。

「僕は大体のことを聞いてるが、君は大輪の命令に従うより他ないんじゃないのか」

「いやさ、君がなにを聞いているのか知らないが俺は地上で民衆とともに生きていくことだってできるし、いや、別に俺は地下で、ヨーコと直接交渉して地下邪都に職を得て暮らすことだってできるさ」

「カラカラカラ、って口で言っちゃったわ。どうやってそんなことすんだよ。無理に決まってんじゃん」

「それが無理じゃないんだわ。なんでって俺はねぇ、大敗の渚へのアクセス路を知ってるんだよ。それを教えるって言えば……」

「なんだその、大敗の渚、ってのは」

と延喜が聞くのは伝書鳩によってなんでも聞いているはずの延喜ですら大敗の渚のことを知らないということで、それを知っている私はきわめて有利というか、それを知っていることが私の立場を保証するように思われた。

「大敗のなんだって、俺はそんなことは言っていない。俺は、大概にせぇや、と言ったのだ。まあいいよ。兎に角、俺の心配はしなくてもいいさ。じゃあな、元気でな。また来るよ」

そう言って行こうとする私を延喜はまた呼び止めた。

「防虫剤は持っているのか」

「ああ？」

「出がけにスプレーしてきた防虫剤の効果がそろそろ切れる頃だが、予備の防虫スプレーはあるのか、って聞いてるんだよ」

「そんなもんねぇよ」

「ああ、じゃあ、森、出る前に死ぬわ」

「マジすか」

「うん」

「すみません、あの、ちょっとだけでいいんでわけて貰えませんかね」

「なにを」

「だからあの、防虫剤」

「いいけど、じゃあ、犬の説得、行きますか。それだったらいくらでもあげるけど」

私に選択肢はなかった。別に死んだってかまわないという気持ちはあったが、毒虫に刺されて死ぬのは嫌だ、という気持ちもあった。

森の奥から嫌な轟音が響いていた。

「じゃあ、行きましょう」

延喜は言ってその嫌な音がする森へ分け入っていった。どうやらこの先は整備されていないようだった。

おどろな森をズイズイ進んで行く延喜。そしてその後をなんとかついていく本郷。本郷の足元に絡みつく、ずり落ちた緑の猿股。嘆き悲しむ本郷。

本郷って誰よ。そんなことを思うと同時に私は、人間の頭というのはどの程度までに狂っているのが普通なのだろうか、と思っていた。

そういえば以前、鶴屋南北という人が書いた「東海道四谷怪談」という本を読んだとき、民谷伊右衛門という奴はとんでもない奴だと確かに思ったが、と同時に自分も民谷の立場に立てば同じようなことを考え同じようなことをすると思ったし、というかその立場におかれていないいま現在も同じようなことをしていると思ったものだった。

つまりなにを思っていたのかというと人間というものが普通の状態で気が狂っているものだとしたら、その度合いというのはどの程度のものなのだろうか、と思っていた。なんでそんなことを思うのか。それは延喜が私に、「どうしたんだ。浮かない顔をしているじゃないか。気分がすぐれないのか」と言ったからだ。

私は、あのやあ……、とあえて泉州の訛で言って絶句した。言及しどころが多すぎてどこから言及してよいかわからなかったからだ。けれどもなんとかひとつにまとめて言うと、愛する人を殺されて、危険な森を歩いている。身体も疲労しているし、そもそもがこの森に来た目的、犬に自ら犠牲になるように説得することにそもそも納得していない。というかそんなことをいうなら、あの駐車場を通って、こんなところに来てしまったことにも、ヨーコに組織を乗っ取られ地位を失ったことも、舵木親子と日本平の言い草にも、いやもっと理不尽な、あのドッグフィールドの光柱、そしてなによりも意味のわからない、日本くるぶしの指示、正しいバーベキューを行え。行わせるために踝まで砕かれた意味がまったく納得がいかなかった。

そのせいで俺はこんな世界のどん詰まりのようなところに追い込まれてしまったのだ。

そう思うとき、ある考えがまるで電光のように頭のなかを走って私は思わず、あっ、と声を出して立ち止まってしまった。

「どうしたんだい」

「いやなんでもない」

再び歩きながら私は、もしかしたらそういうことだったのか、と思いつきを検証した。すなわち、日本くるぶしの言っていた正しいバーベキューとはこのことすなわち神聖で邪気のない犬の肉を邪な人に振る舞うことではなかったのか。それを納得ずくでなすために日本くるぶしは私を様々な試みにあわせ、私の精神と肉体を改造、私が真に納得してそうするように仕向けたのではなかったのか。そしてそのように考えるとすべての筋褄があった。私を栄光にたたき上げたうえでどん底に叩き落としたことも、あの壮絶なひょっとこの死骸に遭遇したことも、私の財産をヨーコが簒奪したことも、私が警備員を雨のなかから追放して報いを受けたことも。大きなことから小さなことまですべて合点がいった。

けれどもそれは外形的なものに過ぎない。と私のなかの疑い深い魂が言った。では聞く。いったい全体、日本くるぶしはなんのためにそんなことをする。そして日本くるぶしとはいったい誰なのか。はっきり言いましょうか。神なのか。おいっ、日本くるぶし、おまえは逐次、俺の行動を監視しているようだし、思考すら乗っ取っているようだから、この考えも監視しているのだろう。だったら答えろ、おまえはどこのどなたさんで、なんのためにこんなことをやっている。あの光柱とはどういう関係性を保っているんだ。言えよ、空のキチガイ野郎。

「どの程度の狂い、って、思考を監視されていると考えるだけでかなりの狂いでしょう」

突然、思考に割り込むように延喜が言って私は驚き惑い、その場で死にそうになった。そして自分でも思わない、訳のわからないことを言ってしまった。

「おまえが、日本くるぶしなのかっ」

「はあ？　なに言ってんの？」

「だって、俺の思考読んでンじゃん」

「読んでねぇよ。おまえが自分で叫んでたんじゃないか。人間の頭は普通は狂ってぃるけどどのくらい狂ってたら普通じゃないのかっ、普通と異常の境目はどこにあるのかああああああっ、って叫んでたじゃん」

「あれ、俺、叫んでました」

「叫んでたよ。まさにキチガイのように叫んでたよ」

「マジすか」

とは言ったものの私は叫んだ記憶がまったくなかった。ということは。やはり延喜は俺の思考を読んでいるのか。日本くるぶしではないにしても、その一味というか、一部のようなものなのか、それが証拠に、

「とはいうものの、あの光柱は……」

なんて光柱の話をしている。その手には乗るものか。私は話題を変えて言った。

「っていうか俺が浮かない顔をしているっていう話だったよな。そら浮かないに決まっているよ」

「なんで」

「なんでってそうでしょうが。俺の話をどこまで聞いてるのか知らないけどさ、けっこう聞いてるみたいだから知ってるでしょう。俺は犬の仕事してたんだよ。そして犬を助けていた。私財を擲ってだ。それはまさに投擲というものだ。君に見せたかったよ。っていうか見てたのか、君は。とまれ、犬に自己犠牲を強いるのは気が進まない」

「それはわかる。けれどもそうしないと邪悪な支配が続く」

「と言っているのは誰なのかね」

そのように鎌をかけたら豈図らんや延喜は議論に向こうの方から積極的に乗ってきた。それは乗りまくっているという感じでもあった。延喜は言った。

「君は自分のやっていることに大義があるかどうかを気にしているのだろうが、それは僕はあると思う。なぜならあの地下邪都の住民が自分たちだけ住戸や食糧を独占しているからだ。それは滅ぼすべき、という大輪の主張には一理あるんじゃないのかな。なんでかっていうとそれは普遍的な価値観に反するからだ」

「普遍的な価値観ってなんだよ」

「そりゃ、おまえ、決まってるだろ。自由とか人権とかそういうことだ。民主主義とか」

「そらそうかも知らんが、けどそれは一応、名目上というか建前上というか、現実の中になくて天上にあるからこそ普遍的な価値なんじゃないのかよ」

「どういうことだよ」

「つまり、俺たちが普遍的価値に基づいてなにか行動を起こしたらそれはもう俺というフィルターを通った段階で普遍的じゃなくて俺にとって都合のいい価値に変わってんじゃねぇか、と俺なんか思うけどね」

「それは君が人間として未熟だからだよ。自分が女の前でいい格好するために無関係な他人を殺しても何とも思わない、みたいな道徳が麻痺した人間だからだよ。そして挙げ句の果てに失敗して女を殺してしまう」

「うるさいうるさいうるさい。俺の道徳が麻痺したのは俺のせいではないっ。ヨメコビドッグパークに行くまでは俺の道徳観は正常だった。あそこであんなおかしなバーベキュー料理を食わされたからあんなことになったんだ。俺は悪くないっ」

「なるほど。じゃあ、君の理屈で言うと女が死んだのは自分のせいではなく弓矢といった危険な武器があるからだ、ってことになるな。それだったら弓矢廃絶を訴えるたった一人のデモ行進でもやったらどうだ」

「おまえ、殺されたいのか」

「いいや、殺されたくない。なのでここで別れよう、と言ったら君はどうなる。この奥森の奥から一人で歩いて帰れるかな」

「そ、それはおかしいだろう」

「なにが」

「ここまで連れてきておいて意見が合わないからと言ってほっぽり出すというのは人道という見地から考えてもおかしい」

「でも殺すんでしょ」

「それは言葉の綾だ」

「にしたって人道っていうのも普遍的な価値観のひとつだと思うが、君はそれを認めないのではなかったか」

「それはそうだが、認めるとか認めないじゃなくて俺が聞きたかったのはそうではなく犬を犠牲にして恬然としているその根本にあるもの、その普遍的価値観に基づいて普遍的正義を行う主体は誰かってことだよ。それはもちろん俺ではない。おまえでもない。おまえはただの伝書鳩の奴隷だ。じゃあ大輪なのか。それとも、もしかして日本くるぶし？」

「それは、まあ俺のような伝書鳩の奴隷にはわからないし、わかる必要もないことがわかる僕とそんなことすらわからないどうしようもない君との決定的な動物としての品格の差だとは思うが、それを言ってしまえば光柱なんじゃないの」

「はあ？　光柱こそがなにかの意思の表れと教わってますけど」

と言って私は不思議に思った。そんなことを誰かに教わった覚えがなかったからだ。しかしここで動揺していることを悟られたら議論に負けるのでむしろ昂然とした感じで、

「光柱が現象である以上、その原因が必ずある訳でしょう。それが普遍的価値のようなものに反したから、つまり、誤解を恐れずに言えば一種の天譴とまでは言わないにしても天譴に喩えられるような現象である、と普遍論者のあんたらは言ってるんでしょ、違うのかなあ」

と畳みかけた。

ところが男はちっとも動じず、LOHASが田植えをして悦に入っているような表情と口調で微笑を浮かべて言った。

「それは興味深い議論ですね。光柱のことを現象と考えるのはもっともよく知られた理論だけど、それでは説明のつかないことがいくつも起きている。その好例が、例の地下駐車場だ」

「俺の通ってきた駐車場」

「そう。それは一種の国土軸の歪みでね、君は車でスロープを降りていって地下三階に至り、それから階段で地上に上がってきたわけだが、その地上の様子はどうだった

ね。前と同じだったかね」

「いいや、一変していた」

「ルフフ。一変上人てぇくらいのものだったよね。ということは論理的に考えましてふたつのことが考えられる。ひとつはそれだけ町の景色が一変するくらいに長い時間が経過したということ。そしていまひとつは君が別の場所に出た、ということ。なんだけど、これはどちらも」

「あり得ないね」

「っていうのはそりゃそうだ。君はスロープを非常に長く感じたらしいが普通に考えればそんな深く地下を掘ればおそらくは岩盤に突き当たる。莫大な資金と高度な技術を投じてそれを掘る意味はどこにもない。おそらく君たちが感じた長さというのは観念的な、或いは文学的な長さだろう。事実、同じ長さの階段を上がってきた際は、ひょっとこに阻まれたとはいえ、そんなにはかからなかったのだし」

「言われてみればそうだな」

「ならば別の場所に出た、つまり地下で水平移動したのかというとこれも」

「違う。公園やら高架橋やらビルやら景色に見覚えがある。第一、こんなでかい奥森がふたつとあるか」

「ないし、地下駐車場がひとつの行政区分を超えて大きい、なんて馬鹿な話がある訳がない。ということは？　いったいどうやったらこのことの説明が付くんだい」

「俺に聞くなよ。おまえが説明してんだろうが」

「じゃあひとつだけ聞かせてくれ。おまえは馬鹿みたいな顔をして地下をうろついている間、どこかで宙返りしたような感覚を持たなかったか」

「いや、別に持たなかったね」

「いや、持ったはずなんだよ」

「いやない」

「いやなくない」

「いやなくなくない」

「いやなくなくなくない。って言っているうちになんだかわからない、なに否定の否定をしているから肯定じゃん、みたいなことにきっとなるだろ。つまりなにが言いたいかというと、宙返り、それもある種の不快感と酩酊感を伴った宙返りをしているその最中は自分が宙返りをしていることに気がつかないものだ」

「そんな馬鹿な話があるか。自分が宙返りをしているのにそれがわからないなんて」

「君は宙返りというものをぜんぜんわかっとらんな。自分が宙返りしていることがわかったらそれは宙返りとはいわねえよ。自分が宙返りしていることすらわからなくなって、初めて宙返りと言えるんだよ。本当に酔った人は、酔ってない、と言うだろう。あれとまったく構造は同じだ。すなわち酩酊した頭で酩酊は自覚できない。宙返りしつつある身体は宙返りが自覚できない。そしてその身体にはもちろん脳が含まれている」

「うるさいうるさいうるさいうるさい。じゃあしたんだろうよ。だったらなんだって言うんだよ」

「それで初めてこの、現象、の説明はつく。つまり君は下から来た、っていうと当たり前か。つまり君は裏から来たっていうのかな、地面を共有する反対側の世界っていうか、地面という鏡に映ったその向こう側の世界に来たっていうことだ」

「なにを言っているのかぜんぜんわからない」

「わからない。馬鹿なのか。つまり大輪菊男っていただろう。あいつがいたエレベーターホールがひとつの共有転回ポイントになっていたんだ。だから君があのエレベーターに乗れなかったのは君にとっては痛恨事だった。あれに乗っていれば君は或いは元のところへ、すうっ、と戻れたのかも。もちろんそれをさせないために大輪がいたのだろうが、君は階段で上った。それは裏側の階段だから元々から見れば下りの階段だったんだ。でも実際には昇り、とこういうことでしょう」

「え、ということは」

「ここは前のところとの真裏にあるってことだ。地面だけが接している」

「おまえ、馬鹿だろう。じゃあ、地球はどこへ行ったんだよ」

「地球はあるでしょう。ただ、国土軸の歪みが生じてこの圏域だけがこんなことになってしまったんだな」

「なんでだー、なんでだー」

「コントか。だから光柱だよ。光柱の途轍もないエネルゲンが歪みを作り出したんだってんじゃん」

「都合が悪くなると光柱だな。あと、普遍的正義。だから俺が聞いてんのはなんで光柱が出たら国土軸が歪んで裏世界ができんのかちゅうことなんだよ。あとなんで光柱が出てくんの、ちゅうことの合理的な説明を聞きたいんだよ」

「それを聞いてどうすんの」

「どうもしねぇよ。納得したいだけだ。自分がこんな目に遭ってる理由を知りたいんだよ」

「知ったら犬の説得に行くのか」

「うん。納得したら行くかも」

と言って行く気はまったくなかった。それをも知らず、まるで純真な人のような口調で延喜は言った。

「光柱はいったいどうやって生まれたのか。なぜ生まれたのか。それは僕のなかでも諸説あるところですが、その力の根源は、君も言ったようにこの世界の空間的な、そして歴史的な、というのはそう時間的と言うよりは歴史的な矛盾であることはまちげぇねぇ。それが爆発して反対側に同じ世界をぶっ飛ばしてしまった。ところがそう考えると説明のつかないことがひとつある。それはもし光柱がそうした力の解放であるのであれば、放出の力は最初が最大で後は小さくなりやがて消えるはずだが光柱は何度も出現し、その力はむしろ強まっているように見える。これをどう考えるかだが、これを考えることは、なぜ巨大光柱が現れたかを同時に考えることに実はなるってことにおいら気がついたんだ」

「そこをぜひ聞きたい」

「合点だ。合点承知の助だ。それは俗に言う同時因果法という考え方がもっとも説得的だ。つまり原因と結果が同時に起きていると言うことだね」

「そんなバカなことがあるかっ」

「待て待て、説明するから。もちろん原因はあったはずだ。それはでも最初は小さなものだったんだ。そしてそれがひとつの天地で爆発していればそれで終わった。ところがおまえ、これを抑圧する力が働いたためか、反世界というか、小さな反対側の世界を作ってしまった。そもそもそれがことの発端だ。そのときは光柱というほどのものでもない、ボールペンくらいのものだったのかも知れないし、できた世界も四畳半一間くらいのそれは狭苦しいものだったのだろう。とはいったものの世界であることには変わりなく、それが世界である以上、一定の調和やまとまりを持っている。ところがそうやって不自然な形でできた世界なので空間的歴史的矛盾が著しく、それはそれで爆発力を持っている。しかし、その天地にはもうすでに反天地を向こう側に持っているため、当然のことだけれども反天地の方へとその爆発力を押し出す。もちろんそれは光柱の形を取る。そうすると今度は反天地の側、というのは最初からあった天地の方なのだけれども、そこに光柱が出現し、それはそれでまた矛盾と混乱のエネルギーを生む。そしてそれは今度はもうボールペンではない、バットくらいだ。それがまた、もう一方の天地に押し出される。そうするとそれはそれで矛盾と混乱を生むので、また光柱が押し出される。つまりどちらが原因でどちらかが結果とも言えぬピストン運動なのだ。つまり相互因果ということだ。そして、こうした運動、いわば光柱のピストン運動が生むエネルギーはもちろんなににも変換されずただひたすら光柱と向こう側の天地の巨大化に使われる。そしてそれが最初に生まれた瞬間から一回目のヨメコビドッグパークくらいの大きさになるまでにかかった時間は百万分の一秒程度、つまり同時因果ということだ。光柱はこういうメカニズムで生まれてきたってぇわけよ」

「よくわからんのだがねぇ。それをもの凄く要約すると社会の矛盾が光柱を生んだ、とこう言ってるわけか」

「違う。社会の矛盾が生むのは甲虫。ただのザムザに過ぎない。光柱はもっと同時相互因果のおほきな……」

「なにが、おほきな、だ。おまえふざけてそんなこと言ってるのか」

「いや必ずしもそうとは言い切れない。同時因果が生まれる原因は普遍的正義とひとりびとりの個人の快感に対する執着が完全にイコールだということによって生じていると一般に考えられている。つまり、個人というのはただのひとりの人間に過ぎない。その人間の快楽や快感に対する執着の質量というか、それこそ、おほきさ、がまったく同一っていうことがわかってきたんだけれども、おかしいよね、普遍的っていうことは全体ということで、全体ってひとつびとつを足したものだから、そのひとつと全体が大きさも重さも同じということは普通あり得ねぇ。どういうことって考えたら、それが同じ重さとかそういう問題じゃなくて、完全に同じもの、というかひとつのものを別の名前で呼んでいるだけ、ってことがわかってきて、でも歴史は普遍的正義と快感は別のものということねというか次元の違うものとして進んできたというか進めてきた。その実態と実体の距離が限界に達したとき、最初の小さな光柱が生まれた、という訳さ。それは遺伝子や染色体にも確実に影響を及ぼしているし」

「じゃあ、いまある大敗の渚とかそんなめりこみや裏返しも……」

「おっしゃる通りでさあ。巨大光柱が巨大なピストン運動やってるのとは別に小さな光柱の抜き差しもあちこちで起こっている。だから元の天地にも変な説明のつかない空間の吹きだまりがあちこちにできていたはずだ」

それには心当たりがあった。たとえばあの事務所がそうだったが、そのことには触れずに聞いた。

「するとどうなるんです」

「へ？」

「これをこのまま放置するとどうなるんですかね」

「それは僕にはわからないが、まあ理論的に言うと光柱がどんどんと太く大きくなっていって世界が一個の太い光柱となってそれから長い時間をかけてだんだん冷えていくんじゃないかな。古代の、宮柱太敷座、という表現はそういう状態を表現したのではなど呑気なことを言う人も居るがね」

「すると、僕らはどうなるんでしょうか」

「吸収されるか蒸発するか、どっちかだろうね」

「嫌なんですけど」

「まあ、しょうがないよ。俺も女房に死なれた男だからね。覚悟はできている。ならばいっちょ、自分が気持ちいいと思うことのみに忠実に生きればいいんじゃないかな。俺は奥森でクサビラを作っているのが一番、気持ちいい。大輪やなんかはヨーコと政治して地下邪都を破壊殲滅するのが一番、気持ちいいんじゃないのかな。まあ、あいつは得体の知れないところがあるけれども。まあ、あののめりこみ状態は楽しんでいることは間違いないでしょう、いい生活しているし。気持ちいいことやればいいんだよ、ただ」

「ただ、なんだ」

「それが普遍的正義と同じものであることを普遍的正義の側からも忘れないでほしい」

「まさか、おまえ……」

「まさかなんだよ、言ってみろよ」

「それを忘れないために唯一神を信仰しなければならないとか言うんじゃないだろうな」

「馬鹿だな。違う。それが普遍的正義そのものであること、その状態こそが唯一神でしょう。っていうか、相互同時因果は互いに打ち消し合う、ある意味で言うとプラマイゼロの空虚なものだから、矛盾の器、というか器の形をした矛盾が必要なんだよ。それを法則性で理解しようとするから混乱する、っていうか逆に法則に従わせようとしたからこそ、その途方もない空虚なパワーができちまったんじゃないか。パワースポットにでもIKEA。馬鹿っ。一神は器の方便として存在する便器だよ」

「おまえキチガイか」

「キチガイでもなんでもいいから気持ちいいことやれや。そうすれば矛盾がひとつ解消する。そうすると全体の光量と熱量が僅かでも減る」

「それってごく僅かだよね」

「ああ、海の中の砂粒だ。いやさ、もっと小さいかも知れない。けれども問題はほんの少しでもいいからマイナスになることなんだよ。そうするとピストン運動の回数も速度も減るから。そうすると全体の矛盾量も少しずつだけど減っていって、そうすると少しずつこの天地も小さくなっていく」

「そうすると俺らはどうなるんだろうか」

「わからないがペットシート的ユニ・チャーム的吸着が起こるとも言われているが、しかしそんなものは何十万年も先の話だから心配しなくていい。そんなことよりいまは気持ちよく気持ちよいことに専念すればいい。攘夷を叫ぶことがいい気持ちなんだったらそうすればいい。そんなものこそ普遍的正義の形に繋げやすいからね」

「いや、別に攘夷なんか叫ばんけど、ひとつだけ聞いていいか」

「どうぞ」

「俺、日本くるぶしにバーベキューやれって言われて、それがなんだかわからなかったし、いまもわからないんだけれども、それはやらなくてもいいのか」

「それこそが普遍的意志というものだ。やった方がいいに決まっている」

「けどあんまり気持ちよくないんだよね。どうやっていいかわからないし」

「馬鹿だな。大輪がそれをやろうとしてるじゃないか。それを手伝えばいいんだよ。間違ってないよ。それで光量減りますよ。光量が減るのは普遍的正義です。神の審級です」

「それは俺もちょっと思ったんだけど、でも気持ちよくない、っていうか気が進まないんだよね。日本くるぶしの正体も不明だし」

「唯一の神であろうとなかろうと一般的にいって神は名前と御正体を頻繁に変えるからね。法則にとらわれる必要はないよ。そもそも矛盾だらけのものなのだから。そういう法則を関係なくしていくんだ。そのための気持ちよさだしね。では逆に聞くけれども君はなにだったら気持ちいいのかな」

「犬を肉にするのはどうも嫌だ」

「でもそれが犬じゃなければいいんでしょ」

「まあね。ひょっとこだったら、まだ、しょうがないかな、っていう気持ちは正直ある」

「それなら大丈夫かも知れない。いまあそこにいる犬の大半は犬ではない、似て非なるものだ」

「どういうことだ」

「いけばわかる。それと、そこには君の犬がいるかもしれないよ」

「マジか」

「確率は高い。だってそうだろう。いま町中を犬が歩いてごらんなね、一撃で撲殺されてしまう。生き延びているとしたら奥森の犬集団のなかにいるに違いない」

「俺の犬だけ助けるというのか」

「そうだ」

私はそれが自由平等民主主義、或いは人道主義といった普遍的な価値に照らし合わせてどうなのかについて考え、それでようやっと男の言っていた神と正義と自分が一列につながった。矛盾が光柱を生むメカニズムを実感した。そんな私を見て男が言った。

「やっとわかったようだな。行くか」

「やむを得ない。行こう。この世界の辻褄の合わないことは全部、光柱に吸い込まれているとおまえは言うのだな」

「その通りだ」

「犬の苦しみも、犬の犠牲も」

「もちろん。それが神を信じるということだ。すべての悲しみが一筋につながって栄光になるのだ」

　そう言って男は私に拳銃を手渡した。見覚えのある拳銃だった。

「さあ、もう矢はこりごりだろう。これを持っていたまえ。萱子が持っていたものだ。元々は君が大輪菊男から受け取ったものだが、萱子の持ち物のなかにあった。埋葬の際、僕が窃かに盗み出しておいた。なので神宝論で言えば形見の品ということになるのかな。とまれ大事にするといいやね。萱子はこれで萱子なりに君を護るつもりだったのだろう」

　延喜が萱子と言うのを聞いてまるで議論の振り出しに戻るように延喜が憎くなった私は言った。

「この銃で俺がおまえを撃ち殺すとは思わないのか」

「思わない。なぜなら」

「なぜなら？」

「防虫剤は三十分で効果が切れる。なのでこの奥森で君は僕なしに生きられない。それが一神教ってものだよ」

　そう言って延喜は莞爾と笑い、落ちていた弓を手に取った。そしてまた言った。

「覚者の智慧を得たら人は大虐殺を始めるしかない」

奥森の奥にその岩戸はあった。岩戸というものを実際に見たのは初めてだった。それで岩戸というものはこんな形をしていたのかと改めて思った。普通に岩戸と言って、ときには岩戸景気などという文言も使って、岩戸をわかっているつもりでいたが、実はそれは言葉のうえで納得していただけで、それがどんな形をしていて、なにでできていて、どんな機能を果たすのかについてはまるで考えていなかったことに初めて気がついた。

といってしかし、そこに岩戸という看板や標識、名札の類がある訳ではないので、これは岩戸ではない、と言われればそれまでだが、けどそれはどこからどのようにみても岩戸だった。

その岩戸はふたつの聳えたつ岩より成り、高さは七十尺ほど、ふたつの岩と岩の間には人がようやっと通れるほどの、そうさな、半間ほどの隙間があった。扉様のものは特になくイケイケであったが、入ってはいけない雰囲気が濃厚にあって、そういう意味で確かに門ではなく戸だった。

その岩戸の向こう側に草原が広がっていた。十万坪かそれくらいはありそうな草原で、ところどころに栗の木が固まって生え、木陰を作っていた。

草原はなだらかに下っていてその遥か向こうに煌然と光るものが見えた。海であった。馬鹿な。湖でしょう。いやさ、どのようにみても海であった。

これにはさすがの延喜も驚いたようで、まるで畜生が牛乳を飲んでいるような間抜けな顔、口をアングリと開け、両手を耳の横で旋回させながら、首も微妙に振りながらフラフラと岩戸をぐるぐると、「まさか、こんなところに海が、いつの間に……」とまるで素人のようなことを呟いている。

そこで私は仕方がない、以前は海じゃなかったのか、とお義理で問うと延喜は激高して、「あたりまえじゃないかっ。奥森に海がある訳がないだろうがっ」と言って発狂した。

先ほどまで自分が熱く語っていた理論を忘れたのだろうか。馬鹿なのか。それとも自作の蕈を食べ過ぎて頭が腐ったのか。けれどももしここに海が発見されたら、それはそれでいいのではないか。なぜって、ここで獲れるであろう新鮮な魚介類は大輪が開こうとしているバーベキューに華やかな彩りを与えるだろうし、そんなことよりなにより、食糧事情が大幅に改善されれば、地上と地下のいがみ合いもなくなり、そこから獲れるものを分かち合い、融和していくことができるのではないだろうか。また、この海が大敗の渚のように閉じられた海ではなく、たとえひずんでいるにしたってここではないどこかへ開けた海なら私たちはこの閉塞感から解放される。

そんなことを思ったので、なんでだろう、とか、裏切られた、とか言って涙を流して苦しんでいる延喜にそのことを伝えると、延喜は涙を拭って言った。

「そのためには多くの人がこの海のところまでやってくる必要があるが、そんなたくさんの殺虫剤は作れない。材料がそんなには入手できないからな。それに、そんなに多くの人間がここに立ち入ることをここの犬が許さない。この草地に入った瞬間、取り囲まれて吠え立てられ、それだけならよいが全身八十八箇所を嚙まれて襤褸雑巾のようになる。なにしろここは犬の王国だからな。どういう訳か毒虫もこのエリアには入ってこないんだ」

泣いていたくせに得意そうに延喜は言う、けれども。私は延喜に言った。

「けど、いまは大丈夫なのかい。俺たち入っちゃってるけど」

「ああ、そうですね。急に海が生成していたのに驚いて泣血哀慟して、思わず中に入ってしまった。いったん出ましょう」

と、延喜はそそくさと歩きかけたがもう遅かった。広闊な草原の、いったいどこに潜んでおったのか、見るからに凶暴そうな、小ぶりながら全身これ筋肉、みたいな真っ黒な柴ミックスが、鼻に皺を寄せ、頬膨らませて牙を剥き出しに怒りの表情も凄まじく、頭を低くして、いまにも飛びかかろうという姿勢で低く唸っていた。

見た瞬間、私は銃を構え、延喜は矢をつがえていた。やはり自己を防衛するのは普遍的価値らしかった。相手が犬であれなんであれ。私は延喜に言った。

「走ったらあきまへんで。向こう向いてもあきまへん。このまま相手の目を見てゆっくり後ろに下がるんだ。いいな。岩戸の外に出たらもう追っては来まい」

敢えて大阪弁を使ったが後半は普通になってしまった。

「岩戸を出ても追ってくるよ。でもそうしよう、いやだめだっ」

振り返って絶望的な声をあげた延喜の視線の先をたどると、いつのまに回り込んだのか早手回し、そこにも、獰悪そのもの、といった感じの犬が二匹いて、重低音の唸り声を上げていた。

「しまった。囲まれた」

そう言って弓を引き絞った延喜に私は低い声で言った。

「射つな。俺が話す」

「そうか、君は犬と話せるんだったな。じゃあ、頼む。こっちに害意がないことを伝えてくれ」

私はなにを調子のいいことを言っているのだ、と思った。というのはそらそうだ、害意がないどころか、宴会用の肉になってくれと言いにきたのだ。害意のかたまりのようなものではないか。しかしだからといってすぐに全身をかまれて殺されるのも（それはそれで乙なものなのかも知れないが）なになので、私は懸命に犬の心に語りかけた。ところがそうやって内心に屈託があるからだろうか、ちっとも言葉が通じないというか、はっきり言って相手にその回路がない。言葉がない。というような感情がグシャグシャでなにもかもに恐怖と怒りと不快感がからみついて発狂状態に陥っている犬はかつて栄光に包まれていると思い込んで得意の絶頂にあったときに何度も見たが、そういうものでもなく、ただ灰色の泥沼のようなものが渦巻いていたり、汚らしい色合いが明滅しながらアメーバーのようにのたくっているばかりで、そこからなにかを読み取ることは不可能だし、当然、こちらの気持ちを伝えることもできなかった。

そんなことをしているうちに憎悪と怒りが極点に達したらしく、前後から犬たちが唸りながら忍び寄ってきて、ついに延喜は草原の方の柴ミックスに矢を放ってしまった。

まったくもってなんということをしてくれたのか。犬は賢い。そいつらが自分らの仲間を射殺したことを理解する。そしてますます猛り狂い、私たちに襲いかかってくるに決まっている。ならば、どうせ射殺すなら岩戸を扼している方の犬を殺せばよいのに草原の犬を射た。そうすれば最低限の犠牲で済んだ。しかし延喜は草原の犬を射た。だから私たちは岩戸の外にいる犬も殺さないと逃げられない。私は振り返って改めて狙いを定め、背後で、犬の断末魔が聞こえたら、それを合図に引き金を引こうと思っていた。私はついに犬を殺す。この手で犬を殺す。涙が、初めての涙が頬を伝った。

ところがいつまで経っても犬の断末魔が聞こえない。凶暴な犬ほど犬は死ぬときは無口なのだろうか。そんな話は聞いたことがない。どうしたのだろうか。銃を構えたまま首だけ捻って振り返ると、草原の、私たちと犬の中程に矢がポソンと落ちていた。

「電池切れだ」

と延喜は呻くように言って矢を捨て、斜め前方に駆けだした。はっきり言ってそれはもっともやってはならないことだった。なぜなら犬は動くものを追う性質を本能として持っているからで三頭の犬は、延喜が走り出すのとほぼ同時に走り出した。

その疾きこと弾丸の如しで、忽ちにして延喜は追いつかれ、後ろから飛びかかられた。そのうえで犬たちは喉笛に嚙みつき、首を左右に振り回した。これは犬が洒落や冗談で嚙みついているのではなく、本気で殺しにかかっていることの証左である。

普遍的人道的立場に立てばこの場合、私は延喜を救済すべく、銃で犬を撃ち殺すべきであろう。仮に延喜の命がすでに失われていたとしてもだ。人間の命を奪った動物は殺されるべきなのだ。これ以上の犠牲者を出さないためにも！　という理窟かどうかは知らないが、人間をかみ殺した犬や熊、脱走した虎などが射殺されているニュース映像を私はしばしば見たことがあった。

けれども私はそんなことは当然しなかった。なぜなら逃げる機会を失したくなかったからで、私はこの距離で三頭の動き回る犬に弾を命中させる自信はなく、下手したらすべてを外す可能性もあった。

そうしたらどうなる。こんだ自分が延喜のようなことになるのであってそんなことは御免だ。三十六計逃げるに如かず。それもまた普遍的価値なのか。

私は岩戸に向かってゆっくり歩き、そろっ、とこれを抜けた。

幸いにして犬たちは延喜を嚙み殺すのに夢中でこちらにはなんらの注意も払っておらなかった。岩戸を抜ければすぐにでも走りたかったが、そうすると犬というものは気配に敏感な生き物だから、その気配を察知してこっちに向かって走ってきて嚙んで、結局は延喜と同じことになる。

そろっと岩戸を抜け走りたいのを我慢してときおり後ろを振り返りながら早足で弁天池まで戻った。

どうやら犬は追ってきておらず、助かった、と思いつつ暫く虚脱して、それからなぜか急にそうしなければならないような気持ちになり、萱子さんの新墓にぬかつき、両の手を合わせて祈り、そしてまるで生きている人に語りかけるようにして語りかけた。

「延喜は死んだよ。犬に噛まれて死んだよ。笑うね。笑っちゃいけないんだけどさ。しかしながら、こんなことになったのはあいつのせい、って訳ではないけどね。まあ、いい奴だったのか。俺も女房に死なれた男だ、とか言ってたけど、それで狂っちゃったのかね。わかんないけどね」

そんなことを言っていると、辺りが急に暗くなった。あれ、雨でも降るのか。珍しいことだ。

そう思って見上げると、頭上に真っ黒い帯状の塊が蟠りわななき、ふるえており、わぶぶ、私は今度は全力で駆けだした。耳に羽音がこびりついて頭が痺れた。

這々の体で岩戸の中に駆け込むと、毒虫は岩戸の前で壁を作って蟠ってなかに入ってこないのは延喜の言ったとおりだった。けれども夢中で駆け込んでからそれはそれで危ないことに気がついた。なんとなれば先ほどの犬がまだうろついているかも知れないからで、様子を窺ったところ、先ほどのところに襤褸屑のようなものが落ちているばかりで犬の姿はなかった。延喜を殺害したことですっかり満足してどこかへ行ってしまったのだろうか。草原には気持ちよい風が吹き、遠くに陽の光を浴びてキラキラ光る海が見えて、きわめて長閑な風景が広がっていた。

しかし岩戸から入ってすぐのところには長閑ならざるものもあった。なんだか汚らしい、赤黒い肉の塊で、赤い塊の中から白い骨が突きだしている様子や格子縞の襤褸布がグシャグシャしているのがいかにも汚物という感じだった。うっすらと糞便の匂いも漂っていた。

背後からもの凄い羽音が聞こえてきた。毒虫が肉の匂いを嗅ぎ付けて集まっているらしかった。肉食の奴らからすれば延喜の肉塊はたまらなく魅力的で、肉のところに行きたい、行って心いくまであの延喜の肉と腸を貪り食らいたいと思っている。だけれどもなぜか岩戸の中には入れないのであんなところで切歯扼腕している。かと思えば私はあんな汚らしい肉塊の近くには寄るのも嫌だった。しかし、嫌々ながら寄らなければならなかった。

なぜか。埋葬しなければならないからか。違う。そりゃあ普通の状況であれば、いくら延喜と雖も埋葬くらいはしてやるが、かかるいつ犬がまた戻ってくるかわからない状況で穴を掘って肉塊を蹴り込み、香華を手向けている余裕なんてない。

ではなぜ突入していくのか。それは言うまでもなく、あの肉塊の近くに落ちている暗緑色の背嚢の中に入っているであろう防虫剤、そして殺虫剤が欲しいからである。

私は猿が分葱のヌタを食べているような顔で延喜に近づいていった。森の方から気持ちいい風が吹いて栗の木の梢を揺らした。

なるべく肉塊の方は見ないようにしたが、背嚢の上にもソックスを穿いた足が乗っていて嫌だった。足には触らないように、背嚢を引っ張ってとり、口を開けて中を調べたところ、口のところを紐で絞った布袋がふたつ出てきた。布袋にはガムテープが貼ってあり、それぞれ油性ペンで、「殺虫剤」「防虫剤」と書いてあった。

触ってみるとリキッドが入ったガラス瓶が何本かずつ入っているようだった。

ぶら下げて行こうとして立ち止まった。というのは、岩戸を一歩出たが最後、虫がいっせいに襲いかかってくる。ならばここで防虫剤をふりかけていかないとまずい、と思ったからで、そこで袋の口を開けようとして戸惑った。

なんとなれば袋の口を絞った紐が、なぜそんなことをするのであろうか、何重にも固く結ばれていたからである。

しかし解かなければどうしようもないので、なんとか解こうとするのだけれどもびくとも解けない。ならば切るしかないのだが、と思って思い出したのは延喜が腰からぶら下げていたいろんなもののことで、蕈作りに必要なのだろうか、延喜が腰からぶら下げたもののなかに確か山刀のようなものがあったはず。

そう思って顔を背けつつ、グシャグシャの肉の中の腰のあたりに手を突き込んで探ると、それらしき棒状のものがあったので引っ張ると太い骨で、嫌なことだなあ、大腿骨でも引っ張り取ってしまったのか、と顔をしかめてよく見ると、新しい骨ではなくなんだか古い骨で、それは人骨で拵えた笛であった。

こんなものを吹いて延喜は余暇を楽しんでいたのだろうか。とても穢らわしい気分で笛を投げ捨て、ようやっと探り当てた山刀で紐というか、もう袋を切り裂き、防虫剤を全身くまなくふりかけて、それで岩戸から出ようとして、ふと躊躇した。

というのは、岩戸の先で毒虫はもうやる気満々というか、肉の臭気に頭が狂ったみたいに興奮してふるえてる。

私は出ていくわけだ。もちろん延喜がこしらいた防虫剤をふりかけているので理論的には虫は襲ってこられないはずである。けれども実際のところ、延喜の防虫剤はあんなにたくさんの毒虫がいることを想定しているのか。もしかしたらあまりにも数が多い場合、防虫効果は期待できないのではないか。

そのうえ、ことによるとこちらの方がより問題なのかもしれないが、私には延喜の血と肉と臓腑の匂いが沁みついてしまっている。それはおそらく防虫効果をかなり減衰させる。

となると。どうすればよいか。ひとつ考えられるのは殺虫剤と防虫剤を組み合わせて使うということだ。防虫剤を身体の隅々にまでふりかけ、或いはすりこみそのうえで、殺虫剤を両の手に持って掲げ、これを噴射しながら虫の中を吶喊して進んでいく。

という戦法はおそらく無効。なぜなら虫の数があまりにも多いからで、そりゃあ一部は殺虫剤を浴びて死ぬるだろうが、大半は仲間の死骸を乗り越えて殺到、そのうちに殺虫剤は尽き、私は全身を刺されて死ぬ。

となればどうすればよいか。

私はこういう場合はやはり囮作戦・陽動作戦がよいのではないか、と思った。つまり私の肉ではない別の、毒虫がもっと喜びそうな肉を少し離れたところに置く。そうすると毒虫は大喜びでこれに蝟集する。その間に遠くに逃げ去る、という作戦である。

となると別の肉というのが必要になってくるが、それはあるのかというともちろん目の前に延喜肉という、いい感じにチョップされた肉があった。

けれども問題がふたつあった。そのうちのひとつは死体損壊なんてものはもう犬によってされているので刑法上の問題は勿論ないが、自分が生き延びるためにご遺体を虫の餌にするのは死者を冒瀆することになりゃあしないかという問題で、しかしこれは延喜が既に死んでいること、そうせぬと自分が死ぬということ。この二点において延喜が好きな普遍的正義の条件を満たしているように思われた。

もうひとつは運搬の問題で、果たしてどうやって延喜肉を岩戸まで運ぶか。そして岩戸の向こうの可能な限り離れたところにこれをセットするか、という問題だが、これはなかなかの難問だった。

何度にも分けて運べば、運ぶ間に肉は費消され、逃げる間がなくなって、ただ虫のために慈善で肉を運んでいるようなことになってしまう。けれども食われて一部がなくなっているとはいえ、それでも優に四、五十キロはあるであろう延喜を抱えて運ぶのは難しかったし、岩戸の外に出られない以上、うちらから投げるしかないのだが、遠くまで放り投げるのはどのように考えても無理であった。

ということは、実際に肉を運ぶとすればこんな感じだろう、すなわち、一、岩戸のところまで延喜を引きずっていく。二、次に四つかそれくらいに大ぶりに切る（その際、剣先スコップのようなものがあると都合がよい）。三、小分けにした肉をなるべく遠くに、分散して、投擲する（その際、布にくるんで振り回して投擲すれば遠心力が働いてより遠くに投げられると考えられ、そのための布があると都合がよい）。

ということで私はそうすることにしてスコップと布を探した。そのうちスコップの方は望み薄だった。なんとなればこの草原に住まう犬が、剣先であれ丸先であれ、スコップを使うとは思えなかったし、となれば、延喜の持ち物の中に円匙のようなものを探すしかないが、そんなものは持っておらないように見えたし、事実なかった（なにかとアウトドア志向の延喜のことだからもしかしたらあるのではないかという希望も抱いたがむなしかった）。

けれども布は延喜の衣服が使えた。運ぶのは一回で運んだ方がよいから肉を分断して布にくるむのは岩戸のところでゆっくりしよう。どうせ虫は入ってこられないのだから。

そう考え首玉に、そして腰のところに延喜の衣服を結わえ付け、延喜肉の足を持とうと腰を屈めたとき、靴下を穿いた足が草の上に落ちているのが目に入った。

もちろん僅かの肉である。これを持っていったからといって、それほど多くの時間が稼げるわけではない。虫はこれっぽかりの、そうさな、五百グラムかそこいらの足肉なら、ほんの数秒で食い尽くしてしまうだろう。

だからこんなものは持っていく必要はないのかというと、けっしてそうではない。こうしたある種の極限状態においては、ほんの数秒の違いが生死を決することがある。ここで馬鹿にして、「はっ、なんだ。あんなくだらん靴下はいた足。いらねぇよ」などと無頼ぶって持っていかず、後々、後悔して泣く、なんてことはしたくなく、あんなものでも大事に持っていく。そういう態度こそが大事だ。

私はそう思っていったん延喜の脚から手を離し、それから足のところまで数歩歩いて腰を屈めてこれを拾い上げようとして、「がっ」と声をあげ、草の上に膝を突いてしまった。

俗に言う、ぎっくり腰、というやつで、その瞬間の電撃のごときいみじき痛みと、それに続く持続的な痛みに私は動けなくなってしまい草の上に突伏して痛みを堪えた。

そろそろいけるかしらん。そう思って動く度に激痛が走って、あぎゃあ、と叫んでまた動けなくなるということを何度か繰り返したうえでようやっと、寝ながら日本舞踊のようなことをしてようやっと四つん這いになり、腰に衝撃を与えないようにしてソロソロ立ち上がった。偉業を成し遂げたような気分だった。

俺はやった。立つという偉業を成し遂げた。

そんなことを言ってみようかな、と思ったけれども言わなかった、というか、言えなかった。私は倒れている間に猛りくるった犬ども、およそ百頭あまりに取り囲まれていた。私は一瞬の判断を誤り、死の側に転落しつつあった。

再会

すべての犬が鼻に皺を寄せて牙を剝き出しにして唸り声を上げていた。少し話しかけてみたが勿論、言葉は通じなかった。私は犬を刺激せぬようゆっくりした動作で腰に差した銃を抜き、これを構えた。けれどもそんなことをしてなにになろう、なにになならない。或いは数頭の犬は銃弾に倒れるかも知れぬがそれだけのこと、後の百頭ぢかい犬が襲いかかってきて終わりだ。背後の岩戸の方から虫の羽音が響いてきていた。

また風が吹いた。

私には三つの選択肢があった。銃を撃ちながら突撃して戦って死ぬ。無駄な抵抗はやめ銃を捨て、すべてを諦めて合掌、弥陀の称号を唱えつつ嚙み殺される。走って岩戸の外に逃げ途中で嚙み殺されるか、虫の毒で死ぬ、の三つで、どれもいいものでないが、それ以外の選択肢がないのでどれかを選ぶしかない。

常識的に考えれば万分の一だとしても助かる可能性があるという意味で、取りあえず走って逃げる、を選ぶのだが、私はもうなんだか面倒くさくなって、すべてを諦めて合掌、弥陀の称号を唱えることにした。うろ覚えだが、そうすることによって死ぬ際に阿弥陀如来が西の空から多くの菩薩を連れてやってきて、極楽浄土に連れて行ってくれるはずである。

極楽浄土に行くと針の先で突いたほどの苦しみもないらしい。というのはどういうことなのか。具体的には行ってみないことにはわからないが、要するに穢土においては抽象的な概念として脳内君臨するばかりの普遍的価値とか普遍的正義が現実化している仏国土、簡単に言えば神の國ということだ。

というと随分と虫のよい話でならば、この世の苦労なんてせず、弥陀の称号を唱えてガンガン死んでいったらよいと思うし、おそらくそんな簡単なものではないように思う。阿弥陀如来が来た、と思って喜んだのも束の間、よく見たら日本くるぶしで、「バーベキューせんかあ、ぼけ」と言われるといった、そんな馬鹿馬鹿しい落ちが待っているのが関の山だろう。

けどまあそれくらいのことならやっておいて損はないというか、ダメ元というか、やることによるリスクはなにもない。というかいまから死ぬのだからリスクなんてそもそもない。私は銃を腰に戻して合掌し、目を閉じて、「南無阿弥陀仏」と唱え、暫くしてから、もう一度、「南無阿弥陀仏」と唱えた。

そして犬が嚙みかかってくるのを待ったが、まだ襲ってこない。ならば、この世の風景をもう一度見よう、と思って目を開けた。

激怒した犬たち。草原。空。遠くの海が見えた。風の音、犬の唸り声、毒虫の羽音がひときわ高く聞こえて音楽のようだった。私はこんなことになっているのにもかかわらず、なにもかもを美しく感じた。

私は犬たちの顔をよく見た。それまでは漠然と犬、たくさんの獰猛な犬、みんな怒っている、と思ったが、落ち着いてみるといろんな犬がいることがわかった。さっきまでは、大方が茶色か黒で、身体の大きなまるで狼のような犬しかいないように見えていたが、そうではなく、白い犬もけっこういたし、金色の犬もいた。また、大きな犬は全体の三分の一くらいで、中型犬や小型犬もけっこういた。そしてまた犬種も様々で、もちろん恐ろしげな闘犬、大形の狩猟犬もいるにはいたが、プードル、チワワという愛玩犬もけっこういた。或いは、チャイニーズクレステッドドッグやキースホンドといった珍しい犬もいて、私はもしかして、いけるかも。と思った。

根底からの野犬、もはや半ばは狼のような野犬であれば初手から話にならないが、こうした元々は家で飼われていたような犬であれば或いは話が通じるのではないか、とそう思ったのである。

それで、「どうもこんにちは。遊びましょうか」とか、「コツコツ・サラダはいかが」とか、「虫の匂いがいみじいね」など話しかけてみるのだが反応が無い。といってまったく通じていないのかというと、そんなこともないらしく、殆どの犬は相変わらず唸っているのだけれども、なかには急に前肢を舐めたり、急に真顔になって座りをする者もあり、まったくなにも聞こえていないわけでもなさそうなので、さらにいろいろなことを話しかけているうちに、こちらの言うことは向こうには無意味な音声としてしか聞こえていないようなのだけれども、向こうの言っている、言葉がわかるわけではない、言葉がわかるわけではないが、その意味内容が雑音の彼方から明瞭になったり不明瞭になったりしつつ波のように伝わってきた。犬たちは以下のような意味のことを言っていた（或いは考えていた）。

こいつはなになのだろうか。

食えるだろうか。

こんな奴が入ってきたということは、こいつの仲間も来る。

邪魔だから早く処分した方がよい。

そこで死んでいる奴は何度か見たことがある。

こいつ。どこから来たのだろう。

こいつは外敵なのだろうか。

こいつは汚らしい。食用にならない。

食用になるかも知れないが、肉にしてみないとわからない。あそこに捨ててある肉はまずいのだろう。なぜなら捨ててあるからだ。

つまり犬たちは私に対して好ましい気持ちをひとつも持っておらず、断りも挨拶もなく自分たちの生活圏に入ってきた嫌な奴と認識しているようだった。

けれども私は希望を抱いた。少なくとも向こうの考えはわかるようになった。ならば懸命に語りかけ続ければこちらの考えもわかって貰えるようになるのではないか。いずれにしても大事なのは伝えたいという気持ち、一所懸命という気持ちが大事だ。チューニングを合わせようという気持ち、相手の心そのものに耳を傾けようという気持ちだ。それさえあれば必ずや気持ちが相手に伝わる。それが証拠にこうやって一方通行ではあるが伝わっているではないか。

そう思うとき、「違うよ」という声が頭の中に響いた。犬のうちのどなたかが仰ったようだった。私は慌てて犬たちに向かって、「いま、違うよ、と仰ったのはどなたでしょうか」と問うた。しかし犬は黙りこくっているか、或いは、さっきのごとき私に対する間違った認識に基づいた間違った想念を垂れ流すばかりだった。幻聴？　いやそんなことはないはずだ。私はなおも懸命に語りかけた。

「いま、違うよ、と言ったのはどなたでしょうか。なにが違うのでしょうか」

「だーから。君は忘れたのか。君が犬と会話するときに、変換アダプターとして必ず僕がいたことを忘れたのか。僕ですよ」

そう言いながら、チワワとグレートデーンの間から顔を出した犬を見て私は思わず知らず、「あっ」と声をあげてしまった。

懐かしい私の犬だった。

「うわーん。どこいってたんだよー。寂しかったよー」

とそんなことを言い、私は泣きながら犬の首に抱きついた。懐かしい、犬の匂いがした。その様子を見て他犬たちはなにを思ったのか、急にやる気を失い、腹ン這いになってくつろいだり、仲間の耳を舐めたり、のそのそ歩き回ったり、立ち去る者もあって、それまでの緊迫した感じが急速に失われ、犬の思潮も聞こえなくなった。

そして私がそのように再会を喜んでいるのに私の犬はそうでもない感じで、というか私が抱きつくのを仕方がないから気が済むまで耐えている、みたいな感じで耐えている。それでも私は暫くの間は犬から離れられなかった。暫くしてから犬を放して私は言った。

「それで君はあれからどこへ行っていたんだ。駄目じゃないか。駄目じゃないか。勝手にどこかへ行っては駄目じゃないか。飼い主から離れて、勝手に」

そう言うと私の犬は笑った。笑って言った。

「仕方なかった。君は突然、恐怖の発作を起こしてしまった」

「ああ、虫がな。あんなに居たのじゃしょうがないだろうがよ」

「それはそうだがそこへ小光柱が来て俺はまともに光を浴びちまってね」

「だいじょうぶだったのか」

「危なかった。矛盾として吸い込まれそうになったが、そこへ別の光柱が、そんなことはほとんどないのだが、すぽーん、と地面から吹き出てね、驚いたのだろうね、君は人事不省に陥る。俺は俺で光を浴びて吸い込まれこそしなかったものの、ある種の変成をしてしまって戸惑いする。グリーン・マンも動かぬし、その持っていた箱から……」

「ちょっと待った、変成ってなんだ。グリーン・マンってなんだ」

「あ、そうだよね。あ、もうなんか、言うことが多すぎてなにから説明したらいいかわからんなあ。ええっと、変成というのは、ちょっといま言ってもわからんと思うから後にするとして、グリーン・マンっていうのは別にグリーン・マンって本人が言ってる訳ではなくて俺が暫定的につけた名前で、つまりはほら、あの階段のところで急にでかくなったひょっとこがいただろうがよ」

「あっ、いた。忘れてた」

「あいつのことだよ。あいつが持っていた箱を調べたら俺にとって宝のようなものと書き付け、何語かはわからんがね、それが入っていたので、なにかの役に立つかと思って箱ぐち盗んでね、それでここに来て」

と、そんな風に私の犬は話を始めた。私たちは団栗の木の下に移動して木陰に座って話した。周囲に犬が沢山居て、まるでドッグパークにいるような錯覚を抱いた。これまでのことが全部夢でここは本当はドッグパークだったらどんな幸せだっただろうか！　私はそんなことを夢想しながら私の犬の話を聞いていた。

私の犬は語った。私の犬はここの犬の飼い主で一神教の神のような立場にあるのだと。ここに居る犬は私の犬に日々の食事を与えられていた。では私の犬はその食糧をどこから得ていたのか。私の犬は食糧を延喜から得ていた。

といって延喜が直接、私の犬に食糧を渡していたわけではない。延喜が廃棄した廃棄物が犬の食糧となった。その話を聞いて私は不思議に思った。延喜が犬一百頭を養うに足る食糧を廃棄しているはずがないからである。けれども話を聞くうちに疑問が解けた。彼が廃棄していたのはひょっとこの肉であった。ああ言いながら延喜は実は殺虫剤・防虫剤の大量生産を試みており、その原材料としてひょっとこを使い、そのための秘密ひょっとこ牧場をお持ちだったというのだ。その際、使用するのは一部の臓器のみなので残った肉は一部は蕈や草を混ぜてひょっとこの餌にし、それでも残った部分は弁天池の裏手に捨てていた。そして意外に信心深いところのある延喜はひょっとことといえど命あるものには違いはないのだからと、残骸を運んできた後は、その後生を願って長い間、手を合わせて祈っていたという。

そしてそのひょっとこの肉に目をつけたのが私の犬で、延喜が祈る様を目撃した私の犬は、これをあの草原で餓えている犬の食事にすればちょうどよいのでは、という考えが閃いて、それを実行したのだと。

と聞いてまたわからない点が出てくる。というのは。

まずそもそもなんで犬が奥森にいるのか。これについて私の犬は、犬たちは初め光柱のピストン運動によって抽送されたのだ、と語った。私の犬は言った。よく御覧。知った犬がいるよ、と。それで見て驚愕した。犬なんてものは所詮は犬、とまでは職掌柄さすがに思わないけれども、こんな没分暁漢なんて自分とは遠い存在だと思っていたがよくみると、なんということか、そこには、あああっ、いまとなってはもはやなつかしい、ケダマがおり、マツマンがおり、兵庫がいた。ルボシカもいた。

君たちだったのか！

と心を喜びに刻んでスダチをかけ、話しかけてみた。けれども彼らは腹這いに寝そべって知らぬ顔だった。私を忘れたのだ。私は悲しんだ。その私に私の犬は以下のようにも言った。この犬たちがいたイベント会場はちょうどこの真裏にあたる。あそこにいまも誰かいるとすれば私たちと足の裏を接するように立っている。そこをいまはこちら側で安定して屹立するか水平移動している光柱がそのときは激しいピストン運動をしていた光柱に吸収されこちらに吐き出された。まったくもって光柱の神秘ときたらそらおそろしいものがある。私の犬は続けて言った。

そしてここに運ばれてきた犬はあそこからだけではなかった。いろんなところから来ていて多くの犬がいた。未去勢の犬も多くいたので勝手な繁殖を繰り返して、また食料品もあまりなかったので男が来たときは随分と悲惨な状態だった。肋が浮き出た犬が半ば狂った状態で殺し合いながら生きていた。生きることと殺すことと生まれることがひとつのこととなって汚れて溶けて流れていたのだ。

しかしよかったのは虫がこの圏域には入ってこないというところで、もちろんこの場所にそんなものがある訳がなく、光柱による地平の撓みや歪みによって現出したのだろうけれども、ここは元ゴルフ場で、一時間に千ミリリットルの雨が半年間降り続いたのと同じくらいの分量の強力な殺虫剤が地中にしみこんでいてそれがいまも揮発し続けているため、虫が近寄れない。もちろん好事魔多しで、その猛毒は犬の健康を害しているが。そんなことをネガティヴな感じで言う私の犬を励まそうと私は言った。

「けれどもいいじゃないか。いま奥森の外は人間も飢えて憎しみと疾病の充満する、弱肉弱食の狼藉社会だ。むしろここで王国を作ってのんびりと暮らしているのが一番よいのではないか」

「しかしそれで安定することはないからな」

「どういうことだ」

「不安定化要因は無数にある。例えば延喜が殺虫剤・防虫剤の大量生産に成功したらここに人が普通に入ってくる。そうすればこの人たちはみんな肉になる」

「けど延喜は死んだじゃないか」

「あいつは馬鹿な男だった。冗談のつもりでやっていることがそのうち本気になってしまってとうとうあんな……、自分が蕈の材料のようなことになってしまったんだ。ともあれ、あいつは死んだ。ということは、もう、ひょっとこの肉が手にはいらなくなるということだ。ひょっとこを飼育していたのはあいつだから」

「え、マジだ、ってこれ懐かしいな」

「マジですか」

「でも、ひょっとこはそれこそ犬じゃないけど、自然交配して勝手に繁殖するんじゃないのか」

「その可能性はなくはない。けれどもあいつらはものを考えられないから、危険とかもわからないから食物を探して森へさまよい出て虫の餌食になって絶滅するだろうね」

「つまり、犬の食べ物がなくなるってことか」

「そういうことだ。それにくわえて俺の食糧も尽きる」

そう言って私の犬は自らの苦境について語った。そう、私の犬は以前からそれなりの美意識を持った犬だったし、いまは高い意識を持って犬たちを支配していた。だから他の野生化して頭が濁ってしまった他の犬と同じような、ひょっとこの肉を食べるなんてことは到底できないはずだった。それに、私の犬はひょっとこ牧場まで行く間、どうやって虫に刺されないでいたのだろうか。私は草原の草を身体にこすりつけてから出たのか、と問うた。私の犬は哄笑して、違う、と言った。端的に言うと私の犬の食料品は強力殺虫エアゾルとともに例のグリーン・マンの足元にあった大仰な箱に入っていたらしい。それらは高度に凝縮された栄養の塊で、これによって私の犬は命を長らえ、虫から貴重な身体を防護していた。私が、「よかったやん」と軽口を叩くと私の犬は、よくないよ、と苦笑した。

「そりゃあ栄養は足りてるかも知らんしそれなりの満腹感もあるが、味気なくてね。だからときおり鵯をとって焼き鵯にしたり、落ち雀を拾って食べたりもした」と。

奥森にはそんなものがまだいるのだ、と私は妙なところに感心した。と同時にあのグリーン・マンとはなにだったのか。と思ってしまった。そこで素直に、グリーン・マンとは誰なのか、と問うたのはここまできて妙な駆け引きをしても仕方がないと思ったからである。それに対しては私の犬も妙な駆け引きなしに言った。

あれはひょっとこが凝ったものである。と。ひょっとこが階段に逃げ込み圧死していたのか。ひょっとこが階段で繁殖したのか。それとも誰かが都合の悪いひょっとこを階段に隠したまま放置したのか。或いは廃棄したのか。それは誰にもわからない。ただあれはひょっとこの自己変成というか、自分たちの哀しみをそこにいただれかに託したいという気持ちが糊となって何匹かひょっとこが一匹に合わさってああいう丈夫になったんだろう。つまり、ひょっとこがかなり頑張って、無理をしてあんな形を取っていた。だから一瞬は立派に見えても時間的に持たない。すぐに崩壊してしまう。人間にもそういうときがある。ムチャクチャ無理をして自分を大きく立派な男に見せようとして、会合や会議の間だけはなんとか形を保っていられるのだけれども、それ以上の時間は無理、みたいな。時間が来るとカラータイマーが明滅して警告音が鳴り、それ以上、戦えなくなる、というやつだ。或いは、カツラを被り眉を引き紅を差して体型を補正してドレス着てハイヒール履いて美人になってはいるものの時間が経過するとだんだん崩壊して気がつくとアチャー、みたいな。被灰姫ってやつだ。まあ、被灰姫は元が美人という設定になっているから少し違うかも知れない。いずれにしろグリーン・マンというのはそういう存在で、しかしそういうものだから懸命に祈り、懸命に捧げたところで、その祈り捧げる対象が間違っているから意味がない。そして自分は崩壊する。その哀れなグリーン・マンのものらしい箱が俺のものになって、それによって俺はここで生き延びてきた。

でもそれもなくなる。そこへ君がやってきた。君はなにをしに来た。こんなどん詰まりへ。私たちは虫に閉じ込められ、草に汚染され、しかも犬どもは近親交配による遺伝病の蔓延でこのままだと絶滅するし、俺の食料品はないし、光柱が突然、のれん街かなにかをぶち込んでくれればよいのだけど、そんなもの、もしかしたらもはや地下邪都にあるのかも知れないが、しかしそんないつ来るか知れないものに祈るなんてひょっとこと同じだ。哀れなグリーン・マンだ。おまえはなんで来た。

「それはおまえに会うためだ。僕はおまえに会いたかった。そして元のように暮らしたいのだ。けど卑近な用もある」

「なんだそれは」

「大輪に頼まれたんだ」

「大輪か。はははは。おまえが大輪に頼まれて俺がいるここにきたのか。皮肉なものだな」

と私の犬は苦笑した。私の犬は大輪について驚くべきことを語った。大輪はおまえに親切だった。それはなぜか。大輪はある意味、俺だからだ。おまえと別れたとき俺はおまえを残して去るのは忍びなかった。けれども手に箱を持っている。変成したあとは、おまえほどの体重があるものは運べない。さっき言った変成とはそういうことなのか。と聞かれればそういうことというだろう。しかしまた別のことも言わなければならない。俺はおまえを助けるために自己分散をして、幽冥分子として大輪を残していったんだ。なんですって、と驚かれれば、まあ、そう驚くな、というしかないが、その通り、大輪は俺。といって俺は大輪ではないがな、と言うとわかってもらえるか。俗に言うエイリアスってやつだ。ところがきゃつが勝手に動き始めて勝手に女は作る、酒は飲む、得体の知れない幻覚剤を拵えたり、酒場は経営するわ、もうムチャクチャし始め、挙げ句の果てに大輪菊男と養子縁組をするなど意味のわからない政治的な行動を取り始めた。おそらくなんらかの裏実質が浸透していったのだろう。もう死んでくれっていう感じで。そういうことで大輪との通信は途絶えている。むしろ向こうは苦境に陥っている俺のことはもう忘れているのかも知れない。

私の犬がそう言ったとき私は私が私の犬の話をしたときの、大輪の寂しそうな顔を思い浮かべて言った。

「そんなことはないよ。大輪はいつも君のことを気にしていた」

「まあね。わからんけどね」

そう言って私の犬は梢を見上げ、続けて、

そういうことで大輪が君になにかを頼んでここに寄越した、ということは俺になにかを言いに来たということがおかしくてたまらんのだ。だってそうだろう、それは俺が俺になにかいいに来た、ということだろう、おかしてたまらん。さあ、聞かしてたぼれ、と云った。混在はわざとだ、とも。私は答えて言った。

こんなことになってしまった以上、隠し事をしても仕方がないと思ったので私は率直に言った。大輪は地下邪都へのヨーコを通じての政治的浸透を図っていてそのためのバーベキューパーティーを開こうとしている。そのためには肉が必要で、そのためにはここの犬に肉になって貰う必要がある。そのためにはリーダー犬を説得する必要がある。そのために僕は来た。なぜなら僕は犬と話せるから。けれども来てみたらリーダー犬というか神犬が君だったというのは驚いたことだった、と。さらに私は言った。大輪は地下邪都の存在そのものに憤っており、政治的な地位を欲しているのは地下邪都に安住したいからではなく、逆に地下邪都を滅ぼしたいと思っているからだ。もうひとつだけ付け加えると僕は目的がなんであれ、犬肉を食べる宴会など反対だった。じゃあなぜここにきたのか。それは君に会いたかったからだ。君がここで一神教の神の立場に立っていることは知らなかったが、多くの犬がここに集まっていると聞き、ならばここに君がいると思ったからだ、と。

けれども私が語った半分は真実であったが半分は嘘であった。私は萱子と一緒にいたいがためにここに来た。恋は盲目という。その恋に私は落ちていた。その萱子も死んだ。そしていま私たちは虫と毒と海に閉じ込められ、普段ならその襲来を恐れる光柱をむしろ望んでいる。大量死を伴う破壊による変革に希望を繋ぐしかないのだった。

笑いの草が生える。俗に言うお笑い草という奴だ。種と書くのかも知れないが、種と草は時間を胎んで同じものだ。私はそんなことを考えて草をむしって口にくわえた。無意識の動作だった。そんな私を虚ろな瞳で見て私の犬が言った。

「おいおい、毒だぜ」

「構うことあるものか。どうでここで死ぬ身ぢゃないか」

「それが違うんだ。海ができたでしょう。いざ漕ぎいでな」

「出帆すればどこか別の陸地に着く、って訳か」

「仰る通りだ。俺が絶望していたのはこの間までの話だ」

「船はあるのか」

「それがあるんだ。海ができたときにボートが打ち上がっていたんだ。僕らは水を積んですぐにでも出帆する。君も行くだろ」

そう言って私の犬はひたと私を見た。私は驚き惑い言った。犬はどうするんだ、と。私の犬は犬は全頭、連れて行く、と言った。私は驚き呆れ言った。なにを言っているのだ、と。行くへの知れぬ大海へ頼りないボートで漕ぎ出でて、それでその間、犬が生きていられると思っているのか、と。そうしたところ私の犬は、いつの間に、いったいどこから取り出したのかわからない紙切れを取り出して、それを私に手渡し、食おうと思って鳩を殺したらそんな手紙を持っていた。読んで御覧。と言った。

私は読んだ。

一筆啓上叢ニ生シタル海大敗ノ渚ニ聯繫セシ事判明シタル間其事御伝申上候　犬肉運上ノ際ハ何卒可被下海運宜敷可取計奉申上候　猿月豚日　延喜紋造殿　大輪出目乃進　書き判

私は驚き迷い言った。

「これは大輪が延喜に宛てた伝書鳩による手紙らしいが、なんですって。あの海が大敗の渚に……」

「そう、繫がっているらしい。国土軸の歪みが一段と進んだのだな。歪んでいて見えぬがボートで五分の距離らしい。よってピストン輸送は十分可能なんだ」

「なんてことだ。けど、連れて行ったら犬はどうなるのだろうか」

「食われるでしょう」

「いいのか、君はそれでいいのか」

「それはそれで別に構わない。犬は草地の毒にひどく汚染されている。ということは犬の肉を食べた者も汚染されて死ぬ。犬を食う奴は死ぬんだよ。河豚は食いたし命は惜しし。ならば食うなっつうんだよ。それが僕の哲学だ」

「大輪の心にかなう、って訳か」

「それが目的ではない」

「じゃあ、なにが目的なんだ。君はどんな世界を作りたいんだ」

「俺はどんな世界も作りたくない。どんな世界も作らないことが俺の目標だよ。ほおっておくと世界が作られてしまうからな」

「なにを言っているのかまったくわからない」

「いけばわかるよ。真の栄光、真のバーベキューについても」

そう言われて私は行こうと思った。いずれにしても、ここにいてもどうにもならないならば希望があろうとなかろうと出発するしかないと思ったからだった。私は立ち上がった。私の犬も立ち上がった。ふたりの尻や胴に草がついていた。毒をたっぷり含んでいるはずの草だった。私たちはそれを払おうともしない。この栗には実がなるのだろうか。なるまい。なったとてもイガばかりだろう。私はそんなことを考えていた。

「いつ、出帆するのか」

「いま、出帆する」

「わかった」

それで話は終わった。私たちはキラキラ光る水面の方へ下っていった。私たちはもう話し合う必要があまりなかったのだ。

「最初に連れて行く犬はもう決めてあるのか」

「ああ。呼ぼうか」

「おお、呼べよ。一神教の神の威力を見せてくれよ」

「わかった、ルールルルルル」

「そら、狐だっ、つの」

「てへへ」

「やめなさいよ、ほんとに」

とこんなことを言う程度だった。ただ、心に重く蟠っていることがあった。しかしそれを言い出せなかったのは、それを言うと私の犬の心を傷つけてしまうと思ったからだった。けれどそれを言わないでいたら私の犬の身に危険が及ぶ可能性があった。そんな私の気持ちを見透かしたのだろう私の犬が言った。

「どうしたのだ。浮かぬ顔をして。やはり犬が食肉になることに抵抗感を感じているのか」

「それもある。それもあるが、それよりもなによりも」と言って私は私の犬の目を見た。黒い、信頼しきった瞳で私を見上げていた。黒い鼻が誠実に濡れていた。尾が篤実に上がっていた。私は言うしかない、と思った。なので言った。

と。それに対して私の犬は尾を僅かに下げ、首を傾げ、どういうことだ、と問うた。私は一気に言った。

「君は大丈夫なのか」

俺はどういうシステムになっているのか知らない。向こうに行けばいきなり棍棒を持った男が並んでいて、上陸するなり犬を叩き殺すのか。そしてそれをあの浜の茶屋に持っていって七輪で炙り、琉球泡盛かなにかを飲みながら試食するのか（ああ、もうあそこに萱子さんはいない）。それとも少し離れたところに食肉加工工場のようなものがあって枝肉のようなことにするのか。どっちにしろ、そういう際、おまえは他の知恵のない犬とは別口で扱われるのか。まあ、常識的に考えれば、この一件の首謀者である大輪と因縁浅からぬおまえだから一般の犬と同じように叩き殺されるということはないとは思うが、けれども現場レベルにそれが周知されているのか。それを心配するから俺は具体的にどうなっているかが凄く気になるわけだが、そういう面で大丈夫なのか。エゴイズムといわれるかも知れないがそれが、とても気になる。と。そしてそう言って私は犬の首を抱き、犬の毛に顔を埋めた。犬の匂いがした。懐郷的な匂いだった。私の犬は稍、迷惑そうに顔を背けてから気の毒そうに言った。

「それが、大丈夫なんだよ。っていうか、むしろ逆に」

「逆になんだよ」

と、私が言ったとき、背後でいやな音が響いて振り返ると奇怪なものが延喜の肉の近くにいた。

私たちを救ってください

　奇怪なものとはなんであったか。毒虫であった。それも一匹や二匹ではなく、虫虫虫、毒虫の塊であった。

　それは人の形をしていた。背いは六尺もあった。六尺の虫の塊であった。それが左右に揺れて立っていた。なぜだ。ここには毒虫は入れないのではなかったのか。

「ええ、確かに。草の毒があるものね」

　と女の声がした。虫の塊が喋ったのだ。私は驚き惑い、そして恐怖した。女の声は可愛らしかったが虫が喋っているとなると話は別だった。しかも話しながら虫の塊はこちらに近づいて来た。

「く、くるなっ」

　と、虫の塊に言ったところでやめてくれるわけはない。けれども言ってしまったのは馬鹿なことだった。案の定、虫の塊は三歩、四歩と近づいて来た。近づきながら虫の塊は言った。

「だからほら、ドンドン死んでいっておりますわ」

虫の塊が笑みを含んだ声で言う。見ると確かにその通りで塊の表面でも中ほどでも虫は毒に苦しむようにわななき、尻をクンクンさせたり前肢を振り乱したりして、そして少しでも毒から逃れようと競って塊の奥へ奥へ潜り込もうとし、そのうち力尽きてヒクヒク痙攣しながら地面に落ちていって、よく見ると岩戸から塊まで虫の死骸の絨毯ができていた。ならば。

虫の塊は痩せ細り、また背ぃも縮んでいきそうなものだが、豈図らんや、それは当初の大きさを保っていた。なぜなのか。驚き、半ばは狂ったようになって見るなれば、嗚呼、なんということであろうか、岩戸の方から虫の人形の頭のあたり紐帯のようにひと筋の虫の紐が繋がっていた。そう。毒虫は死んでも死んでも新たになんぼうでも補充されていたのである。

「なんなんだ。そこまでしてなんでこの草原に入ってくる。私たちを殺したいのか」

と私は叫んだ。虫の塊は言った。違う。と。違うのだ、と。虫の塊は語った。虫はおまえたちを殺そうとしてこの草地に入っているのではない、と。それは親子の情愛によると。以下は虫の言ったこと。

虫は妾の身を案じて随伴している。自分の身が滅びることを恐れずに。虫は四つ足を操って己が立身を企んだ。一時は自分も命懸けでしがみつき栄耀栄華、が、人を越して結局ワ自分が姿を虫に変えられ、邪魅として祀られるも本当は汚れとして扱われ言葉も奪われ知性も奪われ財産もすべて取られたるも奥森で単為生殖を繰り返して毒虫の一大勢力となっていまはすべてを掠め取ったものたちも妾ら毒虫にだけは逆らえない。しかしそんな浅ましい身の上となって消えぬは親子の情愛、さあ虫者びと、いやさ、母者びと、他人から見れば一匹の羽虫も妾にとってはひとつびとつが大切な母の細胞、妾はおまえとちごうて人身、草の毒には死にゃあせぬ、妾の身を案じてかぼうてくるるはうれしかれど、おまえが死んで虫の絨毯になるのは嫌嫌嫌。全匹死なぬそのうちに疾く岩戸の向こうに逃げてくだされ拝みます。

と両の手を合わしたかどうかはわからないが、可愛い声でそう語ると、虫の人形の輪郭が崩壊、羽音とともに虫が岩戸の外に飛んで逃げたが、逃げ延びた虫は一部で多くの虫は草の毒に死に草の上に堆く積もった。というのは別によいのだけれども。驚くべきは。

嗚呼、嗚呼、嗚呼、なんということだろうか、草の上に光り輝くように美しい女が立っていた。いや、美しいというのは違うか。もちろん一般的に言って綺麗な人の部類なのだろう、しかし見た目には現れないなにかがその人の奥底から溢れ出るようにしてそこにあって、見ているだけでうれしくなり、また、近くに行きたい、側にいたい、と思わせる、咲く花とか落ちる水とか、そういったものと同種の抵抗できない魅力がその人にはあった。

こんな素晴らしい人がなんであんな醜悪な虫の塊のなかに入っていたのか。というかあの虫のなかで人が生きていられるわけがない。なのになになのだ、この人は肌には刺された痕ひとつなく、スベスベではないか。誉むべし。喜ぶべし。

驚き惑ううちにも尊崇の念が溢れ、思わず合掌した。すると私にその女が言った。

「お久しぶりです」

と。はあ、お久しぶり? どういうことだ。驚き惑い、杵を割ったような気持ちで女の顔を見て驚愕のあまり驚愕した。その二周目の驚愕は驚愕に値する驚愕、私は女に言った。

「草子、さん?」

「ええ、草子です。お元気でしたか」

「元気もなにもありませんやね」

そういうのが精一杯だった。萱子さんに夢中になるあまり草子のことを完全に忘却していた。どうしているのだろうとすら思わなかった。けれどもそういえば、草子と萱子さんはどことなく似ているような気がする。いやさ、そっくりと言ってもおかしくない。なのに私は草子のことを完全に忘れていた。

おそろしいことがあるものだ。そうだよな。そのあたりおまえはどう思う。

と、私は私の犬に問うた。私の犬はいつの間にそんなところにや行きつらむ、ちょっと離れたところに立って客観的な顔をして立っていて、

「じゃあ、行こうか」

と、私を促した。ちょっと待ってくれや。あんなに好きだった草子と再会したのだ。もう少し話をさせてくれや。ああそうか。じゃあ待っているから早くしてくれ。そういうと私の犬は少し離れたところで腹這いになった。

草子はさらに語り私はもっともっと驚き惑った。先ほどから母と言っていたのは舵木禱子のことで、あの膨大な毒虫はすべて舵木禱子だった。蟲になってしまった舵木禱子は自らの願念によって毒虫に願変し、誰も近寄ることのできない奥森を形成し、さらには市街をも自在自由に遊弋して勝手気儘に人間を襲い、毒殺をしていた。ならば。草子が虫に包まれて傷ひとつないのは道理、なんとなれば、虫乃ち禱子にとっては草子は愛娘であるからである。

「いまのご時世……」と草子は言った。

「いまのご時世、虫を支配しているものが勝ちです。渡海してバーベキューパーティーを開いたところで本当の心にかなう保証がありますか。どこにもありません。現にあなたは何度も失敗を繰り返したじゃありませんか。延喜紋造が死んで殺虫剤ももうできないし、あの人たちの思うようになるはずはないのよ、だから……」

いの」

「私と一緒にここに残って欲しいの。私のそばにいて欲しいの。一緒に暮らして欲しいの」

「だから?」

言われて私の気持ちが急速に変化した。私はその様を為す術もなく見守っていた。まるで怠惰な主婦が急須の中の茶葉が虚しく広がっていくのを眺めるように。それを聞いた時点で私の犬と一緒に渡海する気がまったくなくなった。

ヨーコ、大輪、バーベキュー、国土軸の歪み、人民の餓え、普遍主義。もうたくさんだった。そんなものの渦の中に突入していくメリットがどこにあるのだ。ひとつあるとすれば、このどん詰まりの、毒虫の王国から脱出できるということだが、草子と一緒にいる限り毒虫は脅威ではない。

はっきり言って今日のこの状況の中でもっとも鬱陶しくて厄介なのはなにかというと虫である。その虫が襲ってこないというのは、凄いって言うか、はっきり言ってかなり生きやすい。

例えば。最短距離で町にも奥森にも好きなように出入りできる。森では勝手気儘に振る舞って鶫や山鳩、或いは鴨なども捕って食べることができるし、町に行って衣服なども調達できる。かつうはまた、さっきの草子のように虫鎧を纏って地下邪都に入って行くこともできるだろう。あの姿形を見たら一般市民は当然だが、警備員ですら逃げ出すし、仮に銃撃してきたとしてもこっちは虫なので先に飛んでいって刺殺することができる。

もちろん多少の殺虫剤はあるだろうから虫というか舵木禱子は死ぬるだろう。けれども舵木禱子はいまや単為生殖によって何百万どころではない、何百兆というオーダーに膨れあがっており億やそこら死んでもなんの問題もない。他人の母に対してこんなことをいって申し訳ないが。

そしてまた大輪は大敗の渚を秘密渚として封鎖、その富を独占していたが、私たちは誰も入ってこられない奥森の先端から渚にアクセスできる。寄りものも新鮮な魚介類も取り放題だ。もちろん大輪はそれを防止するために大敗の渚から渡海、この草地を占拠することができる。そうなると私たちには手が出せない。なんとなれば草地に虫が入ることができないからだ。だからといって私と草子だけで入ったら捕縛されるかなんかするだろう。それは嫌なことだ。

けれども私は大輪はそれをしないと思っていた。なぜならそれをすると多くの人が大敗の渚の存在を知り、大輪の独占のうまみがなくなってしまうからだ。また、仮にそうなったとしたら、渚の富は現状のままであれば地下邪都に集積される訳だが、みたように私たちはそれをまるで初期の悪党のように自由にこれを収奪できるので実害はまったくない。

そして私は情報を握っている。街中から大敗の渚にいたる道筋を知っているのは、萱子さんが死んだいま、大輪以外には私しかいない。誰に売るにしてもこの情報は高く売れるだろうし、売らないで持っているだけでも価値ある情報であるといえる。と、いうことでどのように考えても渡海するメリットはなかった。というか、それよりもなによりも。

あの好きで好きでたまらなかった草子と一緒に暮らすことができるのだ。これ以上のメリットがこの世にあるだろうか。たばかられて資産を失い、すかされて無意味なバーベキューを繰り返して無駄に魂を焦がし、重傷を負って入院、栄光の絶頂からどん底の悲哀を味わって、挙げ句の果てには愛しい人を撃ち殺され、奥森の果てのどん詰まりに這い込む。そのすべての苦しみがいま報われた、という心地さえする。私は私の犬に言った。

「俺はここに残ることにした。すべての問題が解決したのだ。もはや俺たちは閉じ込められていない。虫に守護せられて自由になった。だから君も残れ」

と。そうしたところ草子が、「だめ」と言った。

「その人は連れて行けない。その人は自分が生きるため犬を生け贄にしようとしているのよ」

そう言って草子は髪を振り乱して烈しく踊り始めた。黒衣の裾が乱れ白い脛が露わ

になった。それを少し離れたところで見ていた私の犬が、呆れ果てた、というような顔をして、

「これでこいつらがキチガイだということがわかるだろう。さあ、キチガイの世迷い言はもうたくさんだ。行こう」

と言った。けれども私は動けなかったのはキチガイとは言い条、踊る草子の姿も美しかったし、やはり草子との愛欲三昧の生活というのはきわめて魅力的で、それを捨てて面倒なバーベキュー大会に行くのはどうしても気が進まなかった。

そこで私は私の犬を毛嫌いする草子と私の犬を和解させ、なんとかここで平和裏に暮らす方法はないものか、と思案し、やはりそれには、そのためにはまず私の犬を説得するのが得策だろうと考え、犬肉を捧げることの残虐性や大輪の戦略の有効性に対する疑問、或いは大輪の思想がいまひとつ明らかでないこと。そしてまた光柱やその他の事象に関する仮説についての疑義、日本くるぶしの神格の曖昧さ、などについて話し、最後には、「おまえは俺の幸せを望まぬのか」とまで言ったのだが頑迷固陋な私の犬は説得を受け入れない。

その間も草子は踊り続け、踊りながら、「犬の肉のバーベキュー大会って、あなた正気なの？」とか「私の愛が欲しくないの」など喚き散らし続けていた。

そのあまりの喧しさを不審に思ったのか、一旦はほうぼうに散らばってそれぞれの

やりたいことをやっていた犬たちも集まり、私の犬の肩越しに草子を見ていた。なかには怯えて吠え立てる者もいた。そして踊る草子の背景は犬の視線から見れば真っ黒に見えただろう。なぜなら岩戸の外から草地の上空を毒虫がドームのように覆っていたからである。犬の吠え声と羽音が喧しかった。栗の木は素知らぬ顔。私の犬が辟易したような口調で言った。「そいつらを信じるのか」と。「そいつらがどんなことをしたのか忘れたのか」と。私の犬は語った。

思い出せ。そいつらがおまえにどんなことをしたのか。おまえの家が燃えだしたのは、おまえの笠が漏りだしたのはいつからなのかを。そいつら母子があの馬鹿な日本平三平を伴っておまえの家にきたときからではなかったか。そして思え、あの日本平三平の滑稽で悲惨な末路を。その死はおまえの責任にされたが本当にそうなのか。僕は疑っている。あのとき日本平三平は重傷を負っていたが死ぬような感じではなかった。知っているか。あのとき去り際に血まみれの顔で日本平三平がなんと言ったか。あいつは血まみれの顔で、「白菜喰うて歯ぁくさい」と言ったのだぞ。そんなくだらない五十年も前のギャグを死にかけの人間が言うか、普通。だからあれじゃないのか、本当のことを言えば、言ってしまえば、日本平三平を殺したのは舵木親子だよ。まだ生きている三平を殺しておまえに罪悪感を植え付け、おまえからすべてを引き出そうとしたのだ。だから。あのバーベキューを指示した日本くるぶしは偽の日本くるぶしという仮説だって成り立つんだよ。これについては確証はないけれども。それと思い出せ、あの草子の顔を。草子がどれだけ不細工だったかを。それは確かにいまは美しいかも知れないが、それは顔にホログラムを投影しているようなものであって、実際の顔はあの不細工な顔なんだぞ。おまえは草子と一緒に暮らすつもりらしいが、途中であの顔に戻ったらどうするんだ。おまえは耐えられるのか？　あのギガトン級の、顔面で吐瀉物が渦巻いているような、あの不細工に本当に耐えられるのか？　それをまず考えろ、と僕は言っている。

それを聞いて私は踊る草子を見た。美しかった。そして魅惑的だった。私は悲しみを感じた。確かに草子は美しい。けれども。私はその美しさだけを愛しているわけではない。その内面というか、その人間の全体を愛しているのだ。なのに不細工になったらどうするんだ、などと意味のないことを言って私を脅してくる。おまえがどうなったって私の犬であるのと同じように、草子はどうなったって草子だ。だからおまえがどうなったって俺はおまえを愛するし、草子がどうなったって草子を愛する。それをやめるのは自殺するのと同じことだ。どうしてそんな簡単なことがわからない。そう思って私は悲しかったのだ。

私は私の犬を説得するのは無理だと思った。だからといって犬と別れるのは嫌だった。じゃあ、草子と別れるのか。それも嫌だった。ならば。そう、私は折衷案を採るしかなかった。そう、私の犬には草子とは一定の距離を保って奥森にとどまって貰い、時間をかけて融和の道筋を探っていく、というやり方だ。私は私の犬に言った。まあ、そう言うな。もう暫くはここにおればよいじゃないか、と。

そして私がそう言ったとき、草子が、だめよ、と言った。

「だめ。この人がここにいるのはだめ」

なんという剛情なことをいうのだろうか。この女には人の心を理解しようという気持ちがないのだろうか。自分さえよければそれでよいのだろうか。と、初めて草子に対する否定的な気持ちが生まれ、

「じゃあ、どうしろっていうのだ」

と強い調子で言ってしまった。それが悪かったのだろうか。草子は信じられないことを言った。

「あなたが手に持っている銃でこの人を殺して」

なにを言われているのか一瞬意味がわからず、ぼんやりしてしまった。私が私の犬を撃ち殺す？　そんなことができるわけがない。私は思わず私の犬を見た。犬はいつの間にか座りの姿勢をとっていた。座りの姿勢をとって、真っ黒い瞳でこっちをじっと見ていた。開いた口から赤い舌がたらりと伸びて先端が横を向いていた。口角が上がって笑っているような顔をしていた。そして。

なぜだろう、その言葉がまったく理解できなかった。ただ、おまえを信頼している、信頼してるぞ、という感じだけが強く伝わってきた。

いくら草子と愛欲三昧の生活を送りたいからといって、こんなに自分を信頼している犬を銃で撃ち殺すなんてことがどうしてできようか。できるわけがない。それをやるとしたら例えばこんな風にしてやるのか。そう思って私は腕を水平に上げ、私の犬に銃口を向けた。犬は変わらず笑っていた。私に草子が言った。

「さあ、五つ数えるうちに引き金を引きなさい」

馬鹿言ってンじゃないよ。馬鹿言ってンじゃないわ。

思いつつ引き金に指をかけたのはあくまでも遊戯だった。

「五つ数えて、撃たなかったら」

「どうするっていうんだ」

「私はあなたから永久に去ります。ごお、よん、さん、にい……」

いち、という可愛らしい草子の声と同時に乾いた銃声が響いて。

見るといったいなにが起きたのだろうか。私の犬がいた位置に私が銃を構えて立っていた。はっとして振り向くと、草子が倒れていた。その上空を無数の毒虫が旋回していた。私は激怒した。牙を剥き、目を剥き、唸り声を上げた。私が言った。

「おまえが怒るのはわかる。しかし仕方がない。おまえの目を覚ますにはこうするより他なかったんだ」

うるさい、おまえに俺の気持ちがわかってたまるか。そう言って私は草子のところに駆け寄った。草子は草の上に仰向けに倒れていた。黒衣がまくれ上がって下半身が丸出しになっていた。なぜか乳も丸出しになっていて、左の胸の下に赤黒くて汚らしい穴が空いていた。顔面を長い髪が覆っていた。

草子おおっ。

私は泣きながら、どうやったかは夢中だったのでわからない、草子の髪をかき分け、その顔を間近に見た。そしてのけぞった。

私の犬は嘘を言っておらなかった。そうだった。忘れていたが初め草子はこんな顔だった。私は悲しくてならなかったが草子が死んで悲しいのか、不細工で悲しいのか、わからなくなった。そしてそれがわからない自分が悲しかった。

乳や尻を丸出しにした草子の死骸は顔だけでなく、踊っていたときはあんなにしなやかで美しく見えた身体も、なんだかブヨブヨしていて醜悪だった。ところどころが変色して既に腐敗糜爛が始まっているような感じすらした。

色とりどりの細い金属の線を鼻から突き込まれたような感じがしていた。

気がつくと私が隣に立っていた。その背後には多くの犬がしたがっていた。私が私の頸を抱いて言った。

「おまえの気持ちはわかる。けれども仕方がなかった。それが本当の草子の姿だ。おまえは騙されていたんだ」

うるさい。草子を殺しやがって。おまえも殺してやる。

私は後先のことを考えられなくなって、喚き散らしながら私に嚙みかかっていった。本当に殺したいのか、どうしたいのか、それすらわからないままに。

そして、本当に殺してしまったらムチャクチャ後悔してその後、途方に暮れるのだろうな、と思った。だから私が、座れ、と言ってくれたのはよかったことだった。

私はそう言われてビシッと座った。そして言った。

いつからだ。いつからこうなった。かなり前からだな。おまえ本当に気がついていなかったのか。気がついていなかった。まあ。無理もない。目も交換しているし、脳も共有しているからな。えええええ、じゃあ、実際の、っていうかデバイスとしてはどっちがどっちなんだよ。どっちでもいいじゃん。同じことだよ。さっきまでと違っていまは近くにいるわけだし。え、じゃあ俺がここにいて一部のファイルにだけアクセスしてたってことも……。あるね。奇態なことだ。いや、そうでもないよ。あそこにいる犬もけっこう、読めないでしょ、君。うん。ぜんぜんなにを言ってるのかわからない。それもそのはずだ、あれはみんな中味、人間だよ。それも日本語の読み書きも覚束ないくらいの最底辺の。半分、ひょっとこ入ったような。なんでそんなことになったんだ。わからんが、日本くるぶしかなにかから人間の苦しみや悲しみから逃れるために犬になる、みたいな企画あったのかも知れない。やりそうなことだな。それで読めないんだな。犬はなに言ってるかわかるが、人間はなに言ってるかわからんからな。だから本当のことを言えば……。こいつらが肉にされてもなんの問題もないってことか。

はははははは。

と、私の主人は、さも愉快だ、という具合に笑った。私も首を少し下げ、それを見上げて笑った。

「とにかくそういうことだから早く行こう。ここに長くいると君も病魔に冒されておかしな犬になってしまう」

そう言って私の主人はゲラゲラ笑い、空に向けて意味なく銃弾を発射しながら坂を下っていった。私はこれにしたがった。多くの犬もこれにしたがった。

私たちはみんなで楽しく坂を下っていった。どこかへ行く。それだけで楽しい気分になっていて行き先がどんなところかはあまり考えなかった。そのとき。

元の色は薄い羊羹色だったはず。けれども汚れっちまって真っ黒いボクサー、突然に狂気したかのように吠えながら走り、唸り声を上げて私の主人の足首に後ろから嚙みついて腱を嚙みちぎった。あああああっ、突然のことになにが起きたか理解できない私の主人はそんな情けない声をあげて地面に倒れた。けれども闘争心のある男なのだろうか、倒れながら上半身を捻って銃を撃った。

しかしろくに狙いもしないものだから当たらなかった。それどころかその銃撃音にますます興奮したのか、倒れ込んだ私の主人の喉笛に嚙みつき、首を左右に振った。頸動脈を狙っていったのだ。そのとき私の頭に灰色の塊が充塡されて意識が飛んだ。いや、意識はあった。意識はあったが、時間とか認識といったものが全部なくなり、私は純粋な速力と化した。純粋な速力と化して疾駆、ボクサーのところまで行くとただひとつの意志と化した。ただひとつの意志と化してボクサーの頸動脈を食い破った。私の主人の血とボクサーの血が同時に噴出して私は蘇芳の樽を浴びたるように朱に染まった。

私たちの争闘に犬たちは無関心で、また、自分たちが神として崇めていた私の主人が死んだことについてもあまり関心がないようだった。そのまま大社の鹿のように草原に腹這いになって口をヌチャヌチャさせているものがあるかと思えば、トットットッ、と坂を小走りに駆け下りていく者もあった。草子の死骸の匂いを嗅ぐ者もあり、延喜紋造の肉の匂いを嗅いでいる者もあった。

私の主人は笑ったような顔で死んでいた。ボクサーも口を開いて死んでいた。その口の中になにかがあるような気がしたので、私は主人ではなくボクサーの死骸の匂いを嗅いだ。明らかにおかしかった。匂いが。そして気配が、雰囲気が。そこで私はボクサーの顔の皮がダルダルなのをよいことに嚙んで引っ張ってみた。したところ。

これがズルッと剝けて、そんなこっちゃないかと思ったなかから、半ば糜爛していた人間の男の顔が出てきた。おそらく犬に変換するときにこんなことが起こったのだろう。不手際に存知候。と吐き捨てるように言おうかとさえ思った。こんなことなら胴まで入っているのではないかと思い、首の下までジクジク嚙んでみたが、さすがにそれはなく、人間が入っているのは頭だけだった。そして。

そのボクサーのなかに入っていた男の顔に見覚えがあった。その糜爛した男は間違いなく日本平三平であった。

死んでいなかったのだ。ということは。私はとんだ勘違いをしていたということになる。が、その私も死んだといえば死んだのだった。

浜辺に一部の犬が集まっていた。だいたいの犬がなかにかなり駄目な人間が埋め込まれているとみえて箸にも棒にもかからぬ駄犬だったが、それでも全体の中ではまだましの方だった。

海のつくりは両側に岬が迫る大敗の渚とは違って砂浜がどこまでも続いて果てしがないように見えた。低い空に暗雲が立ちこめていたが、波はほとんどなく距離を考えればすぐそこに見えていておかしくないはずの対岸の陸地がまったく見えなかった。そして波がほとんどなかった。蓋し光柱の御業である。

けれども波が高ければとてもじゃないが出帆する気にならなかったかも知れない。というのは私の主人が言ったように、確かにそこには舟があった。早手回しに水も積んであった。あったけれどもそれは主人が言っていたような立派なボートではなく、人間なら十人も乗ればいっぱいになりそうなゴムボートがそれも二隻あるに過ぎなかった。

そしてゴムボートには綺羅錦繍といえば聞こえはよいが、百均で買ってきたようなモールや造花がゴテゴテ取り付けてあって、誰が見ても、大丈夫か？　と思うような感じだった。

誰がなんのためにそんな飾りを取り付けたのか。おそらくは神への御供物という洒落のために大輪がこんな飾りを廃墟化した町から探してきて取付け、大敗の渚に押し出したのであろう。馬鹿なことをしたものだ。

そしてゴムボートの船縁に取り付けた簡易なアーチで、ひとつのボートには、「私たちを救ってください」と、もうひとつのボートには、「栄光がありますように」と大書した紙が取り付けてあったのがふるってた。

まあ、しかし五分の距離を行くだけだからこんなものでもなんの問題もない。適当に漂っていれば着くだろう。

それよりなによりも問題は無事に対岸に着くかどうかよりも、着いてからの問題だった。このように私は犬の姿になってしまっている。そして一緒にいるのも犬ばかり。犬、犬、犬の犬づくしだ。対岸でこれを迎える大輪からすれば自然の寄りものとなんら変わらない。おいしい肉が漂着した、ってなものだ。それに対して、いやそうではない、俺はおまえが派遣した人間だ、ということを訴えなければならないが、果たしてわかって貰えるだろうか。いきなり他の犬と同じ犬と見なされて食肉にされてしまうのでは。

という問いに対して私は奇妙なことを考える。私はいつからいまの姿だったのか。もしかしたら大輪のところに行ったときから、いやさ、もっと前からいまの姿だったのではなかったか、ということを。ならば大輪は私を私とわかって他の犬とは別に扱うはずだ。或いはそうではなくて犬を呼ぶために犬を派遣したということなのか。私はなんのために犬の気持ちがわかっていたのか。それがもうわからない。

そして私はもっと変なことも考える。果たして向こうにいって大輪がいるのかどうかということだ。というのは大輪は私の主人が変成したものだという。けれどもその元の私の主人が死んだのだから大輪自身も消滅するか、或いは形はあっても意志や感情のない木偶人形のようなものになっていやあしないか。だったら私は向こうにいってどうなるのだろうか。ただの犬として追い回されるのだろうか。

それだったらここにいた方が増しだがでもここには草の毒が充満している。そうであれば少しでも生き延びる希望のある対岸に渡った方がよいのだが、でもこうなってみると生き延びることになんの意味があるのか、逆にうまく栄光のなかに滅びていく方法があるのではないか、と思ってしまう。具体的にはなにも思いつかないのだが。

だから取りあえず行くしかないが、じゃあその場合、こいつらはどういうことになるのか。希望に向けての脱出なのか。神の要請によってやるべきバーベキューのための犠牲なのか。生け贄なのか。そもそもこいつらの一部にはなかに矮小化した人間の頭部が入っているはずで、犬と雖も人間だ、と言うこともできるし、人間と雖も犬だ、と言うこともできる。そして、そのどちらについても、随ってその生命を尊重しろ、とも言えるし、だからこんな奴らどうなったっていいんだよ、とも言える。間違いがないのは私が犬を助ける立場ではなくなったということだ。もうすべては手遅れだが。

だからもう勝手にしろ。私はボートに乗る。付いてきたい者だけ付いてくればよい。そのように思い私は二艘のボートを鼻で汀まで押した。といって所詮は犬の鼻なので時間がかかるだろうと思っていたら思いの外スルスル進んで、なんでだー、と思って見ると下の方で、どこから紛れ込んだのか五匹のひょっとこが手伝っていた。連れて行ってもらいたくてこんなことをしたのだろうか。砂まみれになったひょっとこが私を拝んでいた。乗りたければ乗ればよい。向こうにいってからどうなるかしらないが。そう思うと、なんで伝わったのだろう、ひょっとこは泣いて水に額をつけて土下座した。

それに比べて犬はダラダラしていた。途中で腰を落として小便をしたり、いつまでも匂いを嗅いだり。土壇場で気が変わって草地の方へ帰っていく者すらあった。それでも殆どの犬が乗り込んだ。

私は、栄光がありますように号、に飛び乗った。海水が生暖かかった。さあ、出帆だ出発だ。振り返ると、草原の彼方の上空が真っ黒だった。愛娘を失った無数の舵木禱子が狂乱し、舞い、とぶらっているのだ。

ものの五分で着くのだから。そんな気持ちだから寛ぐこともない、艫に立ってこれからのことを考えていた。犬は吠えたり寝たりしていた。三匹のひょっとこが身に余るオールを懸命に操っていた。もう一艘の、私たちを救ってください号が後に続いているはずだった。そのうちに後ろの浜辺が見えなくなった。ということは、そろそろ大敗の渚が見えてくるはず。でもいつまで経っても対岸は見えず、私たちはいつまでも海を漂っていた。

そのうちにひょっとこが疲れて死んだ。それでも私たちはスルスル進んだ。そのうちに頭がボンヤリしてきてだんだん言葉がわからなくなってきた。私たちをたすけてください、という言葉だけを訳もわからないまま唱えていた。仲間が小さい順に死んでいった。

誰かの名前を呼んでいるのだけれども、それが誰の名前なのかわからず、そのうちそれが名前なのかどうなのかもわからなくなった。

遠くに光の柱が立っているのがときどき見えた。まっくろい雲の塊のなかから太い巨きい光の柱が立っていた。私たちはあそこに行きたいと、あの光の近くに行きたいと思った。そして意味もわからず言った。私たちを救ってください、と。

残り少なになった水を舐めて横になると自分の肋が激しく上下しているのがみえた。他の者はだいたい動かなくなっていた。光の柱ももう長いこと動いていないようだった。私は最後にもう一度だけ言った。

私たちを救ってください。と。

堕天使が通る

上田岳弘

小説を書いている時、ふっとよぎる感覚がある。特に没頭し夢中になっている時に。

端的に言葉で表現すると、

「経験したはずのない、忘れていたことを、今自分は思い出しそうになっている」

と、いう感じ。

それ自体が矛盾をはらんでいるのは十分わかっている。そもそも経験していないことを忘れることはできないし、ましてそれを思い出すこともできない。けれど、白紙のページにむかってキーボードをたたき、一文字一文字が積みかさなって、言葉の群れが意味を持ち始めると、確かにそんな心持ちになる。

当初の内は、胸騒ぎというか、居心地の悪さというか、ともすれば気のせいであるとして一笑に付すべきものと思ったが、初稿を書き終え、何度も推敲をし、作品が完成する段になると、先に表現した感覚が無視しえぬ確かさで胸に鎮座していることに気付く。出来上がった文章が作り出すものそのものではないし、もしかしたら今生でもなく、この世界でのことですらないかもしれないが、自分はかつて経験し、そして忘れていたことを取り出したのだ。その実感が強ければ強いほど、良い作品であると感じる。客観的にどうあれ。

町田さんの作品を読んでいると、なぜか僕はそのことをいつも強く思う。かつていた完璧な場所……そこではすべてのことがわかっていて／わかられていて、完璧に調和がとれている。それに比べると、実際に生活を送るこの現実世界は愚かな行いにまみれ、不条理に満ち溢れ、野蛮である。かつていたはずの世界は天上で、現実世界は愚図愚図の奈落のような場所。小説はもちろん天上のことではなくて、愚図愚図の地上のためのものだから、小説の語り手には天使の羽もなく、頭上に輝くわっかもないが、天上の住人だった雰囲気を宿している。

＊

町田康は、まずは文体の作家として登場した、と記憶している。いや、厳密に言えば、文体の特異性がまずは注目されたと言うべきか。独特のリズムをあやつり、句読点の打つ場所にもそれは通底していた。読者の頭の中を心地よくかきみだし、恍惚とさせた。落語の語りのようでもあり、特殊な音楽のようでもあった。前世紀末から今世紀初頭にかけて、作家志望者のみならず、既存の作家にも強い影響を与えるさまを僕は一読者として見ていた。大きな物語を描きえない現代にあって、読む快楽に根差した文体へのフェティズムは作家にとっても、読者にとっても文学の数少ないよりどころだった。価値観が錯綜する中でも、「気持ちいいこと」は否定しえない。しかしもちろん、文体だけの芸術などありえないし、言葉は音を伴うのと同時に、意味を持ち、そしてそれらは決して分離しえない。地上においては、人間が体を持たない思念体として存在することができないのと同じように。

町田作品において、語り手の多くは、社会的に高い地位にはいない。しばしば無職の穀潰であありさえする。しかし思考力は甚だ高く、地上の愚かしさ、不条理など、たいていの人が日常生活を回していけないがゆえに見て見ぬふりを続ける内に、そもそも見えなくなってしまったそんな諸々が気にかかってしょうがない。市井の人々が目をつむるのは生活の処世術でもあり、天然の哲学者の様相と見えなくもない。その観点から見るならば、いわゆる町田的な語り手は彼らよりも社会的に劣っているように見える。つまり、気にかけずとも良いことに引っかかるがゆえに、まっとうに日常生活を送れぬ愚図……、ともすれば語り手の思考披露はその言い訳にすぎないとも見えなくもない。けれど、愚者と賢者は紙一重である。町田作品の語り手、のみならず重要な登場人物は愚者と賢者の一線を行き来しつつ小説を進める。

例えば、「権現の踊り子」において、語り手の住む共同住宅で、勝手に管理人として行動するおばはんが出てくるが、これなど愚者というかほとんど狂人と言っても差し支えないような人物だが、「うまいこといって勝手に管理人室に入り込み、棲みついているだけ」なのに、あまりに管理人然と振舞うので、しまいには住人も管理人にそうするように言伝を頼んだり、おすそ分けを与えたりする。語り手もまた、そのおばはんに難癖付けられていただけのはずが、彼女に示唆され権現市へと剃刀を求めて旅立つのだから、同じ境界を行きつ戻りつしている同類のようだ。

「おばはんの言うのを信じたわけではない。／ただ権現に行ってみるのは悪くないと思った」と述懐するが、日常的因果とはそういったものではないだろう。

愚図に見えるそれらの人物は決して凡夫よりも愚かでも劣っているのでもなくて、それよりも高位の哲学なり知見なりに基づいて思考し、行動している。語り手の述懐を見るにつけ僕はこの思いを固くする。

彼らはただ忘れているだけなのだ。かつて天上にあって、言葉さえいらず、問わず語らずのうちに、全き正しさの中にあった堕天使は、羽をもがれて地上に堕ち、不完全な言葉を用いて語る。

＊

『告白』の語り手、熊太郎は優れた思考力にふさわしいだけの言葉を持たなかった。ゆえに入り組んだ、生きることそのものに直列した本音を表現することができない。「本当の本当の本当のところの自分の思い」を追求した結果、大量殺人を犯すことになる。熊太郎が終局においていたった「思弁と言語と世界が虚無において直列している世界」においてまっすぐに行動すれば、日常的で通常な世界では恐ろしいことが起こってしまうのだ。ここに町田的語り手が愚図に身をやつす、哲学的な基礎を見ることができる。抜け作でないと、通常な世界に踏みとどまることはできず、「思弁と言語と世界が虚無において直列している世界」に精神をおいたまま、肉体を使えばカタストロフが起こる。これは、天上の世界を言葉にしえないことと相似をなし、物語ることの不可能性を示している。『告白』の過程において作家は、天上の正しさを地上におろすことを試みる。作家の確信と小説世界が虚無において直列し、『告白』におけるカタルシスはおぞましいと同時に悲しく、そして美しい。「あかんかった」と熊太郎は言うが、別段「あかん」ことはなく、「なにもない」という虚無＝天上の正しさに触れることに成功してしまったように僕には思える。

天上の正しさに翻弄されないためには、抜け作でなければならない。けれども、抜け作であり続けることは難しい。生きているだけで、日々考え、日々理解を進めてしまう。それに本当は、抜け作であってもいけないのだ。正しさへの抵抗と、抜け作への抵抗と、その反復こそが「正しさを超越した正しさ」なのではないか。後者の「正しさ」には一般的に「間違い」も含んでいる……と言えば、言語としては矛盾だが、作家が書かんとするのはもちろん言語を超えたものであるのだからしょうがない。

＊

全き正しさに満たされた世界から、羽をもがれて失墜した、その時の記憶はないが、確かに知っていたという仄かな感触が残っている、知っていないはずのことを饒舌に語り、知っていないはずの美しい情景と目の前のどうしようもない「正しくない」現実を比較してそこに恥辱をみる、けれど、その恥辱でしかない愚図な情景……例えばどんくさい踊りが洗練された先にある「正しい世界」にはもう用はないはずだ。なぜならきっと、語り手は望んでそこから堕ちてきたのだから。きっとその程度には愚かしいものを、愚図愚図でどうしょうもないものを愛しているからだ。

堕天使は、天上の正しさを地上におろすことなく、抜け作であり続けることも諦めて、正しさを超越した正しさを模索する。いかに苦しかろうと、「正しさを超越した正しさ」の方へと向かう。そのことで世界は見ていられなくなるくらいめちゃくちゃになるが、それでも安易にわかった風な結論は下さないし下せない。

普遍的価値と快感とが直列した天上の言葉である心地よい文体すらそぎ落とし、作家は長大な作品を物語る。そうして世界には一個の堕天使が通った軌跡と、最後の祈りが残る。

「どうか、救《サ》って《ホ》ください《ナ》」

そんな風に葬送し、作品は終わっても、救われぬままに作家は残る。

あるいは作家にとっては不幸なことに、読者にとっては幸福なことに。

本書は二〇一七年五月、小社より単行本として刊行されました。

JASRAC出 2008968-001

|著者|町田 康　作家・パンク歌手。1962年大阪府生まれ。高校時代からバンド活動を始め、伝説的なパンクバンド「INU」を結成、'81年『メシ喰うな！』でレコードデビュー。'92年に処女詩集『供花』刊行。'96年に発表した処女小説「くっすん大黒」で野間文芸新人賞、ドゥマゴ文学賞を受賞。2000年「きれぎれ」で芥川賞、'01年『土間の四十八滝』で萩原朔太郎賞、'02年「権現の踊り子」で川端康成文学賞、'05年『告白』で谷崎潤一郎賞、'08年『宿屋めぐり』で野間文芸賞をそれぞれ受賞。著書に「猫にかまけて」シリーズ、スピンクシリーズ、『この世のメドレー』『常識の路上』『ギケイキ』『記憶の盆をどり』『しらふで生きる』など多数。
http://www.machidakou.com
Twitter：@machidakoujoho

ホサナ
町田《まちだ》 康《こう》

講談社文庫
定価はカバーに
表示してあります

2020年11月13日第1刷発行

発行者――渡瀬昌彦
発行所――株式会社 講談社
東京都文京区音羽2-12-21 〒112-8001
電話 出版 (03) 5395-3510
販売 (03) 5395-5817
業務 (03) 5395-3615

デザイン―菊地信義
本文データ制作―講談社デジタル製作
印刷―――豊国印刷株式会社
製本―――加藤製本株式会社

Printed in Japan

ISBN978-4-06-521532-6

講談社文庫刊行の辞

二十一世紀の到来を目睫に望みながら、われわれはいま、人類史上かつて例を見ない巨大な転換期をむかえようとしている。

世界も、日本も、激動の予兆に対する期待とおののきを内に蔵して、未知の時代に歩み入ろうとしている。このときにあたり、創業の人野間清治の「ナショナル・エデュケイター」への志を現代に甦らせようと意図して、われわれはここに古今の文芸作品はいうまでもなく、ひろく人文・社会・自然の諸科学から東西の名著を網羅する、新しい綜合文庫の発刊を決意した。

激動の転換期はまた断絶の時代である。われわれは戦後二十五年間の出版文化のありかたへの深い反省をこめて、この断絶の時代にあえて人間的な持続を求めようとする。いたずらに浮薄な商業主義のあだ花を追い求めることなく、長期にわたって良書に生命をあたえようとつとめるところにしか、今後の出版文化の真の繁栄はあり得ないと信じるからである。

同時にわれわれはこの綜合文庫の刊行を通じて、人文・社会・自然の諸科学が、結局人間の学にほかならないことを立証しようと願っている。かつて知識とは、「汝自身を知る」ことにつきていた。現代社会の瑣末な情報の氾濫のなかから、力強い知識の源泉を掘り起し、技術文明のただなかに、生きた人間の姿を復活させること。それこそわれわれの切なる希求である。

われわれは権威に盲従せず、俗流に媚びることなく、渾然一体となって日本の「草の根」をかたちづくる若く新しい世代の人々に、心をこめてこの新しい綜合文庫をおくり届けたい。それは知識の泉であるとともに感受性のふるさとであり、もっとも有機的に組織され、社会に開かれた万人のための大学をめざしている。大方の支援と協力を衷心より切望してやまない。

一九七一年七月

野間省一

講談社文庫 最新刊

太田尚樹
世紀の愚行
〈太平洋戦争・日米開戦前夜〉
リットン報告書からハル・ノートまで、戦前外交失敗の本質。日本人はなぜ戦争を始めたのか。

木内一裕
ドッグレース
最も危険な探偵が挑む闇社会の冤罪事件。警察×検察×ヤクザの完全包囲網を突破する！

鏑木蓮
疑薬
集団感染の死亡者と、10年前に失明した母にはある共通点が。新薬開発の裏には――。

町田康
ホサナ
私たちを救ってください――。愛犬家のバーベキューに突如現れた光の柱。現代の超訳聖書。

伊与原新
コンタミ 科学汚染
悪意で汚されたニセ科学商品。科学は人間をどこまで救えるのか。衝撃の理知的サスペンス。

逢坂剛
奔流恐るるにたらず
〈重蔵始末(八)完結篇〉
破格の天才探検家、その衝撃的な最期とは。著者初の時代小説シリーズ、ついに完結。

マイクル・コナリー
古沢嘉通 訳
素晴らしき世界(上)(下)
ボッシュと女性刑事バラードがバディに！孤高のふたりがLA未解決事件の謎に挑む。

ジャンニ・ロダーリ
内田洋子 訳
緑の髪のパオリーノ
イタリア児童文学の名作家からの贈り物。不思議で温かい珠玉のショートショート！